伟大的思想

GREAT IDEAS

CONFESSIONS OF A SINNER

奥古斯丁：忏悔录

［古罗马］奥古斯丁　著

任小鹏　译

中国出版集团
中译出版社

图书在版编目（CIP）数据

奥古斯丁：忏悔录 /（古罗马）奥古斯丁著；任小鹏译．—北京：中译出版社，2019.10（2020.1 重印）
（伟大的思想）
ISBN 978-7-5001-6042-7

Ⅰ.①奥… Ⅱ.①奥… ②任… Ⅲ.①奥古斯丁（Augustine, Aurelius 354-430）—哲学思想—自传 Ⅳ.①B503.1

中国版本图书馆 CIP 数据核字（2019）第 197637 号

（著作权合同登记：图字 01-2019-5454 号）

www. penguin. com.cn
Confessions first published in Penguin Classics 1961
This selection first published in Penguin Books 2004

Taken from the Penguin Classics edition *Confessions*, translated by R. S. Pine-Coffin
Set in Monotype Dante
Typeset by Rowland Phototypesetting Ltd, Bury St Edmunds, Suffolk

奥古斯丁：忏悔录

著　　者：（古罗马）奥古斯丁
译　　者：任小鹏
总 策 划：张高里
特约编辑：白　姗　赵　轩　　　责任编辑：刘香玲　王　梦
版式设计：索　迪　　　排　　版：北京竹页文化传媒有限公司
印　　刷：北京顶佳世纪印刷有限公司
经　　销：新华书店

出版发行：中译出版社
地　　址：北京市西城区车公庄大街甲 4 号物华大厦六层　100044
电　　话：(010)68359376,68359827（发行部）68359719（编辑部）
传　　真：(010)68357870
电子邮箱：book@ctph.com.cn
网　　址：http://www.ctph.com.cn

开　　本：760mm×950mm　1/32　　印　　张：4.375　　字　　数：68 千字
版　　次：2019 年 10 月第 1 版　　印　　次：2020 年 1 月第 2 次
书　　号：ISBN 978-7-5001-6042-7　　定　　价：216.00 元（全 8 册）

中 译 出 版 社

“伟大的思想”中文版序

企鹅“伟大的思想”系列丛书自2004年开始陆续面世，在英国、美国和德国均有出版。在英国出版品种最多，已付梓八十种，尚有二十种计划出版。该丛书在全球众多读者间，尤其是学生当中，普及了哲学和政治学，销量已远超二百万册。中文版“伟大的思想”的推出，是该系列的又一延续和发展，令人欢欣鼓舞。

推出这套丛书旨在让读者再次与一些伟大的非小说类经典著作面对面地交流。长久以来，此类书籍的出版都建立在这样一个假设之上——此类著作供学生课堂学习之用，因此需辅以导读、详尽的注释及参考书目等。此类版本无疑十分有用，但我想，

如果某一版本能够重建托马斯·潘恩的《常识》或约翰·罗斯金的《艺术与人生》初版时的环境，为读者与作者营造更为亲密无间的氛围，使读者除了原作者及其自身的思考外没有其他参照，也许会更有吸引力。

但是，这一做法亦存在严重缺陷：每位作者的表述难免有难解或不可解之处，一些重要的背景知识或许也有所缺失。例如，读者对亨利·梭罗创作时的情形毫无头绪，也不了解该书的反响及影响。不过，这样做的优点也显而易见，最为显著的便是作者的初衷又一次受到重视——托马斯·潘恩的愤怒、查尔斯·达尔文的灵光、塞内加的隐逸。他们给许多国家的众多读者带来的生活影响难以估量，有的影响甚至长达几个世纪，几乎没有什么比阅读这些作家更令人拍案叫绝的了。倘若没有亚当·斯密或阿图尔·叔本华，将无法想象我们今天的世界。这些小书创作年代久远，但其中的话语彻底改变了我们的政治学、经济学、精神世界、社会规划和宗教信仰。

“伟大的思想”系列一直求新求变，地域不同，收录的作家亦不同。一些作家在中国或美国更受欢迎，而英国版“伟大的思想”收录的一些作家在其

他国家和地区则鲜有人知。称其为“伟大的思想”，我们亦是慎之又慎。这些思想之所以伟大，在于其影响深远，但这并不意味着这些思想都是“好”思想，实际上一些书或可列入“坏”思想之列。丛书中收录的很多作家受到同样收录于该丛书的其他作家的巨大影响，例如，马塞尔·普鲁斯特承认受约翰·罗斯金影响很大，米歇尔·德·蒙田也承认深受塞内加影响。但也有些作家彼此憎恶，若发现彼此都被收录于同一丛书，一定会深感苦恼。至于他们思想的或“好”或“坏”，读者可自行判明。我们衷心希望，您可以享受阅读这些著作的乐趣。

“伟大的思想”出版者

西蒙·温德尔

目录

➛ 导读

奥古斯丁（Augustine, 354—430），罗马教廷官方称其为“希波的奥古斯丁”（Augustine of Hippo），更有尊称为“圣奥古斯丁”。他是罗马帝国末期，也即基督教传播早期的神学家与哲学家，对于基督教教义有着卓越的贡献，曾担任北非城市希波的主教。他主张的“三一论”“救恩论”“圣礼观”等思想都成为了后来教会重要的思想源泉。

奥古斯丁生于罗马帝国统治下的北非的一个柏柏尔人家庭，他的父亲是一位脑中满是世俗的普通罗马税吏，他的母亲却是一位基督教徒，不过奥古斯丁却并未早早皈依基督教。年少的奥古斯丁十分聪慧，年少有为，很早便精通了雄辩术与修辞学。

19岁时，奥古斯丁开始信仰摩尼教的善恶二元论，并一直持续了约10年时间。摩尼教由波斯先知摩尼创立于公元三世纪时，吸收了袄教、犹太教、基督教、佛教等教义，独创“二宗三际论”为其神学系统，即“善、恶二宗，过去、现在、未来三际”。

奥古斯丁在29岁时前往罗马教书，也因缘际会开始对摩尼教产生疑惑，并于次年开始跟随时任米兰主教的安波罗修学习基督教信仰与神学，直到33岁正式受洗皈依。从此，他开始猛烈攻击包括摩尼教在内的其他宗派，并成为基督神学届的核心人物。43岁的奥古斯丁出任希波的主教。

基督教诞生于公元一世纪，最初属于犹太教的异端，不过鉴于其包容性更强，所以发展扩张极为迅速。在夹缝中熬过了数百年的被迫害与清除之后，基督教终于成为了罗马帝国的国教。随着罗马帝国慢慢一分为二，基督教也慢慢分裂出东西两大教会，即西方的“天主教会”与东方的“东正教会”，两大教会之间的分歧也是越来越大。16世纪时，在德国神父马丁·路德等人的强力推动下，发起了影响遍及欧洲的宗教改革，并在简化天主教教义与信仰的基础上创立“新教”。天主教、东正教与新教，是基督教的三大教派。但是，今天中国普遍所称的“基督教”一词，其实是指“新教”。而奥古斯丁时所信仰的基督教，应该是指天主教派。

《忏悔录》是一部忏悔形式的自传体文学作品，大约创作于奥古斯丁升任主教之后。全书共 13 卷，概述了奥古斯丁对其一生罪过的忏悔及皈依基督的心路历程，内容包括赞美天主、少年事迹、母亲病逝、思想斗争、信仰转变、一心皈依等要素。全书共分为两个部分，第 1 至 9 卷为自传的部分，第 10 至 13 卷为第二部分，其中第 10 卷审视著书时的思想状况，第 11 至 13 卷则为对《旧约圣经 · 创世纪》第一章的个人诠释。本书两个部分的内容之间并非十分连贯，所以有学者推测，奥古斯丁的本意可能是创作一部逐章诠释《圣经》的伟大作品，却因为种种原因只完成了《创世纪》一章，而第一部分的自传内容则类似于为这部书所作的“序”。这种假说十分合理。

忏悔，是基督教的仪式之一，是忏悔人向神父、牧师或耶稣基督真诚告解自己的罪过，祈求上帝宽恕。圣人奥古斯丁则在书中用文字向世人诠释了何为真正虔诚的忏悔，而当人们坦诚悔过之后，也必将得到上帝的谅解与搭救。《忏悔录》中的文字平白真诚、通俗易懂、强劲有力，而这种直抒胸臆、全篇心理独白的忏悔文体，直接开启了西方文学中一种独特的回忆录类型，影响了一众文学大师，包括托尔斯泰与卢梭等（他们两人也同样各自著有一本《忏悔录》）。当然，我们会怀疑奥古斯丁是否在书中夸大了自己年少时的罪过，也许他并没有自己文字里写的那么罪恶，至少他对自己母亲的尊敬与孝顺是遮掩不住的。他对自己往昔经历的憎恨，应该大多源于那段年月里的心无信仰及10年的摩尼教异端。直到他遇到领路人安波罗修，进入伟大的基督之门，他真的开始用全新的价值观审视自己过去的一切，然后回归正途。他将自己贬入微尘，是对基督最大的尊敬。

通过品读奥古斯丁喃喃自语般文字，希望读者能够体会他的精神思想，这种虔诚其实无关宗教，是每个人对自己心灵的净化。

柴尔

第一卷

1

主啊！你是伟大的，任何赞美都当之无愧。你有无上的能力，无穷的智慧。主啊，人是你所造万物中的一分子，出于本性愿意赞美你。人全身带着死亡的标记，带着原罪的记号，这都提醒着他，你“不接纳骄傲的人”。但是，因为他是你所造的一部分，他仍愿意称颂你。一想到你，他就激动不已，如果不赞美你，他就无法获得满足。因为你造我们就是为了你自己，如不在你怀中安息，我们的心就不会安宁。

[……]

谁追寻主，谁就会赞颂主。因为凡追寻主的，就能寻见，寻见主的，就会赞颂主。主啊，我要追寻你，向你呼求，在我呼求的时候，我要相信你，因为你已经传授给了我们。主，我的信仰让我向你呼求，这信仰已经通过你道成肉身的爱子的感召和布道者的工作传递给了我。

6

我虽然是尘土，但请让我乞求你的怜悯，因为我是在向你的慈爱说话，而不是向那嘲笑我的人说话。或许你也会嘲笑我，但你会动恻隐之心，然后怜悯我。主啊，我想告诉你的是，我不知道自己从何处来到这通向死亡的生命中，或者说，这通向生命的死亡中？对我来说，这些都是隐藏着的。虽然我已记不起这一切，但我知道，从我来到这个世间的那刻起，你的仁慈便时刻准备护佑我。这是我父母告诉我的，我父亲播下种子，母亲孕育了我，你用他们的身体在有限的时间内使我成形。从此女性的乳汁哺育了我。

[……]

我歌颂你，天地的主宰，从我降生起，在我记忆尚且模糊的时候，我就赞美你。你允许人们通过观察别的婴儿来了解自己，并且从妇女的讲述中了解许多。我知道即使在那时，我已是一个活生生的人，在婴儿期行将结束时，我已经试图寻找向别人表达感情的方法了。主啊，这样一个活生生的造物如不是从你而来，他还能来自何处呢？这是任何一个人的技能所能造出来的吗？除你以外还有任何其他渠道可供存在和生命流注到我们身上吗？当然我们只可能把这归结为你，我们的造物主，对你而言，活着与存在并非不同，因为无限的生命与无限的存在是同为一。因为你是无限的，是亘古不变的。你的“今天”永无止境，而我们的“当下”因你而止步不前，因为时间，像其他事物一样存在于你的掌握。若非如此，就不会有时间的流逝。因为你的时间没有穷尽，时间因你而停留在“现在”。我们和我们的祖先在你的“当下”度过了无数的日子，并从中获得对人的生命和存在的准确衡量。未来的岁月也将照此流逝，但是你却亘古不易。在你的“今天”，你创造了明天和以后存在的一切，在你的“今天”，你创造了昨天和过去存在的一切。

如果有人对此表示不解，这与我何干？就让他们去探询其意义吧，让他们欣然地发问。但是他们可能对问题本身心满意足。因为对于他们来说，问题不得而解却找到你，比找到答案却未能找到你更有益处。

7

上帝啊，请听我说。人的罪真是邪恶啊！一个人说了这话，你就怜悯他，因为你造了他，但你没有造他身上的罪。

谁能让我记起儿时犯下的罪呢？在你的眼中没有一个人是无罪的，即使是刚刚出生才一天的婴儿也不例外。谁能展示我的罪呢？也许可以从婴儿身上看到我无从回忆的儿时的罪恶？那么，我儿时犯过什么罪呢？我哭闹着要吸乳是不是罪恶呢？我现在已经年龄大了，不能再吃母乳了，但如果我哭闹着要我这个年龄的食物，一定会受到别人轻蔑的嘲笑和劝诫。所以这意味着我儿时的行为就应该受到斥责。因为我不懂斥责，斥责我的话就显得既不合情理，也不寻常。我们杜绝这些错误，并且在长大后将其摒弃，这足以证明那些行为是错误的，因为我从来没有看见一个人在清理错误时会有目的的抛弃好的方面。对于一个孩子来说，以下行为都不可能是正确的：哭着要可能会伤害他们的任何东西；对年长的人发脾气以为年长者需要服从他；尽其全力打击和伤害那些比他懂得更多的人，包括他自己的父母，因为父母不但不顺从他们，而且拒绝迎合那些只会伤害他的奇思怪想。这表明，如果说婴儿是无罪的，就是说婴儿不是缺乏伤害他人的意愿，而是没有能力。

[……]

主啊，我记不起我的幼年生活了，但是我相信别人告诉我的，通过观察其他婴儿，可以推断，我也像他们那样生活过。但是，尽管我的推断是正确的，我却不想把那段时间作为我现在度过的人生的一部分，因为那段生活晦暗模糊、记忆不清，而且，在这个意义上，它与我在母亲子宫里的时光没什么区别。但是，如果我生来有罪，并且在母胎时，我就有了罪。那么，主啊，我问你，我，你的仆人，在何时何地曾是无罪的呢？但是，我不会再谈论那段时光了，因为在我记忆中，它已经无处可寻，不会再困扰我了。

9

但上帝啊，我的主，现在我正经历一段痛苦和羞辱的时期。别人告诉我，一个男孩必须听老师的话，这才是正确合适的，只有这样才能学好语法，出人头地。这就是在世界上获得别人尊敬、为自己获得财富的途径。于是我被送到学校去读书。我年龄太小，不能领会学习的用处，如果我疏于学习，我就会挨打，因为传统上喜欢用责打来教育孩子。记不清曾经有多少男孩为我们铺就了这条心酸的道路，并且我们也必须走过这条路，为亚当的子孙增添劳累和悲伤。

但是我们发现一些人向你祷告，主啊，并且我们效法他们做同样的事情，用我们唯一能够理解的方式来想象你，把你想象成某些能够倾听并帮助我们的大人物，尽管我们看不见你，听不到你，也触摸不到你。第一次向你祷告时我还很小，你是我的帮助者和避难所。我咿咿呀呀地向你祈求，尽管我还年幼，但我却很虔诚地祈求你不要让我在学校挨打。有时，为了我好，你不应允我的祷告，然后我的兄长甚至我的父母就会在我挨打时嘲笑我，他们当然不希望我受到伤害——在那些日子里挨打是我最大的恐惧。

[……]

11

在我还很小的时候就被告知，上帝屈尊来到我们这些骄傲的罪人中间，他给了我们永生的应许。作为一个望教者，我从出生起就经常被十字架的记号所祝福，并接受圣盐[1]的调理，主啊，我的母亲对你寄予了巨大的期望。我童年时曾因突犯胃病差点夭折。是你，我的主啊，在那时就守护着我，你看见我怀着多么热切强大的信仰，向我的母亲及我们全体的母亲——你的教会，乞求为我施行你的儿子基督——我的主、我的上帝的洗礼。我的生身之母深深地担忧，因为在她心中纯洁的信仰里，从我一出生起，她为使我获得永久的拯救比以往付出了更大的努力。要不是我很快康复，她就会急于看看我是否获准接受获救的圣事，并因承认你主耶稣，而得洁净，因你饶恕了我的罪。于是，我的受洗推迟了，总而言之，只要我继续活着，我必定会让自己重新沾染罪恶，受洗之后，沾染罪责后产生的负罪感就会更大、更危险。即便在那个年龄，我早已相信你，我的母亲和全家也都相信你，只有我父亲除外。但是，在我心中，他并没有超越我母亲的虔诚对我的影响，也没有因自己依然不信仰基督而阻止我信仰基督。主啊，我母亲竭尽全力，让你做我的父亲，而不是他。在这种情况下，你帮助她扭转了对丈夫的态度，她原本一直很顺从丈夫的，

1. 在天主教中，盐是有特别的意义，盐加进水里制成圣水，很多仪式都会用到这种圣水。

因为顺从丈夫就是顺从你的律法，她因此表现出比丈夫更好的美德。

我的主啊，我问你——如果是你的旨意，我希望知道——我当时受洗被推迟的原因是什么？是否是为了我好，放松了让我免于犯罪的羁绊？或者，事实上并没有放松羁绊？要不然，为什么我时至今日还经常听见别人这样说：“别管他，让他做吧，他不是还没有受洗吗？”但是当肉体的健康处于危险之中时，没有人会说：“让他恶化下去，他还没有痊愈呢。”如果我马上被治愈，如果我和我的家人竭尽所能，确保我的灵魂一旦被拯救，我就会在你的庇护中获得安全，因为拯救是源于你的，这样不是更好吗？但是我母亲很清楚，我在成长过程中需要经历诸多风浪，但是她宁愿让不成形的泥土去接受敲打，而不是让那被盖上洗礼印章的、已完全的形象去接受敲打。

17

让我告诉你，我的主，我是怎样在各种愚蠢的妄想上滥用你给予我的心智的。我设立了一个很是困扰我的目标，如果我取得了成功，我会赢得赞誉；如果失败，我害怕蒙羞甚至挨打。我必须背诵朱诺[1]的一段话，这是她因无法阻止埃涅阿斯前往意大利，在痛苦和愤怒之下说的。我早已获悉朱诺没有真的说过这些话，但是我们不得不假装事实如此，并跟随诗人的幻想，把原来诗歌里表达的内容改编为散文。哪个孩子采用了最适合意义的文字，最恰当地表达了悲伤和愤怒的感情，表现了他所模仿的人物的威严，他就赢得了比赛。

主啊，这一切对我真正的生命而言有什么意义呢？为什么我的朗诵会比班上很多其他男孩赢得更多的赞誉呢？这一切都只不过是过眼云烟吗？还有别的方法可以用来训练我的智慧和口才吗？主啊，我原本可以使用智慧和口才，用圣经上的语言来赞美你，那本是我心灵的支撑，可那时我却好像一株新生的葡萄枝，结出无意义的果实，仅供飞鸟啄食。向这些飞鸟、这些堕落天使献祭的方式可不止一种。

19

我小的时候就是站在这样一个世界的门槛上，

1. 罗马诸神之一，朱庇特的妻子。

面临着危险。我已经在准备应对各种挑战了，我接受一项训练，学会对语法错误深恶痛绝，而不是学会当自己犯了语法错误时，不要去嫉妒那些没犯错误的人。主啊，所有这一切，我都向你陈明，并向你忏悔。通过这些行为，我赢得了我所讨好的人的赞誉。因那时我以为，正确的生活方式就是如他们所愿地生活。我被蒙蔽了双眼，看不出邪恶的旋涡已经把我从你的眼前卷走。在你的眼中还有什么比那时的我更糟糕的呢？因为我甚至令那些我希望取悦的人头疼。我无数次地欺骗老师、家人和父母，因为我想玩游戏，或去看无益的表演，或是急于去模仿在舞台看到的场景。我甚至偷父母储藏室和餐桌上的东西，或是出于贪婪，或是为交换其他孩子所喜爱的玩具，他们也乐意与我交易。我与他们做游戏，为了当赢家，我经常搞欺骗，这仅仅是因为想赢的虚荣心浮上心头。当发现别人像我欺骗他们那样欺骗我时，我简直无法忍受，同他们激烈地争吵。同样，如果他们发现我搞欺骗并责备我时，我会勃然大怒，不愿退让。

这是儿童的天真无邪吗？主啊，不是这样的。但是我祈求你的原谅。长官和君主代替了家教和老师，胡桃和皮球及小鸟让位于金钱、地产和仆人，但是这些相同的激情依然保留下来，只是由生命的一个阶段进入到了下一个阶段，就像更严厉的惩罚代替了学校的戒尺。仅仅因为他们，所以你用小孩象征谦卑，我们的君王，你称赞说：“天国是属于他们的。”

20

主啊，即使你让我活不过童年，我也应该感谢你，因为你是我们的主，你是善的极致，宇宙的创造者和统治者。即便我只是作为一个小孩而存在，但我活着，我有感觉的能力，我有一种保护自身安全和完好的本能，保护我的存在，这是一个迹象，来自你这位独一的不可见者。我的内在感觉控制我身体的感觉，并保持它们完全的活力。而且即使在占据我思想的小事中，我也能因发现真理而快乐，我不喜欢被欺骗。我有良好的记忆力，我掌握了知识。我享受朋友的陪伴，并且远离痛苦、无知和悲伤。一个如此渺小的创造物得以拥有这么美好的品质，难道我还不应该感恩吗？但是它们都是上帝的礼物，不是给我自己的。他的礼物是好的，其总和就是我自己。因此，造我的上帝一定是善的，并且我身上所有的美善都是他的。我为着自己生命中的美善感谢他，赞美他，甚至为我童年中的美善也是如此。但是，我的罪在于，我不是从他那里，而是在我自己和其他受造物中，追寻享乐、美丽和真理，我因此陷入了痛苦、混乱和谬误。我的上帝是我的快乐，我的荣耀和我的信靠，我感谢你的赐予并祈求你为我保留它们。请继续保守我，使你的赐予增长并达致完美，我应该和你在一起，我的存在都是你赐予的。

第二卷

1

我现在必须回想我做过的极坏的事，那败坏了我灵魂的肉体之罪。主啊，我如此做不是我喜欢那些罪恶，而是为了爱你。因为爱你的爱，我将回顾那邪恶的过去。回忆是苦涩的，但是这将帮助我品尝你的甘甜，这甘甜不是欺骗性的，而是能带来真正的喜乐，并且永不消逝的。因为爱你的爱，我将从极大的堕落中重新找回自己，当我远离你时，这堕落将我撕碎，只有你是我本该追寻的，但我却因为许多不同的渴求而迷失了自己。我进入成年以后，因沉溺于地狱般的享乐而为欲望所驱使。我有勇无谋，迷失在纷繁复杂而又疯狂滋生的欲望中。在你看来，我的美丽褪去，我的灵魂腐烂发臭，然而我却满足于自身的状态，并力求取悦于人。

2

除了爱与被爱之外，我别无他求。但是我的爱超出了一个人对另一个人的感情，超出了友谊之光的纯度。肉体的欲望像泥沼，青春期的性欲在我身体里膨胀，冒出迷雾，遮蔽并暗淡了我的心灵，以致我不能从肉欲的阴暗中区别真爱的清晰光线。爱和肉欲在我体内混杂在一起。它们将我年轻的性情横扫至肉欲的悬崖边，企图将我淹没于罪恶的旋涡。你对我越来越愤怒，但我毫无意识。死亡的铁链已经发出响声，振聋发聩，这是你对我心灵骄傲的惩罚。我离你越来越远，你不约束我。我横冲直撞、不断摔跤，在淫乱的欲海中挣扎，你沉默不语。等到认识到你才是我真正的喜乐，这是一个多么漫长的过程啊！你在那时沉默，而我却偏行己路，渐行渐远，以自己的痛苦为骄傲，在疲惫中无法安息，播下越来越多的种子，唯一收获的却只有悲伤。

[……]

3

在同一年中，我的学业被中断。我已经开始在附近的马都拉城[1]学习文法和雄辩术[2]，但是我被带回家，我的父亲，一个塔加斯特城普通公民，他的决定十分坚定，要省钱送我去更远的迦太基[3]。我不必将这一切向你陈明，我的上帝，然而当着你的面我要向我的同类讲述，告诉那些可能会拿起这本书来读的人，尽管人数很少。这是为了使我和读者都能够意识到我们在怎样的深渊中向你哭求。你的耳朵一定听见了那忧伤痛悔的心的哭求，这心持守着信仰而活着。

[……]

---

1. 即今阿尔及利亚的末达乌路赫（Mckourouch）。
2. 古希腊时期出现了民主制度，公共言论成为政治生活的一部分，因此演讲、辩论就很流行，于是出现了专门教授该技艺的老师，罗马也遗传了此风气。
3. 位于非洲北海岸，今突尼斯境内。

4

主啊，偷窃无疑会受到你的律法的惩罚，尽管他们都是罪人，但律法写在人们的心中并且不可能被擦掉。没有哪个小偷可以忍受另一个小偷对他的偷窃，即便他很有钱，而且另一个人是出于渴求的冲动。我之所以想偷窃，并去偷了，虽不是被匮乏驱使，无非是因为缺乏正义感，或是不喜欢正确的事情，并对做错事有一种贪婪的爱。我偷窃之前就已经拥有很多了，而且比那被偷的还好，我并不愿享受这些贪求而偷来的东西，而仅仅是享受犯罪和偷窃本身。我家葡萄园附近有一棵梨树，结满了果子，无论是看起来还是尝起来都很诱人。一个深夜，包括我在内的一群无赖去把果子都摇下来带走，我们在外继续游玩直到深夜，这是我们的恶习。我们带走了大量的梨，自己没有吃，而是扔给了猪。也许我们吃了一些，但是我们真正的快乐是做了被禁止的事情。

[……]

6

如果16岁的那天晚上我犯下的偷窃罪行是一个活生生的事实，我会对它说并问，到底我爱这可耻之事里面的什么？我毫无美善，因这是强盗行径。而我们所偷的梨是美的，因为它们是你所创造的，良善的天父，你是所有存在中最美的，是所有事物的创造者，是最高的善和我自己真正的善。那梨不是我闷闷不乐的心灵所渴求的。我有很多比这更好的东西，我偷梨只是为了偷窃。我把梨刚摘下来就扔掉了，我吃的只是我的罪，我品尝并享受着这种罪。如果这些梨中的任何一个经过我的口，那都是罪的味道。

[……]

那时，在偷窃中让我感到愉快的是什么呢？难道是用堕落的和邪恶的方式来模仿我主的能力？因为我没有真正的能打破他的律法，于是我享受表面上这样做，就像囚犯不惧怕惩罚的时候，在对权力持有虚弱的幻觉之下，通过做错事来为他制造一种虚幻的自由？这是一个奴隶，从主人那里逃跑，转而去追逐自己的影子！这多么令人厌恶啊！这是对生活多么拙劣的模仿！这是多么难以测度的死亡啊！除了那是错事以外，还能找到任何别的原因让我以做错事为乐吗？

第三卷

1

我去了迦太基，发现自己置身于一口嘶嘶作响的欲望大锅之内。我还没有坠入爱河，但是我渴求爱，并且当我感到失去了什么时，我会憎恨自己没有去热烈地满足这种需求。我环顾四周寻找爱的目标，因为我极度渴望爱上某物。我不喜欢脚下没有陷阱的人生，尽管我真正的需要是你，我的上帝，我心灵的食粮，我还没有意识到这种饥饿。我没有对不朽的食粮的需要，不是因为我已经拥有了，而是因为我越是饥饿，食粮越是不好吃。为此，我的灵魂病了，我得了溃疡，并且极力寻找一些物质的东西，也就是说，企图用世界的方法，来解决溃疡引起的瘙痒。但是物质是没有灵魂的，不能作为我爱的真正对象。渴求爱与被爱是我心中的欲望，如果能够享受爱我之人的肉体，对当时的我而言，那将是最美的事。

[……]

3

然而，你的仁慈总是在高处信实地庇护着我。我在堕落和渎神的好奇心中筋疲力尽。我离弃你，沉入怀疑主义的最底层，还模仿魔鬼式的崇拜。我的罪是给魔鬼的献祭，为了这一切你责罚我。我竟然冒犯你，在教堂举行你神秘的盛典之时，我竟充满肉欲的思想，并从中获得满足。因这一行为我理应被判处死刑，你用重重的鞭挞惩罚我。但是与我的罪相比，这惩罚算不得什么。主啊！你的慈爱是多么的无限，你是我所经之极危险之境的避难所，就是当我在高处走，却执意后退、更加远离你的时候。我喜欢我自己的方式，而不是你的，但我所爱的这种自由是不负责任的自由。

除了这些追求以外，我也学习法律。这样的抱负是被尊崇的，我决定继续下去。我越是无耻，我就越有名，人们都瞎了眼，以致以其瞎眼为荣。那时我在雄辩学校名列前茅。我很满意自己高高在上的状态并且傲慢自大。尽管如此，主啊，你很清楚，我的行为比“破坏分子”安静很多，“破坏分子”是对喜欢恶作剧的人的称呼，这是当时流行的称号。我不参与他们突发的暴力行径，但我和他们在一起生活，我还有一些羞耻感，毕竟我不像他们。我与他们为伍，也经常从这种友谊中找到乐子，但是当他们做那些符合他们的称号的事情时，我也总会感到可怕。胆小的新人即便不招惹他们，他们也会捉弄他，无端地冒犯其尊严并以此为乐，并将其尴尬作为恶意玩笑的素材。如果这不是魔鬼自己的行为，也离魔鬼不远了。“破坏分子”是一个适合于他们的名字，他们放荡不羁，并完全伤害了他们自己。他们喜欢嘲笑和作弄别人，对别人设下魔鬼的秘密圈套，而这实则也是在嘲笑和作弄他们自己。

4

这些就是我在那个易动感情的年龄学习雄辩术时的同伴。我的抱负是成为一个优秀的演说家，为了满足人类虚荣心这个渎神且愚蠢的目的。西塞罗[1]的一部作品因着其中所宣扬的精神，成了我必修课的一本读物。几乎人人都崇拜他的作品。这本书的书名是《荷尔顿西乌斯》(*Hortensuu*)，它建议读者学习哲学，它改变了我对人生的看法，使我转而向你祷告，主啊，它还给了我新的希望和理想。我所有空虚的梦在瞬间失去了魅力，我的心开始为永恒真理所搏动，这真理有迷惑人的激情。我开始从自己的沉沦中爬出来，希望重新回到你的身边。我不是用书作为我的磨刀石来使我变得伶牙俐齿。我之所以被它吸引不是因为形式而是内容，虽然母亲付给我的学费本来是要花在我的口才训练上的。我那时已经 19 岁了，她还供养我，因为父亲两年前已经去世。

[……]

---

1. 西塞罗（公元前 106—前 43），古罗马著名政治家、演说家、雄辩家、法学家和哲学家。

但是，我心灵的光明，你知道在那个时候，尽管对保罗[1]的话我还一无所知，唯一让我高兴的事情就是西塞罗在书中建议不要简单崇拜哲学流派中的这个人或那个人，而是要爱智慧本身，无论它是什么，都要去探寻它、追求它、拥有它，并牢牢地将它占据。这些话使我感到万分激动并在我心中燃起了烈火。只是在这燃烧的热情中没有提到基督的名字。主啊，出于你的怜悯，从母亲哺育我时，我婴儿的内心就已经恭敬地吮吸了他的名字，你儿子的名字，我的救主。在我内心深处，他的名字保留着，无论有多少学问，多么正确清晰的表达，除非他的名字在里面，否则没有什么能够完全俘获我。

5

于是我下决心研究《圣经》，看一下这到底是什么书。我发现某些东西不是骄傲之人能够理解的，也

1. 保罗（3—67），原名扫罗。保罗是亚伯拉罕的后裔，属于便雅悯支派的以色列人，早年参与迫害基督徒，据《圣经》记载，耶稣曾向他亲自显现。保罗是第一个去非犹太人中传播福音的基督徒，对于早期基督教会发展作出巨大贡献，可称为基督教的第一个神学家，《圣经》新约中很多书卷均是出自保罗之手。

不是小孩子可以掌握的。他的步伐是谦卑的，但是他所达到的高度是壮丽的。他被神秘所包裹，我不是有进入资格的人，也不是可以低头遵从他引导的人。但是当我第一次读《圣经》时，我有一种前所未有的感觉。对我来说，他们好像根本不值得与西塞罗庄严的散文相比，因为我太自负以致不能接受《圣经》的质朴，并且也没有足够的洞察力去穿透其深度。无疑，《圣经》的意义是随着孩子的成长而丰满起来的。但是我太骄傲了，以致不能把自己叫作小孩。我被自尊所填满，这使得我认为自己是一个伟大的人。

11

但是你从高天中伸手帮助我，从黑暗的深渊中将我的灵魂拯救。因为我的母亲，你虔诚的仆人，为了我向你哭诉，为我灵性的死亡比其他失去儿子肉身的母亲流了更多的眼泪。根据你给她的信仰精神，她视我如死亡一般。你听到她的哭泣，并没有因为她流泪而鄙视她，这些眼泪落下来，浇灌着她在各地祈祷时脸所贴近的土地。你聆听她，不然我怎样解释你安慰她的梦，故而她同意与我一同居住并与我同桌吃饭呢？在这之前她是拒绝这样做的，因为她厌恶并回避我错误信仰导致的渎神行为。

她梦见她站在一把木尺上，一个闪着神圣光芒的青年向她走来，尽管她自己悲伤得难以承受，然而那青年却快乐地向她微笑。青年问她每天悲伤流泪的原因，之所以问她不是因为他不知道，而是因为他有一些事情要告诉她，而这些事是他在异象中看见的。当她告诉青年，她是为了她唯一的儿子所丧失的灵魂而流泪时，青年告诉母亲要留意观察，如果她仔细观察的话，她将看见她在哪里，我就在哪里。于是她照着青年的话去做，果然她看见我正站在她的旁边，在同一把尺子上。

这个梦会从哪里来，除非你听了她内心的祷告？你的善是有大能的。你看顾我们每一个人，好像在你的关心中没有其他人，你看顾每一个人时也在看顾所有人。无疑，正是因为相同的原因，当她告诉我那个梦，我试图把它解释为她不用为我某一天成为那个样子而绝望时，母亲毫不犹豫地回答说："不！他没有说'他在哪里，你就在哪里'，而是说'你在哪里，他就在哪里'。"

[……]

12

我记得当时你给了她另一个关于她祷告的回答，有一些无关的事情我忘记了，而且我要省略很多，因为我急于略去其他的事情，我急于向你忏悔。

你通过你的一个教士给了她回答，那个主教一生都住在教堂，并且熟悉《圣经》经文。我的母亲请他来与我谈一谈，或许他可以驳斥我的错误，把罪从我心中驱除，并用善来取代。当他发现合适的学生时他经常这样做，但是他拒绝为我这样做——这是一个明智的决定，我后来意识到这一点。他告诉我母亲我还没有达到接受这种教导的程度，因为就像母亲告诉主教的一样，我正因新近接受的异端思想而骄傲，并且用几个难题难倒了好些学问不高的人。主教说："让他一个人待着吧，你只要向上帝祷告就可以了，他在阅读中会发现自己的错误和不虔诚的。"

同时，他告诉母亲，当他还是孩子的时候，他那迷失方向的母亲把儿子交给了摩尼教。他不仅读遍了摩尼教的书籍，还把它们抄写下来，没有任何人与他争论或是规劝他，他便自我觉醒，意识到必须离开这个教派，后来就真的离开了。听了这些之后，母亲依然不能平静，还是泪如泉涌地苦苦哀求他与我谈一谈。最后主教都有点不耐烦了，说道："请走吧，就这样了，你流了这么多泪，你是不会失去你的儿子的。"

几年后，当我与母亲谈话时，她常说当时她是将这些话当作来自天国的信息来接受的。

第四卷

1

在接下来的9年中，从我19岁到28岁，我迷失了自己，反过来也误导了别人。我们是一样的骗子，并且我们利用各自不同的目标和野心进行欺骗，当我们详细解释那些所谓的人文思想时，这都是公开的，而在我们为所谓的宗教服务时却是秘密的。我们在公开场合很自信，私下里却很迷信，在任何地方都是空虚和无意义的。一方面我们追求无意义的流行盛名和观众的喝彩、诗歌的荣誉及比赛中转瞬即逝的花环。我们喜爱舞台上悠闲的消遣和不被约束的自我放纵。另一方面我们渴望通过向神圣选民的献祭，以净化这些低级的享乐，像他们说的那样，在他们肠胃的作坊中将这些东西加工成天使和神灵，使我们得到拯救。这就是我追求的目标，我和像我一样的朋友都在同样的幻象之下完成自己的事情，而且也与我犯同样的错误。

[……]

2

那时，我是一名讲授雄辩术的教师。对钱财的欲望征服了我，我又通过出售教人在论辩中取胜的技巧征服其他人。但是，主啊，你知道，我宁愿拥有最诚实的学生，即使当今诚实没有任何意义，我教会他们狡诈时并没有恶意，我从来不希望他们利用狡诈去伤害无辜的人；相反，如果时机合适，我希望他们去拯救有罪的人。我的上帝啊，你从远处看见我以这种背信弃义的理由失去了自己的立足之地，但是透过云雾，你依然看见我内心闪耀着美好信仰的火花。因为，虽然我在教导我的学生时，仅仅煽动他们做徒劳的设计，耍欺骗的伎俩，但是我竭尽全力踏踏实实地教他们。

在这些日子里，我与一个女人同居，她不是我合法的妻子，而是一个情妇，我之所以选择她，是因为我不安的欲望可以在她身上得到慰藉。但是她是我的唯一，而且我很忠实于她。与她同居的经验使我发现，婚姻盟约的约束与性伴侣间讨价还价的制约不同，前者是为生儿育女而缔结的，而在后者关系中，孩子的出生是双方最不情愿的，尽管当真的有了孩子时，他们不得不爱他们。

12

如果这个世界的事物令你愉悦，为着它们赞美上帝吧，但要从它们那里转移你的爱，而把爱献给创造者，好让沉浸于这些美好的事情中的你不会令他不快。如果你的快乐在于灵魂，在上帝里爱他们吧，因为灵魂太脆弱了，唯有当灵魂紧紧抓住上帝，才能坚定不移。他们如果不这样做，就只能走自己的路而最终迷路。爱他们吧，并且在上帝里努力引导他们归向上帝吧。告诉他们："我们应该爱上帝，他创造了世界，并且上帝并不遥远。"他创造这个世界之后，并没有抛下这个世界不管。这个世界就是他创造的，而世界也是因他而存在的。哪里有真理，上帝就在哪里。他在我们内心的最深处，但是我们的心却远离他。仔细想想吧，叛逆的心灵，抓住这个创造你们的主。与他站在一起你就不会跌倒，在他里面安息，你就会感到平安。在你面前有什么样的障碍和陷阱？你的脚步把你引向何方？你所喜爱的美好事物都来自上帝，但是这些东西只有在你按照上帝的意愿来使用的时候才是美好的。如果抛开上帝而错误地去爱它们，它们就会理所当然地转为苦涩。你为什么选择游荡在这艰苦而辛劳的路上呢？在其上你找不到可安息的地方。在死亡的土地上你试图找到一份幸福的生活，可是幸福的生活不在那儿。没有生命的地方怎么让生活幸福呢？

我们的生命（Life）他自己来到这个世界，带走了我们的死亡。他用他丰盛的生命扭转了死亡，他发出雷鸣般的声音让我们从这个世界回到他的天国。他从天上来到我们中间，先是进入童贞女马利亚的子宫，在那里，我们凡人的肉体与他结合，就永远也不会死亡。然后他如新郎走出洞房一般，又如勇士欣然奔向前程。他不是在路上徘徊而是奔跑，呼唤我们回到他身边，用他的言语和行为呼唤我们，通过他的生命和死亡，通过他降到地狱又升入天堂，来呼唤我们。他离开我们的视线，好让我们转向内心并在那里找到他。他离开我们，但是他又与我们在一起。他也许没有与我们相伴，但他却从未离开我们。他回到他从来没有离开过的地方，因为通过他，这个世界得以被造，他存在于这个世界，他来到这世界是为了拯救罪人。我的灵魂向他忏悔，他是医治者，因为过犯是针对他的。人类的子孙啊，你们心灵还要愚顽多久？你的生命来自天国，你们还不愿意随他上升而活吗？然而，如果你们还站在高位并且争闹声上达天庭，你们如何上升呢？从这些高处下来，这个时候你才会攀到上帝那儿。如果你们上升却又对抗上帝，就会跌落下来。

[……]

13

那时我不明白这个道理。我爱上了低级的美丽，这种美丽使我沉沦。我经常问我的朋友：“我们会爱上任何不美丽的东西吗？到底什么是美，美是由什么组成的？到底是什么在吸引我们，并超过我们所爱的事物？除非在它们里面有美丽和优雅，否则它们没有能力赢得我们的心。”当我看一个东西时，我发现，事物本身整体的美和与其他事物搭配所形成的和谐之美有所不同，就好比身体的一部分相对于整个身体，或者是鞋子相对于穿鞋的脚。这一观念从我心中迸发，就像水从泉中涌出一样。我的大脑被这种观念填满，我写了一本书，名叫《美与适宜》，我记得大约有两三卷。主啊，你知道有多少卷，但是我已经忘记了，因为这书很快就弄丢了，我再也没有找到。

14

主啊，我的上帝，是什么原因促使我把书献给罗马伟大的雄辩家希埃利乌斯[1]呢？我从来没有见过他，但我敬佩他学识上的赫赫名气，并且深深地被他的演讲所打动。甚至除此以外，别人对他的崇拜都能给我留下深刻的印象。人们对他赞不绝口，因为他实在非同寻常。他生在叙利亚，最初训练用希腊语演讲，后来成为著名的拉丁语演说家，在哲学上也很有造诣。

---

1. 与奥古斯丁同时代的著名演说家。

如果我们听见人们赞美一个素未谋面的人，我们会敬佩他，但这并不意味着仅仅听到对他的赞美就使得我们敬佩他。然而，一个人的热情会点燃另一个人同样的热情之火。我们听到别人称赞一个人时，只有相信那些赞语是真心话，我们才会仰慕他，换句话说，就是真心称赞的人会仰慕他自己称赞的那个人。

[……]

但是希埃利乌斯是我仰慕其才华的那种人，我很希望拥有那样的才华。我的骄傲使我到处漂游，随风飘荡。你像一个舵手一样引导我，但是你驾驶的航线超出了我的理解。我现在知道，并且可以坦然承认，我仰慕希埃利乌斯，与其说是因为别人称赞他，不如说是因为他那些受到称赞的成就。我了解到这一点，是因为那同样的一群人不但不会称赞他，反而毁谤他。他们可能同样会说出他的一些才能，但又会吹毛求疵，鄙视那些才能。如果他们这样做，我的感情就不会被激发，我的仰慕之情也不会被点燃。然而，他的品质没有变化，他本人也没有什么不同。唯一不同的是他们对待他的态度。

我们可以从中看出灵魂是软弱无力的，除非它抓住了坚固的真理之石。人们表达自己的意见，但那只是他们自己的意见，像一阵阵风把灵魂吹向这里、吹到那里，晕头转向。光被遮蔽住了，使真理不被看见，尽管真理就在我们眼前。在我看来，带上我的书及我完成的工作，可以引起这位大人物的注意，这对我而言是非常重要的。如果他欣赏我的作品，我的热情会更加高涨。如果他发现了缺点，我那空虚又缺失上帝坚定真理的心，一定会遭受到严重的打击。然而，我在思考“美与适宜”的问题时深得其乐，我把这本书献给了他。尽管再没有别的人欣赏这本书，但我却引以为豪。

15

[……]

我挣扎着去接近你，但是你把我推了回来，让我品尝死亡的滋味。因为你拒斥骄傲的人。我居然在奇怪的疯狂中宣称，我就是来自你的本性，还有什么比这更狂妄的呢？我很善变，我自己知道。如果我想成为一个有学识的人，这只是意味着我想要精益求精。同样地，我宁愿认为你也是善变的，也不愿相信我与你不同。这就是你拒绝我并粉碎了我膨胀的骄傲的原因，那时，我的想象力继续停留在物质形式之上。尽管我谴责肉欲，我自己却是一个充满肉欲和血气的人。我像呼出的气息一样善变，无法再回到你身边。我四处漂泊，努力走向在你那儿并不存在的事物，或是在我自己或在我体内不存在的事物。这些事物不是通过你的真理而为我创造的，它们只是我愚蠢的想象力作用于具体物质的结果。尽管我不知道，我从上帝之城属于我的地盘中被驱逐出来，在上帝忠诚的孩子——我的同胞中流放。但是我只会空谈，并愚蠢地问他们："如果像你们说的，上帝创造了灵魂，为什么灵魂会犯错？"主啊，于是过去我宁愿认为你不变的本质是被迫犯错，而不愿承认我自己是善变的，并且由于自由意志而犯错，那错误就是对我的惩罚。

[……]

16

我 20 岁的时候，拿到一本亚里士多德的《论十个范畴》。我迦太基的老师和被誉为著名学者的人提到这本书时，他们的脸上出现妄自尊大的表情，所以书名本身就足以让我目瞪口呆，就像我因一些奇妙的神秘而惊呆。那时我试图独自去阅读和理解这本书，虽然如今我问自己那样做我得到了什么益处。其他人告诉我，他们经历了重重困难才理解这本书，而且此前最博学的大师不仅给他们作了字面解释，还用大量图表来阐释。但是当我与他们讨论时，他们能够告诉我的不过是我通过自己的阅读已经发现了的东西。

[……]

我独立阅读和理解所有我能够找到的所谓自由学科的书籍，因为那时我一无是处，而且是一个有着肮脏野心的奴隶。我从中得到了什么呢？我阅读那些书时感到很愉悦，但却不知道书中确定无疑的事实的真正来源。我背对着光，我的脸朝向被它照亮的事物，于是我用来看光下的事物的眼睛却是黑暗的。不需要太多的努力和老师的指导，我就能理解所阅读的所有东西：辩论术、逻辑、地理、音乐及数学。哦，主啊，我的上帝，你是知道的，一个人理解迅速并且感知敏锐，是因为你给予他这些天赋。但是因为我没有把天赋奉献给你，我努力地将其大部分变成自己的能力，而不是为了你积蓄力量，我离开了你往远方去，挥霍你爱的赐予，并把它们换成了金钱。这么做坏处比益处大得多。如果不好好利用，能力对我有何益处呢？我拥有的能力，只有在我竭力教授给别人之后，我才意识到这些学科是很难掌握的，甚至对于勤奋、聪慧的学生也是一样，一个可以一贯地遵循我的教导的学生就可以被看作一名非常好的学者。

然而，如果我只是认为你，主，上帝，真理本身，是一个光明的、无限的身体，我只是其中掉出的一小块，那么我从阅读中能获得什么价值呢？这完全是歪曲真理！然而这曾经就是我的信仰。现在我可以毫不脸红地承认，主啊，你对我的怜悯，我不会命令你来帮助我，就像那些日子我大言不惭地去亵渎你，像一只狗一样对你狂吠。我聪慧的价值是什么？它可以带着这些学科大步向前，而且，所有的书，它们所缠绕的问题，我可以不用任何人类导师的帮助就可以解开，在你爱的教义中，我迷失在最丑陋的错误和邪恶的渎神行为中。你虔诚的孩子理解这些比我缓慢，可这是他们大的缺点吗？他们并没有抛弃你，而是在你教堂的安全巢穴中长大，将对你的信心作为食物来哺育他们仁慈的翅膀，这信心将拯救他们。

上帝，我们的主啊，让你翅膀的庇护给我们希望，保护我们并支持我们。你将支持我们，从儿时直到我们的头发变白都支持我们。当你是我们的力量时，我们强壮，但是当力量是我们自己的时候，我们便软弱，在你里面我们的善永远得到护佑，当我们偏离至善时，我们就转向了邪恶。主啊，让我们最终能回到你的家中，不要让我们迷路。我们的善在你那里得到护佑，不会出现问题，因为那就是你自己。我们也不担心没有我们可以返回的家园。我们曾经从中失落，但是我们的家园是你的永恒，它永远不会失落，因为我们已经离开罪恶。

第五卷

1

主啊，请接受我的忏悔。他们是通过我的唇舌献上的祭物，因为是你亲手造了它，是你的灵使它感动承认你的名。请医治我的百骨，并让它们说：主啊，谁能像你呢？

如果一个人向你忏悔，他不吐露内心最深处的想法，似乎以为你不知道那些想法。心灵也许会封闭，却不能遮蔽你的视线。人的心可能是坚硬的，却不能阻挡你双手的触摸。无论何时，只要你愿意，你的仁慈或惩罚都能使人的心变得柔软，就像没有人能躲避阳光一样，没有人能够躲避你燃烧的热量。

让我的灵魂赞美你，彰显你的爱。让它公开承认你的慈爱，让它赞美你的仁慈。你所创造的都不停息地齐声赞美你。人们向你祈祷，他们的灵魂赞美你。动物、无生命的事物也一样，也都因着我们对它们的思考而通过我们的口舌来赞美你。因为我们的心灵从你创造的事物中获得供给，让我们可以克服弱点并提升到你的高度，同时利用它们来帮助我们回归你的身边，是你使这些事物变得妙不可言。我们因你而得到重塑，并找到真正的力量。

3

在我的上帝面前，我将描述我 29 岁的时光。

有一个叫作福斯图斯的摩尼教[1]主教，最近到了迦太基。他简直就是一个从魔鬼那儿来的诈骗者，很多人都被他演讲时迷人的姿态所吸引。这自然是我所仰慕的，但是我开始学会去区别这仅仅是雄辩还是我渴望学习的真理。摩尼教徒对这个叫福斯图斯的人谈论了很多，而我只想看看他要向我呈现什

1. 又称明教，是一个源自古代波斯宗教，为公元纪中叶波斯人摩尼（Mani）所创立。

么学问，我并不关心他使用什么言辞来修辞。我已经听说他在所有高级学问中很擅长使用言辞，特别是在自由科学方面。

我曾读过许多科普书籍，现在对这些书依然记忆犹新。当我把这些知识与摩尼教单调的故事进行比较时，对我来说，二者之中的科学理论似乎更接近真理。因为他们的思想可延展至足够远，从而对他们周边的世界作出判断，虽然他们对世界之主一无所知。而你，主啊，你高高在上，以赞许的眼光观看卑微的众生，却从远处藐视骄傲的人。你只与那些内心谦卑的人亲近。而那些骄傲的人，虽然他们通过学习能够计算星星和海沙的数目，能够测量星座的位置和行星运行的轨迹，他们却找不到你。

[……]

6

大约有9年的时间，我的心摇摆不定。我是摩尼教的追随者，我极热切地期待着福斯图斯的到来。这个教派的教徒不能回答我提出的问题，但他们安慰我说，一旦福斯图斯到来，我就可以与他讨论，对于这些问题和我可能提出的更难的问题，他会毫不费力地给予一个明确的解答。

[……]

我对福斯图斯长久热切的期盼有了丰厚的回报，他确定了辩论题目并表现出好意。他很容易就能找到合适的词来展现他的思想，这让我惊喜。我不是唯一为此鼓掌的人，当然我鼓掌的次数可能比谁都多。但是我发现这很累人，当很多人聚在一起听他演讲时，我不能够接近他去请教我的问题，而且也不能在他的面前作友好的问答式交流。一旦有机会，我和朋友们就会吸引他的注意，尽管那并不是适宜私人交谈的场合。我提出了我的一些疑问，但是很快发现除了一些文学基础知识外，他没有什么学识。他仅读过一点西塞罗的演讲、一两本塞内加[1]的书、一些诗歌，以及他的教友用很美的拉丁文写成的书。除了日常的演讲训练外，这些读物是他雄辩的基础，也是他增加魅力，完善他那吸引人的人格和充分运用精神力量的基础。

[……]

1. 塞内加（公元 4—65）是古罗马最重要的悲剧作家，他受斯多葛哲学影响，精于修辞和哲学，并曾担任过著名暴君尼禄的老师。他主张人们用内心的宁静来克服生活中的痛苦，宣传同情、仁爱。

7

当我发现福斯图斯对那些我以为他精通的领域一无所知时，便不再期待他能解决那些困扰我的问题。当然，尽管他在这些事情上是无知的，他依然是一个十分虔诚的人，只可惜他是一个摩尼教徒。摩尼教的书充满了对天空、星辰、太阳和月亮故事长篇累牍的编造。我十分希望福斯图斯能把这些与我在其他书中学到的算数对比一下，从而我可以判断摩尼教的理论是否更可能是真理，或者至少同样可能是真理，但是我开始意识到他不能给我一个详细的解释。当我建议应该考虑这些问题并可以一起讨论时，他非常谦虚，并且拒绝了。他知道他无法回答我的问题，并且不羞于承认这一点，不像其他我不得不容忍的健谈者，当他无话可说时，他不会试图给我上课。他有一颗心，尽管他寻找你的方式是错误的，但他并非不慎重。他没有完全意识到他的局限性，并且不想仓促地加入一场辩论，因为这种辩论可能迫使他处于他无法维持也无法轻易退出的局面。我反而因此更喜欢他了，因为对于心智而言，谦逊和坦诚是很好的装备，胜过我希望拥有的科学知识。我发现他对所有困难和深奥的问题的态度都是一样的。

[……]

于是，不经意间，这个吸引了许多人的福斯图斯如今开始将我从困境中解救出来。主啊，冥冥之中你指引的手没有丢弃我。我母亲日夜向你流泪，并为了我，将她的心血献上为祭，但是你引领我走在最奇妙的路上。主啊，是你引导了我，因为若一个人前进的步伐受到主的指引，他无疑会坚定不移。除了你的手之外，还有什么可以拯救我们，还有什么可以重新塑造你所创造的呢？

8

那时，在你的指引下，我被说服去罗马，在那儿教授我在迦太基所教的科目。

[……]

9

在罗马，我被疾病所击倒，几乎坠入地狱，背负着我对你犯下的罪，对自己犯下的罪，对其他人犯下的罪，一系列严重的罪行超过了原罪的总和，在罪里面我们和亚当都死了。那时你还没有在基督里宽恕我犯下的罪中的任何一条，在他的十字架上，你也还没有化解我因罪给你带来的敌意。如果你仅仅是我认为的一个幻象的话，那么你如何在十字架上化解这种敌意？到那时为止，我认为基督身体的死亡不是真的，而我自己灵魂的死亡却是真实的。因着对他死亡的怀疑，我的灵魂和生命是虚假的，而他身体的死亡却是真实的。

[……]

如果我死在那个国家，我母亲的心所受到的打击将永远也不会康复。言语无法表达她是多么爱我，她为我灵性的重生所承受的焦虑远远大于她生产我时的痛苦。如果我在那种情况下死去，无法想象她会怎样恢复过来，因我的死会刺透她那爱我的心。那么她经常做的恒久、迫切祷告的对象是谁呢？是你，除你以外没有别人。但是，你这位满有怜悯的主啊，你会鄙视这守贞寡妇从内心深处发出的悔恨、卑微的声音吗？她总是乐于施舍，积极为你的圣徒们效劳，每天都要到你的祭坛献祭，从不间断。她每天早晚去教堂两次，毫无例外。她并不是去听那些空洞的故事和老妇人的闲言碎语，而是去听你的教导，并且你也能听到她的祷告。在你的恩典中，她成就了自身，你能拒绝帮助她吗？或者，当她不要求金银或任何转瞬即逝的好处，而是请求你拯救她儿子的灵魂，你会鄙视她的眼泪吗？主啊，你绝不会这么做的。不，你在那儿听她的祷告，并按照你的时间做你决定做的事情。你一定不会在梦境和答复中欺骗她。在她虔敬的心中牢牢地记住这些我在上文中曾经提到的和没有提到的梦境和答复，好像得到你亲手书写的手谕一样，在祈祷时念念不忘，反复地对你提及。因为*你的慈爱永远长存*，在你的应许中，你屈尊为这些免除了所有债务的人做一个负债者。

10

所以，是你医好了我的疾病。你使你仆人的儿子的身体恢复健康，让他可以活着从你那里接受另一个更好、更确定的健康。

[……]

12

我开始积极地教授文法和雄辩术，这是我来罗马的目的。起初我在家里教，我招收了一些之前就听说过我的学生，通过他们我开始小有名气。但是我开始意识到在罗马有困难，而这困难在非洲是不会有的。千真万确的是，我发现这里没有小流氓闹事，但却听说，有一群学生会不断地搞集体阴谋以逃避支付他们导师的费用，或是投身到另外一个老师门下。他们是相当无耻的，与喜爱金钱相比，正义对于他们一文不值。我内心憎恨他们，而且不是没有私心的憎恨，我认为，我憎恨他们，更多是因为我对他们难以忍受，而不仅是他们对教师所犯的错误。……我依然憎恶这些偏执和思想扭曲的学生，但是我也爱他们，希望教导他们从而改变他们，让他们学会爱学习胜过爱金钱，并学会爱你，他们的上帝，因为你是真理、永不止息的善的源头和最圣洁的和平者。但是在这些日子里，我是因为害怕他们可能会给我带来伤害而讨厌他们，而不是因为你的缘故希望他们回归正路。

13

于是，当罗马的执政官收到一封来自米兰的信，要求为米兰找一位文法和雄辩老师，而且答应旅行的费用会由公共资金来负担的时候，我申请了这个职位，并且那些深陷在摩尼教的愚昧中的教友还推荐了我。尽管当时没有人知道，但这个旅行意味着我与他们的联系结束。最后执行官西马库斯安排了一场考试，他们认可了我的能力，并将我送去了米兰。

在米兰，我找到了你热心的仆人安波罗修主教，他因出众的品行而闻名于世。那时，他那极有天赋的唇舌不厌其烦地宣传你粮食的充裕、你圣油的喜乐和你让人清醒又沉醉的酒。我不知道，是你把我引向他，我以为是他引导我到了你那里。这位圣人作为主教，像父亲一样接待我，告诉我他是多么高兴我来了。我的心被他温暖，仅仅是这个人对我表示了友善，并非因为他是真理的教师，我已经对能在教会中找到这样的人感到绝望了。他向人们布道时，尽管带着不恰当的目的，我都仔细聆听。我当时的目的是凭自己去判断那些对他演讲能力的谈论是否正确，或是他的口才是否与我所听说的那样的好。于是，当我全神贯注地听他所使用的词时，我对主题就十分不感兴趣，甚至鄙视它。我对他迷人的演讲无比喜爱，虽然他是一位比福斯图斯更有学识的演讲者，但却没有那样流畅和风度翩翩。我仅仅说的是他的风格，但就内容来说，他却是举世无双的。福斯图斯在摩尼教的谬误中迷失了，而安波罗修则最确定无疑地教授关于拯救的教义。但你的仁慈不为罪人所知晓，正如当时的我，虽然正无意间一步一步地走向你。

14

虽然我不难明白安波罗修所讲的内容，但我仅仅关注他表达的方式，那是我当时的唯一兴趣，因为我已经不再相信人类能够找到通向你的道路。与我所欣赏的演讲方式不可分割的是演讲的主题，我视其无足轻重，可也无法将这二者分开。我全神贯注地学习他的演讲方式，并且开始意识到他所说的真理和事实。尽管这是一个渐近的过程。最初打动我的是，他所讲的东西还是有道理的。于是我开始相信基督宗教，我曾经认为基督宗教不可能驳斥摩尼教，可特别当我听完一段《旧约》的解释后，就改变了之前的看法。当我从字面上理解时，这些字句是死的，但一旦我听到它们的灵性意义，我就开始为我的绝望而责备自己，起码在那之前，这种绝望曾使我以为无法面对那些憎恨、嘲弄上帝律法和先知的人。但是我没有感觉到我只需走基督宗教的道路，因为它已经有了有学识的人，准备为它担保并不会在回答反对意见时失声。另外，我认为我自己的信念不应该受到谴责，因为两边的观点势均力敌。我认为基督宗教方面没有被打败，但也没有获胜。

下一步，我竭尽全力找到一些证明摩尼教谬误的证据。如果我能够构想出一种精神实体，那么他们的观点就会在瞬间被推翻，被我的思想拒绝。但是我做不到如此。不过，我对物质世界和整个自然思考得越多，尽可能通过我们的身体来感知，我愈加细查各种理论，越多地开始认为大多数哲学家的观点可能是正确的。于是，把所有的事情都当作疑问来对待，像学园派通常的做法那样，在教义与教义之间不作判断，我至少已经下决心要离开摩尼教，我在游移不定中徘徊，我认为继续留在摩尼教是不正确的，因为我发现一些哲学家的见解更有道理。

然而，我完全拒绝相信这些哲学家可以医治我生病的灵魂，因为他们忽略了拯救人的基督之名。我决定在基督大公教会保留慕道友的身份，这是我父母所希望的，至少保留到我可以清晰地看见一束光引导我的脚步之前。

第六卷

1

主啊，我年轻时的希望，你这段时间在哪里？你为了躲避我而藏在哪里？难道不是你创造了我，使我与行走在大地上的野兽不同，也比天上的飞鸟更聪慧吗？然而，我在黑暗中走在危险的路上。我在自身之外的地方寻找你，在自己的心中也找不到你。我深入到海底。我丧失了所有信仰，并且对能够找到真理而感到绝望。

但是我母亲现在来到我这里，她的虔诚给了她力量，为追寻我而穿越陆地和海洋，用对你的坚定信仰来面对所有的危险。当船在危险中，是她安慰了全体船员的心，正是这些人在不习惯大海的乘客感到震惊时，转而安慰他们。她许诺他们将平安到达，因为你在异象中给了她应许。并且她发现我也处于严重的危险中，因为我对能寻找到真理感到绝望。我告诉她，我不是一个基督宗教徒，但是至少我不再是摩尼教徒了。可她没有高兴得跳起来，即便这个消息是出乎意料的。实际上，在这个程度上，她对我的担忧已经减轻了。在她向你的祷告中，她为我哭泣，好像我已经死了一样，但是她也知道你将唤醒我的生命。在她的心中，我被放在停尸架上，放到你的面前，等着你对这个寡妇的儿子说："年轻人，我吩咐你起来。"然后，他便起来开始说话，接着你把他重新还给他母亲。于是当她听到她日复一日的祷告和眼泪，在最后，在很大程度上得到了回报时，她没有感觉到涌动的喜乐，她的心跳也没有加快。因我已经从错误中被解救出来，虽然我还没有抓住真理。可事实却相反，她确信，如果你已经应许她一切，你也会将剩余的应许给她。她心中充满了对你的信心，她很平静地告诉我，在基督里，她相信，在她离世之前一定会看到我成为虔诚的基督宗教徒。这是她告诉我的。但是对你，那所有怜悯之源泉，她流尽眼泪，更加热诚地祷告，只求你加快你的帮助并在黑暗中给我光明。她比以前更热切地去教堂，并全神贯注地听安波罗修讲道。对于她来说，安波罗修的话像她心里的活水，不断地涌流到永生。她将他看作上帝的天使般爱戴。因为她已经知道，通过他，我从原来的状态被引到目前这种不确定的摇摆状态。母亲确信我会走过这一状态，这种状态会把我从疾病引向健康，但是在我的前面还有更大的危险，这危险很像医生所说的危机。

5

从那时起，我开始相信基督宗教的教导。教会要求我们应该相信某些事物，即使它们未能得到证明，因为就算它们可以被证明，也不是所有人都能够理解，而且有些事物是根本无法被证明的。我想教会在这一事件上是完全诚实的，没有像摩尼教那样自负。摩尼教嘲笑那些通过信仰来认识事物的方式，轻率地对科学知识作出许诺，然后提出一个发明出来的荒谬体系，他们期望信徒们通过信任而相信，因为它们无法得到证明。主啊，于是，你把你最温柔、最仁慈的手放在我的心上，并使我的思想有条理，于是我开始意识到我相信无数看不见或不在场便看不到的事情——历史中的很多事情，许多关于某地某镇的事情我从未看见过，并相信许多朋友、医生或是他人的话。除非我相信这些事情，否则我们就要在人生中伴随绝对的虚无。最重要的是，这个信仰终于让我知道我的父母是谁，这信仰是如此确定和不可动摇，因为除非我相信被告知的内容，否则我绝不可能知道。通过这种方式，你使我认识到我不应该挑这些相信《圣经》的人的错误，你已经在地上的各民中建立了这样的伟大权威，而应该谴责那些不相信《圣经》的人们。而且我应该不在意这样一些人，他们问我为什么可以确信《圣经》是由一位从不说谎的真实的上帝通过圣灵赐给人们的。准确地说，我最需要相信这一点，因为在我读过的所有自相矛盾的哲学书中，误导人的假设无论引起怎样的争议，都没有一刻能够夺去我对你存在的信仰及你管理人类事务的权利。尽管那时我对你了解甚少。

我认为你是存在的，我们的福祉掌握在你的手中。这一信念有时强，有时弱，但是，即便我既不知道我应该如何思考你的存在，也不知道哪条道路将我引向你或引导我回到你身边，我却一直坚持这一信念。于是，由于我们太软弱了，无法仅靠理性来发现真理，基于这一原因，我们需要你圣书的权威。我开始相信，你绝不会在任何地方都赋予《圣经》这样显著的权威性，除非你已经打算让我们通过它寻找你并相信你。那些早先让我觉得荒谬的章节，现在听到了很多合理的解释，我视它们为深刻的奥秘。并且对我来说，更正确的做法应该是，《圣经》的权威应该通过纯正的信仰被尊重和接受，因为所有人都可以轻松地阅读它，但同时它又深藏着巨大的奥秘，拥有深刻的含义。它平实的语言和简约的风格使得任何人都容易理解，而且也能吸引有学问的人的关注。通过这种方式，《圣经》在它的大网下收罗了所有的人，有些人安全地通过了狭窄的网眼来到你那里。他们的人数并不多，如果不是《圣经》高高在上的权威，又神圣谦虚地将人们聚集在一起，人数还会更少。

[……]

13

我一直不断地被敦促结婚，而且他们已经为我选择了另一半，女方也接受了。我母亲竭尽所能帮助我，这是她的希望，一旦我结了婚，就会接受洗礼的救赎之水来洗净我的罪。她每天都很高兴，我变得更适合接受洗礼了，我对信仰的接受，使她看到她的祷告有了结果，你的应许得以实现。在我的要求和她自己的期望下，她每天用心灵祈求你在梦中能给她一些关于我未来婚姻的启示，但是你没有这样做。她有一些模糊和奇特的梦想，这是她被这些思想占据的结果，当她告诉我这些时，她把这些当作无关紧要的事情，说的时候也不像往常受到你启示时那样有信心。她经常说，有一些让她不能用语言形容的感觉使她能够区分你的启示和她自己的自然的梦。尽管如此，我婚礼的计划依然在进行，也征得了女孩的父母同意。她太年轻，离法定婚龄还有两年，但是我太喜欢她了，我愿意等待。

15

与此同时，我的罪恶越来越深重了。与我同居的女人被视为婚姻的障碍，被迫与我分开了，这一打击让我心如刀割，因为我仍深爱着她。她返回了非洲并发誓不再委身于任何其他男人，她留下了为我生的那个孩子。但是我太悲伤、太虚弱，我无法想象作为一个女人有此遭遇的情景。我需要等待那个已经答应与我结婚的女子两年，对此我有点不耐烦，因为我是情欲的奴隶，而不是真爱婚姻。我又找了一个情妇，没有结婚。这意味着我灵魂的疾病依然没有缓解，实际上是加重了，而且在无法解释的习惯的包庇下，会在婚姻的状态中延续下去。另外，当我第一个女人离开时，我受到的创伤没有愈合的迹象。最初，痛苦是尖刻而撕心裂肺的，然后伤口开始溃烂，而且痛苦变得更加迟钝，没有愈合的希望。

16

称赞和尊敬都是给你的，哦，怜悯之泉！当我的痛苦越来越深时，你越来越接近我。尽管我不知道，你的手已经作好了准备，要把我从泥潭中拉出来，并把我洗干净。除了对死亡和即将到来的末日审判的恐惧，没有什么可以阻止我在肉欲的泥潭中越陷越深。在我观念的转变中，这种惧怕从没有离开我的心。

[……]

我走过的路是多么的曲折啊！当我希望通过抛弃你而找到更好的东西时，我的灵魂将会遇到怎样的危险！无论我前后左右的路会通向哪里，我躺在艰难的床上，只有在你那里，灵魂才得以安息。你把我们从让我们迷失的错误的痛苦中解救出来，让我们走你的道路，并安慰我们："继续奔跑吧，我会支持你，我会引导你并护送你到达终点。"

➛ 第七卷

1

到这时，我那充满罪恶的青春结束了。我逐渐步入成熟期，但是我年龄越大，就越是可耻地自欺欺人。除了这些通常肉眼所见之物外，我不能想象出任何实体。但是，主啊，我不能想象你人体的形状，我反对这一观点，因为我已经开始学习哲学，并且我很高兴地发现，我们的灵性母亲，你的大公教会，也反对这一信念。但是我不知道还能怎样想你。

我只是一个男人，一个软弱的男人，但是我试图把你看作最高的神，唯一的上帝，真正的神。在我心里，我相信你永远不会衰亡、受损或变化，尽管我不知道这是为什么，我确定无疑地懂得，会衰亡的事物较之不会衰亡的事物更为低级，于是我毫不犹豫地把不会受到伤害的放到会受到伤害的上面，而且我看见保持不变的事物比不断变化的事物更好。我的心里充满对我想象的创造的苦涩抗议，这唯一的真理是我仅有的武器，我可以努力用它清除云集于我心智之眼前的所有不洁的意象。但是我难以清除掉它们，每一次眨眼，它们又在我眼前聚集，成群地在我眼前出现，挡住了我的视线，尽管我不会想象你人体的形状，但我无法让自己摆脱这样一种思想，即你是某种身体物质在空间的伸展，要么渗透在世界之中，要么在世界之外的空间无限扩散。我认为这一物质是某种不会衰亡或受伤或变化的东西，因此比可能遭受腐败、损坏或变化的任何物质要更好。我用这种方式来推理，因为如果我试图想象某种没有空间方位的东西，对我来说它就什么也不是，绝对的虚无，连虚空都算不上。如果一个身体从被它占据的空间中移走，那个空间就空空如也，不管是在地上、水中、空气中或是天空中，那里依然将保持空无的状态。那儿什么也没有，就仅仅是一个空间而已。

[……]

于是我也想到你，我生命的生命，作为一个向四处延伸的多维的伟大存在，在无限的空间扩散，渗透整个的大千世界，并到达了世界之外没有界限的地方，于是地球和天空，以及所有创造物都被你填满，它们超不出你的范围，而你却没有极限。空气是覆盖大地的大气层，是一个物质的身体，但是却挡不住太阳光。阳光穿过它并穿透它，却没有破坏它或撕裂它，而是完全地填充它。用同样的方式，我想象你能够穿透物质的身体，不仅仅是空气和天空及大海，也包括地球，你可以穿透它们的所有部分，不论大小，故而它们因你的同在而被充满，你通过这种看不见的力量统管你创造的所有事物，内外统管。

这就是我坚持的理论，因为我不能用其他的方式想象你。但这个理论是错误的。如果它是正确的，就意味着地球的大部分将包含着你的大部分，而更小的部分则占更小的比例。任何事物都会因你的存在而充满，但是，通过这一方式，大象的身体比麻雀可以容纳更多的你，因为大象比麻雀大，而且会占据更多的空间。于是，你就被世界分成不同的部分，根据它的尺寸或大或小。这当然是很不正确的。但是那时你还没有照亮我的黑暗。

3

虽然我声称并坚定地相信，主啊，我的上帝，真正的上帝，你不仅创造了我们的灵魂，也创造了我们的身体，甚至创造了所有事物，无论是有生命的还是无生命的，尽管我相信你不会腐败、不会变异、也不会有任何程度的变化，我依然找不到对罪恶起源的明确的不繁复的解释。不管起源是什么，我找不到任何理论可以让我相信永恒不变的上帝是可变的。如果我相信这一点，我自己就会变成邪恶的成因，这正是我试图去寻找的事情。于是我继续从容地寻找，因为我很确信摩尼教的理论是错误的。我由衷地反驳这些人，因为我可以看见他们探寻罪恶的起源时，自己却满身罪恶，他们宁愿认为你的本体受罪恶影响，也不愿意承认他们自己会犯罪。

我被告知我们犯罪是基于我们的自由意志选择这样做，并且承受罪恶是因为你的正义恰好要求我们这样做。我竭尽全力理解这一道理，但还未能理解得很清楚。我试图在深渊中提高我被深渊吞没的精神感知，但是却再次陷入深渊。我不断地尝试，但总是重新陷进去。有一件事情让我能够进入你的光明。我知道我有一个意志，像我知道我有生命一样确信。当我选择做什么或不做什么时，我很确信是我自己，而不是其他什么人，实施了这一意志行为。因此，我即将认识到我的罪恶之源就在于此。如果我做任何违背意愿的事情，对我来说意味着发生某事，而不是我做了某事，我不把它看作错误，而是一个惩罚。并且，因为我认为你是公正的上帝，因此我承认你的惩罚也一定公正。

然而，接着我会再次问自己："是谁造了我？当然是你，我的天父，你不仅是唯一的善，而且是善本身。那么，我怎样拥有一个可以选择做错事和拒绝做好事的意志，据此为我应该受到惩罚的原因提供一个合理的解释呢？是谁把这个意志给了我？当我的一切被上帝所创造，上帝本身是甜美的，是谁为我播下痛苦的种子？如果是魔鬼作祟，那么是谁创造了魔鬼？如果他曾经是一个好天使，由于自己的邪恶意志变成了魔鬼，他是怎样拥有让他成为魔鬼的邪恶意志的，难道不是由至善的造物主把他创造为天使的吗？"

[……]

12

我很清楚，即便会衰亡的事物也是善的。如果是最高的善，就不可能腐败。除非他们在某些方式上是善的，否则不可能腐败，如果他们是最高的善，就不可能朽坏。另外，如果他们完全没有善，就不存在朽坏的可能。腐败是有害的，但是除非他的善消失了，不然他就不会有害处。因此，要么一定是朽坏没有害处——这不可能；要么是任何东西都因善被剥夺而朽坏——这是毫无疑问的。但是如果他们被剥夺了所有的善，就根本不会存在了。如果他们依然存在，但是不会永久朽坏，他们就会比以前更好，因为他们现在继续在不可朽坏的状态中存在。如果说失去了所有的善，事物会更善，还有什么比这更荒谬呢？

于是我们必须得出如下结论：如果事物被剥夺了所有的善，他们将全体消失。并且这意味着只要他们存在，他们就是善。因此，无论是什么，都是善的。罪恶，我也试图发现它的起源，罪恶不是实体，因为如果是实体的话，就不会是善。要么是善的最高秩序的不可朽坏之实体，要么就是一个易朽坏的实体，这实体除非它是好的，否则就会朽坏。于是，对我来说，这就变得明朗了，你所创造的所有都是好的，没有实体不是你造的。因为你没有将他们造成一样，任何一个事物都是好的并且总体上都是好的，我们的上帝创造的所有被造物都是非常好的。

17

我很惊奇，尽管我现在爱你而不是你的某种幻影，但我没有一直为上帝感到快乐。你的美善吸引我靠近你，但很快我自身的重量就把我从你身边拽走，我沮丧地再次坠入世俗的迷乱之中。我背负的是肉体的习性。但我仍然保留着对你的记忆，而且我无可置疑的认为你是我唯一的依靠，但只是我还做不到。肉身永远是灵魂的负累，世俗的牢笼压迫着沉浸在万事中的思想。我也确信人类从世界的基本层面看见了你不可见的本质、你永恒的力量、你的神性，这些都通过你的受造物而为人所知。我想知道我要怎样才能欣赏地球或天国的物质中的美，是什么让我能够对变化的事物作出正确的决定，并规定某物应该这样，另一个应该那样。我想知道它是怎样的，我才能以这种方式判断事物，并且我意识到在我的思想之上，在变化的世界之上，存在着从不改变的真正永恒的真理。于是，我的思想逐渐从考虑物质转移到了灵魂，灵魂通过身体的感觉来感知事物，接着转移到灵魂内在的力量，身体的感觉将永恒的真实传递给灵魂。愚笨的动物是不会到达这个超越层面的。下一步是理性的力量，由肉体感觉交织而来的事实交由理性来判断。

这种理性的力量使我认识到自身也可能是变化的，它引导我思考它理解的来源。它将我的思想从常理中抽离，从加于其上的混乱意象中摆脱，所以，当它确信无疑地宣称永恒不变的事物比易变的事物更好时，它才发现照耀其全身的光究竟是什么，并明白如何才能认识到永恒不变之本体。除非由于某种原因，它认识到了永恒不变，否则它不可能确定永恒不变优于不喜欢易变。因此，在敬畏的瞬间，我的思想达到了洞见上帝本体的程度。于是，最后我确实看见了凭万物可感知的你不可见的本质。但是我没有力量凝视他们。在软弱中，我后退并回到自己的老路，除了那些我喜爱的和渴求的记忆之外，我什么也没有，就如同我闻到了美食的味道却尚未品尝一样。

18

我开始寻找获取足够力量的方式使我可以以你为乐，但是我找不到这一方式，直到我找到了上帝与人的中间人，耶稣基督，他是人，和人类一样，同时也作为上帝统治万物，受上帝永远的护佑，他向我发出召唤：“我就是道路、真理和生命。”是他与我们的肉体结合起来。这肉体是我们太软弱而无法获得的粮食，因为道成肉身，所以你的智慧是喂养婴儿期的我们的乳汁，我不够谦卑，没有将耶稣基督作为我的上帝，也没有领会到人性的弱点所造成的教训。这教训就是你的话语，永恒的真理，超越你创造物的最高层次，提拔那些服从于他的人到他身边。他用造我们的泥土为他自己在这世界上搭建了一座低矮简陋的小屋，通过小屋，他让那些服从他的人放下自己，来到他身边。他会治愈他们充满骄傲的心，并在这心里培育爱，让他们不再因为妄自尊大而误入歧途，但是当他们在脚下看到上帝本人时，那位以我们会死的肉身降卑来与享他的荣美的神，认识到他们自己的弱点。最后，他们在无力中匍匐在他的人性之前，然后随着神性的提升而提升。

➣ 第八卷

6

主啊，我的帮助者，我的救主，我现在要向你的圣名告知并忏悔，你是如何将我从紧紧束缚我的肉欲的禁锢和世俗事物的奴役中解放出来 [……]

一天，由于某些原因，这些原因我记不起来了，内布利提乌斯没有和我们在一起，我和阿利比乌斯在我们的房子里接受一个来自非洲其他国家人的拜访，他叫蓬提齐亚努斯，在皇宫中担任要职。他向我们请教了一些事情，我们坐下谈了一会儿。碰巧他看见用来玩游戏的桌上放着一本书，就在我们的座位旁边。他拿起来，打开，并吃惊地发现书里面有使徒保罗的书信，他认为这是我当老师所用的一本书。于是他微笑地看着我，告诉我当他发现这本书，且在我眼前仅有这本书时，有多么的高兴，多么的惊喜。他是一个基督徒，是你忠实的仆人，我们的上帝。在教堂中，他跪在你的面前，日复一日地祷告，并牢记它们。当我告诉他我花了很大的精力学习保罗的书信时，他开始告诉我安东尼[1]的故事，安东尼是埃及的修士，他的名字在你的仆人中享有盛誉，但在这之前，我和阿利比乌斯从来没有听过他的名字。蓬提齐亚努斯认识到这一点后，更详细地给我们讲解，希望给我们这些无知的大脑注入一些知识，因为他很诧异我们没有听说过这个人。而我们则惊异于听到你最近做出的神奇事情，几乎就在我们的时代，在大公教会中，被那么多人所见证。实际上，我们三个人都很吃惊，我和阿利比乌斯因所听到的故事太奇妙而惊讶，而蓬提齐亚努斯吃惊是因为我们以前居然没有听说过。

从这以后，他继续告诉我们修道院里成群的修士的故事，他们的生活方式散发着你的馨香，是荒漠中的绿洲。所有这些对我来说都是新闻。米兰也

1. 安东尼（公元250—约356），出生于埃及，长期在沙漠中修行，对后代的修道主义影响深远。

有一座修道院，在城墙外面，在安波罗修的带领下有很多的兄弟团契生活，但我们对这也是一无所知。蓬提齐亚努斯继续说着，我们默默地听着。最后他告诉我们，他和三个同伴在特里尔城的事情。有一天下午，皇帝在竞技场看表演，他们在城墙边的花园里散步。他们分成了两组，蓬提齐亚努斯和另一同伴一直一起，另外两个则自己分开了。他们继续散步，第二组来到一座房子前，房子是你的一些仆人的，他俩精神贫乏，但天国属于他们。在房子里面他们发现了一本关于安东尼的书。其中一人开始阅读，并且非常着迷，为故事所激动，甚至在他读完故事之前，他就开始考虑自己如何也能过上同样的生活，抛弃世间的职业，专心服侍你。他们都是朝廷的官员，在为国家服务。突然之间，他心里充满圣洁的爱。他对自己很愤怒并充满了悔恨，他看着他的朋友说："我们希望通过努力得到什么？我们期待什么？我们服务国家的目的是什么？我们在希望在宫廷里有比做国王的朋友更好的事情吗？尽管是这样，我们的位置一定岌岌可危并且暴露在危险之下？我们将会每次都遇到，仅仅达到另一个更大的危险。我们需要多久才能到达？但是只要我愿意，我可以在这个关键时刻成为上帝的朋友。"

他说了这些之后，又回到书里，遭受在他内心产生的新生命的痛苦煎熬。他继续阅读，在他心里，在那只有你可以看见的地方，正在发生变化。他的思想正在摆脱世俗，当时就表现了出来。因为他在阅读时，心潮澎湃，激动不已，最后哭了出来，因为他知道什么是正道并决定走正道。现在你的仆人对朋友说："我已经同我的抱负决裂了，我决定侍奉上帝。从这一刻起，此时此地，我要开始服侍他。如果你不遵循我的引导，就别挡着我的路。"另一个人回答说，他会与同志站在一起，因为侍奉上帝是荣耀的，并且回报也是巨大的。于是这两位你现在的仆人，在付出必要的代价造塔，也就是说，他们以失去他们拥有的一切为代价来跟随你。

这时蓬提齐亚努斯和一直与他散步的同伴从花园的另一端走过来，他们来到房子跟前，看着他们的朋友。既然找到他们，他们说回家的时间到了，日光都开始消退了。但是另外两个人告诉他们自己已经作出的决定和计划做的事情。他们解释是什么原因促使他们决定走这样的路，他们是怎样达成一致的，并且要求朋友如果不加入，至少不要成为他们的绊脚石。蓬提齐亚努斯说，他和另一个人不会改变他们原来的道路，但是他们为自己的生活状态而感动地流泪。他们祝贺他们并要求他们代为祷告。于是，他们回到宫殿，被系在大地上的心所重负，但是其他人留在小房子里，心系天国。这两个人都已经订婚，但当那两个女人听到所发生的事情，她们也决定为你守独身。

7

这是蓬提齐亚努斯告诉我的。但是当他说的时候，主啊，你让我审视我自己。我已经背过身去，拒绝看到我自己。你让我正视自己，让我看见自己是多么肮脏，多么扭曲和卑鄙，怎样的遍体疮痍。我全部都看见了，站在那里，呆若木鸡，但是没有什么地方可以供我逃避自己。如果我试图移开目光，我会看着蓬提齐亚努斯，他依然在讲述他的故事，这样一来你就让我再一次与自己面对面，迫使我与自己的目光相接，让我可以看见我的邪恶并厌恶它。我已经知道了自己的罪孽，但是我经常假装那是不一样的东西。我视而不见，并忘记了它。

但是现在，当我听到那两个人是怎样作出选择，把自己完全托付给你，从而得到拯救时，我的心越是被他们所温暖，与他们相比，我更加恨我自己。我们的生命已经过去了很多年——12 年，除非是我记错了——从我 19 岁那年读西塞罗的《荷尔顿西乌斯》起，它激发了我学习哲学的愿望。但是我依然迟迟不愿意放弃这个世界的快乐，这种放弃可以使我在这个世界自由地寻找其他幸福，这种寻找，不要说是发现，可以使我得到奖赏，它胜过人间的财宝和王国领土，胜过所有肉体的快乐，只要一点头就可以得到。作为一个年轻人，在犯错时我感到痛苦，特别是在青春期开始之时。我为了贞洁而向你祷告："请你赐予我贞洁和节制，但不是现在。"我很担心你会马上答应我的祷告，并立刻治愈我肉欲的疾病，这种欲望是我想被满足的，而不是想去压制的。我徘徊在摩尼教渎神迷信的邪恶之路上，不是因为我认为那是正确的，而是因为我信仰它胜过基督教，我没有认真考究基督教，而是抱着恶意直接反对。

[……]

蓬提齐亚努斯一直地说，我的良心就是这样被啮蚀。我被燃烧的羞耻所战胜，当他结束他的故事并完成他此行的任务之后，他走了，我陷入沉思。我提出各种控诉来反对我自己。我拷问我的灵魂并用理性痛斥它，为什么现在应该追随我自己，既然我要努力地追随你。但它进行了反击。我的灵魂不愿听从，但也不能提供任何理由。所有过去的辩解已经用尽，并证明是错误的。它沉默不语，像害怕失去生命一样害怕除掉恶习，但是正是这恶习要了它的命。

8

内在的自我像一幢被一分为二的房子，两方对峙。在我内心激烈交锋中，激起了对我灵魂的反对。我找到了阿利比乌斯。我的表情暴露了我内心的不安，我惊呼："我们到底怎么了？这个故事有什么意义？这些人没有接受像我们这样的教育，但他们站起身来直捣天国的大门，而我们这些饱学之士却匍匐在这个世界的血肉之下！这是因为他们走着我们引以为耻的那条道路吗？如果不跟上，会更糟糕吗？"

[……]

我们住的房子有一个小花园。我们可以自由地使用这个花园及其他房间，因为我们的东道主，也就是房主，不住在那里。我现在发现自己被我胸中的烦乱驱使，我不得不躲在花园里，在那里没有人会打断这激烈的挣扎，在那里我是自己的竞争者，直到我得出结论为止。结论是你知道的，主啊，但是我却不知道。与此同时，这种疯狂能使我清醒。我将死亡，这死亡会把我带向新生。我知道我内里的罪，但是没有意识到自己很快就会向善。于是我走进花园，阿利比乌斯跟着我。他的出现没有打乱我的独处，在这种情况下他怎能让我一人独处？我们在离房子尽可能远的地方坐下。我暴怒得像发了狂似的，但我自己没有接受你的意愿进入你的圣约。在我的骨子里，我知道这是我应该做的。在我内心深处，我向天上赞美。为达到这一目标，我不需要战马或战船，我甚至不需要从房子走到我们坐的地方那么远，因为要走过这一段旅程，并平安到达，没有什么比意愿的行动更为需要了。但是这必须是一个坚决又全心投入的意愿的行动，而不是那些不断地盘旋在我脑中的站不住脚的愿望，以致它必须与其自身角力，一部分努力向上，一部分坠落大地。

[……]

11

这是我疾病的本质，我被它折磨着，比过去更强烈地谴责自己，因为我被自己的锁链所捆绑。我希望锁链可以一次性全部打烂，因为现在对我来说，这只是一件捆着我的小事情。它一直捆着我。主啊，你从来没有停止关注我的内心。在你严厉的仁慈中，你用害怕和羞耻之鞭抽打我，以免我再次放弃使得破旧的残留锁链不被打破，而是重新获得力量，并更加快速地遮蔽我的眼睛。在心里我不停地说：“现在随它去吧，现在随它去吧！”仅仅说了这些，我就快要作出决定了。我即将作决定，但是我没有作成。尽管我没有退回到自己原来的状态。我站在决定的边缘，等着呼吸新鲜空气。我又试了一次，更接近我的目标了，那时依然又近了一点点，以至于我几乎可以伸手抓住它。但我还是没有达到。我不能伸手触及它或抓住它，因为我从自己应该死亡并获得新生的台阶上退了下来。我低级的本能牢牢地抓住了我，比高级的本能更强，那高级的本能却是我没有尝试过的。我越接近我要转变的时刻，我就越害怕地退缩了。但是这没有把我拉回去，也没有扭转我的目标——仅仅让我进退两难。

[……]

12

我探索自己隐藏的灵魂深处，并从中揪出可鄙的秘密，当我在心中把它们聚集在一起时，我的心里发生了强大的风暴，我的眼泪奔涌而出。我站起来，离开阿利比乌斯，好让我可以流泪并为我心灵的污秽而哭泣，对我而言眼泪更适合在独处中流淌。我走得很远以避免尴尬，甚至他在的时候也不例外。他一定察觉到我的感情，因为我已经说了一些，他已经从我的哽咽的声音中知道了。于是我站起来，让他充满困惑地坐在那儿。不知怎么的，我扑倒在一棵无花果树下，任凭我的泪水流淌，这是你应当接受的献祭。我的上帝啊，我有太多的话要对你说，我说了很多话，虽不是这些原话，但是这些意思："主啊，你永远不会满意吗？我要一直接受你的惩罚吗？请忘记我长久以来的罪恶吧。"我仍然觉得自己被罪恶所捆绑。我继续在痛苦中哭求："我不断地说'明天，明天'，还要说多久？为什么不是现在？为什么不在现在就结束我的罪恶？”

我不断问自己这些问题，哭泣着，心中悲痛万分，这时我听见附近的房子里传来一个小孩子的歌声。我说不清是男孩还是女孩的声音，但是它一遍一遍重复着：“拿起来读，拿起来读。”我抬起头，仔细地想这是不是孩子们在游戏时常常念诵的歌谣，可是我记不起这样的歌谣。我止住了涌流的泪，站起身来，告诉自己这只可能是神圣的命令，要我打开《圣经》，去读那随之映入眼帘的第一段经文。我听过安东尼的故事，我记得他是怎样偶然去教会听到福音，并把它作为对自己的劝诫：“去变卖你的所有，分给穷人；你要积攒财富于天上，然后还要来跟随我。”经过这一神圣的宣召，他马上皈依了你。

于是我快速返回阿利比乌斯坐的地方，因为我离开时把使徒保罗的书信留在那里了。我抓起那本书，打开它，默默地阅读那映入眼帘的第一段：“不可荒宴醉酒，不可放荡纵欲，不可纷争嫉妒。总要披戴主耶稣基督，不要为肉体安排，去放纵私欲。”我不想再读下去，也不需要再读下去了。在那一瞬间，当我读完这句话时，好像一束信赖的光涌进我的内心，所有怀疑的黑暗被驱散了。

我用手指或其他的什么东西在书上作了标记，

合上了书。当我告诉阿利比乌斯所发生的事情时，我的表情很平静。他也告诉我他的感受，当然那是我不知道的。他想看我所阅读的东西。我拿给他看，他接着读下去，我不知道接下来是什么，原来是："你们要接纳信心软弱的人。"阿利比乌斯把这句话用在他身上并这样告诉我。这条忠告足以给他力量，没有经过任何犹豫的痛苦，他就下定决心并以此作为自己的目标。这很适合他的道德品质，在这方面他比我强很多。

然后我进去告诉我的母亲，她简直喜出望外。当我们讲述事情的经过时，她胜利地欢呼并赞美你，你满有大能，你的大能足以使你所行的超出所有我们所求所想的。因为她看见你应允她的远远超过了她曾经泪眼汪汪地祷告和悲伤哀求的。你使我皈依你自己，我不再渴求妻子或把任何希望放在这个世界上，而是牢牢地把握信仰的原则，那些原则你已经在多年以前在梦中向她展现了。是你把她的悲伤变成了欢乐，是比她曾经最想要的欢乐更多的欢乐，也是比她曾经想在我的孩子中找到的更甜美、更纯洁的欢乐。

➛ 第九卷

2

知道你在注视着我，我想自己最好从兜售口舌的市场中平静地退下来，而不是突然间轰动地离开。那些对你的律法与安宁没有思考的年轻人，他们在法庭上仅仅是撒谎和疯狂地争辩，我打算不让他们在我的口中买到任何武器以装备他们的疯狂。幸运的是，快到暑假了，我决定忍耐并推迟到一个合适的时候离开。既然我已经被你救赎，我就不想再次出卖自己。这个计划是你知道的，而除了我最亲密的朋友之外没有人知道。我们相互约定不让太多的人知道，虽然当我们自“流泪谷”上升时，唱着高升的歌，你已经给了我们锋利的箭和燃烧的火炭来抵御狡诈的舌头，这舌头可能以忠告的名义，用他们所谓的爱将我们吞下去，像人们吃自己喜爱的食物一样。

[……]

6

当提交我的名字去受洗的时间到来时，我们离开乡下回到米兰。阿利比乌斯也在那时决定在你那里获得新生。他已经具备举行圣礼所需的谦卑，他的身体已经经过严格的纪律的考验，他甚至会赤脚行走在意大利冰冻的土地上，这是很少有人敢做的。我们也带上了阿德奥达多斯，因我的罪而生的亲生儿子。你给了他所有的天赋。尽管他才 15 岁，但很多有学问和受人尊敬的人在智力上都不及他。我承认他的天赋是源于你，主啊，我的上帝，你是万物的创造者，你拥有巨大的力量来重塑我们的缺陷，我自己除了罪之外什么也没有给予他。是你，而不是别人，让我们按照你的期望把他培养长大。这都是你的馈赠，我都一一承认。

[……]

我们使他成为我们的同伴，在你的恩典之下没有人比我们自己更年轻。我们已经准备好以你的方式开始学习成长。我们都受洗了，昔日所有的忧虑一扫而光。这些日子太短了，我沉迷在惊奇和快乐之中，默想着你拯救人类的远大计划。当我听到赞美诗和颂歌的时候，不禁潸然泪下，来自你教堂的甜美歌声深深地打动了我。音乐在我耳边回荡，真理在我心中涌出，我献身的情感激烈涌动着，我泪如泉涌。但是这都是欢喜的眼泪。

8

哦，上帝啊，你让心意相同的人生活在一起，并把一个来自我家乡名叫艾弗第乌斯的年轻人带来，让他加入我们。他在我们之前皈依我主和受洗，并受雇为政府官员，但是他放弃了为政府服务而追随你。他留下与我们一起，打算过敬虔的生活。我们讨论着在哪里最能侍奉你，接着便一起动身返回非洲。当我们还在梯伯河口的奥斯蒂亚城[1]的时候，我母亲就去世了。

还有很多的事情我不能在这本书中记下来，因为我要节省时间。我的上帝啊，对于那些我还没有提到的事情，我祈求你接受我的忏悔和感激。但是我不会遗漏一件关于我母亲——你的仆人——的事情。在肉身上，她让我来到这个世界上；在她心里，她让我出生在你永恒的光中。我应该述说的不是她的能力，而是你给她的天赋。她既不是她自己的创造者也不是自己的老师。是你创造了她，即使是她的父母也不知道自己的孩子长大是什么样的。是基督的教导，是你独生儿子的指引，在一个基督教家庭中，她在成长中一直顺从并尊重你，这个家庭是你众多好的基督教家庭之一，属于你的教会 [……]

10

在她去世前不久——你早已知道她的去世之日，主啊，但我们不知道——我和母亲两个人逗留在奥

1. 梯伯河又称台伯河，位于意大利境内，奥斯蒂亚城位于梯伯河畔，是古罗马时期的著名商业和交通中心。

斯蒂亚城，透过一个窗户可以看见院子里的花园。我们经过长途跋涉之后待在那里，那地方远离尘嚣，我们在作远航之前的休整。我相信我要说的是你预先所做的秘密工作。我们在一起单独谈话，我们的交谈宁静而快乐。我们忘记过去，努力把握未来。在你的真理面前，真理就是你自己，我们在思考圣徒的永生是什么样子，这种生命是眼睛未曾见过，耳朵未曾听过，人心也未曾想过的。但是当我们张开心灵之口，接受从你天上的生命之源流出的泉水，只要是我们的力量所及，我们就会洒上圣水，并在一定程度上理解这一伟大的奥秘。

我们的谈话让我们得出结论，任何的肉体快乐，不论是多么伟大的快乐，不论世俗之光向它照射怎样的华彩，除了圣徒喜乐的生活之外，没有什么能够与之相媲美，甚至根本不值一提。当爱的火焰在我们体内燃烧得越旺，提升我们使我们越来越接近永恒的上帝时，我们的思想会从在不同程度上徘徊在物质事物的范围，到达天国，太阳和月亮及星宿从天国照耀着大地。我攀登得越高，就越惊奇地思考和诉说你所创造的一切。最终我们回到自己的心灵，然后又超越它们回到那个永恒富足的地方，在那里你让以色列人食用你真理的粮食。在那里生命是智慧，所有我们知道的事物都是由其创造，包括已经形成的事物，也包括尚未形成的事物。但是那智慧不是被创造的，它一直是那样的，而且永远是那样——或者，我不该说“一直是”和“将是”，可简单地说“它是”，因为永恒不是在过去也不是在将来。当我们谈论永恒的智慧时，我们用心中所有的力量来渴求它并极力追求它，刹那间我们达到并触摸到它。然后在叹息中，带着我们心灵里的收获，返回到自己说话的声音中，这声音里的每一个词是有开头有结尾的——这与你的话语相当的不同，我们的主啊，你持守自己到永远，不会衰老，并给所有事物以新生。

[……]

这是我们谈话的大意，尽管我们没有用这么精确的语言来说，也没有像对你说的这样准确。但是你知道，主啊，那天我们说话时，世界上所有的快乐与我们所谈论的相比显得没有任何价值。我母亲说:“儿子，对我来说在这个世界上我已经找不到任何更快乐的事情了。我仍可以做什么，或是我为什么在这个世界上，我都不知道，我在这世上已经没有其他的盼望了。我为什么希望在这个世界上活得长一点，只有一个原因，并且是唯一的原因，就是看见你在我死之前成为一个基督宗教徒。上帝应允了我的愿望，他的应许比这更多，因我现在看见你成为他的仆人，并轻视这世界所给你的幸福。我在这世界还有其他的祈求吗？”

11

我简直记不起我是怎样回答她的。从那天起大约过了5天，或是5天不到，母亲就发烧卧病在床了。一天，她在病中昏厥过去，并在短时间内失去了知觉。我们急忙赶到她身边，但是她很快就恢复了知觉，看着站在她身边的我和弟弟。她满脸疑惑地问：“我在哪里？”她近距离看着我们，满脸悲伤，沉默不语，她说：“你们要把母亲埋在这儿。”我什么也没有说，极力克制着眼泪，但是我弟弟说了一些话，大意是他希望母亲为了她的缘故死在自己的国家，而不是异国他乡。当她听到这些时，她面带忧色地看着弟弟，眼神中充满了对他这些世俗思想的责备。她转过来对我说：“听听他在说些什么！”然后她对我们俩说：“你们在什么地方埋葬母亲都没有关系。不要因为这事而让你们担忧！我所期望你们的是，不论在哪里，你应该在上帝的祭坛上想起我。”

[……]

母亲生病大约9天后，她56岁，我36岁时，她虔诚、全然献上的灵魂离开了肉体。

13

我的灵魂现在已经从那伤痛中康复了，也许我对这尘世的情感深感愧疚，我的眼中流出了另一种眼泪。主啊，那是我为你的使女所流的眼泪。那眼泪是从一颗惶恐的灵魂中流出的，这灵魂一想到每个与亚当同死的灵魂都要面对的种种危险就极度不安。尽管在她的灵魂离开肉体之前，她已经活在基督的里面，而且她的信仰和美好生活与你圣名的荣耀共鸣，但是，我不敢断言母亲从受洗得到新生的那时起，她口中没有说过一句与你诫命有抵触的话。你的儿子，就是真理本身，曾经说过：“凡是向弟兄发怒的、愚蠢的人，就必要遭受地狱之火的煎熬。”即使是值得颂赞的一生，如果抛开你的怜悯，当你审视他的时候，这也是有过失的。但是你不会无情地搜寻我们的缺点，因为我们希望并相信有一天我们会在你的身边找到一席之地。然而如果某人把他的功绩加以罗列，这功绩除了你的恩典之外还会有什么呢？但愿人能够明白他们只不过是人！他们所要夸耀的只是主！

为此，我的荣耀和我的生命，我心中的上帝，我要暂时抛开我母亲所做的所有善事。为那些，我感谢你，但是现在我为她的罪祷告。请你通过你那被钉十字架又坐在你的右边并为我们祈求的圣子来聆听，他是我们伤口的真正良药。我知道我的母亲总是表现出怜悯，并全心宽恕他人对她的冒犯。主啊，如果她在受洗之后这么长的时间里对你有所冒犯，请你宽恕她。我恳求你原谅她，不要追究她的责任。让你的仁慈隆重地欢迎你的判断吧。因你的话语是真实的，而且你已经答应怜悯那些值得怜悯的人。如果他们是值得怜悯的，这是你的馈赠。你要怜悯谁，就怜悯谁；你要恩待谁，就恩待谁。

[……]

让她与丈夫安息在一起。他是她的第一位丈夫，而且母亲没有再嫁。她服侍丈夫，把辛勤劳动得来的果实献给你，最后她为你赢得了他。主啊，我的上帝，启发你的仆人，我的弟兄——他们都是你的孩子。我的主人，我用心和声音，以及笔来服侍你——启发这些读你书的人来纪念莫妮卡，你的仆人，在你的祭坛上和巴特利西乌斯，早于她而去的丈夫。尽管我不知道，但是通过他们的身体你把我带进了这种生活。让读者虔诚地纪念他们，他们不仅是我的父母，而且是我的弟兄和姐妹，在教会我们大公教的母亲那里，我们同属于你，我们的天父，我们将是永恒耶路撒冷的居民，他们在向这圣城的朝圣途中一路叹息，从他们启程直到他们回到你身边为止，比起我一个人，如果更多的人通过阅读我的《忏悔录》来祈祷的话，我母亲对我最后的遗愿能够得到更大的满足。

第十卷

2

哦，主啊，人类良知的最深处在你眼前是赤露敞开的。就算我不向你忏悔，我有什么能逃得过你的双眼呢？我只能遮蔽自己眼睛不看你，而不能在你面前隐藏自己。但是，我现在的痛苦证明我对自己是多么不满意，你是我的光和喜乐。你是我的爱和渴求，我以自己为耻并把自己抛在一旁，只是追随你，而且只有在你里面，才能让你和我都满意。

因此，主啊，我的所有在你面前是赤露敞开的。我宣称向你忏悔使我获益良多。我不是仅用舌头的语言和声音来忏悔，而是用我灵魂的声音和我的思想大声向你哭泣来忏悔。你的耳朵能够听到，当我充满罪恶时，如果我对自己不满，这忏悔就是对你忏悔；当我做了善事时，如果我不认为是自己的美德，这也是对你的忏悔。主啊，你赐福正义之人，但是你首先使罪人成为正义人士。所以我的忏悔是在你——我的上帝——的注视下默默地进行，同时又是大声的忏悔，因为即使我的口舌完全无声，我的心也在向你哭泣。我向人诉说的一切美言，你已经提前在我心里听见了，而且不论你在我心里听见的美言是什么，都是你早先对我说过的。

4

人们在听我说的过程中希望得到什么益处呢？当他们听到借着你的恩典我与你这么地接近，他们会愿意与我一起感谢你吗？当他们听见我因自己的罪的重负而与你相隔绝时，他们会为我向你祷告吗？如果这是他们的心愿，我要告诉他们我是谁。主啊，我的上帝，如果很多人因为我向你表示感谢，很多人都因我而向你祷告，我就得不到什么好处。让那些我的真正的弟兄，按照你所教导的，爱我身上值得爱的品质，并让他们悲伤地在我身上发现那些按照你的教导而要责备的部分。这就是我希望自己真正的弟兄心里的感受。我不会对陌生人说话，也不会对“陌生的仇敌”说话，“他们做背信弃义的誓言，并举手发假誓。”我真正的弟兄是这样一些人，他们发现我的善就在心里高兴，而发现我的罪时就感到悲伤。他们是我真正的弟兄，因为不论他们看到的是我的善还是罪，他们都依然爱我。面对这样的人我才会敞露自己。让他们发现我身上的善而感到欣慰，发现罪时感到难过。那善是我在你里面借着你的恩典做的，而罪恶则是我自己的错误。这是你对我的惩罚。让我的弟兄为其中一个感到欣慰，为另一个感到难过。让感恩的旋律和悲伤的哭泣一起从他们的心中涌起，好像他们是在你面前燃烧的祭物的器皿。我向你祈求：“主啊，悦纳他们在你圣殿前献上的馨香，为了你名的缘故，请依照你丰盛的慈爱来怜爱我们。请不要放弃你已经开始的工作，而要让依然不完美的我变得完美。”

于是，如果我继续忏悔，我忏悔的不是我的过去，而是现在，这就是忏悔带来的善果。我向你忏悔时内心很快乐，但是也有忧惧。有悲伤，却也有希望。但是我不仅仅向你忏悔，而且也为向那些相信你的人忏悔，他们分享我的快乐并和我一样，命定是要死亡。在你的王国中，他们是我的同路人，并陪伴我同走天路，不论他们是先行，或是将要走，或是与我一起走过生命之路。他们是你的仆人，也是我的弟兄。你拣选他们做你的儿子。你让我视他们为主人，如果我希望与你同活并享受你的恩典，就必须服侍他们。这是你的吩咐，而如果这仅是只言片语，而没有基督的榜样作为行动的示范，那么这种命令对我来说就没有什么意义。我在话语和行为上都遵从你的吩咐。我在你的翅膀的庇护下如此行事，如果不是把灵魂交给你，寻求你翅膀的庇护，让你知道我的弱点，我就会处于危险之中。我不过是一个孩子，但是我的天父永远活着，我有一个足够强大的保护者来拯救我。那生养我、看顾我的是同一位，对我来说，除了你，全能的神，以外没有良善，你与我同在且甚至在我皈依你以前就与我同在了。于是我要按照你吩咐的去做，向我所侍奉的展示自己，不是曾经的自己，而是现在和将来的自己。但是，因为我不会检查我自己的行为，让我的言语按照它们的本意被理解。

30

你命令我要我继续让自己远离肉体的情欲，眼目的情欲和今生的骄傲；你命令我不要淫乱，虽然你并不禁止我结婚，但你建议我走一条更好的路。你给我恩典，我听从你的吩咐，甚至在圣礼之前我就开始禁欲。但是在我的记忆中，我说了很多，仍然还保留着以前习惯的印象。当我清醒时，这些习性对我有一些影响。但是当我进入睡梦中，它们不仅给我快乐，而且好像在行动上默认了。这种虚幻的想象强烈作用于我的灵魂和肉体，在睡梦中这幻想能够影响我，但是在现实中却不能。哦，主啊，我的上帝，我在睡觉时难道就不是我自己了吗，但是在我经历从醒到睡眠，或是从睡眠到醒时，我的情况是如此的不同。在睡眠中，我那可以抵制这种诱惑并保持坚定不动摇的理性哪里去了，在我闭上眼睛时被封闭起来了吗？它与身体的感觉一同入了睡吗？为什么我在梦中经常抵抗幻想的诱惑，因为我仍记得自己守贞洁的决定，并也遵守了，没有被这种东西诱惑？醒着与睡眠的差别如此之大，我睡觉时事情会以其他方式发生，当我醒着意识到的时候，我回到清晰的心智状态，因为这种不同，我就不用为此行为负责，尽管我对一些方式或是一些其他发生在我身上的事情感到遗憾。

哦，全能的上帝，你大能的双手有足够大的力量来治愈我灵魂的所有疾病。你给我更多的恩典就可以熄灭睡眠中挑逗我的火焰。哦，主啊，你会增加我的恩赐，让我的灵魂可以跟随我来到你身边，从被捆绑的阴谋中释放，并反对这种阴谋。通过你的恩典，我在睡梦中再也不会做出可耻的、不洁的行为，这行为被肉体的想象挑起，并导致身体被玷污。我不会再做，更不要说赞同它们了。对你来说，全能的主，“你有足够的力量来展开你的计划，这超越了我们所有的希望和梦想”，让我不再受这种诱惑，哪怕是意念上的微小试探，这些会激起我感官欢娱的试探，为我抵挡吧，让我在梦中也保持纯洁的心灵，这对你来说不是什么困难的事情。这是你可以在人生的任何时候为我做的，甚至在人生的黄金期。但是现在我对我良善的上帝作此忏悔，坦言我仍旧被这种罪恶所搅扰。我心中带着敬畏，因你的赐予而喜乐，但是我为自己的匮乏而悲伤，相信你会在我身上完善你的怜悯，直到我获得完全的安宁，那就是当死亡被吞没在凯旋之中时，我要全身心地与你共享的安宁。

35

我必须说出另一种诱惑，这种诱惑更加危险，因为它更加复杂。除了我们肉体的欲望，使我们渴望满足自己的感官和快乐，并引导我们走向毁灭，如果我们远离你而成为它们的奴隶，思想也会受到特定的倾向去使用肉体的感觉，不是为了某种身体的自我放纵，而是满足自己的好奇心。这种无用的好奇的伪装以科学和学习为名，因为它源于我们对知识的渴求，用眼看是获得知识的主要方式，在圣经里这被称为："眼目的情欲"。尽管，准确地说，看是眼睛的适当功能，我们用其他感觉的词，我们使用它们来获得知识。我们不会说"听听这是多么闪光""闻闻这是多么的亮""尝一下这是怎么发光的"，或是"摸摸这是怎么发光的"，我们说这些事物是因为我们看得见。我们不仅会说"看看这是怎样发光的"，当某物只可以被我们的眼睛感知时，我们也会说"看看它有多响""看看闻起来怎么样""看看味道怎么样”“看看坚硬程度如何”。于是，我说，通常的感官体验被叫作眼目的情欲，原因是，虽然视觉的功能主要属于眼睛，当用于发现知识时，我们也一样使用其他的感觉器官，可以类推。

我们可以很容易地区分享乐的动机和好奇的动机。当感觉需要快乐时，他们就寻找视觉上美丽的事物、和谐的声音、芬芳的香味，以及尝起来美味且摸起来柔软的东西。但是，当他们的动机是好奇时，他们会寻找相反的事物，仅仅是为了证明，不是为了一种不快的体验，而是为了体验了解和发现的滋味。在看到一具破碎的尸体时，除了恐惧之外，还有什么愉悦感呢？然而人们会趋之若鹜地看那躺在地上的尸体，仅仅是为了体验其带给他们的悲伤和恐惧的感觉。他们甚至害怕那会给他们带来噩梦，好像当他们清醒时有某种东西迫使他们去看，又或者像是有什么东西像美丽的谣言一样吸引他们。对于其他的感觉也是一样，虽然再举例显得有点单调。在戏院里面怪异和奇特的表演满足人们不健康的好奇心，出于同样的原因，人们被引向探寻自然的秘密，这秘密与我们的生活没有关系。这种知识对他们没有价值，并且他们期望得到的仅仅是为了求知。这也是很奇怪的，这使得人们求助巫术，并出于为了让一些人走上邪路的目的而努力获取知识。这种情况甚至闯进了我们的信仰里，当我们要求从上帝那里看神迹奇事时，我们便把上帝放在了试探中，我们这么做不是为了得到拯救，而单单是喜欢一种体验。

[……]

我的人生充满了这种错误。我唯一的希望就是你无垠的慈爱。当我们的心变成储藏室，堆满这种没有价值的货物时，我的祈祷就因此经常被打断和分散。即使在你出现的时候，我们内心的声音也传到了你的耳朵，各种各样的琐碎思想闯进来，并打断祷告的伟大行动。

41

现在我开始思考自己的罪带来的可悲状态，根据诱惑的三种不同情况，我祈求你伸出援助之手拯救我。在我受伤的内心，我看见了你的光辉，这使我眩目。我问：谁可以接近这个荣耀？你的照管将我排除在外。你是掌管万物的真理。但是在我自私的渴望中，我不愿意失去你。与你在一起时，我想撒一个谎，就像当错误遮蔽一个人的双眼，使他看不到真理时，他不会承认自己明显的错误。这样一来，我失去了你，因为你不会与谎言同在。

42

谁可以让我重归于你，我应该向天使求助吗？但是如果我寻求到了帮助，我应该祷告什么呢？我该使用什么样的圣礼呢？我听说很多人没有力量通过自己回到你那里，就通过这种方式来试一下，但是他们都以渴望奇怪幻象而告终，他们唯一的收获只是妄想。他们试图在所有自负和傲慢的知识中找到你。当他们应该悲痛捶胸顿足时，内心却被骄傲所填满。因为他们在心中聚集，他们吸引堕落天使，低空中的王子，他们与骄傲为友并与之联合。但是这种联合捉弄了他们，使用魔幻的技巧，我们所找的是可以洗净他们罪恶的中保，实际上不是中保，而是化作光明天使的魔鬼。这魔鬼不是血肉的生物，而是对骄傲肉体的强有力的诱惑。他们都是终将要死亡的人和罪人，而你，主啊，你是不朽的和无罪的，他们想与你和解。但是在上帝与人之间的中保必须在某种程度上与神一样，又与人一样。如果在这二者之间，他像人，那么他就会离神太远；如果在二者之间像神，又会离人太远。这两种情况他都无法成为中保。但是因为你隐藏了正义的宣告，你给了魔鬼一个特权来嘲弄那些骄傲的人，他装作一个中保。一方面这个中保像人，他是有罪的；另一方面，他假装像上帝，因为他没有穿着会朽坏的血肉外衣，他试图把自己作为不朽的代表。但是因为罪的果报就是死，他与人一样出于这个原因而会被宣判死亡。

43

但是有一个真正的中保，在你隐秘的怜悯中，你已经把他展现给了人们。你派遣他，让人们通过他的榜样学习谦卑。他是神与人的中保，耶稣基督，他是一个人，他出现在人间，在有罪和必死的人与不朽和公义的上帝之间。他像人，所以会死；他像神，所以公义。因为他正义的回报是生命与和平，他的到来是通过他与上帝结合的公义，通过选择去分享他的死亡，使那些被他称义的罪人免于死亡。他被预示给古代的圣人们，让他们可以通过相信他即将来受难而得救。正如同我们因相信他在多年之前为我们受死而得救一样。因为作为人，他是我们的中保，但是作为上帝的圣言，他就不是上帝与人之间的中保，因为他与上帝平等，并与上帝同为上帝，与他一起同为一个上帝。

[……]

我的罪恶和被死亡加重的痛苦让我恐惧，我反复思考自己的问题，并几乎决定要去沙漠中寻求庇护。但是你阻止我这样做，并给我力量说："他替众人死了，为的是要使活着的人不再为自己活着，却为那替他们死而复活的主而活。"主啊，我把我所有的烦恼都抛给你，从现在开始我要默想你律法的奥妙。你知道我是多么软弱，我的知识是多么匮乏，教导我并医治我的软弱吧。你的独生子拥有一切知识和智慧，用他的血拯救了我。把我从仇敌的嘲笑中解救出来，我知道救赎的代价。我吃他的肉，饮他的血，并与其他人分享。因为贫乏，我渴望充饥，成为吃饱喝足的人。谁追寻主，谁就会赞美主。

➛ 第十一卷

3

让我聆听并理解这些话：起初，你创造了天地。摩西[1]写下这些话。他写下以后就到你那儿去了，留下了这个你对他说话的世界。他从此不在这儿了，我不能与他面对面。但是如果他在这儿，我会缠住他，并以你的名义，我会苦苦地求他为我解释这些话。我会竖起耳朵全神贯注地聆听从他嘴里发出的所有声音。如果他用希伯来语说，他的话只会穿耳而过，我的大脑里什么也不会留下。如果他说拉丁

1. 摩西，公元前13世纪的犹太人先知，《圣经》旧约前五卷书的作者。

语，我会知道他说什么。但是，我怎样才能知道他说的是真的呢？如果我也知道，那么我就不用通过他得到这些知识了。然而在我思想的最深处，真理既不是希伯来文，也不是希腊文、拉丁文，或任何外国语言，它仍然会向我说话，虽然不是通过嘴唇和舌头形成的音节来向我说话。它可能会是低语："他说的是真理。"但是我马上就会确定。我会自信地对你的这个仆人说："你告诉我的是真理。"

于是，我不再质问摩西，因为你赐予他的话是真的，因为你用你自己的真理充满他。我祈求你，我的上帝，宽恕我的罪，并像赐予你的仆人摩西以恩典说那样的话，来赐予我恩典以理解这些话。

9

他是起始，上帝啊，在那时你创造了天地。通过这种奇妙的方式，你说话，并在你的话语里、你的儿子——你的力量、你的智慧、你的真理创造了他们。

谁可以理解这个奥秘，或是可以把它解释给其他人呢？这是什么光？这柔和的光不时敲击着我的内心，促使我在敬畏中颤抖，然而也因它们的温暖燃烧我。我颤抖着感觉到我与它的不同，然而迄今为止我却与它相像，我因为它的火光而发亮。这是智慧之光，是智慧本身，时常地照耀着我，驱散笼罩我的阴云。但是当我软弱地远离这光时，这些云就重新在浓密黑暗的笼罩下包裹了我，这是我要承受的惩罚。我的力量因为痛苦而损耗，以致我不能持续被祝福。因此我将会活着，直到你宽恕了我的罪，并治愈我所有致命的疾病。你会把我从死亡的危险中解救出来，戴上你怜悯祝福的冠冕，满足我美好的愿望，像保存雄鹰的羽毛那样来保留我的青春。我们的拯救建立在某些东西的希望之上，在忍耐中我们等待你应许的实现。让这些能够听你话的人说出心声。我们相信你启示的话语，我要大声地说："主啊，你创造的是多么五彩缤纷！你创造他们的智慧是多么奇妙！"你创造天地时开始的是智慧，智慧也是开始。

13

一个思想变化无常的人，其思想总会因过去时间的观念迷失，他可能会好奇：你，全能的上帝，万物的创造者和掌管者，天地的造物主，为什么会在你伟大创造工程最后完工之前，空闲着并让无数的时光流逝？我对这些人的忠告是摇醒他们的迷梦并仔细思考，因为他们的惊奇是基于错误的观念。

你是创造者，是所有时间的源头，在你创造时间以前怎么会有无数的时间流逝掉呢？一直存在着的时间不是你创造的吗？如果过去的时间不存在，又怎么能消失呢？

你是一切时间的创造者。如果，在你创造天地之前没有时间，那么怎么能说你在虚度光阴呢？你一定是创造了那个时间，因为时间在被你创造之前，是不会流逝的。

[……]

14

因此正确地说，如果你没有创造什么，就没有时间，因为时间是你所创造的。并且时间不会与你一起永存，因为你永恒不变。否则，如果时间永恒不变，就不是时间了。

[……]

19

你，所有造物的统治者，是用什么方式向人们的心灵揭示未来的呢？你曾启示先知们。这未来对我们来说是不存在的，那么现在你是怎样为我们启示未来的呢？还是你启示的只是未来事物在目前的征兆？把不存在的事物启示给我们这是完全不可能的。你做这事的方法超出了我们的理解。我没有能力来理解这个奥秘，通过我自己的能力绝不可能。但是在你的力量中，我可以理解，当你给予我恩典来看时，你是我灵魂之眼的甜美之光。

[……]

25

我向你忏悔，主啊，我依然不明白时间到底是什么。而且我忏悔自己不知道在时间中说的是什么，我已经谈论时间有好长时间了，如果实际上时间不是一直在流逝的话，那么这么长的时间就不算长的时间。如果我不知道时间的话，我怎样知道这一点的呢？是我确定知道时间是什么，只是不知道如何用言语来表达我所知道的吗？我处在一种难过的状态中，因为我甚至不知道我到底不知道什么！

[……]

31

哦，主啊，我的上帝，你的神秘是何等的深奥！我的罪恶使得自己被远远地抛开在你安全的天国之外！医治我的双眼并让我在你的光辉中欢呼雀跃。如果有一颗心灵被赋予这种强大的力量，知道并可以预知所有的过去和将来，就像我熟悉许多赞美诗一样，这颗心灵将会令人惊奇地超越信仰。我们要对此保持敬畏，过去的岁月和将来的时间都瞒不过这颗心灵。这就像我唱赞美诗，我知道自己已经唱了多少，还有多少没有唱，我离开头已经多远，离结束还有多久。但是，这是不可思议的，宇宙的创造者，灵魂与肉体的创造者，仅仅以这种方式就知道所有的过去和未来。你的知识远比这更奇妙、更神秘。不像人的知识，只唱一些他熟悉的赞美诗，或是听其他人唱一些他熟悉的赞美诗。当他这样做时，他的情感发生了变化，他的感觉被划分，因为他一边要想未唱的歌词，一边又还要记着他所唱过的。对于你来说绝非如此，你是永恒的不变，真正永恒的思想创造者。从一开始，你就知道天地，在你的知识中天地没有变化。以同样的方式，在起初你创造了天地，在你的行动中也没有改变。一些人明白这个道理，另一些人却不明白。让他们所有的人都赞美你吧！你超越于万物之上，但你又住在谦卑人的心中。因你安慰劳苦重担之人，抬眼仰望你高台的人不会跌倒。

第十二卷

2

我的唇舌向在最高处的你庄严谦卑地忏悔，是你创造了天地，我所看见的天和我脚所踏的地，这塑造了我们身体的大地。是你，创造了这一切。主啊，但是哪里是天外之天？诗篇中说：“天外之天属于上帝，他将大地赐予人的子孙？”我们看不见的天国在哪里？与之相比我们所看见的只是大地，可天国在哪里呢？

[……]

3

毫无疑问，为什么我们说大地是“看不见且没有形状的”，那是没有光线的深渊，原因是大地没有形状。为什么你要写“黑暗统治着深渊”，这唯一的原因就是那里完全没有光。如果有光，除了在其之上，又能在哪里抛洒光辉呢？但既然没有光，黑暗的在场不就是光的缺席吗？因此黑暗统治着一切，因为上面一点光都没有，就好像沉默统治着没有声音的地方。无声的沉默不就是声音的缺席吗？

[……]

4

除了用熟悉话语，还能用什么让即使愚笨的大脑也可以理解呢？在构成这个世界的事物中，能找到什么比“大地”和“深渊”更能描述这种空虚混沌呢？因为它们处于创造物的最底层，相对高级的事物，有底层事物的美丽形式，光芒四射。为什么我不能假定“大地是无形又没有形式的”这句话是要传达给人类的呢？而这恰是以一种他们可以理解的方式传达的。你创造不美丽的无形状的事物是为了让这个美丽的世界有形吗？

7

如果它开始就在那儿，为了做这些可见的、复杂形式的工具，那么它自己的起源是什么？只能把它的出现归结于你，所有的事物在你那里都有起源，不论它们存在的程度如何，虽然它们越不怎么像你，就离你越远——我这里不是说空间。这意味着，主啊，你不会像事物或环境一样改变，而是始终如一，恒久如一，并且一模一样，**圣哉、圣哉、圣哉，主啊，全能的上帝**，你在最初创造了事物，以你自己的方式，通过你的智慧，这智慧从你的本质而生，并且你从无中创造了有。

你创造了天地，但你并没有用你自己的本质来创造。如果你这样做，它们就会与你独生爱子平等了。对你来说，公义绝不会承认你本体以外的本体能与你平等。主啊，除你这位三位一体，一体三位的主，在你之外没有任何东西可以创造天地。因此，你必定是从无之中创造它们，一个是伟大的，一个是渺小的。没有什么是你不能做的。你是善的，所以你所造的都是善的，不管是伟大的天外之天，还是这个渺小的世界。你就是本身，除你以外什么也没有。于是，你从虚无中创造了天地，并将一个与另一个区分开来。一个与你接近，另一个与虚无接近。一个仅仅通过你来超越，另一个仅仅比虚无少一点。

13

主啊，这就是当我读到“起初，上帝创造了天地。地是不可见的，没有形状，黑暗统治着深渊”这些话时，解释你的《圣经》的方式。《圣经》上没有说你在哪一天创造了它们，但是我理解这个原因，“天”在这里意味着天外之天——那是智力的天国，在那里知识具有优先权，可以立刻知道所有，而不是部分，不像从一个镜子中看到的模糊的反射，而是作为一个整体，是清晰的，是面对面的，不是首先、其次……就像我刚刚说过的，而是一次认识全部，远远不是时间的起落——而“地”则意味着不可见、无形的，它也不像时间那样由此及彼地变化，因为没有形式就什么也没有。天与地，按我的理解，意味着当《圣经》说“起初，上帝创造天地”时，没有提到日子，天就是天外之天，这天从一开始就被赋予了形式，而地是不可见的，也没有秩序，完全没有形式。实际上《圣经》在下一节经文中解释的就是这个意思。因为它说第二天苍穹被创造，那就叫作天，这给我们理解第一句说的天是指没有提到日子的天。

27

摩西留下的论述，你选择将其传给我们，这论述像泉水一样，内容丰富，因为它在限定的空间里流动。泉水比那没有支流但长度更长的河流流量更大，有更多的支流，并浇灌更多的土地。同样，从摩西之口，发出极为简短但又命定的话，这些话为一大群讲道者所用，从我们每个人中涌出真理的清泉，通过更冗长又迂回的短句，推出一个尽可能像他一样的，真正的关于创造的解释，一些人会选择这种或那种解释。

[……]

31

因为这个原因，尽管我听见有人说：“摩西的意思是这样的”或“摩西的意思是那样的”，我想更虔诚的说法是：“如果两种观点都是对的，为什么摩西不采用两种呢？如果有人从同一句话中读出了第三种或是第四种，或是任何一种真正的意思，为什么我们不应该相信摩西读出了所有的意思呢？只有一位上帝使摩西用最适合大多数人的头脑的方式写《圣经》，这些人都可以在里面看见真理，虽然在每一个情形中不是同样的真理。”

就我而言，我坚决地声称并竭尽全力表示，如果要我写一本书，这书被最高权威认可，我宁愿用这种方式来写，一个读者可以在我的话中找到回应，不论他能够理解什么样的真理。我宁愿用这种方式来写，而不是明确地把一种简单的正确意见加在上面，尽管这些意见没有错误，但这会排斥其他意见。如果这是我为自己选择的，我的上帝，我不会这样轻率，好像假定一个像摩西一样伟大的人从你那里仅得到很少的恩赐。当他写这些话时，他完全意识到他们是默许的。他意识到了每个真理，那些我们可以从中推演出的真理，和那些我们尚不能推演但却可能发现的真理。

32

[……]

主啊，我的上帝，仅这些话我就写了这么多！如果我用这种篇幅来评论你的整部《圣经》，我需要多少耐心和时间啊！让我继续把自己的思想用于《圣经》，但是要简短一些。这样就可以让我满足于就给出一个解释，这个解释是被你点拨的，是正确的、确定的、好的，尽管我能知道还会有很多其他的解释。就让我在你面前带着坚定的信念作这样的忏悔，如果我给的解释与摩西的意思一致，那么我做的就是正确的、最好的。这就是我必须竭尽全力去做的。但是，如果我失败了，我至少要说，通过《圣经》的句子启示的你的真理，是与你愿意启示给摩西的是一样的。

➣ 第十三卷

1

我呼求你，上帝，我的怜悯，你创造了我，在我忘记你时，你没有忘记我。我请求你来到我的内心，激发我渴求你，准备我来接纳你。现在，当我呼求你，不要遗弃我，甚至在我呼求你之前你已经来帮助我。以各种各样的方式，一遍又一遍地，当我远离你时，你督促我来听你的声音，让我转向你，并一直亲自呼唤我，让我向你呼求帮助。你抹去我所有的罪恶行迹，为的是不要我遭受自己双手所做的应得的惩罚，这罪使得我远离你。甚至在我做之前，你已经考虑了我值得你赞赏的善行，以便回报你的手创造我之功劳。在我之前，你就存在了。我还未成型，你给了我存在。然而现在我存在了，这是出自你的美意，你提供了要创造怎样的我和创造我所需要的一切。你不需要我，我这个生物没有任何长处可以帮助你，我的主，我的上帝啊。我来服侍你不是由于这会减轻你的疲劳，也不是因为如果没有我的服侍你的能力就会减少。我不能像农民耕种土地那样地服侍你，因为即便我的耕作失败了，你的工作也会结出果实。我只能服侍你、敬拜你，以至能得到从你而来的善，若没有你，我就得不到善，因为我甚至不能再接受善。

3

在你创造之初，你说“要有光，就有了光”。

我想这些话可以被适宜地理解为关于灵魂的创造，因为它已经有了某种生命，可以获得你发出的光。但是，正像先前它由于自己的贫乏，不能向你说什么，于是没有这种生命来接受你的光，现在它既然存在了，它就不能说是因为自己的美德而接受了这一礼物。在这无形的世界状态中，除非它变成光，否则就无法取悦于你。当它变成光后，不仅是简单的存在，而是注视并依附你，你这照耀它的光。它也通过这种方式获得你的恩典，仅仅是你的恩典，所赐予它的存在和所赐予的生命就生活在幸福中了。通过经历一种向善的变化，它被转向那不变的，不论是变得更好还是更坏，这变化都是朝向你的。只有你可以不变化，因为只有你是绝对的简单，存在与幸福的存在是一样的，因为你是你自己的至福。

5

当我读到你的圣灵运行在水面上，我模糊地看见你是三位一体的，我的上帝。是你，天父，在最初借着我们的智慧创造天地，这智慧是你的智慧，源于你，与你平等，与你永存，这就是，在你的圣子体内。关于天外之天我有很多要说，地是不可见、没有形状的，而深渊显示出灵的创造时是多么黑暗，在其外形的空无中，没有连续性和稳定性。这只有归向你生命本身，才能获得你的荣耀光辉的反射而获得美丽和生命。通过这种方式，天外之天就出现了，天外之天分为水上和水下的。当我说这些事物时，我采用“上帝”一词，上帝创造了它们，即天父在这“起初”里面创造，亦即在圣子里创造。但是，我相信的上帝是三位一体的上帝，我在他的《圣经》神圣的字句中寻找这一真理，并发现《圣经》说你的灵运行在水面上。这里就提到三位一体，我的上帝，圣父、圣子和圣灵，万物的创造者。

11

谁可以理解三位一体的全能之神呢？我们都谈论他，虽然可能我们谈论的并不是真的三位一体，因为很少有人在谈论三一神的时候知道自己说什么。人们为之互相争辩，观点不一，但是除非他们处在平静中，否则就只能得到一个虚无的幻象。

我希望人们考虑三个问题。这三个问题都是与人相关的。这问题与三位一体不同，但是我建议他们可把它视作一项头脑训练，我们可以检验自己并认识到这种差异是多么大。这三个问题是：存在、知识和意志，我可以说我是、我知道、我要。我是知道和意志的存在。对于我是和我要我也知道，并且我要存在，也要知道。在这三者中——存在、知识和意志——有一个不可分割的生命，一个生命，一个思想，一个存在。因此，尽管他们各不相同，但这种区别并没有割裂它们。这对于那些有能力理解的人来说并不难。实际上，他需要的不是越过自己来看。让他近距离地审视自己，估量一下，然后告诉我他发现了什么。

但当他在这三者中发现了一个共同的原则，并告诉我他的发现，他不能认为自己发现了在这之上永恒不变的本体，这本体永恒不变的存在，永恒不变的知道，永恒不变的意志。因为我们中没有任何人可以轻易地认为上帝是三位一体。因为这所有的三者——永恒不变的存在、永恒不变的知道、永恒不变的意志——都在上帝的里面。不论三者是否在三位一体中的一个位格里面，每一个都是三者重合的；或者不论这些假定是否是真的，其单一性与复杂性以一种奇妙的方式合二为一，虽然上帝是无限的，然而他是自己的结束又是自己本身，因此三位一体在他自己里面，并为他自己所知，又满足自己。那最高的存在，唯一的不变者，存在于无限的统一体中。这是一种神秘，无人能解释，我们中谁又可以断言他可以解释呢？

28

“你看着你所创造的一切，哦上帝，并发现它们非常好。”我们也看见所有这些事物，并知道它们很好。在每一次的工作中，你首先命令它们被创造，当它们被创造出来之后，你依次看着每一个事物，并认为它们都是好的。我计算过并发现《圣经》告诉我们七次你看见你所创造的是好的，当你在第八次去看你所有的受造物时，我们被告知你发现它们不仅是好，而且是非常好，因为你立即把它们当作整体来看。每个分开的创造都是好的，但当他们被看为一个受造物时，他们不仅是好的，他们非常好。

这种说法可以用于所有美丽的事物。一个事物有若干部分，美丽蕴含在每一个部分中，整体的事物比单独的部分更漂亮，这都被恰当地组合并排列，组成一个整体，尽管每一部分就其作为单独的部分来说，本身就是一个美丽的事物。

35

哦，主啊，上帝，赐予我们平安吧，我们所有的一切都是你的馈赠。请赐予我们安宁，安息日的平安，永远没有夜晚的平安。因为这世界的秩序在其所有的美丽中都会消逝。当它们的存在达到极限时，所有美好的事物都将结束。它们已经被安排了有它们自己的早晨和夜晚。

37

在那永恒的安息日，你会在我们这里安息，就好像你现在在我们里面工作一样。我们要享受的安息是你的，就好像我们目前所做的工作是你的工作一样，只不过是通过我们来做。但是，主啊，你永远在工作，也永远在休息。你不是通过时间来看，也不是通过时间来运动，也不是在时间里休息，然而你创造了我们在时间中所看见的事物；你创造了时间本身，当时间停止时你就休息了。

38

我们能看见你创造的这些事物，因为它们存在。但是它们仅仅因为你看见它们而存在。在我们本身之外，我们看见它们存在，并且在我们自身里面，我们看见它们的美好。但是当你看到创造它们是正确的时候，你以同样的方式看见他们被创造。

我们只在瞬间之后，被激励做善事，即我们的心灵接受到圣灵的激发时，在这之前我们冲动地做坏事，因为那时我们已经离弃了你。但是你，唯一的神，良善的上帝，从来没有停止从善。通过你恩典的馈赠，我们做的一些工作是好的，但不是持久的。在那之后，当你把我们纳入你伟大的神圣存在时，我们希望可以找到安息。但是你是善本身，除了你自己不需要其他的善。你永远在安息中，因为你是自己的安息。

什么人可以教导其他人明白这个真理呢？什么天使可以教导其他的天使呢？什么天使可以教导人呢？我们必须问你，向你寻求答案。我们必须叩响你的门。只有这样我们才可以得到回答，并找到我们要寻求的结果。只有在那时，门才会向我们打开。

伟 大 的 思 想
GREAT IDEAS

ON FRIENDSHIP

论友谊

[法] 米歇尔·德·蒙田 著
高黎平 译

中 国 出 版 集 团
中 译 出 版 社

图书在版编目（C I P）数据

论友谊 / (法) 米歇尔 · 德 · 蒙田 (Michel de Montaigne) 著 ; 高黎平译 . — 北京 : 中译出版社 , 2019.10（2020.1 重印）
（伟大的思想）
ISBN 978-7-5001-6042-7

Ⅰ. ①论… Ⅱ. ①米… ②高… Ⅲ. ①随笔—法国—近代 Ⅳ. ① I565.64

中国版本图书馆 CIP 数据核字（2019）第 197635 号

（著作权合同登记：图字 01-2019-5461 号）

www.penguin.com.cn
This translation first published in Penguin Classics 1991
This edition published in Penguin Books 2004

Taken from the Penguin Classics edition of *The Complete Essays*, translated and introduced by M. A. Screech
Set in Monotype Dante
Typeset by Rowland Phototypesetting Ltd, Bury St Edmunds, Suffolk

本书仅限中国大陆地区发行销售

论友谊

著　　者：(法) 米歇尔 · 德 · 蒙田
译　　者：高黎平
总 策 划：张高里
特约编辑：白　姗　赵　轩　　责任编辑：刘香玲　王　梦
版式设计：索　迪　　排　　版：北京竹页文化传媒有限公司
印　　刷：北京顶佳世纪印刷有限公司
经　　销：新华书店

出版发行：中译出版社
地　　址：北京市西城区车公庄大街甲 4 号物华大厦六层　100044
电　　话：(010)68359376,68359827（发行部）68359719（编辑部）
传　　真：(010)68357870
电子邮箱：book@ctph.com.cn
网　　址：http://www.ctph.com.cn

开　　本：760mm×950mm　1/32　　印　　张：4.375　字　　数：74 千字
版　　次：2019 年 10 月第 1 版　　印　　次：2020 年 1 月第 2 次
书　　号：ISBN 978-7-5001-6042-7　　定　　价：216.00 元（全 8 册）

↠ “伟大的思想”中文版序

企鹅“伟大的思想”系列丛书自 2004 年开始陆续面世，在英国、美国和德国均有出版。在英国出版品种最多，已付梓八十种，尚有二十种计划出版。该丛书在全球众多读者间，尤其是学生当中，普及了哲学和政治学，销量已远超二百万册。中文版“伟大的思想”的推出，是该系列的又一延续和发展，令人欢欣鼓舞。

推出这套丛书旨在让读者再次与一些伟大的非小说类经典著作面对面地交流。长久以来，此类书籍的出版都建立在这样一个假设之上——此类著作供学生课堂学习之用，因此需辅以导读、详尽的注释及参考书目等。此类版本无疑十分有用，但我想，

如果某一版本能够重建托马斯·潘恩的《常识》或约翰·罗斯金的《艺术与人生》初版时的环境，为读者与作者营造更为亲密无间的氛围，使读者除了原作者及其自身的思考外没有其他参照，也许会更有吸引力。

但是，这一做法亦存在严重缺陷：每位作者的表述难免有难解或不可解之处，一些重要的背景知识或许也有所缺失。例如，读者对亨利·梭罗创作时的情形毫无头绪，也不了解该书的反响及影响。不过，这样做的优点也显而易见，最为显著的便是作者的初衷又一次受到重视——托马斯·潘恩的愤怒、查尔斯·达尔文的灵光、塞内加的隐逸。他们给许多国家的众多读者带来的生活影响难以估量，有的影响甚至长达几个世纪，几乎没有什么比阅读这些作家更令人拍案叫绝的了。倘若没有亚当·斯密或阿图尔·叔本华，将无法想象我们今天的世界。这些小书创作年代久远，但其中的话语彻底改变了我们的政治学、经济学、精神世界、社会规划和宗教信仰。

“伟大的思想”系列一直求新求变，地域不同，收录的作家亦不同。一些作家在中国或美国更受欢迎，而英国版“伟大的思想”收录的一些作家在其

他国家和地区则鲜有人知。称其为“伟大的思想”，我们亦是慎之又慎。这些思想之所以伟大，在于其影响深远，但这并不意味着这些思想都是“好”思想，实际上一些书或可列入“坏”思想之列。丛书中收录的很多作家受到同样收录于该丛书的其他作家的巨大影响，例如，马塞尔·普鲁斯特承认受约翰·罗斯金影响很大，米歇尔·德·蒙田也承认深受塞内加影响。但也有些作家彼此憎恶，若发现彼此都被收录于同一丛书，一定会深感苦恼。至于他们思想的或“好”或“坏”，读者可自行判明。我们衷心希望，您可以享受阅读这些著作的乐趣。

“伟大的思想”出版者

西蒙·温德尔

目录

➛ 导读

米歇尔·德·蒙田（1533—1592），文艺复兴时期法国作家、思想家、哲学家，出生于法国波尔多附近佩里戈尔的贵族家庭，早年学习拉丁文，成年后曾在波尔多法院任职十余年，当过国王的侍从，游历欧洲各地，还两次当选波尔多市市长。在法国陷入宗教战争的大背景下，蒙田辞去在法院的工作后回到乡下隐居。蒙田的隐居不是消极避世，而是闭门读书、写作，于 1572 年开始撰写《随笔录》（*Essais*）。此后 20 年蒙田对这部作品不断扩充、修改、再版，终其一生成就一部著作，留名后世。

蒙田以博学著称，三卷随笔用古法文写就，以对人类感情的冷峻观察和对西方文化的冷静研究，旁征博引许多古希腊、古罗马作家的论述，其中大量引用拉丁语等多种语言，主题繁杂，包括日常生活、传统习俗、人生哲理、宗教战争、教育问题等。他对自己的行为与思想进行描写和剖析，观察自我、观察内在。书中有多处前后不一致的观点，反应了蒙田不断变化的想法，他本人亦对此作了说明。

1580年,《随笔录》初版上市，大获成功；17世纪，蒙田的名声就已远播海外。但是《随笔录》的文章结构松散，洋洋洒洒，并不怎么符合17世纪上半叶的人们的口味，直到18世纪才重获欣赏，经历四百余年考验，最终证明了这是一部不朽的杰作。这部著作融汇了16世纪各种知识和百家思想，开创了随笔文学形式的先河，闪耀着人文思想的光。在《随笔录》的百篇作品中,《论友谊》撷取7篇，供读者品读。

“论友谊”阐释了什么是真正的友谊。蒙田在在波尔多法院任职期间与拉博埃希结为莫逆。但几年后挚友不幸离世，令蒙田大受打击。蒙田对完美、神圣的友谊进行了赞颂，认为自古以来的四种爱——自然之爱、社会之爱、好客之爱和性欲之爱，都达不到这样的友谊。至于为何如此爱自己的挚友，蒙田的回答是:“因为这是他，因为这是我。”

“依靠我们自己的能力来判断是非那简直是疯了”认为要深刻认识我们自己的无知与软弱，轻易相信与轻易不信一样都是愚蠢的行径。对于大自然的力量和教廷教规必须怀有敬意，虚荣心和好奇心都对思想有害。

“论谈话艺术”指出比起范例，从反例中能学到更多东西，“每天我都会从某人愚笨的行为举止中得到告诫和建议”；同理，谈话中的反对意见应正视，勇于接受别人的指正。谈话要有条理，如果做不到恰如其分地说话，就不要愚蠢的强辩。

“论闲散”简要描述了思想不能专注而带来的危害。思想并不是处在闲散状态就能令人带来轻松自在，恰恰相反，会令人颓唐，心境沉重，“当灵魂没有一个明确的目标，那么心灵便迷失方向”。

“论父亲对孩子的感情”提出父亲应以美德、能力、善行、谦和赢得孩子的尊敬，为培养孩子明智地使用财富，作出奉献，而不是一毛不拔，令孩子不得不有求于他。蒙田认为创作者对作品一样作出了奉献，其关系好比父子，甚至认为智慧的产物比肉体孕育的产物更为高尚。

“论适度”认为做任何事都要适度，好事做过分了就不再是好事了。然而为了达到适度的目的，人过分压抑精神和肉体合理的需求，“用来减损自己快乐的数量和质量时，人类的智慧真是一种愚昧的聪明”，正所谓过犹不及。

“直到死才能断定是不是幸福”给出了最终判定是否幸福的时限——一生。世事变幻无常，命运的力量顷刻间翻覆天地，在生命中的哪个时刻都无法下定论，除了死亡时刻。“当评价人的一生时，我始终看其生命是如何结束的”，是否死得其所决定了一个人身后名声好坏。

蒙田随笔在西方文学史上占有重要地位，影响了弗朗西斯·培根、莎士比亚、卢梭等诸多作家和思想家。尼采谈到蒙田时这样说道：“世人对生活的热情，由于这样一个人的写作而大大提高了。”蒙田的随笔思想内涵丰富，富有哲理，平实易懂，不加雕饰，至今仍为世人所喜爱，源源不断地为现代人输送精神给养。

秦瑞宇

论友谊

1. 我注视着我属下的一位画家在作画，突然觉得有一种超越他的欲望。他挑选了墙中央最好的一块地方，想充分施展一下自己的才华；然后，他用怪异图案填满了画周围的空白，这些怪异图案都是些荒诞不经的绘画，它们的诱人之处只在于千姿百态、新颖独特。事实上，这些散文若不是变形和怪异图案一起对各色各样奇形怪状的肢体做修修补补，配以纯粹偶然连贯的次序和比例，那么又算什么呢？

一个长着鱼尾巴的美丽姑娘。[1]

1. 贺拉斯:《诗艺》第 4 行。（诗人可以凭自己的意愿创造出些妖怪形象，比如一个长着鱼尾巴的美女，也就是美人鱼。）

2. 我可以设法达到那个画家第二阶段的水平，不过尚未达到他第一阶段较高的水平：我的绘画本领长进甚微，要不我就敢于着手画一幅色彩浓厚的装饰画，然后按照艺术的规则打磨润色、装饰美化。于是，我决定从埃蒂安·德·拉博埃西那儿借一幅“画”，它将给我其余的作品带来荣誉：我意思是这幅画就是他那篇题名为“论甘愿受奴役”的论文，而不是别人在不甚了解的情况下又给起名“反独裁”题目的那篇论文。还在很年轻的时候，他就写了这么一篇评论文以抨击专制并向自由致敬。这篇论文在具有评价能力的读者中长期传阅——颇受赞誉，备受推崇，因为它确实是一篇上乘之作，正如它看上去那样出色。然而，这远不是他所撰写的最佳之作。当他到了更加成熟的年龄，我认识了他，如果那时，他就已构思出像我这样的计划，写下自己所思所想的话，我们现在肯定会看到许多文学精品，以让我们近距离领略古典作品的壮丽；因为特别就天赋而言，我知道没有人能与他比肩。然而，除了这一篇之外，他就没有什么传世之作了——甚至那也是出于偶然：我认为当他完成后就再也没有看过它——以及给我们的内战弄得臭名昭著的关于《一月敕令》的《思考文集》：或许这部集子在其他地方还有一定的市场。这些就是在他留给后人的文学作品中我所能重新看到的一切了，我是他的继承人，在他弥留之际，他非常钟情地将书籍和手稿——除了我出版过的他那部小册子之外——遗赠给我。

3. 我对那篇论文尤为感激，因为它让我们初次结识彼此：在认识他之前我早就见过他，同时也第一次知道他的大名；因此，为了我们之间那可爱的友谊如上帝所乐见的那般长久，我们将之培养得那么完美无缺，可以肯定这种友谊在作品中几乎看不到，在当代人之间也根本无迹可寻。要建立这样的友谊需要许多偶然的条件，只有靠运气才能在三百年里实现一次。我们之间的伙伴关系胜过一切，这似乎是我们的本性使然——亚里士多德说过，好的立法者对友谊比对正义表现得更为关切。伙伴关系之间尽善尽美的极致在于友谊；因为以快乐或利益、以大众需要或个人需要铸就或培养起来的一切友谊，不太美好、也不太崇高——因而也就不太像“友谊”——因为除了友谊本身之外，它们还带有某种意图、目的和结果。它们也不符合自古以来的四种爱：自然之爱、社会之爱、好客之爱和性欲之爱。

4. 子女对父亲，更多的是关于尊敬的问题；友谊是通过相互信赖培养起来的，而由于他们过分不平等，所以友谊就不存在；友谊还可能妨碍他们自然的义务：因为父亲所有私密的想法，由于担心招致不适当的亲近而无法与他们的子女分享，而且孩子们无法向父亲提出劝告乃至警告——这是构成友谊的重要义务之一。过去在一些民族中，孩子按风俗杀死父亲，而在另一些民族中，父亲按习惯杀死孩子，他们之所以这样做，都是为了避免一方给另一方构成障碍：自然而然，一方的生存取决于另一方的灭亡。

5. 过去，有些哲学家对如此自然的亲情关系持藐视态度——那就亲眼目睹一下阿里斯底波吧：自从孩子们从他身上降生以来，他一直亏欠他们感情，正当受到这种感情压抑时，他开始倾诉说：就算我们怀上虱子和虫子，那也得把他们生下来。还有一位哲学家，普罗塔戈试图劝他与他的兄弟言归于好，可是遭到反驳："我们虽同母所生，可他不再与我有什么瓜葛。"

6. 兄弟这个称呼真的是一个美丽的称呼，并且充满爱意：这就是我和拉博埃西结成兄弟情谊的原因所在。但是，随着分享财产或分割财产而来的是，一个人变富裕导致另一个人变贫穷，它会大大损害和削弱兄弟之情。兄弟们必须同舟共济，沿着同一航向奋力前行：他们势必常常相互冲撞和争抢。此外，为什么在他们之间一定存在真正完美、密不可分的关系呢？父子可能截然不同：兄弟也可能如此。“他是我的儿子，他是我同胞，可他很野蛮、很邪恶、很愚蠢！”到了他们因为法律和天然关系要保持亲情关系时，那就更少有自己的选择了，也更少有“甘心情愿的自由”了。我们甘心情愿的自由本身才能够恰当地产生感情和充满爱意的友谊，而非其他。这并不是说我无法分析别的因素所带来的影响，只是由于我有过最好的父亲，直至辞世前他依然是最宽容的父亲，他出身名门望族，这个家族就和睦而论堪为世代相传的楷模：

众所周知我对兄弟如父亲般的关爱。[1]

7. 你不能把友谊与男女的爱情相提并论，即使这种爱情出于我们自己的选择，你也不能将它们归入同一个范畴。我必须承认爱情的火焰——

因为我不是不认识那位将甜蜜的辛酸与情

---

1. 贺拉斯：《歌集》第2卷，第2首，第6—7行（为适用于蒙田而加以改写）。

人的呵护糅合在一起的女神。[1]

更旺盛、更炽烈、也更热切。可它是一缕匆匆忙忙、变幻无常的火焰，上下起伏、飘忽不定；它是一缕狂热的火焰，易于遭到扑灭，只能照亮我们生活的一角。而对朋友的爱则是一股人间普遍的热情，温和平静，又是一股永恒而稳定的热情，一切都那么轻柔坦荡，既不尖锐也不强烈。而且，性爱不过是一种我们对难以得到的东西的狂热渴望：

就像猎人追野兔，
度过严寒与酷暑，
越过崇山与峡谷，
猎物逃跑他追捕，
一旦抓住不珍护。[2]

8. 爱情一进入友谊的领地（即各种念想同时起作用的地方），就变得衰弱无力。享受爱情就等于失去爱情：爱情的目标在于人的身体，因而受到满足的支配。相反，友谊的获得和我们的意愿是成正比

---

1. 卡图卢斯:《歌集》第 66 首，第 17—18 行。

2. 阿里奥斯托:《疯狂的罗兰》第 10 首，第 7 节。

的：因为友谊是关于思想的问题，随着我们的灵魂在实践友谊中被净化，友谊只有在我们享受它的时候才能喷涌而出，得到滋养并茁壮成长。在如此完美的友谊深处，那些变幻无常的爱情曾经在我的心中寻找到一席之地——更不必说在拉博埃西的心中了，他在他的诗篇中向大家坦白了太多太多。于是，友谊和爱情这两种情感进入我的内心，它们都意识到彼此的存在却从来不能相比，前者在高空自豪的翱翔中保持自己的航向，轻蔑地看着后者沿着下面的道路奔跑。

9. 至于婚姻，作为一项交易除了准入是自由的之外（婚姻期限受到约束，绝非我们的意志所能支配），受其他意图束缚；在婚姻之内，人们不得不很快解开无数纠结缠蔓的死结，这些死结足以切断活生生的爱情之线，扰乱它的进程；而在友谊之中，除了友谊本身之外，既没有买卖也没有交易。再者，女人的确通常难以对支撑起神圣友谊的亲昵和相互信赖作出回报，她们的心灵似乎也没有坚定到足以承受得住这般长久紧绷的死结。实际上，如果不是因为如此，如果有可能使这样自愿又自由的关系得到实现，在这种关系中不仅心灵充满乐趣，肉体也在其中得到愉悦——整个人全身心地投入其中——

可以肯定地说这可爱的友谊将会更加充实也更加丰富。但是，尚无先例显示女性能达到如此的境界，并且参照古代哲学流派达成的共识，女性从不在此列。

10. 希腊人的同性恋应该为我们的习俗所不容；因为当他们进行同性恋时，要求爱人间要有悬殊的年龄和有差异的偏好，所以这既不是完美的结合，也不是我们现在追求的和谐。“这种友谊的爱情算什么呢？为何没有人会爱上一个丑陋的年轻人或是一个英俊的老头子呢？”[1] 因为在我提及它时，我想即使柏拉图学院描绘的肖像亦不能不与我的相符：维纳斯儿子在情人心中激起对青春美少年的最初迷恋（此时他们允许一切无度的热情可能产生的过分打情骂俏）只是建立在身体美的基础上，这是身体产生的假象（因为它不能建立在精神的基础上，因为精神尚未呈现出来，甚至正在孕育中，因太幼稚而难以萌芽）；假如有人疯狂地迷恋上一个青春少年，那么追求爱情的手段就是财富、礼物、加官晋爵和其他，这是为学院派所指责的低劣手段。假如爱情之火在更高尚者心中点燃，那么爱情的手段同样也是

1. 西塞罗：《图斯库勒论辩》第4卷，第33首，第70行。（在希腊哲学的同性恋者中，较老的人是爱情的施予者，而较年轻的、被深爱着的人则对他们的教诲表示钦佩或感谢。）

更高尚的：给对方哲学方面的指导，教对方学习尊敬宗教，教对方遵守法律并为国家利益而献身，宣扬英勇无畏、智慧和正义方面的榜样，有了这些榜样，求爱者要努力使自己因为优雅和美丽的心灵而值得被接受（他身体的美早已消逝），并希望通过这种精神上的交流促成更稳定更持久的结合。当这种搭配产生结果时——在适当的时期（他们不要求求爱者费工夫考虑许诺，却严格要求被爱者这样做，因为他必须从观察中对那种内心的，难以辨别和发现的美进行判断）——然后在被爱者的心中便产生一种以心灵美为媒介而构想出来的精神上的欲望。在他看来，这种美是卓越的：外表的美是次要的也是偶然的——这与求爱者的看法恰恰相反。由于这种原因，学院派哲学家们对被爱者持更加尊重的态度，并且表明上帝也是这么做的；他们严厉训斥诗人埃斯库罗斯在阿喀琉斯和帕特洛克罗斯的爱情中，赋予阿喀琉斯以求爱者的角色，让这个尚无胡须的青涩少年成了全希腊最美的人。

11. 一旦这种普遍的交流得以确立，就利用爱情更有价值的一面来履行义务，支配爱情。学院派哲学家们说：爱情会为个人生活和大众生活结出有用之果；爱情是国家的力量，在那些国家，爱情既是可以接受的风俗，也是对正义举动与自由的重要维护——哈莫迪和阿里斯托格同的爱情故事可以为证。这就是他们称爱情为神圣原因之所在。他们认为，只有暴君的暴行和人们的卑鄙行为才与爱情势不两立。然而，在说的都说了，做的都做了之后，我们可以向学院派哲学家们作出的唯一让步是，爱情原本就是以友谊为结果的恋爱——这一点完全符合斯多葛学派哲学家的爱情定义："爱情就是要努力将友谊建立在美的外表上。"[1]

12. 我现在回到更加稳定也更加公平的友谊话题上："随着岁月的流逝，友谊中的人物变得坚强起来，如此的友谊才能被称之为友谊。"[2]

13. 此外，我们通常所称的朋友和友谊，不过是由于某种机会或某种相配而结识的熟人和熟悉的关系，通过这种关系，我们的心灵相互支持。在我所谈论的友谊中，各种心灵在如此普遍的交流中融为一体，从而抹去了将它们结合在一起的接缝，连接得天衣无缝，无迹可觅。如果有人逼我说为什么我爱他，我觉得无法用言语来表达，只能回答说："因为那是他，因为这是我。"引发这种结合的媒介超出

1. 西塞罗：《图斯库勒论辩》第 4 卷，第 24 首，第 71 行。

2. 西塞罗：《论友谊》第 20 首，第 74 行。

我所有的推理，也超出了我能够专门谈论的一切——大概是某种难以解释的命运之力量吧。

14. 在我们彼此看到对方前，我们都在寻找对方——这是因为我们两个人已经从别人那里听到种种议论（这些议论给我们的情感带来了超乎寻常的冲击），而且，我相信，还因为上帝的某种天命：我们借由名声知晓彼此。初次见面碰巧是在一个拥挤不堪的城市节日场合，我们发现两人如此互相吸引，如此相互了解，如此联系在一起，从此我们再不会跟别人像跟我们之间那么亲密无间了。他用拉丁文写过一部优秀的《讽刺文学》，该作品已出版，他通过这部作品为自己作了辩解，并且解释了我们之间的关系为何迅速发展到了完美境界。生命短暂，我们相识又晚（因为我们两个都长大成人——他比我大几岁）——没时间可以浪费在遵循松散而普通的友谊模式中，而这种模式需要经过长期的交往后进行深思熟虑。这种友谊除了自身之外别无法则可循；除了自身之外，也别无他物可比较。这样就不存在特别的顾虑——也不存在一而再再而三三而四的顾虑，更不存在没完没了的顾虑了——不过，倒是有一些难以理解的可贵之处：它们全都混淆在一起，这些东西捕获我的意志，促使我的意志钻进他的意志，然后在他的意志中消失；这些也捕获他的意志，促使他的意志钻进我的意志，而后在我的意志中消失，彼此都带着同样的渴望和仿效的心态。我说消失，是真心实意在说“消失”；我们都对自己毫无保留：不分彼此。

15. 在罗马执政官（对底波里斯·格拉居斯定罪，迫害了他的那些亲信）面前，拉里乌斯最终问格拉居斯的最亲密朋友凯厄斯·布莱修斯：他到底为他都做了多少事。他回答道：“无所不为。”——“什么！无所不为？”拉里乌斯继续道，“如果他命令你放火燃掉我们的神殿，你会怎么办？”——布莱修斯反驳道：“他从来没叫我做这事呀。”拉里乌斯补充道：“但是，假使他已经命令你了。”他回答道：“那我就遵命。”[1] 历史上人们断言，如果他真的是格拉居斯那么亲密无间的朋友，那么他就没有理由用最后那句鲁莽的话激怒执政官，而且绝不该放弃对格拉居斯希望他所做之事的信任。但是，指责他的回答像在煽风点火的那些人，并不完全明白友谊的奥妙，也无法接受凭他的影响以及学识，他可以对格拉居斯的想法了如指掌的前提。他们不是因为是同胞而成了

1. 西塞罗：《论友谊》第11首，第33—39行。

朋友，不是为了做朋友而做朋友，不是因为都与国家敌对，都野心勃勃、勾心斗角而成了朋友。彼此完全将自己托付给对方之后，他们各自完全支配彼此的欲望，由品德来指引并由理智来引导（没有理智就不可能将他们维系在一起），布莱修斯的回答很恰当。如果他们的行为出现裂痕，那么依我看，他们既不是彼此的朋友，也不是他们自己的朋友。再者，如果有人这样质问我："假设你的意志命令你去杀死你女儿的话，你会杀死她吗？"那么我的回答听起来肯定跟他们的并无二致，我说我会。那并不证明我同意这么做了，因为我对我的意志并不存疑，也不怀疑朋友的意志。世上的一切争论都无法左右我对我的朋友的意图和决定的信任。没有一次他当我的面作出行动的决定——不论看起来是什么行动决定——而我不能即刻发现其动机的。我们就是如此地心有灵犀，以如此强烈的感情相互关注，抱相同的感情各自向对方赤诚袒露心扉，这样不仅我能像了解自己的思想一样了解他的思想，而且对把自己托付给他比托付给自己更为信任。

16. 别让任何人将普通的友谊与这种友谊相提并论。我了解这些友谊——甚至其中最完美的——也了解其他的，可我得奉劝你们不要混淆它们的规定：

你会自欺欺人。在其他友谊中你必须小心翼翼明智前进，将主动权掌握在手中：这种关系并非如此牢靠，所以没有理由怀疑这一点。“爱一个朋友，”奇洛说过，“就想着有一天你必然要憎恨他；恨他，想着你必然要爱他。”[1] 这条训诫在那种至高无上的友谊中是如此令人厌恶，可相比你们会用到的亚里士多德经常重复的:“啊！我的朋友，没有一个是朋友！”[2] 这句格言，这条训诫在践行司空见惯的友谊中倒是健康有益的。

17. 各种付出和帮忙可以培养其他的友谊，可这些在这段崇高的友谊关系中简直不值一提：这是由于我们的意志已经浑然一体。我感觉到的友谊之爱并没有增加——无论斯多葛学派哲学家会怎么说——我也不会为得到了帮助而感到庆幸，正如我不会对我为自己做了好事儿欣喜一样：所以这样的朋友关系真的太完美了，让他们失去了付出的意识，憎恶和剔除他们之间各种形式的隔阂，诸如帮忙、义务、感恩、请求、感激等东西。他们的意志、财产、妻子、孩子、荣誉和生命，这一切都是共有的；根据亚里士多德最恰当的定义，他们之间的联系在于两个分身

1. 奇洛让人不寒而栗的言论通常来自希腊七贤之一，毕阿斯。

2. 伊拉斯谟:《名言录》第 7 首,《史塔吉拉人亚里（士）多德》第 28 首。

共有一个灵魂，[1]所以他们既不需借让也不需给予对方任何东西。这就是为什么那些立法者禁止夫妻互赠礼物，以此把婚姻颂扬成想像中神圣的关系，期望能借此表明所有一切都必须属于他们俩，因此在两人之间没什么能够分开或割裂的。在我所谈论的这种友谊中，如果一方能给予另一方东西，其实是受惠的一方给他的朋友施以了恩惠。重要的是，他们各自都想给对方好处，结果是提供途径和机会的那一方其实更为慷慨大方，因为他给了朋友去帮他实现最大愿望的快乐。当哲学家戴奥真尼斯手头拮据时，他不说叫朋友给他一点钱，而说叫朋友还给他一点钱！[2]为了说明现实生活中这样的事如何发生，我只想引用古代的一个例子。

18. 柯林斯人欧达米达斯有两个朋友：卡里色努斯和阿里休斯，前者是西西奥尼亚人，后者也是柯林斯人。当欧达米达斯在穷困潦倒中即将去世时，由于他的两个朋友很富有，所以他就立了如下遗嘱："我遗赠给阿里休斯：由他照顾我母亲并给她养老送终；我遗赠卡里色努斯：由他照看我女儿直到她结婚，并尽可能给她提供一套最齐备的嫁妆。假如他

---

1. 伊拉斯谟：《名言录》第7首，《史塔吉拉人亚里（士）多德》第19首。

2. 伊拉斯谟：《名言录》第3首，《愤世嫉俗者第欧根尼》第82首。

们当中有一个碰巧去世，那么我指定在世者替他履行我的遗嘱。”最初看到遗嘱的那些人嘲笑这份遗嘱；可是，当那两个继承人得知此遗嘱时，他们欣然地接受了该遗嘱。其中的卡里色努斯5天之后真的去世了；继承遗嘱的希望因而就落在了阿里休斯身上，他精心照料朋友托付的母亲；然后从五英担银子的财产中，他拿出两英担半给自己的独生女办婚礼，又拿出另两英担半给欧达米达斯的女儿，并在同一天为她们举办婚礼。[1]

19. 这算是最完美的例子，除了一个条件：里面不止一个朋友。我刚才所谈论的完美友谊是不可分割的：每个人都将自己如此彻底地交给自己的朋友，再无剩余的东西去跟另外一个人分享：相反，他感到伤心的是自己分身乏术，不能一分为二，一分为三，甚至一分为四；他没有几个灵魂，也没有几个意志，否则也就能将它们全都送给他所爱的那个人。

20. 普通的友谊是可以共同分享的。你可以爱一个朋友的英俊潇洒；爱另一个朋友的和蔼可亲；爱第三个朋友的宽宏大量；爱第四个朋友的慈父般深情厚谊；爱第五个朋友的兄弟般手足之情，等等。但是，

1. 来自萨摩萨塔的卢西恩：《论友谊》第22首。

在这段友谊中，爱占据灵魂并用至高无上的统治主导它：这种事情是无法复制的。如果两个朋友同时叫你帮助他们，那么你马上赶去帮哪一个呢？如果他们的请求发生冲突，那么谁又会先得到你优先的帮助呢？如果一个人叫你避而不谈对另一个人有益的事情，那么你如何摆脱这种尴尬的局面呢？唯有最高尚的友谊能够摆脱所有其他的束缚。我已发誓不对任何人透露的秘密，我可以不惧对誓言的违背去告诉他而不是别人：他就是我。两个人能拥有最高尚的友谊已经是一大奇迹，有人说三个人有最高尚的友谊，这是不知道这种友谊高不可攀。东西有可以相比的就不是最好的。如果有人提议说我在两个朋友中能像爱一个那样爱另一个，还提议说他们能够彼此相爱，并且就像我爱他们那样爱我，那么他就变成一个多面人，甚至变成一个同盟，这样的同盟是最多“个体”的同盟，也是最团结一致的同盟。这样的例子哪怕是一个在这世上也难以找到。

21. 这个故事的其他部分与我刚才所说的如出一辙：当欧达米达斯因自己的需要而利用朋友们时，他就是将恩泽和实惠赠予了他们。他将继承人们的慷慨留给了他们自己，这份慷慨借由他们帮助他而送到他们自己的手里。毋庸置疑，相比起阿里休斯，友爱的力量在他的行为中表现得更为淋漓尽致。概而言之，这些行为超越了任何未曾尝试过的人的想象力。尤其令我肃然起敬的是一位年轻士兵的回答，赛勒斯问那个士兵愿出多少钱卖掉那匹为他在比赛中获奖的马：“为了一个王国，你愿意把马卖掉吗？”——“不卖，真的，陛下；可如果我能找到一个值得结交的人，那么为了得到一位朋友，我还是愿意将马送出。”[1] 好一个“如果我能找到”的假设；因为你能轻而易举地找到泛泛之交。可对于我们这种友谊，这种可以让我们在其中毫无保留地交流最深最隐秘思想的友谊，毫无疑问我们的一切动机都必须是纯洁到极点的。

22. 在那些只依靠目标来维系的关系中，我们只需提防出现特别影响目标实现的那些瑕疵。我的医生或律师信什么教与我无关：这种顾虑与他们对我的友好的服务毫不相干。在这种交易中，我与仆人们交流以相同方式来对待：我几乎不去调查我的男仆近不近女色，我想知道他是否勤奋工作；我对赶骡夫的关注不在于赌不赌钱，而在于赶不赶得好骡子，我对厨子的关注也不在于爱不爱骂人，而在于称不称

1. 色诺芬：《居鲁士的教育》第8卷，第3首，第270行。

职。告诉世人该怎么做（相当多的人那样做）并非我所关切的事，而我在这世上该怎么做就跟我不无关系了：

这就是我要做的事：做你该做的事。[1]

为了坐在桌旁能谈得融洽，我挑易相处的人而不挑聪明的人；上床睡觉，我先挑美女，后挑贞女；在社交谈话中，我挑有本领的人——即使是不诚实的人。诸如此类。

23. 就像那位骑在木马上与自己的小孩玩耍的哲学家[2]被人看到此景，对那很吃惊的人所说的一样，在他自己有孩子之前不要作出评论，等他有相同的感受，会对此番举止作出恰当的评判：所以我多么希望我对着说话的那些人能明白我在说什么；不过，意识到这份友谊离一般的现实有多远——同时也意识到这份友谊有多稀罕——我不指望可以找到对此公正的评价，因为古人留给我们的这个主题的作品，与我所说的感情相比似乎微不足道。在这个例子中，这些结果胜过哲学上的那些至理名言。

---

1. 特伦斯:《自我折磨》第1卷，第1首，第28行。

2. 阿格西莱（比较伊拉斯谟:《名言录》第1卷,《阿格西莱》第68首）。

当我的理智处于正常时，我不会用任何东西与
一位令人快乐的朋友相比拟。[1]

24. 在古代，米南德断言，哪怕一个人仅仅遇到过朋友的影子，他也是幸福的。[2]他这么说肯定是对的，尤其是如果他实际上品尝过友谊的滋味。事实上，如果我比较一下我的余生——尽管靠上帝的恩惠我甜蜜舒适地生活，平静的心灵免受哀伤的打扰（除了这位朋友的死亡），自满自足于与生俱来的自然恩赐也再别无他求——要是把这种生活与我被赠予的跟那样一个男人成为朋友和伙伴的四年时光相比，这种生活不过是过眼烟云，也不过是一个漆黑沉闷的夜晚。

25. 从我失去他的那一天起：

那是永远残酷却也永远值得纪念的一天。
（既然上帝这么明示），[3]

1. 贺拉斯：《讽刺集》第1卷，第5首，第44行。

2. 普鲁塔克（阿米欧译）：《兄弟般的友谊》，82C—D。

3. 维吉尔：《埃涅阿斯纪》第5首，第49—50页。原文为拉丁文。

我只不过疲倦地苟且偷生。我得到的那些快乐并没给我带来慰藉：反而因为他的故去令我倍感伤心。每样东西我们都是各分一半：我感觉我正从他那儿窃取他的那一份：

曾与我分享一切的他离我而去时，
我想，我在享受快乐也是不对的。[1]

我已经如此习惯于在一切事物中成为二分之一个，以至于我现在感觉我只不过是半个人。

既然不合时宜的打击
夺走了我灵魂的一部分，
我为何依旧徘徊在乐趣渐少，
残缺不全的生存中？
那一天就是我俩一起倒下的时间。[2]

26. 无论做什么，想什么，我都怀念他——就像他肯定也会怀念我一样；因为正如他在能力和品德上远远超过我，他为友谊所做的努力也已胜过了我：

---

1. 特伦斯：《自我折磨》第1卷，第1首，第97—98行。
2. 贺拉斯：《歌集》第2卷，第17首，第5—9行。

为如此亲爱的人忧伤
会有什么羞耻或限度？……
我是多么不幸的人啊！
失去这样一位好兄弟。
一切的欢乐随你消逝，
活着时你的爱呵护它；
你啊，我亲密的兄弟，
你的死毁灭我的快乐；
我的灵魂和你埋葬在一起。
因为失去了你，我已追溯
心中曾有过的思想和灵魂所体验过的快乐；
是否我再也不能和你说话，
再不也能听你说你做了些什么？
是否我再也看不到你，
兄弟，比生命更贵重的你？
但是无论如何，我一定永远爱你。[1]

27. 让我们听听这个16岁的男孩说什么吧！

28. 我已经发现，这部作品的出版已造成了不

1. 卡图卢斯，第68首，20f.；第65首，9f.（适用于本书）。

良的后果，因为出版它的人试图扰乱和改变国家政治局面，不在乎是否对其有利；而且他们已将这部作品列为他们自己的重要核心著作之一，因此我将收回将其放在这里的决定。为了在那些无法知道作者的观点或行为的人中，他的名誉就不受到损害，我告诉他们，他纯粹把这部作品当作年轻时撰写的习作；这只不过是一个稀松平常的主题，在成百上千本书中都提及过。我并不怀疑他相信自己所写的东西，因为他太讲良心了，即使是在一部轻松的作品中，他也不会说假话。此外我还知道，如果他有选择机会的话，他宁愿生在威尼斯，而不愿生在萨拉特。这种想法是对的。可是，他还有一条铭刻在心中的最高准则：服从并且最审慎地遵从与生俱来的法则。从来就没有一个公民比他更好，更希望自己国家安宁，更反对所处时代出现骚乱和异端。他只会用自己的力量将动乱扼杀，而不是提供资源去把他们鼓动起来。他的思想气质是按照前几个世纪的模子浇铸出来的，与我们的截然不同。

29. 所以，我将用另一部作品取代那篇严肃的论文，那部作品与《甘愿受奴役》写于同一个时期，不过写得更加华丽，也更加幽默。

依靠我们自己的能力来判断是非那简直是疯了

1. 我们把轻易相信任何事归因于头脑简单，把轻易被人说服归因于无知，这或许不无道理，因为我想曾经有人教过我，信任就像戳在我们灵魂上的印记：灵魂越柔软越少抵抗，就越容易将任何事印上："正如放在天平的砝码必然要把天平压低一样，思想必然要屈服于确凿的证据。"[1] 灵魂越空虚越少给它提供平衡物，那么在最初深信的压力下，其天平就越容易变得摇摆不定。这就是为什么小孩子、普通人、女人和病人更容易被牵着鼻子走。

---

1. 西塞罗：《学院派哲学》第 2 卷，第 2 首，第 127 行。

2. 另一方面，不断轻视某事并且指责它像是假的，就因为在我们看来它似乎并不像是真的，在这种情况下，就存在着一种愚蠢的自大。这在那些自认为能力在普通人之上的人当中算是小毛病了。

3. 我从前常做这样的事。如果我听人讲鬼走路、预言、妖术、魔术以及我没法相信的某种传说——

梦、不可思议的恐怖、奇迹、巫婆、
塞萨利死者或符咒的夜间拜访[1]

——我常常为受如此愚蠢行为欺骗的人感到悲哀。现在我发现，我过去至少也一样令人同情。这并不是说经历随后向我展现了任何超越我原本相信的事（在我看来也不是因为缺乏什么好奇心），但是，理智已经教会我们，无论你这样指责什么东西是绝对错的和绝不可能的，那么你就是宣称了解新领域、上帝的意志和作为我们母亲的大自然的力量；理智还教会我们，世上没有什么比依赖我们自己的能力和潜力去给事情下结论的举动更愚蠢的事了。

4. 如果我们不把这些法则运用到超越我们理解

---

1. 贺拉斯:《书信集》第 2 卷，第 2 首，第 208—209 行。

的事情中，那么在生活中，不知有多少怪异或令人惊讶的事！如果考虑到我们不得不穿过一团迷雾，只是为了弄明白我们已掌握的东西，我们肯定会发现，不是知识而是习惯令事物不再怪异；

因为生活已使人满足并令人感到厌倦，
现在已没有人再注视天堂闪光的神殿；

如果这样的东西新近呈现在我们面前，那么它们似乎跟其他东西一样令人难以置信；

假使现在第一次将它们
突然间呈现给凡人的话：
没什么称得上更为非凡；
国人不敢相信这些东西。[1]

从未真正见过河的人第一次遇到一条河，会误认为是海洋，因为我们认为，我们所知的最大东西是自然中同类物中最大的。

1. 卢克莱修，第2首，第1032—1035、1037—1038行。

河流并不都是那么大，

可对没见过更大河流的人而言它是巨大的；

最大的树最大的人也由此而来；

各类我们所知的最大是我们自认为的最大。

“当我们习惯于看某事时，我们就会习以为常、见怪不怪；我们从不会查找与此相同的事的种种原因。”[1] 使我们查找任何事物原因的不在于其规模，而在于其新奇。

5. 我们应更深入了解自己的无知和弱点，以更尊敬的态度评价大自然的无穷力量。有多少不可能的事被值得我们信赖的人证实：如果我们无法确信，那么我们至少应该保持怀疑。判定它们不可能无异于轻率地自以为是，自吹自擂我们知道极限在哪里。如果我们明白不可能与不寻常之间的差异，或者违背大自然进化的规则与违背人类共识之间的差异，那么就会遵守奇洛在《没有什么东西可超越》中所确定的规则，不要轻率地相信，不要轻率地不相信。

6. 我们在佛罗莎特著作中看到，贝恩的富瓦伯

1. 卢克莱修，第6首，第674—677行；西塞罗：《论自然神》第2卷，第38首，第96行。

爵次日清晨得知朱比洛思的加斯提约翰国王战败，他获取信息的手段让人嘲笑。据历史记载，霍诺留斯教皇在菲力普·奥古斯都国王在蒙特驾崩的当天，就为他举行公众安灵弥撒，并且命令意大利举国上下举行同样的安灵弥撒，因为见证人的权威并未高到足以令我们信服，所以当听到这件事时，我们也会发出嘲笑。

7. 可是且慢。当普鲁塔克（且不管许多他声称引自古代的例子）说他本人相当肯定地知道，在图密善时代，安东尼历经七天行程在德国吃败仗的消息，并在罗马公然宣布该消息，战报当天就不胫而走；当恺撒坚持认为事件的消息实际上预见了事件本身时，这是很经常发生的事：如果我们假设他们是单纯的人，那么他们只不过是跟着聚众闹事，自己上当受骗，因为他们看事情不比我们清晰！[1]

8. 当普利尼期望运用评价的手段时，有什么能比他的评价来得更仔细、更明确、更真切更不掺杂质的呢？（我并不在此讨论他卓尔不群的博学；我不大看重这方面：可就这两种品质而言，我们哪里能胜过他？）然而，任何一个小学生都能证实他在撒谎，

1. 普鲁塔克：《普鲁斯·艾米利乌斯的生活》。其中提到恺撒令人费解。

并给他上一节自然课。

9. 在布谢的作品中读到与圣西拉里的遗迹有关的奇迹时，我们会耸耸肩表示对此不屑一顾：他的权威并非大到足以剥夺我们向他挑战的自由。不过，对我来说，从此谴责所有类似的故事看起来十分鲁莽。像奥古斯丁这样一个大圣人发誓他见到了：[1] 在米兰，一个盲童靠圣日尔韦和圣普罗塔修斯的遗物恢复了视力；在迦太基，一位新受洗的妇女在另一位妇女胸前画个十字，治好了她的癌症；他的好朋友赫斯珀洛斯从君主坟墓取来一小把土，驱走了骚扰他家的恶魔，并且用从教堂取来的土同样治好一个瘫痪病人；一个妇女在列队行进时接触过圣斯狄芬装有花束的遗物箱，之后她用箱里的花卉擦眼睛，结果恢复了不久前失去的视力——还有其他几个就发生在他眼前的奇迹。要是他和他称为目击者的两个神圣主教奥勒留和马克西姆斯在一起，那么我们还能责备他什么呢？责备他无知、头脑简单、轻信、故意欺骗、冒名顶替吗？在我们这个时代，还有什么人会如此鲁莽到认为自己可在美德、虔诚、学识、评价以及能力方面与他们相提并论呢？嗨！即使他

1. 圣奥古斯丁：《上帝之城》第 7 卷，第 8 首。

们拿不出理由，他们也可以以其真正的威信令我信服呀。[1]

10. 除了必然相随的荒谬鲁莽之外，在我们蔑视我们所不能理解的种种事物时所产生的严重后果里还存在着一种危险。因为只要你自以为是地设置了真理和谬误的界定，紧接着发现有必要相信一些比你所拒绝相信的更为古怪的东西，你就得被迫放弃这些界定。

11. 现在依我看，在我们的良心上，在现今的宗教冲突中，带来数不胜数的混乱的，正是天主教徒可以随时将他们的一些教规牺牲掉的那种做法。当他们在一些有争议的教规上屈从于敌人时，他们相信他们这样做是恰当而且明智的。可是，他们看不到放弃和投降给敌方带来了什么好处，或者多大程度上能激励他继续进攻，除此之外，他们所选的那些似乎无足轻重的教规有时候却是极为重要的。

12. 我们要么完全屈服于教会的权威，要么完全把自己从中解脱出来。而不是我们自己来决定对信仰的皈依要到什么程度。

13. 此外，我可能讲过这一点，因为我曾经分析

---

1. 西塞罗:《图斯库勒论辩》第1卷，第21首，第49行（适用于本书）。

过它；在过去，我使用过这种自由进行选择和挑选，以期忽略我们教规中的某些细节，因为它们似乎相当奇怪或空洞；然后，当我将这件事告诉一些读书人时，我发现，那些教规是建立在厚实而且绝对坚实的基础上，正是我们的无知和动物式的愚蠢，才使我们不敬畏它们。

14. 为何我们无法记住在自己的判断中感觉到的所有矛盾呢？有多少东西昨天对我们来说是信条，而今天在我们看来却成了无稽之谈呢？

15. 虚荣心和好奇心是我们灵魂的孪生灾难。好奇心使我们什么都想探听；而虚荣心又使我们对尚未解决或尚未确定的事妄下结论。

➺ 论谈话艺术

1. 把惩罚一些人作为对其他人的警告，这是我们维护正义的一贯做法。因为就像柏拉图所说的那样，为已做错的事而惩罚人总是愚蠢之举：做过的事不可能更改。其意图是不让他们重蹈覆辙或者使其他人避免犯他们犯过的错误。[1] 我们不想改变我们将要绞死的人；而想通过他改变其他人。我也是这样做的。我身上的毛病习惯成自然，而且无药可医，可因为好绅士就得成为公众仿效的楷模，所以我可能起到的是切勿仿效的模范带头作用：

---

1. 柏拉图：《法律》第 11 首，934A—B。

你可知道阿不思儿子过得多悲惨

巴鲁斯又多可怜，这难道你不知？

这是一次珍惜遗产的极好教训呀。[1]

2. 惩罚和指责我自己的不足之处可能教某人担心自己犯错误。（我自己最难能可贵的才能，与其说是来自于自我夸耀，倒不如说是源于自我批评）这就是我常常回顾这一点并且乐此不疲的原因之所在。然而，在漫无边际的交谈中，你在谈论自己时并非没有失误：指责自己将使你始终为人所相信；赞扬自己则令你永远不为人所相信。

3. 可能有一些跟我性格一样的人，他们通过避免反面例子而不是学习正面榜样而变得更好。这是大加图说到下一句话时正思考的教训，他曾说智者从愚人那学到的东西比愚人从智者那学到的东西来得多；[2] 也正如帕乌撒尼亚斯所说，古代七弦琴表演家常要学生去听一些生活在马路边的表演者演奏，以便学会厌恶不和谐的乐音和错误的节奏。[3] 比起曾经

1. 贺拉斯：《讽刺集》第 1 卷，第 4 首，第 109—111 行。

2. 伊拉斯谟：《名言录》第 5 卷，《老卡图》第 39 首。

3. 没有找到这件轶事。也许来自米利都的古典音乐家提摩太在练习中产生了一些困惑。《昆体良》第 2 卷，第 3 首，第 3 行。

吸引过我的仁慈的事例，我对残忍行为的憎恶更深切地激励我做人要仁慈。要让我在马鞍上笔直地坐着，优秀的侍从武官可能力不胜任；可是看到一个律师或一个威尼斯人在户外骑马时，我就会坐得笔直。错误的说法比正确的说法能更好地纠正自己。每天我都会从某人愚笨的行为举止中得到告诫和建议。打击你的东西比取悦你的东西更多地影响到你，并且让你清醒。我们只能通过诸如倒退和冲突而不是和谐，通过变成不一样的而不是成为相同的来提升自己。在从正面实例中几乎学不到什么后，我使用日常生活中的反面实例，我看到别人令人生厌，就力求自己易于相处；看到别人软弱，让自己坚强；看到别人强硬，让自己温和。我还给自己设定了不做到就不罢休的目标。

4. 在我看来，谈话是我们的思想最富成效也最为自然的运用。我发现练习谈话是生活中最妙趣横生的活动。这就是为什么，如果我现在被迫作出选择，我想我宁可失明也不可丧失说话能力或者听力。在他们的学院里，雅典人，甚至更多的罗马人，以极大的热情坚持这项练习。在我们现在这个时代，意大利人保留着这项练习的某些活动——这对他们颇有益处，这一点从他们与我们的智慧的比较中就能看出。研究书本是一项缺乏活力的迟缓的活动，而谈话则既提供学问又提供练习。如果我正与一个功底扎实的强手辩论，那么他一定会从侧面抨击我，左右开攻展开话锋；他的思想将大大提升我的思想。对抗、竞争和荣耀将推动我更上一层楼。在谈话中，最令人痛苦的地方就在于意见完美的和谐一致。

5. 正如我们的思想通过与充满朝气、条理清晰的思想接触得以加强那样，无论如何夸大与卑贱而糟糕的思想不断交流和接触会给我们的思想造成的损失和危害都不为过。没有传染病像它那样具有传染性。经历让我懂得其价值究竟几何。我喜欢争论和讨论，不过只与几个人争论和讨论，并且是为了个人的目的：因为我认为，把争论和讨论当作一场大型的公开展示，炫耀你的智慧和措词，这对令人敬仰的人而言是一种有失身份的交易。

6. 愚昧是一种不良的品性：而不能容忍愚昧还被闹得气急败坏（就像发生在我身上一样），这就成了另一种几乎更为粗鄙的愚昧了。而这就是现在我想自责的地方。

7. 我轻松自在地开展讨论和争论。既然意见并未在我内心找到准备生根发芽的土壤，那就没有什么令我感到可怕的建议，也没有什么使我受伤的信条，无论这些意见与我的想法有多大差异。人类大脑适时产生的如此轻佻的奇思怪想无不发生在我身上。那些剥夺了我们对话语权判断的人，对奇怪的观点看上去很温和；我们也许不能把我们的赞许借给他们，可是我们确实可以把我们的耳朵借给他们。当天平上的一边小盘空空如也时，我将让另一边小盘由一个老太婆的梦来摇摆：如果我宁愿挑奇数而不挑偶数，或者挑星期四而不挑星期五；如果我宁愿桌位是十二号或十四号，而不愿是十三号；如果我宁愿在旅游中看到野兔绕开我走的路，而不愿看到它们横穿过去，并且让我的左脚先穿靴子，然后才是右脚，我认为这些都是可以原谅的。所有这些古怪的行为（在我们当中确有其例）至少值得一听。对我来说，它们只比一边空盘重，可它们确实也只比一边空盘重。同样，流行的无根无据的意见自然存在一定的分量，它总比没有意见要来得有分量。一个不愿意做更多思考的人或许会为了避开迷信的沼泽而跌入顽固的泥潭。

8. 那么，相互矛盾的评价既不冒犯我，也不激怒我：它们只不过让我清醒，并给我提供锻炼的机会。我们通常回避别人的指正，可我们应该自告奋勇地接受别人的指正，尤其是当这种指正来自谈话而非来自演讲的时候。每当我们遇上对立面，我们期待的不是想了解这种对立，而是不论对错怎样才能摆脱这种对立面。对于对立面，我们不是伸出欢迎的双臂，而是指指点点。我能容忍朋友粗暴地对待我："你是白痴！你在胡言乱语！"在绅士当中，我喜欢人们真诚表达自己的意见，言为心声。我们切不该觉得忠言逆耳。我喜欢一种强韧的、亲密的、大丈夫之间的伙伴关系，这种友谊因为尖锐的充满活力的交流而感到喜悦，就好比因为爱而导致流血的啃咬和抓挠而感到欢欣一样。如果谈话一味讲究礼貌和艺术，不具有争论性，那么这种谈话既不够激烈，也不够宽宏大量；"不可能存在没有辩驳的争论"。[1]

9. 当我处于矛盾之中时，矛盾引发我的注意力而不激起我的愤怒。我会接近跟我闹矛盾的人：他马上就会指正我。因为真理的目标对我们二者来讲都是共同的。——他的回答会是什么呢？愤怒的感情已经影响了他的判断。紊乱的思绪已经赶在理智之前夺取了他的判断。——如果我们不得不在解决争论的问题上打赌，那么谈话肯定是个好主意；如果我

1. 西塞罗：《论善恶》第 1 卷，第 8 首，第 28 行（托夸图斯支持伊壁鸠鲁的谈话方式）。

们的失败有一种物质作标记让我们能在上面留个记录，我的仆人就能说：“去年您的无知和顽固 20 次就让您支付了 100 克朗。”

10. 我迎接真理，抚弄真理，不论真理在谁的手上，我都会找到它；我雀跃地向真理投降，只要我一看到真理从遥远处向我靠近时，我就伸出被征服的双臂迎接它。假如人们不是用专横跋扈的态度并迂腐地皱起眉头去抨击它，我将用我的肩膀顶住车轮去帮助人们一起对我的作品开展批评：对我的作品，我经常更多出于礼貌的缘故作修改，而不是为了达到合理修改的目的，我宁愿通过我随时的让步来鼓励人们自由地批评我——是的，即使是在让我付出某种代价的时候。然而，在我们这个时代，要诱导人这样做可是一件难事。他们没有肚量去纠正别人，正是由于他们没有肚量容忍别人的纠正，彼此面对面谈话时总是遮遮掩掩。

11. 我是如此乐于由别人来评价自己并认识自己，所以不论采取两种形式中的哪一种，对我而言都是道德中立的。我的想法经常如此自相矛盾并且自我指摘，因此如果有人驳斥我的思想，我只会乐于给予他们驳斥我的权力，对我来说那些驳斥就跟自我驳斥没什么两样。但是，我会与任何太专横的人争吵，如同我认识的一个人，如果你不接受他的意见，他就不高兴；如果你羞于遵从他的意见，他就会将之当作一种侮辱。

12. 苏格拉底始终对他的论点所引发的争议笑脸相迎。可以说，因为他的论点比较坚实，所以占优的一方总是他，他把他们作为新的胜利来欢迎：可恰恰相反，我们发现，没有什么会比下列事实让我们更容易受影响：确信自己的卓然不凡，确信我们对对手的轻蔑，确信弱者理所当然应该心甘情愿地接受修正他们错误的驳斥。

13. 我常常诚挚地向那些粗暴待我的人而不是怕我的人求教。不得不应付钦佩我们和服从我们的人是一种无聊且有害的乐趣。安提斯泰尼命令他的儿子们决不要向任何赞扬他们的人表达谢意或表示感激。[1] 在白热化的争论中，当我在对手强大的理性能力面前作出让步时，我为超越自己而感到非常骄傲，这种骄傲胜过我通过他的弱点取胜而得到过的满足。简而言之，我接受和认可任何攻击，不管它们多么微弱，只要它们来得坦荡直接，可我向来对以不当方式进行的攻击很不耐烦。我很少担心我们正讨论

1. 普鲁塔克（阿米欧译）：《论不道德的羞耻》，81B。

的内容；所有的意见对我来说都是相同的，而哪个提议获胜对我而言无关紧要。如果辩论以得当方式进行的话，我可以整天平静地进行争辩。我并不希望那么强有力和微妙的辩论成为我们的秩序——那种每天在牧羊人和营业员当中辩论都能找到的秩序从未在我们当中出现。如果他们误入歧途，则是由于这种辩论缺乏谦恭。我们同样也会误入歧途。不过，他们强烈的偏狭并没有使他们迷失方向，离题万里：他们的争论继续进行，彼此插嘴，互相攻击，但是切中要点。依我看，答中要点就算回答得很好。可当讨论变得一片混乱并且缺乏秩序时，我就会放弃论题，暴躁而浅薄地坚持形式，顽固、扭曲、专横地辩论——为此我事后不能不感到害臊。

14. 带着善意去与傻瓜辩论是不可能的。这样，不只是我的判断会毁在这样一位粗暴的主人手里，一同受损的还有我明辨是非的能力。我们的争论应该被禁止，并且像其他文字罪一样受到处罚。因为争论总是受到愤怒的支配和控制，还有什么恶行不是他们在相互之间唤醒并层层堆积起来的吗？首先，我们感觉到针对争论的敌意；然后，我们感觉到针对人的敌意。在辩论之中，我们如果只被教会如何驳斥论点，我们一方反驳另一方的辩论，结果就是消灭真理，废除真理。这就是为什么柏拉图在他的《论共和国》中禁止不适宜参与辩论的愚钝之人进行这项练习。[1]

15. 你在探索什么？你究竟为什么准备与既无步调又无风格的人走这条路呢？如果我们撇开论题以便检验处理论题的方式，我们并没有做错——我不是指一种学院派装模作样的方式，而是一种以健全智力为基础的自然方式。可最后发生了什么呢？一个向东一个向西；他们在一大堆细枝末节的混乱中遗失了基本要点。混乱时刻过去之后，他们再也不明白自己在寻找什么。一个人差一点说到要害，另一个高谈阔论得太离谱，而再一个人则低调得太离谱。一个人紧扣一个词或一个对比不放；而另一个人则再也听不到对手的论点，却过多受到自己思路的限制：他想跟进的是自己的论点，而不是你的论点。另一个人意识到自己腰杆子太软了，害怕一切，否认一切，并且从一开始就混淆论点，或者就在辩论达到高潮时，他一反常态变得完全沉默、装模作样，这些都出于一种郁闷的无知、一种傲慢的蔑视，或是一种想要避免冲突的荒谬的谦虚。还有一个人并不

---

1. 柏拉图:《论共和国》，539A—C。

在乎他要卸下多少防卫，只要他能击中你论说的要害。还有人字字必较，并且相信每个字都像理智那样有分量。这种人只不过是在发挥自己嗓音和肺部的超凡力量。然后，有人违心地总结经验；而有人则以毫无用处的介绍和离题的方式让你不愿听下去。还有人用纯粹的辱骂武装自己，选择一种毫无根据的“德国式争论”，以便让自己从带给他重压的与有识之士的交往和谈话中解脱出来。

16. 最后还有一个人，除在辩证结论与逻辑公式的樊篱中使你受围攻外，他没有理智。当人们反思我们所利用的专业技能的用处时，谁不开始怀疑这些专业技能，并且怀疑我们是否能从中得到什么生活中实实在在看得见的好处呢？“这样的博学无药可救。”[1] 曾有人以逻辑获得智慧吗？逻辑的美丽诺言实现在哪儿？逻辑既不教人如何更好地过日子，也不教人怎样恰如其分地辩论。嘴臭女人的咯咯声比逻辑教授的公开辩论更聒噪。我宁愿我的儿子在小酒馆而不是大学这个聒噪的地方里学习说话。

17. 带一个艺术教师来，并与他交谈吧。为何他没能使我们感觉到他“艺术”的高超呢？为何他

1. 塞内加:《道德通信录》第 59 首，第 15 行；后见西塞罗:《论善恶》第 1 卷，第 19 首，第 63 行，批判伊壁鸠鲁的逻辑。

也没能使妇女以及我们这些愚人为其坚实可靠的论点及其编排有序的修辞而心醉神迷呢？为何他无法以其意志征服并影响我们呢？为何一个出色掌握着知识和风格的人会将其尖锐的不加选择的论点与种种侮辱，以及愤怒混为一谈呢？让他脱掉他的学术头巾、他的长袍，也别讲拉丁语了！让他停止生硬地滥用亚里士多德的理论撞击我们的耳朵吧！嗨！更糟的是，你总把他误认为我们当中的一员。语言上造成混淆不清的绕弯子使我想起变戏法的种种伎俩：他们那巧妙的花招冲击了我们的感官，可决不能动摇我们的信仰。除了表演这样的杂耍之外，除了得到某种低劣平庸的东西之外，他们一无所获。他们也许更为人所知，可他们的荒谬可笑却丝毫没有减弱。

18. 我像博学的人那样喜欢和尊敬学问。当学识利用得恰如其分时，它就会变成人类最高尚、最丰硕的收获。但是，有一类人（并且他们多得不计其数）使博学成了他们体现价值与成就的资本，他们为了记忆而放弃理解，“躲藏在别人的影子后面”，[1]离开了书本他们就一事无成。与其说我对愚昧厌恶，倒

1. 塞内加：《道德通信录》第33首，第7行。

不如说我对这类人的博学（我敢说博学吗？）更厌恶。

19. 在我的国家，在我有生之年，学校的知识已给人带来滚滚的财源，却难得改变人们的灵魂。如果知识遇上的灵魂都已变得愚钝，那么它就像一大块未加工、未消化的硬块，并使灵魂窒息；如果灵魂未受到束缚的话，知识趋于净化灵魂，剔除并荡涤灵魂的杂质。博学是一样东西，其特性几乎不好也不坏：它对极有天赋的人来说是一件非常有用的附属品；而对其余的人而言却极其有害；更准确地说，博学这样东西，在使用时有很大的价值，可它容不得自身被廉价获取：一方面博学是一根高贵的权杖；另一方面博学又是愚人的装饰品。

20. 继续我们的话题：除开让敌人知道根本不能与你匹敌之外，你还想要取得什么更大的胜利吗？用你的论点去引他进步吧，真理才是胜利者；以你的秩序和风格去这样做，你就会成为胜利者！

21. 我相信，在柏拉图和色诺芬的眼里，苏格拉底与其说为了辩论而辩论，倒不如说是为了辩论家而辩论；与其说是为了教育欧西德莫斯和普罗泰戈拉他们辩术的不当，倒不如说是为了教育他们自身的不当。苏格拉底把握住手中的第一个主题，就树立一个实用的目标，不是把内容讲明白；即启迪他打算训练和培养的才智之士的思想。我们所捕捉的猎物只不过是狩猎的乐趣：如果我们的追捕拙劣又愚笨，我们就是不可原谅的；但如果我们只是没能杀死猎物，这又是另一回事了。因为我们生来就是要去追求真理；占有真理就是拥有更大的力量。真理并非（如德谟克利特所说）隐藏在万丈深渊；更准确地说，真理是在认识上帝的过程中不断升华。

22. 这个世界只不过是一所调查研究的学校。问题并不是谁来敲钟，而是谁向校钟发起最精彩的冲锋。说什么是真理的人如同说什么不是真理的人一样都表现得很愚蠢：我们所在意的是你怎么说，而不是你说什么。我对形式和内容并重，给什么样的案子找什么样的律师，就像亚尔西巴德跟我们说过的那样。每天我都花时间阅读作家的作品，我不是关心他们的学问，也不是寻找他们的论题，而是看看他们如何处理论题，就像我力求与著名才智之士进行讨论一样，不是为了从论题中学到什么，而是为了达到明白论题的意图。

23. 任何人都会说真心话：可极少人会把话说得有条理，说得很明智，说得很恰当。因此出于无知的错误并不会得罪我：谬论才会得罪我。由于与我打交道者的无理要求，我时常中断讨论买卖的事，即便是有利于我的买卖。那些对我毕恭毕敬的人，就算他们有过失，我一年到头对他们也发不了一次的脾气，可当他们的观点成了愚昧的论述，或成了固执己见的荒谬借口和粗鄙自辩时，我们每天都会唇枪舌剑。尽管他们既不明白为什么也不理解他们所听到的，可是他们还是照答不误。这足以使你感到绝望。只有当我的脑袋猛撞在另一个人的脑袋上时，我才觉得头上撞出一块大肿块：比起我仆人们的轻率、无礼和直率的愚蠢，我会更容易原谅他们的疏忽大意。哪怕他们能做某事，还是让他们少做点！你满怀希望他们能热情高涨地投入工作：可在一个笨蛋身上一无所获，也没什么好指望的。

24. 说是这样说，可如果我换一种态度对待这事，那又怎样呢？这或许很好：首先，这说明为什么我责备自己无法容忍这件事，认为它在对与错的人身上同样是缺点，因为在无法容忍有别自己的个性中，总有粗暴的坏脾气。其次，被世上的愚蠢所挑拨和激怒，是最愚蠢和最忍无可忍的事——并且不存在什么更稀奇古怪的事。因为这大概使你从原则上令自己懊恼，所以如果先哲专注于自己的话，他从来就不乏给自己流泪的机会。[1]七圣之一的迈森原来幽默得就跟提蒙和德谟克利特一样：当有人问到他自己一个人正在笑什么时，他回答说："我在嘲笑自己一个人在笑这件事。"

25. 每天我都要作不知多少的说明和答复，这些以我的标准来判断是愚蠢的——要是以他人的标准，一定是更经常这样做！如果我闭口不谈这些，那么别人又该怎么做呢？！总而言之，我们不得不在生活中过日子，那就让河水在桥下流淌而别为之担心吧！或者至少我们不要为此感到难受！的确，为何我们遇到驼背的残疾人能不发怒，却因不能容忍神经错乱的人而勃然大怒呢？[2]这样的冷酷是有害的，因为它出于吹毛求疵的心态，而不出于那人过错。让我们始终牢牢记住柏拉图的格言："如果我觉得什么事出了毛病，那会不会因为我自己出了毛病呢？难道错的不会是我吗？我自己的批评难道不会反而指责的是自己？"智者和受鼓励者都会制止处罚人

1. 赫拉克利特因为世界的荒唐而哭，常常与他相伴的德谟克利特因为世界的荒唐而笑。随后就有了关于 Myson 的名言。（伊拉斯谟:《名言录》第 7 首，MysonI）。

2. 普鲁塔克（阿米欧译）:《如何从敌人那里获益》，110E—F（柏拉图的名言被引用）。

类最普遍常见的错误。处罚不仅是我们彼此的指责，它常常会变成针对我们自己的指责，而且在存有争议的事件中也成为我们的理由和论点：我们用自己的剑刺穿自己。正如第一个说这句话的人独到明智地写下的那样："每个人觉得自己的大便闻起来气味都很香。"[1]

26. 我们的眼睛看不到我们背后的任何东西。当我们一天百次嘲弄我们的邻居时，我们实际上在嘲弄自己；我们时常憎恨别人身上的毛病，可那些毛病在自己身上最为明显，而且由于令人难以置信地缺乏羞耻感和敏锐力，我们被身上这些毛病吓了一大跳。在昨天我就亲眼目睹了一个聪明的贵族在开玩笑，实际上那些笑话很中肯，是关于另一个贵族以愚蠢的方式向每个人大肆宣扬他的家庭结构和家族联盟，那些家族联盟一半以上是假的，当自己的出身越令人存疑的时候，这种人越倾向于编造这类蠢话：他也是，可如果他退后一步看看自己，那么他也许已经发现，他在乱传消息时没少放肆的言行，在着重炫耀妻子家族地位时没少令人讨厌。看到妻子被自己这样的丈夫捧得傲慢起来，如此傲慢多么

1. 伊拉斯谟：《名言录》第3卷，第4首，第2行。

危险啊！如果他们懂得拉丁文的话，我们应该对这样的人说：

> **这就是！如果她自己不够疯狂，那就怂恿她！**[1]

27. 我的意思不是说人就不该提出批评，除非人完美无缺；如果事情果真如此，那就没人提出批评。我的意思是，当我们对某件后来存疑的事情的评价而使某人遭到指控时，我们就不该免于内部法庭的质询。一个人无法克服自身的缺点，然而他自己却仍然试图除去长在别人身上的也许没那么恶毒和顽固的小嫩芽，对他来说这就是一件仁慈的善事。如果有人提醒我有某个缺点，我却回答说他也有同样的缺点，这个回答在我看来绝不恰当。那样做会带来什么不同呢？警告仍然是真实的、有益的。如果我们有健康的鼻孔，那么我们的排泄物应该更是臭气冲天。苏格拉底相信，如果有一个人发现儿子及陌生人在一起犯暴力罪或伤害罪，那么这个人首先应该去投案自首，由法官判决后到刽子手那儿请求赎罪；其次应该把儿子供出；最后再把那个陌生人供

---

1. 特伦斯:《安德里亚》第 4 卷，第 2 首，第 9 行。

出。[1] 如果这条训诫要求太高的话，至少儿子的父亲应该在自己良心上谴责自己。

28. 我们最初的评价严格地说就是我们的种种感觉，这些感觉只通过外部偶然感知东西。怪不得在一切有助于我们社会的要素中，表面现象和外表礼节就这么持久普遍地增加，其结果是，管理制度最完好最有效的部分就在于此。我们始终在与人打交道，人的本性又有惊人的物质特性。近年来，有些人希望为我们发起一场沉思的非物质崇拜运动，那些人不该感到惊讶，如果有人认为，要是非物质崇拜在我们当中不是作为一种门派或派系的标记和手段加以保留，而只是留存它自身，那么它肯定已从他们手中溜走，化为乌有。

29. 这在讨论中也是一样的：发言人的庄重、学术礼服和级别，这些常常给空虚无聊的论点增添可信度。谁会相信有如此众多随行人员、如此不怒自威的君主其内在没有某种超凡脱俗的才能呢！谁又会相信一个肩负国家如此重大使命和职责的人，一个如此轻蔑如此自大的人，并不比一个从老远处就向他鞠躬、没有官衔的人来得聪明呢！这种人说出

1. 柏拉图：《高尔吉亚》，480B—C。

的话及其扭曲的嘴脸都受到人们的注视和揣摩，每个人力求赋予他们某种永恒美好的意义。如果他屈尊参加一般讨论，并且你向他表现出除赞同和敬畏之外的什么东西，那么他就会以经验的权威使你一败涂地：他听过这样的事；见过这样的事；也做过这样的事：他用种种事例让你彻底被打败。我想告诉这种人，外科医生的经验之果不在于详述其各种手术，也不在于提醒我们他治过 4 个瘟疫患者、3 个痛风病人，除非他懂得如何从中提取素材以形成自己的判断，除非他懂得如何让我们相信其医学技能的实践已使其变得更聪明。所以在各种乐器的交响中，我们听不到诗琴、小竖琴和笛子的乐音，而听到整体的和声——这种和声效果是整个乐团不同乐器齐奏产生的。

30. 如果他们的使命和旅行已使他们得到提高，那么这应当体现在他们理解的结果中。讲述我们的种种经验是不够的：我们必须掂量经验，将经验归类；我们肯定还消化了经验并提取了经验，以便吸取它们所蕴含的道理并加以总结。从来就没有如此之多的书本经验！听一听经验之谈总是好处多多，收益多多，因为来自他们记忆宝库的经验为我们提供充分的指导，这种指导妙不可言，值得称赞：这必然在帮助我们生活方面具有极大的价值。可那不是此时此刻我们正寻求的：史料叙述者与搜集者并不值得称赞。

31. 我厌恶言语和行动上的一切专制，我喜欢防范那些通过我们的各种感官欺骗我们的判断的微小事情；通过对特别社会阶层的人保持警惕的眼光，我已发现他们大多数人就像我们中的其他人一样：

在这高台上普通的感官绝非够用。[1]

32. 或许我们尊重他们，并且对他们的认知比他们实际的情况要少，因为他们着手做得越多，暴露得也越多。搬运工的力量必须比其搬运的重担更大。尚未用尽浑身力量的人让你猜想是否他有所保留，还是已经达到了极限：屈服于重担之下的人暴露其局限性以及肩膀的虚弱。这就是为什么许多有学问的人比别人更能被看出缺乏足够的灵魂。他们可以当好农夫、好商人、好工匠：他们也就生而具有适合此类工作的力量。知识是一件很有分量的东西：他们埋头钻研知识。他们的精神器官既没有足够的能量也

---

1. 尤维纳利斯：《讽刺集》第 8 首，第 73—74 行。

没有足够的技巧来展示这种高贵的物质，分配其力量，使用其力量，并使其力量有助于他们。知识只能驻扎在强大的天赋中：这种天赋十分罕见。苏格拉底说：当软弱无力的才智之士们处理哲学问题时，他们会有损哲学的尊严；当哲学覆盖在一张破罩子上时，似乎变得毫无价值，颇有瑕疵。[1]

33. 这就是他们如何变得腐烂、迷糊：

戴上猩猩脸的假面具，
穿真丝袍男孩真逗趣，
留下裸露出的光屁股，
逗得桌上宾客乐呵呵。

34. 那些人统治我们，发号施令，将世界握在自己手中，而对那些人来说一样的是：它不足以让他们拥有普通的智慧，也不足以能获得我们所能获得的东西。如果他们不是远在我们之上，那么他们就远在我们之下。因为他们许诺得越多，也就亏欠得越多；这就是为何在他们这种情况下保持沉默不仅是一种彬彬有礼、严肃庄重的举止，而且常常还是一

1. 可能参考了柏拉图的《论共和国》第6首，495C—D。

种有益的举动。当美伽巴佐斯去阿贝勒斯的工作室看他时，他长时间保持沉默。可当他开始谈论艺术作品时，却受到粗鲁无礼的非难："当你保持沉默时，由于你办公室的锁链和你的随行人员，你似乎是一个伟大人物，可现在一听你说话，连学徒也看不起你。"[1]那些华丽的装饰和显赫的财产既无法容忍他平民百姓般的无知，也无法容忍他对绘画不得体的评论：他应当一直保持这种表面上所具有的鉴赏力，因为在我所处的时代，多少人以冷酷少语的姿态令他们愚蠢的灵魂看上去像是充满智慧和能力。

35. 尊严和职责必然更多是依靠运气而非才干来获得，人们常常为此错误地责备君主们。相反，他们有如此的好运气是一个奇迹，实际上他们很难得有各种方式去享受这份运气。

对君主而言，其主要功绩就在于了解其臣民，[2]因为大自然并没赋予他们一双能够纵观天下芸芸众生的眼睛，这双眼睛既能明辨是非，又能洞察我们的内心，我们的内心是我们认识意志和良好品质的栖息地。他们挑选我们时，不得不借助于摸索猜测：按我们的家族、财富、学问以及人们的意见——最

---

1. 拉斯谟：《名言录》第6卷，《不同的恩惠》第32首。

2. 马提雅尔：《铭辞集》第8首，第15行。

无力的论据。要是有人能发现人们能运用公正评价与合理选择的手段，这样的人总能一举确立共和国的完美形式。

36.“是的。可他使这一大事得以圆满完成。”——这意味深长，可还是不够充分，因为我们正确地接受这样一条准则，准则写道：计划不必通过结果来评价。甚至在首领中腐败的辩护律师已令人高兴地改邪归正时，迦太基人还是惩罚了他们。古罗马人往往拒绝记载战绩辉煌的胜利，因为胜利不是靠指挥官的优秀品质，而是靠其好运。我们时常注意到，在这世上的活动中运气和品德相匹敌：运气向我们展示出其所具有的压倒一切的力量；因为无法使不称职者聪明起来，所以运气乐于用让他们走运的方式推翻我们的自以为是。运气喜欢来捣乱，同时支持那些进程完全与其步调一致的工作。这就是为什么我们每天都能看到我们当中最普通的人给最伟大的公共事业和个人事业带来胜利的果实。

37. 波斯人西拉马尼斯回答了那些惊愕于他的事业如此糟糕、同时明白他的计划又是如此英明的人，其回答是，他只是其计划的主人，而运气才是成就事业的女主人：这话也能对相反情形的解释作出同样的回答。[1]

38. 这世上大多数事都是本身偶然发生：

运气找到出路。[2]

39. 这样的结果常常给大多数无能的领袖增加威信。我们的干涉其实不过是一种习惯，是传统和范例的结果，而不是理性的结果。曾经有一次大冒险让我十分震惊；然后，我从那些冒险的成功者身上懂得他们的动机是什么以及他们所使用的方法：除一般观念外，我什么也没找到。

40. 实际上，如果不是为了炫耀的话，大多数的一般观念在实践中恐怕也是最可靠也最适合。如果大多数谦逊的理性都建立在坚实的基础上，那会如何呢？如果最卑贱的、最松懈的、最守旧的做法最适合我们所关切的事，那又会如何呢？如果我们要捍卫枢密院权威的话，我们就无须俗人参与枢密院，也不想高瞻远瞩以逾越最初的障碍。如果我们想维护枢密院的声誉，那么就得把

---

1. 阿米欧在其《普鲁塔克传》序言中引用。

2. 维吉尔:《埃涅阿斯纪》第3首，第395行；后见贺拉斯:《歌集》第1卷，第4首，第9行。

它当作一个整体来看待。

41. 我想暂时概述这件事，稍微讲述其最初的方面，然后我通常把主要细节的任务留给上帝。

将其余的事托付给上帝。

在我看来，好运与歹运是两种至高无上的力量。智慧在命运的角色扮演游戏中没有出场的机会。如果一个人认为能够把握原因与结果，并且自作主张亲自引导行动的进展，那么他所从事的事业必将徒劳无功，在战争的部署中尤为如此。从来就没有比我有时看到的实际情况更加谨慎的军事状况：或许因为我们惧怕会在途中迷失方向，所以为了迎接决战行动的高潮将自己留在预备队中！

42. 我还想说，我们真正的智慧和成熟的反思多半是偶然发生的。我的意志和推理是以这样那样的方式激发的。他们的许多运动控制他们自己，而不受我控制。我的理性天天都屈从于机遇的刺激和鼓动：

他们心中的思想永远转动，
他们胸中的感情四处流动，

它们就像风前面的云一样。[1]

43. 你看来会明白在我们的城市谁掌握最多的权力，谁把工作做得最好。你会发现他们通常并不聪明过人。妇女、儿童、疯子跟才华横溢的君主一样统治过国家，这样的例子不是没有。修昔底德说过：粗放的人更常在这类事务中取得成功，比精细的人做得更好。[2] 我们常常把他们走好运的行为归因于他们的智慧。

每个出类拔萃的人由其好运得以升迁；

然后我们就说他聪明。

44. 这就是为何我坚决主张，我们一切活动的结果为我们的价值和能力所提供的证据少之又少。

45. 现在我要说，这只够我们看出一个人青云直上，身居要职；即使在他离官卸职前三天我们才认识他，可他高尚和天才的观点不知不觉融入了我们的评价，并且我们让自己相信，通过气势与声誉的渐

---

1. 维吉尔：《农事诗》第1首，第420—422行。

2. 修昔底德从贾斯特斯的《利普修斯的社会》中引用（上文的其他部分），接下来他引用了普劳图斯的《说谎者》中的内容。

长，他在才能方面有所加强。我们对他的评价并不是以其价值为基础，而是（就像有一把算盘有多个计数器的情况一样）以其等级标志为基础。让他再碰一碰霉运，再摔一摔跤，并且再次淹没在人群中，然后我们大家感到惊奇：究竟什么使得他一飞冲天！我们便会问："这个人还是原来的那个人吗？当他高高在上时，他不知道更多这方面的问题吗？君主会对这一点点东西感到满意吗？"我们得到命运很好的眷顾，的确如此！

46. 这就是我在我自己的时代多次见到的一些事。

47. 什么！甚至是在戏剧中大人物的面具也有点影响了我们，蒙蔽了我们。我对君主最钦佩的就是那群崇拜者。一切都要卑躬屈从于我们的君主——除了我们的智慧。我的理智不是为卑躬屈从而造，虽然我的膝盖是。

48. 当美兰提欧斯被问到他是如何看待狄阿尼索斯的悲剧时，他回答："我从来就不明白这件事，因为人们把它说得面目全非了！"那么，这也太过分了吧！在那些评价伟人言语的人中，大多数都会回答："我从未听过他说的话：他的形象被尊严、伟大和崇高给模糊了。”[1]

49. 有一天，当安提斯泰尼鼓动雅典人下令要像用马一样用驴犁田时，他被告知驴生来就不是干犁田这样的活。他反驳道：“这有什么关系。这件事完全取决于你们发布的命令：你们大多数人在指挥作战时所投入的无知无能者，无不突然变得百依百顺，被指挥得服服贴贴，因为正是你们才雇佣了他们呀！”[2]

50. 与此相关的习惯是，如此众多的人尊崇他们当中选出来的君主。他们并不满足于尊敬他们：他们需要崇拜他们。一旦墨西哥人完成了国王登基大典，他们就不敢看国王的脸一眼，可虽然他们已将国王奉为王国的神明，但他们要国王发誓不仅得保留他们的宗教、他们的法律和他们的自由，得勇敢、公正以及和蔼，而且还得让太阳明亮地转动并且发出人们习惯的光芒，让云团在适当的季节消散，让河流在河道中流动，让土地长出人们所需的一切东西。[3]

51. 我反对这种广为流传的风尚。当我看到一个人的能力伴随高官厚禄受公众喝彩时，我就非常怀

1. 普鲁塔克（阿米欧译）：《听觉是如何产生的》，64H。

2. 伊拉斯谟：《名言录》第 7 首，《安提西尼》第 30 首。

3. 洛佩斯戈马拉（弗米译）：《印度通史》第 2 卷，第 77 首。

疑这种能力。我们应该记住能力对一个人意味着：当他要说时就能说；能相机行事；能以主人的权力中断讨论或转换主题；能在毕恭毕敬、战战兢兢的朝臣面前，以摇头、微笑或以沉默的方式捍卫自己，挡回反对意见。

52. 当某件琐事在餐桌上成为轻松讨论的话题时，一个富豪参与讨论，他以这样的一句话开场："任何另有说法的人不是无知者就是说谎者。"还说了些诸如此类的话。你最好握紧你手中的匕首对该话题的哲学要点追根究底！

53. 另有一条我感觉十分受用的告诫：在辩论和讨论中，我们觉得正确的话不一定立即被人接受。大多数人靠拾人牙慧致富。或许事情正是这样：某某人作了一番好评论，或给了一个好回答，或发表了一次简明扼要的言论，把话说出来了却没有意识到它的力量。（我们抓不住我们所借用的东西，毫无疑问，这在我自己身上可以得到证实。）我们不应该一味地让步，不管它可能蕴涵什么美好的东西或真理。我们应该不是严厉地攻击它，就是在假装不了解它的情况下做点让步，以便彻底弄清，并发现它是如何在其作者身上栖息落脚的。我们可能正在帮他的利剑刺向其不可及之处，同时我们迎头撞上。有好几回，在唇枪舌剑的必然压力下，我已经作出了反击，这种反击意外切中目标。我以数量体现分量，让他们接受了。

54. 在与一个能言善辩者辩论时，我喜欢抢先说出他的结论，省去他进行自我辩解的麻烦；当他的想法尚未成熟或正在形成时，我就先发制人对它们进行分析（他一旦思维形成条理就告诫我，并且威胁到我）。同样我还讲，我和我先前提过的那些人的做法截然不同：除他们所解释的之外，我们必须不作任何假设，也不理解任何东西。如果他们的判断是得当的但却是以一种放之四海而皆准的方式表述出来——“这是好的，那是坏的”——那么就找出它的正确是否是因为运气。给他们的定论一些条件限制：“它为什么好？它怎么好？”那些普遍的论断（我感觉很普通）一点名堂也没有。他们就像那些称赞一堆人或一群人的人；那些真正认识他们的人直呼其名，一个个评价他们。然而，这只是偶一为之的事。这解释了为什么：平均一天一次以上，我见过脑子愚钝的人试着通过指出他们正在阅读的书里某个绝妙的细节来扮聪明，可他们选错了重点，这是他们所心仪的地方，可是这没有表现出作家的出色，而是揭示了他们自己的无知。

55. 当刚听了一整页关于维吉尔的内容时，你确实会拍案叫绝："刚才这页写得真美啊！"狡猾的人就用这种方式。但是，为了保证能着手回顾优秀作家的细节描写，为了尝试准确地指出精选例子显示其自身的高超，通过接二连三的词汇斟酌、独特措辞、素材的选择以说明他情绪激昂之处，并不是很多人试着那样做。"我们不仅应该检验每个人说什么，而且还应该检验他的观点，以及他为什么这么说"。[1]我天天都听到愚蠢的人口中蹦出并不愚蠢的话。他们甚至说出一些动听的话；让我们看一看他们是如何深刻理解这些话的吧！也让我们看一看他们从何处掌握这些话的吧！

56. 此刻，如果你来为他们阐明并强化格言，那么他们立刻就会利用你的解释，并从你的身上抢走它："这就是我所要说的，"或"这就是我对它的理解，恰如其分，"或"之所以我不这样说出格言，是因为我无法找到恰当的词汇。"——继续狂吹吧！我们甚至应该利用狡猾来惩罚这种狂妄自大的愚蠢。

57. 赫格西亚斯的原则是我们既不该憎恨也不该非难而应该指引，这在其他地方是对的，可在这儿

1. 西塞罗：《论责任》第1卷，第41首，第147行。

却不然。[1] 要是一个人不知如何利用别人的帮助，根本不值得你的帮助，那么在帮助这种人的过程中既没有正义也没有善意可言。我喜欢让这种人在泥潭里陷得更深，甚至动弹不得——让他们陷得如此之深，以致有可能的话最终让他们意识到需要别人的帮助！

58. 你不能靠一次警告治愈愚蠢和不理性的病症。关于这种治疗法，我们可适当提及赛勒斯对那个敦促他作战时给部队鼓舞士气的人所回答的话：一次精彩的长篇大论不可能使人在战场上变成英勇无畏的战士，这跟靠听一首优美的歌曲你就能成为一个好音乐家一样不可能。[2] 学徒生涯必须经历，在出师独当一面之前，定要经过长期坚持不懈的学习。

59. 只是对我们自己的亲人我们才有义务认真地纠正和指导；但是，给第一个过路人说教，或对我们遇上的第一个人宣读关于愚昧无知的演讲稿，这可是我厌恶的做法。在我参与的讨论中我很少这样做；我宁愿放弃这一切做法，而不愿借助如此冷淡又装模作样的演讲。在演讲和写作中，我的性情并不合适那些正在初学原理的人。但是，不管我在交往

---

1. 第欧根尼·拉尔修：《亚里斯提普的生活》。

2. 色诺芬：《塞勒斯的教育》第3卷，第3首，第49—50行。

中或当着第三者的面把事情评价成多么错误或荒唐，我从不暴跳如雷地用话语或手势来打断他们。

60. 同时，讲理的人对自己感到满意可以说是合乎情理，要是愚蠢的人不讲理的人来得更为洋洋自得，那么没有哪种愚蠢更让我气愤了。要是智慧不准你自满自足，并且总是以不满和害怕为由把你撵走，而固执和鲁莽却让它们的主人充满快乐和自信，那可是一大灾难啊。就是人们当中最不聪明的人才看不起比他们强的人，总是从充满荣耀和快乐的争吵中凯旋。往往他们傲慢的话语和欢乐的神情为他们从旁观者眼中赢得胜利，那些路人通常不知如何判断也不能识别真正的优胜。动物般愚蠢最确凿的依据就是蛮横的固执己见。还有什么会比一头驴更肯定、更果断、更轻蔑、更深沉、更庄重、更严肃呢?

61. 也许我们可以把那些短暂的有针对性的交流列入谈话和讨论这一类，在那当中朋友们之间洋溢着快乐和亲密，他们时而愉快地一起开玩笑，时而尖锐地彼此嘲讽。这是我乐观天性决定的相当适合我的一项运动；如果这项运动不像我刚描述的其他运动那样紧张严肃，那么它依旧热烈而巧妙，在莱库格斯看来也依旧有用。在我关注的地方，我贡献出更多的是自由氛围，而不是智慧，因而我在这里比在寻找素材的过程中来得更加幸福；可我是一个追求完美的人，因为不仅在激烈尖锐的时候，而且甚至在粗鲁无礼的时候，我都能容忍反击而不生气。当我突然受到攻击时，如果我无法立刻找到一个巧妙的应答，我不是浪费时间近于顽固地用含糊不清的无聊争论对攻击穷追不舍，而是随它去，愉快地掩住两耳，等待更好的反击机会。要知道，没有一个小贩能在每次讨价还价中都占到便宜。

62. 当辩论失败时，大多数人会改变声音和措辞，他们不是在为自己挽回颓势，而是气急败坏地暴露自己的缺点和脆弱。在玩笑的刺激下，我们有时会掐断那些拴着对方缺点的秘密之弦，我们冷静时如果没人招惹，我们绝不会去拨弄这一根根弦；我们彼此提醒对方失误不是没有益处的。有些别的身体运动，如法国式鲁莽野蛮的运动，我恨之入骨。对这样的运动我很敏感：在我一生中，我见过两个王室血统的王储就因为这些运动而命丧黄泉。它是一项为乐趣而战的丑陋运动。[1]

63. 此外，当我要评价一个人时，我会问他到什

1. 亨利二世死于马上枪术比赛，而亨利·博普雷欧伯爵因马上比武受伤而死。

么程度他自己会感到满意；对自己所说或所写的东西他会满意到什么程度。我请他不要找那些美妙的借口：例如“我原来说话写作只是玩玩而已”——

它只是半成品就从铁砧上拿掉。[1]

“在它身上我只花了一个小时；从那以后我再也没看它”——我说：“好吧，把这些东西都搁一边儿去。给我展示一下确实完全代表你的某种东西，就是某种你高兴拿来给人评价的东西。”然后我说：“你认为你作品最美的地方在哪里？ 是这种特征还是那种特征呢？是其优雅的风格、论题、你对素材的发现、你的评价、还是你的博学呢？”

64. 我通常发现，之所以一些人在评价自己的作品跟评价别人的作品时同样有误，不仅是因为他们的感情使然，还因为他们对作品缺乏理解能力和分析能力。作品本身借由它的要素和运气，能以超出作者自己的理解和研究的范围的程度使作者受惠；作品能跑在作者之前。没有什么比起让我评价自己作品令我更无法拿捏：我给论文排名次——十分犹

1. 奥维德：《哀怨集》第1卷，第7首，第9行。

豫不决，几乎没有信心——时而信心全无，时而信心十足。

65. 许多书由于论题而成为有用的书，书的作者并不引以为荣。就好作品而言，有些好书对其作者来说是一种耻辱。我可以写关于我们的宴请方式，关于我们的服装——而且我还能把它们写得非常优美；我能出版当朝执政君主的敕令和御函；我能出一本好书的节本（而且每部好书的节本都是一部愚蠢的节本），书籍本身可以偶然丢失。事情都像这样。子孙后代从这样的著述中得到的奇特帮助。可除了感到幸运，我还能从这样的作品中获得什么荣誉呢？一大批名著就属于此类。

66. 几年前，在拜读菲利普·德·康明斯——他肯定是一个非常优秀的作家——的著作时，我注意到如下这条不同寻常的格言：“我们应该小心翼翼地为主人提供殷勤的服务，免得他无法公正地赏你。”我该赞扬的不是他，而是他这句话的主题。不久前，我在塔西佗的作品中偶然看到这句话：“帮助只有在它们似乎可报答时才使人愉快。而太多帮忙让我们只能报以憎恶而非感激。”塞内加更激烈：“对无法报答感到耻辱的人会要他的恩人去死。”奎因图斯·西塞罗用一个更为轻松婉转的短语写道：“无法偿还欠你债务的人绝不可能爱你。”[1]

67. 作家的主题适当的时候能显示出他是有学问的人还是记性好的人，可如果你想评价其内在什么品质最真实地体现他，什么品质最可敬（我的意思是他的内在力量和心灵美），那么你就必须知道什么真正是他的，什么肯定不是他的；在不属于他的这种特质中，在他作出的贡献中有多少我们得归因于他的选择、处理、修饰及其文学才能。假使他已经用了别人的东西，那么他将破坏自己的文风，这样的事太常发生了！当我们从一位现代诗人那儿偶然发现某个精彩绝伦的例子，或从一位布道者那儿碰巧遇上某次激烈的辩论时，像我们这样几乎没怎么看过书的人就会感到困难重重。在我们从一个学者那儿得知这个东西是他们原创的还是他们从别人那儿信手拈来的之前，我们不敢对他们妄加赞扬。可就算我知道了，我还是心存疑虑。

68. 我刚刚一口气读完塔西佗的《历史》（这对我来说可是件稀罕事：我一次花一整个小时读一本书已经是 20 年前的事了。我这样做，只是出于一个贵族的推荐，这个贵族在法国因其自身德行、长久

1. 菲利普科米纳第 3 卷，第 8 首；塔西佗：《年鉴》第 4 卷，第 18 首；塞内加：《道德通信录》第 86 首，第 32 行；西塞罗：《论请愿》第 4 首。

以来的才气以及被认为与其许多兄弟同甘共苦的善心而德高望重)。我不知道有什么作家，能把公众事件的记述与如此多对个人道德偏见的反思结合起来。并且在我看来(与他的看法恰恰相反)因为他有特别任务：关注当代君主(那些人性格各异却都相当古怪且极端)的生涯，及其在臣民中主要因其残酷而引人瞩目的功绩，所以比起他报道战役和世界革命，他就有一个更引人关注、更妙趣横生的演说话题。因此，当他下笔仓促刻画那些干净的、高贵的死亡，好像害怕冗长啰嗦的报道会让我们厌倦时，我发现他无利可图。

69. 这种历史态度颇有益处。公共事件的展开更多取决于命运的舵手，而个人事件的展开则取决于我们自己。塔西佗的作品与其说是对历史事件的陈述，不如说是对历史事件的评价；与其说其中包含报道，不如说其中蕴涵告诫。它不是一本用来阅读的书，而是一本用来研究和学习的书。该书富含大量箴言，以至于无论对与错它们都无处不在。它是伦理和政论的温床，用以供给在这个世界中身居统治高位的那些人，并对他们加以粉饰。他用实在而有力的道理为自己申辩，在警句般精巧的文体中，遵循他那个年代做作的文风。(他们十分喜欢一种高级文体，结果是当发现论题中缺乏机警或巧妙的成分时，他们便求助于富于机智、精细微妙的语句。）他与塞内加大同小异，可塞内加更尖锐，而塔西佗身上似乎更多人情味。塔西佗适合服务于一个病态不安的国家，像我们现在自己的国家一样：你往往会相信我们原来是他叙述和痛骂的主题。那些对他的善良和真诚抱怀疑的人，无疑暴露出对他的怨恨出自偏见。在处理罗马事务中，他颇有见地，并倾向于站在公正的立场上。我的确感到遗憾，除了更神秘之外，塔西佗把庞培写得同马略和斯库拉一样不好，但比起与他生活并对付他的人在其裁定中所提到的，塔西佗对他的评价更为冷酷。[1] 真的，为力求控制局势，庞培既抱有野心，也希望复仇：甚至他的朋友担心胜利可能使他冲昏头脑，可他还不至于到了另外那两个人那种精神错乱的极端程度。他人生中没有什么东西向我们暗示专制和残酷的恐怖行径确实存在。此外，我们决不应该无端怀疑，而应该更重证据。所以，在这一点上我并不相信塔西佗。

70. 他所写的那些确实是简单朴实、直截了当

1. 塔西佗：《历史》第2卷，第38首。

的报道，这些报道或许可能因为它们与他最终的评价并不完全相符这一事实引起争辩，因为这种种评价是他所采取的不公平态度所导致；那些报道常常是他所无法加以证实的——他几乎拿不出有独到见解的证据。依据赋予他这样做的法律，他无须对清规戒律唯命是从，而且也无须为不了解宗教而辩解。这是他的不幸，而不是他的过错。

71. 我一直在着重研究对他的评价：并不完全都清楚。例如，从寄给老迈体弱的底波里斯人组成的参议院那封信，我摘出这几句话："阁下，怎么啦？我应该写信给您，此刻我不应该写些什么给您吗？我知道，我每天都在接近死亡；假如我懂得写些什么的话，诸位男神和女神或许会让我的下场更可悲。"我无法明白为什么他把这些话如此确定运用于折磨底波里斯人良心的悔恨上。至少我看到这里时，我没发现是怎么回事。[1]

72. 依我看，他似乎还有点委屈，当他被迫提及他曾经在罗马当过荣耀的地方官吏这件事时，他继续解释说，他没有提及地方官吏是不想为此自吹自擂。在我看来，这做法对一个像他那样的人来说

1. 塔西佗：《年鉴》第 6 卷，第 6 首。

似乎相当不真实：不敢全面谈论你自己就暴露出思想的一个缺陷。一个有正直而睿智的头脑能够作出肯定的和真实的评价，在各种情况下既引用别人身上的例子也引用自身的例子，直率地引用第三方也引用自己做见证人。为了支持真理和自由，我们应该逾越那些陈规陋习。我不仅敢于谈论自己，而且还敢于谈论自己以外的任何东西。当我写到别的什么东西时，我就会离题，让我的主题逃脱我。我不喜欢自己如此缺乏专注，我也不如此作茧自缚，以至于我无法剥离自己，像思考一个邻居或一棵树那样分隔开来思考自己。如果你无法看到自己的价值局限所在，或者如果你说的比看到的东西多，其中的错误是一样的。我们欠上帝的爱比欠自己更多。我们对他知之甚少，却不停讨论他，还要多谈。

73. 如果塔西佗的作品将他个性的一切向我们和盘托出，那么他就是一个非常伟大、正直、勇敢的人，他的德行就不具有迷信的色彩，而具有哲学的味道和宽宏大量的品质。你会发现他的一些证言相当轻率；例如他坚持认为当一个士兵的双手在搬一堆木头过程中由于寒冷而变得僵硬时，脱离其手臂，然后插在那儿麻木了。[1]在类似的例子中，我习惯对如此伟大见证人的威信心悦诚服。他还说，塞拉皮斯神赐下神力，维斯西巴安在亚历山大治愈一个双目失明的妇女，他用他的唾液涂在她的双眼上，同时施加其他魔法，他遵照记载重大事件的著名史学家的忠实榜样这样写，流行的谣传和看法都存在于民事之中。其任务在于对大众的信仰作复述，而不作解释。阐释它们的角色由作为良心导师的神学家和哲学家来担当。这就是为什么他的史学家同仁，作为当时的伟人，极其明智地说："我传递给别人的东西比我自己相信的多。我无法为我所怀疑的东西担保，我也无法忽略传统所告诉我的东西。"而另一个说："这些东西既不可确认也不可否认：我们必须坚持传统。"[2]塔西佗在对神迹的信仰逐渐衰落期间写道，他希望自己能给那些神迹提供一个立足点，所以在他的《编年史》中包罗许多如此尊古怀旧的体面人士所能接受的古老的内容。

74. 这话说得多好。让他们将他们的历史传递

---

1. 塔西佗:《年鉴》第13卷，第35首；又见于第4卷，第71首（一些人把这视为是对耶稣基督治愈盲人的拙劣的模仿，见于马克福音8:23)。

2. 昆图斯库尔提乌斯，第4卷，第1首；李维，第8卷，第6首。

给我们，是根据他们搜罗到的东西，而不是根据他们自己的估计。我是主题的主宰者，我处理主题，可我不为主题对任何人负责，也不对那些相信我所说的一切的人负责。有时我的思想表示出怀疑似是而非的论点，文字上的细微差别令我摇头叹息；但是，我写出来让他们碰碰运气。我知道一些人做这事获得好名声。我并不能一人评价他们。我全方位地描写自己，从起床到睡觉，从正面到反面，从右边到左边，包括我所有与生俱来的复杂性。甚至一直很强大的思想在它们工作运转和甄别分辨时也不总是管用。

75. 这是通过我的记忆含含糊糊地呈现的塔西佗。对他的所有评价既不严密又有缺陷。

➳ 论闲散

1. 正如人们看到荒芜的土地，要是富饶肥沃，便长满成千上万种无用的杂草，其结果是，如果我们要让土地发挥作用的话，我们就必须征服土地，忙于耕种，尤其播上为我所用的种子；就像人们有时可能看到留守的孤独妇女生下一大堆不成样子的孩子；除了接受精子，没有什么能让她们自己需要忙忙碌碌，以便生下优秀的后代：思想也是如此。如果我们不让思想忙碌于某种特别的耕作——用一条缰绳将其束缚，那么它便肆忌横行，在幻象的荒地上漫游：

就像当青铜盆里波动的水

反射阳光和月亮的笑脸时，
回照的微光高高地飞上空，
光线射在嵌镶的天花板上。[1]

2. 那么，骚乱就带来疯狂和语无伦次的失常：

他们像在病人的梦中
构筑空虚的幻影。[2]

当灵魂没有一个明确的目标，那么心灵便迷失方向；正如人们所说，如果你无处不在，那么你就哪儿也不在。

无论谁哪儿都想住，那就哪儿也住不了。[3]

3. 最近我到庄园隐居起来，决心尽我所能专心致志地独自一个静静度过所剩无几的余生；在我看来，对我的思想所能起到的最大帮助就是让思想处在全然闲散的状态，照管好它自己，只关注它自己，

1. 维吉尔：《埃涅阿斯纪》第 8 首，第 22 行。

2. 贺拉斯：《诗艺》第 7 行。

3. 马提雅尔，第 7 卷，第 73 首。

平静地思考它自己。我希望我的思想从那以后能做起这些事情更为容易，然而随着时光的流逝，我的思想已变得成熟，并且已变得沉重。

4. 我感觉到——

闲散总是带来思想的无常变化。[1]

相反的是，闲散像一匹脱缰的野马逃跑了，给自己带来的烦恼；远比过去要多；闲散使得思想接二连三混乱不堪地产生出众多假想的异兽和神奇的怪物，因此，为了方便我思索这些千奇百怪的东西，我开始将它们记录下来，以期及时让我的思想自感羞愧。

1. 卢肯:《法赛利亚》第 4 首，第 704 行。

论父亲对孩子的感情

致埃斯狄萨克夫人，

1. 夫人：除非奇特或新奇（这两个特性赋予任何事物以价值）吸引我，我决不轻易放下这部拙作的创作工作；可这部作品又是如此的奇异，并且与惯常作品迥然不同。

2. 该作品起源于一种悲伤的幽默（这对我的自然天性来说又是一种极不相符的情绪），这种幽默出自几年前我自己陷入孤独的隐居生活所引起的懊恼，它最初进入我的脑海，这才使我疯狂地关注起写作。发现自己相当空虚，没有什么东西可写之后，我自告奋勇地将自己作为主题和论题。这本书是世上这类书中绝无仅有的一本，其观念充满野性且荒诞古怪。我这部作品因这古怪的特性值得关注，因为世上最好的工匠也不知如何用如此不着边际和琐碎的材料制作超群的作品。

3. 此时此刻，夫人，我已决定画一幅自己的生活画，如果描绘不出我长期以来对您高尚的美德的敬意，那我肯定忽略了一个重要特征。在本章的开头，我尤其想这么做，因为在你所有的优秀品质中，最突出的是您对您孩子的爱。

4. 人人都知道，当您的丈夫埃斯狄萨克撒手人寰，而您成了寡妇时，您正值青春年华；有多少相当值得尊敬的绅士向您求婚，对像您这样地位的法国贵妇人自然会这样；而您有着坚定不移的意志，多年来您历尽千辛万苦，承担起负责照顾孩子的事务（这些事务一直让您奔忙于法国的许多边远地区，至今脱不开身）的重担；您的智慧或好运使那些事务都很顺利。知道您的人都会立刻同意我的看法：我们找不到哪怕一个当今的例子能够比您的母爱更为令人动容。

5. 夫人，我赞美上帝。您的爱有了如此美妙的结果，您的儿子埃斯狄萨克显现出光明的前途：当一个优秀儿子长大成人，他的责任和感恩将是对您的回报。可他现在还是个孩子，无法对从您身上得到的难以计算的母爱表示感激。所以我希望，如果这本书有一天会捧在他的手中，到我甚至无法开口说话的时候，他也会从我的书中学到一些东西——我可以诚实地为其中的内容作保，倘能如愿，这些东西将会成为有力的见证，使他能因此而认识到：在法国没有哪位绅士比他从母亲那里得到的教诲来得多，而且我还可以保证，将来他会承认你的这些美德，除此之外，没有别的行为可以确实有力地证明他的善良和高尚。

6. 如果真有一种自然法则——换句话说，如果真有一种可以视为普遍永久印记在动物和人类身上的本能（尚存争议）——那么我敢说，在致力于自我保护和避免任何有害的事情之后，就是对自己后代的爱。这仿佛是大自然对万物繁衍所做的托付。若反过来看，孩子对父母的爱没有那么深就并不令人感到惊讶了。在此基础上，我们还可以加上从亚里士多德那儿得到的思考，[1]即任何对别人行善的人爱别人胜过他被别人爱；给予者比接受者感觉到更大的爱；创造者爱创造物比创造物——如果创造物真有感情的话——爱他来得更多。这一点显得尤为真

1. 亚里士多德：《尼各马科伦理学》第 4 卷，第 7 首，第 4—6 行。

实，因为每个人都把自己的存在看得很珍贵：而存在则在于运动和活动；因此，从某种意义上说，每个人，在某种程度上，都存在于其所做所为中：捐助者的行为既美好又高贵；另一方面，受助者的行为仅仅是实用的，高贵的行为比纯粹实用的行为更为可爱。高贵是持续不变的，常常给每个高贵行为的施予者以满足。然而，实用性会容易消失或减少，而且对实用性的记忆既不令人感到很舒心也不那么甜蜜。让我们付出最大代价的东西对我们来说最为亲切可爱——给予比接受让我们付出的代价更大。

7. 因为上帝很乐于赋予我们某种无序推理的小聪明，所以我们不应该像动物那样奴隶般地屈从自然法则，而应该以我们的自由意志和判断遵从自然法则，所以我们确实应该对自然法则的普遍权威作出某种让步，但不应该听任自己被自然法则残暴地摆布：唯有理性才能必然决定我们的前途。

8. 对我来说，那些不依靠理性和判断而产生的偏好平淡得出奇。在讨论的主题中，当新生儿尚无心理活动，也没有让他们变得惹人喜爱的明显特征时，我无法为引发人们拥抱新生儿的那种情感找到合理的解释。而我从不乐意人们当我的面给新生儿喂奶。真切的合理的爱应该是天生的，然后随着我们对孩子的了解，这种爱不断加深；如果他们表现出他们应该得到这种爱，那么我们就应该用真正的父爱去呵护他们，因为我们的天性到那时就会与理性并行向前；如果他们不值得爱——我们就作出相同的回应——不管自然天性如何强大，我们都应该始终遵从理性。

9. 实际上，相反的情况常常发生；我们自己都会感觉到，孩子的蹦蹦跳跳及其幼稚的恶作剧比他们成人后的活动更让我们触动，好像我们不是把他们当人来爱，而是把他们当玩具或宠物猴来爱。有些父亲会给还是孩童的子女大量玩具，可也会对他们一长大就要小钱花的行为表示不满。这甚至看上去，事实上，仿佛我们嫉妒地看着他们在这世上享受——他们能享受我们却要失去，这使我们变得吝啬，对孩子拳脚相向。让我们愤怒的是，他们会紧跟在我们后面，仿佛命令我们靠边站。因为事实清楚明白地摆在眼前，孩子们只能通过损耗我们的存在和生活来实现他们自己的。如果这会使我们感到恐惧的话，我们就不该当父亲。

10. 我认为不让他们分享家庭的财产和成员利益既冷酷又不公正——当他们能承担起家务时，就将家务的全部知识传授给作为生活伙伴的他们——这并不减少我们的利益，同时我们无须在其身上节省以便为他将来的利益作准备，因为我们就是为了这一目的生孩子。看到一位老父亲，身体虚弱得只剩下半条命，把自己拥有绝对所有权的大笔财富塞入烟囱角落，却不用来帮助和培养几个子女，让孩子们浪费最美好的时光，在公共事务上不追求进取和出人头地，这也是不公平的。绝望驱使他们寻找一些方法，哪怕是不正当的，以满足自我需要：在我这个年代，我见过几个出身名门的年轻人，深深沉溺于盗窃，以至于没有什么处罚可以让他们改邪归正。我认识一个年轻人，跟他关系很好，在他的兄弟，一位勇敢的非常值得尊敬的贵族的恳请下，我与他就这件事有过一次交谈。在回答中，这位年轻人相当直率地承认，父亲不折不扣的吝啬促使他作出如此卑鄙的行径。他还补充说，他现在已是深陷其中而不能自拔。他与其他几个人在早晨拜访一位女士，偷窃这位女士的戒指时被逮了个正着。这使我想起了我听说的有关另一个贵族的故事：这个贵族早已过惯了从事这一理想行当的生活，并且对其有了迫切的需要，结果是当他真的成为遗产的继承人，并决定金盆洗手时，他还是无法改邪归正，只要路过一个货摊，凡是他需要的东西照偷不误，宁可稍后要让人去付账。我认识几个人就是如此积习难改并行窃成性，以至于他们经常从自己的亲密伙伴那里偷东西，然后将偷来的东西返还。

11. 我可能是一个爱吹牛的人，不过没有什么我不懂的恶习。我的性格比理性更令我对偷窃深恶痛绝：我从没有想过从什么人那儿偷什么东西。诚然，我所生活的那个社区与法国其余地区相比更斥责偷窃行为，可在我们这个年代，我们时有机会见过其他省的贵族被判诸多可怕的抢劫罪。恐怕我们必须把这样的堕落行为部分归因于他们父亲的过错。

12. 如果无论谁再告诉我——像一个十分理智的贵族曾经告诉过我的那样——他想从他所有的存款中得到唯一实在的好处，就是他孩子的尊敬和奉承（因为现在这把年纪已使他丧失力量，那就成了他剩下的以防被每个人轻视怠慢的唯一良方，用以维护其在家中的威信——确实，根据亚里士多德的理论，不仅老年人，各种各样的弱者都对吝啬推崇备至）[1]——钱确实能带来些什么。可这种药用于医治的病的产生是应该可以预防的。如果父亲只能通过让子女依赖于他的帮助来抓住他们的爱——如果这

1. 亚里士多德:《尼各马科伦理学》第 4 卷，第 1 首，第 37 行。

可以被称之为爱的话，那么他的确是个不幸的人。

13. 我们应该让自己以美德和能力而受人尊敬，也以善行和谦和而受人爱戴。稀有木材的灰烬也有其价值，而我们也习惯于毕恭毕敬地保存伟人的遗骸及遗物。在体面过日子的情形下，也不会真正朽化，依然受到尊敬——尤其是对孩子们来说，他们的灵魂必须得到指引，不受需要和欲望的指使，也不受严苛和权力的命令，而需要理智的引导。

> 若你问我的看法，有赖权力的威信
> 比与爱结合的威信来得更坚固或更稳定，
> 那么我的回答是这种情况很不真实。[1]

14. 我指责在培育温和思想中的所有暴行，因为温和的思想是为荣誉与自由而培养的。在严格和强制之下总是有某种卑屈的东西，而我认为你永远不能以武力得到你无法以理性、智慧和技能所得到的东西。

15. 那就是我成长的方式。父母告诉我，我在童年时期只有两次尝过棍棒的滋味，而且只是轻轻

---

1. 特伦斯：《阿德菲》第 1 卷，第 1 首，第 40—43 行。

的。我用同样的方式对待自己的亲生子女，尽管他们在断奶前都去世了。可是，唯一逃过厄运的女儿蕾奥娜已经6岁多（她母亲的温和就这样轻易感染了她），而我们没有用过话语——而且是和蔼可亲的话语——之外的任何东西教育她以及惩罚她幼稚的过错。即使我有时失望，那也有许多其他应该被责备的因素，而不用挑我教育方法的毛病，我知道这是正确又合乎天性的。

16. 我还是对天生不易屈从别人、生存更自由的男孩更加谨慎：我很希望他们胸襟宽阔，真诚坦率。除了能让人的灵魂更为怯懦或更顽固，我从未见过鞭子能实现任何事情。

17. 我们不是想得到子女的爱戴吗？我们不是不想他们希望我们死掉吗？——尽管无论何时这种可怕的想法都不可能是对的或可宽恕的："犯罪没有正当的理由"——那么，让我们理智地用我们所拥有并支配的任何东西来丰富他们的生活吧！我们不该这么年轻就结婚，以至于我们成年人的年纪几乎与孩子的年纪混淆起来。如此的不体面会使我们陷入重重困难——我特别指在贵族的家庭中，孩子们过的是一种休闲式的生活，而且正如我们所说，他们可以靠自己的收入生活。在其他情况下，即在生活等同于为金钱而奋斗的家庭中，众多孩子成为整个家庭的帮手；他们成了帮助家庭富裕的新方式、新手段。

18. 我 33 岁结婚；而我赞成 35 岁结婚——这是亚里士多德的主张。柏拉图不赞成男人 30 岁前结婚；不过他嘲笑 55 岁之后才同床睡觉的配偶，并断定他们的后代不值得养育。[1]

19. 正是泰勒士给定结婚的正确年龄；他的母亲在他年轻时就催促他结婚。但他说："太早了。"可在他年纪较大时，他又说："太迟了！"任何不凑巧的事都找不到凑巧的时间，那就相机行事吧！

20. 古代高卢人认为，男人 20 岁前与女人结婚应受责备，特别建议那些想为战争而受训的人直到成年都得保持贞洁，因为跟女人睡觉会使人变得温顺柔弱，萎靡不振。

可现在与年轻的姑娘结婚，

幸福地生儿育女，

为人夫为人父，

---

1. 亚里士多德：《政治》第 7 卷，第 16 首（37 岁而不是 35 岁）；柏拉图：《共和国》第 5 首，460Aff.；对照提拉克鲁斯：《论众所周知的轻率》第 6 首，第 44—47、52 行。

付出的爱却使他虚弱。[1]

21. 据希腊历史记载，塔伦图姆·德·依克斯、克里索、艾斯狄鲁斯、迪奥庞普斯以及其他人，在整个奥林匹克运动会为赛跑、摔跤和其他比赛的身体调整期，不让自己有任何的性行为。[2]

22. 突尼斯总督穆雷·哈桑（查理五世皇帝助其恢复王位的人）责怪父亲，因为他老是跟妻子在一起，并且称他父亲是一个阴气十足的产卵鱼，产下一堆孩子。

23. 在西班牙印第安人居住的某一省份，男人只允许在40岁以后结婚，而姑娘却可以10岁就结婚。[3]

24. 要是一个贵族只有35岁，就给一个20岁的儿子让路，这也未免太操之过急了吧：他还能在军队远征中或在其君主的宫廷里赢得声望。他需要有自己的钱；他可以让他儿子分上一份但不能忘了他自

---

1. 普鲁塔克:《泰勒斯的生活》；恺撒:《高卢战记》第6首（对照提拉克鲁斯:《论众所周知的轻率》第6首，47）；塔索:《耶路撒冷解放》第10首，第39—41行。

2. 提拉克鲁斯:《论众所周知的轻率》第15首，第26行，引用了柏拉图:《法律》第8首，839E—840A的内容。

3. 保罗·焦维奥围绕“穆里西斯”（穆雷·哈桑）而创作的《等待时机的历史学家》；洛佩斯·戈马拉:《印度通史》。

己。这种人可准确无误地说出父亲们常挂在嘴边的话："我不希望在我离开人世之前被剥得精光。"可是，父亲随着岁数的增加，疾病缠身使他身体变垮，体弱多病使其不再参加社交，如果他念念不忘一大堆的财产，他就是与自己和家人都过不去。要是他精明狡猾的话，他不想有被剥得精光后离开人世的那一天——不要剥到衬衫，留下既漂亮又暖和的浴袍。他对剩下的辉煌已经没有更多作用了：他应该将一切财富作为礼物送给那些按自然法则应该归属的人。

25. 正确的做法是，按照自然法则，他应该让子女使用他被自然剥夺的东西：否则他的态度必然就有一种恶意与妒忌的成分。查理五世皇帝摆出的最好姿态就是，在模仿某些古代与他同级别的当政者中他认识到：理性清楚地命令我们，当衣服加重负担而妨碍到我们时，那就把它们脱掉；当我们的双腿无力支撑我们行走时，那就去死。一旦他开始感觉体力不支，体能不足，无法继续进行与他挣来的荣誉相关的事情时，他就得将财产、头衔和权力移交给儿子：

聪明足以为那匹疲倦的老马解下马具，

以免气喘吁吁地而马失前蹄让人取笑。[1]

26. 这种无法及时意识到人有缺陷，也无法意识到老年自然使身体和精力极度衰落的缺陷——依我看，身体和精力一样衰落，除非精力事实上占有较大的份额——毁了世上多少伟人的一世英名。我一生见过并且熟知当朝执政的伟人，他们明显从原来的身强力壮到后来的惊人衰退，我知道这种情形是从他们在鼎盛时期声名显赫开始的。为了他们的荣誉，我总是衷心希望他们隐退，卸下公务与军务的担子，这种担子再也不是他们所要肩负的了。

27. 曾经有一个贵族，我过去常常去他家，他是个鳏夫，年事已高，可仍旧精力充沛。他有几个女儿都出嫁了，一个儿子已经到了一定年纪可以参与社会活动，因此他的房子负担起了大量的支出，还要接待相当多的来客；这让他一点也高兴不起来，不仅是由于担心经济问题，更多是这把年纪的他，还得接受一种与我们迥然不同的生活方式。有一天，我自以为斗胆地跟他说，如果他能为年轻人腾出空间，把他的主要住宅交给儿子（因为它是唯一家具

1. 贺拉斯:《书信集》第1卷，第1首，第8行。（“老马”指他的缪斯：由此就有下面故事的展开。）

设备齐全的住宅），然后回到邻近自家的庄园，在那儿没人打扰他的休息，因为，鉴于孩子们的情况，没有其他办法能让他避免我们年轻人不适宜的陪伴。他采纳了我的建议，也很喜欢这样的生活。

28. 这并不是说，我们应该把我们财产权当作一件具有约束力的礼物，而不能反悔。我现在够老了，足以扮演这样的角色，可以让年轻人使用我的房子和财产，不过如果他们给我惹麻烦的话我可以随时收回我的承诺。之所以我得让他们拥有房子和财产的使用权，是因为它们不再给予我快乐，可我得保留我所希望拥有的对家庭事务的权威，因为我总认为，对一位老父亲而言，培养他的子女管理家务事准是一份极大的幸福；那么他可以在他一生中看他们如何做事，并针对这些事情以他的亲身经历给予他们建议和指导，为把过往的荣誉和房子的安排交到继承人手中亲自作准备，对他们未来的作为寄予希望。

29. 为了这件事，我不想回避与他们交往；我希望尽可能在我年纪允许的情况下，亲近他们，以便观察他们，多分享他们的欢乐和喜悦。即使我并不参与他们的生活（因为我无法做到和他们一起生活却又不令我们的交往受阻，由于我那令人沮丧的年龄和压垮我的病痛——同时也不被迫改变我自己的原则和习惯），我希望至少生活在我房子的附近以接近他们——不必太讲究，而是最舒适地接近。（正如几年前我所看到的那样）并不是每任圣伊莱尔德普瓦捷的院长，在他悲伤烦心的影响下都落到这种孤独的地步，以至于当我走进他的房间时，他已经22年从未迈出房间一步；然而，除他胃部风湿病痛发作之外，他仍旧可以自由自在、舒适悠闲地走动。他甚至几乎不让任何人进去看他，哪怕一周一次；除给他送食品的贴身男仆每天只进出一次外，他始终都是一个人闭门待在那个房间里。他唯一的工作就是室内走动，读一本书（因为他有点偏好文学），固执地决定就要在这样的环境中告老——不久之后，他就是这样去世的。

30. 我总试图与子女建立种种温和的关系，以此在他们内心激起一种对我主动的爱和真实的感情——某种在天性善良的子女身上容易得到的东西；当然，如果他们最终成了野蛮的畜牲（我们这个年代盛产这样的畜牲），那么你必然要恨他们，就像这样躲开他们。

31. 我反对禁止子女叫“父亲”，却让他们使用别的更为恭敬的称呼的风俗，好像大自然没有给我们的威信提供足够的证明。我们将万能之神称为父亲，却蔑视让自己的孩子用此称呼我们。

32. 不公平，甚至疯狂的是，以成天皱着眉头来表现严苛、蔑视的方式剥夺成年子女与他们父亲的亲密关系，并以此希望让他们害怕父亲并顺从父亲。这简直是一种徒劳无功的闹剧，使父亲令子女生厌作呕；更糟的是，还使父亲变得荒谬可笑。因为他们的子女充满着青春活力，享受世上欢乐；他们以嘲笑的态度面对一个男人凶猛残暴的表情，不难想象，在这种男人的血管或心脏里没留下一滴父子之情的血液——子女们只是把父亲当作亚麻田里的稻草人看待！纵然我能让自己令人敬畏，我也宁愿让自己受人爱戴。

33. 人到老年毛病多多，体弱无力；年老体迈遭到轻视，获得的最大恩赐却是家人的爱，老年的双臂不再令人害怕，再也指挥不动家人了。

34. 我认识一个人，他年轻时飞扬跋扈。现在他年事渐高，尽管试图努力接受年老的事实，可他还是扇人巴掌，咬伤别人，发誓诅咒——简直法国脾气最火爆的大老爷；他小心翼翼、谨慎防范，可这都是他家人串通欺瞒的闹剧；家里人随意取用他最好的谷仓、地窖、甚至钱包里的东西：尽管他把钥匙都放在小袋子里，这袋子对他来说比眼珠子还亲。他乐于保持节俭，餐饭简单，而在他住宅里不同的秘密地方，都在挥霍、赌博，把他的怒气和小气当笑话讲。每个人都用警戒的眼神看他。如果某个不幸的仆人碰巧忠实于他，他会立刻向这个下人投去怀疑的目光——这是老年人常有的毛病。这人不知多少次对我夸口说他牢牢掌管着家庭，清楚地关注着他的家务事，家人对他服服帖帖，毕恭毕敬。

只是很多事他不知道！[1]

在我的熟人当中，没人比他拥有更多天赋和才能，还有律己品质，他却像失败地回到了孩提时代。这就是我把他从几个我所知道的例子中挑选出来的原因所在。

35. 这个例子可能会引起一场学术辩论：像他现在这种状况是好是坏。在他面前，一切东西都得服从他；他在家里耍威风岂不是白耍：因为不曾有家人跟他作对；他们相信他所说的，可对他是既害怕又尊重，正如他期望的那样！要是他辞退一个仆人，仆

1. 特伦斯:《阿德菲》第4卷，第2首，第9行。

人得立刻卷铺盖走人——只是不出现在他的眼前而已。老人家就是这么步履蹒跚，思维混乱，以至于这个贴身男仆一整年生活在房子里，履行其职责，甚至都没有引起他的注意。在适当的时候，从远方寄来一封信，这是一封令人同情的信，一封表示顺从的信，信中充满着种种允诺：将来一定要做得更好；这个贴身男仆那时那刻发现老人家回心转意，又开始表现出赞赏的态度。

36. 这个贵族要寄信，不合家里人心意就被扣下。他们隐瞒起这封信，之后有时编造理由以解释没有回音或回信。因为外来的信不会先到他的手里，所以他只看到他适合知道的信。如果他碰巧手里拿着信的话，他总要人把信念给他听，这样家人就当场编造一些谎言：有人写信骂他，也假装某人请求他原谅。简而言之，他看到的关于自己的事都是制造出来的假象，他们之所以会这样做，是因为不想让他发脾气恼火。

37. 虽以不同的借口，可都为达到同样的目的，我见过相当多家庭以这种方式长期稳定地运转。

38. 妻子总是跟丈夫意见不合。前者为了跟后者闹矛盾抓住任何的托词；而任何的借口都被当作充足的正当理由。我认识一个人，她过去常常窃取丈夫的批发货物——她跟她的忏悔神父说：“这都是为了能给予更多的施舍。”（能信任这么个信教的挥霍者么！）不管她们丈夫同意给予什么，都不称心，必须或以诡计或以暴力僭取，这么做总不光明正大。就像我所想起的情况一样，当她们代表子女行动起来反对某个可怜的老头子时，她们就抓住这个借口，得意洋洋地发泄一通情感，好像她们都是奴隶，准备随时共同密谋反对丈夫的家政大权。如果子女是朝气蓬勃的男孩和成年人，那么母亲就会联合起他们，威逼利诱笼络管家、会计和其他人。

39. 没妻子又没孩子的老头儿较不容易遭此种不幸，一旦遭遇就会更为残酷和辱没尊严。卡托老人在他那个时代早已说过：“有那么多的贴身男仆，就有那么多的敌人。”假如他那个年代的纯真与我们这个年代相比中间已经有一道难以填平的沟壑，我们就得考虑一下他岂不是在告诫我们：妻子、儿子和贴身男仆都是“那么多的敌人”。

40. 衰老提供给我们一份份甜蜜的礼物，包括漫不经心、无知和不知上当受骗，这倒是一件好事。如果我们真要抵抗的话，尤其是现在当解决我们争端的法官通常都站在子女——以及被收买的人——那一边时，在我们身上又会发生什么呢？

41. 欺骗行为可能逃得过我的视线，但是我极易上当受骗的德行却逃不过我自己的视线。能够将自己可怜的晚年托付给朋友的人真是三生有幸。我们会一直念叨朋友的好处，这种益处跟以契约为基础的亲情关系有着天壤之别！即使是我在畜牲之间所看到的朋友的对手，我也会向这种对手表示多么心悦诚服的尊敬啊！曾经体会过朋友的好处对我而言是好还是坏呢？肯定是好的。我对他的哀悼使我感到安慰和荣耀。能为他举行葬礼不是生命中一件无比虔诚、令人愉快的事吗？有任何得到的快乐可以与这失去的快乐相媲美吗？我已经决定让自己的思想变得专注而僵化，紧抱这种观念不放。

42. 别人可能会骗我，可至少我不会自欺欺人地认为我能保护自己而不受别人欺骗；我也不会为想方设法使自己能这样做而绞尽脑汁。我只有在内心——不是在令人不安的、喧嚣的好奇中，而是在娱乐和坚持中——才能找到这类不忠行为的对策。每当我听说某些人处在这种状况时，我不关心他，而立马将目光转向自己以看一看我是怎么做的。触动他的每件事也都会触动我。发生在他身上的事是一次告诫，一次警报。每一天，每一时刻，我们说起别人的事，那些事情本应更可能发生在我们身上，如果我们学会扩展思路和反省自己的话。同样，许多作家为还击进攻者猛冲出来，将矛掷向敌人，这些矛可能正好被掷回，投中他们。作家们就是以这种方式来捍卫自己，然而自己却受到了伤害。

43. 当元帅德·蒙吕克先生生前跟我说起他儿子（一个真正勇敢的、前途极有希望的绅士，死在马德拉群岛上）的失利时，除了深深的后悔，他所感到的忧伤和心碎源自他觉得从未对儿子流露过自己的心思，也觉得失去了认识和品味儿子心意的机会，所有这些都因为他想要显露出一个父亲的威严；他从未告诉过儿子，他对儿子那无尽的爱，也从未告诉儿子，他对儿子的品德有着多么高的评价。他说过："可怜的儿子从我身上看到的一切，就是一张皱着眉头、满不在乎的脸；他死了，执信我不会爱他也不会给他应得的评价。为了他而存在我心里那份特殊的爱，我怀着这份爱的存在又为了谁！他是不是还没有能够从这份爱中体味到乐趣，也感觉不到所有充满感恩的亲情？我强迫自己，折磨自己，一直戴着这副愚蠢的假面具，从而失去了与儿子相依为命的天伦之乐——也失去了儿子的情谊，这种情谊对我必然变得冷淡：除了粗暴外，他从未从我这儿得到过什么东西；除了一张残暴的面孔外，他也从未从我这里了解到什么。”

44. 我感觉这种悲伤是合情合理的、应该珍藏的：因为我从经验中充分认识到，当我们失去我们的所爱时，没有什么安慰比认识到记得告诉他们一切、享受与他们最完美最纯粹的沟通来得更加甜蜜。

45. 我尽可能多地对我的家人敞开心扉，我充分准备好告诉他们或任何其他人，我打算对他们做什么，以及我对他们的评价是什么。我要赶紧展现自我，让别人认识自己，因为我不想他们因我而受任何方式的误导。

46. 据恺撒说，在我们古代高卢人的特别习俗中有以下这么一条：儿子不出现在他们父亲面前，也从不敢跟父亲一起出现在大庭广众，直到他们开始携带武器为止，仿佛表明那时才是父亲与儿子的关系亲密无间的时候。[1]

47. 然而，对这个时代我所见过对父亲式的谨慎的另一诟病是，当父亲的不但不满足于在他们的漫长一生中剥夺了子女们财产的自然份额，还在他们死后，将管理一切财产的权力留给寡妇，随他们高兴任意处置这些财产。我所认识的一个封建领主（王

---

1. 恺撒:《高卢战纪》第6卷，第18首。

国最高级别的官员中），他每年可有望合法得到价值500英担的财产：然而50岁时在债务缠身的打击下，在还应该活着的时候他却死了，而他母亲尽管年事已高，可按他80岁寿终的父亲的遗嘱，她仍然享有全部财产的权利。

48. 对我来说，这决不合乎情理。

49. 尽管如此，我还是无法明白，一个事业兴旺发达的人去追求一个以大办嫁妆为由而增加其负担的女子对他有多大的好处：没有比受外债约束对一个家庭来说更具毁灭性。我的先辈都遵循这条极其适合他们的训诫；我也如此。

50. 然而，那些警告我不要娶富婆的人，是由于恐惧她们可能对我们来说承担更少的义务却又更难搞定，但那些人因为他们无聊猜测反而错失了好事一桩。如果女人不讲道理，那么第一次强词夺理同第二次强词夺理一样让她不用付出代价。这样的女人大错特错时，她们会对自己格外满意；而对好女人来说，她们越富有就越和蔼可亲，就像美丽的女人更甘心情愿保持贞节一样。

51. 让母亲掌管家务直到儿子达到足以承担家庭责任的法定年龄为止，这是合情合理的；可如果（考虑到女性的一般弱点）儿子们一旦达到法定承担家庭责任的年龄就比自己的妻子更聪明能干，那么父亲就没把他们教育好。不过，让母亲依赖儿子的意愿，这总是更别扭。儿子应该慷慨地赡养母亲，根据她们的家庭和年龄条件来维持她们的生活状况，特别是由于需求或贫困使得她们比男性更难以忍受：这副沉重的担子应该由儿子承担，而不应该由母亲。

52. 总的来说，当我们去世时，分享我们财产最佳的办法是（我相信）遵循一般地方法规。法律比我们想得更为周全，所以让法律作出错误的选择比我们自己鲁莽冒险地这样做要来得好。财产并不真正属于我们个人，因为我们离开人世时，民法有权指定继承人。即使我们也有某种考虑，我认为，要证明我们剥夺任何人天生拥有的财产权，以及普通法律规定他可以拥有的东西，这要拿出十分明确的理由；使财产的归属变得反复无常，随心所欲，这肯定是对自由不合理的滥用。

53. 命运是友好的，给我种种可能引导我因普法的规定而改变偏好的机会。我认识一些人，要是忠贞不渝地为他们效劳，那肯定是浪费时光：一言不慎可能抹杀十年功名。在他们离世之际，任何会对他们阿谀奉承的人确实侥幸！俗话说最后一勺舀得多：那并不是最经常最善意的关心，而是新近、眼前正做着的服务。

54. 有些人把意志当作鞭子和胡萝卜来利用，以奖惩可能声称对遗产感兴趣的那些人的每一举动。但是，这是一个长期的问题；这一问题极为重大，不能时时加以改变：聪明的人能一劳永逸地解决这一问题——并且尊重公众合理的风俗习惯。

55. 我们太偏爱男性的继承权；想到姓氏荒谬的亘古不变，也太过妄测小男孩的未来。有人可能轻易对我做过不公平的事，叫我靠一边去，因为不论人家教我做智力训练还是身体训练，我比我任何兄弟（实际上比我这个地方的所有小孩）都更不管用、更迟钝、更不愿学习。占卜常常欺取我们的信任而妨碍我们的继承，在此基础上的选择无不是一种疯狂的举动。如果我们能永远打破这种陈规陋习，并且纠正靠命运去选择继承人，那就可能不用考虑某些明显的身体残疾——终身残疾和不可医治的那类残疾——这一点在我们当中那些对美推崇备至的人看来是极其有害的。

56. 柏拉图的立法者和公民之间有过一次愉快的对话，这样的对话可能令我这几页熠熠生辉："什么！"感觉他们的末日即将来临后，他们便说："我们就不能随意把自己的财产遗赠给什么人？多么残酷啊！上帝，我们高兴给得较多还是给得较少，都取决于继承人在我们的家务中、在我们生病中、在我们年老时如何赡养我们，这难道不合法！”立法者作出这样的回答：“我尊敬的朋友，你们肯定很快就会去世，所以你们中的任何人都难以‘了解自己’（根据特尔斐的神谕）而且也难以了解什么是你的。我制定法律，并且坚持认为你并不属于你自己，你所享有的东西其实也不属于你自己。你和你的财产属于你的家庭，过去是这样，将来也是这样。我还想说的是，你的家庭和你的财产都属于共和国。因而，如果在你生病中或在老年时，某个奉承者试图说服你立不公正的遗嘱（或者如果你一发脾气而为之），我会阻止。出于对我们城市和你的家庭的普遍关心的尊重，我会制定法律，以便将个人利益必须合理服从大众利益的事公之于众。去吧，静静地、甘心情愿地到人类需要召唤你去的地方吧。我对所有的东西一视同仁，而且我通常保护所有的人，我也会保护你去世后所遗留下的财产。”[1]

57. 还是言归正传吧。然而，女人无论如何不应该控制男人，而只应该自然掌握为母之道——除了

1. 柏拉图：《法律》第6首，922D—924A。

对脾气暴躁而屈从女人的人的惩处，这在我看来是对的；可这并不适用于老太太，这是我们现在讨论的主题。正是这一事实的明确思考才使我们制订和维护继承法——但是没人曾见过这条法律——这种法律剥夺女性继承王位；尽管命运给予某些地方的权威胜过其他地方，可世界上几乎不存在像在这里一样法律条文不被引用的司法判断，也没得到理性的批准。

58. 将我们对继承权的监管交由妻子们判断，并由她们在我们的儿子中作出选择是件危险的事情。这无论怎么说都是不合理的、怪诞荒谬的，因为她们经历怀孕时那些痛苦的滋味和身体的渴望都永远存在于她们心灵中。她们常常关注最柔弱的，或者倾注心力在那些（如果她们有的话）还环抱着她们脖子的那些小东西。因为女性没有足够的推理能力，能根据事物优点对其选择和采纳，所以她们任由自己被引向唯有自然印象在起作用的地方——就像动物一样，只认还在吃奶的幼崽。

59. 顺便说一下，经验清楚地向我们表明，我们如此重视的自然之爱根基很浅。为了一小笔钱，我们每天从女人的怀里拽出她们的孩子，让她们来看管我们的孩子。我们让她们把她们的婴儿托给某个恶劣的奶妈，而我们却不愿把自己的孩子托给这种奶妈，也不愿把自己的孩子托给雌山羊；那么，无论这样做对她们可能有什么伤害，我们不但禁止她们给她们的孩子喂奶，而且还不准她们照顾她们的孩子；她们必须全力以赴为我们的孩子服务。到那时我们便明白，在大多数情况下，习俗产生一种比自然的爱更令人困惑的私爱；她们对那些养子的生存比对她们亲生子女的生存更加忧心忡忡。

60. 我之所以提到雌山羊，是因为当我的居住地的农妇无法给自己的婴儿喂奶时，就召唤山羊来帮忙；我现在有两个男仆，他们吃母奶决不超过一周。这些雌山羊从一开始就被饲养用来哺育人类的孩子；它们识别得出孩子开始哭泣的声音然后马上跑过来。它们拒绝给其他小孩喂奶，只喂正在喂养的那个。这个小孩对另一只雌山羊也同样拒绝。有一天，我看见一个失去自己的雌山羊的婴儿，父亲只能从邻居那儿借了一只：这孩子拒绝吃奶，然后就死了，当然是死于饥饿。

61. 牲畜就跟我们一样轻易贬低母爱，并使母爱变得不纯洁。

62. 希罗多德讲述过利比亚的某一地区，那里的男人不加选择地跟女人躺在一起，可一旦小孩会蹒跚学步，他就能在人群中认出自己的父亲，自然的本能引导他迈出第一串脚步。[1] 但我相信常常会出差错。

63. 现在，一旦我们考虑这一事实：爱自己的孩子只是因为我们生了他们，并把他们称为第二自我，我们便会明白，我们还从自己身上孕育出某些丝毫不逊色的东西。我们在自己灵魂中所产生的东西——我们思想的产物以及我们才智的产物——是比身体更加高贵，也是比我们自己更加纯洁的产物。在其生长过程中，我们既当爹又当娘；这些"孩子们"让我们付出昂贵的代价，而如果它们有什么好处的话，就是给我们带来更多的荣誉。就其他孩子而言，他们的优良品质更多地属于他们自己，而不属于我们：我们的作用只占极少的分量；但是，至于这些孩子，他们的高雅、价值和美丽都属于我们。由于这种原因，他们跟我们更像是从同一个模子出来，与我们心心相印。柏拉图补充说，这样的孩子是不朽的，并使其父亲永生——正如在吕库尔戈斯、梭伦和米诺斯这些例子中，他们的孩子甚至将他们变成了神。[2]

---

1. 提拉克鲁斯:《论众所周知的轻率》第 7 首，第 51 行；希罗多德:《历史》第 4 首。
2. 柏拉图:《斐德》258C，涉及他的作品，他的思想产物；但由蒙田改写为《为了大流士的米诺斯》。

64. 由于我们的历史书籍充满了一般父爱的范例，所以在我看来，再去引用些别的什么例子就不合适了。

65. 特里卡的好主教赫利奥多洛斯，宁愿放弃如此可敬的、收入不菲的、庄严尊贵的主教职位，而不愿毁掉他的“女儿”，她现在依然还活着——她是一个漂亮的姑娘，不过在着装方面，比神父的女儿可能更讲究更艳丽了点——并且很妖冶。

66. 在古罗马，有一个骁勇善战的达官显人，名叫拉宾努斯；在他所有的能力中，他擅长每一类文学；我想，他是那个老拉宾努斯的儿子。老拉宾努斯是高卢战争中最重要的一位将领，先是为恺撒效劳，随后全力投靠庞培大帝，并为庞培大帝英勇奋战，直到恺撒在西班牙击败他为止。有些人嫉妒我现在所提到的小拉宾努斯；他大概在朝臣中也有仇敌，并且由于自己的直率和继承父亲对暴政的天生敌意，他特别受到当代君主的喜爱，这些我相信给他的书籍和写作增添了色彩。他的敌人在古罗马行政官面前告发了他，并且还给他定了罪名，同时命令将他已经出版的几本书焚毁。这就是书籍和博学引发死刑的先例；这种死刑随后被运用在罗马其他几个案例中。我们没有足够的手段和理由去实施酷刑，除非我们能让酷刑本身关注那些已经被大自然豁免了任何形式痛感的东西，例如我们的声誉和我们思想的产物；除非我们把对身体的体罚折磨放在缪斯女神的教义和法典上进行。

67. 拉宾努斯无法忍受如此的失落，也无法忍受比他所深爱的孩子们活得更长；他把自己活活监禁在家中地窖，躺在垃圾上；在那儿他为自己的死亡和埋葬作好准备。人们难以发现还有什么父爱会比这样的父爱更加动人。当他那位能言善辩的朋友凯西欧斯·西弗勒斯看到那些书被焚烧时，他大声喊道，他也应该跟那些书籍一起被活烧，因为在他的记忆中，他深深珍藏着书中的内容。

68. 类似的不幸也发生在杰龙提斯·克得斯身上，他因在其书中称赞布鲁特斯和凯西欧斯遭到指控。那个专横、恶劣、腐败的上议院（堪比底波里斯更坏的主人）指责他的作品是火葬用的柴堆：这使得他十分高兴有自己的书籍相伴，因为书籍焚毁时，他也绝食身亡了。

69. 卢坎是个好人，却遭到那个无赖尼禄的谴责；在卢坎生命的最后一刻，当大量的血从他血管里喷涌而出时（他鞭打医生命令他们将他杀死），当他的手脚已经冰凉、心脏开始渐渐变冷时，他记起的最后一件事就是他《内战记》里的诗句；他背诵这几句诗，当他念到最后几个词时，他与诗句一道离开人间。这不是在向他的孩子们作父亲般深情的告别吗？这岂不等于当我们去世时我们为孩子所留下的悼别和亲切的拥抱吗？这岂不是我们生命结束前回想起那些我们生前拥有过的、最亲切的往事的自然本能结果吗？

70. 听说伊壁鸠鲁被严重的疝气发作折磨得卧床等死时，他只是在他传授给世人的哲学之美中找到安慰；[1] 我们是否应该相信，他曾在那些出身名门、受过良好教育的孩子们身上（如果他曾经有过）找到等同于他在自己所创作的丰富作品中找到的快乐呢？如果他已经有过选择，在死后不是留下畸形的残疾小孩，就是一本愚蠢不得体的书——并非指他一个而是所有和他类似的贤人——那么他宁愿承受第一种悲剧，不选择第二种。

71. 如果某人强迫圣奥古斯都不是杀死自己的孩子（假使他有孩子），就是毁掉自己的作品（我们的宗教从中受益匪浅），那么他宁愿杀死孩子。可能这个例子对圣奥古斯都有些不敬。

72. 我根本不能肯定，比起跟我妻子，我是否更

---

1. 西塞罗：《论善恶》第2卷，第30首，第96行。

愿意与缪斯女神生下一个健康完整的儿子。至于我头脑中浮现的这个孩子，我会像对待自己亲骨肉所做的那样，给他的东西我会无条件地给他，决不反悔；虽然我已做了这么一点好事，可是他不再由我处置；他可能知道许多我不再知道的事，他也可能记得连我自己都忘了的事；如有求于他的帮助，那好像向一个陌生人求助。我比他聪明，但他比我现在富有。

73. 热爱诗歌的人，比起做罗马第一美少年的父亲，更满足于做《埃涅阿斯记》的父亲，很难说失去其中一个比失去另一个更可容忍。因为据亚里士多德说，在所有艺术家中最钟情于他的作品的就是诗人。[1]

74. 难以置信的是，伊巴密浓达（他自夸他的诗歌是由两个“女儿”构成，这两个女儿总有一天会给她们父亲带来荣誉——他意指他两次战胜斯巴达人的伟大胜利）同意用两次胜利来交换两个全希腊最美丽的女儿；亚历山大和恺撒曾经希望他们能放弃他们在战争中立下的丰功伟绩，以拥有儿子和继承人的快乐作为回报，无论那些功绩多完美多伟大；实际上，我真的很怀疑，菲迪亚斯或其他杰出的雕刻

1. 亚里士多德:《尼各马科伦理学》第4卷，第7首，第3行。

家，喜欢跟亲生子女相处，胜过按照艺术法则长期精心制作的雕塑杰作。

75. 至于那些极端疯狂的感情，有时激怒了对女儿充满爱的父亲们，有时也激怒了对儿子充满爱的母亲，类似的感情在其他父母身上也能找到：皮革马力翁的传说可以佐证，他雕刻了那座盖世无双的美女塑像，绝望地沉迷于对自己作品的疯狂爱恋中，神将美女复活：

他抚摸象牙塑像；
它开始变软；
它的坚硬消失了，
它在他的手中就范。[1]

1. 奥维德：《变形记》第 10 首，243 ff.，引用第 283—284 行。

↣ 论适度

1. 好像我们触摸什么都会传染破坏：本身漂亮的好东西一经我们处理就变得腐烂恶化。我们甚至以这样的方式——如果我们太紧太用力地把美德紧抱在怀里，我们的行为就会使美德变得邪恶——握住美德。那些说美德不会过度（倘若美德过度，那么美德就不再是美德了）的人只不过是在玩弄文字游戏罢了。

> 疯狂之名出自圣人，而不公正之名出自公正，
>
> 若在美德本身后面努力过了头，他们连现在都不如。[1]

1. 贺拉斯：《书信集》第1卷，第6首，第15—16行。

这是从哲学的角度所进行的一种仔细观察：人们可以既十分喜爱美德，又过度公正。上帝的话非常切中这种偏见："别聪明过度，可你们要清醒明智。"[1]

2. 我在大贵族中见过一位，为表现出虔诚向教，其做法超过了所有相同社会等级的人，从而伤害了自己的宗教名誉。[2]

3. 我喜欢温和适度的性情。甚至当对做好事表现出一种不适度的热情时，即使不冒犯我，还是令我感到震惊，不知说什么好。帕乌撒尼亚斯的母亲（她是第一个控告，也是第一个用筑墙石砸死自己儿子的人）和卜斯杜缪斯（这个独裁者因为儿子年轻气盛，擅自冲在部队前面，成功打入敌人，却杀了儿子）似乎对我而言都不正常；他们好像很古怪。[3]我既不喜欢劝告也不喜欢仿效如此野蛮代价昂贵的美德：把箭射偏的弓箭手跟脱靶的弓箭手都一样没有射中目标；猛地陷入一片漆黑的地方和突然走近一股强光都让我的眼睛不适。

4. 在柏拉图的著作中，[4]卡里克利斯说过，哲学

1.《圣经·罗马书》12:3, 引自蒙田所读的拉丁文版《圣经》。

2. 或许是法国国王亨利三世。

3. 迪奥多罗斯，第6卷，第5首；第7卷，第19首。

4. 柏拉图：《高尔吉亚》484C—D。

在其两个极端都是有害的；他劝我们不要超过有益的限度去钻研哲学：适度接受哲学才会既愉快又有益，不然最终可能导致一个人变得邪恶野蛮，变得蔑视宗教和公认的律法，成为社交的敌人，成为我们人类快乐的敌人，在治理城市、帮助别人和自己上变得毫无价值——成了一个你可以随意打其两耳光的人。他说的话不假，因为哲学过度就束缚了我们与生俱来的自由，并且用不合时宜的细微差别使我们偏离了那条大自然为我们探索出的美丽舒适的大道。

5. 我们对妻子怀有的感情是完全合法的：然而，神学却约束这种感情，并对它加以抑制。在圣托马斯·阿奎那[1]指责近亲结婚时所引用的理由中，我想我曾经读过以下的内容：危险的是，对这样的妻子的爱情可能并非适度的，因为如果他们之间这种婚姻感情是充实且完整的话（这种婚姻感情应该如此），你就会继续给它添加更多亲情。毫无疑问，这样一种过度行为会使丈夫的爱超出理智范围。

6. 那些诸如神学和哲学主导人类道德的学科，把万事万物都纳入它们的关注范围：没有什么活动

1. 托马斯·阿奎那：《神学大全》，第2集，第2部，第154题，第9款。

是私人的或神秘到可以逃离这些学科的关注或评判。只有初学者才会批评这些学科的自由倾向。它们就好比那种女人，在交欢时什么都可以让人看，却又因为太害羞而不敢给医生看。因此，站在这些学科的立场，我想把以下的东西教给丈夫们——换句话说，要是有什么人还过于热情，甚至他们所享受的和妻子躺在一起的快乐也会被指责，如果那些快乐没有保持在适度范围内的话；这样你会放纵过头，就好比犯了法。在房事中，最初的热情怂恿我们所做的那些无耻爱抚，不仅对我们的妻子不合适，而且施加在她们身上也有害于她们。至少她们从其他方面学来了无耻！当我们需要她们时，她们总是能满足的。就这点而言，我顺其自然，简单行事。

7. 婚姻既是宗教又是虔诚的结合：这就是为什么我们得自婚姻的快乐必须是严肃的、节制的，并且与某种吸引力相结合；婚姻的感官刺激应该是既有几分明智又有几分责任。其主要目的是生育，所以就有一些人怀疑，当女人怀孕或变得老态龙钟时，当我们无望怀孕时，还追求性交是否妥当。在柏拉图看来，这就构成一种杀人罪。包括穆罕默德在内的所有人憎恨与怀孕的女人性交，也憎恨与仍然在月经期的女人性交。泽诺比雅为了怀孕接纳了丈夫；一旦怀上了，在她整个怀孕期她就让他在外自由行动；只是怀孕一结束，她才允许他再次性交。原有一场美好的、心灵高尚的婚姻等着你！[1]

8. 原来就是从某位好色的诗人那儿，柏拉图听到了关于朱庇特有一天对他妻子如此用心接近的故事：朱庇特等不及她躺在床上，就把她按倒在地板上，却忘了他刚刚与其他神在天庭里刚刚作出的重大决定，还吹嘘他如此地享受这次性交，就像他初次背着她的父母夺去她的第一次一样。[2]

9. 波斯国王们确实把他们的妻子作为宾客邀请到他们的欢庆宴会上，可是一旦他们喝得酒气冲天，情欲高涨，就把妻子送回宫邸，以便不让她们与自己有鱼水之欢以满足他们无度的胃口，反而派人去叫他们不需要尊重的其他女人。[3]

10. 并不是每个人都能充分享受各种快乐和愉悦。伊巴密浓达有一个放荡不羁的男孩被关进监狱，佩洛披达斯为了达到自己的目的，恳求释放他；伊巴密浓达拒绝了他的要求，不过却应允一个同样请求

---

1. 柏拉图:《法律》第 8 首，838Aff.；纪尧姆·波斯特尔《土耳其人的历史》；致泽诺比亚，提拉克鲁斯的《论众所周知的轻率》第 9 首，第 88 行。
2. 柏拉图:《法律》第 3 卷，公元前 390 年，后见于荷马:《伊利亚特》第 14 首，第 294—341 行。
3. 普鲁塔克（阿米欧译）:《婚姻的戒律》146E。

释放他的妓女，还说释放他是帮情人的忙而不是给首领面子。当执政官索福克勒斯和伯里克利在一起时，索福克勒斯偶然看见一个英俊的青年走过，他对伯里克利说："一个多么英俊的男孩啊！"伯里克利说："对别人来说是很好，但对执政官来说不是，他必须手眼干净。"[1]

11. 当王后埃略斯·维纳斯抱怨国王与其他女人干苟且之事时，他回答道：他是出于良心而为之，婚姻只是名誉和尊严的字眼，而不是放纵和淫乱色欲的代名词。我们教会的老作家们都体面地提到一个拒绝丈夫的妻子，因为她不希望成为他淫乱的对象。[2]

12. 简而言之，快乐不管怎么合乎体统，当这种快乐变得过分放纵时，就难以不被诟病。

13. 尽管严重，可难道人不是一种悲惨的动物？由于人的自然属性，人几乎无法感受到纯粹且彻底的单一的快乐，甚至还得通过辩论来减少那种快乐；人还嫌自己不够悲惨，非得使用艺术手段和各种努

---

1. 普鲁塔克（阿米欧译）：《管理国事的训言》，167H；西塞罗：《论责任》第1卷，第11首，第144行，区别适度（节制）和有秩序的（正常的）行为。

2. 尤西比乌斯（潘菲洛斯）：《教会史》第4首。

力以使自己的悲惨程度加深。

我们以艺术手段使命运的悲惨之路变得更惨。[1]

14. 用来减损自己快乐的数量和质量时，人类的智慧真是一种愚昧的聪明——就像女人用勤勉和得体来塑造自己的艺术气质，可因为她们的梳子和化妆品让我们心烦，所以我们也很难去感受她们的勤勉和得体。如果我能创立起一种哲学学派，我肯定会另辟蹊径——更加自然的路，真正平坦方便的路。我可能已使自己强大到足以知道何时止步停下。

15. 让我们思考一下这样的事实：那些治疗我们心灵与身体的医生，好像在一起密谋，找不到治疗我们的其他方案，也找不到医治疾病的良药，而只能让我们忍受折磨、疼痛和苦难。还要忍受警戒、斋戒、穿上毛衬衫和到远方孤寂的地方充军、终身监禁、灾祸以及其他苦难，不一而足。不过，只是如果苦难真的存在并造成苦涩的疼痛，如果发生在流放勒斯玻斯岛上的伽利奥身上那样的事不会降临：罗马人听说，他正在那里享受乐趣，惩罚打击的手

1. 普罗佩尔提乌斯，第 3 卷，第 7 首，第 32 行。

段竟然变成一种快乐，就在享受快乐之际，他奉命回到家中与妻子团圆，而且只准待在家里，以便让他真切地从情感上体验到这样的惩罚。[1]因为如果一个人的健康和幸福都被斋戒搞得一团糟，或者如果他发现鱼比肉更美味可口，那么斋戒就不再是有益健康的良方，就像另一类医生开的药对喜欢服药的人没有什么药效一样。良药之所以起作用，就在于其苦口的滋味。通常习惯用大黄的体质会有损其药效；要治胃，良方就必须是某种能作用于胃的药物：在此"以毒攻毒"的常理不管用，因为在这种情况下只能以药治病。

16. 这种观念有几分像所有宗教所普遍采纳的另一种老观念，这种老观念使我们以为我们可以通过谋杀和屠杀愉悦上帝和大自然。

17. 甚至在我们的始祖时代，当阿姆拉斯征服伊斯特摩斯时，他为了父亲的魂灵让600个希腊青年献祭，让他们的血起到安抚的作用，为死者赎罪。[2]并且在我们现在新发现的土地上——跟我们的土地比起来那些是纯洁的处女地——处处都接受这种观

1. 参议员朱尼厄斯・加利奥；塔西佗：《年鉴》第6卷，第3首。

2. 劳尼库斯・查尔克康狄拉斯（布莱斯・德・维吉尼尔译）：《希腊帝国衰落史》第7卷，第4首。

念：他们的一切偶像都用人类的血来祭奠，并不缺乏令人恐惧的残酷例子。男人被活烧；当烧到一半时，他们被从火焰中拖出来，以便心脏和内脏可以挖出来；甚至包括妇女在内的其他人被活活剥皮：她们的皮肤，血淋淋的，被当作外套穿在其他人身上。还有不少关于坚贞的例子。为了那些即将牺牲做祭品的不幸者，老人、妇女和小孩提前好几天乞求施舍，以作为他们牺牲时的献金，并且亲自出现在大屠杀现场，与在场的所有人一起唱歌跳舞。墨西哥国王的特使们，为了让费尔南多·科特斯意识到他们主人的伟大，首先告诉科特斯：国号令有30个诸侯君主，每个君主都可以征召10万战士；他居住在天底下最坚固最美丽的城市。然后他们补充说：他每年都让5万男人为诸神献身。还真的听说国王与相邻的几大民族交战，不仅以此培养本国的年轻人，而且主要抓获战俘作为他的祭品。在另一个地方有个城市，在那儿他们以同时杀50个男人欢迎科特斯。我打算多说件事：科特斯征服了这些民族中的若干民族后，他们四处派信使找到他，并且寻求与其和解。他们以明智的方式给他提供以下三种礼物：“阁下，这里有5个奴隶；如果您是一个以血肉为食的残暴的神，那就把他们吃掉吧，我们将给您带更多的奴隶；如果您是一个善良的神，这里有羽毛和熏香；如果您是人，那就请您接受这些鸟和水果吧。”[1]

1. 全部引自弗兰西斯·科洛佩斯戈马拉《墨西哥人的历史》，安特卫普，1554 年版（由阿·德·克拉巴里扎译为:《假充好汉的滑稽人物历史学家唐·费尔南多·科特斯》，罗马，1556 年版）。

直到死才能断定是不是幸福

1. 你必须始终等待一个人末日到来：

在他死亡和最后葬礼仪式前，
没有什么人能说他是不是幸福。[1]

孩子们都知道这样一个故事：克洛伊索斯国王被赛勒斯篡夺了王位，并被判处死刑，在等待执行时他大声呼喊："梭伦啊，梭伦！"这事被报告到赛勒斯那儿，赛勒斯问他这喊的是什么意思。克洛伊索斯向他解释说，梭伦曾给过他一个警告：无论命运对人们可能怎么微笑，直到你看到他们经历生命的最

1. 奥维德：《变形记》第 3 首，第 135 行。

后一天为止，他们才能称得上幸福，因为世事千变万化、各不相同，稍有变幻都难以料定。而现在他正以自己的生命为代价对其加以应验。这就是为什么阿格西劳斯给一个人——这人说波斯王是幸福的，因为波斯王年纪轻轻就继承这么一大笔财产——这样的回答："是的，可当普里阿姆到了那把年纪时，他也没有不幸福。"[1] 亚历山大大帝的后代，马其顿国王，在罗马却成了细木匠和代笔人；西西里岛的专制君主在科林斯却成了教书匠。庞培，大半个世界的征服者，一个统领三军的皇帝，却向埃及国王手下的一个小官员哀求，多活了五六个月的时间。在我们父辈的那个年代，米兰的第十个公爵路德维柯·斯福扎在意大利长期以来一直处于霸主地位，可人们却在罗锡城堡看着他作为囚犯死去——（最糟糕的是）他在那儿生活了十年之久。基督教帝国最伟大的国王遗孀，最美丽的皇后不也死在刽子手的刀下吗？[2] 这样的例子不计其数。正是因为暴风骤雨似乎对着我们桀傲不驯的大楼的高顶勃然狂怒，也有天神妒忌凡间的大人物。

---

1. 普鲁塔克（阿米欧译）:《拉栖带梦人的名言》，P.211C。

2. 卢多维科·福尔扎在年被驱逐之前在洛什的地牢里待了 8 年；玛丽·斯图尔特（法国弗兰西斯二世的遗孀）于 1587 年被斩首。

某种隐藏的力量显然推翻人们所做所为，
似要践踏辉煌的霸权和扈从坚韧的斧头，
与此同时，轻蔑嘲笑地将它们统揽手中。[1]

命运有时似乎正好埋伏在人生的最后一天，以展示其力量，这种力量将顷刻间推翻命运在数年间所建立的积累，让我们跟随拉贝里乌斯，并且大声喊出："我活到这一天，是不该比我该有的寿命多活的一天。"[2]

2. 梭伦的善意劝告可以用这种方式加以接受。可他是一个哲学家：至于这种情况，命运的眷顾和惩处谈不上幸福或不幸，显赫名声与高官重权实际上都是无关紧要的东西。所以，或许在我看来，他的期待超出这一点，他想告诉我们，人生的幸福（就像现在所做的一样，取决于天生高贵精神的安宁和满足，也取决于有规矩的人的决心和信心）决不可归因于任何人，直到我们已看到他在人生戏剧中的谢幕表演，这一表演无疑是最难的。在其余的演出中，他可能戴着演员的面具：那些精彩的哲学辩论可

1. 卢克莱修：第5首，第1233行。（权标和斧头是罗马城的标志。）
2. 麦格罗弼士：《农神节》第2卷，第7首。

能只是做一做姿态；无论什么降临在我们头上，不可能马上就考验我们，还能让我们面不改色心不跳。可是，在死亡与毫无伪装的自我之间所表演的这最后一幕中，我们必须直截了当地说实话；我们必须在展示出心底真实的一面：

只有那时肺腑之言才真实。
撕掉那假面具：留下真实。[1]

这就是为何人生所有其他行为都必须在最后行动的试金石上磨砺。这块试金石就是主日，一切的审判日；它就是（一位古人说过）[2] 评价我现在和过去一切岁月的一天。我的研究成果只有到盖棺才可定论。到那时，人们便会明白我的论点是否言由衷而发。

3. 我注意到几个人，他们的死决定给他们的一生带来或好或坏的名声。庞培的岳父西比奥死得磊落，为他挽回人们一直以来对他很差的评价。当被问到在夏比利亚、伊菲克拉底和伊巴密浓达他自己三人中，哪一个最值得尊敬时，伊巴密浓达回答道：

1. 卢克莱修：第 3 首，第 57 行。

2. 塞内加：《道德通信录》第 24 首和 26 首。

“在作出这种评价之前，你必须看到我们都去世。”（的确，如果任何人想掂量伊巴密浓达的价值，而又不知道他生命结束时的荣誉和伟大，那么对他的评价肯定会大打折扣。）

4. 在我所处的时代，在我所知道的最可恶、最声名狼藉的人当中，有那么三个人，他们虽各有各的令人厌恶的一面，可他们的死却规规矩矩，无处挑剔：上帝最大的快乐莫过如此。

5. 有些人死得其所，死得幸运。我认识一个人[1]，他的生命线是朝着飞黄腾达的方向发展，可这条生命线突然断了；他死得如此灿烂辉煌，以至于在我看来，他崇高的目标因为没有实现而更加伟大，他提出了目标，壮志未酬，人们对他的景仰超过他的期望。当他倒下时，他超越了他的人生历程所渴求的权力和声誉。

6. 当评价人的一生时，我始终看其生命是如何结束的：我对我自己生命的结束最为关心的一点是，生命应该有一个美好的结局——换句话说，以一种悄然平静的方式告别人世。

---

1. 埃蒂安・德・拉博埃西。

伟大的思想

GREAT IDEAS

A VINDICATION OF THE RIGHTS OF WOMAN

女权辩护

[英] 玛丽·沃斯通克拉夫特　著

陶　鑫　译

中国出版集团
中译出版社

图书在版编目（C I P）数据

女权辩护 / (英) 玛丽 · 沃斯通克拉夫特 (Mary Wollstonecraft) 著 ; 陶鑫译 . 一 北京 : 中译出版社 , 2019.10（2020.1 重印）
（伟大的思想）
ISBN 978-7-5001-6042-7

Ⅰ . ①女… Ⅱ . ①玛… ②陶… Ⅲ . ①女权运动一研究 Ⅳ . ① D440

中国版本图书馆 CIP 数据核字（2019）第 197650 号

www. penguin. com
First published 1792
Published in Penguin Classics 1975
This extract published in Penguin Books 2004
Taken from the Penguin Classics edition of *A Vindication of the Rights of Woman* edited by Miriam Brody
Set in Monotype Dante
Typeset by Rowland Phototypesetting Ltd, Bury St Edmunds, Suffolk

女权辩护

著　　者：(英) 玛丽 · 沃斯通克拉夫特
译　　者：陶　鑫
总 策 划：张高里
特约编辑：白　姗　赵　轩　　责任编辑：刘香玲　王　梦
版式设计：索　迪　　排　　版：志雅文化
印　　刷：北京顶佳世纪印刷有限公司
经　　销：新华书店

出版发行：中译出版社
地　　址：北京市西城区车公庄大街甲 4 号物华大厦六层　100044
电　　话：(010)68359376,68359827（发行部）68359719（编辑部）
传　　真：(010)68357870
电子邮箱：book@ctph.com.cn
网　　址：http://www.ctph.com.cn

开　　本：760mm×950mm　1/32　　印　　张：5.25　　字　　数：84 千字
版　　次：2019 年 10 月第 1 版　　印　　次：2020 年 1 月第 2 次
书　　号：ISBN 978-7-5001-6042-7　　定　　价：216.00 元（全 8 册）

“伟大的思想”中文版序

企鹅“伟大的思想”系列丛书自 2004 年开始陆续面世，在英国、美国和德国均有出版。在英国出版品种最多，已付梓八十种，尚有二十种计划出版。该丛书在全球众多读者间，尤其是学生当中，普及了哲学和政治学，销量已远超二百万册。中文版“伟大的思想”的推出，是该系列的又一延续和发展，令人欢欣鼓舞。

推出这套丛书旨在让读者再次与一些伟大的非小说类经典著作面对面地交流。长久以来，此类书籍的出版都建立在这样一个假设之上——此类著作供学生课堂学习之用，因此需辅以导读、详尽的注释及参考书目等。此类版本无疑十分有用，但我想，

如果某一版本能够重建托马斯·潘恩的《常识》或约翰·罗斯金的《艺术与人生》初版时的环境，为读者与作者营造更为亲密无间的氛围，使读者除了原作者及其自身的思考外没有其他参照，也许会更有吸引力。

但是，这一做法亦存在严重缺陷：每位作者的表述难免有难解或不可解之处，一些重要的背景知识或许也有所缺失。例如，读者对亨利·梭罗创作时的情形毫无头绪，也不了解该书的反响及影响。不过，这样做的优点也显而易见，最为显著的便是作者的初衷又一次受到重视——托马斯·潘恩的愤怒、查尔斯·达尔文的灵光、塞内加的隐逸。他们给许多国家的众多读者带来的生活影响难以估量，有的影响甚至长达几个世纪，几乎没有什么比阅读这些作家更令人拍案叫绝的了。倘若没有亚当·斯密或阿图尔·叔本华，将无法想象我们今天的世界。这些小书创作年代久远，但其中的话语彻底改变了我们的政治学、经济学、精神世界、社会规划和宗教信仰。

“伟大的思想”系列一直求新求变，地域不同，收录的作家亦不同。一些作家在中国或美国更受欢迎，而英国版“伟大的思想”收录的一些作家在其

他国家和地区则鲜有人知。称其为“伟大的思想”，我们亦是慎之又慎。这些思想之所以伟大，在于其影响深远，但这并不意味着这些思想都是“好”思想，实际上一些书或可列入“坏”思想之列。丛书中收录的很多作家受到同样收录于该丛书的其他作家的巨大影响，例如，马塞尔·普鲁斯特承认受约翰·罗斯金影响很大，米歇尔·德·蒙田也承认深受塞内加影响。但也有些作家彼此憎恶，若发现彼此都被收录于同一丛书，一定会深感苦恼。至于他们思想的或“好”或“坏”，读者可自行判明。我们衷心希望，您可以享受阅读这些著作的乐趣。

“伟大的思想”出版者

西蒙·温德尔

目录

译者导读

玛丽·沃斯通克拉夫特（1759—1797），出身于一个普通市民家庭，她的家庭生活很不幸福，父亲酗酒成性，母亲愚蠢无能。玛丽从小没有享受家庭的温暖和接受过良好的家庭教育。她很早就自谋生路，做过小学教师、护理师和家庭女教师。艰辛的谋生之路磨炼了玛丽的意志，生活中男性和女性的各种不公现象激发了她写作的冲动。她一生写就了多篇小说和论文、一本旅行书简、一本法国大革命史、一本行为手册以及一本儿童文学。《女权辩护》（1792）是她最知名的作品。玛丽在这本书中表现出的超越普通女性的真知灼见，让她当之无愧地成为当代女性主义的先驱。

对普通大众——特别是女权主义者而言，沃斯通克拉夫特的一生要比她的作品更吸引人们的注意，这主要是由于她另类的生活方式。在与无政府主义运动的先驱者威廉·戈德温结婚之前，沃斯通克拉夫特还曾与两个男人有过两段不幸的爱情：其一是画家亨利希·菲斯利，其二是商人吉尔伯特·伊姆利。沃斯通克拉夫特与戈德温有一个女儿，即《弗兰肯斯坦》的作者玛丽·雪莱。38 岁时，沃斯通克拉夫特死于产后并发症，遗留下几部未完成的手稿。

在沃斯通克拉夫特死后，戈德温出版了《〈女权辩护〉作者传》（1798），其中透露了她另类的生活方式。本为纪念妻子的戈德温，却在无意之间将她的名誉破坏了长达一个世纪之久。但是，随着 20 世纪初女权主义运动的兴起，沃斯通克拉夫特对性别平等的提倡以及对传统女性特质的批评开始变得日益重要。如今，她已被视作是女权主义哲学家的鼻祖之一，而女权主义者们也经常提到她的生活与作品。

在《女权辩护》中，她以实际生活中的各种鲜活事例，精辟地指出了女人温柔端庄的本质，并分析了致使男女不平等的各种陈规陋习。她指出社会上各种关于女性优点的意见造成了女性性格的软弱和无能，而女性的教育制度使女性处于一种“无知的奴隶式依附”状态。她主张女人应当以自己的理智赢得世人的敬重，而不是靠外表的装饰、性格的软弱博得男人的爱慕和同情。作为人类的女性，应当享有与男性相同的教育权和其他基本权利，而不应被视作社会的装饰品或婚姻交易中的财产。而要想从根本上改善女人的品格和风尚，就必须给予她们精神上的自由，培养她们的理性，让她们自由地思考，独立履行家庭责任，成为一个“人”。她的这些在当时看起来“离经叛道”的观点却成为很多女权主义者奋斗的准则。即使在现代，当我们重温这位伟大女性在 200 多年前写下的文字时，仍然不得不惊叹于她敏锐的洞察力和深刻的思索。

作者前言

我带着焦虑关切的心情审视历史和观察世界之后，产生了一种非常郁闷的悲愤感，让我的情绪十分低落。在不得不承认，造物主让人和人之间有巨大的差别，以及世界文明发展至今也是有失偏颇时，我不由得长叹一声。我曾经翻阅过很多本讨论教育问题的书，也耐心观察过父母的教育方式和学校的管理模式，但是结果如何呢？——我坚信，造成我强烈谴责的不幸境遇的主要原因，是对我的女性同胞教育问题的忽视；我还坚信，特别是女人，由于一个轻率结论导致的各种综合因素共同作用，使其陷入软弱和悲惨的境地。事实上，女人的行为举止显然证明了她们的思想是不健康的。就像生长在过于肥沃土壤里的花朵一样，为了美丽牺牲了力量和用途；而那些鲜艳的花朵，令那些评头论足的观赏者感到心满意足之后，在它们远未达到成熟期之前就凋谢了，无人问津。我通过阅读论述教育问题的书籍，认为这种华而不实的现象起因之一是一套错误的教育体制，写这些书的男人与其说把女性当作人来看，不如说把女性当作女人来看。他们热切渴望将女性变成迷人的情妇，而不是深情的妻子和理性的母亲。女人的理智被这种华而不实的论调蒙蔽太深，甚至现代社会的文明女性，除了极少数人之外，在应该拥有一种更为高尚的志向，并且通过自己的才能和品德赢得尊重的时候，却只是一门心思地试图激发别人对她们的爱慕。

因此，在讨论女人权利和行为的专著中，那些致力于改善女人权利和行为的著作不应忽略，特别是有些著作根本不讳言，女人虚伪的优雅已经使她们意志薄弱。有才华的作家创作的教科书和那些比较轻浮的作品一样具有相同的倾向。按照某些地区伊斯兰教的习俗，女人被看作是一种附属品，而不是人类的一部分。人们用差强人意的理由夸大男人和女人的差别，这种夸大的差别将男人区别于野兽，并把一根自然的权杖交给一个软弱的人。

但是作为一个女人，我无意引导读者认为我有意热烈探讨这些关于女人品行和低劣地位等有争议的问题；但是既然这个话题出现在我的面前，我就不能避而不谈，否则我的主要论点就会遭到曲解，因此我要花一点时间简单论述我的观点。在自然界，女人大多体力上不如男人，这是显而易见的。这就是自然法则，而这条法则似乎并没有为了女人而被废除或取消。因此男人在体力上有一定的优势是不容置疑的，而且这是一种高贵的天赋特权！但是男人仍然不满足于这种天然的优越地位，他们竭力将女人的地位贬得更低，只是为了让女人变成一时诱人的玩物。而女人沉溺于男人在肉欲支配下对她们表达的爱慕之情，内心不会努力追求一种永恒的兴趣，也不会尝试成为这些以和她们交往为消遣的同胞们的朋友。

我意识到了一个明显的推论。我到处都能听到反对女人男性化的呼声，但是哪里有这样的女人呢？如果男人如此疾呼，只是为了打击女人对打猎、射击和赌博的热情的话，那我也会十分乐意加入男人的疾呼；但是如果是为了反对女人模仿，确切地说，获取男人的才能和性格的话，那么我想，那些以理性、冷静眼光看待女人的人会和我一样，希望女人日益男性化，因为这些才能和品德能够提升人类的品格，让女人成为更高尚的动物，进而被广泛地称为人。

讨论至此，自然我们的话题就要一分为二。首先，我要以一种宏观的视角，将女人当作人来讨论，她们和男人一样，被神安放到这个世界上施展她们的才华；然后我要更加详细地探讨她们独特的职责。

我还希望避免犯一个很多作家都犯过的错误，因为目前女人接受的教育，其实是针对贵妇的，如果我们不包括《桑德夫和莫顿》[1]里面一点零散的间接建议的话。但是我以更加坚定的语气告诉我的女同胞们，我将特别关注那些中产阶级的女人，因为她们似乎处在最自然的状态。也许华而不实、道德败坏和爱慕虚荣的种子一直都是大人物播撒的。软弱而做作的人以一种不成熟、不自然的状态，超越了女性同胞的正常需求和感情，败坏了道德基础，将腐化堕落散布到社会大众中！这些人作为人类的一个阶级，是最需要别人怜悯的。有钱人的教育会让她们变得浮华而无助，而因为不用履行那些能提升人类品格的责任，她们正在发展的心灵无法得到

1. 英国作家托马斯·戴所作的一本关于儿童教育的小说，桑德夫和莫顿是书中主人公。——译者注

锻炼。她们活着只是为了享乐，这种生活方式令她们很快就只能提供无聊的享乐了。

但是我的目的是分别探讨社会不同阶层的人和不同阶层中女人的道德品格，所以目前来看上述提示已经足够了。我只是指出了这个话题，因为我认为前言的精要就是对其所介绍的作品内容作一个大致的概括。

我希望我的女性同胞原谅，因为我把她们当作理智的人来看待，既不奉承她们迷人的魅力，也不认为她们处于一种永远也无法独立的幼稚状态。我真诚希望能指出什么是真正的尊严和人类的幸福。我希望说服女人努力争取身心两方面的力量，使她们相信：那些温柔的蜜语、敏感的心灵、细腻的情感和优雅的品位，都是软弱的同义词；而那些只配供人怜悯的人和爱情，很快就会成为人们鄙视的对象。

因此，我不愿意使用那些男人奉承我们或滋养我们奴隶般依赖性的甜言蜜语；我鄙视那些被认为是软弱女人特点的脆弱优雅的思维、精致细腻的情感和可爱顺服的行为；我希望指出品德比优雅更重要，我们追求的首要目标就是不论性别，培养人的品格，而所有的次要目标都应当用这个简单的标准来检验，这种追求是值得赞赏的。

这就是我计划的概述。如果我一想到这个问题就感受到强烈的情感，并因此表达我的信念的话，那么我的一部分读者必然也会感觉到我这样做是出于经验和思考。受到这个重大目标的激励，我就不屑于再推敲词语修饰文风了。我希望我的作品于人有益，真诚让我无法做作，因为我希望用论证的力量说服我的读者，而不是用华丽的词语令人炫目。我不会浪费时间咬文嚼字，更不会编造一些言不由衷的矫情的夸大之词。我将关注事情的本质，而不是玩文字游戏！另外，我非常热切地希望女人能成为社会上更受尊敬的成员，因此我将极力避免用那些从散文进入小说，又从小说进入日常书信和对话中的华丽辞藻。

这些信手拈来的夸张的漂亮言辞损坏了品位，并且造成了一种背离朴实真理的病态娇弱；而泛滥的虚伪感情和夸大的情调扼杀了内心的自然情感，让家庭生活变得无趣。而家庭本应承担教导一个理性的不朽灵魂为更崇高的事业而奋斗的责任，并为这个教导的过程提供乐趣。

目前女性教育比以前更受关注，但是女人依然被看作是轻薄的人，遭到那些试图以训讽或教育改善她们的作家的嘲弄和怜悯。应该承认，女人年轻的时候把大把的光阴都花在学习些许才艺上面，同时为了美貌的放荡观念和通过婚姻抬升自己地位（这是女人提升自己地位的唯一办法）的欲望而牺牲对身心的培养。这种欲望让女人变得跟牲畜一样，她们结婚之后，行为规范像孩童般幼稚：她们梳妆打扮，浓妆艳抹，她们还给造物主的创造物起诨名。这些软弱的人只配被男人当作性玩物！谁能指望她们明智地管理一个家庭，或者照顾自己带到这个世界上来的可怜孩子呢？

既然如此，如果我们可以从女人目前的行为，从目前普遍流行的对享乐的嗜好（这种嗜好代替了伟大志向和能够提升心灵的高尚感情）公正地推断出以下结论：女人一直以来接受的教育和文明社会的体制，加速了女人成为微不足道的欲望的对象——只不过是繁殖笨蛋的机器罢了！——如果指望女人有所成就，却不培养她们的理智，这种行为会让她们忽略自己应尽的责任，在韶华逝去之后变成荒唐而无益的人，那么我认为，理性的男人就会因为我试图说服女人变得更加男性化、更加受尊重而原谅我。

其实“男性化”只不过是个唬人的字眼而已，永远不必担心女人会获得过多的勇气或坚毅，因为她们明显在体力方面不如男人，这让她们在生活的各个方面不得不对男人有一定的依赖。但是为什么要用那些认为品格有性别之分，并使简单的真理和性欲的狂想混淆不清的偏见，使这种不平衡更加严重呢？

女人这种做作的软弱导致了一种压制他人的倾向，并且让她们变得狡猾（狡猾是力量天然的对手），她们装出一副令人鄙夷的幼稚模样，即使这样能激起性欲，却也损伤了尊严。事实上，女人被那些女性品质的错误观点贬得太低，以致我在作出以上主张的时候，并不想要作奇谈怪论。让男人变得更贞洁，更节制吧，如果女人没有因此在同等比例上变得更聪明，那么显而易见，女人的智力确实比较低劣。似乎不用强调我现在说的是女性整体。有很多女性比她们的男性亲属更通情达理。既然在世间那些争夺外部平衡的永恒斗争中始终没有胜出，那么，思想作为一种内在力量自然更重要。有些女性在夫妻关系中无须贬低自己，因为智力永远处于统治地位。

➛ 关于两性品格流行观点的讨论

为了给男性专制寻找理由，确切地说是借口，人们想出很多精致的言论，来证明两性在修身养性的时候，应当以培养完全不同的性格为目标；确切地说，女人不能拥有心智的力量，而这种力量恰是修得真正的美德所必需的。但是似乎上帝只给人类指明了一条通向美德和幸福的道路，即让人类拥有灵魂。

既然女人并不是短命的虚度年华者，那为何要让她们深陷无知还美其名曰天真呢？男人不是用语言刻薄地挖苦我们任性的情欲和卑微的恶习，就是振振有词地抱怨我们的愚笨和善变。我会回应，看，这就是无知的必然结局！仅仅依傍偏见的思维必将永远多变；当这种偏见的思维不受约束时，它将带着毁灭性的力量蔓延。以她们的母亲为榜样，女人自小就明白，略微知晓一些人性的弱点、行事精明、性情温和、表面顺从和恪守凡庸礼节，就会得到男人的庇护。对于一个拥有美貌的女子来说，其他任何东西都不重要，因为她们生命中至少 20 年光阴可安享男人的保护。

弥尔顿[1]就是这样描写人类初始、脆弱的母亲[2]的；可是我还是不明白他说女人生当性情温柔、妩媚动人是什么意思，除非他真正以穆罕默德的口吻，意欲剥夺我们的灵魂，并暗示我们只不过是美貌和盲从的生物，在男人不能乘着思考的翅膀翱翔时取悦他们的感官。

那些劝告我们成为温顺家奴的人，多么粗野地侮辱了我们！例如他们经常热心地建议我们：要靠温柔顺从来取得支配权，这些言论多么愚蠢幼稚，一个堕落到用这种险恶手段取得支配权的人是多么渺小卑微——她是永生的人吗？"毫无疑问，"培根勋

1. 弥尔顿（John Milton，1608—1674），英国杰出诗人、政论家、革命家，17 世纪英国资产阶级革命参加者。——译者注

2. 即夏娃，《圣经》中第一个女人。——译者注

爵[1]说，“人类肉体上和野兽同类，如果他灵魂上不能和上帝同类，他就是低下卑微的东西！”男人试图通过让女人永远保持孩童般的幼稚来确保她们行为端正，在我看来，这是极其不明智的。卢梭希望男女两性都停止理性的探索，这似乎比较合乎情理。因为一旦男人品尝了智慧果[2]，女人必然也紧随其后；然而，她们的理智的培养并不健全，使得她们只能获得有害的知识。

孩童应当天真，我赞成这点；但这个词用在男人或女人身上，就成了软弱的委婉说法。因为如果女人注定能够获得人类的种种美德，并且通过智慧获得坚贞的性格——这种性格是我们寄托未来希望的最坚实的基础，那女人也必然有权面对光明之源泉，而不是被迫在微弱的星光下摸索前行。当然，弥尔顿和我的想法大相径庭。因为他只强调美貌的不容置疑性，虽然从下面两段诗中（我摘录下来以作对比），我们很难看出他思想的一致性，不过伟大的男人经常因为直觉犯这种矛盾的错误：

---

1. 培根（Francis Bacon，1561—1626），英国杰出哲学家、科学家、历史学家。——译者注

2. 参见《圣经·创世记》第2、3章。——译者注

于是绝美的夏娃回答道：

我的主人，我任由你差遣，

你的命令，我完全无条件服从；

这原本就是上帝的安排；

上帝为你立法，而你是我的准则：

不求甚解即女人最满意的知识和荣耀。

这些正是我曾对孩子们说过的论点，只是我还补充说，你们的理智正在发展，你们必须尊重我的意见，直到它成熟到一定阶段，——之后你们应当独立思考，一切完全依靠上帝……

因此在讨论女人的言谈举止时，我们应当摒弃那些关于身体的世俗言论，探寻我们应努力让她们成为什么样的人，以和上帝合作——如果这种说法不是太过分的话。

个人教育这个词目前还没有明确的定义，我对它的理解是：赋予孩子一种关注，使其见识增长，性情成形，学会控制蠢蠢欲动的情欲，并在身体成熟之前锻炼自己的理性思维；这样他们成年以后，就可以继续踏上思考和推理的重要征程，而不是从头开始。

为了避免误解，我必须声明，我不认为个人教育可以收到一些乐观学者声称的奇效。男人和女人一定会在很大程度上受到他们所在社会的舆论和行为规范的教育。每个时代都有一种主流的舆论导向，似乎是为了赋予这个时代一种不变的特征。因此我们可以断定，除非社会结构发生变化，否则我们无法期待教育能带来什么改变。然而考虑到我当前的目的，我只要声明一点就够了：无论环境对个人的才能产生什么影响，每个人都可以通过理性成为有道德的人；因为只有生来有恶的倾向的人，才是真正的坏人，那么，还有什么可以阻止我们成为无神论者呢？或者如果我们崇拜一个神，那这个神难道不是个魔鬼吗？

因此，我眼中最完备的教育就是对理智的锻炼，使人的品格和心灵得到最大限度的培养和发展。或者说教育是为了使个人获得能使其独立的优秀品德习惯。事实上，称呼那些并非通过独立思考而获得某些品质的人为高尚的人，是很荒唐的。这是卢梭描述男人的观点，我将其延伸到女性身上，并坚信，她们之所以有越轨行为，是因虚假的优雅，而非对男性品格的探求。但是她们过于沉醉于帝王般的崇拜，除非时代风貌发生改变，转而建立在更理性的基础上，否则也许无法说服她们，她们通过贬低自己获得的不合理权力其实是个祸害；或者让她们相信，必须回归本性，和男性站在平等的地位上才能保持纯洁爱情带来的宁静和满足。但我们必须等待这个时代的到来——也许要等到王公贵族们受到理智的启示后，推崇人的尊严而非幼稚状态，抛弃他们华而不实的世袭权。如果那个时候女人还不放弃滥用美丽获得的为所欲为的权利——那确实证明她们在智力上不及男人。

也许有人会指责我傲慢自大，但我仍然要申明，我坚信：所有写过关于女性教育和行为举止这个话题的作家，从卢梭到格雷戈里博士[1]，都曾促使女人的性格更加虚伪和懦弱，否则她们不至于这样；也正因此，女人成了社会上更加无用的群体。我似乎可以更加温和地表达我的信念，但是我担心这样就成了虚伪的满腹牢骚，而不是强烈情感的真实表达，也无法展现我通过经验体会和反复思考得到的明确结论……在我看来，所有那些有意侮辱作为一半人类的女性群体，并使其牺牲所有坚贞品质以取悦于人的著作，我都将对其整体主旨予以反对。

但是，按照卢梭的逻辑，如果男人身体成熟之

1. 格雷戈里博士（Dr. Gregory，1724—1773），苏格兰有名的医学家，写有许多医学著作和一篇《给女儿的赠言》。——译者注

后，心智也在一定程度上获得了完善，为了保持男人和他妻子的一体性，做妻子的完全依赖丈夫的理智也许是有一定道理的；就像优雅的常青藤缠绕在支撑它的橡树上，构成力量和美貌相得益彰的整体。但是，天哪！丈夫们，以及他们的贤内助们，往往不过是大孩子，——哦，不，多亏了早年的放荡风流，这些丈夫连男子汉大丈夫的外形都没有，——正如让瞎子给瞎子带路，我们还需要上帝来告诉我们后果的严重性吗？

在如今这个腐败的社会状况下，有很多因素导致女性被奴役，通过束缚女人智力、折磨她们的感官而奴役女人。这其中之一，也许是最有害的因素，莫过于女人做事毫无头绪。

做事有条不紊是非常重要的能力，男人从小就养成了这种能力，因此行事缜密，而女人一般接受的是杂乱不堪的教育，因此很难会像男人那样，注意到这个问题。这种漫不经心、毫无条理的瞎猜（还有什么其他的词，可以更好地形容这种丝毫不经过理智推敲，肆意运用凭借本能得到的常识的行为？）使女人缺乏对事物的总结归纳能力。因此她们重复着昨天做过的事情，仅仅因为昨天她们也做了这件事。

这种在早期对理智的忽略，产生的后果比我们想象的要严重。因为这些意志坚强的女人学到的少得可怜的知识，鉴于各种原因，不如男人的有条理，况且这些知识更多地是纯粹通过对实际生活的观察得到的，她们很少会将个人观察到的现象和通过抽象经验而得到的结论作一番比较。她们更多地是通过从属地位和处理家务而获得社会交往，因此她们学习的都是零碎的点滴知识。另外由于学习对她们来说基本上只是次要的事情，所以她们不会以持之以恒的热情钻研任何一门学问，而这种热情是使人激发才智、保持头脑清醒不可或缺的因素。在目前的社会状况下，男人需要学习一点儿知识来维持绅士身份，而男孩们需要接受几年的教育。但是相对于锻炼理智，对于女人的教育更注重优雅体态的培养。女人因生育和恪守端庄的错误观念而精疲力竭，身体发育不良，无法展现某些优美的姿态。此外，她们年轻时没有通过竞争锻炼自己的才智；即使她们天资聪颖，由于没有从事过严肃的科学研究，这种天赋也很快因注重生活品质和衣着举止而渐渐消逝。她们一味追求结果和改进，从不追根溯源；那些规范行为的繁文缛节，其实只是简单原则的蹩脚替代品而已。

为了证明女性柔弱的外表是教育制度造成的，我们可以以军人为例：他们和女人一样，在头脑中的知识还未积累起来、原则还未得到强化时就进入社会。结果也是一样：他们从混乱的谈话中获得一点肤浅的知识，通过在社会上厮混见了些世面。人们经常将这种对风俗和习惯的了解，误认为是对人类情感的认识。但是这种随意观察得到的粗糙结论，从未经过理性的检验，也非通过比较理论和经验得来，能称得上是对人类情感的认识吗？士兵和女人一样，拘泥于那些微不足道的品德。若男女受的教育相同，两性之间还有什么区别呢？我现在看到的一切区别不过是由于男人拥有更多的自由，得以见更多世面罢了。

现在作一番政治评论也许有点偏离我要论述的主题，但是它是在我一系列思考中自然而然产生的，因此我不能避而不谈。

常备军中永远不可能有意志坚定、精力充沛的士兵；军队也许是纪律严明的机械化队伍，却很少有热情奔放、才华横溢的军人；至于深刻的洞察力，我敢断言在军队中和在女人中一样，极为罕见。我认为造成这种情况的原因是一样的。我们甚至可以更进一步断言，军人同样也特别注意外表，热爱跳舞、热闹场所、冒险和嘲弄别人。他们像美丽的女人一样，把阿谀奉承当作每天的主题；他们受的教导就是要取悦于人，他们活着就是为了取悦于人。但是在两性对比中他们并未丧失优势地位，因为人们仍然认为男人地位比女人优越。尽管除了我刚才所述以外，我们很难看到他们的优越性表现在哪里。

最大的不幸在于，他们在尚未进行道德修养之时就学会了一套表面的规矩；在未经过深思熟虑，对人性宏大理想的轮廓深入认识时就学会了人情世故。后果显而易见。他们满足于对一般人性的认识，就很容易产生偏见；他们人云亦云，盲目地屈从权威。所以即使他们有点理智，那也不过是一种出于本能的一知半解，以及对行为方式作出的判断，但是在追究根源或者分析观点时，就派不上用场了。

这种评论对女性是否适用呢？不但适用，我们还可以把这个观点更引申一步，因为他们都是受文明社会里建立起来的不合理差别所害，而失去了有利的地位。财富和世袭的荣耀，让人们认为女性一文不名，她们只是关注财产的多寡；游手好闲使社会上出现了一批既殷勤又粗暴的人，他们一边甘受情妇奴役，一边对自己的姐妹、妻子和女儿作威作福。确实，这样做只是为了让她们安守本分。女人心胸开阔，意志坚强，就不会盲目服从；但是，掌权者需要这种盲目服从，因此暴君和好色者竭力使女性处于蒙昧无知的状态是有道理的，因为暴君只需要奴隶，而好色者只需要玩物。好色者其实是危害最大的暴君；女人被她们的情人欺骗，正如年幼的君主被侍臣玩弄一样，还梦想着自己在统治着他们。

现在我主要谈谈卢梭，因为他对索菲亚[1]性格的塑造无疑非常扣人心弦，虽然在我看来极不自然。但是我要抨击的不是她性格的上层结构，而是形成她性格的基础，即那些使她所接受的教育得以建立的原则。不仅如此，虽然我极为钦佩这位才华横溢的作家的天赋，并且经常引用他的观点，但是在我读到他露骨撩人的奇谈怪论时，没有一点钦佩之情，取而代之的是无尽的愤怒。他对美德的侮辱让我眉头紧蹙，他优美的文笔带给我的微笑也因此荡然无存，我一点都不满意。这就是那位因大力倡导美德而主张摒弃一切和平手段，简直要把我们带回古代接受斯巴达式严格训练的作家吗？这就是那位热衷于歌颂激情的有益抗争、优秀品性的辉煌胜利，以及光辉灵魂自由翱翔的作家吗？当他描写他可心的

1. 索菲亚（Sophia）是卢梭名著《爱弥儿》中的女主人公。——译者注

人儿迷人的双脚和诱人的风姿时，这些伟大的情操多么苍白无力啊！但现在我暂且不谈这个问题，我不想严厉指责这种突然泛滥的自负感，我只想说，任何抱着善意态度观察社会的人，一定会对普通男女的爱情感到满意，因为这种爱情既不会因柔情万种而变得高贵，也不会因共同的知识渴求而得到加强。日常的家庭琐事足以提供愉悦的谈资，天真的抚爱缓解了无须运用智力或大量思考的劳作带来的辛劳；然而这种平凡的幸福景象在我们心中激起的情感，难道不是爱怜多于尊重吗？——这种情感跟我们看到儿童玩耍或动物嬉戏时的感受一样。但是在我们想到那些功德非凡的人在苦难中依旧战斗不止时，我们不得不肃然起敬，我们的思绪就被带到另一个世界，这里，理性战胜了感性。

因此女人或是被视为有道德的人，或是被视为软弱到必须完全依赖男人的优秀方可生存下去的人。

让我们来分析一下这个问题。卢梭宣称女人永远都不应该把自己看成是独立的人，必须在恐惧的支配下，发挥她天生的狡猾的才能，变成一个卖弄风姿的奴仆，这样才能更加吸引男人，成为情欲的对象，当男人需要放松时成为他更亲密的伴侣。卢梭自认为从天性中为自己的观点找到论据，甚至更进一步，旁敲侧击地暗示：人类一切品德的基石，即真理和坚韧，应当有所限制地培养，因为从女人的性格看，服从才是她们需要一丝不苟永远铭记在心的最重要的一课。

简直一派胡言！何时才能出现一位伟人，以足够的力量将因傲慢和肉欲而笼罩在这个问题上的迷雾一扫而尽呢？虽然女人体质比不上男人，但她们的品质一定和男人相同，即使程度可能有别，否则品德将成为一个相对的概念。因此她们的行为应当建立在与男人相同的原则基础上，并具有同样的目标。

女人作为男人的女儿、妻子和母亲，和男人有父女、夫妻和母子的关系，她们的道德品质可以通过履行这些简单责任的方式来判断。但她们努力的目标，即她们伟大的目标，应当是展示她们的才华，树立自觉的高尚品德。她们可以努力使自己的道路充满乐趣；但是她们应该和男人一样，永远不能忘记：生活不会给不朽的灵魂带来永恒的快乐。我并不是暗示男人或女人应当沉迷于抽象的思考或模糊的观点中不能自拔，以致忘记了摆在他们面前的爱和责任，而这两者正是孕育生命成果的途径；相反，我极力推崇爱和责任，我甚至还主张，只有严肃认真地对待它们，才能从中获得最大的满足。

也许当时流行的认为女人因男人而生的观点来源于摩西[1]富有诗意的故事；但是据推测，在真正认真考虑过这个问题的人中，只有极少数相信夏娃真是亚当的一根肋骨，因此这个推论肯定是不成立的；或者至此我们只能承认，这个看法说明，男人从远古时期开始，就发现用实力来征服伴侣对自己有利，并且捏造事实证明女人应该乖乖把脖子伸到轭上，甘受压迫，因为她整个人就是为男人的方便和享乐而存在的。

不要对我所说的妄作结论，认为我意图颠倒世间万物的顺序。我已经承认，从身体的构造来看，男人似乎受上帝青睐，注定要比女人获得更大程度的美德。我这是针对男人整体来说的；但是我实在找不到理由表明男人和女人的品德在本质上有何不同。如果美德实际上只有一个永恒不变的标准，那么如何区分不同美德的性质呢？因此如果我的推导过程没有纰漏，我必定坚决主张：所谓的不同美德都指向同一个简单的方向，正如上帝是唯一的一样。

如此说来，我们不应当将狡猾和智慧对立起来，

---

1. 摩西，《圣经》故事中古代犹太人的领袖。——译者注

将琐碎的操劳和巨大的努力对立起来，将美其名曰文雅的平淡无奇和只有伟大抱负才能激发的坚韧意志对立起来。

有人会告诉我，女人如果拥有这些精神力量，就会失去独特的魅力，并且他们可能会引用一位著名诗人的观点来驳斥我离经叛道的主张。因为蒲伯[1]曾以全体男性的名义说：

> 当她接触到我们所憎恨的一切事物的边缘时，
> 那我们的愤怒带来的后果将无法预料。

这个警句将男人和女人置于何种地位我不作评判，留待公正的人士去定夺。现在我只想说明，我实在不明白为何女人应当受制于爱情和淫欲，永远处于屈辱的地位，难道她们真的都该下地狱吗？

我知道对爱情发表不敬言论，是对情操和美好感情的严重背叛；但是我只是想从理性而非感性的角度，讲述一个简单的真理。企图说服世人放弃爱情，

1. 蒲伯（Alexander Pope，1688—1744），18 世纪英国启蒙运动时期著名诗人。——译者注

如同从塞万提斯[1]的作品中剔除堂·吉诃德一样，是不可能，也是违背常识的；但是努力抑制这种骚动的情欲，证明不应该允许它破坏较其更加优越的力量，或者任其篡夺理智的支配权，这种努力，也许是正当的。

青年时代是男女沉迷于爱情的时期；但是在无忧无虑尽情享乐的时候，应当为日后人生更重要的阶段作准备，那时理性思考将代替感性妄为。但是卢梭和那些步其后尘的男性作家们满怀热情地指出，整个女性教育应当只有一个目标，即取悦于男人。

请允许我和那些对人性有所了解却支持这个观点的人理论一番。他们是否认为婚姻会消除生活中的习俗呢？一生都被教导要取悦于人的女人很快就会发现，她的魅力就像残阳余晖，逐渐消逝；过了盛夏光年，青春不再，在和丈夫朝夕相处时，她已然不能在丈夫心中激起一丝涟漪。到那时她还会有足够的天赋自寻慰藉，挖掘她潜在的才能吗？或者我们是不是更有理由相信，她们会试图与别的男人寻欢，并且因为得到新的情人而被激情冲昏了头脑，

1. 塞万提斯（Miguel de Cervantes Saavedra，1547—1616），西班牙伟大作家。堂·吉诃德是其名著《堂·吉诃德》中的主人公。——译者注

忘记了她的爱情和自尊遭受的屈辱？当丈夫不再是至爱的时候——这个时候必然会到来——她取悦于人的欲望就会消退，或者变成痛苦的源泉；那时，也许作为所有感情中最转瞬即逝的爱情，就会被嫉妒或虚荣替代。

现在我要谈谈那些受到原则或偏见约束的女人。她们虽然对男女私通深恶痛绝，可是仍然希望别的男人对她们献殷勤，以此证明她们被残忍的丈夫冷落了；不然她们就会日复一日地幻想情投意合的夫妻所享受的幸福生活，直到变得满腹牢骚，身心俱疲。由此看来，取悦于人的绝妙艺术怎么会是一项非学不可的技巧呢？它只对情妇有用罢了。对于贞洁的妻子和认真的母亲来说，这种技巧不过是为品德锦上添花的方式，而丈夫的爱情不过是让她的工作更轻松、生活更幸福的慰藉。但是，无论她的丈夫是爱她还是冷落她，她首先应当使自己受人尊敬，而不是把所有的幸福寄托在一个和她拥有同样人性弱点的人身上。

尊敬的格雷戈里博士也犯了同样的错误。我尊重他的用心，但是完全不能赞同他那篇著名的《给女儿的赠言》。

他建议她们培养对衣着打扮的爱好，因为他断言女人天生爱打扮。他和卢梭都经常使用“天生”这个含糊不清的词，我不明白他们的意思。也许他们会告诉我，先身体而存在的灵魂本身就爱好打扮，并且把这种爱好带到一个新的肉体中，我会似笑非笑地听着，正如在人们对所谓的内在优雅高谈阔论时，我也是这种反应。但是如果他仅仅指运用这种天生的能力就能产生这种爱好，我不能苟同。这种爱好绝不是天生的，和男人狂妄的野心一样，都是由权力欲催生的。

格雷戈里的主张远不止这些；他甚至推崇弄虚作假，建议天真无邪的女孩子隐藏自己的真实情感，不要兴高采烈地舞蹈，因为这时她的脚步会因激动而随心所欲，而她的举止应当庄重。按道理和常识来说，为什么女人不能承认她可以比别人多作一点锻炼呢？或者换句话说，不能承认她有健全的体魄；为什么要压制她天真活泼的天性，还在暗地里告诉她，男人会从她的一举一动中得出她意想不到的结论呢？随那些浪荡公子妄下结论去吧！我希望明智的母亲不要给女儿灌输这种不妥当的警告，以此来抑制女孩子年轻时应有的率性。“言为心声”，确实如此；一个比所罗门更聪明的人曾经说过，人的心地应当纯洁，不拘小节；即使是内心充满邪恶的人，如果谨慎小心，也不难做到这点。

女人应当努力净化心灵。但是，如果她们的理智没有接受训练，就会完全凭感情行事和娱乐；她们因缺乏高尚的追求而无法放下日常的无足轻重的虚荣，也不能抑制炽热的激情，这种激情如同一根芦苇，稍有风吹草动就会使它左右摇摆，在这样的情况下，她们的心灵能够纯洁吗？为了获得一个有道德的男人的感情，有必要弄虚作假吗？女人天生体质比男人弱；但是，为了赢得丈夫的感情，一个做妻子的，当她在履行作为女儿、妻子和母亲的责任时，已经通过思想和身体的双重锻炼保持了天生的体力和思想的健全，难道还必须降低身份，玩弄手段，伪装病态的孱弱，来确保丈夫对她的感情吗？软弱也许会让男人心生爱怜，满足男人自大的傲慢，但是一颗渴求并且理应受尊重的心灵不会满足于救世主般高傲的抚爱。抚爱代替不了夫妻之间的情谊。

我承认，在帝王的后宫里，这些卖弄风情的手段是必不可少的；因为必须要激发享乐主义者的趣味，才能防止他情绪消沉，表现冷漠；但是女人就如此胸无大志，欣欣然以此为乐？难道她们就这样无精打采地在极度享乐和百无聊赖中虚度光阴，而不是坚持追求合理的快乐吗？难道她们不想去实践那些为人类赢得尊严的美德，而让自己受到重视吗？当然如果一个女人只是把生命消磨在穿着打扮上面，以此来取悦一个倦怠的男人，缓解他的顾虑，这样的女人是没有不朽灵魂的。男人完成生活中正经的工作后，当然愿意从她的微笑和小把戏中得到乐趣。

此外，注重增强体魄、锻炼心智的女人，通过经营家庭和修习各种美德，会成为她丈夫的朋友，而非卑微的依赖者。如果她因拥有这些高贵的品格而赢得了丈夫的赞赏，她就会发现没有必要隐藏自己的感情，或者不自然地装出冷漠的样子，以激发丈夫的情欲。追溯历史，我们就会发现杰出的女性既不是女人中最美丽的，也不是最温柔的。

大自然，或者更确切点说，上帝，把万事万物都安排得恰到好处；但是男人却总在试图捏造各种事情，破坏上帝的杰作。我现在指的是格雷戈里博士的那篇文章，他建议妻子永远不要让丈夫知道她的感受或爱情的深度。这种刺激肉欲的预防手段，既荒谬又无益。爱情究其本质来说，就是转瞬即逝的。试图找到使爱情永恒的秘诀，就如同寻找点金石或者万能药一样荒唐；即使找到这个秘诀，也对人类毫无裨益，甚至是有害的。社会最神圣的阶层就是友谊。一位精明的讽喻家说得好：真爱难求，真正的友情更难拥有。

这是一个显而易见的事实，没有什么高深的缘由，稍加研究便会明白。

爱情是人人皆有的情欲，在爱情中，偶然和感性代替了选择和理性，大多数人都体会过爱情；现在没有必要谈论那些比爱情高尚或低微的情感。这种感情，很自然地因悬念和困难而加强，使理智脱离常规，激情得到推崇；但是，婚姻的保障使爱情的狂热渐渐消退，达到一种有益的温度，只有那些不够明智的人，无法用冷静自然的友谊、相互尊重的信任代替盲目的赞美和肉欲的喜好，才会把这种健康平和的状态看成是索然无味的。

这是，也必须是，自然而然的趋势。继爱情之后必定是友谊或冷淡。这种规律似乎和人类精神世界中普遍适用的支配规律完全一致。激情能够激发行动、启迪心灵；但是目的达到后，这种激情就会沦落为纯粹的性欲，变成个人和瞬时的满足，而满足的心也会安于享乐。一个男人在争夺王冠时，尚拥有一定的美德；但他成功加冕之后，往往都会变成骄奢的暴君；况且，如果男人在年老以后仍像情人般对待自己的妻子，这个年老昏聩的男人就是被幼稚的任性和溺爱的嫉妒所俘虏，他忽略了人生的重大责任，将本应施与孩子以取得他们的信任的爱抚，浪费在他的大孩子——妻子的身上。

为了履行人生的责任，一个家庭里的男女主人不应当继续热烈相爱，应该精力充沛地致力于塑造良好的道德品质。我的意思是不应当沉溺在那些扰乱社会规范的感情之中，把本来可以用在其他方面的心思用在彼此谈情说爱上。从未被一件事情吸引的心灵缺乏充沛的精力——而当它长期被某一事情吸引时，就会变得软弱。

错误的教育、狭隘的缺乏教养的心灵以及许多性别歧视，往往使女人比男人更忠贞不渝。但是现在，我暂时不讨论这个问题。我要进一步提出我的观点，并且声明，不幸福的婚姻往往对于家庭是有利的，而被冷落的妻子一般都是最优秀的母亲，我并不是故作悖论。如果女人的心胸再开阔一点，那么这一结论几乎就永远成了必然的结果。因为这通常看起来像是上天的安排：凡是我们从现时的享乐中得到的，都必须从生活的宝库——经验中去除；当我们摘下了鲜花，纵情于享乐之时，我们就不可能同时拥有辛勤耕耘和智慧浇灌带来的丰硕果实了。人生的道路在我们面前展开，我们必须选择向左走或向右走；一个穿梭于各种享乐场合虚度人生的人，不应当抱怨自己得不到智慧或可敬的品格。

让我们暂时假设灵魂不是永生的，人的存在只是为了活在当下——我认为我们有理由抱怨，爱情就如孩童一时兴起的爱好一样，渐渐会变得索然无味，令人生厌。让我们吃喝玩乐谈恋爱吧，因为明天我们就会死去，这种说法实际上是合情合理的，也是人生的道理；除了傻瓜，谁愿意脱离现实去追求那个短暂的幻影呢？但是，当我们因观察到心智中不可思议的奇妙力量而心生敬畏时，我们就不屑于将希望和思想局限在这样一个相对平庸的活动范围之内，这种活动只是表面上看起来光辉而重要，因为它是跟无限的前景和崇高的理想联系在一起的，那我们还有什么必要在为人处世中虚假做作，我们还有什么理由去触犯神圣至高无上的尊严，来保全摧毁道德根基的虚伪幸福呢？为什么女人要被那套卖弄风情的技巧毒害心灵，以迎合好色之徒呢？为什么要阻止爱情蜕变为友情，或者在缺乏建立友情的根本条件时，蜕变为富有同情心的柔情呢？将真实的心境展露出来吧，让理性来教导情欲，让它服从必然性；或者让对道德和知识的崇高渴望把理智从情感中解脱出来，这些情感如果不加以控制，将使人生的杯子里装满更多的痛苦而非甘甜。

我指的并不是与天才相伴而生的浪漫感情，谁又能折断爱情的双翼呢？但是，这种伟大的情感只忠于感情，并且自由发展，人生中微不足道的享乐是无法与其比拟的。那些因持久而著称的感情往往都是不幸的。它们因缺乏感情和固有的忧郁而获得力量。他们对想象中的一种朦朦胧胧的“美”心存希冀；但是一旦得以接触并熟悉之后，男女之间的爱慕就可能会转变为厌倦，或者至少是冷淡，并给想象力以空间，开始新一轮的追求。根据这种观点，卢梭非常有风度地使自己精神上的情妇——艾洛伊斯，在生活日渐乏味的时候爱上了圣普乐，但这也不足以证明爱情的不朽。

格雷戈里博士关于美好爱情的忠告也出于同样的考虑。他建议女人，如果她已下定决心要结婚，就不要轻易产生爱情。但是他把这种和他以往忠告完全一致的决心看作是粗俗的，尽管它会支配她们的行为，格雷戈里还是真诚劝诫他的女儿们要隐藏这种决心，似乎拥有人性中正常的情欲是不美好的。

多么崇高的道德说教！那些谨慎卑微的灵魂一定会赞成这种说教，他们无法将自己的眼界扩展到目前狭小的生活圈子以外。如果培养一个女人理智方面所有的能力，只是因为这些能力与她对男人的依赖有关；如果她一旦有了丈夫，就认为自己人生的目标已经达到，并且毫不羞耻地引以为荣，满足于这顶微不足道的王冠；那么就让她心甘情愿匍匐在男人脚下，从事动物界以内的活动吧；但是，如果她是为了她的崇高事业而奋斗，并且富有前瞻性，那就让她培养理性，不必停下来思考她注定要结婚的丈夫拥有何种性格。她不应过于担心眼前的幸福，要下定决心去获得那种能使理性的人变得高贵的品质；一个鲁莽粗野的丈夫也许会打击她的趣味，但扰乱不了她平静的内心。她不会为了适应丈夫的种种缺点来改造自己的灵魂，她会容忍这些缺点；丈夫的性格对她来说绝不是修得美德的障碍，仅仅是考验而已。

如果格雷戈里博士的评论只限定于对永恒爱情和志同道合感情的浪漫期待上，那么他应该想到，在想象力以牺牲理性为代价依然活跃时，我们的经验就会驱除掉那些让我们不会再抱有希望的建议。

我承认这种情况经常发生：有些女人抱着浪漫的不合实际的美好情感，她们整天无所事事，幻想着自己与丈夫幸福地生活在一起，她们的男人对她们炽热的爱慕与日俱增，直到永远。但是她们结婚了也许也和单身的时候一样，与期待有一个好男人相比，和一个不称职的丈夫在一起也未必更不快乐。我主张一种合理的教育，更确切地说，一个有教养的头脑，可以让女人过着有尊严的单身生活；但是说她应当放弃培养个人的情趣，避免遭受丈夫突然的破坏，这就未免有点本末倒置了。说实话，如果一个人不能超脱于人生的各种得失，如果他不能打开获得快乐的新源泉（这些快乐完全来源于个人思考的力量），那么还需要高尚的情趣做什么。有品位的人，无论单身还是已婚，无一例外都会厌恶各种各样的事情，不仅仅是洞察人们的思想。我们的观点当然不能依据这个结论得出；但是就享乐的整体而言，情趣可以算作一种幸福吗？

问题是，情趣带来的更多的是痛苦还是快乐？这个问题的答案将会决定格雷戈里博士的劝告是否合理：他规定了一种奴隶制度，并且他没有试图用纯粹理性推导出来的对人类普遍适用的规则去教育有道德的人，是多么荒谬而专横。

举止温柔、宽容忍耐和逆来顺受，都是非常亲切的神圣品质，这些在高尚的诗篇中都被颂扬为上帝的品德；或者可以说，除了上帝宽厚怜悯和欣然宽恕的品质外，没有一种表现上帝仁行的品德能够更好地维系人类的感情。从这个角度看，“温柔”确实是结合了庄严伟大和谦逊屈就的所有特征；但是，在温柔只是顺从依赖的行事方式，只是急需保护的软弱爱情的后盾时，它表现出的是多么不同的状态；在爱情需要默默承受伤害时，温柔是宽容忍耐；在鞭打之下还要强颜欢笑，丝毫不敢作出反击。这幅图像描绘的卑怯景象，就是一个所谓杰出女人的肖像，而这是以社会公认的女性优秀品质为依据的，那些徒有虚名的理论家们竟然把女性的优秀品质和人类的优秀品质区分开。否则，他们[1]最好还是把那根肋骨归还原位，再造出一个将男人和女人融于一体的有道德的人，并且不要忘了赋予这个人所有的“谦卑的魅力”。

我们不清楚女人在没有婚嫁的情况下是如何生存的。因为尽管道德家们一致认为生命的演变似乎证明男人为更好地为未来作准备而受到各种情境的磨练，而他们却经常一致教导女人只要为当下着想即可。基于此，温柔、顺从以及阿谀奉承的感情被看作是女性最重要的美德。有位作家不顾不容违抗的自然法则，公然声称女人多愁善感就是男性化的表现。她生来就是男性的玩物，他的拨浪鼓，无论

1. 参看卢梭和史韦登伯格的著作。——译者注

何时，在男人停止理性的探索需要娱乐时，它就必须在他的耳边当啷当啷地响。

确实，从广义上来说，劝人温柔和蔼是极为明智的。一个意志脆弱的人是应当努力追求温柔的。但是当过度的宽容忍耐，变成是非颠倒时，温柔就不是一种美德了；不管在伴侣身上看到这种品德是如何恰当，这种伴侣将永远被视为低人一等，只会使人感到一种味同嚼蜡的温柔，并且很快变成轻蔑。再者，如果劝告真的能使那些天生朽木不可雕的人变得温柔，那么社会秩序一定会得到一定的改良；但是正如我们马上就可证明的那样，这种不分青红皂白的建议只会导致矫揉造作，在不断改进的道路上丢掷一块绊脚石，妨碍了性情的真正提高。女人牺牲了真正的美德换来的只是徒有表面的优雅，并没有得到什么好处，虽然就个人来说她们可能在短短几年内赢得帝王般的统治地位。

作为一个哲学家，我怀着愤怒的心情阅读了男人用来粉饰他们侮辱女性言辞的种种看似有理的言论；作为一个伦理学家，我想问诸如“美丽的不足”“可爱的弱点”这些奇怪的自相矛盾的联想到底是什么意思？假如只有一个道德标准，只有一种男人的原型，根据穆罕默德灵柩的世俗传说[1]，女人似乎命中注定就是介于人兽之间的生物；她们既不像野兽那样有万无一失的本能，也不被允许用理智的眼睛注视一个完美的榜样。她们是为爱而生，不应该以寻求别人的尊重为目的，否则她们就会因具有男性的特征而被主流社会排除在外。

我们不妨从另一个角度来看这个问题。顺从的、懒惰的女人就一定是最好的妻子吗？把我们的讨论限定在目前的状况下，我们可以看看这些软弱的女人如何履行她们的责任。这些女人因为获得了一些表面的成绩，就加深了对流行的成见，她们仅仅是为了丈夫的幸福而努力吗？她们浑身散发的魅力仅仅是为了愉悦丈夫吗？自幼就受消极服从观念熏陶的女人拥有足够的品行来相夫教子吗？事实完全不是这样。通过回顾女性历史，我不得不同意那位刻薄的讽刺家所言，认为女性是人类最软弱和受压迫最多的性别。历史除了揭示女人地位低下的特点之外，还告诉我们什么？而又有几个女人从高高在上的男人的可恶束缚中得到解脱呢？这种女人太少了，让我想到了关于牛顿的一个绝妙的猜想——牛顿大

1. 指伊斯兰教徒死后，送葬时女人不能扶灵柩的风俗。——译者注

概是一个精灵，偶然投入人世。顺着这条思路往下走，我不由想到了那些不走寻常路的杰出女性，本是男人的灵魂，却错投了女胎。假如认为在谈论灵魂时还区分性别是不合理的，那么女人处于劣势地位一定是因为身体构造和男人不同；或是上帝在捏土造人时，给的火候不一样。

正如我一如既往所坚持的那样，我避免对两性集体作任何直接的比较，或者根据目前的状况，坦率地承认女人不如男人，但是，我坚持认为男人使女人更加低劣，直到女人堕落到理性生物正常标准以下。让她们的才能有用武之地，她们的品德得以发展，然后再确定女性整体在知识领域应当占有的地位。再次声明，我不只是为那些少数杰出的女人寻求地位。

我们凡夫俗子很难预测，如果废除那些使我们举步维艰的专制主义，人类的发现和发展将会达到何种高度；但是，如果道德能够拥有更坚实的基础，那我无须拥有预知未来的天赋，就可以大胆预言女人要么成为男人的朋友，要么成为他们的奴隶。我们也就不会像现在这样，分不清她到底是一个有道德的人，还是一个介于人兽之间的生物。但是，如果那时她们看起来和禽兽一样，造出来就是供男人使用，那么他就会让她们安于缰绳束缚之下，而不再用空洞的赞扬来嘲笑她们了。或者，如果那时事实证明女性是有理性的，那么男人也就不会仅为了满足他的肉欲而阻碍她们的发展。他不会再用各种辞令来诱惑女人，使她们自己的理智盲目屈从于男人的控制。讨论女性教育问题时，他就不会叫嚣女人永远不应该拥有运用理智的自由，也不会建议那些像他一样修习人类道德品质的人，去做一个狡猾虚伪的人。

如果道德有永恒的根基，那么真理必然只有一个。任何牺牲真正意义上的品德来谋求眼前利益的人，以及那些以这种处事方式视为己任的人，都只是为了当下而活，他们不会成为一个负责人的人。

这就是为什么诗人创作下面这个诗句时应当摒弃他的嘲讽和不屑：

如果软弱的女人误入歧途，
那么名人们的责任比她们更大。

因为如果女人永远不运用自己的理智，永远不能独立，永远没有自己独立的思想，或者永远无法感受理性意志的尊严（理性意志只向上帝屈膝，并且常常忘记宇宙中除了它自己以及它热烈关注的完美模范之外，还包括其他东西），永远不去追求那些转化成美德时可以效仿的品质，尽管在程度上它会战胜那颗因其狂喜的心灵，那么毫无疑问，女人就会被困在坚不可摧的命运锁链上，无法挣脱。

我不想给人留下虚张声势的印象，因此如果我说当理智能够让女人清醒思考，如果她们真的有能力像理性生物那样处事，那么就不要把她们当奴隶对待，或者，像对待禽兽那样对待女人，在人类利用它们的时候，让它们完全受人类理智的支配；而是应当培养她们的心智，给她们以一定的有益而高贵的原则上的约束，通过让她们感觉到上帝是唯一可以依赖的对象，来获得自觉的尊严。像教育男人一样教育她们服从自然规律，而不是为了让女人更讨男人欢心而硬给道德加以性别区分。

再说，如果经验证明她们的智力、坚韧和刚毅都无法和男人达到同等程度，那么也应该让她们的品德在性质上与男人相同，虽然女人试图追求与男人同等程度的品德是徒劳无益的。这样男人的优越性即使不会表现得更明显，也会同样地清晰。真理是一项简单的原则，不容篡改，应当对于两性同样适用。现在规范的社会秩序也不会被颠覆，因为那时女性仅仅拥有理性给她安排的地位，玩弄手段不能带来男女平等，更不可能使男人屈从于女人。

这些观点也许可以称之为乌托邦般的幻想。感谢上帝让这些理论在我的灵魂上留下深刻的印记，并赋予我足够的智慧，让我敢于运用我的理智，直到我只依赖上帝来获得品德的提升。我愤怒地看待那些奴役女性的错误观念。

我把男人作为我的同类来爱戴。但是无论他的权力是真正属于他的，还是从别处篡夺的，他都不能把它强加到我的头上，除非某个人的理智值得我尊重；即使是那样，我也是服从于理性，而不是人。事实上，一个负责任的人的行为必须受到他自己理智的支配，否则上帝的绝对地位从何而来呢？

我还有必要详述一下这些显而易见的真理，因为女性似乎已经被孤立起来；她们被剥夺了那些使人类受益的品德，却还被人用各种虚伪的优雅粉饰，使她们维持短暂的专制。爱情在她们的心中代替了所有其他更高贵的感情，她们唯一的目标就是使自己更加美丽，吸引男人的爱慕而非激起别人的尊重。而这个低劣的欲望，正如绝对君主体制里的奴隶性一样，毁灭了品格的所有力量。自由是美德之母，如果女人因为自己本身的原因成为奴隶，没有权利呼吸振奋人心的自由空气，她们就一定会像旅居异地的人一样郁郁寡欢，被看作是天然的美丽缺陷。应当铭记，只有她们是有缺陷的。

关于女性受统治的论点同样适用于男人。多数人总是受到少数人的奴役；那些丝毫不能辨别人类优秀品质的怪物却残暴地欺压着成千上万的同胞。为何拥有卓越才能的人要遭受如此的侮辱呢？皇帝们从整体上来看，在能力和品德方面，都比不上从普通百姓中选出来的同等数目的那些人，这难道没有得到大家普遍的赞同吗？但是他们曾经并将继续享有人们的尊崇，这种尊崇何尝不是对理性的侮辱呢？把一个尚在世的人供奉为神的国家不止一个。男人为了安享眼前的快乐而向强势力量屈服；女人不过是做了同样的事情。因此，除非我们能够证明一个卑躬屈膝地放弃人类应得权利的廷臣，不配做一个有道德的人，否则无法说明因为女性一直处在被奴役的地位，所以她们本质上就比男人低劣。

残暴的力量一直统治着我们的世界，政治科学仍处在襁褓中，这一点从哲学家在传授对人类最有利的知识时有所顾忌就可看出，而正是这种知识决定了两性的区别。

关于这个话题我不想作更深入的探讨，我只是想得出一个明显的结论：当合理的政治体制得以传播自由之时，整个人类，包括女人，就会变得更为理智和高尚。

➣ 再论关于两性品格的流行观点

强壮的身体本来是英雄的优秀特性，但是现在却遭到了不公平的鄙视，甚至男人和女人都认为这无关紧要：女人这样认为，是因为它破坏了她们的阴柔气质和可爱娇弱，而这些正是她们谋得特权的源泉；男人这样认为，是因为强壮的体魄看起来和一位有身份的绅士的品格不符。

男人和女人都从一个极端滑到了另一个极端，这很容易证明。但是首先应当注意到的是，有种世俗的错误已经赢得了一些人的信任，并导致了一个错误的结论，错把结果当成了原因。

天资聪颖的人，往往因为潜心研究或不关注健康而伤害了自己的身体，他们激情的强烈程度和智慧的活力程度相对应的，以至于剑刃伤了剑鞘，毁了自己的身体，这个事实几乎是人人皆知的，于是一些肤浅的评论家就会由此推断：聪明人的体质都不好，或者用时兴的话来说，体质孱弱。但我相信，事实似乎正好相反；因为我经过孜孜不倦地调查发现，在大多数情况下，智慧的力量总是和强壮的体魄同在，我说的是天生的健全体质，而非从事体力劳动导致的头脑简单、四肢发达，干这种体力劳动时大脑不是处于呆滞状态就是仅仅用来支配双手。

普里斯特利博士[1]曾在他传记图表的前言中提到，大多数伟人的寿命都超过 45 岁。考虑到他们在钻研自己钟爱的科学的时候，毫无顾忌地倾注他们所有的精力，他们废寝忘食地燃烧着生命之灯；抑或，当他们沉浸在诗意的梦境里，幻想充满了整个情景，心灵受到了震撼，直到冥思引起的激情使身体颤动——这时他们幻想的东西，想象中的空中楼阁，才从他们疲惫的双眼中褪去——只考虑到这些，我们就可以推断这些人是拥有钢铁般体质的。莎士比亚不是用虚弱的手去抓住幻想的匕首，而弥尔顿也不是颤颤巍巍地带领魔鬼远离阴森沉闷牢狱的禁

1. 普里斯特利博士（Dr. Priestley，1733—1804），英国科学家、哲学家，当时英国进步组织“革命协会”的领导者。——译者注

闭。这些不是乱七八糟的呓语，也不是神经病的病态发泄，而是丰富饱满的幻想，这种幻想以一种“美好的疯狂”状态四处漫游，而不会频繁因身体而受限。

我知道这个结论将使我要谈论的内容比人们设想的还要更进一步；但是我信奉真理，并坚持我的第一个观点，我承认身体素质的差距确实给予男人一种天生的优越性；而这也正是男人优越性的唯一的有力证据。但我仍坚持认为，男人和女人的知识，正如他们的品德一样，应当拥有同样的本质，虽然程度可能有所差别。女人，既然被视为有道德有理性的人，就应当以同样的方式奋力追求人类的美德（或者说完满），而不应该在接受教育时，被当成一个想象中的半个人，如卢梭笔下所述的怪物那样。

但是如果体力是男人理所应当拿来夸耀的东西，女人为何如此执迷不悟，以自己的缺点为荣呢？卢梭曾经为她们提出了一个貌似可信的理由，而这个理由完全是由一个异想天开的人对感受美妙之后的印象加工后提出来的；他认为女人这样就可能真正有了一个屈服于天然欲望的托词，又不会违反她们浪漫谦逊的规范，从而满足了男人的自傲和放荡。

女人受到这些观点的蒙蔽，时不时会吹嘘她们的弱点，并利用男人的弱点来巧妙地获得权利；她们甚至会以不正当手段得到的权势为荣，因为她们就像土耳其的傲慢权贵一样，比君主拥有更多的实权；但是她们为了暂时的满足牺牲了品德，为了瞬间的胜利牺牲了一生的尊严。

如果将世界划分为若干个王国，将王国进一步划分成若干个家庭，而统治这个世界的法律是由理性力量制定的，那么女人以及暴君都不会拥有现在这么大的权力。但是进一步对比我们就会发现，在争权夺利的过程中，她们的品行堕落了，而整个社会充斥着淫荡的风气。大多数人被少数人踩在脚下。在此，我斗胆断言，除非女性接受更加合理的教育，否则人类美德的发展和知识的进步还会持续遭受阻碍。如果承认女人不只是为了满足男人的欲望而生，也不是为了成为照料男人饮食起居的高级奴仆，那么那些真正关注女性教育的父母，他们所关心的首要问题即使不是加强孩子们的体质，至少也不要用“美丽”“女性的优点”等错误的观念来摧残她们的躯体；也不可以使女孩子受到这种致命观点的毒害，妄想通过各种推理过程，使缺点发生质变，变成优点。

……

即使女性天生比男性软弱已经得到证明，那请问她为何还要努力使自己变得比原来更软弱呢？这种观点是对常识的侮辱，并且带着情欲的味道。我们希望在这个开明的年代，质疑丈夫的神圣权利和质疑君主的神圣权利一样，不会带来危险。也许我们的信念不能让诸多吵闹的争论者满意，但是在任何流行偏见遭到攻击时，智者就会思考，任由那些没有头脑的心胸狭隘的人对改革肆意抨击。

那些试图培养女儿拥有真正高贵品格的母亲，一定不要在意无知者的嘲讽，采取一种和卢梭推荐方法相反的教育方案。因为卢梭是动用一切虚假动人的修辞和哲学诡辩推荐，他的诡辩使荒谬的言谈看起来合情合理，而他草率的结论即使没有说服力，也会迷惑那些无力反驳它们的人。

在整个动物世界中，几乎所有幼小的生物都需要不断锻炼，同样由此可知，儿童应当在各种无害的嬉戏打闹中度过童年时期，以此锻炼手脚，不需要大脑给出什么精细的指令，也不需要保姆一刻不离的照顾。实际上，孩子照顾自己，是其锻炼运用理智的第一项活动，正如用于娱乐当下的小发明会拓展想象力一样。但是这些自然的伟大构思，被错误的溺爱和盲目热情破坏。孩子没有一刻自主行动的自由，女孩尤其如此，因此逐渐养成了依赖性。

这样，依赖性就成了孩子的天性。

为了保持个人美貌——女人的荣耀——她的四肢和能力所受的束缚比中国的裹脚布带来的约束更大。当男孩子在户外玩耍嬉闹时，女孩子只能听从宣判，过着久坐的生活，这种生活让她们肌肉衰竭，思维钝化。卢梭的意见，后来又得到了几个作者的拥护，认为女孩天生，也就是说从她们出生起，接受教育之前，天生就喜欢娃娃、打扮和聒噪，这些观点太愚蠢了，我懒得反驳。一个女孩，被判定要连续坐长达几个小时，听那些没文化的保姆无聊的闲谈，或是整天坐在母亲的化妆室里看她梳妆打扮，她要加入谈话很自然；她会模仿母亲或者阿姨，以她们打扮她的方式为布娃娃打扮聊以自娱，可怜天真的孩子，这种结果是再自然不过的了。最能干的人也很少能做到不受周围环境的影响；如果记录天才事迹的书页不可避免地会受到时代偏见的影响，那女性，像国王们一样，也总是通过错误的方式看待事情，就更应该理解了。

通过这种方式，我们就可以很容易为女性特别喜爱打扮找到理由，而无须假定这是为了取悦她们依赖的男人。简而言之，认为女孩天生就爱卖弄风骚是十分荒诞的；而认为一种和繁衍后代冲动相关的自然欲望早就存在，甚至早于不正当的教育方式，通过煽动想象力过早激发这种欲望的行为之前就已存在，实在是太不合理了。卢梭这样睿智的观察家要不是习惯了使理性屈从于好奇的心态，使真理顺从于他喜爱的悖论，是不会有这种观点的。

但是对于一个成功地为灵魂不朽激烈争辩的人来说，为心灵加上性别的区分是多么不符合他的原则啊。但是当真理成为假想的障碍，它是一道多么虚弱的屏障啊。卢梭尊重——近乎崇拜美德——但是他放纵自己，沉迷于情色。他的想象力经常使他的性欲之火熊熊燃烧。但是，为了调和他对自制、坚韧和其他英勇品德的尊重，一个像他那样的人是不可能冷静推崇这些美德的，他试图颠倒自然法则，并且提出一套暗藏危害、玷污至高智慧的学说。

他没有去观察现实生活中的例子，就试图通过他的那些荒谬故事证明女孩天生注重打扮自己，这些故事不配被我们鄙夷。

……

可以说我观察女孩子的童年时代的机会比卢梭多，我仍能想起自己的感受，并且总是不断地观察我周围的女孩子。我敢断定，如果女孩子没有因为一成不变的生活精神沮丧，没有因为虚伪的害羞而丢失天真无邪，那么她一定会蹦蹦跳跳，活泼精明，而且布娃娃永远不会吸引她的眼球，除非禁闭的生活剥夺了她的其他选择。总之，如果在自然造成任何差别之前，家长不向男孩和女孩灌输性别之差这个概念，那么男孩和女孩是可以很友好地在一起玩耍的。我还要进一步声明，在我的观察范围内，多数表现理性、智慧超群的女性都是得以无拘无束地发展的，这也是不可置疑的事实，正如有些优雅的女智者暗示的那样。

童年和青年时期不注意身体导致的恶果超出了我们的想象——身体的依赖自然就会导致精神上的依赖。如果女人把大部分时间都花在防御或忍受疾病折磨上，那她怎么能成为好妻子或好母亲呢？如果一个女人的行为动机，在早年的时候就被关于美貌的错误观念和多愁善感的虚伪描述所侵蚀，那我们就不能期待她能意志坚定地努力增强体质、免于沉溺于各种伤身的放纵行为。有时候大多数男人不得不忍受身体的不适，或者和恶劣天气抗争，但是优雅的女性，简直已经成了她们身体的奴隶，甚至不以为耻反以为荣。

我以前认识一位身体孱弱的时髦女性，她对于自己的虚弱体质和多愁善感的神经异常自豪。她认为，挑剔的口味和很小的食量是人类完美的高级状态，并以之为行为规范。我曾经看到这位可怜的虚荣女人把生活的一切责任抛到九霄云外，扬扬自得地躺在沙发上，吹嘘着她没有什么好胃口，以此证明身体虚弱导致了她多愁善感，或者是多愁善感让她身体虚弱；将她那套愚蠢可笑的理论说明白太难了。但是就在那时，我看到她在侮辱一个可敬的老妇人，这个老妇人因为突然的横祸，不得不依赖这个女人卖弄的施舍，其实，老妇人境况尚佳的时候还帮过这个女人一把。如果一个人像西巴里特[1]人那样沉溺于奢靡享乐，其道德仍未丧尽，或者从未受到道德戒律的熏陶（这种道德戒律虽然可以防御罪恶，但是委实不能替代心灵培养），那她会变成这种软弱而堕落的人吗？

……

世界各地的女人都处于这种可悲的境地。因为要保持她们的天真，而天真只是无知的比较温和的说法，人们不让她们看到真理，而在她们的能力得到发展之前，就培养她们表现出一种虚伪的性格。女人从小就被教导，美貌是女人统治一切的权杖，

---

1. 西巴里特（Sgbarite），意大利南部古城，据传当地居民喜爱奢侈享乐，因此引申为不务正业、安于享乐的人的别名。——译者注

心灵要以身体塑造自己，在囚困它的金丝鸟笼周围转悠，只为了表达对这座囚笼的溢美之词。男人有各种工作和追求来吸引他们的注意力，因此造就了他们心胸开阔的性格，但女人只关注一件事情（美貌），总是将精力耗费在自己身上最微不足道的地方，很少能将视野拓展到当前享乐以外去。男人的自大和情欲，以及女人自己如同暴君般统治下的欲望，使她们处在一种被奴役状态，一旦她们的理智从这种奴役中解放出来，我们也许就会惊奇地发现她们的弱点。

请允许我在这个问题上深入阐述。

《圣经》中有段寓言，描述魔鬼四处游荡寻找可以吞噬的人，如果我们认同这样一个邪恶灵魂的存在，那么败坏人类品行最有效的方法莫过于赋予一个人绝对的权利。

这个论点可以派生出几个分论点。出身、财富和一切使人无须运用智慧就可以凌驾于其同伴之上的外在优势，实际上都使之堕落到不如别人。根据其软弱程度，他们将被各种富有心计者玩弄，直到这些傲慢的怪物失去所有的人性特征。而那一群如绵羊般盲从的人，心甘情愿地成为这种人的从众，这种奇怪的现象只能归咎于后者贪图眼前享乐的欲望和有限的智力水平。受着奴隶般依赖性的教育，精力因奢靡和懒惰而日渐衰竭，我们该从哪去寻找那种敢于挺身而出维护人权，或者为有道德的人寻求特权的人呢（这是有道德的人达到卓越的唯一途径）？人们受着君主和侍臣们的奴役，这种奴役阻碍了人类思想的发展，至今仍未被废除，世界从这种奴役中解放出来还遥遥无期。

因此男人在夸耀权势的时候，就不要再用那些暴君和贪婪的侍臣们用过的论调，错误地主张女人应该受奴役，因为她们一直被奴役着。但是，男人受合理法制的统治，享受着他的天赋自由，而如果女人不能与之同享自由，那就让男人鄙视女人吧。在那个光辉时代到来之前，男人在抨击女人的愚蠢时，请他们也不要忘记自己的愚钝。

确实，女人通过不正当的手段取得权力，或者通过心怀恶意做一些不道德的事来获得权力，她们显然丧失了理智她们的地位，不是变成卑鄙的奴隶，就是成为暴虐的君王。她们在争夺权力时丧失了所有的天真浪漫、心灵的尊严，她们表现得和那些我们观察到的以通过同样的方法取得权贵的男人一样。

现在到了变革女性行为方式的时候了，为她们争取失去的尊严，使她们作为人类的一部分，通过改造自己进而改变世界。到了将不容改变的道德和当地习俗划分界限的时候了。如果男人是半人半神，那我们为什么还要服侍他们？如果女性灵魂的尊严和禽兽一般值得质疑，如果她们的理性不足以指导她们的行为，而她们又不像禽兽一般拥有万无一失的本能，那她们毫无疑问成了所有生物里面最悲惨的了。她们就只好屈膝于命运的铁蹄之下，无奈地承认自己是上帝造出来的一个“美丽的缺陷”了。但是为上帝把大多数人都造成既负责任又不负责任的样子，寻求一些生硬的无可辩驳的理由，目的是为了证明上帝如此对待她们是正确的，想必即使是最机智的诡辩家也会因此困惑不已。

……

真希望女人能对他们的丈夫倾注感情，这种感情赖以存在的基础应当和支撑忠诚的根基相同，天底下除此之外没有其他坚实的基础了——因为她们提防那种欺骗性的感情；感情很多时候都只是肉欲的傀儡。因此我认为，女人从幼年时期开始，就应当要么像东方王子那样被隔离，要么就接受恰当的教育，以培养她们独立思考和行事的能力。

为什么男人总是在这两种想法之间徘徊不决，并且期待不可能发生的事情呢？他们为什么期待一个奴隶有道德，期待一个受文明社会制度戕害变得软弱（如果我们不称之为邪恶）的人拥有道德呢？

我心里很清楚，要想彻底清除好色之徒培植的根深蒂固的偏见需要很长时间；同样，要想让女人相信在受到娇柔这个词的蛊惑时，刻意培养甚至装出一副软弱的样子的做法，是极其违反她们本质利益的；或是要想让世人相信，导致女人邪恶和愚蠢的毒瘤（如果有必要使用一些比较缓和的符合习惯的同义词），是对美——更确切地说是容貌美的色情崇拜，这些是需要一些时间的。因为一位德国作家曾经敏锐地观察到，漂亮的女人是情欲的对象，这一点得到了各类男人的一致赞同；而一个因为表现出了智慧的魅力而激发了更多崇高情感的有教养的女人，也许会受到那些以满足情欲为乐的男人的忽略或冷淡。我预料明显有人会反驳我——如果男人同他以前一样一直是个不完美的存在，那他沦为欲望的奴隶也无可厚非；而那些女人为了满足一种主要的欲望而谋取最大的权力，她们的堕落即使不是道德上使然，也必然是身体使然。

我承认，这个反对意见有一定道理；尽管有“像上帝那样纯洁”一样崇高的戒律，但男人的品德似乎并没有受到唯一能够限制这些品德的上帝的约束；

而且他可以继续前进，而不去考虑沉溺于这种崇高的志愿是否超出了他的范围。汹涌的波浪接到上帝指令："你只能前进到这里，不许再向前跑；你们骄傲的波涛必须要止步于此。"奔驰的行星受到自然力量的约束，在其轨道内运转，而这种力量也制约着翻腾的浪花，使之不能前进。物质始终都是要屈服于支配一切的伟大神灵的。但是不朽的灵魂，不受力学定律的束缚，奋力从物质的枷锁中挣脱出来。它和上帝合作，试图用制约宇宙的永恒定律（在某种程度上这些定律是我们无法想象的）来指导自己的行为时，不仅没有扰乱万物的秩序，反而帮助万物建立了秩序。

况且，如果女人接受的教育让她们依赖别人，也就是说让她们按照另外一个容易犯错的人的意志行事，而且盲从权威，那我们折腾到什么时候才能结束？那是不是应该把她们看作是拥有一块狭小领地的代理，而她们的行为是由一个不能免于谬误的高级法庭负责呢？

我们不难证明，这种代理会表现得跟受了恐吓的男人一样，迫使他的孩子和仆人都屈从于他暴虐的压迫下。既然女人会毫无缘由地屈从，她们在教导子女和管理仆人方面没有一贯的准则，她们对人是好是坏，完全凭一时兴起；她们无法承受枷锁的重负时，就会强行将之转嫁到更加弱小人的肩上，并恶意地以此为乐。当我们看到这一幕时，没有必要大惊小怪。

但是，我们假设一个被训练得服服帖帖的女人，嫁给了一个明智的男人。他决定她的判断力，却不会让她感觉到受压迫的奴隶性，正如理性可以间接影响一个人，这个男人折射出来的光辉能够使她得体地安排事情。但是她终究不能保全她的庇护者的性命，他也许会撒手西去，留给她一大家人要养活。

双重责任落在了她的肩上：她要以父亲和母亲双重的身份来教育子女，要培养他们的品行，还要保护他们的财产。但是，哎呀！她从来没有为自己想过，或者依照自己的意志行事。她只学会了取悦男人，优雅地以他们为生；但是现在她被孩子所累，如何才能找到另外一个保护人——一个丈夫来扮演理性的角色呢？一个理性的男人（因为我们现在不是在说故事，而是从实际出发）也许会认为她是一个温顺可爱的人儿，但是世界上更有姿色的女人比比皆是，他为什么要为了爱情娶一个拖家带口的女人呢？那她要如何是好呢？她要么很轻易地成为一个卑鄙的企图通过结婚发财的男人的猎物，将子女应得的父亲的遗产拱手相送，变得十分凄惨；要么成为失意不满和盲目放纵的牺牲者。她无力教育子女，又无法赢得他们的敬重（如果一个人本身不值得尊敬，即使他身居要职，也不会得到人们的尊敬，这种说法并不是文字游戏）。她追悔莫及，却徒劳无益，于是在痛苦中郁悒而终。即使她不贫困，但魔鬼的毒牙插入了她的灵魂深处，青春时代放荡不羁的恶习带给她的无尽悔恨挥之不去，随她一起埋入地下。

我并没有渲染什么；相反，这种情形非常可能出现，每一个善于观察的人一定亲眼目睹过类似的场景。

当然我是理所当然地假定一切顺利，然而经验表明，盲人就算走在熟悉的路上，也可能会掉进水沟。但是我们可以假定（这并不是一个完全不可能的猜想）一个只会取悦他人的人，肯定能在讨好别人时得到快乐；这对于她天真的女儿来说，就算不是一个坏榜样，也是一个非常愚蠢的榜样啊！母亲会在卖弄风情时败下阵来，她们不但不能和女儿和睦相处，反而会对自己的女儿怒目相视，因为女儿成了她争风吃醋的对手，而且是最残酷的对手。而人们会拿女儿和她比较，使她相形见绌，她从未想过要在理性的长凳上占有一席之地，而现在她又被赶下了美丽的宝座。

要描述这样一个家庭主妇带给这个家庭的痛苦和轻微的罪恶，并不需要生动的笔墨或漫画家清晰的勾勒。但她也只是按照卢梭的那一套理论做了女人应该做的事情罢了。人们永远不会责备这样的女人有男性化，或者行为超出了自己的范围；而且，她还遵守了他的另一条重要准则，即小心谨慎地保护她的名誉免遭玷污，因此被看作是优秀的女人。可是她哪一方面能称得上优秀呢？确实，她无须挣扎，就可以免于犯下滔天大恶，但是她怎样去履行自己的责任呢？责任！其实她整天梳妆打扮、照料自己虚弱的身子都来不及，更别谈责任了。

至于宗教，她从来不敢擅自作决定；就像一个依赖别人的人应该做的那样，她严格遵守那个看着她长大的教堂的规矩，虔诚地相信有更聪明的人已经把一切安排妥当；无疑，永不质疑是她的完美优点。因此她会按时交纳她那份 1/10 的薄荷和小茴香子[1]，她对上帝感恩戴德，庆幸自己不像其他女性那样。这就是良好教养带来的喜人结果！这就是男人伴侣应有的美德！

---

1. 基督教实行的什一税，每年缴纳货物的 1/10，作为信徒上缴给教堂的年赋。——译者注

为了缓解我的情绪，我必须描述另一番景象。

现在我们假设有这样一个女人，拥有差强人意的智力水平（我作此假设，是因为不想把普通人排除在外），她的身体由于经常锻炼而充满活力，同时她的思想逐渐发展到深谙人生的道义责任，也知晓人类美德和尊严的意义。

通过履行应尽的义务，她养成了优秀的品质；她因爱而婚，却没有遗失小心谨慎；她的眼光不局限于夫妻幸福生活的琐事，因此得到丈夫的尊重，而无须通过玩弄卑劣把戏博取丈夫的欢心，试图挽救行将熄灭的爱情之火。当情人变成熟悉的枕边人，当友情和忍耐代替了狂热的爱情，爱情之火注定会熄灭。这是爱情的自然灭亡，家庭的安宁不会因挽救爱情的努力而破坏。我假设这个男人也是品德高尚的人，否则这个女人还需要更多的独立品质。

但是，命运拆散了这对璧人。她变成了寡妇，甚至生活上都捉襟见肘；但是，她并不悲惨！她自然会悲痛欲绝，但是时间抚平了悲伤，她凄然地接受了命运的安排，一心扑在子女身上，比以前更加爱护他们，企盼将他们抚养成人，这种深情为她的母爱抹上了一丝神圣的英雄色彩。她希望，不仅她的子女看见了她的贤惠和劳作（他们现在是她一切慰藉的源泉，而他们的赞颂就是她的生命），而且她那因过度悲伤而心不在焉、同时又受到激发的想象力，还让她满怀希望，希望那双她用颤抖的双手合上的眼睛也能够看到，她如何克制了内心所有骚动的情欲，履行了她既做父亲又做母亲的双重责任。她因不幸而成了英雄，她在自然的情欲发展为爱情之前，就将其扼杀在摇篮里，并且在女人一生最丰满的阶段忘记了自己是女人——忘记了让人觉醒的热情带来的快乐，这种热情受到激发很可能会重新燃烧。她不会再想到取悦他人，而她自觉的尊严也使她不会因为她的行为应得的赞扬而骄傲。她的子女有她的爱，她最光明的希望绝非是那个坟墓，虽然她时常会幻想一下那个地方。

我想我看到了她的孩子们环绕左右，他们都来报答她的养育之恩。孩子们聪明伶俐的目光和她的目光相遇，他们红润的脸颊上挂满了健康天真的微笑，孩子长大后，他们对母亲感恩的照料减轻了她生活上的操劳。她亲眼看到自己根据原则努力培养的各种美德，成为他们的习惯，目睹了孩子们培养了坚强的性格，使他们在经受逆境考验时，时刻铭记母亲的榜样。

她在这样完成了人生的使命之后，静静地等待着死亡的到来，等待长眠于地下。她从坟墓中升入天堂的时候可以和上帝说："看，你给了我1000银币，现在我有5000银币！"[1]

我想用几句话总结一下我刚刚所说的内容。在这里，我已经下了战书，我不承认美德有性格差别，就连谨慎端庄也不例外。真理，按照我的理解，对于男人和女人来说必然是相同的；但是在诗人和小说家的生动描绘下，幻想中的女性品格却以牺牲真理和正直为代价，使得品德成为一个相对的概念，仅以功利性为基础。而对于这种功利性，男人却自命不凡，根据自己的利益，随心所欲地加以评判。

我承认，女性可能有很多不同的责任需要履行；但那都是人的责任，因此我坚决认为，指导履行这些责任的原则必须是一样的。

为了成为可敬的人，女人需要运用她们的理智，这是取得人格独立的唯一基础；我的意思是明确地说，就是指她们只能听从理性的权威，而不应该成为舆论谦卑的奴才。

在上流社会里，遇到一个拥有杰出能力，或有普通成就的人，是多么不易啊！在我看来个中缘由

1. 见《圣经·新约》"马太福音"25章14—30节。——译者注

很简单，他们出生并生长的环境不正常。人的性格都是由个人或阶级所从事的活动塑造的。如果人的才智不因需要接受磨炼，那就永远处在不开化阶段，无法发展。这个说法对于女人也同样适用，因为她们很少做正经的事情，对于享乐的追求使她们养成了卑微的性格，这就是为什么贵妇的社交场合都如此无聊。同样的原因也导致她们缺乏坚定的意志，迫使她们涌向喧嚣的享乐和虚伪的激情，直到虚荣取代了一切社会情感，而在她们身上也丝毫看不到人性的痕迹。目前组织起来的市民政府带来了这样一种恶果：财富和女性的软弱都导致了人类的堕落，而且出于同样的原因；但是如果承认女人是有理性的人，就应该鼓励她们去追求那些属于她们的美德。因为一个理性的人，如果不通过自己的努力去争取什么，那他怎么能赢得大家的尊重呢？

关于使女人堕落的原因探讨

女人究竟是天生软弱，还是受到客观环境中各种因素的共同作用而堕落，我想，已经很明白了。但我只是想把这种立场，和我经常从那些拥护贵族政体的聪明人口中听到的结论作一对比。他们说，不要把普通民众太当回事，否则那些甘受驱使、阿谀奉承的奴隶就会意识到自己的重要性，抛开他们的镣铐。他们进一步发表评论：如果他们只需抬头就可甩掉束缚，一定是处处都受压迫；他们不追求自己应得的权力，而是甘心舔食着尘土，说道："我们尽情吃喝吧，因为明天我们就会死去[1]。"以此类推，

1. 见《圣经·旧约》"以赛亚书"22章13节。——译者注

女人堕落也同样是受贪图眼前享乐这一习性的驱使，最终她们没有足够的品德争取到自由，可她们对此却不屑一顾。我必须说得更清楚一些。

大家一致同意心灵的培养和性别无关，但女性在智力方面不如男人这个问题，却从未被人忽略过。女人只是拥有“绝对的可爱”，给予女人的理性却是微乎其微的；既然不承认她们拥有天才和判断力，我实在想不明白还有什么可以代表智慧了。

灵魂不灭的精义（如果我可以这样说的话）就在于人类理性的可完善性。因为，如果一个人生来完美，或当其步入成年时，一股知识的浪潮汹涌而至，使之豁然开朗，不致犯任何错误，那我就会怀疑在其肉体分解之后，灵魂是否还将存在。但是依目前的情况来看，凡是在人类道德这一问题上，在大家讨论之后仍然悬而未决且使知识渊博的思想家和洞察力非凡的智者都困惑不解的难题都是我建立灵魂不朽信仰的依据。因此理智归根结底是推动进步的一种原动力，更确切地说，是一种分辨真理的原动力。每个人都拥有一个理性的世界，可能理性程度因人而异，在某些人身上表现得比较明显。但如果理性是来自于神的力量，是连接人和造物主的纽带，那么所有人的理性的性质一定是相同的。因为如果一个人不能通过运用理智的力量日趋完美，那他的灵魂又怎么会有上帝的印记呢？然而由于精心打扮而风姿绰约的女人，用迷人的外表来使男人开心，“他可以体面地和她谈情说爱”，但是女人的灵魂却不能拥有理智，男人总是挡在她和理智之间。人们总是认为她天生就应该通过一个巨大的媒介看世界，并且不容置疑。但是抛开这些奇怪的言论，将女人当作一个整体来看，可以把她看成任何东西，但不能是男人的一部分。让我们来探究一下，她到底有没有理性。暂时假定她有，那她不仅仅是为了安慰男人而存在，而女性也不会破坏人类的品格。

男人犯有这样的错误，也许是因为他们看待教育的视角不对。他们没有把教育当作帮助一个人走向完美的第一步，只是把它看作一种生活的准备。我必须称这种态度为感觉论的错误，在这种错误基础上建立起了一个关于女性作风的错误体系，这个体系剥夺了整个女性群体的尊严，将女人，不论美丑，和那些只能点缀大地的鲜花归为一类。这一直是男人们的论调，甚至连那些智慧超群的女人，因为害怕失去男人期待的那种女性气质，也对此应声附和。因此，严格来说，就是否认女性拥有理智；为了生存，女人的本能升华为聪明和狡猾，代替了理智。

归纳总结各种思想的能力，即从个别的例子中概括出全面的结论的能力，对于一个不朽的灵魂来说，是唯一能称为知识的能力。对现象只观察，不作任何解释，也许可以作为生活的常识保留，虽然是以极不完满的方式存在，但是当灵魂离开肉体时，我们还保留了什么为灵魂遮风挡雨？

人们不仅认为女性没有这种能力，而且作家们，除了极个别的人，还坚持说这种能力是和女性的性格不符的。如果男人能证明这个说法，我就承认女人是为男人而生。但是我要事先声明，这种深度的归纳总结的能力，对于男人女人来说都不常见。但是对这种能力的训练是真正意义上的对智慧的培养；而所有原因共同导致在女性身上培养理智比在男性身上更加困难。

这个主张自然而然地把我引到了这一章的主要内容。现在我要谈谈那些导致女性堕落、使她们无法对观察的现象归纳总结的原因。

我不必从遥远的古代史料中追溯女性的历史，我只要承认女性一直以来，或是奴隶，或是暴君，并且这两种状态都同样阻碍了女性理智的发展就已足够。在我看来，似乎女性的各种愚蠢行径和恶劣行为都主要来源于心胸狭隘；而国民政府的制度也在培养女性理性的道路上设下了不可逾越的障碍，可是这是培养美德的唯一根基。富人们也面临着同样的障碍，因此他们也要承受同样的后果。

有句格言叫“需求乃发明之母”，这句格言也可应用到美德上。美德是后天培养的，并且必须以牺牲享乐为代价才能获得。如果一个人没有经历磨难，心胸狭隘，意志脆弱，如果没有现实的需要迫使他追求知识，谁愿意放弃唾手可得的快乐呢？为了生活所需操劳的人是幸福的，因为这种操劳可使他们不至于因懈怠而被那些耗费人精力的恶习所害。如果男人和女人从出生起就被放置在热带地区，正午炽热的阳光直射在他们身上，那么他们怎么能在思想上作好充分的准备，履行人生的责任呢，甚至去享受使他们飘然欲仙的爱情了呢？

从目前的社会状况来看，享乐已经成了女人生活的主要内容，长此以往，我们无法期待这些软弱的人能有什么作为。人们从最初一位女性那里继承了天然的缺陷，即凭借美貌来统治，为了维持她们的权利，放弃了运用智力能够带给她们天赋的权利，宁可选择做短命的女王，也不愿意费神于源自平等的清醒的快乐。她们因为地位低劣而意气风发（这话听起来非常矛盾），她们经常依仗自己是女人，而要求别人对之服服帖帖，虽然她们应当从经验中学会：那些以无可挑剔的恰到好处的态度，随意向女性表达无礼的崇拜，并以此为荣的男人，往往是最有可能践踏和鄙视女人视若珍宝的弱点的男人。

……

我以关切的心情写道，啊，为什么女人要屈尊接受陌生人的这种勉强的殷勤和尊敬呢？这种殷勤和尊敬，与人性规范和文明礼貌规定的人与人之间的礼尚往来不同。为什么她们领会不了，当她们处在“美貌的特权如日中天”时，被男人像女王般供着，只是因为被虚伪的尊崇欺骗，直到她们放弃或不想再享有她们天生的权利？随后她们就会像鸟雀一样被关在笼子里，无所事事，偶尔修饰一下自己的羽毛，假装很有威严地从笼子的一头踱到另一头。确实，她们可以不劳而获，丰衣足食，但是她们为此牺牲了健康、自由和美德。然而，人世间有谁拥有足够坚强的意志，愿意放弃这些恩赐的特权呢？又有谁，能够拥有冷静理智的尊严，超越世俗舆论的束缚，敢于以人类本质的天赋权利为骄傲呢？当世袭的权利扼杀了人的感情，把理性消灭在萌芽状态时，作这种期待是徒劳无益的。

男人的激情就是这样把女性放到王位上，在人类变得更理智之前，我担心女人会继续利用这种不费吹灰之力就可得到的不容置疑的特权。她们会面带微笑，是的，她们笑得出来，尽管她们会听到这样的声音：

美丽的王国里没有中间道路，

女人不是奴隶，就是国王，

一旦不受崇拜必遭唾弃。

问题是她们首先得到的是崇拜，不会想到有朝一日会遭唾弃。

特别是路易十四，他在社会上树立了弄虚作假的风气，并用华而不实的方法，让整个国家跟着他受累。他狡诈地建立起一条专制枷锁，让全体民众尊重他的王权，拥护他的统治，以获取个人私利。他用一种幼稚的殷勤奉承所有女性，使女人在他统治期间获得了贵如王公的地位，但这些对理智和美德都是致命的。

国王永远是国王，女人永远是女人。国王的权威和女人的色情是他们之间不变的主题和合理的交换物。我承认，对于情人，她应当如此，而她的敏感自然会让她竭力激发情感，但不是为了满足虚荣心，而是为了使心灵愉悦。我不认为这是卖弄风情；这是未加修饰的自然冲动。我反对的只是没有爱情的性爱征服欲。

……

女人因为接受一些微不足道的殷勤而一步步走向堕落，我为她们感到惋惜。男人认为向女人献出这种殷勤很合适，实际上，他们正是通过这种侮辱别人的方式维护他们自己的优越地位。向一个地位不如自己的人低头，并不是屈尊。当我看到一个男人迫不及待地万分庄重地帮女人拾起手帕或关上门时，其实这位女士仅需走一两步就可以自己办到，我不禁觉得这些礼节是那么滑稽可笑，我甚至忍不住要发笑。

适才有个疯狂的想法从我的心底涌现，飞入我的脑海，虽然它可能会让大家笑掉大牙，我还是不得不说。我诚挚地希望除了爱情激起的行为外，社会上没有两性的区别。我坚信这种区别是女性软弱性格的根源，这就是为什么女人勤学才艺的时候会忽略理智的培养，同样的原因也解释了为什么女人偏爱优雅的性格胜于英勇的品质。

人类，包括形形色色的人，都希望受到某种爱戴和尊敬，而普通人总是会走捷径来实现他们的愿望。对财富和美色的尊崇是最不容置疑和毫不含糊的，因此也最容易吸引庸俗民众的眼球。毫无疑问，一个人要想从普通人中脱颖而出，上升到显要地位，能力和美德是必需的，这自然就会导致一个臭名昭著的结果：中等阶层最富有美德和能力。男人至少有在一个在岗位上有尊严地为自己努力的机会，这种努力能够真正地使一个有理性的人得到提升，使他拥有更高的社会地位。但是所有的女人，在她们的性格形成之前，处在和富人同样的境地，因为她们生来（我现在谈的是文明社会）就有一定性别上的特权。她们无偿享用这些特权，因此很少会有人想到去付出额外的努力，来赢得少数上层人的尊重。

我们何时听说过，出身贫贱的女人敢于凭借自己的伟大才干和勇敢品行来要求别人尊重自己呢？我们从哪里可以找到这种女人呢？……女人，所谓的上流社会的女士们，不能被当众驳斥，不能做体力活。如果她们具有任何品德的话，也只能是消极的品德，诸如耐心、温顺、好脾气和韧性等，这些品德和任何智慧的有效发挥都是不相容的。另外，因为女人生活起居大多数时候都是在一起，她们很少有绝对独处的时候，因此她们更多地是受到别人情感的影响，而不是自己感情的支配。要使愿望具有热情的力量，确保想象力扩大目标，使之变为自己最想要的东西，那么独处和思索是必需的。对于富人来说也是如此，他们不能充分考虑远大的理想来获得坚强的性格，而这种理想必须依靠热情的思索和冷静的调研才能得到，因此他们无法作出举足轻重的决定。

……

在中等阶级的社会里，男人在年轻时代是为了未来的职业作准备，但婚姻不是他们生活中的大事；而女人正好相反，她们没有什么其他计划来增加才能。吸引她们的不是事业、远大的计划和伟大的抱负；不，她们不会思考怎样建立这些宏伟的整体构架。要想在社会上有头有脸并且能肆意寻欢，她们必须寻求有利的婚姻。她们为了达到这个目标，耗费了自己的时间，并最终从事着“合法的卖淫”。男人一旦进入一个行业，就会把精力集中在未来的利益上（当精力完全集中于某一点时，思维就会变得强壮），并且因为他忙于工作，享乐对他来说只是暂时的休息；而女人却将享乐当成人生的主要目标。实际上，她们从社会上所受的错误教育使得我们可以认为，贪图享乐控制了所有的女人，但是这如何说明灵魂有性别区分呢？若果真如此，我们就可以宣称法国所有的廷臣都不是男人，因为这种摧毁人性的专制制度造就了他们的性格，他们以自由、美德和人性为代价，追求享乐和虚荣。这些都是致命的欲望，它们一直统治的恰恰是整个人类！

女性教育的整体方针培养了女人贪图享乐的习惯，这使得她们在很多情况下，为人处世拘泥于琐碎的细节。比如，她们总是关注次要的事情；她们总是对各种冒险感兴趣，而不去履行自己的责任。

男人踏上征程时，一般都是有目标的。而女人则更关注一些偶然的遭遇，那些在路上发生的奇怪的事情以及自己给旅伴留下的印象。但她最关心的莫过于她身上穿着的华丽服饰，在她要奔赴一个新的地方，或者用一个恰当的法国人的说法，就是在她要制造一场轰动时，服饰就比以往任何时候都重要，更是成为她身体的一部分了。当一个人整天都关心这些细枝末节时，她还会有精神上的尊严吗？

简而言之，从整体上看，女人和富人一样，染上了文明社会所有的愚蠢和罪恶，却错过了文明社会的有益成果。我无须每次都说明，我是就女性的整体状况而言的，不考虑特殊情况。她们燃烧着欲火，却忽略了理性，结果她们成为感官的牺牲品，还美其名曰多愁善感，每次突然迸发的感情都可以让她们不能自持。因此文明社会的妇女被虚伪的教养毒害得如此深重，以致如果让她们处在一个更贴近自然的环境里，道德方面所能达到的水平也会比现在高得多。她们总是心神不定，左顾右盼，她们过度的敏感让她们自己不舒服，也让别人（用一个语气温和的词）觉得讨厌。她们应当用理智思考时，思维都转移到了能够刺激感情的那些事物上去了。她们的行为不坚定，想法也是左右摇摆，不是因为深思熟虑或渐进式发展的观点而踌躇，而是因为她们矛盾的情感而摇摆。她们会一时兴起，对很多东西感兴趣，但是这种热情绝不会发展成精力集中的坚韧不拔的力量，并且很快就会冷却；等到热情自行消退，或者是碰上其他理性上毫无意义、转瞬即逝的热情，就产生了无所谓的态度。如果一个人对心灵的培养只关注如何激发感情，那这个人一定很悲惨！激发感情和加强感情之间应有区别。这样放纵感情去培养判断力，会有什么好结果呢？无疑，结果就是疯狂和愚蠢的混合物！

这种看法不仅仅适用于女性，不过，我现在只是将它用在女性身上。

小说、音乐、诗歌和献殷勤都会使女人成为感性动物，因此她们在培养才艺的时候，就会塑造出这样的性格。这些才艺是她们的社会地位促使其获得的唯一进步。这种被过分强调的多愁善感，自然不利于心灵其他方面能力的发展，而且妨碍了智力控制一切。一个有理性的人要想有利于人，或者满足于自己的地位，其智力必须要取得这种地位。因为大自然告诉我们，随着生命的发展，运用理智是能够克制情欲的唯一方法。

过分享乐会导致另外一种完全不同的结果。我时常会因为看到对精神毁灭的生动刻画而深受震撼，描述的是一个人总是充满渴求的欲望，但身体已伤，因为没有敏锐的感觉器官，因此感受不到任何事物的乐趣。然而，女人却完全变成了她们感官的奴隶，因为她们就是靠着敏感获取手头权利的。

道德学家们会假惺惺地主张：占人类半数的女人应当以一种无精打采的消极表现和愚蠢默认的态度处在这种状态，这就是我们大力推崇的状态。善良的导师们！我们是为何而生呢？也许人们会说，为了保持天真，他们想说的其实是保持一种幼稚的状态。女性从泥土中来，也自甘堕落其中，永远不翻身；要不是创造女人的必要性是使男性能够获得理智的高贵权利和辨别善恶的能力，那么女人根本不用来这个世界走上一遭。

女人由于一种流行的意见沦入各种卑贱、忧虑和悲哀之中，这些情形不一而足，无法全部列举。这种意见认为女人生来就应当凭感官感知，而不是凭智力理论；认为她们必须靠美貌和软弱获得权力，即：

因缺陷而美丽，因软弱而可爱！

这种可爱的软弱使她们完全依赖男人，除了用不正当的权力谋得一些利益外，她们向男人寻求保护和忠告。她们漠视只有理性才能指明的责任，拒绝锻炼她们的心智，绞尽脑汁为自己的不足罩上优雅的外套，以求加强自己在好色之徒眼中的吸引力。这些没什么奇怪，尽管她们这么做只会使自己堕落到道德底线以下。

她们实在是软弱的人，她们必须得依靠男人获得慰藉。即使是碰到最不足挂齿的“危险”，她们也要缠着男人帮助自己，像个寄生虫似的黏住男人不放，可怜地乞求援助。于是她们的天生护花使者就会伸出手臂，提高嗓门保护这些瑟瑟发抖的小可爱们。但他们到底为女人排除了什么样的险情呢？也许是吼叫的老牛，或是窜逃的老鼠，一只大老鼠就已经是个重大灾难了。即使她们是温柔动人的，但就理性或常识来说，她们的行为怎么能使自己免受轻视呢？

这些恐惧如果不是装模作样的话，也许会带来一些惹人怜爱的状态；但这些状态恰恰是低能和愚蠢的一种表现。女人不知不觉地降低了一个有理性的人的身份——因为爱情和尊重是完全不同的概念。

我坚信，如果允许女孩子作适量的锻炼，不把她们关在密闭的房间里，直到她们的肌肉变得无力、消化系统遭到破坏的话，就绝不会有这些幼稚的现象。进一步说，假如社会不去培养，也许更确切地说是创造女孩子的胆怯，而是像对待男孩子的怯懦那样胆怯，我想很快我们就能看到，女人会更有尊严。确实，那时称她们是男人生活道路上绽放的鲜花并不恰当；但是她们一定是社会上更有尊严的成员，并在自己理性的指引下，履行人生的重要责任。卢梭说："用男人的教育方式来教导女人，她们和我们男人越相似，她们支配我们的权力就会越小。"这也正是我想说的。我不希望她们有支配男人的权力，只是希望她们有能力支配自己。

……

无知是品德脆弱的基础！然而，那些强烈支持男人拥有优越地位的作家们一直坚持认为，无知是女人与生俱来的特点；男人的优越不是指他们程度上比女性更高，而是他们拥有胡作非为的特权。虽然，为了使自己的论调更为温和，他们以骑士般的宽宏大量，极力证明不应当将男女两性作对比；男人生来是运用理智的，而女人生来是凭感觉的，将理性和感觉整合为一个完整的性格，就会得到灵和肉的结合，造就一个最完美的整体。

敏感究竟是什么？“感觉快，知觉快，灵敏度高。”这是约翰逊博士[1]给敏感下的定义。可是这个定义给我的感觉莫过于是在用最精致简练的语言说本能罢了。不论是在感觉上还是在实质上，我都看不出哪里提到了神的形象。即使提炼 70 次，反复推敲，它仍然是感觉；没有理智的存在；火永远也不能把铅炼成金子！

再回到我以前的论点上来：如果承认一个女人有不朽的灵魂，那么作为人生的一项任务，她就必须锻炼自己的理智。她为使现状更为完整（虽然一切现象都表明，现状只不过是庞大总体内部极小的一个部分），为了满足眼前的享乐而忽略了伟大目标时，她们就阻碍了天性的发展。除非她生下来就是

---

1. 塞缪尔·约翰逊（Samuel Johnson，1709—1784），英国文学家，《英文字典》（*Dictionary of the English Language*）编纂者。——译者注

为了繁殖后代，然后死亡腐烂；要不然就是承认各种禽兽都有灵魂（虽然不是理性的灵魂），运用本能和感觉是它们在此生所采取的一个步骤，为来世拥有理性作准备。因此它们将永远落后于人类，因为人类从存在之初，就享有取得理性的能力，虽然我们并不知道原因。

我在像讨论一个公民或者一个父亲的特殊责任那样讨论女人的特殊责任时，就发现，我并非想暗示她们（我指的是大多数）应该走出家庭生活。但是社会的福利并非建立在个别杰出人士努力奋斗的基础上。而且如果社会组织方式更加合理，也许我们就不需要伟大的才干或是英雄的美德了。

在管理一个家庭和教育子女方面，理智（真正意义上的理智）特别重要——身心两方面都需要坚强有力。但是那些通过著述而费尽心机提倡把女人圈养在家里的男人们，却试图采用粗俗的欲望支配的观点（这种欲望因为过度享乐而变得十分挑剔），来削弱女性的体质，禁锢她们的思维。但是，即使他们通过一些邪恶的手段，成功地利用了女人的感情，说服了她们，使她们安心待在家里履行母亲和主妇的责任，我还是会慎重地反对某些指导女人纠正她们行为方式的主张，这些主张试图说服女人，让她们把这些所谓的重要责任当成是人生的主要职责，这种主张是有损理性的。可是，我根据经验判断，如果她们由于理智疏忽，对这些家务活不管不问，与她们在认真追求知识时（虽然我可以说，人类中绝大多数人永远不会求知不倦）表现出来的对家务活的漠然程度相同或者还要严重的话，我还是可以得出以下推论：理性乃是女人正确完成任何工作必不可少的因素，同时我还要重复一遍，敏感并不是理性。

……

另一个对我很有分量的观点，也许会引起任何一位体贴善良人士的共鸣。那些没有接受良好教育的女孩子，往往被父母残忍地抛弃。她的父母去世以后，没有给她们留下任何生活物资，因此她们不仅要依赖理性，还有依靠兄弟的养活。往最好的方面想，这些兄弟都是善良的人，他们把同一父母生育的孩子所应该享有的同等权利当作恩赐还给她们。在这种不明显的屈辱环境下，一个温顺的女人可能能勉强舒适地维持一段时间。但是一旦她的兄弟结了婚——这个可能性是很大的——她就不再被看作是家庭的女主人，而是遭到横眉冷对，被当作可恶的入侵者，对于男主人和他的新欢的善心来说，是个不必要的负担。

很多在身心方面都很软弱的可怜人，没有工作能力，却耻于乞讨，又有谁能够描述她们在这种情况下遭受的痛苦呢？她兄弟的妻子，一个心肠冷酷、心胸狭隘的女人（这个说法并不会有失公允，因为现在的教育制度并不可能让女性豁达大度、视野开阔），因为丈夫对他的亲属表现出了一点善行而心生嫉妒。她的敏感也让她不近人情，因此当她看到自己子女的财产糟蹋在这个没有自立能力的小姑子身上时是很不悦的。

这些都是事实，我一次又一次亲眼看到这些情况发生。结果很明显：妻子用狡猾的手段暗中破坏她所不敢公然反对的惯常的兄妹之情；她甚至不惜用自己的泪水和抚摸，来打动丈夫，直到这个“间谍”被逐出家门，流落到社会上，毫无准备地面对社会的各种挑战；或者这位妻子表现出一种极大的慷慨——也许她认为这比较合乎时宜，给这个女人一小笔活命钱，让她带着这笔钱和一颗未经教化的心灵独自度过郁郁寡欢的日子。

这两个女人也许在理性和人性方面没什么差别，如果交换角色的话，可能表现出同样的自私；但是，如果她们接受的是另外一种教育的话，情况将会有天壤之别。妻子不会有以自我为中心的感觉，理性也会指引她不要期待丈夫的爱情，更不要在他的丈夫因爱情违反他的重要职责时，以这种爱情为骄傲。她会希望不仅仅是因为丈夫爱她，她才爱自己的丈夫，而是因为丈夫的品德而爱她；那个作姐妹的也可能会自己去努力，而不是寄人篱下，讨要嗟来之食。

我确实相信感情和理智一样是靠培养和对官能的锻炼（这点好像不太明显）获得的。我现在谈的不是转瞬即逝的感情，而是爱情。在男人和女人的教育工作中最艰巨的一项任务，也许就是采用一种恰到好处的教育方式，使之既不限制他们理智的发展，让他们的内心洋溢着一种由青春期激发起来的活力带来的温情，也不要因为思考的问题都是与生活关系不大的研究而使感情逐渐冷淡。

至于女人，她们接受了周全的教育之后，或是成为优雅的淑女，多愁善感，天马行空，反复无常；或是成为优秀的家庭主妇。后者通常都是友好、真诚的人，精明有头脑，又不乏世俗的谨慎，虽然她们没有伟大的思想和高级的趣味，但是和那些优雅的多愁善感的淑女比起来，往往是这些品质让她们成为对社会更有用的人。知识的大门是向她们关闭的。当她们走出家庭或社区，她们就无所适从；思想没有寄托，因为虽然文学提供了丰富的娱乐资源，但是她们未试图去享受，还经常对之嗤之以鼻。那些更有教养的人的感情和品位对她们来说是非常荒唐的，即使是那些由于机缘巧合或者家庭关系而让她们深爱的人也不例外；至于那些泛泛之交，她们认为这些都是矫揉造作。

一个明智的男人之所以爱这样的女人，是因为她是女性；之所以尊重她，是因为她是一个可以信赖的仆人。他为了求清静，任由她去责骂奴仆，让她穿着最好材质做的衣服去教堂做礼拜。一个与她智力相当的男人也许就不会事事顺着她，因为他也许想要侵犯她的特权，他想要自己管理一些家务；但是女人，她们因未接受教化而心胸狭隘，她们天生自私自利，不会因深思而拥有宽广的胸襟，因此她们是不适合管理家庭的，因为一旦她们手头的权力泛滥，她们就会采取专制手段，来维持用大笔财富堆积起来的优越地位。这种恶行有时候会变本加厉，使家仆没有任何放松，不得不超负荷工作，为了让这个显要的女人享受豪宴，或者让她在和邻居夸耀衣服和排场时有谈资。当她照看孩子的时候，会给孩子们穿非常昂贵的衣服，无论这种疼爱是出于虚荣还是母爱，这对她的孩子来说都是百害无一利的。

此外，有多少这样的女人整天闷闷不乐地打发着日子，或者至少一到晚上她们就郁郁寡欢。尽管她们的丈夫承认她们是好管家和忠贞的妻子，但是他们还是会离家去寻找更心仪的——请允许我用一个意味深长的法语词——富有刺激性（piquant）的社交伙伴。这个有耐心的苦人儿，就像磨坊里蒙了眼睛的骡子一样，勤勤恳恳地完成了她的工作，却没有得到她应得的报酬，因为对她来说，丈夫的爱抚就是她的薪酬。而本来就没有什么资源的女人，绝对不会逆来顺受，接受这种被剥夺自然权利的行为。

相反，文雅的淑女接受的教育是，让她们用鄙夷的态度对待日常生活中的琐碎小事。虽然人们只不过让她学习一点比常识略高一筹的才艺而已；因为除非通过练习锻炼她的理智，否则她也不可能很精准地获得一些体力方面的才能。没有原则作基础，品位也是肤浅的；优雅必须来源于比模仿更为深刻的东西。但是，想象力开始沸腾，感情即使没有世故复杂，也会变得吹毛求疵；或者虽然她的心灵依然质朴（但却过于温和），却无法作出有见地的判断。

……

如果爱情是一种极致的美德，那就只教育女人去激发爱情即可，让她们尽情发挥自己的魅力去迷醉人们的感官吧。但是如果她们是有道德的人，那就应该给她们机会成为有智慧的人，让她们对男人的爱情仅仅成为热情洋溢的普遍大爱中的一部分，在普泽众生之后，升华为对上帝的感恩。

履行家庭责任需要很大的决心，还要有坚强的毅力，这种毅力需要比感情更加坚固的东西做后盾，无论感情是多么活跃和真挚。要做一个自律的榜样，一个有道德的人必须在行为上严格要求自己，而这是一个自幼受个人感觉影响的人所做不到的。任何在理性上想要有所作为的人，都必须有严格的行为规范。我们在履行最简单的责任时，经常不得不违背自己一时兴起的怜悯之心或慈悲情怀。严厉往往是感情最坚实和最高尚的证据；正是由于缺乏这种控制感情的力量，缺乏一种更高尚的感情——这种感情让人意识到自己深爱的人的未来幸福比当下的享乐重要得多——很多溺爱的母亲对她们的孩子万般宠爱，却产生了究竟忽略和纵容哪一坏处最大的疑问；在我看来，后者遗害最深。

人类似乎相信孩子在童年时期应当由母亲来管教。但是现在，据我观察，多愁善感的女人最不适合这项工作，因为她们很容易被情绪左右，宠坏了孩子的性情。性情的管理是教育中最初和最重要的部分，需要根据理性作出冷静沉着的观察。孩子的行为规范既不是专制暴虐，也不是溺爱纵容，但是敏感的人往往不是陷入这个极端，就是走到那个极端，始终把握不好尺度。我曾经进一步推论得出结论，一个极富天赋的人是最不适合从事教育工作的，无论是公共教育还是家庭教育。这类极少数的人看问题好从大处着眼，很少有好脾气（如果曾经有过的话）。这种惯常性的乐天派脾气，即我们所说的好性情，也许很难和卓越的智力结合，正如它不会和强烈的感情兼容一样。有些人怀着好奇心和崇拜之情追随放荡不羁的天才，或者是带着冷静的赞许之情，吸收那些学富五车的智者为他们精心准备的指示，一旦发现天才暴躁易怒，智者郁郁寡欢，就不应该感到厌恶。因为活跃的想象力和深刻的洞察力与顺从的谦恭文雅是难以相容的，这种文雅至少会让一个人屈从于大众的意见和偏见，而不是勇敢地予以反驳。

但是在谈论教育或者礼仪时，我们可以不考虑那些智力卓群的人，让他们顺其自然吧；我们谈的是能力平平的普通大众，他们需要接受教育，会因周围环境的影响而近朱者赤。

我认为这些可敬的民众，无论男女，都不应当躺在奢侈和懒惰的温床上增强他们的情感，而牺牲他们的理智。因为，除非有一定的智力作基础，否则他们不可能成为有道德的人或是自由的人：一个靠财富或真正的智慧发家的贵族，永远都会让那些时而胆小怯懦时而凶恶勇猛的情感奴隶努力臣服。

……

女人很少能有足够认真的工作来平静她们的心情；四周琐碎的挂念或虚荣的追求耗尽了她们身心的精力，她们自然而然地只成为了感觉的对象。简言之，整个女性教育（社会教育）的宗旨就是要让那些状况最好的女人变得浪漫、不专一；让剩下的女人变得虚荣和刻薄。在目前的社会状况下，恐怕这种弊端很难克服。也许一种更远大的理想在社会上占主流趋势时，女人就会比较接近自然和理性，在她们变得日益高尚的同时，成为更有美德、更有益的人才。

但是我还是要大胆声明，当世界上大多数人的主要愿望是向世人炫耀摆阔时，女人的理智就永远得不到长足的发展，理性也就无法规范她们的行为，因为自然的情感和最有益的美德都成为这种愚蠢欲望的牺牲品。女孩结婚的目的，借用一个意味深长的俗话来说，就是为了荣华富贵，并且如此巧妙地控制自己的情感，除非一个家财万贯的男人来求婚，否则绝不坠入爱河。我要在另一章讨论这个话题，现在我只需点到为止。因为年轻女人总是过早患上成年人自私的精明，浇灭了她们青春的热情，从而日益堕落。

同样的来源传出了一种说法，年轻女孩应该把大多数时间用来做针线活；但是，这种活计把她们的思维限制在自己的穿着打扮上，因此比其他任何可选择的事情都更阻碍她们智力的发展。男人吩咐别人为他做衣裳，交代完了就不再提起；女人的衣服，无论是必需的还是装饰性的，都需要自己缝制，而且总是在絮絮叨叨地说这个话题，而她们的大脑也跟着双手运动。实际上削弱她们思维的不是那些必需的衣服，而是那些廉价的华丽服装。因为当一个处于社会底层的女人为她的丈夫和孩子缝制衣服时，她是在履行她的责任，这是她家务活的一部分；但是那些想要华丽衣服却又消费不起，只好自己缝制的女人，她们损失的不仅仅是时间。贫穷的女人必须工作才能拥有道德。中等阶层的女人如果不盲目追求贵族阶层的时髦，不贪图闲适安逸的生活，那她们也许会雇用贫穷的女人，因为她们需要料理家务、教育子女和锻炼自己的心智。园艺、实验哲学和文学会为她们提供思考的内容和谈论的话题，这些在一定程度上可以锻炼她们的思维。虽然那些不会僵坐在椅子上一动不动地缝衣襟、织花边的法国妇女谈论的话题已经够肤浅了，但是我认为，她们的交谈远没有英国女人的无聊，她们整天把时间花在做各种帽子和所有用来装饰的玩意儿上面。因为这些事情而堕落的往往是体面、谨慎的女人，因为她们的动机仅仅是爱慕虚荣。那些利用自己的品位让自己感情更有诱惑力的放荡女人，心里想的更多。

我的这些论点都是从一个总的论点发展而来的，这个论点我以前提过，并且多次强调，因为说到男人、女人和职业，我们会发现思维塑造性格，对于人类和对于个人来说都是如此。女人的脑子里整天都是她自己的容貌，那她把外貌当作是最重要的事又有什么奇怪的呢？但是即使是长得容颜秀丽，一定程度的心灵自由也是必不可少的；这也许就是有些温柔的妻子除了性的吸引力之外，再没有其他魅力的原因吧。除此之外，需要久坐的工作让大多数女人体弱多病——而对于女性品质的错误观念使她们以这种柔弱为荣，虽然这种柔弱实则为一副枷锁，通过让女人不断关注自己的外表，而禁锢了心灵的发展。

那些高贵的女性很少亲自缝制衣服，因而她们只需运用自己的鉴赏力，而且她们在化完妆以后，不会再想那些华丽的服饰，因此拥有了一份闲适的淡定；而那些为了打扮而打扮的女人，很少会表现出这种淡然。实际上，我所作的关于中产阶级（在中产阶级，有才能的人最能大展拳脚）的评价，并不是对所有女人都适用。因为那些上流社会的女人，至少读过一些文学作品，而且和男人谈论过一些宏观问题，因此会比那些盲目模仿她们时髦和缺点，却无法享有她们优势的女人拥有更多的学识。而谈到美德，我说的是广义上的美德，我在下层社会中见到的最多。很多贫苦的女人，呕心沥血地养育子女，竭力维持着因男人的恶行而濒临破碎的家庭；但是上层社会的淑女们懒惰成性，不会主动去培养自己的品格，有文化并不会使她们更优雅，反而更软弱。确实，我亲眼目睹了许多贫困的女人非常通情达理，她们没有接受教育的机会，却表现出英勇的行为，这些有力地证实了我的观点，无聊琐事只会让女人变成没有追求的人。男人占有了女人的身体，却任其心灵腐烂；因此肉体之爱让男人疲惫不堪（其实这是他最喜欢的娱乐活动）时，他就会想办法奴役女人——而谁又能预测需要多少世代的发展，才能使这些卑贱的奴隶的后代获得自由，拥有高尚的品德和富有创造性的思想呢?

在追溯那些我认为曾导致女性堕落的原因时，我将范围局限在那些对整个女性的道德和行为产生普遍影响的因素上，并且我认为，这些因素显然都是由于缺乏理智而导致的。至于这种不足到底是因为身体内在的还是偶然的智力缺陷导致的，迟早会为我们揭开谜底。因为我不想过度强调那些极少数受过男性教育、英勇非凡意志坚定的女性的例子。我只是补充一句，那些处在同样环境中的男人也获得了和这些女人相似的性格——我说的是普通的男人，那些聪颖过人的男人都是来自于某一个阶层，然而没有一个女性属于这个阶层。

➛ 各种关于良好声誉重要性的性别观念对道德的损害

我很早就意识到，那些不遗余力向女人灌输的有关行为举止的忠告和保持良好声誉的方法，都是华而不实的毒药，它们为道德包了一层外壳，却侵蚀了它的本质。何况，用这种徒有其表的标准来衡量人，必定会带来错误的结果，就如同影子一样，它的长短在很大程度上取决于太阳的高度和很多偶然性的因素。

……

如果女性不是常常被教导要孜孜不倦地保持她们表面性格的光鲜和美好，并把它们看作是女人的全部职责；如果人们不是总用规范行为和保持良好声誉的规矩来代替道德义务，我就没有必要对此话题展开论述，使之成为贯穿我所有作品的主要原则。但是，谈到良好声誉，注意力就被局限到一种品德上——贞洁。如果一个女人的声誉（用这种荒谬的方法来称谓）得到保全，那她就可以忽略所有的社会责任，甚至可以沉溺于玩乐和奢侈，将她的家庭带向毁灭；但是她仍然表现出一副道貌岸然的样子——因为她确实是一个值得尊敬的女人。

麦考莱夫人曾公正声明："只有一种错误，体面的女人犯了之后不能免于惩罚。"她随后公正而仁慈地补充，"因此就导致了一种愚蠢的老生常谈，认为女人第一次犯了出卖贞操的错误，就会从根本上败坏她的声誉。但是造物主创造出的生物不可能这么脆弱。人类心灵的本质很高贵，不会这么容易受侵蚀。虽然女人在境遇和教育方面处于劣势，但是除非她们遭到同性恶毒的诅咒而流于绝望的境地，否则她们很少被完全抛弃。"

虽然女人将贞洁的声誉视为珍宝，但是男人却对它嗤之以鼻，这两种极端态度对道德危害都很大。

无疑，男人比女人更容易受到欲望的诱惑，而且他们的欲望往往因为肆意享乐和欲壑难填而更为堕落。奢侈的生活让人们在饮食上挑三拣四，使身体每况愈下；还导致了人们的贪食行为，这种行为过于粗俗，以致我们已经在这类人身上看不到任何礼貌得体的概念了。他们在别人面前肆无忌惮地纵情饕餮，事后还因为自己毫无节制造成的腹内胀痛牢骚满腹。有些女人，特别是法国女人，已经在这方面有失端庄了，因为她们会坦然自若地谈论消化不良。我们只希望杜绝那些以食腐为生的成群的夏虫，那些由游手好闲的人在财富的温床上滋养出来的，只有这样我们才不会因为看到这种粗俗的贪婪而心生厌恶。

我认为，有一条行为规范方面的准则，是可以制约其他所有准则这就是对人类抱有习惯性的尊重，防止我们因一时贪图享乐而招来同伴的憎恶。很多已婚女人和其他稍微上了年纪的人，经常因为懒惰成性而颜面尽失。虽然大家坚信外貌是联系两性的纽带，然而又有多少女人纯粹因为懒惰，或是贪图毫无意义的自我放纵，而遭致别人的厌恶呢？

那种让两性结合的堕落腐化的欲望，有更致命的后果。天性应当是品位的唯一标准，欲望的永恒量尺——然而好色之徒多么粗暴地侮辱了天性。我们暂且不论高尚的爱情。为了保证人类的传宗接代，天性，在这一方面和所有其他方面一样，将对欲望的满足规定为维持人类繁衍生息必要的自然法则，因此抬高了肉欲的地位，并让肉欲掺杂了一些理智和感情的成分。为纯粹的动物本能加上一些为人父母的感情，可以使这种本能更加尊贵；男人和女人为了孩子经常相聚，对孩子共同的感情激发了相互之间的关心和感情。女人因此有了比打扮自己更加崇高的责任，为了履行职责，她们不会心安理得地沦为无耻淫欲的奴隶。而现在相当多的女人都是这种奴隶，更准确点说，她们就是所有贪食者的常备佳肴。

也许有人会反驳我，虽然这种堕落情节恶劣，但它不过影响了一部分甘于奉献的女人，她们为了挽救其余的女人而牺牲自己。但是这种允许小部分罪恶存在的以追求更大利益的说法，和其他所有错误的主张一样，很容易得到证实。它们的危害远不止于此，因为女性中比较贞洁的人，她们的道德品质和心灵安宁都受到了这种女人的破坏。她们认为这些女人犯的罪行不可饶恕；她们坚决认为这些女人通过各种手段引诱她们的丈夫，导致她们的儿子放荡堕落，并且逼他们（正派的女人不要惊讶）也在某种程度上作同样的勾当。因为我要大胆断言，所有导致女性软弱和堕落（正如我刚才详细阐述）的因素，都是出自同样一个主要的原因——男人贞洁观念的匮乏。

这种放荡行为的流毒甚广，它使性欲堕落到只有靠淫荡的刺激才能为之兴奋的程度。但是他们辜负了造物主充满慈爱的良苦用心，脑子里完全被容貌占据。这些沉迷于美色的无耻之徒，他们的行为日渐放荡，甚至开始对女人的柔情吹毛求疵。在意大利和葡萄牙，男人甚至会穿梭于各种暧昧场所，去寻求比女性柔情更有吸引力的刺激。

为了让这类男人如意，女人整体变得日益放荡，尽管程度不同，但是她们心甘情愿和男人发生没有感情的性交，使两性都变得堕落，因为这种行为影响了男人的品位。而各个阶层的女人，必然会为了满足男人已败坏的品位，而调整自己的行为，以追求享乐和权势。女人因此在身体和心灵上都变得不堪一击，但是如果她们考虑到她们存在的重大目标之一——生育并抚养孩子，就不会变得如此软弱，她们现在已经没有足够的能力来履行做母亲的首要责任；父母之情使本能变得高贵，而女人却因为淫荡而愿意牺牲为人父母的权利，她们或是打掉腹中尚在发育的胎儿，或是在孩子出生之后将之抛弃。一切事物中的自然法则都值得尊重，很少有人能够破坏自然的法则而免于惩罚。那些特别吸引好色之徒的软弱女人是不配做母亲的，虽然她们可能会怀孕。那个有钱的好色之徒，在女人堆里寻欢作乐，到处散播堕落和痛苦，在他想要传宗接代时，却只能从妻子那里得到一个继承了两人缺点的发育不良的孩子。

人们将现代的人文精神和古代的野蛮行为作对比时，总是强调古人有一种把养不起的孩子抛弃到野外的野蛮风俗。但是那些对此愤愤不平的情感丰富的男人，也许正因为自己混乱的男女关系，造成了一种非常具有破坏性的不育现象和广为扩散的无耻风尚。毫无疑问，造物主从来无意让女人通过满足性欲而破坏他让人类拥有性欲的真正目的（即繁衍后代）！

我前面已经提过，男人应当对他们引诱过的女人负责，这将成为改善女人行为方式的一种手段，同时也可以阻止这种对人口和道德都有毁灭性打击的恶行进一步发展。还有一种同样明显的方法，就是将女人的注意力转移到贞洁这项真正的美德上来。因为这种一边对好色之徒放荡情欲的受害者和她们自己的愚蠢嗤之以鼻，一边又对他们笑脸相迎的女人，也许会有洁白如雪花的名声，但是就端庄来说，她们是不会赢得多少人尊重的。

另外，在她费尽心思打扮自己，只是为了吸引男人的眼球，得到他们尊敬的赞叹和称之为天真奉承的无聊崇拜时，也许她会自诩纯洁，但实际上她已经沾染了同样的愚蠢。因为如果女人真正因为美德本身而尊崇美德，她们就不会从虚荣中寻求补偿，以弥补为了保全声誉而必须去履行的自我克制，她们也不会和蔑视声誉的男人有任何来往。

男人和女人之间是相互腐化、共同进步的。我相信这是一个不容置疑的真理，适用于一切美德。贞洁、端庄、公德心以及一系列高贵的品德，都是社会道德和幸福得以建立的基础，应当得到所有人的认同和培养，否则培养这些品德就没有什么意义。为了不让邪恶或懒惰的人为自己破坏某种神圣的责任寻找托辞（他们会称这种责任为女性的责任），更明智的办法就是让大家知道造物主并没有区分两性的品德。因此不贞的男人双重地违反了造物主的意图，他不仅让女人无法生育，而且伤害了自己的身体，虽然他不会像女人犯罪那样为世人所不齿。这些都是生理上的后果，道德上的危害就更令人警醒；因为公民、丈夫、妻子、父亲、母亲和一家之主的责任仅仅成为寻求一己私利的关系时，道德就已名存实亡。

既然如此，那为何哲学家们还要期待公德心呢？公德心必须靠私德来培育，要不然就会成为女人为保护声誉，男人为维持声誉而表现的虚情假意。这种感情没有道德和高尚品行的支撑，而高尚的品行把对某种责任的惯常性破坏视为对整个道德法则的破坏。

社会上既定的不合理差别造成的有害影响

人们对财产的尊重，就像有毒的喷泉一样，带来了很多灾祸和罪恶，使这个世界在一个爱好思考的人眼里是一派萧条荒凉的景象。因为正是在文明高度发达的社会里，害虫和毒蛇才会潜藏在茂密的丛林中；还有死气沉沉的气氛孕育的耽于享乐，使得一切优秀的性情在发展成为美德之前就夭折了。

一个阶级压迫另一个阶级，所有的人都指望凭借自己的财富获得尊重，一旦有了财富，就可以拥有只有才能和美德才配享有的尊重。那些忽略了人类应当履行责任的人，却仍被当作半个神一样供着。宗教和美德被一层礼仪的幕布分开了，可是人们还在惊讶，这个世界严格意义上来说已经腐化成骗子和压迫者的巢穴了。

有一句朴实的格言精辟地道出了真理：魔鬼专门指使游手好闲的人为自己干活。世袭的财富和头衔除了带来习惯性的懒惰，还能带来什么呢？因为人的天性如此，只有通过锻炼自己的天赋，才会合理使用它们，可是除非出于某种需要首先迫使他采取行动，他才会运用自己的天赋。同样，美德也只有通过履行相关的责任才能获得；但是一个人听尽了甜言蜜语忘乎所以，甚至丧失人性的时候，他是不会感受到这些神圣责任的意义的。社会上必须建立更多的平等，否则道德将永远不会有进展。如果人类的一半因为命运而被困在深渊里，那么即使这种道德的平等性以岩石为根基也不会有稳固的基础，因为这些人会不断通过无知或骄傲来将它毁坏。

在女人在某种程度上脱离男人而独立之前，指望女人有美德是徒劳无益的；同样，也不能指望女人拥有自然感情的力量，让她们成为贤妻良母。她们完全依赖丈夫时就会变得狡猾、卑鄙、自私；而那些因哈巴狗样逢迎奉承的爱情而满足的男人，也不会有什么细腻的情感，因为爱情不是商品。不管怎么理解这句话的意义，如果寻求的爱情没有同样的感情作为回报，爱情的羽翼就会立即被折断。但是，男人因为财富而变得软弱，而女人似乎是以个人魅力为生时，我们怎么能期待他们会履行那些需要努力和自制才能使他们高尚的责任呢？世袭的财产使人心变得复杂，那些一出生就受财产牵绊的不幸受害者——如果我可以这么说的话——很少会运用他们身体或精神的力量，他们只能通过一个媒介来观察万物，而这个媒介还是假的，因此他们无法辨别真正的美德和幸福包括什么。一个人被地位的帷幕遮蔽了双眼，并且因此戴着面具耀武扬威，愚蠢而又无所事事地拖着没有知觉的四肢，从一个放浪场所晃到另外一个，转动着茫然无神的眼珠，眼神明显告诉我们：这是个没有思想的躯壳，这种人的观点必然是谬误的。

因此我想推导出下面的结论，如果社会不迫使男人和女人分别履行各自的责任，并使之成为人们获得同胞赞同的唯一途径（这种赞同是每一个人或多或少都希望得到的），那么这个社会一定组织得不够完善。结果，对财富和美色的推崇成了真正的东北风，摧毁了爱情和美德的娇嫩花蕊。造物主英明地将感情和责任结合，从而使劳作变得甜蜜，并且赠与理智只有心灵才能给予的活力。但是，如果仅仅因为爱情是某种性格合适的标志而表现出虚情假意，却不去履行爱情应尽的责任，那么这种爱情不过是邪恶和愚蠢不得不向美德和事物的真正本质作出的空洞恭维罢了。

为了证明我的观点，我只需要作如下陈述：一个女人因自己的美貌而受人追捧，而她又因为沉溺于这些赞美不能自拔，以致忽视了自己作为母亲不可推卸的职责时，她就是自甘堕落，因为她疏于培养一种同样能够让她有价值和幸福感的感情。真正的幸福，我指的是在目前不完善状态下能够得到的所有的满足感和道德上的幸福，必须来源于有节制的感情，而感情是包含责任的。男人没有意识到由于他们一味鼓励女人取悦他人，而给她们造成的深重苦难和因此纵容的可怕的软弱。他们没有考虑到他们这样做，让女人为具有色情概念的美貌而牺牲了一生的幸福和尊严，造成天然责任和人为责任走的对立，而实际上二者是和谐一致的。

如果一个男人看到自己的妻子在哺乳孩子时，觉得还不如淫荡的行为带给他的快乐多，而他也不是因为早年的不羁行径变得极不正常，那他一定就是铁石心肠。但是金钱让女人抛弃了哺乳孩子这种加强婚姻关系、把尊严和爱慕的回忆结合起来的自然道路。女人为了保持容颜美丽，得到那顶使她短期内对异性有某种统治权的花环，而忽略了在丈夫心中留下深刻的印象，而当他们两鬓斑白、热情退却时，这种印象会比动人的处女魅力唤起更多的温柔回忆。一个通情达理感情丰富的女人具有的女性关怀是让人感动的，孩子的父亲一直兢兢业业地履行应尽的职责，而女人和她的孩子则以高尚的尊严来回报他的抚爱，这种景象让人肃然起敬，赏心悦目。当我看到无病呻吟的庄严和卑躬屈膝的礼节以炫耀代替家庭感情的时候，我深感厌恶，我的感情确实很奇怪（其实我已经竭力避免太做作的感情了），以至于我不得不转向其他的场面，将注意力转移到自然中随处可见的令人眼前一亮的绿色景致上，以获得解脱。于是我兴奋地看到了一个女人在照顾她的孩子，完成她应尽的责任，也许只有一个女仆替她承担辛劳的家务劳作。我看见她把自己和孩子都收拾得很整齐，迎接晚上归来的疲惫不堪的丈夫，他看到的是孩子微笑的脸庞和干净整洁的家。我的心俨然已经融入了这个家庭，在熟悉的脚步声引起一阵欢乐的骚动时，我的心甚至也会产生共鸣，怦怦跳动。

当我的善意因为凝视这幅不加任何修饰的图画而得到满足时，我曾经想：这样的一对夫妇因为各自都履行了自己应尽的责任，因此相互依存又各自独立，他们拥有了生活能够赋予他们的一切。如果他们积攒了一定的财富，脱离了赤贫状态，不必为他们花的每一笔钱左右掂量；有了足够的钱，他们不必考虑让人心胸狭隘的拮据的家庭经济计划，我断言（其实我的想法很简单），我不知道这个家庭还需要什么才能成为世界上最幸福、最值得尊重的境况，除非需要有一点文学鉴赏的品位，为社交谈话增加一点变化和趣味，还额外需要一笔钱接济穷人、购买书籍。在人们内心充满怜悯之情，脑子里一积极安排各种有用的计划时，却有一个一本正经的小人儿不停地拽着胳膊，不让伸手拿出那个几乎瘪下去的钱包，同时还悄悄地说一些关于正义第一的深谋远虑的大道理，实在让人不悦。

虽然财产和继承的荣誉对于人类的性格有毁灭性的打击，但是女人因此而受到的伤害和束缚比男人更大（如果她们确实受其影响），因为男人仍然可以通过成为军人和政客，在一定程度上展现他们的才能。

……

不合理的等级制度让文明成为祸害，它把世人分成骄奢淫逸的暴君和狡猾嫉妒的寄生虫，这种分法让这两种人几乎同等地陷入堕落。因为尊重与履行人生的责任无关，却由地位决定。当人们没有完成分内职责时，就不会有足够深厚的感情来巩固美德，而有美德的人自然能够得到爱情作为回报。男人仍然可以悄悄地钻一些空子，为了自己敢想敢做；而女人的任务就艰巨得多，因为她要战胜很多女性特有的困难，而克服它们需要超出常人的力量。

一个真正仁慈的立法者，总是会努力使每一个品德高尚的人都能从中获益，这样私德就会促进公德的建设，而有秩序的整体会因为所有的部分都趋向于一个共同的中心而得到加强。但是对女人来说，私德或公德的区分确是有问题的，因为卢梭和很多男性作家都坚决声称女人应当一生都受到礼法严格的约束。但是如果她完全有能力依照一个更高尚的动机行事，如果她是不朽灵魂的继承者，那她为何还要屈从于礼法，而且是盲目的礼法呢？糖必须永远要用维持生命的血液来制造吗？当原则是更可靠的保证时，难道人类的一半就注定要像悲惨的非洲黑奴一样，只是为了让男人的生命之杯更加甜蜜，而屈从于残酷荼毒她们身心的偏见吗？这又何尝不是间接否认女人的理智呢？因为如果天赋不发挥任何作用，那就只是嘲弄。

女人和男人一样，因财富带来的轻松享乐而变得软弱和奢侈；除此之外，还使她们成了外貌的奴隶。她们必须把自己打扮得花枝招展，这样男人才可能把自己的理智施舍给她们，带领步履蹒跚的女人走向正途。如果她们胸怀大志，就必须用狠毒的伎俩来统治她们的暴君，因为她们没有权利，也就没有必须承担的义务。在本书下一部分我要讨论关于女性的法律，这些法律将男人和他妻子的结合视为荒谬之事；然后由于轻率转变为只认为男人是有责任的，女人就被置于无足轻重的位置。

那些履行了应尽职责的人都是独立的人。我将详细阐述女人，她们的首要责任就是将自己视为理性的人；按重要性来说，其次就是把自己视作公民，公民的责任包含甚广，做母亲的责任也包括在内。女人生活中的地位免除了她们的这种责任，让她们仅仅变成一具玩偶，必然也导致她们堕落。或者她们把注意力从只为自己光滑的肉体寻找合体光鲜的衣服，转移到更重要的事情上去时，她们的大脑也只会被某种温柔的柏拉图式的理想爱情占据；或者实际上用阴谋行为来保持她们思维的活跃。因为她们在忽略家庭责任之时，就没有能力像士兵一样占领阵地，前进或后撤，或者在议会中辩论，以防自己的思维因被锈蚀而倒退。

我知道，卢梭为了证明女性的低劣，曾兴高采烈地大喊：她们怎么能离开育婴室奔赴战场呢！有些道德学家曾经证明：军营是培养最英勇品质的地方。尽管我认为，要想证明很多造就了所谓英雄的战争是合理的，即使是最聪明的诡辩家也会感到为难吧。我并不打算批评性地看待这个问题，因为国家在被蚕食、森林被战火和刀枪夷为平地之时，我也会经常把这种野心勃勃的怪事当作是文明社会的首选自然方式，因此我也不将战争称为祸害；但是肯定的一点是，现在的战争体制与所有的美德都没有丝毫联系，战争再也不是培养坚强意志的学校，而是训练阴险手腕和软弱性格的地方。

但是在目前社会高度发达的状况下，如果防御型战争，唯一的无可非议的战争，被认为是正义和光荣的，在这类战争中，美德能够展现它的面貌，并且在净化山顶空气的呼啸寒风中日益成熟，那么古代真正的英雄主义也许会再次激起女性内心的激情。但是公正儒雅的读者，无论您是男人还是女人，请不要惊慌，因为尽管我把现代军人的性格和有教养的女人对比，我并非规劝她们将手中的卷线杆换成火枪，虽然我真心希望看到刺刀能够变成修剪树枝的钩刀。我只是厌倦了财富浊流带来的罪恶和愚蠢，这支浊流玷污了自然感情的清澈溪流，所以我对未来重新设想了一番，希冀有朝一日未来社会可以是这样的组成：男人必须履行作为一个公民的责任，否则他就会遭到鄙视；他在公民生活的任何部门任职时，他的妻子也是一个积极的公民，她也应当集中精力来料理家务，教育子女，帮助邻居。

但是要使她真正成为道德高尚、有用的人，假如她履行了自己的公民责任，她就不需要民法的特别保护；她不要在丈夫在世时仰仗他的恩惠过活，或去世后指望他的遗产来赡养；因为如果一个人自己就身无分文，他如何能慷慨解囊？或是自己没有自由，如何能拥有高尚的道德？在目前的情况下，一个对丈夫忠贞不渝的妻子，如果她既不生育也不培养子女，她就不配称作妻子，也无权享有公民之名。但是既然自然权利被剥夺，责任当然也就无从谈起了。

女人的思想和身体都非常虚弱，以致只有在追求空虚的享乐或制作一些轻浮的时装时才能集中精力，这时女人一定会被看作仅仅是男人放荡的慰藉。一个有思想的人，当看到清晨无数的马车载着脸色苍白的女人在大都市的街道上飞快横冲直撞时，还有什么比这幅景象更让他郁闷呢！我一直和约翰逊博士的意见一样，希望把她们中的一些人放置在一个小工坊中，那里有半打的孩子仰望着她们倦怠的面容等着养活。如果潜在的力量不能很快让她们的眼睛充满健康的活力；她们以前只会浮现出笑靥而现在却变得苍白的脸庞，因为运用理智也爬上了几道皱纹，如果这样的脸庞不能让她们恢复品德上业已丧失的尊严，更确切地说，无法让品德获得本质上真正的尊严的话，那我确实是大错特错了。美德不是来源于空想，更不是来源于财富滋生的消极懈怠。

此外，贫穷甚至比罪恶还要可耻时，道德岂不是更加可耻吗？为了避免误解，尽管我认为平民阶层的普通女人是受宗教和理性的感召而履行妻子和母亲的责任，但我仍然禁不住扼腕叹息：没有一条道路可供上流社会的女人选择，以追求更广泛的计划，实现有为和独立。我下文要讨论一个问题，在这里我只是提一下，这可能会招来大家的耻笑，因为我真的认为女性应该有自己的国会代表，而不是对专横统治的逆来顺受，在政府审议中没有任何直接参与的权利。

但是，因为这个国家现在的整个代议制度不过是专制者统治的便利手段，她们就无须抱怨，因为她们和很多辛勤工作的机械工人一样，被别人代表着，甚至这些工人在无法养活孩子的时候还要掏钱来维持王室奢侈的花销。那些用血汗来维持王子的豪华马群，或是修饰那些目中无人、恬不知耻的贵妇的华盖的人，他们是如何被代表的呢？对生活必需品征收税，让一群无所事事的王子和公主带着愚蠢的炫耀，在目瞪口呆的群众面前招摇过市，这场检阅让他们付出了如此高昂的代价，而他们却以几乎崇敬的心情瞻仰着检阅队伍。这只是哥特般的奇观，有点像在白厅[1]前对骑马哨兵的检阅，野蛮而毫无意义。每当我看到这种情形，心中便不由地轻蔑又愤怒。

一个人对这种景象印象深刻时，他的思维一定会是一种奇怪的迷惑状态！但是在美德将这些愚蠢行为的残留消除之前，类似的愚蠢行为还会毒害所有群众。因为同样性质的事情在一定程度上会在社会群体中盛行；富人的浮华奢靡，穷人心怀嫉恨的恶意抱怨，都会败坏代表一个文明社会的美德，或者仅仅允许美德作为文化人穿着的花哨衣服上的一条花纹出现。

在上层社会，一切责任都是由代理去执行的，

1. 英国伦敦的一条宽阔大道，因为政府办公机构聚集而成名。——译者注

就好像责任是可以放弃的一样，有钱人因此懒惰成性，不得不去追求虚荣的享乐，这一切对下层人民来说极有诱惑力，不计其数的拜金者不惜牺牲一切来步他们的后尘。最神圣的职务被看成是挂名的差事，因为它们是靠走关系得到的，并且只是为了使一个人能够结识好朋友。女人尤其如此，她们都希望能够成为贵妇。而贵妇就是成天无所事事，只是无精打采地到处游荡，去哪她们也不在意，因为她们自己也不知道。

也许有人会这样问：除了悠闲自得地到处闲逛，女人还需要在社会中做什么呢？你总不能罚她们去喂养傻瓜和记录那些无聊的琐事吧？不。女人当然可以去学习救死扶伤的本领，成为医生或护士。她们也可以去接生，这似乎是比较合乎礼法的，但是我担心我们词典中“接生婆”这个词很快就会被男助产士代替，因而我们语言中证明过去女性遵循礼法的证据也将会被抹去。

她们也可以钻研政治，把她们的仁慈建立在最广泛的基础上。因为如果仅仅把历史当作是一本传记来看，而不去关注时代特征、政治发展和政治手腕，那么阅读历史就和看传奇小说一样毫无裨益。简单说来，如果不把历史当作人类的历史来读，那就毫无益处。历史也不是个别人物的传记，他们被放在名誉殿堂的神龛里，被漆黑一片奔腾向前的时间洪流吞噬，这股洪流将面前的一切都卷入无形的空洞，这个空洞就是“永恒”。既然是“形”，那我们不妨称之为“无形之形”吧。

如果女人能够接受更加系统的教育，她们也可以从事各行各业的工作，也许这样就可以将很多女人从私下或合法的卖淫中解救出来。男人在政府中有了一官半职而无视其应尽的责任时，女人也不会因为无法自足而和他们结婚。她们更不会为了维持基本生计这种最值得称赞的目的，而堕落到像那些靠卖淫为生的被抛弃的可怜虫一样的地位。因为那些女帽商和女裁缝们，不就认为是比娼妓略高一点的等级吗？现在接受女人的少数行业并非是高尚的工作，而只是一些卑贱的行业；有的女人接受了高级点的教育，有能力担任教育孩子的女教师，但是她们没有受到作为孩子老师应有的待遇，虽然即使是牧师老师也不会永远受到应得的礼遇，成为孩子眼中可敬的人，因此也就无从谈起什么个人生活的舒适了。但问题是那些像上层女性一样受过教育的女人，从来没有计划过要去担任那些让她们感到羞辱的职位，即使是因生活所迫她们不得不去做。她们认为这些职位是对自己身份的侮辱。她们对人类感情知之甚少，因而有必要告诉她们，再没有什么事情能比生活中的沦落这样能加重她们痛苦的感受了。

这种女人中有一些人可能会因为一种恰到好处的谨慎态度而克制自己不去结婚，而另外一些人可能就没有能力以这种可悲的方法逃脱奴役。如果政府无力鼓励诚实、独立的女性从事体面的工作而养活她们，那么这个政府难道不是一个失职的政府，对它半数公民的幸福置之不理吗？但是为了让女人的个人品德服务于社会公益，无论她们是单身还是已婚，都必须能使她们在国家中过着文明的生活；否则我们将不断看到一些可敬的女人，因为受到不应该有的鄙视，神经变得异常脆弱和痛苦，像“耕犁下夭折的百合花”一样枯萎。

这是一个可悲的事实，这也就是文明带来的“福祉”！最值得尊敬的女人受到的压迫最深重，她们因为一直被当作下贱的人对待，而最终真的堕落成为下贱的人，除非她们拥有理智，拥有远高于一般人（两性都包括在内）的理智。有多少女人就这样悲惨地耗尽了光阴，本来她们可以成为医生，也可以经营农场、管理商店，靠她们自己的勤劳谋生，而无须因多愁善感尝尽苦涩的泪水，抬不起头来，这种多愁善感最初增加了她们的风采，现在却消耗了她们的美貌。不仅如此，我还怀疑怜惜和爱情是不是像诗人宣扬的那样有密切的联系，因为我很少看到女人的无依无靠能激起很多人的同情，除非她们仍然秀色可餐；所以也许怜悯只是爱情的软弱侍女，否则它就是情欲的先兆。

依靠履行责任来自谋生计的女人，跟多才多艺的女人相比，多么令人尊敬啊！这才是我所说的“美”啊！我深深地体会到美德之魅力，和恰到好处的和谐，一个自律的人的情欲因为这种和谐得到规范，因此将这些美德和女人世俗的美进行对比时，我感到很惭愧；但是又有多少女人愿意从令人晕眩的享乐漩涡中退出，或是从善良女子陷入其中就会变得愚蠢和懒散的宁静中脱身呢？一想到愿意以此求得尊严的女人实在寥寥无几，我就不禁失望叹息。

然而，她们以自己的弱点为荣，她们必须永远受别人庇护，远离操劳和一切让心灵更加高贵的辛苦劳动。如果这是生命的安排，如果她们心甘情愿变得微不足道、受人鄙夷，轻松美妙地“虚度生命”的话，那她们也不要指望在自己容颜已老的时候，得到别人的重视，因为最鲜艳的花朵注定要受到赞美，然后被采摘它们的双手漫不经心地撕成碎片。我抱着最单纯的善意，曾经多么希望通过各种方式让我的女同胞牢记这个真理；但是我担心她们不会倾听那些用昂贵代价换来的经验教训已经说服了很多内心焦躁急切的人的道理，她们也不会为了得到人类的权利而放弃地位和性别的特权，而那些不履行人生责任的人是没有资格获得这些权利的。

有些作家认为无论人身处何职，或者用什么样虚假的感情来保护自己，都应该对人类抱有同情心，我认为这样的作家值得称赞。我也因此愿意说服有理智的人，让他们意识到我的某些说法的重要性，并劝说他们冷静地衡量我的这些观点的整体要旨。我作为他们的同胞，以一个女性的名义，呼吁他们理性地思考，要求他们心中有一点同情心。我恳求他们伸出援手，解放他们的伴侣，使女性成为真正的配偶！

男人只需要慷慨地折断我们的枷锁，愿意让我们享有合理的伙伴关系，而不是奴隶般的屈从，他们就会发现女人是更敏锐的女儿，更热情的姐妹，更忠贞的妻子，更理智的母亲——总之，更好的公民。这时我们一定会真心实意地爱他们，因为我们要学会尊重我们自己；而一个值得尊重的男人的平静内心也就不会被他无聊虚荣的妻子所打扰，也不会把一个从未享受过母爱的婴儿送到一个陌生人的怀抱。

论国民教育

……

很明显，我对国民教育的评价都是一些提示而已；但是我主要希望实现：有必要让两性在一起接受教育，使双方趋于完美；有必要让孩子住在家里，这样他们才能学会热爱家庭；不过为了支持而不是扼杀公共感情，他们应当被送到学校，和同龄人待在一起，因为只有和同龄人公平竞争，我们才能形成对自己的公正评价。

为了让人类更有道德，当然也是让人类更幸福，男女两性都必须依据同样的准则来行动；但是如果这种合理性只适用于一个性别，那又如何能期待实现这一点呢？同样，要想让社会契约真正达到公平状态，使这些本身就可以改善人类命运的富有启示的原则得到推广，我们就必须允许女人将她们的品德建立在知识的基础上，这几乎是不可能的，除非女人和男人拥有同样的抱负，接受同样的教育。现在女人因为愚昧和低级的欲望而沦于卑微的地位，她们不配和男人相提并论；不然她们就像魔鬼一样，狡猾地蠕动着爬上智慧之树，得到的只是足以将男人引入歧途的东西。

各国的历史告诉我们，不能将女人局限在家庭琐事上面，因为除非她们的心胸比较开阔，否则她们是不会履行家庭责任的。她们处在无知状态时，同样会成为享乐的奴隶，正如她们是男人的奴隶一样。但是也不能把她们关在伟大事业的大门外，尽管她们无法理解这些事业，狭隘的心胸也经常使之遭受损失。

上层社会男人的玩乐思想，甚至他们的美德，总是会赋予某种女人支配他们的大权。这些软弱的女人，在幼稚的激情和自私的虚荣影响下，对很多事物抱有一种错误的认识。而那些本应该启发她们见识的男人，却反而用她们的眼光来看待这些事物。那些充满幻想的男人，还有那些掌握着人类事务支配大权的乐观男人，一旦扎入女人堆里就没有了自持力。我实在没有必要为那些不了解历史的读者，引用无数因受宠的女人私下通奸而导致罪恶和压迫的例子，更不需要提那些虽然出于好意却笨拙又愚蠢的干涉行为所造成的危害了。因为在处理事情时，对付一个恶棍比敷衍一个傻瓜要好得多，因为这个恶棍行事有一定的计划；但任何有道理的计划都会比一时兴起的愚蠢更容易被人看穿。那些卑鄙愚蠢的女人对拥有理智的聪明男人有支配权，这是众所周知的，我只是举一个例子而已。

谁能描绘出比卢梭更高尚的女性性格呢？虽然就总体来看，他总是竭力贬低女性。他为何如此焦虑呢？当然是为了给他对愚蠢的特雷莎的爱情辩护，软弱和美德使卢梭对她心生爱慕。卢梭不能把她提升到女性的一般水平，所以他殚精竭虑将女人压低得跟她一样。他发现她是适合自己的卑微的伴侣，男人的傲慢驱使他决心在自己选择相处一辈子的人身上发现一些高贵的品质；他称她为“神圣的天真的人”，但是她在他生前死后的行为难道没有清楚表明他如此称呼她是个多么荒唐的错误吗？不仅如此，他的心里也会痛苦地悲叹，他由于身体虚弱再也不能把她当作一个女人来对待时，她对他的爱情也就消散了。

她做出这样的行为也很正常，因为他们之间没有什么共同的感情，一旦性关系破裂了，他还能用什么留住她呢？她的感情是局限于男性，但不是仅限于一个男人的，要想挽留她的感情，需要理性把感觉转移到更广阔的人性渠道上去。很多女人并没有足够的心思去关心一个女人，或是跟一个男人交朋友。但是性别的弱点让女人必须依赖男人的才能，对男人产生了一种猫一样的感情，让妻子在丈夫身边满足地喵喵叫，其实对任何一个喂饱并抚摸她的男人，她都会做同样的事。

但是男人却经常对这种爱情很满足，并以一种野蛮的方式把它占为己有。但是如果他们能够拥有更加高尚的品德，那他们在和情妇闹够了之后，一定会希望在火炉旁和一位朋友促膝长谈。

除此之外，为了给感官享受增加多样性和趣味性，理智必不可少，因为如果在品德和理智不能赋予兽欲人文特征时，一个人仍然拥有爱情，那这个人一定处在智力标尺的下端；但是理智总会占主导地位。因此总体上来说，如果女人的智力不上升到与男人同等的水平上，有些优秀的女人就会像希腊的高级妓女一样，将有能力的男人聚集到她们周围，吸引很多公民背叛家庭。但是如果这些人的妻子更有理智，或者因为运用理智和想象力（它们是品位的合理源泉）更具魅力的话，他们也许不会这样做。一个有才能的女人，如果她不是非常丑陋的话，往往会获得很大的权利，她的地位因为同类的软弱而得到提升。男人经过理性思考，具有美德和谨慎时，他们也希望女人拥有这些品德，而女人只有通过和男人相同的方法才能获得它们。

法国和意大利的女人将自己局限在家庭生活中了吗？虽然她们至今也无权参与政治，但是难道她们没有通过不正当的方法获得巨大的控制权，使得她们曾经玩弄过的男人随自己一同堕落吗？总之，不管我从哪个方面来看这个问题，理智和经验告诉我，唯一能够带领女人完成她们独特责任的方法，就是将她们从各种束缚中解放出来，允许她们享有人类与生俱来的权利。

女人一旦获得自由，将会很快变得聪明和有德行，而男人也会更聪明更有道德，因为这种进展是相互的，否则人类一半的成员会因为自己被迫受到的不公而向压迫者展开报复，而男人的美德也会被他踩在脚下的虫蚁所蚕食殆尽。

让男人作出自己的选择吧。男人和女人是天造地设的一对，虽然二者的存在并不是为了合成一体，如果男人不让女人变得更好，女人就会让男人堕落。

我这里说的是提高和解放全体女性同胞，因为我知道少数女人出于偶然或是因为天生的兴趣爱好，获得了一些超越其他女人的知识，她们总是表现得傲慢自大；但仍有些女人，获得了知识，也没有摒弃谦逊，她们从来不会自恃有点学识而鄙视她们曾经努力在内心驱除的无知愚昧。而任何关于女性学习的忠告所引起的尖叫，特别是那些漂亮女人发出的尖叫，往往是出于嫉妒。当一个比较有教养的女人竭力转向理性交谈时，那些漂亮女人就会发现，即使是她们含情脉脉的双眸和轻浮淫荡的卖弄风情，也不会在整个夜晚一直引起男人注意。在这种情况下，大家的共同慰藉就是：这样的女人很少能找到丈夫。我见过愚蠢的女人用各种各样的挑逗手段——一个描写这种花招的意味深长的词语——来打断一段富有理性的谈话，正是这样的谈话让男人忘记了她们是美丽的女人。

我们承认，拥有非凡才能的人确实很容易产生令人讨厌的傲慢自负情绪，这也是人之常情。但是当那些被讥讽为学识渊博的女人学习了一点点知识就被认为是非凡之举时，那女人的才能已经枯竭到何种低下的程度了？何况这些女人的学识也只够令她们沾沾自喜，同时让她的同代人和有些异性心生嫉妒而已。不仅如此，不是还有很多女人因为有一点理性而遭到最严厉的指责吗？我注意到了一些大家都知道的事实，我经常听到有些女人被人嘲弄，各种微笑的缺点都暴露了，仅仅因为她们在照顾婴儿的时候，采取了一些医生的建议，没有采用常规的方法。我甚至还听到有人对改革的残酷厌恶进一步加剧，把一个通情达理的女人污蔑为不称职的母亲，原因是她很聪明，一直关心着孩子们的健康，但是在她的照顾下，一个孩子因为婴儿期不可避免的事故而夭折了。她的熟人指责她，认为这是新奇想法——关于舒适和清洁的新奇想法带来的后果。那些自命经验丰富的人，一直固守某种偏见，根据最明智的医生的观点，这种偏见曾让人类大量死亡，但是他们却对这个不幸事件幸灾乐祸，因为它证实了他们的偏见。

确实，如果仅仅从这个角度来考虑的话，对于女人的国民教育也是至关重要的，因为人类已经为莫洛克[1]偏见作出了多大的牺牲啊！而男人的放荡不羁又如何以各种方式毁灭着孩子？很多女人因为男人的爱慕和他人的无知而放弃自己应尽的责任，她们缺乏天然的情感，这种缺乏让人的童年比野兽的幼年还要危险。但是男人至今还不愿意将女人放在合适的位置，使她们获得足够的理智，至少明白应当如何养育婴儿。

这个事实让我最受震撼，因此我下面大部分的讨论都将与此相关，因为任何剥夺女人母性特征的倾向都会让女人丧失其女性特征。

但是现在我们自然无法指望这些软弱的母亲能够合理照顾孩子的身体，如果孩子没有受到父亲罪恶的影响，那么这种照顾是给良好体质打下基础所必不可少的；同样也无法期待这些母亲能明智地引导孩子的性情，这样他长大之后就不必努力挣脱他的母亲——他的第一任导师直接或间接教给他的东西。除非孩子的心灵具有超乎寻常的活力，否则他的一生都将带有女人的愚蠢。母亲的弱点会遗传给她的孩子。如果女人受教育要依赖她们丈夫的判断力作

---

1. 莫洛克（Moloch）是古代腓尼基人信奉的火神，索要儿童作为祭品。——译者注

决定，结果必然如此，因为提高理性不能半途而废，任何人都不可能总是靠模仿作出明智的举动，在每一种生活环境下都有特殊情况，这时候需要运用判断力来调整普遍规律。一个能在某一方面恰当思考的人很快就会拓展他的知识领域；而拥有足够判断力来管教孩子的女人也不会一味地屈从于丈夫，更不会安心屈从于将女人看得一文不名的社会律法。

在公立学校里，为了防止无知造成的错误，应当教给女人解剖学和药理学，不仅让她们能合理照顾自己的身体，同时还能让她们成为孩子、父母和丈夫的理性的护士；因为那些固执成性的老女人，对人体构造毫不知晓，就按照自己的所谓秘方给病人治疗，正是因为她们的错误，使人类死亡数字不断攀升。如果仅仅从家庭角度来看，让女人熟知心理分析，也是很合适的。采取的方法是让男人和女人共同学习每一门课程，引导她们观察人文科学发展过程中人类理智的进步，同时绝不能忽略道德学和人类政治史的学习。

男人被称作小宇宙，每一个家庭都可以被称作一个国家。确实，很多国家都是靠侮辱人类品格的手段统治的，而那些深谙人事的贤德人士的观点也因为缺乏公正的宪法和平等的法律而纠缠不清，使这些人更加质疑竭力争取人权的合理性。这样，道德在国家的水库中受到了污染，它释放出罪恶的支流去腐蚀政体的各个组成部分；法律应当是统治社会的力量，而不是那些执行法律的人，如果用更高尚或者准确来说更加公平的原则来规范法律，那么责任也许会成为每个人的行为准则。

另外，通过锻炼身体和心灵，女人会获得母性性格所必需的精神活力，这种活力和坚毅融为一体，而坚毅则是将坚决的行为和固执反常的弱点区分开来的品质。建议懒惰的人行事坚决是很危险的，因为他们很快就会变得很严厉，为了给自己减少麻烦，会严厉惩罚犯错的人。而如果他们有耐心、有毅力地运用理智，也许这些错误就可以避免了。

但是坚毅的前提是心智的力量，而心智的力量可以通过懒惰的顺从获得吗？通过寻求建议，而不是运用理智就获得吗？通过战战兢兢地服从而不是锻炼我们所有人都亟需的忍耐力获得吗？我想得出的结论是很显而易见的。让女人成为理智的人和自由的公民，她们很快就会成为优秀的妻子和母亲——当然是在男人不忽略他们自己作为丈夫和父亲的责任的前提下。

正如我刚才简单提及的，在讨论结合公共教育和私立教育可能带来的好处时，我主要谈论那些和女性世界密切相关的观点，因为我觉得女人是受压迫的群体。但是因压迫产生的罪恶而滋生的坏疽不会仅局限于患病的部位，而是会蔓延到整个社会。所以每当我希望女人变成更有道德的人时，我的心就会因为期待伟大的事业在各地得到弘扬而激动不已，而只有美德才能把这种伟大的事业传播开来。

女人的无知导致的数例蠢行；结束语：论女性习俗的变革必然期望带来的道德进步

很多蠢行——无论是违反常理的越权还是渎职——在某种程度上都是女性所独有的，但这些蠢行都是因为无知或偏见导致的。我只指出那些看起来特别有损于她们道德品质的事情。在批评她们时，我特别希望能证明男人出于各种动机，竭力使女人在智力和身体上永远软弱下去，从而阻碍了女人履行她们特有的责任。当女人脆弱的身体使她们无法哺育自己的孩子，脆弱的心灵使她们宠坏了孩子的性情时，能说女人的这种状态是自然状态吗？

……

第二节

狭隘的教育常常会导致女人软弱性格的另外一种情形，即心灵的浪漫扭曲，用多愁善感来形容最为贴切。

无知女人容易受她们感情的支配，她们接受的教育只是让她们从爱情中寻求幸福，提高感官享受，并且采取形而上学的爱情观念，这种观念让她们不知羞耻地忽略人生的责任，并且在这种高尚的优雅中不断堕入真正的罪恶中。

这些女人迷恋于愚蠢小说家们编造的白日梦，这些小说家们对人性知之甚少，却总是粗制滥造一些老掉牙的故事，描写一些淫荡的场面，其中充满了各种多愁善感的字眼，这些字眼同样也导致人们趣味低下，并且忽略日常的责任。我不谈理智，因为它从未被人利用，它沉睡的力量未被激发，就像潜伏着的火的微粒，被认为存在于所有物质之中。

事实上，女人没有任何政治权利，而结了婚以后，除了刑事案件外，她们不享有作为公民存在的权利，因此她们的注意力自然而然就从整个社会的利益转移到了琐碎的小事上，虽然任何社会成员如果不将个人责任和公共利益联系起来，就一定无法完美地履行他的个人责任。女人生活中的大事就是取悦于人，她们由于政治和法律上的压迫无法参与重要的事务，于是多愁善感成了大事。如果她们能够更广泛地运用理智，就不会在情感中越陷越深。

但是受困于无足轻重的琐事，她们自然而然地被那种为无知轻浮的人量身定制的庸俗读物中的观点所左右，她们无法把握任何重要的东西，所以如果她们发现读史非常枯燥，并认为富于理智的演讲和论文非常无聊而且几乎无法理解，这又有什么值得惊奇的呢？她们必须依靠那些小说来消遣。不过我反对读小说，是把小说和那些锻炼理智、控制幻想的作品作对比来说的。我认为不论读什么都比什么都不读要好，因为稍微思考一下，心灵就一定会得到充实并获得一点力量。另外，即使是纯粹幻想的作品，也会让读者的情趣得到提升，超越粗俗的性欲满足，心灵对这种满足完全没有兴趣。

这个观点来源于经验，因为我认识几个优秀的女性，特别是其中一个，她是非常优秀的女人——达到了她狭隘的心胸所允许的最优秀的状态，她关心她的女儿（她有 3 个女儿），不准她们看小说。她是一个富有的上层人物，所以她请了好几个老师来教孩子，还有一个家仆似的女教师来注意她们的一举一动。她们从老师那里学会了如何用法语和意大利语表达桌子、椅子等，但是因为摆在她们面前的几本书远远超过了她们的接受能力，或者说信仰的接受能力，所以她们既没有获得思想，也没有获得情感。在她们不需要背诵单词的时候，她们就把时间消磨在穿着打扮、相互争吵或者是偷听女仆的谈话上，直到她们到了出嫁的年龄，找到伴侣为止。

与此同时，她们的母亲——这位寡妇，也忙于和有头有脸的人保持联系，正如她所说的，要多认识一点人，以免她的几个女儿因缺少合适的人介绍而无法进入上层社会。这些年轻的淑女们，成了不折不扣的粗俗人，带着乖戾的脾性走入了社会，她们脑子里满是自命不凡的想法，鄙夷地看着那些穿着和排场比不上她们的人。

至于爱情，造物主或者说她们的育婴者已经费心教给她们这个词的自然含义；由于她们没有什么可谈论的话题，也缺乏优雅的感情，当她们自由谈论婚姻时，只能用一些很不优雅的词句来表达她们粗俗的愿望。

这些女孩也是受了小说的毒害吗？我差点忘了她们中间某个人性格上有阴影，她装出一种近乎愚蠢的单纯样，面带傻笑毫不害羞地说出极其粗俗无礼的评价和问题，她在与世隔绝的时候就已经完全明白了这些词的意义，只是不敢在施加高压的母亲面前谈起。正如她炫耀的那样，她们接受的是模范教育，每天早餐前诵读她们日常诵读的章节，从来不会去读那些愚蠢的小说。

这只是一个例子而已，但是我还记得有很多其他的女人，没有适当接受循序渐进的教育，也不允许作出自由的选择，她们简直是畸形发展的孩子；或者有的女人在同社会接触中获得了一些所谓的常识，其实也就获得了她们独立生活时清楚看待平常事物的方法。但是那些称得上智力的本事，即获取普遍或抽象概念的能力，或者甚至是获得中间概念的能力，都谈不上。她们的思维处在沉睡状态，她们在没有受到那些感官事物或者事件刺激时就会情绪低落，或是痛哭或是睡觉。

因此，我劝告女性同胞们不要读那些肤浅的作品时，是想建议她们多读些更好的作品。我的这个想法恰好和一位智慧的男人吻合，他的女儿和侄女，在他的照顾下采取了完全不同的教育方式。

他的侄女智力超群，在托给他照顾之前曾沉溺于读各种读物。他努力并且成功地引导她阅读历史和道德文集；但是他的女儿，被溺爱子女的软弱母亲惯坏了，对每件需要努力用功去做的事情都很反感，于是他就让她读小说。他曾经这样解释自己的做法，只要她因读小说感受到了一点乐趣，他就能在这个基础上对她进行教育，错误的观点总比什么想法也没有要好得多。

确实，女性的思维一直被人们完全忽视，这就使她们只能从这些污秽的源泉中获得知识，直到有些才能出众的女人从读小说中学会了鄙视这样的书籍为止。

我想，纠正女性对小说的偏爱的最好办法就是嘲弄它们：但不是没有取舍地嘲弄，因为这样效果不大；但是如果一个明智的人带着幽默感给年轻女孩子读上几篇，并同时用语调将之与历史中的动人故事和英雄气概作恰当对比，指出小说是如何愚蠢而可笑地丑化了人类的天性，也许合理的意见就能代替浪漫情怀了。

但是大部分男人和女人在一个方面是相似的，而且同样地缺乏品位和庄重。无知的女人为了声誉不得不保持贞洁，因此任由想象力沉醉在当代小说家描绘的不合理的淫荡画面中，认为历史上严肃庄重的事迹和妇女的优美形象平淡无奇，对之不屑一顾。而男人干脆将腐朽的品位带入生活，抛弃质朴迷人的美德和庄重体面的理性，追求色情之乐。

此外，阅读小说还让女人，特别是上层社会的淑女，喜欢在谈话中用强烈的措辞和极端的表达；虽然她们放荡虚伪的生活让她们无法培养出任何强烈的真实情感，但是她们如簧的巧舌却总能用矫揉造作的声调蹦出热情的语言，而且芝麻粒大的事情都能带来突然的磷光，而这些磷光只不过是对黑暗中热情之火的模仿罢了。

第三节

造物主在弱者脑子里刻下的作为自卫原则的无知和错误的狡猾，让女人非常热衷于梳妆打扮，而这种热爱自然会导致各种虚荣，甚而超出了争强好胜和宽宏大量的限度。

卢梭认为取悦于人的有形手段在于装饰美化，我同意他的看法。也正因如此，我要提防女孩子染上软弱女人所常有的对于穿着的钟爱，让她们不要停留在有形部分。不过，女人们幻想她们可以长期受人宠爱，而不诉诸理智，或者换句话说，不诉诸取悦于人的道德艺术，她们是多么软弱啊！但是当这种道德艺术（如果使用艺术这个词不至于亵渎上帝的话）所指的优美并不是行为的动机，而是美德的结果时，这种道德艺术永远不可能和无知并存。两性中故作矜持的放荡之徒喜好的无知调戏和高级优雅在本质上有很大不同。

对于外表装饰的强烈爱好，在蛮荒时代就曾经出现过，不过当时打扮自己的是男人而不是女人。现在允许女人在这一方面和男人处在同一水平，社会文明至少已经前行了一步。

因此我认为，穿着打扮对于人类来说很自然，虽然人们一直认为这是女性的嗜好。但是我应该把我的观点说得更明确点。思维还未完全发展，不能从思考中获取快乐时，就会十分注意打扮自己的身体；而志趣也只会表现在文身或涂脂抹粉上面。

这种最初的爱好至今依然存在，甚至奴隶制度地狱般的枷锁都不能扼杀这些黑人英雄从他们父母那里继承下来的对于美貌的野蛮渴望，因为一个奴隶辛辛苦苦攒下的积蓄一般都花在便宜花哨的衣服上了。我还真没有见过哪个善良的男仆或女仆不爱修饰。他们的衣服就是他们的财产。而我用类比同理推证，女性过分爱好打扮也是出于同样的原因——

心灵培养的匮乏。男人相遇会谈论事业、政治或者文学，但是正如斯威夫特[1]所言："女人们多么自然地就会伸手去抚摸彼此衣服的裙摆和褶纹啊。"这也很自然，因为她们没有感兴趣的事业，没有文学的品位，而且她们认为政治枯燥无趣，没有把精力转到提升整个人类、增进共同幸福的伟大事业上来，因此缺乏对人类的博爱。

另外，男人偶然或主动选择走上不同的追求权势和名誉的道路，虽然因为同行是冤家，他们相互争斗，但是他们还是不会和大多数男人发生冲突。可是女人之间的关系却与此大相径庭，因为女人总是相互竞争。

她们出嫁以前的任务就是取悦男人，结婚之后仍然本能地以锲而不舍的顽强精神做着同样的事情。即使是有道德的女人在社交中也从来不会忘记自己是女人，因为她们总是努力让自己讨人喜欢。女人的美貌和男人的才智似乎都同样渴望将人群的目光吸引到自己身上；而憎恨同代人的才智也是众所周知的。

---

1. 乔纳森·斯威夫特（Jonathan Swift，1667—1745），英国著名的讽刺作家。——译者注

女人把所有的志向局限于美貌上面，对美貌的兴趣又加重了她们的虚荣心，结果导致女人间无休止的争风吃醋，这又有什么大惊小怪的呢？她们都在进行同一场竞争，如果她们不以怀疑甚至嫉妒的眼光对待彼此，也许她们就会拥有常人无法企及的德行。

对于打扮、享乐和权利的过度追捧，是野蛮人的欲望。这种欲望占据了他们尚未开化的心灵，他们没有开发智力，更没有学会如何思考，如何运用能力将一连串抽象的思维联系起来，进而总结出原则。而女人，从她们的教育和文化生活的现状来看，也处在同样的境地。我想，这是个无可争辩的事实。当一个人从来没有权利按照自己的理智自由行动时，嘲笑甚至是讥讽她们的愚蠢是既荒谬又残忍的；因为受教导要盲目服从权威的人，都会努力巧妙地躲避权威，这是合情合理的，也是必然的。

如果能证明女人应当完全服从男人，我就会立即承认，女人的责任就是培养对服饰的喜好，以取悦别人；并为了保全自己，养成狡猾的毛病。

但是建立在无知基础上的品德肯定会一直摇摇欲坠，正如沙滩上的房子无法经受暴风雨的捶打。

做这个推断几乎都是毫无必要的。如果要用权威强迫女人变得有道德（这本身就是一个矛盾的说法），那就把她们禁闭在闺房，并用猜忌的眼光看待她们。不要担心她们的心灵会受到伤害，因为能够忍受如此待遇的心灵是用柔软材料做成的，这些材料拥有足够的活力使她们的身体拥有生命。

柔软的材料无法铭记永恒的记号，
最便于辨认的只是黑色、棕色或白色。

最痛苦的创伤当然很快就会愈合，女人仍旧可以生儿育女，让人类的世界得以生存。她仍会精心打扮去取悦男人——这就是某些著名的作者所认为的：女人注定要实现的目标。

第四节

人们认为女人应当比男人更重感情、更仁慈，这可以从她们强烈的依恋和瞬间的同情心看出来。但是这种出于无知的依赖性爱情却没有任何高贵成分，而且很可能转变为自私的或是孩童或是野兽般原始的感情。我认识很多软弱的女人，她们把感情完全灌输到丈夫身上；而她们的仁慈实在微不足道，倒不如说是转瞬即逝的同情心而已。一个优秀的演说家说过，仁慈不仅需要“一个敏感的耳朵，还需要投入智慧和感情”。

但是这种独占的爱情虽然使人堕落，却不能拿来当作女性低劣地位的证明，因为这是狭隘观点的必然结果。即使是拥有远见卓识的女人，如果她们把注意力集中在烦琐的小事和个人的计划上，也很少会作出什么英雄事迹，当然她受到爱情激励的时候除外！然而爱情是一种崇高的感情，就如天才一样，百年罕见。因此我同意一个道德学家的观点，他断言“女人很少能像男人那样慷慨大方”；而她们经常为了狭隘的感情而牺牲公正和仁慈，这种感情明显地让她们显得更为低劣，特别是因为这些感情通常都是由男人激起的。不过我仍然相信如果女人不是从出生起就饱受压迫的话，随着理智的发展，她们的心胸也会宽广起来。

我知道轻微的敏感加上极度的软弱就会对异性产生强烈的依恋，而理智可以促进友谊；因此我承认男人比女人拥有更多的友谊，而且男人的正义感更强。女人独占的爱情看起来确实很像加图[1]对他国家的那种极其没有正义感的感情。他主张消灭迦太基，不是为了挽救罗马，而是为了增强他的虚荣心。一般来说，仁慈也是为了同样的原则——虚荣而牺牲的，因为真正的责任是相互支撑的。

此外，当女人沦为不公正的奴隶时，她们怎么可能会公正或慷慨呢？

第五节

人们充满正义感地坚持认为，养育子女，为下一代的身心健康打下良好的基础，是女人独特的责任，因此让她们变得无能的愚蠢一定是有悖常理的。我坚信，她们的头脑可以，而且应当容纳更多的知识，否则她们将永远无法成为理智的母亲。很多人注重马匹的繁殖，却忽略马厩的管理，这些人如此

1. 加图（Cato，公元前234—前149），古罗马政治家、爱国者。公元前175年出使迦太基，发现迦太基的强大，故主张消灭这个城市。——译者注

缺乏理智和感情，真是难以想象！他们认为对育婴室稍加留意就会降低自己的身份；可是有多少孩子完全是因为母亲的无知而夭折！但是如果他们能够有幸逃脱死亡的厄运，也没有因不人道的忽视或盲目的溺爱而毁灭，那么又有多少孩子的心灵能得到合理的培育呢？人们认为孩子在家就会变得乖戾暴躁，为了打消他的锐气，家长把他送到学校；而为了在一大群孩子中建立秩序，学校必须采取各种各样的措施，这些措施几乎将所有的罪恶种子都播撒到了这片强行开垦的土地上。

如果孩子受到合理的管教，那么他们永远不应该也不会感到受约束。我经常将这些可怜孩子的挣扎，和活泼的小马驹绝望的蹦跶作对比，我曾看到一匹小马在海滩上接受驯服，每当它试图甩掉骑马人的时候，它的双蹄只会在沙中越陷越深，直到它最后无可奈何地屈服。

我发现当我用仁慈和一贯的态度对待马——我喜爱的动物——的时候，它们常常都很驯服，因此我怀疑那些粗暴的驯马手段能不能真正伤到它们。但是我坚信绝不能在不理智地情况下允许一个孩子放肆之后还强制他听话；因为在对待孩子时，任何违反公正和理智的行为都会削弱他们的智力。经验让我作出推断，他们的性格塑成期非常早，甚至在7岁以前就形成了道德品行的基础，这期间孩子的母亲被认为是唯一的管教者。以后最常见的情况就是教育的一半的责任就是纠正孩子们的错误，而如果过于急于求成，效果常常很不完满；其实如果他们的母亲更理智一些，他们就绝对不会犯这样的错误。

另一个表现妇女愚蠢的突出事例绝不能忽略。她们在孩子面前对待仆人的态度，让孩子们认为仆人应该伺候他们，应该忍受他们的臭脾气。孩子应当总是将接受男人或女人的帮助当作一种恩惠；作为独立的第一节课，应该以他们的母亲为榜样用事实教育他们，不要让别人服侍自己，因为在自己身体健康时让别人服侍自己是对人性的侮辱；不要引导他们表现出一副自命不凡的样子，而应该让他们首先感觉到自己的弱点从而意识到人类生来平等。可是使我愤怒的是我常常听到家长趾高气昂地使唤仆人，叫他们过来伺候小孩子睡觉，又一次次地将他们打发走，因为少爷或小姐还想赖在妈妈身边多待一会。这样奴隶般地伺候这个小祖宗，就会让孩子身上所有令人讨厌的脾气都发作了，就这样宠坏了这个孩子。

总之，大多数的母亲都会把自己的孩子完全交给仆人照顾；或是因为是自己的孩子，就把他们当神仙供着。但是据我一贯的观察，那些把自己的孩子奉为神仙的女人，很少对仆人表现出一般的仁慈，或是对其他人的孩子表现出哪怕是一丁点的疼爱。

这些无知独占的感情和个人看待事物的方式，使女人在发展方面总是停滞不前，还让很多女人为了孩子呕心沥血，结果却削弱了他们的体质，宠坏了他们的脾气，同时还让一个比较理性的父亲可能采用的任何教育方式无效，因为如果没有母亲的合作，一个管教孩子的父亲总是会被当成暴君。

一个体格健全的女人在履行母亲的责任时，仍然可以一丝不苟地保持个人容貌的整洁，必要时帮助管理家庭，或用读书和毫无区别地同男人和女人交谈的方法来提升自己的理智。因为造物主非常英明地将一切事情安排得井井有条，如果女人哺乳她们的孩子，她们就会保持自身的健康，并且在每个孩子出生的前后都会有一段间隔，因此我们很少会见到满屋子都是孩子的状况。如果她们遵循行为规划，不将光阴虚度在追求时髦服装的奇怪念头上面，那么照料家务和孩子不会让她们和文学作品完全隔离，也不会妨碍她们以一种有助于加强心智的坚定态度爱好一门科学，或者学习一种能够培养情操的优雅艺术。

但是，为了炫耀华丽服饰的走亲访友、打牌和舞会，更不要提清晨无聊地奔忙于琐事，使女人忽略了她们的责任，并因此变得微不足道，还因此变得讨人喜欢，按照这个词目前的意义来说，是讨所有男人的喜欢，除了自己的丈夫。因为提到一场没有运用什么感情的享乐，我们不能说它促进了理智的发展，虽然人们错误地称这种享乐为见过世面。这种毫无意义的交际，让人的内心变得冷漠以及想要逃避责任，甚至当这种交际不再能带给人快乐的时候，它由于习惯仍旧必不可少。

除非更多的公平得以在社会上建立，等级得以废除，女人得以解放，否则我们是不会看到女人拥有深厚感情的，我们也不会看到高尚的家庭幸福，无知和堕落的人无法体味到这种幸福质朴的庄严。同样，只有在人们更看重女人的思想而不是容貌之时，教育的艰巨任务才能真正有序地开始。因为指望愚蠢无知的女人成为优秀的母亲，就如同盼望莠草上结出谷粒，或是荆棘上长出无花果，是一样的。

第六节

现在我的讨论进入到结束语阶段了，我没有必要告诉聪明的读者，关于这个话题的探讨仅仅局限于提出一些简单的原则，并扫除那些让这些简单的原则变得晦涩难懂的废话。但是，因为并不是所有的读者都是洞悉一切的人，所以必须允许我稍加解释，以便让那些有理性的人完全明白这个问题——我说的是那些怠惰的有理性的人，这些人轻信别人的意见，并且为了免去自己思索的麻烦而顽固地坚信不疑。

道德学家曾达成一致意见，认为品德若没有自由来培育，就永远得不到应有的力量。这是他们针对男人的评论，我把它拓展到整个人类。我坚持认为，在一切情形下，道德都应当固定在不变的基础上；而一个服从除了理性以外的其他任何权威的人，就不能称之为有理性或是有道德的人。

为了让女人成为社会上真正有用的人，我主张应当大范围培养她们的理智，引导她们获得一种建立在知识基础上的合理的爱国之情，因为很明显，我们很少会对自己不了解的东西感兴趣。为了让这种一般性的知识得到应有的重视，我已经努力说明：除非理智让心胸开阔，否则个人的责任永远不可能合理履行，而公德不过是私德的总和而已。但是社会上既定的各种区别，把品德的坚固黄金捶打得仅仅成为掩盖罪恶的金箔，而让公德和私德受到了伤害；因为财富比美德更能为人赢得尊重时，人们就会追求财富而不是道德；女人的外表受到抚爱，幼稚的傻笑表现了她内心的空虚时，女人的心灵就会荒芜。然而真正的感官之乐是来源于心灵的——有什么感情能和起源于相互爱慕、并由相互尊重而维持的感情相媲美呢？那些冷酷或狂热的肉欲爱抚，相对于纯洁感情和崇高想象的适度表露相比，不是孕育着死亡的罪恶又是什么呢？是的，当充满幻想的放荡之徒鄙视女人的理智时，让我告诉他正是他漠视的心灵赋予一切热烈的感情以生命，只有这种感情才能带来快乐，虽然这种快乐转瞬即逝。我还要告诉他，没有道德的性爱关系，正如烛台上的蜡烛一样，必然会熄灭，产生让人难以忍受的厌恶。为了证明这一点，我只需指出，那些把人生大部分时间浪费在和女人厮混、带着强烈的饥渴与她们寻欢作乐的男人，对女人怀着最粗鄙的看法。道德，你是快乐真正的提炼者！如果愚蠢的人要把你从地球上吓走，以便毫无节制地放任他们的肉欲，那些懂得情趣的好色之徒为了给激情增添一点趣味，一定会爬上天堂把你请回来！

现在的女人因为无知而变得愚蠢恶毒，我想这是无须争辩的事实。似乎从我的论述之中可以得到以下结论：人们也许可以期待，一场妇女作风的“变革”，会带来有助于提高整个人类的最有益的效果，至少是有这种可能性。因为婚姻被称作使人类区别于禽兽的可爱的慈悲之源，而财富、懒惰和愚蠢在两性之间造成的腐败交往对道德造成了普遍的危害，这比人类所有其他的罪恶共同对道德造成的危害还大。最圣洁的责任因淫乱的情欲而牺牲，男人在婚前同女人过多的亲密接触，学会了将爱情当作一种自私的满足——不仅将爱情和尊重分开，而且把爱情和仅仅以掺杂了一点点人性的习惯为基础的感情分开。正义和友情也公然受到挑战，纯洁的感情受到破坏，这种感情自然而然地引导人们享受毫不做作的感情表露，而不是矫揉造作的姿态。但是那些敢于毫不掩饰地表露出的高贵质朴的感情，对好色之徒没有任何吸引力，尽管这种感情是一种魅力，通过加强婚姻的纽带，让温暖爱情的结晶得到来自父母的关注；在父母拥有友情之前，孩子是永远不可能得到恰当教育的。品德会飞离一个内部分崩离析的家庭，任由一群魔鬼驻留。

丈夫和妻子之间没有什么共同情感，家庭里面无法建立相互信任时，男人和女人之间就不可能拥有纯粹的感情，他们的追求不同必然也会出现这种情况。那种孕育柔情的亲密关系不会，也不可能存在于邪恶人之间。

所以我坚决认为，那种男人们强烈坚持的男女之间的差别是很武断的。我一直在思考一个观点，几个我曾与之谈论过这个话题的理智男人承认，这个观点是有理有据的。简单说来就是这样，在男性中很少存在的贞洁和他们对廉耻之心的抛弃，很可能造成两性的共同堕落。不仅如此，作为女性特征的端庄，经常不过是掩盖放荡之心的虚伪面纱，而不是纯洁的自然反应，除非廉耻之心普遍得到尊重。

我坚信，大部分女人的愚蠢行为产生于男人的专制，而狡猾（我承认狡猾目前是女性性格的一部分）是由压迫造成的，我也曾多次努力证明这个论点。

举个例子，异教徒不也千真万确地被刻画成是一伙奸诈的人吗？我是否可以强调这个事实以证明：当理智以外的任何力量遏制了人类的精神自由时，人们就会弄虚作假，自然也就会出现各种形形色色的伎俩？巴特勒[1]对异教徒的讽刺将这样一幅景象摆在我们面前：对礼法的苛求已经到了让人拘谨的程度，而所有关于琐事的幼稚忙碌和自命不凡的庄严嘴脸，把他们的外貌和内心都塑造成一副呆板的卑鄙小人形象。我是针对整体而言的，因为我知道在各个宗教派系里，有不少教徒拥有能为人性增光的优秀品质。但是我敢断言，如同女人对家庭持有偏见一样，在异教徒社区，一定会流行一种对于自己教派的狭隘偏见，虽然他们在其他方面值得敬佩；而且我认为他们和女人一样胆怯谨慎，鲁莽顽固，这些特质经常为异教徒和女人的努力蒙羞。压迫让他们在性格上形成了很多特点，和人类中受压迫的半数人的特点完全吻合。因为异教徒就和女人一样，喜欢聚在一起思考，相互征求意见，直到通过一些错综复杂的小伎俩，来达到一些琐碎的目的，这难

1. 巴特勒（Alban Butler，1711—1773），天主教徒，传记作家。——译者注

道不是人人皆知的吗？在异教徒和女人的世界里，他们同样注意保护自己的声誉，并且是出于同样的原因。

我主张女人应该和男人一样争取权利，但是我并未试图掩盖她们的过失，我只是证明这些过失是她们接受的教育和社会地位产生的自然结果。因此我们有理由相信，当她们在身体、道德和公民地位上获得自由时，就会改变自己的性情，并且避免自己的罪恶和愚蠢。

让女人享受权利，她就可在品德上效仿男人；她得以解放的时候，就一定会变得更加完美，否则就证实了将软弱的女人束缚在她职责上的权威是正确的。如果是后者的话，同俄国一起开辟一个贩卖鞭子的新行业倒是权宜之计：这将是一位父亲在女婿成婚之日送给他的礼物，而丈夫也需要通过这种方法维持家庭的秩序。他只要挥舞这根权杖，就能拥有统治权，不会违反任何公正，他是家庭唯一的主人，因为家中只有他拥有理智——这是宇宙的主人赋予人神圣不容废除的尘世间的统治权。如果女人承认了自己的这种地位，就不享有任何天生的权利；而根据同样的规则，也无须承担任何义务，因为权利和义务是不可分割的。

哦，你们这些有理智的男人，何不变得公正起来？不要关注女人犯的错比关注你们所饲养的马或驴的恶习还要严厉——既然你们剥夺了女人理性的权利，那就允许她们有无知的特权吧；否则如果你们期待从造物主没有给予理智的人身上寻找美德，那你们真是连埃及的监工都比不上。

伟 大 的 思 想
GREAT IDEAS

MEDITATIONS

沉思录

［古罗马］马可·奥勒留　著
袁　蔚　译

中 国 出 版 集 团
中 译 出 版 社

图书在版编目（CIP）数据

沉思录 / (古罗马) 马可 · 奥勒留
(Marcus Aurelius) 著 ; 袁蔚译 . — 北京 : 中译出版
社 , 2019.10（2020.1 重印)
（伟大的思想)
ISBN 978-7-5001-6042-7

Ⅰ . ①沉… Ⅱ . ①马… ②袁… Ⅲ . ①斯多葛派—哲
学理论 Ⅳ . ① B502.43

中国版本图书馆 CIP 数据核字（2019）第 197652 号

（著作权合同登记：图字 01-2019-5453 号）

www.penguin.com.cn
This translation first published in Penguin Classics 1964
This edition published in Penguin Books 2004

Taken from the Penguin Classics edition of *Meditations*, translated and introduced by Maxwell Staniforth
Set in Monotype Dante
Typeset by Rowland Phototypesetting Ltd, Bury St Edmunds, Suffolk

沉思录

著　　者：(古罗马) 马可 · 奥勒留
译　　者：袁　蔚
总 策 划：张高里
特约编辑：白　姗　赵　轩　　责任编辑：刘香玲　王　梦
版式设计：索　迪　　排　　版：北京竹页文化传媒有限公司
印　　刷：北京顶佳世纪印刷有限公司
经　　销：新华书店

出版发行：中译出版社
地　　址：北京市西城区车公庄大街甲 4 号物华大厦六层　100044
电　　话：(010)68359376,68359827（发行部）68359719（编辑部）
传　　真：(010)68357870
电子邮箱：book@ctph.com.cn
网　　址：http://www.ctph.com.cn

开　　本：760mm×950mm　1/32　　印　　张：6.25　　字　　数：100 千字
版　　次：2019 年 10 月第 1 版　　印　　次：2020 年 1 月第 2 次
书　　号：ISBN 978-7-5001-6042-7　　定　　价：216.00 元（全 8 册）

“伟大的思想”中文版序

企鹅“伟大的思想”系列丛书自2004年开始陆续面世，在英国、美国和德国均有出版。在英国出版品种最多，已付梓八十种，尚有二十种计划出版。该丛书在全球众多读者间，尤其是学生当中，普及了哲学和政治学，销量已远超二百万册。中文版“伟大的思想”的推出，是该系列的又一延续和发展，令人欢欣鼓舞。

推出这套丛书旨在让读者再次与一些伟大的非小说类经典著作面对面地交流。长久以来，此类书籍的出版都建立在这样一个假设之上——此类著作供学生课堂学习之用，因此需辅以导读、详尽的注释及参考书目等。此类版本无疑十分有用，但我想，

如果某一版本能够重建托马斯·潘恩的《常识》或约翰·罗斯金的《艺术与人生》初版时的环境，为读者与作者营造更为亲密无间的氛围，使读者除了原作者及其自身的思考外没有其他参照，也许会更有吸引力。

但是，这一做法亦存在严重缺陷：每位作者的表述难免有难解或不可解之处，一些重要的背景知识或许也有所缺失。例如，读者对亨利·梭罗创作时的情形毫无头绪，也不了解该书的反响及影响。不过，这样做的优点也显而易见，最为显著的便是作者的初衷又一次受到重视——托马斯·潘恩的愤怒、查尔斯·达尔文的灵光、塞内加的隐逸。他们给许多国家的众多读者带来的生活影响难以估量，有的影响甚至长达几个世纪，几乎没有什么比阅读这些作家更令人拍案叫绝的了。倘若没有亚当·斯密或阿图尔·叔本华，将无法想象我们今天的世界。这些小书创作年代久远，但其中的话语彻底改变了我们的政治学、经济学、精神世界、社会规划和宗教信仰。

“伟大的思想”系列一直求新求变，地域不同，收录的作家亦不同。一些作家在中国或美国更受欢迎，而英国版“伟大的思想”收录的一些作家在其

他国家和地区则鲜有人知。称其为“伟大的思想”，我们亦是慎之又慎。这些思想之所以伟大，在于其影响深远，但这并不意味着这些思想都是“好”思想，实际上一些书或可列入“坏”思想之列。丛书中收录的很多作家受到同样收录于该丛书的其他作家的巨大影响，例如，马塞尔·普鲁斯特承认受约翰·罗斯金影响很大，米歇尔·德·蒙田也承认深受塞内加影响。但也有些作家彼此憎恶，若发现彼此都被收录于同一丛书，一定会深感苦恼。至于他们思想的或“好”或“坏”，读者可自行判明。我们衷心希望，您可以享受阅读这些著作的乐趣。

“伟大的思想”出版者

西蒙·温德尔

目录

↣ 导读

马可·奥勒留（Marcus Aurelius, 121—180），出身罗马贵族，古罗马“五贤帝”时代最后一位皇帝。他也是晚期斯多葛学派的最后一位哲学家，自幼修习希腊和拉丁文学，对修辞、法律和绘画也颇有研究。柏拉图在《理想国》中说：“除非哲学家成为我们这些国家的国王，……使政治权力和聪明才智合而为一……否则……对国家甚至我想对全人类都将祸害无穷。”马可·奥勒留看起来似乎是实现了柏拉图的理想，他是西方历史乃至世界历史上唯一一位皇帝哲学家。但他并不是柏拉图所说的哲学王，攀上权力巅峰的人生背后更多的是无力与无奈。马可·奥勒留主政的时代，罗马帝国早已江河日下，不复昔日荣光，洪水、地震等自然灾害频发，与东方安息人及北方马科曼尼人的战乱以及内部叛乱不断，社会矛盾重重，帝国动荡不安。奥勒留无力化解当时的社会矛盾，但身为皇帝，他仍尽心尽力地恪守使命，应对危机，消除灾害，上马征战，扑灭叛乱与反叛之火。

奥勒留生命的最后十年，大部分时间都是在帝国的边疆或军营里度过。在鞍马劳顿的间隙，他的头脑常常会暂时屏蔽战场上的血肉厮杀、刀光剑影，思绪飘忽到遥远的天际，去思考宇宙和人生的终极问题。或者在营帐内昏暗的灯光下陷入沉思，向自己的内心倾诉，规划一个理想世界的蓝图。这部十二卷的《沉思录》就是奥勒留在戎马倥偬之际，以箴言形式记录下的自己与心灵的对话。在书中，他坦率地吐露内心的苦恼，思考在混乱纷争的世界中如何做一个高尚、正直的人，站在斯多葛派哲学的立场上探讨了自然与社会、自然与人生、理性与欲望、自我与他人的关系。虽然奥勒留所处的时代注定了他不可能成为凯撒、奥古斯都那样具备雄才大略、开疆拓土的统治者，但他留下的这部《沉思录》使人感受到德行的美好与存在的尊严，引导人们担负起人生的职责，努力追求精神富足的生活，传承千年仍具有击中人心、提升灵魂的力量。

奥勒留的《沉思录》有斯多葛学派哲学思想的鲜明印记。斯多葛学派认为每个人都是宇宙理性的一小部分，每个人都像是一个“小宇宙”，乃是“大宇宙”的缩影。他们因此相信宇宙间有公理存在，此公理建立在亘古长存的人类理性与宇宙理性之上，不会随时间、空间而改变。斯多葛学派强调，所有的自然现象，如生老病死，都是在遵守大自然不变的法则，因此人必须学习顺应接受自己的命运。没有任何事物是偶然发生的，每件事发生都有其必要性，当命运来敲你的门时，抱怨是没有用的。

过去我们受教条主义影响，未作深入辨析，将《沉思录》里的箴言断章取义后进行发挥，认为它的核心价值观是一种悲观、充满负能量的宿命论思想，从而加以否定和批判。不可否认，奥勒留的《沉思录》表达了人应该顺应宇宙理性或者命运的思想，但同时他也在这本书里对如何认识自我、担当责任进行了透彻的思考，试图找到人在自然、社会中最恰当的位置。他说：“纵然你能活上三千年，甚至三万年，你也要记住：人唯一能失去的生命就是他现在拥有的生命”（卷二 14 节），告诫人们生命短暂，一个人只拥有现在，应珍惜光阴。书中也有不少劝导人们自我修炼的金句，如“受到外界环境困扰时，要泰然自若；内心产生行为冲动时，要公平公正”（卷九31节）；“只要道路清晰可见，就心怀善意大步前行，不要回头。……倘若阻力继续出现，始终沿着正义指引的方向，尽量审慎地前进。”（卷十12节）书中还反复强调社会交往应树立平等、尊重、宽容的理念，为塑造健康心理，形成和谐友爱的人际关系提供了启示。奥勒留说：犯错之人与我情同手足，“对于同胞手足，我既不会生气，也不会与之起争执，因为我们天生就该合作，犹如一个人的双手、双脚、上下眼皮或者两排牙齿。”（卷二1节）

十九世纪的法国哲学家欧内斯特·勒南（Ernest Renan）曾这样评价道：“马可·奥勒留的书，没有教条作为基础，永远保持着活力。无论是无神论者，还是对宗教抱有最虔诚信仰的人，都可从中获得启迪与陶冶。”他超越种族、国家的博大胸怀与哲学思考，时至今日仍帮助着无数的人在纷繁世界中获得心灵的静谧与安顿。

刘芳

↣ 卷一

1. 从祖父维鲁斯身上，我首先学会了谦恭有礼和心平气和。

2. 从别人对父亲的描述和我对他的回忆中，我学会了谦逊的勇敢。

3. 母亲为我树立了典范：虔诚宽仁，不仅在行为上，更从思想上避免冷酷无情；生活简朴，与有钱人的习惯截然不同。

4. 遵从曾祖父的劝告，我放弃了学校教育，择名师授业于家，并且认识到求学应该不吝惜金钱。

5. 我的导师劝诫我，要不偏不倚地对待赛场中蓝方或绿方[1]的御车手，对待角斗场上手执轻盾或重盾[2]的角斗士；他还勉励我不要对工作心怀畏惧，要克制自己的欲望，注重自己的基本需求，专注自己的工作，绝不听信流言蜚语。

6. 感谢狄奥格奈特，他让我懂得不能沉溺于琐事；不能轻信术士和魔法师关于符咒、驱魔术之类的无稽之谈；不要染指斗鸡或其他类似的消遣；不要对耿直忠言愤懑不已；要熟读哲学著作，先读巴克切斯的作品，继之以坦达西斯和马西安的作品；年少就要开始写作；要贴身睡在简陋的木板床上安之若素，并热衷于施行希腊哲学中其他的清规戒律。

7. 卢斯提库斯使我认识到：我的性格需要锤炼和呵护，绝不让自己被引入歧途，像个诡辩者那样，热衷于编造投机取巧的论著，创建说教或写作虚构的禁

1. 指古罗马竞技场上参赛双方的战车御手身着的服饰颜色。罗马人对这种比赛的热情是无限的。获胜的选手会赢得大笔奖金，并成为公众的偶像。

2. 在角斗士比赛中，色雷斯人一方的选手佩带圆形轻盾，萨姆尼人佩带椭圆形重盾。

欲主义或利他主义短文。他还让我避开修辞学、诗歌，避免用矫揉造作的言辞，不要在家中穿着华服装模作样，或者作出别的没有品位的事情；而应该学习用清新自然的书信体文风，就像他在西努埃萨写给我母亲的信件那样。如果有人一怒之下与我发生口角，但凡他有想和解的表示，我应当准备随时与之冰释前嫌。还有，读书务求甚解，不能满足于懂得大概意思，也不能轻易被如簧巧舌说服。在他的帮助下，我还逐渐了解了埃皮克提图所著的《回忆录》。这本书是老师从自己的藏书里拿出来送给我的。

8. 阿波罗尼斯教导我：凡事要乾坤独断，切莫心存侥幸，始终不忘理性地思考问题。他还教导我以不变应万变，沉着应对突如其来的急剧苦痛、丧子之痛和慢性病的折磨。精力最充沛的人也需兼具放松心态的能力，他自己就是个活榜样。他的论著向来条理清晰，堪称典范。然而，他却显然把丰富的实践经验和教授哲学的天赋看成自己最微不足道的成就。他还教会我如何面对友人的虚情假意，既不有损自尊又不给别人留下冷漠的印象。

9. 承蒙塞克司图斯先生的教诲，我学会了善良仁慈，以家长式权威治家，懂得了合乎自然的生活真谛，浑然天成的尊严，真诚为朋友利益着想，对待门外汉和空想家要耐心和蔼。他对任何人都以礼相待，在人际交往中，这种有礼貌的举止比任何恭维话都更有效地增添他的人格魅力，同时也使在场的所有人都对他怀有十足的敬意。在确定自己生活要义并使之系统化的时候，他的方法不仅全面而且有条不紊。他从不流露愤怒或者其他强烈情绪，他脸上不露声色，内心却充满柔情。他总是以平和内敛的方式表示赞许，从不炫耀自己渊博的学识。

10. 批评家亚历山大提醒我不要吹毛求疵。人们语法不好，说话带着乡音，发音错误，纠正他们时态度不要严厉，最好以巧妙的方式建议他们使用某一恰当的表达方法，例如，通过回答他们的问题，对其观点表示默许，或者就某一话题本身（而不是措词）展开友好讨论，或者用其他适当的方式加以提醒。

11. 我的导师佛隆托使我认识到：心怀恶意、诡计多端、口是心非皆是绝对权力的伴生物；而我们那些达官显贵偏偏大多缺乏普通人的情感。

12. 柏拉图主义者亚历山大告诫我，说话和写信切忌频繁使用“我太忙了”这样的字眼，除非确有必要。他认为，任何人都不应该以忙于急务为借口，逃避对社会应尽的义务。

13. 斯多葛派哲学家卡图卢斯劝告我，即便友人的批评颇为不近情理，也不要轻视它，而应该竭力设法挽回对方的好感；要衷心地高声赞扬我的导师们，就像当年在多米提乌斯提起雅特洛多图斯时那样；要培养跟子女的真挚情感。

14. 从我的兄弟塞维鲁斯身上，我学会了热爱家人、热爱真理、热爱正义。在他的帮助下，我逐渐熟悉了特拉塞亚、卡托、赫尔维狄乌斯、狄昂、布鲁图斯，也逐渐熟悉了这样的概念：一个建立在全民平等、言论自由基础之上的社会和一个以维护臣民自由为第一要务的君主制。他让我懂得要以公平客观的态度评价哲学，乐善好施、慷慨大方、乐观向上，要对友情深信不疑。我还记得，他批评别人不拐弯抹角，对朋友不隐瞒自己的好恶，总是直言相告。

15. 马克西姆斯自制力强，意志坚定，无论是身体欠佳还是身陷不幸总是开朗达观，堪为我的榜样。他品格高贵、富于魅力，二者极好地融为一体。他不声不响地守职尽责，从不大惊小怪。他让每个人坚信，他心口如一，认为正确的事情就必定付诸行动。他从不困惑或胆怯，从不手忙脚乱、拖拖拉拉，做任何事情都心中有数。他不会任凭自己垂头丧气或是强作欢颜，也不会被愤怒、嫉妒或其他情绪所左右。他心地善良，富有同情心，待人真诚，给人一派谦谦君子的印象，这种气质是天生的，绝非后天教诲而成。人们在他面前从不觉得低人一等，也没人胆敢挑战他的卓尔不群。他也颇具幽默感，为人和蔼可亲。

16. 父亲[1]身上的优秀品质令我十分敬仰。他宽厚仁慈，决策谨慎，一旦决定就恪守不移，对虚名浮利毫不动心；他勤于政务，坚忍不拔，从善如流；他始终不渝地坚持论功行赏；他治国如高超的御手，深谙张弛之道；他压抑了一切青春的欲望，不遗余力。

---

1. 此处不是指他的亲生父亲，而是指他的养父，古罗马皇帝安东尼·皮乌斯。

父亲意识到社交生活必须有其自身要求，他的朋友没有义务陪他吃饭或陪他出巡，每逢人家有约在先，无法陪王伴驾，他从不计较。讨论国事时，每个呈报御前的议题，必经过耐心缜密的研究。他从不仅凭粗略的第一印象草率行事。他的友情隽永持久，既不变化无常，也不滥用无度。他在任何场合都很有分寸，兴致盎然又颇具远见，能不露声色地将自己的部署逐一完善到每个细节。他对帝国的需求殚精竭虑，审慎地节省各种资源，并且忍受着由此带来的种种非议。面对神灵，他不盲目崇仰；面对同胞，他既不屈尊取悦，也不极力拉拢，而是遵循自己平和稳重的一贯风格，藐视昙花一现、新奇花哨的事物。面对命运给他带来的物质享受，他不自鸣得意，也不惴惴不安。能够得到时，他坦诚享用；不能得到时，他也不以为憾。

父亲身上断然见不到诡辩者的吹毛求疵、谄媚者的唐突无礼、迂腐者的顾虑重重。世人公认他的人格成熟而完美，阿谀奉承难动其心，自驭及驭人都得心应手。此外，父亲对真正的哲学家深怀敬意；而对冒牌的哲学家，他尽管不作品评，但也不愿意向其讨教。在社交场合，他和蔼可亲，风度翩翩，毫无矫揉造作之感。他合情合理地关注自身的健康，从不渴望延年益寿，也不设法修饰容颜，但他却绝非漫不经心。相反，他保养得非常成功，所以很少需要医生诊治，很少服用、涂抹药物。对于他人出众的才能，如擅长雄辩，精通法律、伦理等，父亲总是及时加以推许，从不嫉妒；并尽量给以机会，使其在各自领域获得声名。父亲的所作所为皆尊崇以往的诏令，但他从不谋求民众对此的认可。同样，他厌恶烦躁不安和变化无常，固执地偏爱同样的地方，追求同样的东西。每次偏头痛剧烈发作后，他便争分夺秒地处理日常政务，不但精神焕发而且能自如地行使自己的权力。父亲的私密文件不多，仅有的几份也都是专论国事的。对展示辉煌、兴建公共建筑、发放补助等事宜，他有着很强的判断力和约束力，总是更为关注这些措施的必要性而非由此引起的赞颂。他从不在不适当的时间沐浴，也不痴迷大兴土木。他对膳食、服装的款式和颜色、身边侍从的气质从不挑剔。父亲的服装来自他在洛里姆的乡间宅地，他的日用品大都来自出生地拉努维姆。那则关于他在塔斯丘佗对待那个心怀歉疚的管家的著名轶事，是他为人处事的写照。无礼、粗鲁或者气势汹汹都违背他的本性。他从不会像俗话说的那样，怒气冲冲到冒汗的地步。对于每一件事，他总是不慌不忙、冷静、有条不紊、果断、前后一致地加以分析和权衡。对苏格拉底的记载同样适用于父亲，他有能力允许或否定自己的一些嗜好，而大多数人因自身的贪求而无力拒绝。性格刚毅到如此收放自如的程度，充分说明父亲是一个完美而不屈不挠的人，正如卧病在床的马克西姆斯所表现出的一样。

17. 我要感谢神灵，赐予我慈爱的祖父母、伟大的双亲、善良的姐姐、所有的良师、战友、亲人和益友。感谢神灵，我从未与他们有过任何争执。尽管本人的脾气秉性很可能导致这类事情的发生，但幸运的是，上天没有让我经受这样的考验。我还要感谢神灵，早早终结了我祖父的妃子对我的抚养职责，保全了我的无邪之心。我并不急于长大成人，而是希望从容不迫地成长。我还要感谢上苍，承蒙父皇的教诲，我戒除了一切浮华做派，懂得了宫廷生活可以没有忠诚的护卫、华丽的朝服、耀眼的灯火、栩栩如生的雕塑和其他奢华的排场。但凡国事当头，需要表率，帝王可以把生活降低到平民百姓的水准，却丝毫无损于他应有的声望和威严。神灵还赐予我这样一位兄弟[1]：一方面，他的天性长期考验着我的自律能力，另一方面他对我的敬爱又温暖着我的心。还有我的孩子们，他们个个心智健全，身体健康。承蒙神佑，使我在修辞学、诗歌和其他学科造诣有限，倘若我不太费力就能学问精进，我可能会耗费时间专研学问。神灵作证，只要一有机会，我便提升导师们的品级地位，使之达到我认为他们心中想要的程度，而不是以年资尚浅为由，让他们空等日后的升迁。感谢神灵，使我与阿波罗尼斯、卢斯提库斯、马克西姆斯相识。他们使我屡屡对自然生活的真谛产生清晰的认识。他们对我的关照、帮助和启发，使我没有理由不去追求自然生活。假如我离此目标还很远，那也怪我自己没有用心聆听神灵的启示——不，是神灵的指引——而这些我早已听上述几位哲人指点过。

感谢神灵，我的身体长期忍受这样的生活方式

1. 此处指路奇乌斯·西安尼斯·康茂德，即后来的路奇乌斯·维鲁斯。他与马可一起被皇帝安东尼·皮乌斯收养，并与他并列为共治皇帝，还娶了马可的女儿卢西拉。起初他是个勇敢而有才干的人，后来变得懦弱而自我放纵。在对波斯的战争中，他作为罗马军队的司令官，表现懒惰无能，仅凭手下将军们的才干才得以免受耻辱。他带领军队从东方回来时，还带回了瘟疫，并随后蔓延到了整个帝国。维鲁斯于公元 169 年去世——据说，死于下毒者之手。

而没有垮掉。我从未卷入与贝妮迪克塔或西奥多托斯之流的纠葛之中，并从后续发生的事件中全身而退。虽然我和卢斯提库斯经常意见不一，但我从未把事情激化到令我懊悔的地步。母亲虽然去世早，但最后的岁月是和我一起度过的。再有，每逢我想救人于贫困或危难之时，从未有人告诉我缺乏必要的手段，而我本人也从未遇到同样需要别人伸出援手的境况。我要感谢神灵，赐予我一位贤妻，她是如此恭顺，如此充满爱心，如此纯真自然。感谢神灵不断赐予我的孩子们称职的导师，并在梦中赐我良方，特别是治好了我在卡耶塔和赫里萨患上的吐血症和眩晕病。最后，承蒙神佑，虽然我痴迷哲学，却不曾沦为某些诡辩家的猎物，也没有把精力全都用于在书桌旁啃书本、研究逻辑法则或苦读自然科学。

所有这一切美好的事情，“没有神灵和命运的帮助，是不可能办到的。”

写于格兰河畔的夸地。

卷二

1. 每日伊始都要这样告诫自己：今天或许会碰到好管闲事之人、忘恩负义之人、傲慢无礼之人、背信弃义之人、心怀鬼胎之人和自私自利之人。这一切皆源于他们善恶不分。而我早已深谙善恶之本，善之高尚及恶之卑劣，也深知犯错之人的本性，他与我情同手足（并非血缘关系，而指同样被赋予理性和些许神性的同胞）。所以，这些行为伤害不了我，因为谁也不能把我牵连到堕落的事件中去。对于同胞手足，我既不会生气，也不会与之起争执，因为我们天生就该合作，犹如一个人的双手、双脚、上下眼皮或者两排牙齿。相互阻碍有违大自然的法则。激怒或者厌恶不正是一种阻碍的表现吗？

2. 区区血肉之体，悠悠几缕气息，加上统领全局的理性，这就是我（忘掉你的书本，别再渴求它们，那根本不是你的才能）。作为一只脚迈进死神门槛的人，莫要留恋血肉之躯，它那黏稠的血液、骨骼、复杂的神经、静脉和动脉。也莫要留恋那几缕气息。气息是什么？无非一缕气流，连每次呼出来再吸进去的空气都不相同。唯有第三者——理性，那才是你必须全神贯注的主宰。既然你已经两鬓斑白，就不要再把理性当作奴仆，在私利一次次驱动下，将它像木偶般扯来扯去，也不要再怒气冲冲地指责命运，抱怨今天，哀叹明天。

3. 天意笼罩着整个神界。即便是无常的偶然性也在大自然的版图中占有一席之地。也就是说，天意已经将其编织进纷繁复杂的花毯之中。天意乃万物之源，且与必然性和宇宙的福祉息息相关。你本身只是那个宇宙的一部分。人性的任何组成部分，若由普遍本性授之，皆是好的组成部分。再者，维系整个世界存在的是变化，不仅基本元素在变化，而且由这些元素构成的更为庞大的结构也在变化。明白这番道理就能知足，就能永远把它们奉为准则。

忘却对书的渴求吧。唯有如此，当大限来临时，你才不会低声抱怨，而是以优雅的风度，怀着对神灵由衷的感激迎接它。

4. 好好反思一下你的那些蹉跎岁月吧，神灵是如何一再放宽你的时限，而你却没有好好利用。现在应该认识宇宙的本质，你就是宇宙的一部分；认识主宰万物的力量的本质，你就是这种力量的产物。现在应该懂得生命有时限，好好把握生命，才能增进自己的领悟，否则时光流逝，一去不还。

5. 遇事要像个罗马人，更要像个男人一样时时刻刻决心以应有的尊严和仁爱之心，独立公正地去面对。抛开其他的私心杂念吧。只要你把每个行动当作最后的机会，摒弃任性的想法，摒弃感情上对理性命令的畏缩，摒弃自我表现的欲望，摒弃自我崇拜，摒弃对自己命运的不满，你就能做到这一点。要知道人只需掌控很少的东西，便可以平静虔诚地度过余生；只要他听从这为数不多的忠告，神灵就别无他求。

6. 你错待了自己，我的灵魂；一切来得太快，已没有时间更改。生命只有一次；你已来日无多，却依然漠不关心自己的荣誉，将幸福寄望于他人的灵魂[1]。

7. 外面的牵挂使你分心吗？那就给自己留一方净土，在那里可以增加对善的认识，学会克制内心的躁动。还要警惕另一种错误：有些人的愚蠢在于终日忙碌却漫无目标，不知自己的一切努力、一切想法，都为了什么。

8. 一个人因对别人的想法漠不关心而遭受不幸，这种情形很难看到。然而，如果他对自己的意愿也漠不关心，那么不幸注定是对他的回报。

9. 永远记住什么是普遍本性，什么是自己的本性，以及两者之间有什么样的关系。整体是那么的宏大，而部分是如此的渺小。记住，没人能阻止你按照普遍本性说话行事，因为你就是它的一部分。

10. 当泰奥弗拉斯托斯比较各种罪恶的时候（至今它们都被普遍认为具有可比性），他坚信这样一

---

1. 意指他人赞成或是反对你的行为。

个哲学真理，即欲望之罪比激情之罪更应受到惩罚。因为激情对理性的背离至少看起来带有一丝不安，让人感到一些羁绊；而欲望之罪则纯粹由满足感所驱使，意味着更多的自我放纵和缺乏男子气的倾向。况且，实践经验和哲学理论都支持这种论点，即带来满足感的罪行比带来痛苦的罪行应该受到更为严厉的谴责。一种情形是当事人因遭受不公而被迫失去自制力，另一种情形则是在欲望的驱使下主动犯错。

11. 无论做事、说话还是思考问题，都要铭记：终止生命的权力始终掌握在自己手中。倘若真有神灵，你无需害怕离开人间，因为神灵会保佑你不受伤害。倘若神灵不存在，或者即便存在也不理人间俗事，那么在一个无神灵无天意的世界里，生活对我又有何意义？所幸的是，神灵确实存在，而且挂念人间之事。他们赐予我们力量，使我们免于陷入彻底的罪恶。纵然生活中其他方面存在罪恶，神灵也已经替我们未雨绸缪，赐予每个人避免罪恶的力量。如果神不会使一个人堕落，又怎么会让他的生活堕落？普遍本性不会对这种危险熟视无睹，也不会疏于防范和补救。本性既不缺乏能力也不缺乏手段，断不可能被引入歧途，任凭好运和恶运不问青红皂白地降临到有德君子和无耻小人身上。不过，好人与坏人同样会遇到这样的命运：生存和死亡，荣耀和耻辱，快乐和痛苦，富有和贫穷。凡此种种，不一而足。它们既不能使我们高尚也不能使我们堕落，因此它们也就没有好坏之分。

12. 我们的思维能力使我们认识到万事万物都会飞快地消失：它们的形体消失在空间里，对它们的记忆消失在时间里。我们还应该认识到所有感官对象的实质，尤其那诱惑人的快乐、使人害怕的痛苦，或是那起劲地鼓动人自命不凡的声音。认清它们多么低贱卑劣，多么利欲熏心，它们的消亡多么迅速。我们应该明辨那些因真知灼见而广受赞誉的人的真正价值。我们还应该理解死亡的本质。只要我们静下心来对死亡好好思考一番，剖析一下我们对死亡的种种想象，我们很快就会明白，死亡不过是一种自然过程（只有孩童才会惧怕自然过程）。更确切地说，不只是一种过程，而且是对自然作出的一种积极贡献。我们还可以认识到人与神灵是如何沟通的，这种沟通是通过身体的哪一部分来实现的，这部分消失之后又会怎样。

13. 没有比这更悲哀的事情了：想搞清世间万物，就像诗人吟唱的那样，“探索地球的深处”，好奇地窥探他人灵魂深处的秘密，却丝毫不明白我们唯一要做的只是守住内心的神灵，忠贞不二地为其效力。这种效力需要保持其纯净，免受激情的诱惑，切忌漫无目标，切忌对神和世人的杰作心怀不满。这是因为，前者的杰作由于卓越不凡而值得我们崇敬，后者的杰作由于手足情分而值得我们善待。有时或许也出于同情，同情世人对善恶的无知。因为这种缺陷与黑白不分一样有害。

14. 纵然你能活上三千年甚至三万年，你也要记住：人唯一能失去的生命就是他现在拥有的生命。除此之外，他没什么可失去的。这就意味着最长的生命与最短的生命其实没有两样。这是因为，眼下正在经历的这一分钟同样属于每个人，但它一旦逝去便不再为我们所有。所以我们失去的仅仅限于这飞逝的瞬间。既然谁都无法失去已经逝去的或即将到来的，他怎么能被夺走他并不拥有的东西呢？因此，有两件事应当牢记在心：其一，自时间伊始，宇宙万物便以同样的方式周而复始，这种景象你看上一百年、两百年，或是永远看下去，其实根本没有区别。其二，当最长寿的人和最短命的人死去时，他们的损失分毫不差。这是因为，人唯一能被剥夺的东西便是现在。既然现在才是人拥有的一切，他就不会失去他未曾拥有的东西。

15. 世人显然对犬儒主义者莫尼姆斯的论断持有异议。他认为:“事物取决于人们对它的看法。”然而如果我们承认他这一论断的实质也包含一定的真理，那么这一论断的价值同样是显而易见的。

16. 对于肉体凡胎的人来说，他所犯的最严重的错误是把自己变成（如果能够做到的话）宇宙中的某种毒瘤或脓肿。抱怨客观环境始终是违背大自然的，因为每个人的天性都是大自然的一部分。第二个错误是，人们生气的时候常常会冷落或者恶意反对自己的同胞。第三个错误是，向快乐或痛苦屈服。第四个错误是，掩藏真情实感，虚情假意，言行不一。第五个错误是，做事随心所欲，没有明确目标，无谓浪费精力，缺乏应有思考。哪怕最微小的活动也应有目标。对于有理性的人来说，这一目标应该符合最古老的城邦和国家的法律、理性。

17. 在人的一生中，他的时间只是短暂的瞬间，他的存在只是一种不停的流淌，他的感觉只是一种昏暗的微光，他的肉体只是蠕虫的一种食物，他的灵魂只是一种动荡的旋涡，他前途暗淡，名誉难料。总之，他肉体的一切犹如湍急的流水，他的灵魂犹如梦境般飘渺。人生如战争，它是在陌生土地上的短暂停留，声誉之后便是遗忘。如此说来，人从何处才能找到指引方向的力量？人能而且只能从一处找到答案：哲学。成为哲人，就是要保持内心的神性纯洁无瑕、完好无损，这样他才能超越所有的快乐和痛苦，做事目标明确，不弄虚作假，不依赖他人的作为或不作为，接受每一份分配物，把它看成和自己是出自同一来源的。最后，当然也是最重要的，要欣然等待死亡的来临，那只不过是组成每一生命的各种元素的一种简单分解过程。只要这种不停的组合和再组合对元素本身无害，为何要用不信任的眼光看待生命整体的变化和分解呢？这不过是大自然的一种规律罢了，而大自然的规律是没有邪恶的。

卷三

1. 岁月蹉跎，来日无多。我们要考虑的还不止这些。即使人能够延年益寿，我们也必须考虑，他的大脑是否还有能力理解事物，是否还有能力进行沉思以便理解神灵和世俗事物。人的衰老，刚开始时不会表现为呼吸器官、消化功能或者感觉器官、脉搏跳动等诸方面的损失。但是，充分运用各项器官的能力，正确评估职责要求的能力，应付可能发生的各种问题的能力，判断是否大限将至的能力，以及娴熟运用智力进行决策的能力，都已经开始衰退了。我们必须赶紧奋力前行。这不仅因为每过一个小时，我们便离死亡更近一步，而且因为我们的认知和理解能力在那以前就已经开始走下坡路了。

还有一个值得我们关注的事情：即便是在大自然的运行中发生的偶然事件也有其优美和迷人之处。比如，一块面包在烤箱里烤制的时候，上面会出现一些裂纹。这种瑕疵虽然不是制作中有意为之，倒也出现得合情合理，而且还能激发人的食欲。再比如，熟透了的无花果会开裂。快要掉落的橄榄有一种临近腐败的状态，但它却给果实增添一种特殊的美感。同样，垂了头的玉米秆、狮子发怒时褶皱的皮肤、野猪嘴边滴落的白沫，凡此种种虽然本身看上去不悦目，但却是大自然运行的结果，为增添大自然的迷人魅力作出了自己的贡献。

2. 因此，对一个感觉敏锐、对宇宙的运行有着深邃洞察力的人来说，几乎所有事情，即便只是其他事物的副产品，似乎也都能给他带来额外的愉悦。对那些龇牙咧嘴的活生生的狮子老虎，这样的人会认为，它们像艺术家或雕塑家对它们的模仿一样值得欣赏。凭借自己审慎的鉴赏力，这样的人不仅能看到青年诱人的可爱，而且懂得欣赏老年男女的成熟魅力。并非所有人都会被此类事物所吸引，只有对大自然及其杰作真正怀有亲近感的人才会被它们打动。

3. 希波克拉底治愈了很多病患，但他自己却死于疾病。迦勒底人预言了很多人的死亡，但他们自己也没逃脱死亡的追逐。亚历山大、庞贝和凯撒大帝毁灭一座座城池，在战场上砍杀过成千上万的士兵和战马，可是大限来临时同样撒手人寰。赫拉克利特无休止地猜测大火将耗尽宇宙，到头来他自己却身患水肿，浑身沾满牛粪而死。德谟克利特死于寄生虫，苏格拉底死于另一种害虫。那么，这一切寓意何在？其寓意便是：你登船，远航，抵达港口，然后登岸。进入来世吗？神灵无处不在，甚至更遥远的远方也不例外。进入最终的无知觉状态吗？这样你就摆脱了痛苦和快乐的羁绊，不再受缚于这尘世的航船，这船比它的驾驭者卑鄙何止万倍。因为一方是理性和神圣，而另一方不过是肉体与腐败。

4. 莫把有生之年浪费在猜测左邻右舍上，除非这种猜测能使双方有所受益。揣摩别人的行为、动机、言谈、想法和打算，总之，揣摩任何会分散你的精力，使你不能忠诚于内心神灵的事物，都意味着你丧失了做一些其他事情的机会。所以，务必要让你的思绪远离那些无聊而杂乱无章的猜想，尤其是那种多管闲事、不够厚道的想法。人应该习惯于这样一种思维：当突然被问到“你此刻在想什么”的时候，能坦然而毫不犹豫地给出答案。由此可以证明他的思想单纯而友善，与社会人的身份相称，对感官刺激、妒忌、羡慕、猜疑，或其他自己羞于承认的情感不感兴趣。这种力争上游的人，堪当神灵的祭司和使者，因为他把内心的力量发挥到极致：享乐不辱其名，痛苦不伤其身，羞辱不移其情，邪恶不动其心。他参加的是所有比赛中最伟大的一项，即为摆脱情欲的操控而抗争。他的秉性纯粹正直，全心全意地迎接命运的降临。除非为了公众利益，很少去揣测别人的想法、说法和做法。他严格控制自己的活动，只关心自己的事情，专注宇宙大网中自己这根细丝，确保自己的行为是高尚的，坚信发生在自己身上的一切必定是最好的，因为指导他自己的命运之神必定按照更高层的指令行事。他不会忘记所有理性生物共有的手足之情，也不会忘记关怀每一个人正是人性的一种体现。他懂得不应该顺从世俗的观念，而是要追随那些与大自然和谐相处的人们的观点。对于那些生活不太有序的人，他时常提醒自己，要记住他们在家和在外、白天和晚上所展现的不同品质，要记住他们经常交往的社会阶层。这些人对自己评价都不高，那么就更不值得他来赞许。

5. 在行动上，你应积极主动，手脚麻利，但也要考虑公众的利益；应深思熟虑，但不要优柔寡断。在感情上，你不要自命不凡地过于精雕细刻，不要喋喋不休，也不要多管闲事。在内心神灵的主宰下，你应该是一个充满阳刚之气、成熟稳健的人，一个政治家，一个罗马人，一个执政官。你应该是一个坚守立场，像一名在人生战场上待命撤退的战士，随时欢迎接替者。你应该是一个功劳无需自我宣扬，也无需他人评说的人。这就是内心快乐的秘密，不依赖外来帮助，也不祈求他人恩赐安宁的秘密。我们必须自己挺立于天地之间，而不是被别人扶植起来。

6. 假如世俗生活能给你比正义、真理、自制和勇气更美好的东西（也就是说，在你的行为符合理性法则时能心境安宁，在无法控制的命运从天而降时能心境安宁），或者假如你能认清更加崇高的理想，那么你就全心全意地奔向它，并且为发现了自己的追求而欢欣鼓舞。然而，如果在你看来没有比你内心的神灵更美好的东西可以抑制你的每一次冲动，权衡你的每一个想法，弃绝（苏格拉底语）肉体对你的诱惑，公开宣布你效忠神灵、体恤民众，如果你通过比较发现其他一切都很卑微渺小，那么你就不应允许自己从事任何相反的追求。因为你一旦犹豫不决、改变方向，就再也不能坚守自己选择的理想了。其他任何雄心壮志都不能与理智和公民义务所具有的美好相提并论。哪怕是全世界的掌声、权力、财富和快乐，也无法与之相比。这些东西，也许暂时令我们颇觉适意，但它们很快就能占领上风、使人失去平衡。要我说，你干脆就选择最高的理想，并坚守下去。也许你会说：“可是，对我最有利的便是我的最高理想。”假如你作为一个具有理性的人，它对你最有利，那就坚守下去。但如果你仅仅作为一个动物，它对你也最有利，那就不妨直说，并谦卑地维持你的观点，只要确保你已经正确地探究过这个问题。

7. 永远不要看重靠违背诺言、丧失自尊、仇恨、猜疑、诅咒他人、伪善等手段而获得的好处，也不要试图得到别人掩藏起来的东西。如果人优先考虑的是自己的思想、内心的神灵和对神灵的供奉，他就不会装腔作势，满腹牢骚，既不渴望独处也不追求热闹。最大的好处在于，他的生命将摆脱不停的追逐和躲避。他不在意自己的灵魂在尘世的躯体中存在的时间是长是短。此刻若是大限来临，他会从容向前，一如完成其他事情那样，淡然而有条不紊。生命中，他别无牵挂，只专注于不让自己的思想误入歧途，不要走上与有理性的公民背离的道路。

8. 受过训诫和净化的心灵，不会有腐败的污渍、不洁的污点、生脓的毒疮。死亡不会在中途匆匆带走他的生命，如同演员未及演出结束便中途退场。他既不是卑微的奴仆，也不是纨绔子弟。他不依靠别人，也不离群索居。他无需躲闪，也不逃避任何责任。

9. 要尊重你自己形成意见的能力。仅凭这种能力，你内心的舵手便能使你避免产生与天性不符、与理性人的天性不符的意见。这种能力能使你变得审慎细心，能使你跟同胞愉快相处，能使你与神的意志取得一致。

10. 抛开其他一切，牢记下面的真理。记住，人只活在当下，活在这飞逝的瞬间。人生命的其余时间不是已经逝去，便是还未来临。这个尘世的生命微不足道，生活在地上的一个微不足道的角落。即便是最长久的身后之名，也同样微不足道。况且，有无这种身后之名，还要仰仗一代代很快凋零、同样微不足道的人们。他们对自己都不甚了解，更何况对那个早已逝去的生命呢。

11. 除上所述，另有箴言一则。当一个事物出现在你面前时，你要在脑海中对它形成清晰的印象，至少要记住它的轮廓。这样才能辨明其基本特征，并透过分散的特征看清真实的整体结构。自己弄清这一事物本身，弄清组成这一事物并由这一事物再次分解的元素。没有比这种能力更能发展你的头脑了。它使你能系统而精确地审视生命中的每一种体验，将其分类，确定其目的、对宇宙的价值、对至尊之城（其他的城池都是至尊之城的住户）的成员——人类的价值。举例说明，比如我此刻脑海中出现的印象。它是什么，由什么构成，能存在多久？它需要我作出什么样的道德反应？是亲切、坚毅、率真、真诚、诚实、自立还是其他品质？面对各种情况，都要学会说：这是神的意愿；或者，这是命运的安排，是复杂网络中的一根细丝，是偶然事件的巧合；又或者，这是与我同宗同种的同胞手足的所作所为，只是他对本性的要求还茫然无知。而我自己却不能承认这样的无知，所以要本着源于本性的手足之情，与他和睦相处，如若不涉及是非善恶的问题，我同时还必须根据事情的是非曲直作出公正的判断。

12. 在你完成一项任务之前，如果你能始终热情饱满、精力充沛、充满仁爱地严格遵循理性的原则，如果你能抛弃一切次要追求，保持内心纯洁诚实的神性（如同此刻就面对神的召唤），如果你能坚持谨守，不为任何事情停留，也不因任何事情畏缩，但求自己每一个行为都与自然契合，每次讲话能大胆地讲述实情，那么你的人生将是美好的。而且，无人能阻挡你按这一方针行事。

13. 要像外科医生总是把柳叶刀和解剖刀放在手边以备不时之需那样，你要时刻铭记自己的准则以便理解有关神灵和俗世的事情。即便在最琐碎的行动中也不要忘记这二者之间的紧密联系，因为不参照神灵的事情，世俗的事情就不可能处理好，反之亦然。

14. 不要再误导自己。你再也不会阅读那些笔记，罗马人和希腊人的陈年往事，或者特意为晚年收藏的作品精选。努力向前，直至尽头，抛开一切奢望。假如你对自己还有一丝尊敬，就要尽可能拯救自己。

15. 他们完全不懂下列词汇的含义：偷窃、播种、购买、平静和明白职责。这需要用一种与肉眼不同的眼光来理解。

16. 肉体、灵魂和思想：肉体负责感知，灵魂是行动的源泉，而思想则制定准则。然而，被圈着的公牛也会有感知能力。野兽、同性恋者、尼禄和法拉里斯也不会仅凭冲动行事。就连那些不信奉神灵的人、背叛祖国的人、背地里干尽坏事的人，也有思想指引他们走上负责的大路。记住：其他一切都是各色人等的共有特点。君子的非凡之处在于他以赞许的态度迎接命运给他编织的每一个经历；在于他拒绝玷污心中的神灵，拒绝用杂念打扰心中的神灵；在于他决意维护神灵的安宁，庄重得体地遵循神灵的教诲，承诺不说不实之词、不行不义之事。他过着简朴而自尊的幸福生活，即便因此遭到世人的怀疑，他也不对任何人心生怨恨。他仍然坚定不移地走向生命的终点，在使命驱使下纯洁安详地到达终点，完美和谐地领受命运的分派，心甘情愿地离开。

卷四

1. 若内心的主宰力量忠实于自然之道，它就能根据环境提供的各种可能与机遇随时调整自己。它不要求先决条件，为达目的也愿意妥协，并能将各种阻碍自己前进的事物转化为对自己有用的东西。好比垃圾堆上燃起的篝火，原本也许会湮灭成微弱的火光，但是它的烈焰迅速蔓延至整堆垃圾，烧尽整堆垃圾，升腾起更高的火焰。

2. 从事任何事业都不可随意，不可无视那些确保其能正确执行的原则。

3. 人们向往归隐荒野、海滨或崇山峻岭。这实在是人们心里珍藏的梦想。不过，这样的梦想对于一个哲人来说毫无价值，因为他若愿意可随时归隐于心。人无法寻找比自己的灵魂更宁静、更不受打扰的隐退之所了。更重要的是，他自身就具备这样的条件，只需凝神静思便能立即获得内心的宁静。这种宁静不过是井然有序的内心世界的别称而已。那么经常采用这种归隐方法吧，用它来不断更新自己。制定简练的生活准则，但要包含基本原则。时常温习它们，就可以平息一切烦恼，使你无忧无虑地回到应尽的职责中去。

说到底，你为何烦恼？因为人类的不端行为？要记住这一信条：一切理性生物天生要相互依存；容忍也是正义的一部分；人非有意为恶。想想看，无数的仇视、猜疑、憎恨、冲突都已随知情者灰飞烟灭，你就不要再烦恼了。

或许，是宇宙对你的安排让你烦心？再回忆一下两难推理法吧："若非英明的神意，便是一团微粒。"想想看，大量的证据证明世界犹如一座城池。你是否因身体不适而感到痛苦？想想看，思想只有离开肉体时才认识到自己的力量，与生活中的顺畅与艰难完全无关。总之，想一下你所学到并领会的所有关于痛苦与快乐的知识。

又或许，是泡沫般虚幻的声望使你分心？记住，遗忘就在你的眼前迅速开始；记住，我们身前身后都是永恒的深渊；记住，那些喝彩的回声是多么空洞，那些自称是仰慕者的评价是多么反复无常而缺乏水准，世俗声望的传播范围又是多么狭小。整个大地不过是一个小点，而我们居住的地方又是其中极小的一个角落。那么能有多少人赞美你？而他们又是怎样的人呢？

所以，归隐到自己内心那一方小天地吧。最要紧的是，绝不要抗争或较劲，而要做自己的主人，像个男子汉，像个人，像个公民，像个凡人那样面对生活。真理如云，不如经常思考以下两条：其一，事物永远不可能触及灵魂，只是迟钝地站在灵魂之外，唯有无端的猜想才会引起灵魂的不安；其二，所有看得见的事物时刻都在变化，并终将不复存在；想想自己身上发生的无数变化。整个宇宙都在变，生活本身即是你对它的看法[1]。

---

1. 生活本身就是你认为的那样。哈姆雷特（第二幕，第二场）说："世上的事情本无善恶之分，都是世人的看法把它们这样区分。"在此，马可用两个希腊词更为简洁地表达这种思想，字面意思为"生活（即）观念"。

4. 如果人类普遍具有思考能力，那么也就普遍具有理性，由此我们也就成为理性生物。因此可以断定，告诫我们“应该做什么”或“不应该做什么”的理性也同样具有普遍性。这就是一种普世法则。反过来，它说明我们都是同胞，享有共同的公民资格，而这个世界就是一个城市。世上还有其他的公民资格可供全人类分享吗？正是从这共同的世界中产生了思维、理性、法律本身。要不然，还能从何而来？我身上土性的部分来自土地，水性的部分来自水，风来自风，而炙热的火性则来自火（因为无中不能生有，也不能归于无），所以思想必定也有来源。

5. 死亡，如同出生，是大自然的一个秘密。同样的元素组合在一起，再分解开来，全然没有值得羞愧的地方。对于具有理性思维的生物来说，这既不反常，也没有违背人生的法则。

6. 什么样的人行什么样的事，这是必然的。如果希望世事不是这样，就如同希望无花果树不产生浆汁一样不现实。无论如何都要记住：你和他很快就会去世，而你们的大名也将很快被人遗忘。

7. 抛开“我被冤屈”的念头，冤屈感自然也会随之消失。拒绝受伤的感觉，伤痛也会消失。

8. 不能腐蚀人的，也就不会腐蚀他的生活，不会对他造成任何损害，无论是外在的还是内在的。

9. 集体权宜的法则促成了这种情况的发生。

10. 任何事情的发生都有其合理性。仔细观察一下，就会发现此话千真万确。一桩桩事件之间，不仅存在先后顺序，还存在一种公道合理的秩序，好像有一只手让它们各就各位似的。那么，你不妨继续观察下去，让善意伴随着你的每一个举动。无论你做什么，都要注意这一点。

11. 莫要仿效骄傲自大者的看法，也不要让他们的看法支配你的思想，而要按照事物的本来面貌观察事物。

12. 时刻谨记以下两点：其一，只听从理性（我们的主宰和立法者）的建议，做有利于公共福祉的事情；其二，假如有人当场纠正你，并能说服你你的判断有误，你就应该重新考虑自己的决定。但是这种改变的出发点，必须是正义、公益，或其他类似的利益。这必须是唯一的考虑，而不是为了追求享受或声望。

13.“你有理性吗？”“有。”那为什么不用它呢？如果理性发挥了作用，夫复何求？

14. 你生来便是宇宙的一部分。你将消失在赐予你生命的宇宙中。更准确地说，你将再次化入宇宙的创造者理性之中。

15. 许多香灰落在同一个祭坛上：有的早些，有的晚些，但这没有任何区别。

16. 你只要回归到原本的教义中，回归到对理性的崇敬中，用不了一周，那些现在将你归入野兽和猴子之流的人们便会尊你为神。

17. 活着的时候不要以为还有千年可活。死亡近在咫尺。趁着还有时间和能力，好自为之吧。

18. 一个人只要不理会别人说什么、做什么、想什么，只关心自己的行为是否公正虔诚，他就必然拥有充裕的时间和安逸的心境。有德之人从不窥探别人的污点，只会坚定不移地朝自己的目标努力。

19. 为身后之名而血脉偾张的人没有思考过下面的事实：所有记得他的人不久都会离开人世，随着时间的推移，他们的后代也会离去，即使在传递之际曾闪闪发亮，最终记忆的火光也将熄灭。何况，即便那些人都能长生不死，他们的记忆也不会消亡，这对你又有何意义？对坟墓中的你显然毫无意义。即便在你的有生之年，赞美之词，除非能对某些目的有所帮助，可对你又有何用？所以，如果你一心想知道未来人们对你的评价，必定会不合时宜地拒绝现在大自然所赋予你的一切。

20. 但凡称得上美的事物，其美皆源于自身，无需旁求。赞美却不是这样，它既不能使事物变得更坏，也不能使其变得更好。即便是极为平常的美，比如自然物体或艺术品，也是如此。真正的美还需要别的条件吗？当然不需要。有法律、真理、仁慈或谦虚，就已足够。这些美德会因赞美而增色，或因谴责而受损吗？绿宝石会因为没人欣赏而有损其美吗？黄金、象牙、紫色呢？七弦竖琴或短剑呢？玫瑰花蕾或小树苗呢？

21. 如果人死后灵魂真能不灭，那么自时间伊始，我们头上的天空如何能容纳这么多的灵魂？而地面又如何能容纳自古至今这么多肉体？肉体入土之后很快会腐烂变质，为后面的肉体腾出了空间。同样地，升入空中的灵魂停留一段时间之后也会产生变化，弥漫开来，继而转化成火，重回宇宙的创造理性之中。这样，腾出的空间便可以接纳其他灵魂。这便是信奉灵魂不灭者的答案。况且，我们不能光计算人类肉体的数量，还要包括每天被我们和其他动物吞噬的所有生物。以这种方式消亡，从某种意义上说是被葬在动物或人的体内，并为它们提供营养。如果这样的话，这个数量该有多么庞大！不过，随着它们被融入血液，再转变成空气或火，这样，所需的空间就都具备了。

我们又是如何发现这些真相的呢？就是通过区别问题和根源。

22. 绝不要让自己过分激动。一旦冲动发生，首先要保证它符合正义的要求。一旦形成某种看法，首先要使自己确信其正确。

23. 世界啊，我始终亦步亦趋追随您伟大的和谐。只要对您合乎时宜，对我就恰逢其时。大自然啊，您四季生产的作物便是我的收获。万物皆源于此，长于此，归于此。当诗人高喊："伟大的刻克洛普斯之城！"时，但愿我们不必一起高呼"伟大的神灵之城！"

24. 圣人说："假如懂得知足，就该少些作为。"也许这样更好：只做非做不可的事情，只做理性要求公民必须做的事情，只按照它所要求的去做。这样，你会产生一种做事少而精的满足感。其实，我们的言行大都可有可无，省去一些不仅节约了时间还省去了烦恼。因此，人每走一步都应自问："这件事非做不可吗？"而且，我们不仅要抑制无聊的行为，还要抑制无聊的想法，这样不必要的事情就不会发生。

25. 考验一下自己是否能像有德之人那样生活。他们满足于宇宙对他的安排，只求为人公正，处事仁慈。

26. “这一切[1]你都看到了吗？”现在这样想想：你的角色应该是性情安详、为人质朴单纯。是别人做错了吗？错误在于他自身。你遇到什么事情了吗？很好，这就是普遍的命运对你的安排，这种安排早在时间伊始便已注定。它和发生的其他事情一样，都是特意为你编织的命运之网的一部分。总之，生命短暂，遵从理性和正义的指引，珍惜如梭的时光吧。放松心情，但要有节制。

27. 宇宙要么井然有序，要么是杂乱无章、随意拼凑起来、勉强成形的一团混沌。不过，你身上是否也存在着某种有序，同时从更大的整体看来却又无序？自然的各个部分尽管千差万别，可是它们之间是否又关联一体呢？

28. 一颗黑暗的心！一颗任性妇人之心；一颗残暴之心，一颗野兽之心；幼稚、愚蠢而虚伪；一颗贪婪之心，一颗暴君之心。

29. 如果说不了解宇宙中存在什么的人就是不

1. 指最近突然遇到的令人不愉快的事情。

懂得宇宙，那么不了解宇宙中发生什么的人同样也不懂得宇宙。这样的人是一个从理性王国自我放逐的流亡者，是一个失去自己洞察力的睁眼瞎，是一个自身没有生活来源、依附他人生活的贫民。当他拒绝接受自己的命运（毕竟，命运也是产生了他自己的大自然的一种产物），从而割裂、割断其与我们共同的自然法则的联系时，他便是世界的一个累赘。当他将自己的灵魂与全体理性生物共有的灵魂割断，任其漂泊时，他便是从整体截去的一段残肢。

30. 一位哲人无衫，另一位无书，还有一位衣衫仅遮住一半身体，他说："虽无面包果腹，我依然坚守理性。"对我来说，虽然学无所成，但依然坚持不辍。

31. 要热爱自己所学的专业，从中汲取养分。像全心侍奉神灵的人那样度过余生，从此既不做他人的主人，也不为他人的奴仆。

32. 让我们回想一下维斯帕先统治的时代。你看到了什么？男人和女人忙于婚配、抚养子女、患病、垂死、争斗、吃喝、讨价还价、耕作、阿谀奉承、自吹自擂、相互妒忌、筹划诡计、诅咒谩骂、怨天尤人、谈情说爱、积存钱财、觊觎王位。如此这般的生活，今天踪影全无。再看看图拉真统治的时代。那样的生活，今天同样不复存在。同样再看看其他时代和人物的记录，你会看到他们每一个人经过短暂的奋斗，都已逝去并化作各种元素。特别是，回想一下那些你所熟知的人。他们不是满足于坚定履行上天赋予的职责，而是追慕虚荣。在这种情况下，我们有必要提醒自己，对任何事物价值的追求，都取决于事物本身的实际价值。所以，想要避免受挫，切忌过分沉溺于那些并不最为紧要的事情。

33. 曾经风行一时的用语如今已经废弃不用。曾经家喻户晓的名字如今也成了陈年古语。卡米卢斯、恺撒、沃勒塞斯、利奥拉图斯，还有更近一些的斯奇比奥和加图、奥古斯都，甚至哈德良和安东尼纳斯。一切都已成为历史传说，不久便会被人忘却。即便是那些曾熠熠生辉的人物也会如此。至于其他人，他们刚刚吐出最后一口气便如同荷马所说的那样:“同样消失在世人眼中，成了传闻。”不朽的英名究竟是什么呢？不过是空洞虚无的东西。那么，我们应该追求什么呢？只能是：公正的思想、无私的行为、真实的话语，把世间发生的一切看作命中注定，预料之中，来自同一源泉。

34. 心甘情愿地把自己交给命运之神克洛索，任凭她编织你的生命之线。

35. 我们都是这一天的造物，记忆者和被记忆者都一样。

36. 仔细观察世间万物如何源源不断地产生于变化之中。认识到大自然最崇高的幸福蕴藏于事物的变化之中，变化的事物依其本性又形成新的事物。可以说，世间万物都是孕育新事物的种子。如果认为只有种在土地里或子宫里的才是种子，这样的人成不了哲学家。

37. 你将不久于人世，却依旧不能专心致志，不能摆脱烦躁，还不能对外界危害漠不关心，对所有人怀有仁慈之心，也不相信秉公做事才是唯一的智慧。

38. 悉心观察指引着智者行为的力量，看看他们在避免什么，又在追求什么。

39. 对你而言，邪恶并非来自他人的心灵，也非源于你自己身体构成的任何变化。那么，它从何而来？它来自你心中对邪恶的评估。拒绝评估，便会万事大吉。让这种评估者的声音保持沉默吧，哪怕紧靠它的可怜的躯体被划破或灼烧，化脓或坏死。不要让这种声音评价善恶，无论对好人还是坏人。这是因为，无论人们是否遵从自然法则，只要事情公正地发生在他们身上，就既不会阻碍也不会促进自然之道。

40. 要始终把宇宙看作一个拥有单一物质和单一灵魂的鲜活有机体。好好观察一切事物是如何服从于这一整体特有的洞察力，如何在这一整体的驱使下运动，如何在每一事件的因果关系中发挥作用的。一根根的线是如此错综复杂地交织在一个网络里。

41.“一个受着肉体拖累的可怜的灵魂。”埃皮克提图如是说。

42. 处在改变过程中不是件坏事。同样，成为改变的结果也算不上是件好事情。

43. 时间是一条河流，不可抗拒地带走一切神的创造。一个事物刚一出现便匆匆而逝，另一个事物接踵而至，但照样要被时间的河水卷走。

44. 一切事都是平常而熟悉的，如同春天的玫瑰和夏天的果实。疾病、死亡、诽谤、阴谋，以及其他给蠢人带来快乐和烦恼的事情，也是如此。

45. 后面的事情总与前面的事情紧密相关。它们并非是先后发生的一连串孤立事件，而是密切联系着的。而且，正如现存的事物都彼此和谐地联系在一起，将要发生的事情也表现出同样惊人的相互关联，而绝非一种单纯的接续过程。

46. 要永远铭记赫拉克利特的名言："土之死乃水之生，水之死乃气之生，气复生火，如此循环往复。" 还要记住他的话："徒步旅行者忘记了脚下的路通往何方"，"人总是跟自己最亲近的伙伴过不去"（主宰宇宙的理性），"尽管天天碰到，却依然当作陌生的事物”，“我们说话做事不能像睡着的人那样”（因为睡着的人的确会想象自己是在说话做事），也不能“像孩童模仿家长说话一样”。也就是说，不能盲目地信赖传统的格言。

47. 假如一位神祇对你说：“明天，或者最迟后天，你将离开人世。”除非你是最绝望无助的人，否则你不会特别介意这一天究竟是后天还是明天。因为，这二者又有什么区别呢？同样，也不要认为多年以后来临还是明天来临有多大区别。

48. 要时常记起那些已故的医生，他们曾经为患者的病痛绞尽脑汁。要时常记起那些占星家，他们曾经十分严肃地预言人的命运。要时常记起那些哲学家，他们曾经不厌其烦地论述着死亡和不朽的命题。要时常记起那些杰出的指挥官，他们曾经杀敌无数。要时常记起那些暴君，他们曾经极其狂傲地操纵着生死予夺的大权，俨然把自己当作永生的神灵。还要时常记起已经毁灭的赫利凯、庞贝、赫库兰尼姆和不计其数的其他城市。然后，再逐一回忆自己熟悉的人，他们是如何在短短的时间内一个埋葬了另一个，自己又被第三个埋葬的。总之，看看尘世的生活是如此的短暂而琐碎：昨日还是一滴精液，明日就化作一撮灰。所以，听从自然的召唤度过飞逝的尘世时光，然后心甘情愿地长眠于地下，如同一颗橄榄恰逢其时地落在地上，给养育它的大地带去祝福，向赐予它生命的树干表达感激。

49. 要像那被海浪一次次拍打的岬角：屹立在水中，直至四周喧嚣的波浪重新恢复平静。“我是如此不幸，这样的事情竟然降临到我头上！”绝不要这样想。你不妨说：“我多么幸运，事情过去了，我却没感受到痛苦，现在没有使我动摇，未来也不会使我灰心。”事情可能发生在任何人身上，可并非人人都能摆脱痛苦。因此，为何要把它看成是一种不幸，而不是一种幸运呢？任何事情只要不违背人的本性，又怎么能称为不幸？只要没有违背本性的意志，又怎么能说违背了人的本性？好了，你已经了解本性的意志了。难道你所经历的事情会阻碍你实现人性的追求：成为一个正直、宽容、有节制、明智、审慎、诚实、自尊而独立的人？因此，以后每当有事使你感到痛苦时，记住这样一条准则：不要说“这是一种不幸”，而要说“经受住它的考验是一种幸运”。

50. 想想那些贪生怕死的人吧，这是除了哲学之外，能帮助人漠视死亡的一种有效方法。比起英年早逝的人，这些人又得到了什么好处呢？这些人，无一例外都于某时某地被掩埋入土。克迪斯亚卢斯、费比乌斯、尤利安、雷比达等，他们见证了无数人走向坟墓，到头来自己也未能幸免。他们能拖延的时间毕竟不长，在这种情况下苟延残喘，既连累了众人，又弄惨了自己的身体。所以，要漠视死亡，看看身后时间的深渊，永无尽头的将来。在这种情况下，长寿的内斯特和仅活三天的婴儿又有什么不同呢？

51. 始终要走近路，近路是本性之路，以追求言行的完全公正为目标。这种目标能使你避免焦虑和冲突，远离妥协和诡计。

➳ 卷五

1. 清晨看见第一缕阳光，尽管不愿意起床，心里也要这样想:“我要起来去工作。”去做天生应该做的事情，这是我降临人世的目的，难道应该有怨言吗？难道我的人生目的就是暖洋洋地盖着毯子睡觉吗？“可是这样多么舒适！”那么，你生来就是为了舒服，而不是为了工作，为了奋斗？看看那些植物、麻雀、蚂蚁、蜘蛛和蜜蜂吧。它们都在忙于工作，都在为紧凑的世界秩序贡献自己的力量。可你却要拒绝人的分内工作，不立刻听从自然的召唤吗？“可人也得休息呀。”这我同意，可是本性规定休息要有限度，正如吃饭、喝水要有限度一样。而你已经超过了这些限度，远远超出足够的程度。另一方面，没有行动，就不可能有收获。

你并不真心爱自己。如果你真爱自己，你一定会热爱自己的本性，热爱本性的意愿去做。爱岗敬业的手艺人愿意穷其精力埋头苦干，达到不洗脸、不吃饭的程度。而你对自己的本性缺乏尊重，远不如雕刻者尊重其雕刻，舞蹈者尊重其舞蹈，守财奴珍视其财宝，或者虚荣者爱慕其荣耀。那些人全心全意地投入，为追求更高的境界而甘愿废寝忘食。为社会服务在你眼中就这么没有价值，不值得为之奉献吗？

2. 啊，能摆脱并遗忘所有让人烦心的念头，转瞬之间得到彻底的安宁，这是多么让人欣慰的事情呀！

3. 保留你合于本性的言行，哪怕可能招致批评和非议也不要放弃它们。只要有善行可做、有良言可说，就绝不放弃这样的权利。批评你的人自有他们的道理和动机。你的注意力不能被他们分散，要始终直视前方，按自己的本性和普遍本性行事（这两者其实是一回事）。

4. 我遵循自然之道前行，直至倒地安息。我吐出最后一口我每天吸入的气息，然后倒在这片土地上。这片土地，使我父亲获得了种子，使我母亲获得了血液，使我乳母获得了哺育我的乳汁。这片土地，年复一年地供我一日三餐，虽被如此滥用，却依然忍受着我的践踏。

5. 你绝不可能以机敏著称。那就认命吧。但你还可以拥有很多别的优点，你总不能说：“我对这些不感兴趣。”好好培养那些你完全能够做到的美德，比如：真诚和尊严，勤劳和清醒。不要牢骚满腹。要生活节俭，为人体贴、周到而又坦率。要言辞温和，举止威严。看看，眼前你就可以拥有这么多优点。你可不能以天生无能或天资笨拙为借口，选择在那不太高尚的层面继续徘徊。难道缺少先天条件，你就一定要牢骚满腹、极度吝啬、溜须拍马，一定要抱怨身体欠佳，一定要卑躬屈膝、乱夸海口、喜怒无常？肯定不是。你早就应该改正这些缺点了，这样除了理解力有些迟钝之外，你在其他方面就无可指责了。即使理解力迟钝这一点，也可以通过练习得到纠正，只要你不再轻视它，或者自甘迟钝。

6. 有这样一种人，他们帮了你一点忙，便迫不及待地向你邀功请赏。还有一种人，虽然不像前者那样过分，但是暗地里认为你欠他的人情，并且把自己的功劳记得清清楚楚。然而，还有一种人，我们不妨说，他们完全意识不到自己的贡献，就像那长葡萄的藤蔓，理所应当地结出了果实，却不求更多的回报，就像跑完比赛的赛马、追逐到猎物的猎犬、酿制了蜂蜜的蜜蜂一样。同样，这种人做了好事也不会大肆宣扬，而是接着去做下一件，如同葡萄藤来年夏季会继续结出硕果一样。

“照你这么说，我们都应该这样默默无闻地做事情吗?”正是。而且，我们要有意识地这么要求自己。俗话说得好:“意识到自己的行为具有社会性正是一个公民的标志。”“那么，希望社会能意识到自己的行为，这也是公民的标志吗?”没错。但是你误解了这句箴言的意思，从而把自己等同于我前面描述的那些人，他们同样也被一种似是而非的理性误导了。要正确理解这句箴言的真正含义，这样你就不用担心它会诱使你忘记自己的社会责任了。

7. 雅典人这样祈祷:“下雨吧，下雨吧。尊贵的宙斯，请把雨水降临到雅典的田地和平原上吧。”要么就根本不要祈祷，要祈祷就应该这样简洁明了。

8. 正如我们所说:“医神艾斯库雷普开过骑马锻炼、冷水浴或赤脚走路这样的处方。”同样地，普遍本性也开出了疾病、断肢、损伤或其他残疾的处方。前者是为了患者的健康而采用一种特定的治疗方法，后者则是为了我们的命运而遭遇的特定事件。实际上，我们不妨说是“遇到了”不幸，如同石匠们说，砌成石墙或金字塔的方形石块是“遇到了”彼此。这种相互整合是宇宙的普遍规律。无数个体组成一个大写的个体，这就是世界。无数的原因组成一个大写的原因，这就是命运。即使普通百姓也懂得这些，他们会说:“事情落到了他的身上。”事情的确是落到了他的身上。也就是说，这是专门为他开的处方。那么，让我们接受诸如此类的事情吧，就像我们接受医神的处方那样。良药通常苦口，但是为了健康，我们也会欣然吞下。同样，我们也应该把执行和完成自然的命令看作是为了身体的健康：即便降临的命运再苦涩，为了宇宙的健康，为了宙斯神的福祉和善举，我们依然要高高兴兴地承受。若非为了整个世界的福祉，神绝不会将此降临给个人。自然不会让其治下的臣民遭受任何灾难，除非是专门为了使其受益。所以，基于下面两个原因，你应该心甘情愿地接受自己身上发生的事情。原因之一，你身上发生的事情是特别为你定制的，与你息息相关，是纷繁复杂的原始因果关系中的一部分。原因之二，每一个人的命运都关系到宇宙主宰者的兴衰、成败，甚至存亡。在原因或其他元素的链接中，任何一环脱落，哪怕是很微小的一环，都会伤及整体。每当你感到不满时，你都是在你有限的能力范围内，对整体造成这样的损害和割裂。

9. 如果戒律有时得不到施行，不要痛苦，不要沮丧，更不要绝望。每次失败后再重新开始。只要在多数情况下自己总体上具有男人应有的风范，就应该心怀感激。但要真心热爱你所回归的戒律：对待自己的人生哲学不能像小学生对待老师那样，而是要像眼痛病人对待蛋黄涂剂和海绵，或者别的病人对待膏药和洗剂一样。唯有如此，你对理性的遵从才能成为私人的慰藉，而不会沦为公开的卖弄。要记住，哲学只以你自己本性的意志为意志，而你却把其他有违本性的东西当作自己的意志。“没错，可是还有什么事情能让人倍感愉悦呢？”以愉悦为诱因不就是为了迷惑你吗？好好想想吧：难道高尚的灵魂不更令人愉悦吗？难道公正、朴素、仁慈和虔诚不让人更加倍感愉悦吗？当你进行严密而流畅的推理和认知时，还有什么比这样的智力活动更令人愉快的？

10. 真理总是隐藏在朦胧晦涩之中，以至许多声名显赫的哲学家[1]都曾断言无法探知。甚至斯多葛派哲学家也承认获得真理困难重重，承认我们思考得出的结论都有可能出错。确实，哪里有绝对不出错的人呢？我们不妨把目光转向更客观的事物，看看它们是多么瞬息万变，又毫无用处，因为每个肆意挥霍的人、放荡的妇人、犯罪的人都可能得到它们。再看看你同伴的性格：连他们之中脾气最随和的人都让你难以忍受，更别说容忍自己有多困难了。因此，在这种昏暗的泥潭之中，在存在与时间之河不停歇地流淌之中，在强加的变化之中，我想不出有什么东西更值得高度珍视和郑重追寻。没有。我们所要做的便是勉励自己静候它的自然消亡，同时不要因其姗姗来迟而心烦意乱，而要从以下两方面寻求安慰：其一，我们从未发生过违背本性的事情；其二，避免违背心中神灵的力量就掌握在我自己手中，因

1. 此处指所谓的“怀疑论者”或皮浪学派的哲学家，该学派由艾里斯的皮洛创建。他们主张人的认识只能反映事物的表象，而不是本质，因此搁置判断才是对待事物的唯一态度。

为世上没人能强迫我去违背。

11. 我该如何运用灵魂的力量呢？每走一步都要这样自省，然后自问：“灵魂与我身上所谓的主宰部分如何相处呢？此时此刻，我拥有的是谁的灵魂呢？孩童的、少年的、妇人的、暴君的、不会说话的公牛的，还是野兽的？”

12. 可以这样[1]来验证时下流行的“财富”概念。如果一个人把财富界定为审慎、节制、正义和坚韧，那么，他就不会留意那种关于“许多财富”的老掉牙的笑话，因为这种笑话没有一点意义。反过来，假如他对财富的构成也持有庸俗的看法，他就必然欣赏说笑者的诙谐，毫不费力能领会其中的妙处。实际上，大部分人都抱有这样的价值观，不会拒绝听这样的俏皮话，听了也不生气。如果把财富只理解为物质财产或其他奢侈、讲排场的东西，我们的确应该承认这则笑话是一种恰当而机智的见解。因

1. 这一段落出现了语义含混的词“财富”，街上的人将其理解为世俗的占有物，而不是生活中真正美好的品德。另一方面对于哲学家而言，这个词自然是指后面的含义；于是，当说到“财富多到无处容身的地步”时，他会觉得困惑。

此，现在考验就来了：问问自己，假如我们内心对事物的描绘赋予了“财富多到使其拥有者无处容身的地步”这一嘲讽现实的意义，那么我们是否还应该看重它们，并将其视为“财富”。

13. 我是由因缘和物质构成的。两者皆不能消逝转化为无，正如它们都不是从无而来一样。所以说，我的各个组成部分有朝一日都会转变为宇宙中其他的部分，其他部分再依次转变为另外的部分，如此循环直至无穷。我本身也是通过同样的过程来到人世，我的父母也是如此，往前再循环到无穷。（纵然世界本是由无穷的循环所主宰，“无穷”一词本身也会消失。）

14. 理性，还有推理，在属性和运作方式上都具有自给自足的功能。它们来源于自身，自己产生原始的动力，并且径直奔向自己选定的目标。由此产生的行为被称为“一往无前”，是说其运行的路线不偏离正道。

15. 除非事物从属于人，否则就不能合理地称其为人所有。它们不需要人，因为人的本性既不能保障它们，也不会因它们而变得完美。所以，它们不可能代表人生的首要目标，甚至也算不上实现这一目标的“有效”途径。况且，假如人的自然传承中包括这样的事物，就不可能同时又蔑视和抛弃它们，那种没有它们照样能成功的能力也就没有值得赞扬的理由。倘若它们的确很好，不能完全拥有它们也不见得就不好。实际上，类似的事物，人类失去得越多，获得的美德就越多。

16. 你的心灵会和你平时的思想一样，因为思想会将灵魂染上自己的颜色。那么，沉浸在这样的思考中吧，比如：如果能生活，就一定存在好的生活；如果在宫廷生活，即使在宫廷中也一定存在好的生活。或者这样想：每一事物产生的目的决定它的发展；它的发展指向它的最终状态，最终状态又暗示着它的主要优点。所以说，理性人的首要优点，是与人友好相处。友好相处是产生我们的目的，这在很久以前就已经明确了。（低等事物为高等事物而存在，而高等事物为彼此而存在，这难道不是显而易见的吗？有生命的比无生命的高级，而理性生物则更高一等。）

17. 追求得不到的东西是愚蠢，然而愚蠢的人却不可能不进行这样的追求。

18. 如果其本性没有使某人具备承受能力，事情就不会发生在他的身上。别人与你的经历毫无差别。不过，抑或他还不完全明白所发生的事情，抑或他更渴望展示自己的勇气，他坚定不移，无所畏惧。真是怪事，无知和虚荣竟然比智慧更强大！

19. 外在的事物丝毫不能触及人的灵魂。它们不知晓通往灵魂的路径，也没有能力动摇或者改变灵魂。只有灵魂自身的力量才能使其动摇或改变。灵魂有自己的判断标准，并用这些标准安排它控制下的外界事物。

20. 一方面，仁爱对我影响很深，使我注定要善待、宽容我的同胞。另一方面，就他人对我正当行为的束缚而言，仁爱就像太阳、风，或野兽一样对我漠不关心。的确，别人也许能束缚我的某些行为，但无法阻止我的意志和性情，因为意志和性情能使我有所保留而始终保护自己，使自己适应各种情况。心灵能克服一切限制行动的障碍，将其转化成实现主要目标的促进力量。这样一来，任何障碍都能变成助力，路上遇到的层层关卡也会变成推动前进的手段。

21. 在宇宙中有至高无上的东西。它使其他一切都处于从属地位，它将自己置于其他一切之上。同样，在你的内心也有至高无上的东西。在你内心，它与前者一样，使其他一切都处于从属地位，它指引着你的人生。

22. 对城市无害的东西也不会有害于市民。当假设有危害时，要遵循这样的原则："如果城市不会受到危害，我也一样不会受到危害。"然而，一旦城市真的受到危害，决不要迁怒于加害者，而要找出他错在哪里。

23. 要时常想想，现存的一切事物和将要出现的一切事物，从我们眼前经过和消逝的速度是多么迅速。存在这条大河，一直奔流不息，它的活动一直在变化，它的缘起缘落无穷地在转化，几乎没有一个事物静止不动。同时，无穷也出现在过去和未来：一切都将消逝于这一深渊。如此说来，一个人如果总是愤忿、困扰或烦躁，似乎他的苦恼会持续很久，那么他就是愚不可及。

24. 想想世间万物，自己只是其中微乎其微的一部分；想想古往今来的时间长河，属于自己的只是那么转瞬即逝的一段；想想恢宏的天命，自己的命运只是其中微不足道的一部分。

25. 有人错待我吗？让他自己留意吧，他清楚自己的脾气和所作所为。而我，只是接受普遍本性要我接受的东西，做自己本性要我做的事情。

26. 无论是痛苦还是快乐，都不要让情感影响至高无上的、独立自主的灵魂。务必不要让灵魂受它们的影响。心灵必须固守自己的领地，使情感不能超越应有的范围。万一感情（通过任何完整的生物都怀有的同情）弥漫到心灵，也不必试图压抑肉体的感受。只是，主宰心灵的理智不要妄自猜测情感的善与恶。

27. 与神灵一起生活。与神灵一起生活，意味着要时刻向神灵展示自己的灵魂；满足于神灵的赐予，全心全意实现那个内心神灵的意愿，那个自身微粒的意愿。那微粒就是心灵与理性，为宙斯所赐，供每个人掌管和引导自己的行动。

28. 有腋臭和口臭的人让你感到恼火吗？你这样有何益处？但凡长了这样的口腔和腋窝，就必然会发出这种气味。“不论怎样，这人毕竟还有理性，他只要想想就完全会明白自己遭嫌弃的原因。”那好吧。可你自己也是有理性的人，用你的理性去影响他，使之产生同样的理性，详细地为他讲解，耐心地提出劝告。如果他肯听，你就治愈他。没有必要感情用事，让那些戏子和妓女去感情用事吧。

29. 如果你想今后继续生活在世上，这并非不可能。如果人家不允许，就放弃这生命的躯壳，只是不要感觉受了虐待。“茅屋起火则弃之。”无需小题大做。然而，如果没有类似的事情迫使我离开，我依然是自己的主人，什么都无法阻止我自己的选择，即按照本性对一个有理性的社会成员的要求去生活。

30. 宇宙的理性具有社会性。不管怎样，它创造出低等事物以服务于高等事物，并把高等事物联系在一起形成相互依赖的关系。注意观察，有些事物隶属于别的事物，其他一些事物则彼此相联，所有事物都各得其所，更为高级的事物则彼此和谐相处。

31. 从前你是怎样侍奉神灵，对待父母、兄弟、妻子、儿女、老师、朋友、亲戚和仆役的呢？有诗云："决不说一句刻薄话，绝不委屈一个人。"迄今为止，上述这些关系中，哪些能真正引起你对这句诗的共鸣呢？想想你所经历的一切，所忍受的一切。深思之后要明白，你的生命篇章已经结束，你的服务之旅走到了尽头。想想自己看到过的美景，藐视过的痛苦与欢乐，你所不屑的众多荣耀，以及以德报了多少怨。

32. 没有本领、没有学问的人怎么可能困扰行家和圣人呢？什么人才真正称得上是行家和圣人呢？只有这样的人，他懂得万物的开始与结束，懂得无处不在的理性以特定的周期管理着宇宙，直至时间的终点。

33. 转瞬之间，你将化为尘土或白骨，只留下一个名字，甚至连一个名字也没有留下，纵然彼时名字也不过是空洞的回响而已。人们毕生倾心追求的不过是虚荣、腐朽和垃圾。人们好比打成一团的小狗，或者争吵不休的孩童，刚才还笑容满面，转眼便泪水涟涟。信任和宽容、正义和真理，都“从广袤的大地飞上了高高的奥林匹斯山”。那么，是什么让你还留在这里？感官对象变化无常、转瞬即逝，感觉器官迟钝又易被误导，不幸的灵魂不过是血液里升腾起的蒸汽[1]，举世的赞誉不过是幻梦一场。那该怎么办？振作起来，等待结局，不管这一结局是消亡还是转化。那么，你认为大限来临前我们需要做什么呢？只有心怀敬畏、向神灵祈福；只有善待人们；只有忍受和克制；还要记住：除了区区肉体和气息之外，一切都不属于你，不在你的掌控之中。

34. 稳步前行，沿着笔直的大道去思考和行动，你今后的岁月将一帆风顺。人的灵魂和其他理性生物的灵魂一样，与神灵的灵魂有两点共同之处：它永远不会被外来力量挫败；它的善包括品格和行为的端正，以及对一切欲望的控制。

---

1. 按照斯多葛派的观点，构成人灵魂的圣火的微粒是有鲜血滋养的。

35. 假如这件事不是我的过错，也不是因我的过错而起，而社会也不会因此而变得更糟，那何必再为此耗费心思？它怎么可能危害社会呢？

36. 不要过于草率地相信第一印象。向需要帮助的人们伸出援助之手，只要你力所能及而他们也值得你帮助。不过，要是他们并非在道德上栽了大跟头，你就不要认为他们真正受到了伤害，因为那并非是一个善举。但在这种情况下，应该像一个老头在临终前总不断回忆他童年的拨浪鼓，尽管他知道那不过是一只拨浪鼓[1]。

我的朋友，当你站在讲台上大喊大叫拉选票的时候，是否忘记了它的终极价值？“我知道，可是这些人如此重视它。”这不是证明你和他们一样愚蠢吗？

无论被流放到多么偏僻荒凉的地方，我始终都是命运的宠儿。所谓命运的宠儿，即是获得命运之神恩赐的人，这些恩赐是良好的性情，善良的动机和善意的行为。

---

1. “老头”假装和小孩的想法一样，认为拨浪鼓是珍贵的宝物。马可说，我们同样应该同情他人的不幸，即便无上的智慧告诉我们，他们并非真在受罪。

卷六

1. 宇宙的物质灵活而顺从。主宰物质的理性无意为恶，因为理性本身没有恶意，不会蓄意伤害，也不会构成伤害。万事万物皆依照它的指令产生，并获得完满。

2. 只要自己行为端正，就决不要在意自己被冻得发僵，还是置身温暖的火旁；睡眼蒙眬，还是刚从梦中醒来；遭到谩骂还是受到赞扬；濒临死亡，还是忙于其他事务（因为就连死亡也是人生事务的一部分，对我们的要求无非是“确保眼前的任务圆满完成”）。

3. 要透过表面看本质：绝不要让事情的本质特征或价值逃过你的眼睛。

4. 一切有形物体的变化都非常迅速：要么升华（假如宇宙的物质确是一个统一体），要么消散。

5. 理性这一主宰，对各种环境、目的及其所需的材质了如指掌。

6. 避免模仿就是最好的报复。

7. 有神灵常驻心间，就能把你一次次为公众效力的快乐和舒畅传递下去。

8. 我们理性的主宰，可反省和主导自身。它不仅能按照自己的意愿塑造自身，而且能使任何事情朝着自己选定的方向发展。

9. 在普遍本性指导下，一切事物皆会各展所长。世上再无与之分庭抗礼的其他本性，无论这种本性是从外部包含她，还是被她从内部所包含，甚至是独立于她而存在。

10. 世界要么是一个由聚合与分散无序组成的大杂烩，要么是一个由秩序和天意组成的统一体。如果是前者，我为何想继续生活在如此毫无意义的混沌之中？为何还要在意而不把风度留到最终归于尘土的时候？何必再劳心费神？因为不管我做什么，幻灭迟早都会落到我的头上。如果事实恰恰相反，那我就要心怀崇敬，立场坚定，全心全意信赖那主宰。

11. 如因形势所迫，内心的宁静被打破，要抓紧时间恢复自制力。只要可能，就不要继续受其干扰。经常回归和谐，你就能更多地拥有和谐。

12. 假如你同时拥有一位继母和一位生母，你会对前者履行应尽的义务，但却会经常求助于后者。同样地，你也同时拥有宫廷和哲学。不断用哲学充实自己。这样，即使是宫廷生活和置身其中的自己，彼此都会变得较能忍受了。

13. 当肉和其他珍馐美味摆在你面前，你会想：这是死去的鱼、家禽或猪；这种法勒纳斯的名酒产自葡萄的汁液；我的紫袍是用羊皮以某种贝类的血染色而成；交配不过是器官的摩擦和精液的喷射。这样的想法触及事物的根源，洞穿并揭示出事物真实的本质。对待整个生活也应该保持同样的警觉。当一件事物的表象十分可信时，要揭开它的真相，研究它的细节，撕掉它华丽的外衣。自命不凡是最大的欺骗。认为自己正在从事最值得称赞的事，没有比这更具有欺骗性了。注意克拉底斯本人是如何评价色诺克拉底的。

14. 平庸之辈大都喜欢初级的事物。这类事物，比如木料与石材、无花果树、葡萄藤与橄榄树，往往是靠无机聚合或自然过程而存在。开化程度稍高一些的人会被诸如鸟群和牛群这样具有活动能力的事物所吸引。更高层次的人则欣赏具有理性的灵魂。不过，这种理性并不是普遍理性，而仅仅是指拥有一定技能或其他才能，甚至仅仅指拥有大量奴隶。但是一个人若是重视灵魂的理性、普遍性和社会性，他就不会再看重其他的东西，而只专注于保持自己的心境以及一切行为的理性与社会性，并且和同伴一起为此目标而共同奋斗。

15. 一个事物匆匆产生，另一个事物匆匆消亡。

即便一个事物正在产生的过程中，它的某些部分也已经不复存在。连续不断的变化更新着宇宙的结构，正如永不停歇的时间使这个世界万古常新。在这奔流不息的河流中，没有稳定的立足点。面对飞逝而过的诸多事物，还有什么值得人们珍惜的呢？这就好比把感情寄托在身边飞过的麻雀身上，在看见它的同时便不见了它的踪影。人的生命无非是空气的吸入，血气的蒸发。正如我们每时每刻都在吸入空气，只是为了再把它呼出去；或者正如你往日出生时获得了呼吸的能力，也只是为了有朝一日将其归还原主。这二者根本没有实质区别。

16. 蒸发不值得珍视，我们和植物都具有这种功能。呼吸也是如此，我们和森林里、田野间的动物都会。感观认知能力、脉搏的跳动、群居的本能、汲取营养的过程，这一切其实并不比排泄过程更精彩。那么，我们应该珍惜什么呢？众人的掌声？不是，当然也不是平庸之辈的交口称赞。除去虚妄的名声，还有什么值得珍惜的呢？我个人的看法是这样的：弄清我们自然构造的作用，无论它们在运动还是不在运动都应如此。毕竟，这才是一切训练和技能的目的。每一项技能都是为了使产品能更好地服务于生产它的目的。农夫照料葡萄藤，马夫驯马，狗场管理员训练猎犬，都是出于这一目的。家庭教师和学校老师的工作也是出于同样的目的。这就是我们在寻找的值得珍视的东西。一旦真正认同它，你就不会再被其他目标所诱惑。放弃你怀有的其他雄心壮志吧。否则，你永远也不会成为自己的主人，永远也不会独立于他人，永远也抵御不了欲念的驱使。你肯定会以艳羡、妒忌、猜疑的目光看待可能夺走那些东西的人，并对拥有你所觊觎的那些珍宝的人图谋不轨。如果认为这些东西必不可少，这种念头肯定会引起内心的混乱，往往会使你抱怨神灵。然而，如果尊重自己的理智，则能让你心平气和，与人无争，与神灵和谐相处。也就是说，欣然接受神灵的任何赐予和命令。

17. 各种元素在我们上下、周围旋转着。而美德却不这样运动，她更为神圣，她以常人无法理解的方式沉着地前进着。

18. 人们的行为方式是多么奇怪呀！他们会吝于赞美生活在他们之中的同代人，而自己却贪婪地渴望得到后世的赞誉，哪怕那些人与他们过去从未谋面，将来也不会谋面。这种人甚至还要抱怨没有得到自己祖先的赞扬！

19. 不要因为一件事情对你来说很难，就认为它非人力所能办到。反之，假如一件事人既能做又适合做，就应当认为它一定是你力所能及的事。

20. 当我们在竞技场上被对手的指甲划伤或是磕破头时，我们不会抗议或生气，也绝不会事后疑心人家心怀歹意。但是，我们确实会对他加以小心，不是对他怀有敌意或者猜忌他，而是心平气和地与他保持距离。那么，在生活中的其他场合也应如此。让我们原谅竞争伙伴的种种不是吧。我们总可以做一些简单的回避，不带丝毫猜疑或敌意。

21. 只要有人能指出并证明我的想法或做法不对，我会很乐于改正。我追求的是真理，而真理绝不会伤害任何人。唯有固执地自欺欺人和愚昧无知才会害人。

22. 我只做我必须做到的事情。我不会为其他任何事情分神，因为那些不是无生命、无理性的事，就是会导致误入歧途的事。

23. 对非理性生物和客观事物，要慷慨善良、宽容大度，因为你有理性而它们没有。从另一方面说，人是有理性的，因此要以伙伴之心待之。凡事皆可向神灵求助；只是不要顾忌祈祷时间的长短，三小时足矣。

24. 马其顿的亚历山大之死和他的马倌之死没有丝毫区别。他们要么一同被宇宙同一衍生原则所接纳，要么就一同被分解成原子微粒。

25. 想一想，我们每个人同时发生着多少精神和肉体上的事情。这样你就不会感到惊讶：比这数目大得多的事物（实际上是我们称之为宇宙的那个巨大统一体里的一切事物），都可以同时存在。

26. 假如有人要你拼读出安东尼纳斯这个名字，你会大声拼出每一个字母，让听众生气也让你自己跟着生气吗？相反，为何不心平气和地依次拼出这几个字母呢？请记住，在生活中，每一项职责同样也由多项独立成分所组成。要仔细留意每个成分，不要大惊小怪，也不要以怒对怒，要确保分配给你的任务能按部就班地完成。

27. 不允许人们追求属于自己的正当权益，这是多么野蛮的行为！然而，如果别人犯错时你对他怒发冲冠，你的行为在某种意义上讲就属于这一性质。说到底，他们只是在追求自己显而易见的权益。你说他们错了吗？如果是这样，那就告诉他们，解释给他们听，而不要怒火中烧。

28. 死亡是对感官知觉的一种解脱，是对食欲冲动的一种解脱，是对思维旅程的一种解脱，是对肉体所服劳役的一种解脱。

29. 羞愧啊，身体还在坚持，灵魂却在生命之路上徘徊不前。

30. 当心不要对君王过分施加影响，也不要受君王影响太深，因为这样的事情很可能发生。要保持简朴、善良、纯洁、庄重、谦逊的本色，要与正义和虔诚为伴，要为人和蔼、宽厚仁爱、坚定地忠于职守。要始终尽自己最大的努力去达到哲学对你的要求。要崇敬神灵，要救助同胞。人生短暂，尘世的存在只不过是为了结出一枚果实：内心圣洁，外行无私。各方面都要做安东尼纳斯的信徒，记住他始终坚持用理性约束行为，他在任何场合都能沉着冷静，保持他个人的圣洁；他面容安详，态度亲切；他轻视虚名，热衷于掌握事实；他遇事悉心研究，直到透彻理解方才罢休；他容忍不公正的指责，从不反唇相讥；他从不草率行事，不与散播谣言者为友；他对各种人、各种举止的判断精确，但从不吹毛求疵；他完全脱离了神经紧张、疑神疑鬼、过分敏感等情况；他对房屋、床铺、衣着、膳食和仆人要求不高，容易满足；他兢兢业业，颇具耐心；由于饮食节俭，他可以从早到晚忙于工作，甚至不到习惯的时间不去如厕；他对待友情坚定不移、始终如一，能容忍对自己意见最直言不讳的反对，能够欢迎任何人提出更好的意见；他对神灵的崇敬，不掺杂丝毫迷信的色彩。铭记所有这一切，当你的最后时刻来临时，你的良心会像他一样清白。

31. 现在，你要恢复清醒的知觉，找回真实的自己。从沉睡中醒来，认清困扰你的不过是梦魇。用你看待梦魇的方法，来看待自己清醒的眼睛所看到的一切。

32. 我由肉体和灵魂构成。对肉体而言，一切都无关紧要，因为它无法分清彼此。对灵魂而言，唯一要紧的是自己的行为，它们都要置于自己的掌控之中。而且，即便在这些行为中，它也只关心现在发生的。一旦它们过去了，或者还停留在未来之中，它们便立刻变得无足轻重了。

33. 手脚疼痛算不上反常，只要它们还能发挥作用。同样，疼痛并不违背人的本性，只要他还能从事自己的工作。既然符合本性，也就不会造成伤害。

34. 强盗、变态者、弑亲者、暴君对自己享有的一切是多么异乎寻常的高兴呀！

35. 注意，就连最平庸的工匠多少也能满足无技能的雇主的要求，然而却坚守行规毫不让步。建筑师或医生对行规的尊重，竟然更甚于对自己与神灵共有的准则的尊重，这难道不可悲吗？

36. 在宇宙中，亚洲和欧洲只不过是两个小角落，浩渺海洋只不过是一滴水，圣山阿陀斯不过是一个小土丘，现在只不过是永恒中的一个针尖。一切都很渺小，易变，易消亡。一切皆源起一处，直接源于或派生于至高无上的普遍理性。甚至连狮子的血盆大口、致命的毒药、其他有害的东西，乃至荆棘、沼泽，统统都是其他高尚美好事物的产物。因此，不要认为它们和你所崇敬的东西格格不入，而要记住万物同源。

37. 看到眼前的事物即是看到了现在的一切，即是看到了时间伊始就已存在的一切，即是看到了直至世界尽头将要存在的一切。这是因为，一切皆同宗同源。

38. 时常想一想把宇宙万物联系在一起的纽带，以及万物之间的相互依存。可以说，万物相互交织，相互影响；它们之间井然有序的因果关系来自于张力作用和所有物质的统一。

39. 调整自己以适应命中注定的环境，真心关爱命运所赐予的你周围的同胞。

40. 一种工具、仪器或器皿只要能发挥应有的作用就很不错，尽管它们的制造者并不在场。可是，就大自然形成的东西而言，创造它们的力量依然蕴含其中，并且还会继续蕴含其中。进一步而言，假如你尊崇大自然，并确保遵循大自然的意愿生活、做事，那么一切事物皆能如你所愿。宇宙也是以同样的方式让万物皆如其所愿的。

41. 要是你认为你无法掌控的事物对你非好即坏，那么当你错过一件事或者遇到另一件事的时候，你必定会对神灵愤愤不平，并且对那些你认为或怀疑造成你失败和不幸的人充满仇恨。事实上，我们就是由于过分看重这类事情而冤枉了很多人。然而，只要我们把是非观念严格置于我们自己能力范围之内，就没有理由指责神灵或是敌视他人。

42. 我们都在为同一个目标而共同奋斗。有人心知肚明地自觉工作，而有人则毫不知情（我想，正如赫拉克利特说过的“他们在睡梦中仍在工作”，为宇宙的进程贡献自己的力量）。有人承担这部分工作，有人承担那部分工作。但没有一丁点工作是由极力阻挠和破坏自然趋势，对现状十分不满的人来完成的，尽管宇宙也需要这种人。那么，你就要考虑自己将与何人为伍。因为无论如何，统管全局的人会让你有用武之地，接纳你为他的助手或同伴。只是要注意，你的角色可不是那种可悲的角色，可不是克律西波斯所说的舞台丑角的差事[1]。

43. 太阳想过要承担降雨的工作吗？阿斯克勒庇俄斯想过要承担德墨忒耳的工作吗？还有那些星星？尽管各不相同，还不是齐心协力地朝着同一个目的努力吗？

44. 如果众神要一起讨论我和我的命运，那么这种讨论是好的，因为很难设想神灵的讨论会不明智。毕竟，他们有什么伤害我的动机呢？对神灵自身或对他们最为在意的宇宙来说又有何益处呢？即便他们不特别顾及我，至少也会顾及宇宙。因此，我理应欢迎并乐意接受任何可能的结果。当然，万一他们什么都不顾及（这种想法大为不敬），那么让我们停止献祭、祈祷、宣誓，以及其他所有能够使我们感知神灵与我们同在的行为。即便如此，即便他们

1. 即为了更清晰地衬托高尚而扮演卑贱的角色。包括道德意义上不好不坏的事物。

当真不在乎我们凡人的命运，我仍然能够照顾好自己，照管好自己的利益。每一个生灵的利益也都与它自己的身体和本性相一致。我自己的本性是理智而平民化的本性。我拥有城市，也拥有国家。作为马可，我拥有罗马；而作为人类一员，我拥有宇宙。因此，对这些共同体有益的东西，才是对我唯一有益的东西。

45. 发生在个人身上的一切对整体也都是有益的。对我们来说，这一理由本身就已足够充分。不过，如果你仔细想想，你也会发现：一般说来，对个人有益的东西，对其同胞也有益。(尽管，此处“有益”一词具有更为通俗的意义，即还包括道德意义上不好不坏的事物。)

46. 马戏团和其他娱乐场所千篇一律地上演着同样的演出，这种演出单调乏味、令人厌倦。其实整个生活也同样如此。不管是在上坡路上还是在下坡路上，经历的事情总是千篇一律。其原因和结果都一样。这种状况还要持续多久?

47. 要经常思考已故的各种国籍、各种职业的民众，甚至要追溯到腓力斯逊、福玻斯、奥里更尼安的时代。然后再把思路从最近的转到众多其他人身上。想想我们怎样才能追随众多早已长眠的伟大演说家、众多可敬的智者——赫拉克利特、毕达哥拉斯、苏格拉底——那些早期的英雄，那些后世的船长与国王，以及跟随他们的欧多克斯、喜帕恰斯、阿基米德和其他众人。他们头脑机敏，具有崇高的精神，孜孜不倦，足智多谋，意志坚定。他们还曾模仿迈尼普斯及其学派，开心地讲述关于人生短暂易逝的笑话。经常想想那些早已故去的人们，他们如今的境况为什么更加糟糕，尤其是那些姓名早已被人遗忘的人？此生只有一件事弥足珍贵：那就是真实公正地度过人生，即使对不诚实和不公平的人也要有恻隐之心。

48. 当你想吃有兴奋作用的药物来提神时，想一想朋友身上的优点：有人很能干，有人很谦逊，还有人很慷慨，等等，不一而足。看看我们身边的人所展现的种种美德，没有比这更有效的治疗忧郁的灵丹妙药了。因此，要经常以他们为榜样。

49. 你会抱怨自己体重过轻，还不到300磅吗？

那么为何要抱怨寿命过短，没有活得更长呢？既然你对所能得到的物质数量感到满意，也应该对时间数量感到满意。

50. 争取说服人们。然而如果为了正义的需要，也可违背他们的意愿。但假如有人用武力阻碍你，就要采取另一种做法了。毫无痛苦地接受现实，然后把阻碍转化为培养其他美德的机会。记住，你的尝试始终要有所保留，不要知其不可为而为之。那应该怎么做呢？只要尝试就可以了。这样你就成功了，你的人生目标也就实现了。

51. 有野心的人认为，能从别人的活动中受益。贪图享乐的人认为，能从自己的感受中受益。而有理性的人则认为，能从自己的行动中受益。

52. 你不必对眼前的事情形成看法，也不必扰乱你内心的平静。事情本身没有能力强迫你作出任何判断。

53. 要习惯仔细倾听别人的谈话，要尽力从说话人的立场来理解他的谈话。

54. 对蜂房没有好处的东西，绝不会对蜜蜂有好处。

55. 假如船员胆敢中伤舵手，或者病人中伤医生，那他们还会听其他人的话吗？怎见得那个其他人就能保证水手的安全，或者病人的健康呢？

56. 那么多和我一同出生的人已经离开了这个世界！

57. 对于患黄疸病的人来说，蜂蜜似乎是苦的。对于被疯狗咬伤的人来说，水是可怕的。对年幼的孩童来说，一个小球仿佛就是无价之宝。那么，我为何还要发怒呢？难道可以认为错误思想对人的影响不如黄疸病的胆汁和狂犬病的病毒？

58. 无人能阻止你按照自己的本性生活，无事能违背普遍理性的规律在你身上发生。

59. 人们尽力讨好的那些人都是可怜虫！他们追求的目标是那样的可悲，他们采取的方式也是那样的可悲！时间将很快覆盖一切！甚至此刻它就已经覆盖了许多！

➛ 卷七

1. 什么是恶？恶是你已经见过无数次的东西。同样，每当遇到其他事情的时候，立即提醒自己：这种情形你已经司空见惯了。你会发现相同的事情无处不在，它们充斥着古代、近代、当代的全部历史，如今又充斥着我们的城市和家园。这种事情毫无新奇可言，一切都是转瞬即逝的老生常谈。

2. 只有当产生原则的最初认识逐渐消失时，原则才会失去活力，只能靠你来继续煽动，使它重新燃起火焰。我完全有能力对事物产生正确的看法。掌握了这种能力，我就无需感到不安（对于那些我无法理解的事情，我根本就不放在心上）。一旦学会它，你就可以屹立于天地之间。崭新的人生就在你的手中。你只需再次根据最初的印象和早期的视角看待事物，生活便会翻开新的篇章。

3. 空洞的盛装游行，舞台剧，成群的牛羊，持矛士兵的争斗，扔向恶狗群中的骨头，撒向鱼池的面包屑，负重劳作的蚂蚁，惊慌失措、四散奔逃的老鼠，颤动的拉线木偶，这就是生活。置身其中，你必须心平气和，不带有一丝轻蔑地表明态度，但要始终意识到，雄心壮志乃是人的最大价值。

4. 交谈时，要仔细留意正在说什么。行动时，要仔细留意正在做什么。对于后者，要立刻弄清做这事的意图是什么。对于前者，则要弄清说这话的含义是什么。

5. 我的理解力能否胜任这项工作？如果能，我就将它作为大自然赐予我的工具运用到工作中。如果不能，我要么让位给更能胜任的人（如果我的职责允许的话），要么在助手的帮助下全力以赴，他将借助我的灵感，及时有效地为公众效力。我所做的一切，无论是凭一己之力或是和别人联手，都必须以服务公众和社会和谐为唯一宗旨。

6. 多少曾经被高度赞颂的人如今已经被人遗忘，多少赞颂者自己也早已从我们的视线中消逝！

7. 不要认为接受帮助是可耻的事情。你的任务是完成既定使命，犹如突围中的战士。假如因为腿瘸，你无法独自爬上城垛，有了战友的帮助，不就可以上去了吗？

8. 切莫为未来而烦恼。即便以后不得不面对未来，也要用应对今天的理智武器来应对未来。

9. 所有的事物互相交织一起，神圣的纽带将它们连在一起，互相孤立的事物几乎没有。万事万物相互配合，共同作用，构成了统一的宇宙。世界秩序是由多样性构成的统一体：神灵是统一体，遍及万物；所有生命是统一体；所有法律是统一体（即所有会思考的生灵所共有的理性）；所有真理是统一体。正如我们所信仰的那样，要是只有一条供相同种类和理性的存在通往完美的路，那就好了。

10. 每一颗微小的物质都会很快化为普遍物质的一部分，每一种因果关系都会很快再次回归到普遍理性之中，对一切事物的记忆也将很快湮灭于永恒的深渊之中。

11. 对于有理性思维的人而言，符合本性的行为就是符合理性的行为。

12. 是自己站起来，还是被人扶起来?

13. 在由多种成分组成的某一体系中，具有理性的部分起着相同的作用，这与各肢体在有机统一体中所起的作用相仿。它们都是为了相互协作而存在。假如你经常对自己说:“我是整个复杂的理性事物的‘一肢’。”这种看法就会对你产生更强的印象。如果你认为自己仅仅是一个“局部”，那说明到目前为止你还没有从内心产生对人类的热爱，也没有体验到为他们行善的快乐。你行善只是应付差事而已，还没有把它当作是对自己有益的事情。

14. 将要发生的事情，就让我这身躯可能受到影响的部分去承受吧。只要愿意，就让它们抱怨吧。

至于我，只要不把它当成邪恶，我就不会觉得痛苦。而且，也没有任何东西能迫使我把它当成邪恶。

15. 无论世人如何评说、如何行事，我都将保持本色。如同金块、祖母绿、紫色长袍始终坚持的那样:“任凭世人如何评说、如何行事，我仍然是一块祖母绿，保持着自己的本色。”

16. 主宰我们的理性绝不会受自扰之害。例如，它绝不会引发内心的激情。如果别人能以恐惧和痛苦刺激理性，那就由他去吧。但是理性自己却绝不允许自己的判断误导自己陷入这样的情绪之中。如果可能，理性会尽量让肉体为自己操心，免受伤害。如果肉体已受伤害，那就让它说出来。可是，灵魂却毫发无伤，因为它自己就能了解恐惧和痛苦，并且能判断是否存在恐惧和痛苦。你无法强迫它作出判断。主宰我们的理性能够自给自足，除了自己为自己创造的事物之外别无他求。由于同样的原因，它不会经受干扰和阻碍，除非这些干扰和阻碍是它自身所为。

17. 根据词源，幸福是“内心万能的神灵”[1]的意思，也就是指万能的理性主宰。那么，空虚的幻想，你在此有何贵干？看在神灵的份上，走开吧，就像你来时一样。我不需要你。我知道，是长期的习惯使你来到这里。我并无恶意，只是请你离开。

18. 我们总是害怕变化。可是，没有变化，何来万物？还有什么是大自然更为珍视，并使其自身更为特别的呢？木柴不发生变化，你怎能洗上热水澡？食物不发生变化，你怎能汲取营养？没有变化，有用的东西从何而来？难道你看不出来，你自身也同样发生着变化，这些变化对你、对大自然同样必不可少？

19. 所有的物体都要穿过普遍物质，如同出入激流一样。它们与整体相互聚合、相互协作，就像人体的各个部分彼此协作一样。多少个克律西波斯、苏格拉底、埃皮克提图已被时光淹没！不论对待什么人，处理什么事，你都要牢记这一点。

20. 只有一件事困扰着我：我担心自己要做的事

1. 这是希腊语“幸福”的意思。

非人力所及，或者必须以其他某种方式去做，或者须得在将来某日去做。

21. 你很快就会忘记这个世界，而这个世界也很快就会忘记你。

22. 爱那些犯错或误入歧途的人是人类独有的特征。你要意识到他们是你的兄弟，意识到他们犯错是由于无知而非故意，意识到不久之后你们都将不复存在，更重要的是要意识到，由于主宰你的理智毫发无伤，你本身并没受到伤害。一旦意识到这些，爱便会油然而生。

23. 大自然用普遍物质就像用蜡一样，做成了一匹小马，随即将其打碎后又做了一棵树，接着又做了一个人，然后还做成其他的东西。它们的生命周期都很短暂。至于模具本身，打碎它并不比把它拼凑起来更困难。

24. 怒气冲冲的容颜完全有违本性。倘若经常如此，美貌便开始枯萎，最终消失殆尽，不复重生。你必须设法认识到这种行为并不理智。因为如果我们丧失了洞察缺点的能力，活着还有什么意义呢？

25. 只消片刻工夫，大自然这个宇宙处置者便会让你看到的一切面目全非，用旧物质产生新事物，新事物而后又将产生新事物，不断更新使宇宙永葆青春。

26. 当别人冒犯你的时候，你首先要想到，这是否涉及善恶问题。一旦弄清楚，惊诧和愤怒便会化作怜悯。这是因为，你对善的看法并不比他高明，或者至少和他有相似之处。在这种情况下，你显然应该原谅他。否则，从另一方面讲，你已经变得不关心这种行为是善是恶了。这样的话，那就更容易原谅别人的愚昧。

27. 不要沉浸在贪婪的梦里。还是想想已经拥有的神灵的主要恩赐吧。然后再怀着感激之情想想，假如你还未拥有这些恩赐，你会多么渴望得到它们。同时也要谨记，不要因喜欢它们而过分珍视它们，以防它们一旦失去，就会打破你内心的平静。

28. 归隐于心。主宰我们的理性只要求我们行为端正以获得内心的宁静，此外别无他求。

29. 抛开那些异想天开的念头。不要再做激情的傀儡。将时间限制在眼前。学会按每一经历的本来面目认识它们，无论这些经历是自己的还是别人的。将感官对象按根源和内容加以分类。想想自己的最后时刻。邻人的不端留给他自己去。

30. 集中精力关注正在说的话，全神贯注地考虑正在做的事和谁正在做。

31. 树立质朴自重的光辉形象，作出对正邪范围以外的事情漠不关心的样子。热爱人类，走神灵指引的路。圣人云："一切从法。"虽然他指的是微粒，但那又何妨？对我们而言，记住万物确实从法就足够了。尽管只有三个单词，但已经够了。

32. 关于死亡：如果世界是由微粒聚合而成，死亡即是消散；如果世界是个统一体，死亡则是灭绝或蜕变。

33. 关于痛苦：痛苦如果达到无法忍受的程度就

会终结我们的生命；生命若是继续存在，则说明痛苦还可以忍受。高高在上远离肉体的心灵始终保持着平静，主宰我们的理性毫发无伤。至于被痛苦伤害的部分，如果可能，让它们自己表达悲伤吧。

34. 关于名声：看看追逐她的那些人的心灵吧，看看他们的野心和可恶行径吧。再想想，今生今世，今天的事物很快便被明天的事物埋葬，就像一层流沙很快被另一层覆盖。

35. “如果一个人拥有伟大的思想和开阔的视野去沉思古往今来，他会把人生看作是举足轻重的大事吗？”“不，他不会。”“所以，他就不会认为死亡是件可怕的事了？”“不会。”（出自柏拉图）

36. 行善举却遭诟病，这就是王子们的宿命。（出自安提泰尼）

37. 遗憾的是，五官一味地听从心灵的指挥，任其处置，而心灵却不听从自己的指挥和处置。

38. “不要对事物的进程而烦恼；它们不理会你

的烦恼。”

39.“让永生的神灵快乐，同样也让我们自己快乐。”

40.“人的生命犹如成熟待收的玉米，留下这个，砍倒那个。”

41.“如果上天不肯眷顾我和我那两个儿子，那必定有充分的理由。”

42.“正义和好运都与我同在。”

43.“不与痛哭的人一起流泪，脉搏的跳动也不会加快。”

44.“我可以公正地回答他：我的朋友，如果你认为一个有价值的人应当把时间花在掂量生与死的前景上，那你就错了。采取任何行动之前，他只需考虑一件事情：即他的行为是正确还是错误，他像个好人还是像个坏人。”（出自柏拉图）

45. “先生们，事情的真相是这样的。一个人一旦决定表明立场，不是因为这样做似乎对他最为有利，就是因为要服从命令。而我相信，他必然要留下来面对险境，在耻辱面前已将自己的生死或其他事情置之度外。”（出自柏拉图）

46. “我的朋友，我恳求你好好想一想，高尚和善良也许不等于让自己和朋友远离危险；好好想一想，一个纯粹的人是否应该把能活多久这样的问题从自己脑海中消除，而不是不惜一切地贪生怕死。让他把那个问题交给神灵决定吧。女人告诉我们没人能逃脱宿命，要相信她们是正确的。让他专心思考下一个问题吧：如何才能最好地度过自己的一生。”（出自柏拉图）

47. 仰望环绕的群星，仿佛自己置身其中。经常想象元素的那些变化和重组的舞蹈。这种想象能涤清我们世俗生活的污垢。

48. 柏拉图有句话说得精辟。他说，论述人性的人应该站在高高的瞭望塔上眺望人间百态。他会看到有关是战是和的各种集会、农业耕作、繁衍交配、离别、出生、死亡、喧嚣的法庭、人迹罕至的蛮荒之地、陌生的各色人等、欢宴、哀悼、讨价还价。观察这纷繁混杂的景象和矛盾对立所产生的和谐秩序。

49. 回首往昔，看到一个个王朝兴衰更迭，你就能预见到未来。未来的模式依旧，甚至连细枝末节也都一样，因为它不可能偏离宇宙稳健前行的步伐。因此，看待四十年后的人生和四万年后的人生，别无二致。此外，你还有什么可看的呢？

50. “凡是生于土的必定归还于土；诞生于天国的种子也将回归天国。”——即通过原子结构的瓦解和元素的扩散来实现。

51. “撇开美酒珍馐和绝色佳人，命运的潮水能逃离死亡吗？”

“神灵送来了阵阵微风，我们应该以无怨无悔的心灵摇着橹去迎接。”

52. “竞技场上的奸诈诡计越来越多。”没错，但是却看不到越来越多的公益精神、自我谦虚、临场应变、对他人疏忽的宽容。

53. 只要一个人的行为能够符合人神共有的理性，就没什么可担心的。当能够效力的机会出现，而且已经付诸行动、进展顺利并完全符合我们人的规则时，我们就不必担心会受到伤害。

54. 你随时随地都有能力虔诚地接受当天发生的事情，公正地对待当天的同伴，一丝不苟地关注当天的印象，以防它们未经检验而混入你的内心世界。

55. 面对能支配别人的种种本能，要做到目不斜视，心无旁骛地认准本性指给你的目标：普遍本性通过环境说话，而你自己的本性则通过使命感说话。人的行为要符合与生俱来的本性，其他造物要服务于理性生物（这和低级事物是为高级事物的利益而存在这一普遍规律相一致），而后者则是为了相互服务。因此，人的本性的首要特征是对同类怀有责任感。其次是有抵御肉体低声诱惑的义务。这是因为人的理性与智慧具有一种特定功能，那就是筑起一道藩篱，保护其运转不被那些动物般的感觉和冲动所征服。理智必须占据统治地位，决不能向束缚低头。这是天经地义的，因为本性产生理智就是为了让其统领全局，物尽其用。第三是理性生物的本性应该使其具备谨慎行事、防止欺诈的能力。让理性这一舵手坚守以上三项原则，将我们引向笔直的航程，并且坚信这一航程将会自己出现。

56. 假设你今天离开人世，你的生命篇章便就此结束。从今以后，把未来的时间当成不受约束的盈余，依照本性的要求生活下去。

57. 只热爱那已经编织进你命运图案的东西，还有什么比它更符合你的需要?

58. 当你身处困境的时候，想想那些以愤怒、震惊、尖叫面对类似危机的人们。如今他们身在何处?无处可寻。那为何还要步他们的后尘? 不如把别人的情绪留给它们的主人或仆从，而你则集中精力争取把事情向好的方向转化。这样，你就能充分利用它，把它作为劳动材料为你效劳。每一次行动，都要以自己满意为努力和动机的唯一目标。记住，促使你行动的事情本身对这二者并不重要。

59. 反观自省。那里有善的源泉：不断探究，善便不断涌出。

60. 无论是动还是静，你的仪态举止要坚定有力，不要歪歪扭扭。镇静得体的神态反映着内心世界。因此，全身都应该如此。不过，务必不要矫揉造作。

61. 生活的艺术更像摔跤而非舞蹈，因为它同样需要站稳脚跟，以防突如其来的袭击。

62. 如果渴望赢得人们的赞赏，你就要始终了解他们的性格及其做人原则的本质，研究他们的看法和动机。这样，你就不会责怪他们无心的冒犯，或者企盼得到他们的赞许。

63. 有人曾说："没有人会故意放弃真理。"正义、自制、仁慈及其他美德也是如此。没有比这些更值得常记于心间的了。它们会帮助你在人际交往中拥有更大的亲和力。

64. 当你感到疼痛的时候，要及时提醒自己这并不是件丢脸的事情，而且无论是从理性还是从社会性的角度来说都无损于掌舵的理智。在多数情况下，伊壁鸠鲁的话都十分有道理。他说："疼痛绝非是不可忍受或永无止境的，只要你记住它是有限的，并且不要任意夸大其辞。"还要记住，尽管我们还没意识到，但是很多令我们不快的事情其实在本质上跟疼痛是一回事。比如，没精打采的感觉、高烧的体温、失去食欲。每当要开口抱怨的时候，就告诉自己这么做就是在向痛苦低头。

65. 如果有人作出不近人情的事情，注意不要步其后尘。

66. 我们如何知晓泰格拉斯的人品也许不如苏格拉底呢？我们完全可以说，苏格拉底之死更体面，与智者的辩论更为巧妙，熬过寒冷的长夜更坚强，英勇地拒绝执行命令逮捕萨拉米斯的利昂[1]，昂首阔步走在大街上[2]（尽管此事的真实性有待证实）。然

1. 公元前 403 年雅典的民主政治被推翻，继之以三十人僭主集团的恐怖统治时期。在这期间，很多无辜的人被处死。苏格拉底等人接到要逮捕诚实的市民——萨拉米斯的利昂的命令，他坚决拒绝执行。

2. 这是阿里斯托芬对苏格拉底的嘲笑之一（见喜剧《云》第 362 页）。

而，真正值得思考的问题是，他的灵魂究竟怎样？他是否真如人们看到的那样待人公正，对神灵虔诚，此外别无他求？他是否真的对别人的缺点不怨恨，对别人的愚昧不苟同？他是否真的听天由命，不把命运看作反常的事情或无法忍受的苦难，也不允许肉体的经历影响自己的心灵？

67. 大自然没有把心灵和肉体完全混为一谈，以致使心灵无法确定自己的边界，主宰自己的领域。尽管没有获得承认，但心灵完全可能像神灵一样神圣。这一点要时刻铭记在心。还要记住，幸福生活所需不多。你也许没有掌握辩证法或物理学，但决不能对获得自由、自尊、无私、顺应天意失去。

68. 在不受打扰的宁静中度过余生，拒绝向胁迫屈服，哪怕全世界的要求震耳欲聋，哪怕野兽把可怜的肉体躯壳撕得粉碎。即便如此，也不能阻止心灵获得平静、正确评估周围发生的事情、及时利用得到的资源。所以，判断力会对事件说："这就是你的本质，无论谣言怎样粉饰你。"而效劳会对机遇说："我寻找的正是你。"此刻发生的事情往往是运用理性和兄弟情谊的绝好机会。总之，这样处事，对人或神灵都是很恰当的。因为，没有一件事情的发生是专门针对人或者神灵的。这种事情的到来，不是什么新奇棘手的难题，而是一个用得上的老朋友。

69. 把生命中的每一天都当成最后一天来过。既不紧张不安、不无动于衷，也不装腔作势。这就是完美性格的写照。

70. 尽管神灵能够永生，但他们不会因为要永远忍受代代世人及其不端行为而心怀不满。不仅如此，神灵甚至会竭尽所能地关怀他们。那么，没有长性的你会失去耐心吗？你自己就是罪犯中的一员呀。

71. 能避免自己的罪恶而不去避免，反而徒劳地尽力避免他人的罪恶，这是多么荒唐可笑的事情。

72. 无论理智与社会功能发现了什么轻率或不友善的事情，它都能合情合理地宣布其低于自身。

73. 当你做了件好事使别人从中受益，为何还要像个傻瓜一样奢求更多：众人的喝彩，或者某种形式的回报？

74. 没人会对接受好处感到厌倦。只是，好处要来自契合本性的行为。那么，对通过给予好处的行为来接受这样的好处，永远也不要感到厌倦。

75. 普遍本性的冲动是为了创造一个井然有序的世界。由此可以断定，现在发生的一切事情必定遵循某种逻辑顺序。如若不然，那么普遍本性的冲动的首要目的，就会是非理性的目的。记住这点，将帮助你更冷静地面对很多事情。

↣ 卷八

1. 假如有人说，自己的一生，哪怕是成人之后，一直过着哲学家的生活。那绝对是无稽之谈。记住这一点，你就不会产生自鸣得意的情绪。实际上，即使现在，哲学显然对于你和很多其他人来说仍然非常遥远。因此，你的思想还处在一种混乱状态，想赢得哲学家的头衔就更加不易了。况且，你的身份地位也时常会产生不利的影响。一旦了解了真相，你就应该抛开在人前表现的想法，满足于依照本性的要求生活。学会理解她的意志，心无旁骛。迄今为止，你一直在徒劳地漫无目的地寻找着高尚的生活。它既不存在于诡辩的逻辑中，也不存在于财富、名声、世俗的享受或其他事物中。那么，秘诀究竟在哪儿？在于遵循人的本性行事。如何才能做到？用严格的原则约束自己的冲动和行为。哪些原则？关于是非善恶的原则。比如，唯有能使人变得公正、自律、勇敢、独立的事物才是对人有益的，反之则对人有害。

2. 做任何事之前先问自己：这件事对我会产生怎样的后果？我会后悔吗？我将不久于人世，一切都将被人遗忘。同时，如果这件事情适合一个有理性和社会性的人去做，而他与神灵共处同样的法律之下，夫复何求？

3. 亚历山大、恺撒、庞贝与第欧根尼、赫拉克利特、苏格拉底相比，有什么不同？后面几位关注事物的根源及构成，他们的主导思想如出一辙。至于其他几位，他们有太多的烦恼，无穷的束缚！

4. 你也许会伤心，但人们将一如既往地前进。

5. 第一条规则是保持精神世界不受打扰。凡事都得遵守大自然的法则，很快你就消失得无影无踪，就像哈德良和奥古斯都一样。第二条规则是遇事要勇敢面对，弄清事情的本质，莫忘以成为有德之人为己任。按本性行事，不要畏缩，陈述自己认为最公正的看法，但要彬彬有礼、谦虚中肯、真心诚意。

6. 普遍本性的使命是改组、变换、交换、将一种状态转化为另一种状态。变化无处不在。我们无需害怕意外，因为万物都遵循着古老的习惯，就连分配它们的方式都未改变。

7. 只要在自己追求的道路上一帆风顺，本性就会觉得心满意足。对具有理性的本性而言，这意味着不赞成带有误导性或含混不清的印象，不放任非社会行为的冲动，约束所有的欲望，限制对力所能及之事的拒绝，以同等的热情迎接大自然分派给你的每个任务。这些分派的任务是大自然的一部分，如同树叶的本性是植物本性的一部分一样，只是植物的本性没有感情也没有理性，容易遭受挫折，而人的本性不但不会被挫败，还具有智慧和正义，因为它公平地赋予每个人恰当的时间、生命、因果报应、活力和经验（虽然不能指望每个人的每一方面都绝对的公平，但大致比较起来，整体上还算公平）。

8. 你不可企望自己成为学者。你能做到的是克制傲慢的态度，你能做到的是从快乐和痛苦中超脱出来，你能抵御名望的诱惑，也能对愚昧无知和忘恩负义的人耐住性子，甚至会喜欢他们。

9. 不要再让任何人，包括你自己，听见你对宫廷生活破口大骂。

10. 懊悔是对失去某个有利时机感到悔恨。高尚的事物总是很有用的，也必定是每个高尚的人所关注的。然而，高尚的人从来不后悔放过了享受的机会。由此可以断定，享受既不高尚也对人无益。

11. 问问自己，这东西的样子这么特别，其中到底是什么？其实质、结构和内容各是什么？到底有什么功能？能存在多久？

12. 当你难以摆脱睡意的时候，就提醒自己，要履行对社会的责任就是要遵从人性的法则和自己的本性，而睡觉则是我们和非理性的野兽共有的行为。再者，遵从本性才是更恰当、更合适、更令人愉快的行为方式。

13. 如果有可能，养成好习惯，去发掘每种印象的本质特点，它对自我的影响，以及它对逻辑分析的反应。

14. 无论遇见谁，都要先问问自己，此人的是非观是什么？如果他对快乐、痛苦及其根源的认识，对名誉和耻辱的看法，对生与死的态度，都属于某种类型，那么发现他的行为和他的信念一致时，我就不会感到惊讶或愤慨，我会告诉自己，他这么做是别无选择。

15. 无花果树结出无花果，没人会觉得诧异。同理，对世间正常发生的事情，如果我们大惊小怪或者愤慨不已，则应该为此感到羞愧。要是医生发现病人发烧就大惊小怪，要是船长碰到逆风就惊诧不已，他们都应该感到脸红。

16. 转变思想、听从纠正，并不意味着丧失独立性。因为这种转变是你的主动行为，是依据自己的冲动、自己的判断力和自己的思考而作出的决定。

17. 假如你有选择权，为何要做这种事？如果选择权在别人手中，你又能责怪谁呢？责怪神灵吗？责怪原子微粒吗？怪谁都很荒谬。所有怪罪别人的想法都不恰当。如果有可能，就去纠正犯错误的人。如果不行，就纠正错误的行为。如果还不行，那相互指责又有什么意义呢？毫无意义的事情是不值得做的。

18. 死去的并未退出这个世界。它会继续存在下去，发生变化，分解成微小的颗粒，即分解为组成宇宙和我们自身的元素。元素本身也在发生着同样的变化，但却毫无怨言。

19. 任何事物，不论是一匹马还是一株藤，它们的诞生皆有使命。这并不奇怪。就连太阳神本身都会告诉你："我来是有使命要完成。"天上其他诸神也是如此。那么，你的诞生是为着什么使命呢？是为了享乐吗？人们能容忍这种思想吗？

20. 大自然始终记着一个宗旨。这个宗旨包括事物的始末及持续时间。她就像个掷球者。球向上会变得更好吗？球向下或落地之后，会变得更糟吗？泡沫聚集在一起时得到了什么？破灭之后又会失去什么？对蜡烛，道理也是一样。

21. 将血肉之躯从里向外翻转过来，再看看是什么样的景象。人变老、生病、腐烂又会变成什么样子。赞扬者和被赞扬者的生命同样短暂易逝，纪念者和被纪念者也是如此。对于广博的地球而言，他们占据的不过是沧海一粟。即便如此，他们也不能彼此和睦相处。而整个地球也只是宇宙中最微不足道的一个点。

22. 无论对一个物体、一种行为、一项原则，还是别人的话，你都应该全神贯注。

你觉得失望理所当然，因为你宁可坐等明日上天赐福，也不愿今天积极争取。

23. 我做任何事，都是为了服务人类。发生在我身上的任何事，我都会以对神灵及普遍之源的敬意接受它。一切环环相扣的命运都出自普遍之源。

24. 沐浴让你想到了什么？油垢、汗渍、尘土、油腻腻的脏水，以及所有令人作呕的东西。这就像生活的方方面面，其中每一种物质都是如此。

25. 死神从露西拉身边夺走了维鲁斯，继而又带走了露西拉；从瑟孔达身边夺走了马克西姆斯，继而又带走了瑟孔达；从埃皮梯恩查努斯身边夺走了戴奥提莫斯，继而带走了埃皮梯恩查努斯；从安东尼纳斯身边夺走了福斯娜，继而带走了安东尼纳斯。这样的事情总在重演。塞勒掩埋了哈德良，自己也被后人掩埋。古代的那些显贵、那些有先见之明的人、那些骄傲的人，如今他们身在何处？机敏者如沙哈克斯、柏拉图主义者德米特里厄斯、尤德蒙，以及其他类似的人，都只活了一天，都早已作古。有的人刚走便被人遗忘，有的人则变成了传说，还有的人甚至淡出了传说。想一想，你复杂的身体有朝一日也会分解消散，维持生命的呼吸也必然会停止，或转移、转化到别处。

26. 人的真正乐事是实现人的使命。人的使命不外乎善待同类、超越感官刺激、辨别表象与事实、研究普遍本性及其作用。

27. 我们要面对三种关系：其一，与容纳我们的皮囊的关系；其二，与神圣的万物之源的关系；其三，与我们身边同胞的关系。

28. 无论对于我们的肉体还是对于我们的灵魂，痛苦必定是邪恶。如果是前者，就由肉体自己来说吧。只是灵魂始终拒绝认为痛苦是邪恶，以此保持内心世界晴朗无霾，平静安宁。这是因为一切决定、冲动、前进或是后退的举动皆由内而发，邪恶绝不可能从外面强行侵入。

29. 忘掉不切实际的幻想，经常对自己说："只有我才能保证邪恶、贪婪和一切混乱的想法在我心中找不到容身之处，只有我才能洞悉天地万物之本质，并以与之相称的方式对待它们。"牢记这一权力，这是本性赐予你的礼物。

30. 不论是在元老院讲演，还是与个别人谈话，用词都要得体，不要花哨浮夸。讲话要合乎情理，言而有益。

31. 想想奥古斯都的朝廷：妻子、女儿、孩童、祖先、姐妹、阿格里帕、宗族、亲属、朋友、阿雷夫斯、米西奈斯、医护人员、祭司，整个朝廷，统统烟消云散。再看看其他已经湮灭的记录：不光是个人的毁灭，而是整个家族的覆灭，例如庞贝家族。

我们在墓碑上看到这样的铭文:“此家族中的最后一位。”想想他的祖先为了死后留下一位继承人所耗费的心血。然而到头来，某人必须成为这最后一位，又一个家族覆灭了。

32. 你的每一个行为，都应该为完整的人生作出贡献。如果每一行动都能做到这一点，只要它做了，你就应该感到心满意足，因为这是无法阻挡的事情。你也许会说:“受到外界的干扰。”即便如此，这些干扰也不会影响到你意图的公正、慎重、合理。“不，现实中某种行动是可以阻挡的。”也许吧，不过只要你能以良好的心态面对挫折，明智地接受出现的替代条件，就能找到同样符合前面提到的完整人生的替代办法。

33. 谦逊地接受，得体地放弃。

34. 你也许见过断手、断脚、身首异处的头颅。如果一个人拒绝命运的安排，脱离伙伴，或者做事只图一己私利，他就是尽其所能使自己落得这样的下场。于是，你就沦为大自然统一体的弃儿。尽管你生来就是其中的一员，但你却亲手把自己与整体割离开来。即便如此，还是有一个美好的想法：你依然有能力让自己重新回到整体。神灵从来没有如此偏爱过其他生灵，被分离之后还允许他重归整体。看神灵以自己的仁慈美化着人类：他将权力交给世人，不仅首先使他不与整体分离，而且后来一旦分离，还能重回整体，恢复以往的身份。

35. 一切由理性事物构成的大自然，使每个理性生命都具备各种本领。我们从她手中得到的本领之一，便是如她一样能够转变遇到的每个阻碍或对抗，将其纳入命运的轨道，同化为自身的一部分。因此，一个理性的生命有能力将障碍转化成为己所用的材料，借以向自己的奋斗目标前进。

36. 千万不要急于去想象整个人生，这样会让自己很困惑。就是说，不要把一生可能遇到的各种不幸都想个遍。相反地，每当遭遇不幸，要问问自己："这件事中让我无法容忍、难以承受的是什么？"然后，你会发现自己羞于承认失败。还要记住，压在你心头的不是未来或过去的重负，而始终都是现在的负重。就连这份负重也有可能减轻，只要你严格限制它，并且对连这种小事都无法承受的脆弱心理采取严厉的措施。

37. 潘瑟和佩尔加蒙至今还端坐在维鲁斯的墓旁吗？卡布里亚斯和戴奥梯莫斯至今还端坐在哈德良的墓旁吗？荒唐之极！就算他们还端坐在那里，死者能感觉到吗？即便能感觉到，他们会高兴吗？况且，就算死者高兴，能指望悼念者长生不老吗？他们不是一样注定要变老，并离开人世吗？到那时，悼念者都不存在了，被悼念者还能怎么样呢？这一切不过是一堆恶臭腐烂的尸体罢了。

38. 圣人克里托说过："你要是长着眼睛能看，就自己看吧。"

39. 在理性生命的结构中，我没有发现植有反抗正义的道德，倒发现植有反抗享受的自制力。

40. 忘掉你凭空想象痛苦的念头，这样你的自我才能立于刀枪不入的境地。"自我——那是什么？"它就是你的理性。"可是，我身上不全是理性。"也许是这样。在这种情况下，至少要让理性不给自己带来痛苦。另外，如果你的其他部分有麻烦，就让那部分自己去操心好了。

41. 对于维持肉体活力的本性来说，任何感官上的挫折都是有害的，任何努力遇到的挫折也是如此。植物的本性照样会有自己的挫折与危害。同样，心灵受到的挫折也会对心灵的本性造成伤害。将这一切应用到你自己身上。痛苦或者快乐对你有影响吗？感官会注意到。在你努力的过程中，是否曾经畏缩不前？如果付出的努力只许成功不许失败，那么作为理性生命，这种挫折对你的确有害。然而，一旦你认可了普遍的必然性，你就不会受到伤害，也不会觉得沮丧。在心灵自己的领地内，没人能让它受挫。烈火、刀剑、压迫、污蔑等等都不能伤害到它。“地球，一旦成为真实的球形，便永远是球体。”

42. 我从来不会有意伤害别人，更没有理由伤害自己。

43. 每个人都应该有自己的幸福。对我而言，幸福就是具有健全的自我主导能力——理性，就是不躲避人类及人类的兴衰变迁，就是能够以仁慈的眼光审视并接受一切事物，并根据各自的表现分别对待。

44. 充分利用今天。追求明日赞扬的人们忘记了：与耐心经受巨大考验，不比他们短寿的当代人相比，子孙后代没有任何不同。既然如此，子孙后代的评说或对你怀有的看法，对你来说有什么要紧的呢？

45. 带上我，随你将我抛弃在哪里。我内心依然拥有灵性，安详而满足，只要它还能感受，并以恰当的方式行事。我的灵魂会受到折磨，堕落下去，变成一个畏首畏尾的懦弱之辈，无精打采地哀求别人。这真的有这么重要吗？真会出现这样的后果吗？

46. 人类只可能经历符合自身条件的事情，如同公牛、葡萄藤、石头只会经历符合它们本性的事情一样。既然发生的事情对他们来说都习以为常、合乎自然，那有什么可抱怨的？你和他们共有的大自然绝不会让你经历无法忍受的事情。

47. 假如外界的事情使你感到苦恼，那么这痛苦并非来自事情本身，而是源于你对它的判断。你有能力随时消除这种痛苦。如果痛苦的根源是你自身的性格，那就着手改变你的道德观念。有谁会阻止你呢？如果你的苦恼在于没能采取明确理智的行动准则，那为何不采取，反而妄自烦恼呢？“因为中途遇到不可逾越的障碍。”既然这样，不必担心，不作为的责任不在你。“可是，不完成这件事情，生活便失去了意义。”唉，那就愉快地永别人生吧，得体地承认失败，像其他行为不受约束的人一样走向死亡。

48. 记住一旦你更高的自我回归本位，冷静地拒绝做违背自己意愿的事，它就将立于不败之地，即便这种对抗完全不合理性。那么，当它经过理性思考、慎重作出决定时，就更加不可战胜！因此，脱离了激情的心灵堪称堡垒，没有比这更坚固的堡垒可以庇护人类、抵御攻击的了。认识不到这一点就是无知；认识到了，却不寻求它的庇护，则是一种不幸。

49. 对最初形成的印象一定要加以辨别。那些印象告诉你，某人在讲你的坏话。这就是它们要传递的信息。它们没有进而说明这一信息已经对你造成伤害。我看见自己的孩子病了，我的眼睛告诉我的，但并没有表明孩子有生命危险。所以，要牢记最初的印象，不要添枝加叶，你就不会有危险。即便要加，至少也要添加对万能的普世秩序的认识，因为万物皆要遵从这一秩序。

50. 你的黄瓜味道很苦？扔掉它。你走的路上有欧石南吗？那就走别的路好了。这就够了。不要进而抱怨："世上怎么会有这种东西呢？"本性的学生只会嘲笑你，就好比在木匠或是鞋匠的铺子里挑剔人家的产品有刨花或碎屑，会遭到他们的耻笑一样。不过，至少他们还有地方放置垃圾，而大自然却没有这样的闲地方。她的方法神奇之处就在于：尽管有这种自我限制，她却能把所有破旧磨损、老而无用的东西转化成自己的一部分，再重新打造成新的产物，这样就永远不需要外部供给新鲜的原料，也不需要丢弃垃圾的地方。她自己的空间、自己的原料、自己的手艺就已经足够了。

51. 行动拖拖拉拉、说话语无伦次、观点模糊不清、内心深受束缚、感情过于外露、生活没有闲暇，这些现象都应该避免。殉难、损毁、诅咒，这些怎能削弱一个人保持内心纯洁、清醒、温和、公正的能力呢？人可能会站在一泓清泉旁边破口大骂，然而泉眼中依然汩汩涌出清澈、有益于健康的泉水；他甚至会把污泥和赃物投入水中，可是泉水会很快将其溶解冲走，不留一丝污渍。何不让自己拥有长流不息的清泉呢？只要时刻以恻隐、质朴、谦逊之心守护好自己做主的权利就行。

52. 一个人不懂得宇宙的本性，就不会明白自己身在何处；不懂得宇宙的意志，他就不懂得自己的本质，也不懂得宇宙的本质。让他发现不了这些道理，他甚至无法对自己的存在给出合理的解释。他们既不知道自己身在何处，也不知道自己的本质，却刻意寻找或者回避民众喧嚣的喝彩声，对这样的人，我们应该如何评价呢？

53. 如果一个人一小时之内咒骂自己三次，你会希望得到这种人的夸奖吗？你愿意取悦那种对自己都不满意的人吗？几乎后悔自己做过的所有事情，这样的人能对自己满意吗？

54. 你的呼吸参与空气的循环，同样让你的思维也参与圣灵的交流。有一种精神力量可供他汲取，这种力量无处不在，就如同他呼吸的空气一样。

55. 人类平常的不端行为伤害不了宇宙，一个人特定的不端行为也伤害不了同胞。这种不端行为伤害不了别人，只能伤害犯过者自己。而且他只要愿意，就能从中解脱出来。

56. 我邻居的意愿如同他的身体和呼吸一样，与我毫不相干。无论我们相互之间多么默契，各自仍然具有独立的权利。否则，他的不端行为便会成为我的罪恶。神灵不希望这样的事情发生，以防别人恣意毁掉我的幸福。

57. 人们看到，太阳将光和热撒向四方，自己却从不枯竭。这种普照是一种自我扩展。实际上，日光之名，来源于“可扩展”一词。想要了解日光的性能，就去观察黑暗房间里从狭窄小缝中透过的光线。日光延长成一条直线，直至碰上某一固体挡住了它的去路。它便停留在那儿，既不落下，也不离开。思想也应该像阳光一样发射和扩散永不枯竭，只扩展自己，碰到障碍物不是一味地横冲直撞，不是绝望地离开，而是站稳立场，照亮它所停留的物体。不让日光穿过，就是自己不要日光。

58. 怕死的人要么害怕失去所有的感觉，要么对新感觉有恐惧。实际上，你要么什么都感觉不到，也就没有邪恶；要么，如果你能感觉到任何新鲜事物的话，就会脱胎换骨，生命也就不会停止。

59. 人为彼此而存在。所以，要么提升他们，要么就容忍他们。

60. 箭矢以一种方式飞行，而思想则以另一种方式传播。即使当思想摸索着谨慎行事、从不同角度寻找解决问题的方法时，它也是径直前行，直奔目标的。

61. 仔细研究一下别人心灵的主导原则，并允许他也研究你心灵的主导原则。

卷九

1. 不义是一种罪恶。大自然创造理性生命，是要让他们相互受益，依其所值帮助同胞，而不是伤害他们。违背大自然的这一意愿，就等于对最古老的神灵行恶。不诚实也是一种罪恶，也是对这一神灵行恶。大自然是存在的本性，而存在意味着所有生灵有着同源关系。真理是这一大自然的别名，是一切真实事物的原创者。如果说蓄意撒谎是一种罪恶，因为欺骗是不义行为，那么无心的谎言也是一种罪恶，因为它是大自然的和谐曲调中一个刺耳的音符，在井然有序的宇宙中引起大逆不道的混乱。之所以说它大逆不道，是因为人允许自己陷入了与真理对立的境地，尽管不是有意为之；是因为他严重忽视了大自然赋予他的能力，因而不再能够分辨。

同样地，视追求快乐为善，视躲避痛苦为恶，也是一种罪恶。这必将导致世人的抱怨，说大自然对待善恶赏罚不明，因为坏人经常享有快乐和得到快乐的手段，而痛苦和带来痛苦的事情却落在好人头上。而且，人若害怕痛苦，恰恰说明他害怕命中注定的事情要发生。这种行为本身也是一种罪恶。一味追求快乐的人必然不会停止不义之举，这显然也是有罪的。不，大自然自己并未分出彼此（如果她分出彼此，她就不会让痛苦与快乐同时存在），她的追随者也应该与她志趣相投，表现出同样的中立态度。痛苦和快乐、生与死、荣誉与耻辱，都为大自然公平使用，凡是不能以同样公平的态度看待它们的人，显然也是有罪的。说到它们为大自然公平使用，我是指神灵创造的生灵一代一代都依次有过同样的经历。这正是最初感动天意的原始冲动的产物：取一些未来存在的胚芽，赋予它们自我实现、变异和延续的能力，从宇宙的开端发展成如今井然有序的体系。

2. 具有高尚情操的人，宁愿离开人世也不愿说假话、两面三刀、生活奢靡、为人傲慢。可是，既然这些都已经体验腻了，下一个最好的办法便是立刻结束生命。否则的话，难道你真的铁了心要生活在邪恶之中？以往的经历还未说服你逃离瘟疫吗？受感染的心灵是一种瘟疫，它比我们周围有害健康的、混乱的气体要危险得多。作为动物，一个侵害我们的生命；而作为人，另一个侵害我们的人性。

3. 不要蔑视死亡，应该微笑着迎接它，因为死亡也是大自然意志的体现。青春和暮年，成长和成熟，长牙、长胡须、生华发，怀孕生子，乃至生命季节带给我们的一切其他自然过程，都是大自然意志的体现，我们的消亡也是如此。所以，一个有思想的人绝不会以草率、急躁和不屑一顾的态度对待死亡。他会将死亡视为又一个自然进程，等候它的到来。就像等待婴儿从你妻子的子宫分娩出一样，期待着弱小的灵魂从躯壳中滑出的那一刻。

不过，假如你的心灵需要更为简单的安慰，那么想一想即将告别的社会和你不必再周旋的人。没有比这更好的死亡慰藉了。并不是说你一定会讨厌他们，恰恰相反，你有责任关爱他们，以宽容之心容忍他们。但是切莫忘记，自己离开的这群人奉行的原则与自己大相径庭。或许只有一件事能留住你的生命，那就是和志趣相投者的深厚情谊。一旦你想到与格格不入的人周旋是多么的疲倦，你就会大声疾呼：“死神，快来吧，免得我也将自己忘记。”

4. 犯罪者是对自己犯罪；作恶者是对自己作恶，用自己的行动使自己更坏。

5. 一个人犯罪，不只是因为做了不该做的事，还常常因为没有做应该做的事。

6. 只要你现在的看法基于信念，你现在的行为基于无私，你现在的性情满足于你从外界得到的一切，这就足够了。

7. 忘掉幻想，克制冲动，遏制欲望，让至上的理性主宰一切。

8. 有一种生命准则遍布于一切非理性的生命之中，有一种心灵准则遍布于一切理性生命之中。这如同地球形成了世间万物，又如同能看能呼吸的我们大家，都看见了同样的光，呼吸着同样的空气。

9. 物以类聚。土性的东西受土吸引，水性的东西互相交流，气性的东西也是如此。因此需要设置壁垒将它们强行分开。火焰由元素燃烧而成，总是趋向天空。即便在地上，火焰也总是迫不及待地与同类相聚，以至于任何材质，只要足够干燥，都能轻易点燃，因为它只有少量成分可以阻燃。同样，普遍理性的各个组成部分也相互吸引，甚至更为强烈。由于普遍理性是天地万物中的高级存在，它渴望聚合的程度也相应地更为强烈。这种聚合的本能首先表现在非理性生物身上，比如蜜蜂群飞，牛在一起吃草，鸟儿成群筑巢，动物成双交配。由于它们都已经具有了灵魂，在这些相对高级的生命形式身上，团聚的欲望达到了强烈的程度，而这是石头或木棍所不具备的。至于理性生物，他们有政治社团、同志之谊、家庭生活、公共集会、战争期间各种条约和休战。在更高一级的秩序中，甚至相隔甚远的物体（比如繁星）也存在一定程度的统一。因此，随着事物等级的升高，即使远隔天涯的事物也能产生同胞之情。

现在来看看实际发生的情况。恰恰是我们智能生物，忘记了这种渴望统一的热情。只有在我们身上看不到汇合的潮流。尽管人可以逃跑，却仍然会被逮到，扣住不放。对他而言，大自然太过强大。留心观察，你会发现：找一块与同类无关的土，与找一个与同伴无丝毫联系的人相比，前者要快得多。

10. 万物皆能结果。人类、神灵、整个宇宙，都在适当的时节结果。这种说法通常特指葡萄藤之类的东西，不过这无关紧要。理性同样能为自己和世界结出硕果，因为众多由它孕育出的美好事物身上都带有理性的印记。

11. 如果有可能，就好好教导他们。如果不行，也要记着，要耐心地保持这种仁慈之心。此时就是你仁慈之心的用武之地。神灵自己也会向这种人展示仁慈，有时甚至放纵他们，在他们追求健康、财富、声望的时候，助他们一臂之力。这些你也能做到。有谁会阻止你呢？

12. 努力劳作，但不要怀着受害者的心态，也不要贪图别人的同情和赞赏。而只要想着一件事：那就是无论你做还是不做都要无愧于一个有理性的公民。

13. 今天，我摆脱了所有的困惑。更确切地说，我让困惑摆脱了我。因为它们并非来自外界，而是来自内心。他们就在我自己的观念里。

14. 世间万物的经历都是平庸无奇的，持续时间都是短暂易逝的，内容都是污秽不堪的。无论从哪方面看，现在的情形和已经入土的历代先辈们看到的情形，都一模一样。

15. 事实完全置身在外。事实就是事实，再无其他。事实对自己一无所知，也不对自己发表任何看法。那么发表看法的是谁呢？是我们的导师和主宰——理性。

16. 一个具有理性和社会性的人，是不会受自己情绪的影响而变得更好或是更坏的。他只受自己意志的左右。这就像他的外在行为，无论好坏，都是意志而非情感的产物。

17. 对于抛出去的石头而言，下落并非邪恶，上升也并非高尚。

18. 洞悉批评者内心最深处的思想，你会明白自己最害怕什么样的批评者，并且看到他们能否批评他们自己。

19. 一切皆在变化之中。你自己也在不停地转变，有的部位会腐烂。整个宇宙都是如此。

20. 不要介入别人的不端行为。

21. 一项活动被中断，一个冲动或想法中断或死亡，这些都没有邪恶。回想一下自己的成长历程：孩童时期、少年时期、青年时期、暮年时期，每次转变都是某种死亡。这有那么可怕吗？想想你先是在祖父抚养下，后来在母亲抚养下，再后来在父亲抚养下的生活，追溯那段岁月里发生在你身上的无数差异、变化和中断，然后问问自己："它们有那么可怕吗？"那么，生命的停止、中断、改变也就不过如此了。

22. 赶快去研究它们吧：你自己的心灵、宇宙的心灵、你邻居的心灵。研究你自己的心灵，能使其公正；研究宇宙的心灵，能使你不忘自己的根本；研究邻居的心灵，能使你弄清它是愚昧无知还是学识渊博，或许还能让你看到它与自己的相似之处。

23. 作为一个单位，你有助于社会整体的完整。同样的，你的每个行为也应有助于社会生活的完整。凡是与这一社会目的无直接间接关系的行为，都会分解社会生活，破坏它的完整。有些社会公民竭力脱离大众，这种行为与分裂者的行为别无二致。

24. 孩童式的拌嘴，孩童式的游戏，“微弱的气息支撑着躯体”。啊，荷马史诗中的鬼魂在现实中有了更为逼真的形象！

25. 首先要找到原始成因的本性与性质，将其与成形的材质区分开来，加以研究。然后再确定其作用可能持续的时间。

26. 因为你不愿让你的导师和主宰——理性——发挥应有的作用，所以你不得不承受无数的灾难。好了，别再这样了！

27. 当身边的人向你发泄不满，恶毒攻击你，或者大呼小叫地伤害你时，要接近他们，洞察他们的灵魂，看看他们究竟是怎样一种人。你会发现，自己煞费苦心去赢得他们的好感是多么不明智。尽管如此，善待他们依然是你的职责，因为自然已经使他们成为你的朋友。连神灵自己都在以各种方式，托梦或靠神谕，帮助他们实现自己既定的目标。

28. 上上下下[1]、一代一代，宇宙遵循亘古不变的周期循环往复。也许是普遍心灵左右着相继发生的每件事情。倘若果真如此，就接受这样的结果吧。或许，存在着一种原始的意愿，它产生了随之而来的一切。每件事情都是另一事情的起源。换句话说，事物要么是单独的个体，要么由它们构成一个不可分割的整体。倘若这个整体便是神灵，那就万事大吉。倘若这个整体是无目的的巧合，至少你不必也无目的。

不久我们都将归于尘土。然后尘土也会发生变化。再后来，这种变化中产生的物质还会不断地发生变化。一切又将各就各位，直至世界的尽头。让心灵停留在变化和改造的汹涌波涛之上，就等于懂得了要藐视世间的一切事物。

---

1. 上上下下，即连续由火变成气，气变成水，水变成土，然后再反向循环。

29. 原始动因如同洪水中的河流，裹挟着世间万物滚滚向前。那些玩弄政治，并让自己相信是在本着哲学精神行事的小人是多么卑鄙可耻。乳臭未干的小儿，甚至还不会擦鼻涕呢！已经成年的你，又能怎么样？此时此刻，还是听从本性的要求，抓住出现的机会，别再东张西望、在意别人是否注意你。不要幻想柏拉图式的理想国出现。如果付出的一点努力结果不错，就应该感到满足，把结果看成很大的成功。谁能指望改变人们的信念？难道不改变信念就只能得到不情愿的臣服和虚假的赞同吗？没错。现在，接着来与我谈谈亚历山大、菲利普、法莱雷奥斯的德米特里吧。倘若他们果真懂得大自然的意志，并教育自己按她的意志行事，那是他们自己的事情。但是倘若他们只是做做样子，任何朝廷都无法强迫我效仿他们。哲学是一个谦逊的职业，一切崇尚简单质朴、坦诚无欺。绝不要企图引诱我故作自命不凡之状。

30. 站在高处俯瞰芸芸众生：他们举行各种神秘的仪式，他们的潜水者在时而暴风骤雨，时而风平浪静的大海中穿梭，他们来往聚散，变化无常。再想想前世和来世人们的生活，甚至今天边远地区夷蛮族群的生活。总之，想想现在有那么多的人不知道你的大名，还有更多的人将很快把你忘记，那么多的人或许现在赞美你，转脸便会谩骂你。所以说，怀念、荣耀，以及其他一切，都是毫无价值的东西。

31. 受到外界环境困扰时，要泰然自若；内心产生行为冲动时，要公平公正；总而言之，你的愿望和行为既要具有社会性，还要符合自己的本性。

32. 很多困扰你的烦心事，其实都是无关紧要的。你既然能产生妄想，就完全能将它们消除，让自己的思想延伸到更广阔的领域，纵横驰骋在宇宙之间，冥想无尽的永恒，留心世间万物的瞬息万变，对比生死之间的短暂瞬间与生前死后的永世。

33. 片刻之后，你眼前的一切都将灰飞烟灭。这一过程的见证者不久也会踏上同样的旅途。所以说，最年长的祖父和夭折在襁褓之中的婴儿有什么分别呢？

34. 仔细观察指导人们行动的本能，他们为之奋斗的目标，他们喜爱并看重事物的理由。总之，要勾勒出他们赤裸裸的灵魂。而他们却还在想象自己的赞美或指责具有帮助或伤害别人的力量。真是痴心妄想!

35. 损失无非是一种变化，而变化是大自然的一桩乐事。按照她的布置，万事万物从世界伊始，便以现在同样的方式存在，并将和其他类似事物一样，一直到时间的尽头。你怎能说这一切都不正确，并将永远如此，你怎能说天上的神灵也无力扭转局面，世界将被迫陷于无尽的灾难之中?

36. 我们大家的身体注定将要腐烂，化作水汽、泥土、骨骼和恶臭。我们所珍视的大理石无非是地球的胼胝，黄金和白银无非是地球的沉积物，我们穿的衣服不过是地球的些许毛发，珍贵的紫色无非是鱼身上的淤血，其他事物也是如此。就连维系我们生命的呼吸也一样，终究要一个接一个相继消逝。

37. 受够了这种悲惨的生活方式，这些没完没了的牢骚，这些哗众取宠的鬼把戏。为何你非要如此焦虑不安?现在发生的一切并非史无前例，究竟是什么让你如此烦恼?它的形式?那就好好审视一下。

它的内容？也要仔细研究一下。除了形式和内容，再无其他。虽然为时已晚，还是要让自己成为一个神灵眼中更淳朴更高尚的人。只要悟出此道，活三年和活一百年一样美好。

38. 他犯罪，伤害的是他自己。不过，或许他终归没有犯罪。

39. 天地万物必定出自同一智慧之源，然后各就各位形成统一的整体。这样一来，出于整体的利益，各个组成部分都不会抱怨自己的命运。如若不然，世界就只能是原子微粒，并由它们混乱地聚合与消散。因此，何必如此烦恼？告诉主宰你的理性："怎么，你已经死了，在腐烂？这就是你发挥的作用吗？难道你已经沦落到和野兽一样的水准，和其他的兽类一起啃食牧草吗？"

40. 神灵要么拥有法力，要么没有。倘若没有，为何还向他们祈祷？倘若有，与其祈求得到或分享某物，何不祈求不畏惧它、贪恋它或为它感到悲伤？显然，倘若神灵向凡人伸出援手，他们可以这样来帮助他。你也许会说："这些都是神灵早就赋予我的能力。”既然如此，靠自己的力量成为一个不受束缚的人，而不是像奴仆和乞丐一样祈求不该拥有的东西，那不是更好吗。再者，谁告诉你神灵从不帮助我们实现能力所及的事情？像这样祈祷吧，你会看到结果的。换作他人，也许会祈求：“让我拥有这个女人。”而你应该祈祷：“让我不要渴望拥有她。”别人祈祷：“让我摆脱某个人吧。”你却祈祷：“让我不要渴望摆脱他。”别人祈求：“不要让我失去宝贵的孩子。”你不如祈求免除失去孩子的恐惧。总之，就像这样去祈祷，看看会有什么结果。

41. 伊壁鸠鲁说：“我生病的时候，从不谈论肉体的不适，也不和我的客人讨论类似的话题，而是继续谈论自然哲学的原理。我着重阐述的是心灵如何既参与肉体各部位的活动又能保持自身的从容淡定，坚持追求本该拥有的美德。”他又说：“我也不给医生吹嘘自己能耐的机会。我的生活只不过是一如既往，平静而幸福。”因此，当你身体欠佳，或是处于任何困境时，要像伊壁鸠鲁那样。绝不要因为发生事情就放弃一直坚持的哲学，也不要参与那些愚昧无知、未受教化的人的无稽之谈（这是所有学派一至认同的准则）。全神贯注地完成眼前的任务，关注你为完成任务所用的工具。

如果有人出言不逊，冒犯了你，马上问问自己："没有粗鲁之人，这个世界能存在吗？"不能。因此不要要求不可能的事情。那人不过是那些粗鄙之人中的一员，他们的存在对这个世界来说是必不可少的。无论何时，只要碰到无赖行径、两面三刀或者其他不端行为，就要顺着这个思路去想。你只需提醒自己，这种人必不可少，你对他的情绪便会立刻缓和下来。如果你能及时回想起大自然赋予我们应对这种缺陷的特殊才能，这对你也很有帮助。她已经给我们准备了解药：比如，以温柔对待粗鲁，还有医治其他疾病的其他良药。一般说来，你有机会使犯错者认识到自己的错误。因为每个犯错的人，都是由于缺乏正确的目标才犯错的。再说，你又受到什么损害呢？这些冒犯你的人没做任何伤害你心灵的事情；只有在心灵里，邪恶或对自身有害的东西才能成为现实。说到底，粗野之人行为粗鲁，这有什么不对或者让人吃惊的地方呢？与其责备他们倒不如责怪自己，是你自己没有预见到他们的冒犯行为。借助理性的力量，你拥有一切手段来估计到他们的行为。你自己忘记了，现在却对人家的冒犯行为感到吃惊。当你对别人背信弃义、忘恩负义的行为感到愤慨时，首先要想想自己。如果你相信了这种人的忠诚，或是好心帮助了他，而这种帮助并非毫无保留，认为这一行为本身就是最好的回报，那么，错误显然在你身上。既然帮助了别人，还指望得到什么呢？做了符合本性的事情而不求回报，这难道还不够吗？就好比眼睛能看见东西就要求报答，脚能走路也要求报答。眼睛和脚恰恰是因为各自的功能才存在，各司其职是它们的本分。同样，人生来就是为了行善，他做善事或者为公共福祉效力，只是尽了自己的本分，而且他本身得到了补偿。

卷十

1. 啊，我的灵魂，你不愿永远善良真诚，完整坦诚，比包裹着你的肉体更加清晰地呈现在人们面前？你不愿永远体验充满关爱和柔情的心灵的甜蜜？你不愿永远充实，毫不匮乏，一无所求，既不渴求给你带来享受的人和物，也不希望延长享受他们的时光，不向往任何地方或国家、怡人的气候，不与佳人为伴吗？你何时才能安于现状，心满意足，相信一切皆属于你，皆为神灵所赐，现在和将来都会与你同在？为确保这生机勃勃的完美世界的安全和福祉，它们愿意授予你这一切。这世界多么高尚、公平、美好，它赋予万物生机，支持保护它们，等到它们消亡时再将它们聚集到自己的怀抱里，让其他更多同类涌现出来。你不愿永远成为神灵和人类的伙伴，对他们无怨无悔，也不使他们对你产生不满吗？

2. 注意自己特殊本性的要求，要像完全臣服于大自然主宰的人一样。履行职责，接受命运，只要它能确保不伤害你的自然本性。还应该注意自然本性的需求，一一满足它们，只要它们能确保不伤害理性的本性（理性也直接意味着社会性）。遵守这些规则，不要在其他事物上枉费精力。

3. 无论发生什么事情，大自然也许已经使你具备了面对它的能力，也许没有。一旦发生不幸，只要能够承受，就不要心生怨恨，就要以大自然赐予的能力去承受它。如果它超出了你的能力，依然不要心生怨恨，因为虽然它打败了你，但它自身也将不复存在。但要记住，其实自然已经让你具备了承受一切的能力，只要你将承受不幸当成对自身有益而且是职责所在的事情，你自己就会断定，它是可以承受、可以忍受的。

4. 如果有人出了差错，要温和地提醒他，指出他的错误。如果说服不了他，就责怪自己吧，或者谁也不要指责。

5. 你可能遭遇的一切，从时间伊始就已为你准备就绪。在错综复杂的因果关系中，你的生命之线一直就与某个特定事件交织在一起。

6. 无论宇宙是由一团混乱的微粒组成，还是自然长成，我的第一信念是，我是大自然主宰下的宇宙整体的一部分。我的第二信念是，我和同类之间有着同胞关系。只要我铭记这两点，无论这个整体分配给我什么，作为其中的一部分，我首先不会感到委屈，因为有益于整体的事物绝不可能对局部有害，而整体也不会接纳对自己无益的事物（这也适用于每一个自然有机体；不过，宇宙的本性还具有更深一层的特征，即没有任何外因能迫使自己产生对自己有害的事物）。牢记自己是这一整体的一部分，我就会欣然接受任何可能的命运安排。其次，由于我和我的同类有着同胞关系，我不会作出任何有损于他们共同福祉的事情。相反，我会永远有意地为这些同胞着想，对他们有利的冲动就要鼓励，对他们不利的事情就要避免。这样一来，我的生活也会一帆风顺。这就如同我们想到的那些公务人员的生活那样一帆风顺。他们一贯服务于自己的同胞，并随时迎接自己的城市分派的任何使命。

7. 整体的各个部分，我指的是宇宙自然包含的一切事物，迟早都会衰败。更准确地说，都会改变形态。一旦这种不可避免的改变在本质上对局部肯定有害，那么这个整体就无法继续正常运转。这是因为，这些局部始终都在形态上发生这样那样的变化，而且都在以各自的方式走向衰败。那么，是大自然有意加害自己的组成部分，使得它们不仅容易而且不可避免地受到伤害吗？或者，她对发生的一切并不知情？这两种猜测都不可信。就算我们把大自然本身完全排除在外，转而用正常的自然秩序来解释这一问题。如果我们认为这种局部的易变性很正常，同时又把这种易变看作非自然事件而感到震惊或愤恨，这种看法仍然荒谬。如果考虑到局部的变化不过是分解回它们原来的结构成分，这种看法就更加荒谬。说到底，如果分解不是组成元素的简单分解，那一定是肉体微粒转化为土的形态，精神微粒转化为气的形态，这样它们就能被普遍理性重新吸收（无论是定期被火焰吞噬，还是通过永无止境的变化周期不断更新自己)。但是记住，我们不能把这些微粒，不论是肉体的还是精神的，想象成我们出生时得到的那些微粒。我们现在整个身体结构的增加，得益于昨天或前天摄入的肉类和呼吸的空气。所以，承载这些变化的，早已不是我们母亲最初生下的身体，而是此后我们所接纳的物质(事实上，即便我们承认出生时就带有相当多先天的易变微粒，我也不认为这会影响我上述的观点)。

8. 如果你认为自己配得上这些称赞，例如，善良、谦逊、真诚、敏锐、正直、高尚，就不要辜负它们。如果不小心失掉它们，要赶紧找回来。但要记住，“敏锐”就意味着能够思考鉴别出事物的细枝末节，并审慎地关注它们，“正直”意味着心甘情愿接受自然给你的一切，而“高尚”意味着理智的升华，它超越了或舒适或难受的肉体活动，也超越了极度的虚荣、死亡和其他使你分心的事物。不要辜负这些称赞，也不要热衷于别人对你的赞美，这样，你就会与众不同，你的人生也将与众不同。继续现在这种状态，被现在的生活所折磨、所玷污，那是傻瓜和懦夫的行为。就像武士在角斗场被野兽撕扯得血迹斑斑、遍体鳞伤，却仍然恳求把自己关起来，等到翌日再带着满身伤痕，被投入场中，丢给同样的獠牙和利爪。不如登上这个由形容词构成的小木筏吧，要是你能做到，就待在上面，只当被送到了福佑之岛。如果感到摇摇晃晃，控制不住自己的方向，就振作精神冲向宁静的避风港，在那儿你就能把握住自己。抑或就彻底告别人生，不在盛怒之下，而是简单、自由、低调地离开人世，这样看上去你的人生结束了，但至少人生中还有一件值得赞扬的事情。永远将这些形容词牢记在心，这会帮你记住神灵。还要牢记，神灵不愿受到恭维，而是希望有理性的万物都能像他们一样。另外还要记住，无花果树有无花果树的使命，狗有狗的使命，蜜蜂有蜜蜂的使命，人也如此。

9. 日复一日，你周围尽是那些插科打诨、争吵斗嘴、胆小怯懦、散漫懒惰、卑躬屈膝的现象，这会让你忘却那些神圣的箴言。你没有深刻领会却漫不经心地丢弃了它们。你的使命要求你，在观察每件事物、进行每个行动时，不但要充分考虑环境的客观要求，还要充分运用自己的思维能力。此外，还要保持一切细节尽在掌握的自信（供备用，但绝不能忘记）。你永远不想得到一个真正诚实高贵的人所拥有的幸福吗？不想弄清每个事物最深层的本质，它在世界秩序中的位置，它自然存在的条件，它的组成结构，它的归属，以及谁有能力给予或收回它吗？

10. 蜘蛛逮到苍蝇就觉得了不起。一个人捕到一只野兔，第二个人网到一条小鱼，第三个人俘获野猪、熊或是萨尔马提亚人，[1]也会自以为了不起。倘若深究一下原则性问题，这些行为岂不是与强盗无异？

11. 养成习惯，定期观察宇宙的变化过程，一丝不苟地关注它，深入研究这门学问。没有比这更能提高智力的了。这是因为，当人意识到自己随时可能被迫放弃一切，离开同伴的时候，他就会抛开肉体，按照大自然的安排，以自己的行动全心全意地效力于正义事业。不再浪费精力去考虑别人会对自

1. 萨尔马提亚人是位于西徐亚 / 斯基泰（Scythians）西部的一个多部落联盟，根据希罗多德《历史》中提到的传说，萨尔马提亚人是斯基泰人与神话中的亚马逊女战士的后裔。约在公元前五世纪从中亚细亚迁移至乌拉尔山，最终定居在俄罗斯南部、乌克兰和巴尔干东部。在罗马帝国时期，罗马的军队中曾大量雇用萨尔马提亚人作为辅助骑兵征战四方。——译者注

己说什么，想什么或做什么。能做到两件事就足矣：在日常行为中正派，对命运的安排满意。将烦心的事情、分心的事情统统搁置一边。唯一的雄心壮志就是在守法的大道上径直前行，由此成为神灵的追随者。

12. 既然使命摆在你眼前，又何需猜测？只要道路清晰可见，就心怀善意大步前行，不要回头。如果不是这样，那就等待一下，听从最好的建议。倘若阻力继续出现，始终沿着正义指引的方向，尽量审慎地前进。获得正义就是无上的成功，因为人们通常会铩羽而归。

13. 每天伊始都要自问："别人正义、公正的行为对我有何影响？"没有。记住，那些人自以为是地愿意赞美或贬损别人，在生活中、睡觉时、饭桌旁也是一样。回想一下他们的所作所为，他们回避或追求的事物，他们的偷窃和掠夺行径。他们干这些时，并不是用手和脚，而是用他们最为宝贵的东西，那就是信仰的源泉、谦逊、真理、法律以及内心神灵这一宝贵财产，只要一个人想这样做。

14. 面对大自然这一万物之源和归宿，一个谦顺、有教养的人会大声恳求：“如您所愿赐予，如您所愿收回。”但是在说这话时，不能哗众取宠，而要怀着纯粹的恭顺和善意。

15. 如今你来日无多。那就如同置身山巅一样去度过它们吧。命运将人抛向何方并不重要，假如他无论身在何处，都将世界视为一座城市，将自己视为城市的公民。让人们有机会认识并了解一个遵循万物之法生活的纯粹的人。倘若有人看不惯，任凭他们将他除掉。这比像他们那样生活更好。

16. 不要再浪费时间讨论高尚的人应该是什么样子。去做那样的人。

17. 不断思考所有时间和所有存在，从而领悟到每个独立的事物和所有存在相比不过是一粒沙，和所有时间相比也只是拧紧一下螺丝的瞬间。

18. 要认识一切实物的本性，观察每个事物现在还经历的变化和分解过程，已经处在其中的衰败和消散的过程，以及等待它的其他命运。

19. 他们进餐、就寝、交媾、排泄，诸如此类。这都是一伙什么人呀！那么自以为是，那么傲慢无礼，那么专横跋扈，暴虐无道，那么目空一切，百般挑剔！刚才他们还在对那么多的人献媚拍马。为了同样的目的，用不了多久，他们还会这么做！

20. 大自然创造万物众生，是为了他们的福祉，而且从他们诞生的那一刻起便已造福于他们。

21. “土地爱上了从天而降的阵雨，神圣的天国也沉浸于爱河之中。”这就是说，宇宙真的热爱创造一切事物的使命。因此，我对宇宙的回答必定是：“只要是您热爱的，我也热爱。”（这是不是跟人们通常说的某事物“乐于发生”是同一个意思？）

22. 你可以继续生活在这里，毕竟你已经非常适应这里的习俗了。你也可以移居到你自由选择的任何其他地方。再不然就一死了之，这也意味着你使命的终结。除此之外，再无别的选择。所以随遇而安吧。

23. 你应该明白，无论身在何处，你都能够拥有绿色田野般的宁静。在山上、在海边、在任何你想去的地方，情况都和这里一样。柏拉图有同样的观点，他曾说，生活在城墙之中“犹如在高山上的羊圈里给羊群挤奶”。

24. 我的主宰理性对我意味着什么？此时此刻我理解它吗？我会如何使用它？它缺乏判断力吗？它是否脱离了伙伴之谊？它是否受肉体影响太深，还在回想肉体的多变与摇摆不定？

25. 仆人挣脱了主人就是逃跑。对我们而言，我们的主人就是法律。因此，犯法的人就是逃犯。然而，悲伤、愤怒、恐惧都是对某种事物的排斥，这种事物不论过去，现在还是将来都是由主宰宇宙的力量来规定的。也就是说，由法来规定的。法规定，一切生灵皆有权益[1]。所以，屈服于恐惧、悲伤或愤怒，便是逃跑。

26. 男人在子宫里下种之后便扬长而去。然后另一个因缘接手，开始工作，使其发育成为一个完美

1. 希腊语法律（nomos）应该来源于一个动词，意思是分配（nemein）。

的婴儿。这是多么奇妙的转变！这个男子咽下食物，某种其他因缘再次接手，把食物转化成感觉、动作以及，简言之，生命、精力和其他各种各样的产物。想想这些过程是多么奇妙。观察其中发挥作用的力量，就像观察让事物向上或向下运动的力量一样。当然并非用眼睛观察，但一样能看得清晰。

27. 经常回想一下，今天的生活就是以往生活的重复。你会注意到这也预示了将来要发生的事情。再看看很多戏剧和场景，它们都是如此地相似，那是因为你已经从亲身经历和过去的历史中熟悉了它们。例如，哈德良皇帝的整个朝廷，安东尼纳斯皇帝的朝廷，还有菲利普、亚历山大、克罗伊斯[1]的朝廷。演出都一样，只是演员不同罢了。

28. 如果看到有人烦恼或者愤怒，就想象一下宰牲屠刀下又踢又叫的猪。如果看到另外一个人独自卧病在床，默默哀叹着我们对他的束缚。这种情形

---

1. 亚历山大大帝是古代马其顿帝国的国王，世界古代史上著名的军事家和政治家。十八岁随父菲利普出征，二十岁继承王位。雄才大略，足智多谋，建立了版图跨越欧亚大陆的马其顿帝国。克罗伊斯是里底亚最后一代国王，以财富甚多闻名。——译者注

也好不到哪里去。唯有理性生命具备主动适应环境的能力，而适应本身则是世间万物必须服从的苛刻要求。

29. 无论处理什么事情，每走一步都要停下来问自己:“是不是因为害怕丧失它，我才会畏惧死亡?”

30. 如果别人的错误冒犯了你，就反省一下自己是否也有同样的毛病。你是不是也从财富、享受、名声以及类似的东西中受益?想到这里，你的怒气很快就会烟消云散，因为他的行为不过是重压之下的反应，否则他还能怎么做呢?或者，如果你有能力，就设法把他从压力下解救出来。

31. 看见萨特隆就想起了已故的苏格拉底派学者欧迪奇和许门，看见幼发拉底河就想起埃夫蒂希翁和西尔法努斯，看见阿尔齐弗隆就想起特罗佩奥福鲁斯，看见西弗勒斯就想起克里托和色诺芬，看见自己就想起在你之前的那些帝王。所以，每个人都应该想想和自己相对应的人，然后再想想:“他们现在身在何处?”无处可寻或者无处不在。于是，你渐渐习惯将尘世的一切视为蒸汽或者虚无。而且，你还应该记住，世事一旦改变就不可挽回。既然如此，何苦还要挣扎较劲，何不以恰当得体的方式度过短暂的人生？想想你都永远拒绝了什么物质和可能，因为只要你的理性学会用适当的哲学眼光看清人生的真谛，你所经受的苦难不过是对自己理性的磨练。耐心一些，直到你对它们习以为常，就如同强健的胃能够消化吸收各种食物，或者明亮的火焰能够把投入其中的一切化作热能和烈焰一样。

32. 不要让任何人有权理直气壮地指责你不守诚信或不善良。即便有人这么想，也要确保他们的想法毫无根据。这完全取决于你自己，试想谁能阻止你做一个善良诚实的人呢？如果你不能这样生活，就只能决心一死了之。因为这种情况下，即使理性本身也不允许你继续存在。

33. 对你拥有的物质应该如何评价或处置才最恰当呢？不管怎样，你都有权对它们评价或处置。但是不要假装做不了主。你的这些烦恼会无休无止，直至一个人以所能得到的物质履行自己天职对你的意义，就像他的享乐对骄奢淫逸者的意义一样（的确，我们每次按照正当的、与生俱来的本能行事，都应该看作是一种享乐，而现在这样的机会无处不在）。诚然，滚轮并不总是能够随意滚动，水不能，火不能，其他受自己本性或非理性灵魂主宰的事物也都不能。有诸多因素制约着它们。但是，心灵和理性却能跨越一切障碍，因为本性使它们具备这样的能力，而意志也促使它们这么做。想象一下，理性是如何不费吹灰之力跨越每一个障碍的，就如同火焰上窜、石头下落或者滚轮滚下斜坡一样。除此之外，别无所求。不管怎样，干扰只能影响身体（即无生命的事物），否则就不能压垮或伤害我们，除非我们抱有成见和丧失理智。如若不然，它们将危及主体。尽管纵观宇宙，我们知道，灾难的发生往往牵涉到受害者自身的某种堕落。但就人而言，只要他能正确利用逆境，我们甚至可以断言他会因祸得福，变得更高尚，更值得赞扬。总之，永远不要忘记，不能伤害城市的事情必定不能伤害城里真正的公民，不能伤害法律的事情必定不能伤害城市。我们所说的厄运并不伤害法律，因而也不能伤害城市或公民。

34. 真正的原则一旦被人铭记在心，即便是最常见的事情都足以让他回想起遗憾和恐惧的无用。例如：

“人类的孩子是什么？无非是被风吹落的树叶。”

这些树叶就是你们心爱的孩子。树叶也是民众，是那些尖声喝彩、大声咒骂或者暗地讥讽的具有潜在说服力的声音。从此你的声望将落入这些树叶的手中。它们都是“春天的花朵”，大风将它们吹落，不久森林又在它们原来的地方添上新绿。短暂是每个人的标记，而你却追逐或避开它们，仿佛它们将万世永生。不久以后，你将闭上双眼，而那些送你入土的人，很快也会有人为他们流下泪水。

35. 健康的眼睛能看清所有可见的物体，而不会要求只看绿色，因为那样只能说明视觉有了问题。同样，健康的听觉和嗅觉应该对各种声音和气味都很敏感，健康的胃能够接纳各种肉类，就好比碾子会碾碎任何谷物一样。同样，健康的心灵也应该对于任何事情都有所准备。“让我的孩子获得赦免吧。”或者“让我的每一个行为获得举世的赞美吧。”提出这种要求的心灵，就如同只想看见绿色的眼睛，只想吃到柔软食物的牙齿一样。

36. 一个人临终前，如果有人在他床边高兴地为即将失去他而欢呼，他就是一个十分幸运的人了。

就算此人品德高尚、聪明睿智，到头来就不会有人这样小声嘀咕吗？“总算摆脱了主人，我们又能自由地呼吸了！其实他对我们从来不疾言厉色，但我总觉得他背地里瞧不起我们。”德高望重者的命运尚且如此，至于我等之辈，很多朋友都有充足的理由高兴地摆脱我们！当大限来临时，想想这些吧。“那些我为之辛劳、为之祈祷和为之牵挂的亲密伙伴，竟然都盼着我离开，从而获得解脱。这就是我要告别的世界。这种情况下谁还会渴望延年益寿？”想到这些，你的离开就要轻松得多。然而，不要因此在临终前减少对他们的仁慈，要保持惯有的友好、善意和仁慈，不要把离开当成悲伤的事情，而要把你的离开就看作是灵魂轻松飘离肉体的无痛终结。从前，大自然把你和这些人连在一起，变成他们中的一员。如今，她松开了这一纽带。于是，我被松开，脱离自己的亲族，毫无抵抗，毫无强迫。死亡只是大自然的又一个方式而已。

37. 对于每一个行动，不论执行者是谁，都要养成习惯问问自己：“他做这件事的目的是什么？”就从自己开始，首先要问自己这个问题。

要记住，主宰我们的是深藏于我们内心的神秘力量。那里有劝导，有真实的生命，也可以说有我们自己。绝不要幻想，这种力量会被外面包裹的肉体和附着的器官所困扰。它们只是附在身体上生长，就如同木匠的斧子一样只是工具罢了。失去推动或者遏制它们的介质，它们就像离开了织匠的梭子，离开了作家的笔，或者没有车夫的鞭子一样毫无用处。

卷十一

1. 理性的灵魂具有以下这些特性。她会自我思考，自我分析，根据自己的意愿塑造自己，享受自己的成果（树上结的果实，和动物产子一样，是供他人享用的），无论生命在何时终结，她总能完美地完成自己的使命。而舞蹈、戏剧或是其他类似的东西则不然，一旦中途被打断，演出就不完整了。灵魂无论何时被终止，都能心满意足地完成使命，并能够宣称："我完全主宰自己的人生。"而且，她能够随意包容整个宇宙，包括它自身的结构和外层空间，一直延伸到永远，接受并理解伟大的周期性重生，因此懂得后世子孙看到的世界并不新奇，就像我们的父辈看到的世界并不比我们现在看到的多。而且，一个年近四十的人，只要具有一些领悟力，由于事物的相似性，他实际上就已经预见到过去和将来可能发生的一切事情。最后，热爱他人、真诚、谦虚、尊重自我甚于一切，这些都是理性的灵魂具有的优点。尊重自己甚于一切，这也是法律的特性之一。由此可以断定，理性原则和正义原则是完全一致的。

2. 面对歌舞或者竞技表演的诱惑，你很快就会无动于衷了，只要你把美妙的乐曲分解成几个音节，再依次问问自己："我抵御不了这些吗？"你会不愿意承认。对舞者的每一动作和姿态、运动员的每一表现也同样如法炮制。总之，除了美德及其内涵之外，永远记住，直奔它们的组成部分，通过拆分，就能摆脱迷恋。现在，再把这种方法运用到整个生活中去。

3. 如果不管何时接到脱离肉体的命令，灵魂都能随时准备就绪，面对毁灭、消散，或是生存下去。这样的灵魂是多么幸福。不过，是否准备就绪必须取决于它自己。这绝非是像那些基督徒[1]那样因要抗命而起的念头，而是经过了严肃的深思熟虑。而且

1. 如果这些是原话，而非后世添加，那马可仅仅在此提到一次基督徒。但是，C.R. 海恩斯在 Loeb 版《沉思录》中指出，此从句与结构不符，语法也不通。只能是一个旁注，极似强塞进原文的一个注解。

为了让人信服，不要有任何豪言壮语。

4. 我做过无私的事情吗？如果有，我已经得到了回报。要时常这么想，并且坚持下去。

5. 你有什么本事？善良。除非具有哲学家的洞察力，能看透宇宙的本性和人的特性，否则你又如何能够凭善良取得成功呢？

6. 戏剧最初采用悲剧的形式来表现人生的变迁，以提醒我们不幸事件的发生是多么合情合理。而且，既然悲剧在舞台上能给我们带来快乐，在现实生活这一更广阔的舞台上我们就无权因为不幸事件的发生而感到悲伤。这些戏剧告诉我们，尽管人的行为会带来不可避免的后果，尽管人们会痛苦地脱口而出："啊，西塞隆山[1]！"但是他们依然承受得起。而且，悲剧作家笔下经常能诞生一些颇有裨益的词句，特别是这些：

1. 古希腊三大悲剧作家之一索福克勒斯的作品《俄狄浦斯王》中，国王痛苦地醒悟到自己的罪过，自残的眼睛血流如注，他呼喊着："啊，西塞隆山！西塞隆山！你为何要庇护我？为何不杀掉我？"他的母亲正是在西塞隆山里生下了他。

“如果上天不眷顾我和我那两个儿子，那必定有充足的理由。”

还有：

“不要为事情的发展进程劳神费心。”

或者：

“生命的收获与收割玉米别无二致。”

还有很多诸如此类的名言警句。

除了悲剧，还有语言犀利如学校教师的旧喜剧[1]，它以其独特的直言不讳，无情鞭挞了人性的傲慢（第欧根尼在某种程度上也采用了同样的手法）。然而，后来的中期喜剧[2]和最终的新喜剧[3]很快就衰落为矫揉

---

1. 伯里克利时代三位伟大的雅典诗人被称为古希腊喜剧的三大作家，他们是：克拉提诺斯、欧波利斯、阿里斯托芬。只有阿里斯托芬的作品传世；根据历史学家格罗特的记载，若非亲眼所见，“无法想象古代喜剧对神灵、宪政、政治家、哲学家、诗人、普通公民甚至雅典妇人惊人而犀利的肆意讽刺”。
2. 阿里斯托芬之后，古典戏剧遭到法律的严禁，作家们纷纷放弃昂贵的合唱队；因而为中期喜剧让出了道路（公元前 400—前 388）。中古时期的喜剧没有合唱队，而保留人物——士兵、守财奴、政妓——代替现实生活中的人成为讽刺对象。这一时期的主要作家据说有欧布洛斯、安提法奈斯、亚历克西斯。
3. 希腊臣服于马其顿帝国之后，新喜剧兴起，是中古时期喜剧的进一步发展。政治从舞台上消失了，虚构人物的情爱纠纷成为首要的主题。这一批作家中的佼佼者是米南德，他写了近百部喜剧，公认被罗马诗人普劳图斯和特伦斯所效仿。

造作的摹拟剧[1]。诚然，正如我们所知，这些后来的剧作家也曾说过一些名言警句。可是，他们诗歌和戏剧的眼界和立意又有多大分量呢？

7. 显然，你现在碰到的生活条件用于哲学实践再合适不过了。

8. 从临近树枝上断开的树杈，必然与整棵树木分离。同样，与同伴分离的人也就脱离了整个社会。只不过，树枝是被人砍下来的，人则是出于憎恨与厌恶而疏远自己的邻居，他并不知道他同时也就脱离了整个社会。尽管如此，仰仗着创造伙伴之谊的宙斯的仁慈，我们依然有能力与邻里重修旧好，融入其中，为整体社会的融合再尽一份力量。一旦这种分离的行为经常发生，分离者就很难再回归整体并重修旧好了。一根从头到尾陪伴树木成长、一直分享树木生命的枝杈，跟砍断之后嫁接起来的枝杈，有着天壤之别。正如园丁所说，出于同一棵树，却

1. 希腊和罗马正规的喜剧总是不如摹拟剧受百姓欢迎。摹拟剧是由单个演员通过肢体语言和动作来进行表演，而合唱队则担任旁白的工作。索弗龙的摹拟剧长期深受希腊人喜爱；在罗马，这种娱乐形式盛行于奥古斯都皇帝及其继任者执政时期，并最终取代了正规的戏剧。

不是出于同一灵魂。

9. 虽然有人可能阻止你走理性之路，但他绝不能干扰你理智的行为。要确信他们同样不能摧毁你对他们的仁慈之心。你还要同样坚守以下两种立场：决策行事要坚定，同时对试图阻挠或者干扰你的人要温和。因他们而恼怒，与放弃自己的行动方针和被逼投降，都是极为软弱的表现。这两种情形都属于擅离职守。一种是由于缺乏勇气，另一种是由于疏远自己天生的兄弟和伙伴。

10. 任何自然的表现形式都远胜于艺术，因为每一种艺术都只是对自然的模仿。至高无上的大自然，比一切凡人都更完美更全面，比他们的技艺更超群。而且，艺术只不过是以高于事物的眼光创造出的低级作品，这与大自然的手法如出一辙。从这里我们能看到正义之源，其他美德都取决于此。如果我们一心追求具有次要价值的事物，并甘心停留在上当受骗、刚愎自用、反复无常的状态，我们就永远无法获得真正的正义。

11. 凡是让你苦恼或者愤怒继而想追求或者回避

的事情，往往不会自己找上门，而是你主动招惹的。尽量不要对它们进行评判，这样它们就不会轻举妄动，你也就不会追求或者躲避它们了。

12. 只要灵魂既不向外张扬拼命追求，也不向内收缩，既不零星地散布自己，也不凹陷垮塌下去，而是沐浴在展示世人和她本色的光辉之中，她就能保持自己完美的球形。

13. 有人会嘲笑我吗？那是他的事情。我要做的事是，不做可以让他嘲笑的事情，不说可以让他嘲笑的话。他会不会恨我？那也是他的事情。我要做的事是，和所有的人友好和睦地相处，随时指出这个人错误在哪里，既不对他反唇相讥，也不故作宽容，而是像老福基翁[1]那样心胸坦荡、宽宏大量（我们姑且假设他的话不是纯粹的谎言）。这才是人应该具有的正确精神。他绝不应让神灵看到自己对自己的遭遇心怀不满或喊冤叫屈。只要你遵循正确的做人准则，随时接受大自然认为恰当的东西，就像一个尽力促进世界福祉的纯粹的人那样，邪恶又怎么

---

1. 福基翁是雅典的将军和政治家，被控叛国罪并被人民判处死刑。当被问到还有什么临终遗言时，他回答道："我只想说，我不恨雅典人。"

可能伤害到你呢?

14. 他们鄙视对方却又互相讨好。每人都想胜过对方，却在其面前表现得畏首畏尾、卑躬屈膝。

15. 假如有人说:“我决心对你知无不言，言无不尽。”这话听起来多么空洞，多么虚伪。哎呀，伙计，何必如此费事?这种事情不言自明，根本无须开场白。它就写在你的额头上，回荡在你的语调里，闪耀在你的眼神里，宛如深爱的恋人只需秋波一送，对方便已心知肚明。真诚和善良自有其毋庸置疑的味道，能让遇到它的人立刻就能不由自主地意识到它的存在。伪装的直率是一把隐藏的匕首。狼一般虚情假意最为卑劣，也最应该避之而唯恐不及。真正善良、真诚、好心的人，相由心生，没人看不出来。

16. 任何灵魂，只要对无关紧要的事情采取漠不关心的态度，就能够完美地过上高尚生活。为此，首先要仔细查看事物的组成因素，然后再看事物本身。你还要记住，我们对它们看法如何，它们自己毫无责任，它们并未主动接近我们，它们依然处于静止状态，是我们对它们形成看法，并把这些看法铭记在心。事实上，我们完全能够不在心中留下任何印记，至少也能够迅速删除无意留下的任何印记。你还要记住，你没有多少时间来关注这些事情，我们的赛跑马上就要开始了。如果事情不总是尽如你意，也不要觉得委屈。只要它们符合本性，就该感到欣慰，就不要提出异议。如果它们不符合本性，那就找出自己本性要求你做的事情，并且全力以赴地去做。人总有理由去寻求自己的利益。

17. 思考每一个事物的起源、构成、变化、变化之后的状态；发生变化对它并无丝毫损害。

18. 当你被冒犯时，首先，要听取别人的意见。牢记自己和同伴之间的亲密关系。这是公认的做法，因为我们为彼此而生。还有另一个原因，我天生就是他们的领袖，如同公羊天生就要领导羊群，公牛天生就要领导牛群。或者回到最初的法则，因为世界不仅仅是微粒，它必定要受大自然的主宰，低级事物必然要为高级事物而存在，高级事物必然要为彼此而存在。

其次，要想想他们的性格，居家就寝时的表现，尤其是他们的思维方式所施加的压力以及随之而来的自恃。正是这种自恃导致他们作出如此行径。

第三，如果他们的行为正当，你就不应该生气。反之，就只能是无心所致，无意为之。正如“无人会故意犯错”，同样无人会故意使他人得不到应得的待遇。倘若有人指责他们不公正、忘恩负义、小气吝啬，或者其他对邻居的不端行为，要观察他们是否愤怒。

第四，你自己也会以各种方式冒犯别人，跟他们毫无区别。诚然，你能够避免某些错误，但是出错总是难免的。即使出于对自己名声的顾忌或其他卑鄙的动机，你没有效仿他们的卑劣行径，情况也是如此。

第五，你没有十足的把握判定人家就是行为不端。要知道人的行为动机并非总像表现出来的那样。对别人的行为，通常还要了解很多东西才能作出正确的判断。

第六，如果你气急败坏，快要失去耐心，就告诉自己这种尘世生活是短暂的，不久我们都会长眠地下。

第七，并不是这些人的行为令我们恼火，那是他们自己的理性应该关注的事情；我们恼火的原因是我们自己给这些人的行为添加了色彩。去掉色彩、去掉所有认为他们十恶不赦的想法，怒气便会立刻烟消云散。去掉色彩有什么作用呢？想想看，至少不会使你蒙羞。因为，如果道德上蒙羞不算一种罪恶，你就会作出很多作奸犯科的事情，比如抢劫和其他恶行。

第八，怒气和烦恼，比让我们生气和烦恼的事情本身更有害。

第九，仁慈之心难以抗拒，只要它是出自真心，不带虚假笑容和口是心非。只要你始终以仁慈之心对待冒犯你的人，有机会就对他好言相劝，最放肆无理的行径也无法对你造成伤害。如果他要对你恶语相加，你就悄悄地把他拉到一边，对他说："不要这样，我的孩子。我们天生不该如此。你伤害不了我，只会伤害你自己。"彬彬有礼地用平实的语言向他说明理由，告诉他连蜜蜂和其他群居动物都不会像他这样行事。但是，不要使用讽刺挖苦或者挑剔的语言，而要怀有真情实感和一颗远离怨恨的心。既不要像学校老师的那种做派，也不要想博取旁观者的仰慕。尽管有他人在场，也要仿佛只有你和他单独相处。

牢记住这九条建议，就当是缪斯女神赐予你的礼物。既然你的生命还在继续，那就学着成熟起来。

在避免与人斗气时，还要小心提防谄媚者。谄媚和冒犯别人一样违背公共福祉，二者皆会导致祸害。每当怒气上冲，就这样想：发脾气绝非男子气概的表现，而温柔平和的人不仅更显得有人情味而且更具男子气概。只有这种人，而非他怒气冲冲、心怀不满的伙伴，才能证明自己的强大、勇敢和阳刚。愤怒和悲伤一样都是软弱的表现，它们只会给人带来伤害，让人屈从于失败。

此外，如果愿意，就把下面的话当作第十份礼物。这份礼物直接来自缪斯女神的上司本人。指望坏人永远不做坏事是不明智的，就等于期待不可能发生的事情发生一样。容忍他们冒犯别人，却指望他们不冒犯你，这种想法不仅荒谬而且武断。

19. 灵魂的舵手有四项毛病，你必须时常留心提防，一旦发现要立即制止。你要一一对它们这样说："这种想法毫无必要""这人会暗中破坏伙伴之谊""这不是我内心的真实想法"（记住，不说自己的真实想法是最不合时宜的事情）。还有第四条，当你想作自我批评的时候，想道："这样将证明我内心的神性曾经被迫臣服于卑鄙腐朽的肉体的粗俗想法"。

20. 尽管你身体里气性和火性的微粒天生具有上冲的倾向，但仍然臣服于宇宙的法则，受制于它们所组成的机体。另一方面，你身体里水性和土性的微粒，尽管也有下沉的趋势，但是也被托住，处于一种感到不自然的状态。因此，连微粒都遵守宇宙的法则，一旦被送到某个位置，必然停留在那儿，直至解散的信号将它们再次召回。那么，你身体中只有一个部分不服从命令，在既定领域内制造摩擦，而它竟然是你的思想，这难道不令人悲哀吗？不要它作出极端的行为，只要求它符合自己的本性。但它不肯听从，反而向相反的方向奔跑。这种奔向不公、放纵、愤怒、悲伤或是恐惧的行为不就是故意背离本性吗？一旦灵魂的舵手对发生的事情感到不满，它就立刻擅离职守。它存在的目的是为了表现神圣，为了表达对神灵的崇敬，同样也是为了正义。而作为宇宙的伙伴关系的一部分，前两者必须置于正义之前。

21. 如果人生没有始终如一的统一目标，它就不会保持一贯和统一。但仅有这种说法还不够，还要补充说明人生目标应该是什么。意见的统一并不体现在那些我们通常认为好的事情上，而是体现在某种特定的事物上：即那些关系到社会福祉的事情上。所以，我们给自己确定的人生目标应该是有利于同胞和社会的。无论谁指引他朝着这一方向努力，都会把这种统一贯彻到他的一切行为之中，从而实现一贯性。

22. 别忘了乡下耗子遇见城里耗子的寓言[1]，那次相见给他带去多少不安和焦虑。

23. 苏格拉底的名字对于普通人而言，就是吓唬孩童的“妖怪”。

24. 斯巴达人在公共场合看演出的时候，总是让客人坐在阴凉的地方，而自己随便坐哪儿都行。

25. 苏格拉底曾经以这样的理由拒绝佩尔狄卡斯朝廷的邀请，他说：“我不想带着耻辱走进坟墓。"意思是，他不会接受偿还不起的恩惠。

26. 以弗所人的经文有一条劝世良言，要人们

1. 马可以此来提醒哲学家不要以自己内心的平静去交换花花世界的烦躁不安。

经常回顾过去道德生活的典范。

27. 毕达哥拉斯学派的人每天早上都要凝视上苍，以此提醒他们自己那些物体在始终如一、按时按点地履行着自己的使命，同时也让他们自己记住天空井然有序、纯净无瑕、袒露无疑的质朴。毕竟，轻纱遮不住繁星。

28. 想想苏格拉底，妻子披着他的毯子走后，他只能以羊皮裹身。想想朋友们看见他这副打扮都尴尬地躲着他，而他对朋友们是怎么说的。[1]

29. 在读书写字的时候，你只有学会遵守规则之后才会制定规则。生活中更是如此。

30. “天生奴性十足，理性与你无缘。”

---

1. 没有关于这则轶事的文字记载。但是我们知道苏格拉底一直不懈地避免被他妻子的粗暴态度激怒。据第欧根尼·拉尔修，苏格拉底曾经被问到是否无法容忍妻子不断的斥责，他回答说：“你会觉得自家的鹅嘎嘎的叫声无法忍受吗？”对方回答：“当然不会，因为鹅给我下蛋，还给我孵小鹅。”苏格拉底笑了笑：“同样，我妻子也给我生儿育女呀。”马可经常要求自己同样具有好脾气，能容忍别人，他可能是借用苏格拉底的例子指出二人的相似之处。

31. “……我在心中朗声大笑。”

32. “他们只知道挑衅美德，并对美德恶言相向。”

33. “傻瓜才会在冬天寻找无花果；错过了时节才寻找孩子的人也是如此。”

34. 埃皮克提图曾经说过：“一边亲吻孩子一边小声嗫嚅着明天也许他就会死去。”人们对他说：“这是不祥的言辞。”他回答道：“绝对不是。只是说明一种自然行为。能说收割成熟的玉米也是不祥之兆吗？”

35. “绿色葡萄，累累熟果，葡萄干。一步一个变化，不是变成其他，而是变成未来。”

36. 埃皮克提图写道：“没人能剥夺你的自由意志。”

37. 他还说，我们应该演化出某种恰当的制度来表示赞许。对于冲动，我们必须小心对待，使它们不断修正，摆脱自私自利，根据是非曲直秉公办事。欲望也该极度受到限制，厌恶也应该仅限于我们能够掌控的事情。

38. 他还说：“这里争论的不是琐事，而是明智与荒谬的问题。”

39. 苏格拉底会问：“你想要哪种人的灵魂，通情达理的还是不讲道理的？”

“通情达理的人。”

“通情达理的人是健全的，还是有病的？”

“健全的。”

“那为何不去寻找他们？”

“因为我们已经找到了。”

“既然如此，为何还要争来斗去？”

➛ 卷十二

1. 你祈求今后获得的所有祝福现在就能实现，只要你不拒绝它们。你只需彻底告别过去，将未来交给天意，设法把眼下的时间恰当地引入神圣和正义的轨道：神圣是指满怀爱心接受命运的安排，那是大自然专门为你匹配的命运；正义是指说话直截了当，真实坦诚，做事尊重法律和所有人的权利。不能允许蓄意害人、误解别人，或者诽谤他人的行为阻挠自己，也不允许肉欲成为绊脚石。受折磨的部分将会照料自己。大限临近，如果你能忘掉一切，只专注于灵魂的舵手和内心闪光的神性，如果能放下早晚会有一死的恐惧，转而担心至今未能按照本性的原则生活，你还来得及成为无愧宇宙赐予你生命的真正的人，而不是成为自己家乡的陌生人，对每天发生的事情都不知所措，就像遇到奇迹时始终不知该相信哪一个那样。

2. 神灵审视着人的内心世界，剔除一层层物质的包裹、外壳和渣滓。他只通过思想，同人们心中发源于他的部分接触。你也如此这般地训练自己，能省去很多分心的事情。一个既然不在意肉体躯壳的人，还会为服饰、住宅、名声，或者生活中其他外在表现和布景而烦恼吗？

3. 你由三部分构成：肉体、呼吸、心灵。前两项属于你，仅仅因为你有责任照料它们。只有最后一项才真正属于你。那么，如果你能从真正的自我，也就是说从你的理智，摒除别人的一切言行，摒除自己过去的一切言行，摒除你对未来的一切焦虑，摒除影响肉体及其伙伴呼吸的，你无法掌控的一切东西，摒除像旋涡一样在你周围打转的一切外部事物，这样，你那远离这些命中注定之事的心灵，就有能力独立生活，行正事，认天命，说真话。如果你能从自己的主宰理性中摒除一切附着物，摒除未来或过去发生的一切，像恩培多克勒所说的那样，学会当“一个自得其乐的彻头彻尾的球体”，只关心你目前的生活、现世的人生，那么你将平静仁慈、与内心的神性和谐一致地度过余生，直至大限来临。

4. 我经常感到惊奇，明明人人都爱自己甚于别人，但他们却重视别人的评价甚于自己。假如神灵或是智者站在旁边，吩咐他内心有什么想法和动机就应当立刻公之于众，他肯定一天都忍受不了。因此，他人的评价在我们心目中的分量，比自我评价要重得多。

5. 神灵把一切筹划得天衣无缝，如此仁慈的他唯独会忽略了这件事吗？那就是，即使那些德高望重的人，那些与神灵关系最密切的人，那些因杰出贡献和献身精神而与神灵关系密切的人，死后都不能重生，并且注定要彻底消失。不过，如果他们果真命该如此，可以肯定的是，但凡需要改变计划，神灵一定自有安排，但凡符合大自然的意志，大自然早就安排好了。如若不然（假如事实也的确不是如此），你就可以相信这件事情本不该如此。因此你肯定能看出，你提出这样无聊的问题，就是在指责神灵。如果这些问题不是极端高尚与正义，我们怎能这样把它们与神灵联系在一起呢？如果它们是极端的高尚与公正，神灵在安排宇宙时又怎能允许发生这样不公或不合情理的疏漏呢？

6. 即便看起来成功无望，也要坚持练习。左手因疏于练习而在其他方面显得不够灵活，但是却能比右手更有力地抓住缰绳，这正是勤于练习的结果。

7. 要冥想死神来临时自己的肉体和灵魂应该处于怎样的状态，冥想生命之短暂以及生前、死后永恒的无尽深渊，冥想物质世界的脆弱。

8. 剥去事物的外壳，勘察最深层的本源；注意行为背后的动机；研究痛苦、快乐、死亡、荣耀的实质；看看人类的不安完全是咎由自取；看看麻烦绝不可能出自他人之手，麻烦和其他事物一样，都是我们主观意念的产物。

9. 运用原则时，要学职业拳师，而不要学剑客。剑客放下刀剑之后，还得重新捡起来；而拳师绝不会没有手，他要做的只是攥紧拳头。

10. 想想事物的构成，将其分解为内容、形式和目的。

11. 神灵赐予人类的恩惠何其丰厚。只做神灵赞许的事情，接受神灵分配的一切！

12. 不要因世间的秩序而责怪神灵，因为无论是有意还是无心，他们都没有做错。也不要责怪人类，他们实属无心犯过。抛开所有兴师问罪的念头。

13. 对生活中发生的一切都感到震惊，这是多么荒唐可笑又稀奇古怪的事情！

14. 劫数不可阻挡，规律不可侵犯，老天尚且慈悲，否则天地便沦为毫无意义、不受管束的混沌世界。如果命运无法抗拒，为何还要奋力抗争？如果上天慈悲，你要竭尽所能对得起神灵的救助。如果世界漫乱不堪，在狂风暴雨的汪洋之中，你应心存感激，因为你还拥有心灵的舵手。如果海水吞没了你，就让污水吞没你的肉体、呼吸和其他一切，但是永远无法颠覆心灵。

15. 灯笼的火焰闪耀着明亮的光芒直至熄灭，而真理、智慧、正义却在你的生命湮灭之前消失在你心里吗？

16. 如果感觉有人做了错事，就这样想："我凭什么断定人家做得不对呢？"况且，即便他真的错了，难道他就不可能已经自责过吗？否则他的指甲为什么明显地抓破了自己的面容呢？指望流氓不再做坏事就好比希望无花果的汁液不带酸味，希望婴儿不啼哭，希望马儿不嘶叫，或者希望生活中其他不可避免的事情永远不发生。请问，他性格如此，怎么能作出别样的事呢？如果你觉得这太让人生气，那就改变它吧。

17. 不对的事绝不要做。不是真话绝不要说。要控制自己的冲动。

18. 看问题始终要看整体。找到真正给你留下印象的东西，把它解剖成原因、内容、目的、持续的时间。

19. 趁着还来得及，努力发觉自己内心比本能更高尚、更神圣的东西。本能只能驱动你的情感，把你像木偶一样拉扯。那么，此时此刻它们之中到底是什么让我的理智变得阴沉暗淡？是恐惧、妒忌、欲望，还是别的什么？

20. 首先，要避免随意或者漫无目的的行为。其次，要确保自己的每一个行为都只以公益为目的。

21. 记住，很快你就会化作虚无，很快你眼前的一切连同生活中不可缺少的东西都将不复存在。万事万物生来都要变化、终止、消亡，这样其他事物才有可能出现。

22. 万事皆出自你的主观意念，而你的主观意念则出自你自己。愿意的话就放弃它，你立刻就绕过了海岬，一切风平浪静。那是一片宁静的海洋，一个无潮的避风港。

23. 无论何种行动适时地进入尾声，此时的终止对行动本身毫无损害，行动实施者也不会因此而变得更糟。所以，如果生活（无非是我们行为的总和）也适时终止，它的终止对生活毫无损害，也不会对适时终结全部行动的人产生不利影响。只是，恰当的时间和期限则由本性决定。假如不由人的本性决定，比如，年事偏高，那么就会由大自然她自己决定。大自然不断更新自己，以便让宇宙能永葆青春和活力。服务于这一整体意图的一切事物，永远会呈现一派欣欣向荣的景象。同样，生命的终结对人类无害。因为死亡不受他左右，也绝非为了追逐私利，所以死亡不会让他受辱。相反，死亡甚至可以说是件好事，因为对宇宙而言，这是件恰逢其时、有益，与其他事物都不矛盾的事情。所以，人类只要听从神灵的安排，在思想上与他保持一致，就会在神灵的推动下前行。

24. 有三条忠告值得你铭记心间。第一条忠告有关行为：绝不要肆意妄为，或者作出违背正义的事情。你一定要记住，所有外部事情，无不是机缘巧合或者天意的结果。你不能指责偶然性，也不能指责天意。第二，好好思考一下世间万物的本质，从最初的种子到灵魂的产生，再到最终的回归。事物由什么物质构成，又将分解成什么物质。第三，想象一下自己突然被送入云端，将地面上人类的活动尽收眼底：置身于周围众多神灵之中，凡间的景象会令你不屑一顾。何况，无论将你托高多少次，你依然会看到同样的景象，单调而短暂。偏偏这些景象就是我们到处夸耀的东西！

25. 一旦驱散你看到的景象，你就脱离了危险。那么，是谁不让你这样做呢？

26. 如果你对事情感到不满，说明你已忘记：违背大自然意愿的事情是不会发生的；你的不当行为不是你自己造成的；无论过去、现在、将来，这是事物发生的唯一方式。你还忘记了同胞之间兄弟般的亲密感情，忘记了这种兄弟之情并非出自血缘关系或者人类种子，而是源于一种共同的智慧。这种智慧体现在每个人身上就是神灵，是神性的释放。你忘记了一切并非理所当然为人类所有，因为甚至包括他的孩子、他的肉体和灵魂，统统来自同一个神灵。你还忘记了，万事万物皆取决于意念，眼下正在流逝的瞬间就是人类能够拥有或失去的全部。

27. 思考一下那些从不节制欲望的人和那些登上荣耀、灾难、骂名或者其他机遇之巅的人。然后想想："他们现在身在何处？"早已灰飞烟灭，成为了传说，或许连传说都没有。好好想想那些数不胜数的例子：在自己宅邸的法比乌斯·卡特利卢斯、在自家花园的卢修斯·卢柏斯、在巴亚的斯德丁尼阿斯、在卡普里的台比留、贝利亚斯·鲁弗斯，以及一切在傲慢驱使下卖力追求事物的例子。他们的努力多么卑鄙可耻！以正义、节制和对神灵的忠诚为宗旨才符合哲学家的身份。要始终保持淳朴，因为谦恭的外表下膨胀起来的傲慢是最让人无法容忍的。

28. 有人固执地问我："你在何处见过神灵，为何对他们的存在这么肯定，还如此崇拜他们？"我的回答就是："首先，肉眼就能看到他们[1]。其次，我也从未见过自己的灵魂，但我依然崇敬它。对神灵也是如此，我每天的经历都证明着他们的力量，所以我确信他们的存在，我崇敬他们。"

29. 为了过上健康安全的生活，要培养透彻的洞察力，以发掘事物的本质、内容和根源；要全心全意地投入正义的事业，不说假话；除此之外，还要积累善行直到没有空隙和裂缝为止，这样你才能体会到生活的乐趣。

---

1. 斯多葛派的学者认为群星是神性的体现。

30. 阳光是完整的，尽管被墙、高山和众多其他事物所阻断。物质是完整的，尽管被划分成无数不同的、各具独特性的生命机体。灵魂是完整的，尽管它按照数不胜数的不同比例分布于数不胜数的生物体内。即便是别具思维能力的灵魂，尽管看不见，同样也是完整的。一切有机体的其他部分，比如呼吸，则是物质的，不具备感知能力，彼此没有亲和性，仅仅是靠统一的引力才聚集在一起。然而，思维因其自身的特性，会自发地趋向同类并与之融合。因此，统一的本能是无法挫败的。

31. 你为何要渴望延年益寿，是为了体验感官刺激、满足欲望，还是为了促进或中止成长的过程？或者为了运用说话和思维的能力？这些事情真的值得你贪恋吗？如果认为它们都不值一顾，那就坚决争取实现终极目标，即追随理性和神灵。然而你要记住，珍视这一目标，就不要有任何不满情绪，不要认为死亡夺走了你的其他一切。

32. 我们每个人得到的时间，只是无限永恒之中极其微不足道的一部分。眨眼之间，它便消失在永恒之中。你所得到的物质，与全世界相比也是极其微不足道的一部分；你的灵魂，同样也是全世界灵魂中极其微不足道的一部分；你所走过的土地跟整个世界相比极其渺小。在你仔细思考这些事物时，打定主意依照自己本性的指引做事，承受自然赐予你的一切。除此之外，一切都毫无意义。

33. 我灵魂的舵手如何发挥作用？一切皆源于它。其他一切，无论我能否掌控，都是累累白骨和空气。

34. 一想到把快乐看作善、把痛苦看作恶的人都能做到藐视死亡，没有比这更能激发对死亡的蔑视了。

35. 当人在冥冥之中注定的那个时刻发现了自己唯一的美德，他不在意自己做得太多还是太少，只要所做之事严格符合理性的要求，他凝视世界的时间长短对他已无关紧要的时候，死亡本身已不再让他感到恐惧。

36. 人啊，你享有这个伟大的世界之城的公民权利，五年还是一百年，对你又有什么意义？那个城市制定的所有法律，对所有人一视同仁。那你的悲伤又从何而来？驱逐你的并非不公正的法官或者无道的暴君，而是将你带到这里的同一个大自然，就像演员被雇佣他的经理开除一样。“可是，五幕的演出我只演了三幕。”那就只演三幕好了，你的生命剧本来就只有三幕。它的落幕时刻，是由过去让你出生、现在让你死亡的人来决定的。这些决定非你所能左右。那么，微笑着上路吧，他也会微笑着送你上路的。

伟大的思想

GREAT IDEAS

NIGHT WALKS

伦敦夜行记

[英] 查尔斯·狄更斯　著

牛云平　丁振琴　译

中国出版集团
中译出版社

图书在版编目（CIP）数据

伦敦夜行记 / (英) 查尔斯 · 狄更斯
(Charles Dickens) 著 ; 牛云平 , 丁振琴译 . — 北京 :
中译出版社 , 2019.10（2020.1 重印）
（伟大的思想）
ISBN 978-7-5001-6042-7

Ⅰ . ①伦… Ⅱ . ①查… ②牛… ③丁… Ⅲ . ①长篇小
说—英国—近代 Ⅳ . ① I561.44

中国版本图书馆 CIP 数据核字（2019）第 190212 号

www.penguin.com
Taken from *Selected Journalism 1850–1870* published by Penguin Classics
This selection published in Penguin Books 2010

伦敦夜行记

著　　者：(英) 查尔斯 · 狄更斯
译　　者：牛云平　丁振琴
总 策 划：张高里
特约编辑：白　姗　赵　轩　　　责任编辑：刘香玲　王　梦
版式设计：索　迪　　　　　　　排　　版：志雅文化
印　　刷：北京顶佳世纪印刷有限公司
经　　销：新华书店

出版发行：中译出版社
地　　址：北京市西城区车公庄大街甲 4 号物华大厦六层　100044
电　　话：(010)68359376,68359827（发行部）68359719（编辑部）
传　　真：(010)68357870
电子邮箱：book@ctph.com.cn
网　　址：http://www.ctph.com.cn

开　　本：760mm×950mm　1/32　　印　　张：5.375　　字　　数：88 千字
版　　次：2019 年 10 月第 1 版　　印　　次：2020 年 1 月第 2 次
书　　号：ISBN 978-7-5001-6042-7　　定　　价：216.00 元（全 8 册）

中 译 出 版 社

“伟大的思想”中文版序

企鹅“伟大的思想”系列丛书自2004年开始陆续面世，在英国、美国和德国均有出版。在英国出版品种最多，已付梓八十种，尚有二十种计划出版。该丛书在全球众多读者间，尤其是学生当中，普及了哲学和政治学，销量已远超二百万册。中文版“伟大的思想”的推出，是该系列的又一延续和发展，令人欢欣鼓舞。

推出这套丛书旨在让读者再次与一些伟大的非小说类经典著作面对面地交流。长久以来，此类书籍的出版都建立在这样一个假设之上——此类著作供学生课堂学习之用，因此需辅以导读、详尽的注释及参考书目等。此类版本无疑十分有用，但我想，

如果某一版本能够重建托马斯·潘恩的《常识》或约翰·罗斯金的《艺术与人生》初版时的环境，为读者与作者营造更为亲密无间的氛围，使读者除了原作者及其自身的思考外没有其他参照，也许会更有吸引力。

但是，这一做法亦存在严重缺陷：每位作者的表述难免有难解或不可解之处，一些重要的背景知识或许也有所缺失。例如，读者对亨利·梭罗创作时的情形毫无头绪，也不了解该书的反响及影响。不过，这样做的优点也显而易见，最为显著的便是作者的初衷又一次受到重视——托马斯·潘恩的愤怒、查尔斯·达尔文的灵光、塞内加的隐逸。他们给许多国家的众多读者带来的生活影响难以估量，有的影响甚至长达几个世纪，几乎没有什么比阅读这些作家更令人拍案叫绝的了。倘若没有亚当·斯密或阿图尔·叔本华，将无法想象我们今天的世界。这些小书创作年代久远，但其中的话语彻底改变了我们的政治学、经济学、精神世界、社会规划和宗教信仰。

“伟大的思想”系列一直求新求变，地域不同，收录的作家亦不同。一些作家在中国或美国更受欢迎，而英国版“伟大的思想”收录的一些作家在其

他国家和地区则鲜有人知。称其为“伟大的思想”，我们亦是慎之又慎。这些思想之所以伟大，在于其影响深远，但这并不意味着这些思想都是“好”思想，实际上一些书或可列入“坏”思想之列。丛书中收录的很多作家受到同样收录于该丛书的其他作家的巨大影响，例如，马塞尔·普鲁斯特承认受约翰·罗斯金影响很大，米歇尔·德·蒙田也承认深受塞内加影响。但也有些作家彼此憎恶，若发现彼此都被收录于同一丛书，一定会深感苦恼。至于他们思想的或“好”或“坏”，读者可自行判明。我们衷心希望，您可以享受阅读这些著作的乐趣。

“伟大的思想”出版者

西蒙·温德尔

目录

译者导读

查尔斯·狄更斯（Charles Dickens，1812—1870）是英国最伟大的小说家之一，享誉世界的代表作有《匹克威克外传》(1836—1837)、《雾都孤儿》(1837—1839)、《尼古拉斯·尼克贝》(1838—1839)、《圣诞颂歌》(1843)、《董贝父子》(1848)、《大卫·科波菲尔》(1849—1850)、《艰难时世》(1854)、《小杜丽》(1857)、《双城记》(1859)、《远大前程》(1860—1861)等。其文风幽默浑厚、雅俗共赏，因而蜚声天下，迄今不衰。

狄更斯生于朴茨茅斯市郊区，父亲是当地海军工厂附属海军会计处的一名职员。他童年时家境小康、生活幸福。但因父母持家无方，狄更斯十二岁时被迫辍学、到漆鞋厂做童工。这段经历，加上因父亲两度负债入狱、举家随之搬到狱中生活的经历，成为他终生不释的创痛。他作品中的孤弃儿主角、怨忿自怜之情、童话式情节、小人物的悲惨生活等莫不与此有关。然而，狄更斯天生颖悟、酷爱读书、勤奋过人，成就了以后的事业。1829 年起，他进入报业，开始了高产、高质的写作生涯。事业的成功为他带来了丰厚的收入，1842 年起，他携全家多次周游欧美，积累了大量创作素材。至 1870 年去世，他著有约十六部重要长篇小说、四部短篇故事集，以及近十部剧本、诗歌、纪实作品。

1850 年至 1870 年，狄更斯先后编辑出版了周刊《家常话》和《一年四季》。《家常话》以普通大众，特别是正在崛起的中产阶级为主要读者群，发表重大社会价值类、重要信息类和娱乐类三大类文章，致力于揭露政府的腐败和渎职、力倡推进医疗卫生事业、呼吁创建面向全民的全国性公共教育体系。这些文章纪实性强、通俗易读，深受社会关注、影响强大。《一年四季》以刊登小说类作品为主，但继续了《家常话》的许多主题。从 1860 年至 1869 年，他在《一年四季》上陆续发表了题为《非商务旅客》的系列笔记体和回忆体小说。

本书八篇短文均出自《家常话》和《非商务旅客》。这些短文或浓墨重彩、或轻描淡写地展现了十九世纪中期英国社会的斑驳万象：夜幕下伦敦城中的罪恶与堕落、充满冒险的发财梦、浮躁的下层民众、庞大的海军工业、贫困的伦敦东区、恶劣的工作与生活条件、诈伪的彩票店、狂热的彩民、铺张的葬仪……不一而足。

翻译是一种跨越时空的旅行和洞隐烛微的观察。在狄更斯那随意而锐利的笔锋引领下，这一观察再次揭示：第一，在对华发动鸦片战争前夕，英国内政并非蒸蒸日上，而是同样的矛盾重重、危机潜伏；第二，该时期的英国国力正在上升，但比起前工业化时期，其国民的综合素质并无明显的飞跃；第三，在个体的生存现实面前，自由、平等、博爱等宏大口号不过是蚊蝇的回声；第四，历史不会重复，但故事始终在发生。

➛ 伦敦夜行记

数年前，我因心事烦扰，曾短暂失眠。连续几晚，我都整夜在街上巡游。倘若我只是虚弱地躺在床上尝试各种入睡方法，也许得很长时间才能克服病症。所幸我用了一种积极疗法，很快就战胜了失眠症：刚躺下就起床、出门，日出时再筋疲力尽地回家来。

那几晚，我从做业余流浪汉的亲身经历中颇长了些见识。为了挨过长夜，我到处游荡，因而懂得了那些有着同样遭历的夜巡人，他们一年到头夜夜都这般度过。

时值三月，天气潮湿、阴冷。太阳到五点半才会出来，从午夜十二点半之后，夜幕就显得漫长无限。而我，就在此时投入暗夜。

在我们流浪汉心目中，大都市的躁动不宁及其入睡前的翻腾滚动乃是首批娱乐节目之一。它的表演要持续两个小时左右。待到那些营业到深夜的酒馆熄了灯，侍者将店里最后一批吵闹不休的醉汉推到了街上，我们一下就少了许多无眠的同伴。不过，此后我们会遇到一二车辆和三两行人。幸运时，还能骤然看到一名警察咔咔地疾行而来，随之就是一场打斗。但这种消遣通常都难得一见。草市街[1]是伦敦市管理最差的地方，除了草市街上、自治区[2]的肯特街周围，以及老肯特路的部分路段，别处都一派寂静，罕见激烈事件发生。可是，伦敦好像在效仿它的居民似的，在断气前总要抽搐、抖动几下。一切似乎都已安静下来，可要是有一辆出租马车嘎嘎地飞驰而过，随后肯定还会出现五六辆。流浪汉们甚至观察到，那些酩酊醉客好像也带着磁力，彼此相吸：每当我们看到一个醉汉晃晃荡荡地朝某个商店

1. 草市街（Haymarket）位于伦敦市中心的繁华地段西区内，十七世纪末以前曾是买卖干草、草料的农贸市场，十八世纪以后逐渐发展为著名的娱乐区，街道两侧剧院、酒店林立。——译者注

2. 指萨瑟克（Southwark），泰晤士河南岸地区，伦敦的自治区。——译者注

的百叶窗走去，就知道，不出五分钟，另一个醉汉必会晃晃荡荡地出现在他面前，两人不是兄弟般地搂在一起，就是仇人般地大打出手。这类普通的醉鬼通常是些胳膊纤瘦、毛发蓬乱、唇色青灰的金酒酒徒[1]。我们偶尔也会遇到另一类样貌较为体面、身着脏污丧服的醉汉。这类醉鬼十分罕见，二者的比例是五十比一。街道经历夜晚，也经历白天；有些普通人会意外得些财产，也会意外畅饮一番。

这些忽隐忽现的火花最终渐渐消退、慢慢熄灭——清醒生活的最后几粒真正的火星儿从某个很晚才收的馅饼摊或烤土豆摊飘落——伦敦市就会随之沉入梦乡。此时，流浪汉满心向往的就是有同伴存在的迹象：一个亮灯的地方、一点儿动静，以及表明还有人在活动——不，哪怕只是还醒着——的任何事物。流浪汉的眼睛在寻找窗户里的光亮。

雨声滴答，走过大街小巷的流浪汉不停地走啊走啊，眼前除了错综无限的街巷，一无所见。只是偶尔会在某个转角处看到两个警察正在交谈，或是一名警官或巡官正在关照他的部下。夜间，有些时

1. 在十八世纪中叶，金酒（Gin）价格低廉，是包括妇女、幼儿在内的穷人们面对无力改变的悲惨现实，麻醉自我、借以忘忧的主要手段。——译者注

候——但这种时候极少——流浪汉会注意到，有个人头正鬼鬼祟祟地从前面不远处的门口朝外窥视。走上前去就会发现，有个人正紧贴着门站得笔直，试图藏匿在门口的暗影当中，显然没有跟别人作伴儿的意思。流浪汉和这位先生像着了魔一般，在可怕而适时的沉默中彼此从头到脚打量一番，而后一言不发、满腹狐疑地各自走开。滴答、滴答、滴答，雨水从壁架和墙顶上滴落，从管子和喷嘴上溅落。不久，流浪汉的身影就投在了通往滑铁卢大桥[1]的石铺路面上。在流浪汉心目中，去滑铁卢大桥花半便士[2]对收费员道声“晚安”，顺便瞥一眼他身旁的炉火，这是很值得的。那旺盛的炉火、漂亮的厚大衣、上好的羊毛围脖，加上收费员本人，看上去令人备感舒适。此外，他精神饱满、头脑清醒地将一枚枚半便士铜币放到跟前的金属桌子上，发出嘎啦嘎啦的

1. 滑铁卢桥是一座位于泰晤士河上的大桥，原本由斯特兰德桥梁公司出资建造，1811 年始建，1817 年初次建成使用，正值滑铁卢战役两周年纪念日。为纪念英荷普联军的胜利，此桥被命名为滑铁卢桥。该桥为收费大桥，行人收费标准为半便士 / 人次。十九世纪四十年代该桥成为许多寻短见者首选的自杀地点。1878 年大桥收归国有，收费站随之取消。——译者注

2. 便士：一种旧时英国硬币，12 便士 =1 先令，240 便士 =1 英镑。——译者注

声响，就像一个公然对抗黑夜及夜幕下所有忧思的挑战者，毫不介意黎明在即，令人备感愉悦。桥上阴郁可怖，所以桥头处很需要这样鼓舞人心的事物。我巡游的那些夜晚，还没人用绳子把那个被剁成碎块的人缒下桥栏。他还活着，且那时已经极适宜地安睡着，无梦相扰，不去忧虑自己的结局。但泰晤士河显得十分骇人：两岸的建筑被蒙裹在漆黑的寿衣里；河面的反光宛似发自水底深处，恰如自杀者的幽灵正擎着它们在指示自己溺死的地点。狂野的月亮和云团躁动不宁，好像罪人在床上辗转难安。伦敦市的巨大阴影似乎沉沉地压在泰晤士河上。

大桥和两座大剧院的间距不过几百步之遥，所以过桥便是剧院。夜晚的剧院，灯火尽熄、黑暗狰狞，人面消失、虚席连片，犹如两口巨大的枯井，荒凉死寂。此时此刻，这种种物事当中，除了尤里克的骷髅[1]，恐怕没有一样能够自知自觉。某夜，教堂尖塔在三月的凄风冷雨中敲响四点时，我穿过其

---

1. 在莎士比亚名剧《哈姆雷特》中，掘墓人挖出了一个据说是尤里克的骷髅，哈姆雷特手拿这骷髅回忆说，尤里克是他父王家里的小丑，他小时候经常骑在尤里克背上玩耍。因此，尤里克这个角色在《哈姆雷特》剧中是以骷髅形式出场的，尤里克的骷髅乃是演出该剧的必备道具。——译者注

中一片宏旷荒漠的边界，进到了里面。我手拿一盏昏暗的提灯，沿着熟悉的路径，摸索到了舞台跟前，隔着乐池向对岸的虚空望去。此时的乐池犹如一个瘟疫猖獗期挖下的宽大墓穴，对岸则像一个辽阔而阴沉的洞穴，枝形吊灯如同其他物什一样已然僵死，在雨雾弥漫的空旷里，触目可见的只有层层的裹尸布。我的脚下便是我上次看戏所在的地方。上次在这里，我观看了那不勒斯的农民们不顾沸腾而来的火山岩浆在葡萄树间跳舞的场面。而现在，这里趴着一条粗蛇般的消防水龙。它警惕地匍匐着，一俟吐着信子的火蛇窜出就会即刻飞扑过去。一个幽灵般的守门人举着黯淡的蜡烛在远处的楼座区一晃而过。我退步上了舞台，将灯举过头顶，照向卷起的幕布，只见那幕布不再是绿色，而变成了乌黑色。往上是一个黑暗的穹顶，其中模糊地现出一具船只残骸的模样，上面还带着帆篷与绳索。我想，我的感受可能恰如一个潜水者在海底的感受。

凌晨时分，大街小巷已经了无动静。我去新门监狱[1]转了转，找到了些可供沉思的素材。我摸了摸

---

1. 新门监狱是伦敦市内一座著名的监狱，位于新门大街与老贝利大街交界处。据说初建于1188年，使用至1902年，并于1904年拆除。——译者注

监狱那粗糙的石墙，想象了一下睡梦中的囚犯，然后隔着布满尖钉的便门望了一眼门房，看了看值班狱卒映在白墙上的火光和灯光。这个时间也很适合在那扇邪恶的欠债犯之门外面逗留。门紧紧地关着，比任何别的门关得都牢。对许多人而言，这扇门就是死亡之门[1]。在那些乡下来客冒险使用一英镑伪币的时期，多少不幸的男男女女——其中许多人都很无辜——面对着可怕的基督教圣墓堂的尖塔[2]，被绞死在刑台上，离开了这个矛盾重重的无情世界！我怀疑，如今的夜晚，那些老经理人懊悔的幽灵有没有重访英格兰银行的营业室？或者，那营业室里是否如同老贝利街上这个衰落的刑场一样寂静？

接下来很轻易地就能走到英格兰银行，一路哀悼着美好的旧时代、叹惋着罪恶的现时代，于是我就这么做了。我还像真的流浪汉那样围着英格兰银行游荡了一圈，考虑了一下里面的财富，也考虑了一下银行外那些守着火炉打盹儿的值夜卫兵。随后，

---

1. 1783 年，伦敦城的绞刑架从泰伯恩行刑场搬到了新门监狱的这扇小门外。公开绞刑在此执行，常常吸引大批看客。1868 年停止公开绞刑，改在新门监狱内执行。——译者注

2. 圣墓堂（Church of St. Sepulchre）与新门监狱隔街相对，教堂尖塔的钟声常常意味着死刑的迫近。——译者注

我去了比林斯格特鱼市场，希望能遇到些赶早市的人。但事实证明，我去得太早了。所以我就越过伦敦大桥，下到萨里区一侧的泰晤士河边，穿行在大酒厂的楼房间。酒厂里煞是热闹，那弥漫的烟汽、谷物的气味以及肥壮的货车马匹在食槽前吃草时发出的咯吱声，都是我绝妙的同伴。在它们中间待过之后，我感到精神抖擞、心情焕朗，于是再次上路，奔向下一个目标——老王座法庭监狱[1]，而且决定在到达监狱墙下时，想一想可怜的贺拉斯·肯齐和人患干腐病。

人患干腐病是一种怪病，病因不明。它将贺拉斯·肯齐送进了老王座法庭监狱，又从那里将他脚前头后地送了出来。肯齐正值盛年，相貌堂堂、家境富裕、性格和善，深受朋友们欢迎。他的婚姻门当户对，儿女健康漂亮。然而，他却像某些漂亮的房屋或漂亮的船只那样，患上了干腐病。人患干腐病的首要外部症状表现为下述倾向：偷偷地东游西荡、不明所以地站在街角处、有人碰上就说要四处走走、到处溜达而不是待在一处、不做具体事情而打算在明天或后天履行各种抽象的责任。如果有人

1. 位于伦敦市萨瑟克区的一座欠债人专用监狱，中世纪时始建，1880年拆除。——译者注

发现了这些外部症状，通常都会将其与以前的某种模糊印象联系起来，认为病人只是生活得有点痛苦。观察者无暇反复琢磨这些现象，进而怀疑病人是否患上了可怕的“干腐病”。等病人的面貌变得有点邋遢、衰败，可实际又并不贫穷、肮脏、中毒或患病，他才会发觉：病人感染的是干腐病。随后，病人会在早晨散发出烈酒的气味；之后，挥霍钱财；之后，日夜都散发出烈酒的气味；之后，对一切都满不在乎；之后，四肢震颤、嗜睡多梦、困苦潦倒，最终粉身碎骨。染病者的症状与染病木材的症状一般无二。干腐病的扩散速度如同高额复利计息法，根本算不过来。一旦发现一块木板感染了该病，那么整栋房屋就要完了。这情况就发生在不幸的贺拉斯·肯齐身上，他不久前刚靠一笔捐款得以下葬。熟人们还没说完“他的家庭那么富有、生活那么舒适、前途那么光明——可是，唉，真让人担心，他竟沾染上了干腐病！”这句话呢，哎呀！他就整个地被干腐病吞没，变成了一抔坟土。

那静寂的狱墙与这个极普通的故事有着紧密的联系。在那些流浪的夜晚，离开老王座法庭监狱之后，我接着就去伯利恒皇家医院附近逛逛。这样做的部分原因是，它就在我去往威斯敏斯特[1]的沿途；另有部分原因是，我脑海里有种对黑夜的奇想，只有看着伯利恒医院的墙壁和圆顶，这想象才能发挥到极致。我的奇想是：到了晚上，睡梦中的正常人难道和精神病人有什么两样吗？在生命中的每一晚，我们这些在医院外面的人都会做梦，这难道不正和医院里面的精神病人多多少少地情形相似吗？在夜晚，我们难道不正像他们在白天那样，荒谬地以为自己同大大小小的国王与王后、皇帝与皇后，与各式各样的名人显要有着关联吗？到了夜晚，我们难道不正像他们在白天那样，将事件、人员、时间和地点混成一团吗？我们有时为自己的纷乱睡梦所扰，对吧？我们有时急于说明或解释这些梦境，正如他们有时急于说明或解释自己在清醒时的幻觉，对吧？上次我在某家同类医院中遇到了一位精神病患者，他对我说："先生，我经常会飞起来。"我有些羞愧地想，我也会飞——在晚上。在同一家医院，一位女患者说："维多利亚女王常常来与我共进午餐。我和女王陛下身着睡袍，吃的是桃子和通心面。王夫殿下也盛情驾临。他穿着陆军元帅制服，是骑着马来

1. 伦敦所辖的自治市，英国议会所在地。——译者注

的。”我想起自己曾（在夜晚）多次举办了盛大的皇室宴会，餐桌上放着数不清的美味佳肴，我在那尊贵的场合多么举止得体、气度非凡！想起这些，难道我能不羞愧得脸红吗？真奇怪，那全知的伟大主人将睡眠称为每一天生命的死亡，却未将睡梦称作每一天健全心智的精神错乱。

这样想着，我已将伯利恒皇家医院抛在了身后，再次朝泰晤士河走去。片刻之间，我便到了威斯敏斯特桥上，用一双流浪汉的眼睛贪赏着英国国会的外墙。我知道它是一所完美的庞大机构，并且深信：所有的周边国家和未来时代都会对它赞羡备至。但如果国会的工作效率也偶尔提高一下，也许就更好了。我拐进了旧宫院[1]，在皇家法院待了十五分钟，低声念叨着这些法院令多少人无法入眠，令那些不幸的原告感到深夜是多么悲惨、可怕。接下来的十五分钟，阴郁的威斯敏斯特大教堂[2]成了我的好伙伴。

---

1. 旧宫院（Old Palace-yard）在国会大厦西侧。旧宫院再向西不远就是威斯敏斯特教堂的东端。可以步行穿过这个院子，进入国会大厦。——译者注

2. 威斯敏斯特大教堂是皇室财产，是历代英国国王加冕的圣地，也是许多王室成员举行婚礼的场所，还是历代皇家陵园。陵园里还埋葬着牛顿、达尔文等许多英国伟人。本文作者狄更斯去世后也安葬于此。迄今为止，已有约 3300 人安葬在这里。——译者注

教堂里那些黑暗的拱门和立柱中间埋葬着多少杰出的亡者！每一世纪的来客都超拔无匹，令上一世纪叹为观止。实际上，在那些流浪的夜晚，我甚至还去过一些公墓。守墓人定时在墓地中巡逻，并转动一个指示器那磨得光溜溜的手柄，指示器就会记录下他们触动手柄的时间。一个古老的城市埋葬着数量多么惊人的亡者！倘若他们在生者入眠时全都死而复生、出来活动，所有的街巷里、道路上该拥挤到什么程度！生者要想出门来，会连插针的缝隙都找不到。这是一幕多么骇人的景象！不仅如此，连城外都会弥山遍野、密密麻麻，全是那无量数的亡者。只有上帝才会知道，这支连天匝地的大军向外周绵延到多远。

深夜时分，教堂的钟声突然敲响，流浪汉会误认为是同伴来了，发出一声欢呼。然而，在这死寂的中夜，你会分外清晰地听到，声波一圈一圈地荡漾开来、扩散出去，渐远渐轻，或许（像哲人所言）一直淡入那无尽的太空。这时，你才意识到自己的错误，更深邃的孤寂感随之袭来。有一次，我离开威斯敏斯特大教堂后，转弯朝北走去，到达圣马丁教堂那巨大的台阶下时，三点的钟声恰好敲响了。突然，一样东西从我脚前站了起来，同时发出了一声孤独无依的叫喊。它是受到了钟声的惊吓而叫起来的，那种叫声我闻所未闻。我再向前一步就要踩上它了。我们相对而立，彼此惊惧。原来是个眉毛浓密、长有髭须的年轻人，约有二十岁。他一只手紧攥着披在身上的几件破衣烂衫，从头到脚都在颤抖，牙齿咔咔作响。他紧盯着我——是迫害者？是恶魔？是鬼魂？管我是什么呢——就像一只受惊之犬，那哀号着的嘴巴似乎要向我猛咬。他一边尖叫、准备扑咬，一边后退。我想给这个凶恶的可怜人一点钱，就伸出一只手去安抚他，按住了他的肩膀。可他一下就甩掉了外衣，扭身闪开，恰如《新约》中的那个年轻人[1]。我独自站在那里，手里拎着他的褴褛衣衫。

逢集的早晨，考文特花园市场[2]就成了流浪汉的好伙伴。一辆辆装满了卷心菜的大马车就像是在举行盛会：菜农家的男人们和儿子们就睡在马车底下；这一带人家的凶犬看管着整个市场－花园地区。然

1. 此处典故出自《新约·马可福音》(14：51—52)。在叛徒犹大带人来抓耶稣时，其他门徒都逃走了，但有一个少年人，赤身披着一块麻布，跟随耶稣。众人要抓他，他甩掉麻布，赤身逃走了。随后，耶稣被带走了。——译者注

2. 考文特花园市场是伦敦市一个传统的菜果花卉市场，已有三百多年历史。——译者注

而，就我所知，在这里鬼鬼祟祟地游来荡去的孩子乃是伦敦市最糟糕的夜景之一：他们在筐子里睡觉，为争抢被抛弃的禽畜杂肉而打斗，一看到任何可以下手偷盗的东西就飞奔而去，钻到拉车和手推车下躲避巡警；他们总是光着脚跑在这个露天市场的铺砌路面上，阵雨似地发出沉闷的啪啪声。你不由得开始比较：那些人们竭力改良、精心照顾的土地出产的农产品会逐渐腐烂，所有这些（除了被人驱赶之外）无人关心的野孩子显然也在逐渐腐烂，这是多么怪异、多么令人心痛的现实！

在考文特花园市场附近，有家很早就开的咖啡馆，那是流浪汉的又一个伙伴，而且是个温暖的伙伴，这就更好了。咖啡馆还供应大块的面包。面包是那个头发蓬乱的汉子在咖啡馆的一间内室里做出来的。他此时还没穿外套，也没太睡醒，在给顾客送来面包和咖啡之后，就坐在隔扇后面又睡着了，鼾声时塞时通、千变万化，很快就进入了梦乡。这家咖啡馆是弓街[1]附近最早的建筑物之一。一天凌晨，我游荡进了咖啡馆，在桌边坐下来，边喝咖啡边思考着接下来往哪去。一个男人走了进来。他身着鼻

1. 考文特花园市场中的一条街道。——译者注

烟色的高领长大衣，脚上穿着鞋子，头上戴着帽子。我深信，他此外什么都没穿。他从帽子里拿出一大块凉的肉馅布丁。布丁非常大，把帽子撑得鼓鼓的。为了取出布丁，他把帽子的衬里全都翻了出来。肉馅布丁显然是这位神秘顾客的标志。他一到，睡意蒙蒙的汉子就端上来一品脱[1]热茶、一小条面包、一套大刀叉和餐盘。汉子离开隔间后，这位主顾就直接把布丁放在桌面上，不是拿刀切开它，而是掌心朝下一下刺穿它，就像刺死一个不共戴天的仇敌；之后抽出刀来，在袖子上擦擦，然后用手指撕碎布丁，统统吃掉。这个吃布丁的人是我夜游期间遇到的最像鬼怪的人，至今记忆犹新。我只去过那家咖啡馆两次，两次都看到他直挺挺地大步走进来（应该说，他刚从墓穴爬出来，随即就要回去），取出布丁，刺穿它，擦擦利刃，消灭布丁。其身形令人联想到灰白色的死尸，但那张马脸分外绯红。我第二次看见他时，他嘶哑地问那个爱打盹的汉子："今天晚上我的脸红吗？""嗯，很红。"汉子直言不讳。那幽灵就说："我母亲就是个贪杯的红脸女人。她进了棺材之后，我使劲看了看她，就变成了红脸膛。"不知怎地，

1.（英制）品脱：容量或体积单位，约合 0.568 升。——译者注

那个肉馅布丁自此变得令人作呕，我就再也不去跟他碰面了。

不逢集或者想换换路线时，我就到火车站去。凌晨的邮车到站时，这里会热闹一番。但像世间的大多数伙伴一样，它只能陪我一小会儿：站台灯突然亮起来，搬运员从栖身处冒出来，出租马车、手推车吱吱嘎嘎地到达预定地点（邮局的大拉车已经到位）。最后，铃声响起，火车随即哐哐响着到站。但没有乘客上下车，也没行李可搬运，于是所有车、人都迅速散去。这些火车邮局有着巨大的网络，仿佛是拖着网在国土上打捞尸体。它们的车门倏地打开，喷出一股煤油灯的臭气、一个疲惫的职员、一个穿着红大衣的警卫，以及他们装满信件的背包。火车引擎喘息着、呻吟着、大汗淋漓，像是在边擦额头边诉说："瞧我这一路跑的！"不到十分钟，灯火尽熄，我又成了孤单的流浪汉。

不过，此时，附近的大路上有人赶着牛群走来了。牛儿（通常都会像牛儿那样）想拐进石墙之中，挤进铁栏间那六英寸宽的空隙，（也通常都会像牛儿那样）低下头去，将货物抛向想象中的恶犬，给它们自己及其所有忠诚的看护人惹来一大堆多余的麻烦。此时，清醒的煤气灯也知道白昼将至，神色开始暗淡下来。大街上已经出现了三三两两的劳动者。夜间，醒时生活随着最后一个馅饼摊的最后一点火花而熄灭；现在，它则随着街角处第一批早点摊的炉火而复苏。这样，白昼的步伐越来越大；最后，它一个飞跃，来临了。而我也已身疲体倦，能够入睡了。在此时转身回家的路上，我曾认为，在夜晚那真正的荒原上，无家可归的流浪者茕然游荡，乃是伦敦最无趣的事情。而今我意识到，情况并非如此。我本就十分清楚，各式各样的罪恶与不幸都在何处，如果我乐意，就会找到它们；但我选择了规避，故此在无数漫长的街道上，我的流浪才能那般形单影只。

（牛云平　译）

迷失金融城

在我年龄和个头都还很小的时候，有一天在伦敦金融城里迷路了。某某（某某的魂灵啊，我忘记你的名字了，请原谅！）带我去观赏圣吉尔斯[1]教堂的外景，作为对我的隆重款待。我脑子里满是许多与那座宏伟的宗教建筑有关的浪漫想法，并且坚信：各种乞丐在工作日都装作瞎子、跛子、肢体残缺者、聋哑人或有其他身体疾病者，可每到周日就抛开伪装，换上节日盛装，到他们庇护人的殿堂来参加圣

1. 圣吉尔斯（Saint Giles，约 650—约 710）是希腊基督教隐士，据传生于雅典，后在今法国南部隐居，被认为是穷人、残疾人、精神病人、铁匠、动物和森林等事物的保护者。——译者注

仪。我约略认为，班姆菲尔德·摩尔·卡鲁[1]的现任继承人会在这种场合担当俗人委员一类的角色，坐在一个高高地挂着红帘子的厢席里。

时值春季，我这些稚嫩的念头随着季节抽出了新枝，搞得我的父母和保护人都头疼不已。于是，某某主动提出带我去看看圣吉尔斯教堂的外景。（我如今猜测）他们认为，那样很可能就会熄灭我的幻想之火，让我的头脑清醒过来。早饭之后，我俩出发了。我至今记得，某某那天的打扮很醒目：下穿质地良好、乳白色的条绒马裤，打着高帮斜纹布绑腿；上穿缀着闪亮纽扣的绿色外套，戴着条蓝色围巾，露着一圈极大的衬衫领子。我现在认为，那时他肯定（跟我一样）刚从肯特郡的蛇麻草地上走出来不久。但当时我将他奉为时尚之典范、礼仪之楷模——简直就是现世的哈姆雷特，只不过没有后者那棘手的家务事罢了。

我俩边走边聊，满意地观赏了圣吉尔斯教堂的外貌。尖塔上那面飘扬的旗子尤其让人激动不已。现在推想，我们随后就沿着河岸大道[2]走向了诺桑伯

1. 班姆菲尔德·摩尔·卡鲁（Bamfylde Moore Carew，1693—约1758），英国有名的流氓、浪子，擅长伪装，自称是乞丐之王。——译者注

2. 该道路英文为 Strand，又译斯特兰德街，街上有许多著名的旅馆和剧

兰府[1]，去欣赏府门顶上那尊闻名遐迩的狮像。我记得很清楚，总之，就在我满怀敬畏和赞羡地仰望那头大名鼎鼎的动物时，某某不见了。

我迷路了！惶恐倏地攫取了我幼小的心灵。今日回想，那骤然惊惧仍历历如昨。我敢肯定，即便我那时发觉自己是在北极迷了路，而不是迷失在那条雄狮傲视之下的狭窄、拥挤、令人不安的街道上，心中惊悸也不过如此。然而，我边哭边沿街奔跑了几个来回，就将乍现的恐惧抛在了脑后。随后，我怀着一种凄凉的自尊感走进了一个庭院，在台阶上坐下，开始考虑如何度过一生。

我相信，我幼小的脑子里根本没有想到要问路回家。或许那时的我还很喜欢迷路后那种凄凉的自尊感呢。但是，我如今切实地相信，当我为未来规划宏大蓝图时，根本就没有注意到那最简短、最显见的人生道路。我猜，我当时只有八九岁，还非常幼稚。

我兜里有一先令零四便士，小指上戴着一枚白镴戒指，戒指上镶着一小块红玻璃。这件首饰是我

（接上页）院。——译者注

1. 诺桑伯兰府位于河岸大道上，是诺桑伯兰公爵的府第，建于十七世纪早期，1874 年拆除，在原址上修成了诺桑伯兰大道。——译者注

的爱恋对象在我生日那天送给我的。我俩发誓要结婚，但也预料到双方家庭将会阻碍我们的结合。她（当时六岁）属于卫斯理宗，我则虔信英国国教[1]。就在我生日那天，我的教父——他是个既懂得自己职责所在又能履行职责的人——送给了我半克朗[2]，我花得还剩下这一先令零四便士。

有这些宝贝在身，我决定去碰碰运气。我想，我一旦发了迹，就驾着六匹马拉的大车回家去娶我的新娘子。想着这幅胜利的图景，我又哭了几声。可很快我就擦干眼泪，出了庭院，按计划踏上了征途。我的计划是：首先（作为某种仪式）前往市政大厅看看那对巨人像[3]，从他们身上汲取力量，相信自己的冒险可能会一帆风顺。如果这一招落空，就转而到金融城里转转看能否寻到威廷顿[4]式的发财机

1. 十六世纪，英国王权在与罗马教廷的斗争中实施了宗教改革，建立了本国的民族教会，一般译为英国国教，又译英格兰圣公会。卫斯理宗原为英国国教中的一派，形成于十八世纪三四十年代，主张因信称义，倡导严格遵照圣经过道德的宗教生活，因此又称“循道宗”或“监理宗”。——译者注
2. 克朗为英国旧币制单位硬币，1 克朗 = 5 先令 = 60 便士，半克朗 = 2 先令 6 便士。——译者注
3. 伦敦市政厅门前的两个木雕巨像。巨人名为高格（Gog）和马高格（Magog），被认为是伦敦金融城的守护神。——译者注
4. 指英国民间故事《迪克·威廷顿和猫》中的主人公迪克·威廷顿。迪

会。如果这一招也失利，就去参军当鼓手。

于是，我开始一路打听着去往市政厅。我当时莫名其妙地认为，“市政厅”就是“石造的”厅，或“有巨石的”厅。我非常精明地觉得，如果我打听通往巨人像之路，会被人笑话，所以就不能提巨人像的事。我至今记得，只剩我孤身一人时，街道显得多

（接上页）克是个孤儿，听说伦敦金融城里连街道都铺满了黄金，就去那里谋求发财之道。他失望地发现，实际情况并非如此。他又冷又饿地蜷缩在一位富商菲茨沃伦先生的府第前睡着了。仁慈的菲茨沃伦先生发现了他，还雇他当了洗碗工。迪克因为住处经常有老鼠出没，就挣钱买了一只猫来驱鼠。一天，菲茨沃伦先生要远航到某个港口去做黄金生意，就问他的家仆们是否愿意送给他些什么东西带上船。迪克极不情愿地把自己的猫送给了他。菲茨沃伦先生一直待迪克很好，但他家的厨师却非常凶暴，迪克忍无可忍，决定逃跑。可他要逃离金融城的时候，却听到城里圣玛丽勒博教堂的钟声敲响了，似乎在说：“威廷顿你不要慌，三次当上大市长。”于是，迪克返了回去，发现菲茨沃伦先生的船已经返航了。北非巴巴里国王的王宫里老鼠猖獗，迪克那只擅长捕鼠的猫就被高价卖给了巴巴里国王，迪克从此成了有钱人。他开始与菲茨沃伦先生合伙做生意，后来又娶了菲茨沃伦先生的女儿爱丽丝，而且最终像钟声预言的那样，三次成为金融城的市长。

这个民间故事的原型是理查·威廷顿（Richard Whittington，约1354—1423），一位中世纪英国商人、政治家。少年时，威廷顿作为幼子，因无权继承父亲财产，被送往金融城学做绸布生意，很快成长为一名成功巨商，并与英国王室来往密切。他数次被任命或选举为金融城市长，并成为国会议员和伦敦地区司法长官。同时，威廷顿热心公益，生前、身后都大笔捐助了医疗、卫生、监狱、图书馆、教堂等事业。——译者注

么宽阔无边！房屋显得多么高大！一切都多么威严而神秘！到了圣殿关石门[1]前，我目不转睛地盯着它看了半个小时，但还是没看完就继续前进了。我在书上读到过，圣殿门顶上放着许多示众的人头。因此，这个石门虽然是件威严的建筑杰作和实用典范，但似乎也是个凶恶的古老地方。我最终离开那里之后，呀！一下就看到了圣邓斯坦教堂上的巨人像[2]！那些亲切的怪物敲钟的情形，谁看到后还能走得开呢？在他们几次敲响一刻钟的当儿，我到那家玩具店看了看——在我写下这篇文字的此刻，这家玩具店还在那儿，只是已面貌一新了——一个多小时之后，我从那个迷人的地方脱身，来到了高高耸立的圣保罗大教堂[3]前。我怎么能错过它那伟岸的穹顶

1. 圣殿关是伦敦金融城的西部边界，向东在金融城内的路段是河湾街（Fleet Street，又音译为弗利特街，也有人错译为舰队街），向西是通往威斯敏斯特市的河岸大道。这里的石门自 1670 年前后建成后，门顶上经常陈列着叛国者的首级示众。——译者注

2. 这座教堂上有一组报时钟表，表的上方有两个手拿长棍的巨人雕像，据称是高格和马高格。每到整点和每隔一刻钟，巨人像就会用木棍敲击面前悬挂的两口钟，同时转动头部。——译者注

3. 圣保罗大教堂是英国国教伦敦教区的主教座堂，坐落于伦敦金融城中最高处的卢德门山上。现存巴洛克风格的建筑始建于 1675 年，于 1697 年年底投入使用，以其壮观的圆形屋顶而驰名于世，是伦敦最著名的标志性建筑之一。——译者注

呢？怎么才能将目光从它的金色十字架上移开呢？去市政厅看巨人像的路途真是遥远啊，而且行进速度很缓慢。

终于，我来到了他们面前，满怀恐惧和崇敬地注视着他们。他们看上去比我预想的要和蔼些，总体说来脸色比较灿烂，可是非常高大。我估计他们的底座大约有四十英尺[1]高，要是他们下来走在石板路上，会是两个庞然大物。我思考着这些，对着两个巨人出神（我估计，孩童们见到他们大抵都会如此的）。尽管知道这些雕像并非血肉之躯，我仍旧认为他们有生物特征——例如，他们知道我在那儿，并在偷偷地注意我。我累极了，就钻到马高格下面的角落里，躲过了他的视野，睡起了觉。

一个大觉之后，我突然惊醒了，感觉那两个巨人好像在咆哮，却转而发现原来是金融城的喧闹声。周围一切如故，与我睡前一模一样：豆茎啦、仙女啦、公主啦、龙啦，统统都没有，也没见任何新的人生转机。我饿了，就想去买些食物回这儿来吃掉，然后继续按计划寻找威廷顿式的发财机会。

我坦然自若地在面包店买了一便士的面包卷，

1. 1 英尺约合 0.3048 米；40 英尺约合 12.2 米。——译者注可在好几家美食店前探头探脑地徘徊了一番，却未能鼓足勇气进门。最后，我在一家美食店的橱窗里看到一堆熟香肠，旁边的标签上写着：“日耳曼小鬼，一便士”。这下，我知道想买什么了，就勇敢地走进去说：“请问你们能不能卖给我一个日耳曼小鬼？”他们卖给了我。我兜里揣着那根纸包着的香肠回到了市政厅。

两个巨人仍然待在那儿，偷偷地假装没有注意我。于是，我就在另一个角落里坐下来，眼前只有一条竖着耳朵的狗。是条黑狗，一只眼上面有一撮白毛，脚爪上有一块块白色和褐色的杂毛。它想和我玩耍：它围着我蹦来跳去、在我身上蹭鼻子、从我身旁窜过、摇头晃脑地假装倒着跑，显得友善而滑稽，仿佛它根本不计较个人形象、只为逗我开心似的。那时，我看着这条狗，想到了威廷顿，感到机会就要来了。我不断地说：“嘿，小狗！”“可怜的家伙！”“好狗狗！”，逗引着它。我满意地认为，此后它就永远成为我的狗了，并会帮我谋求发财之道。

这让我感到了宽慰（迷路后我不时地会哭一鼻子），就将那个日耳曼小鬼香肠从口袋里掏出来，准备吃午餐。我先咬下一小口扔给狗，它向那侧一扑就吞吃掉了，就像吞药片似的。我咬第二口的时候，它紧盯着我的脸，等着我再扔给它一块；而我这时在考虑该给它起个什么名字。我觉得，在此情此景之下，“美妙运气”这个名字不错，含义很丰富。如今回想，我那时正为想出了这么个好名字而得意非凡，可“美妙运气”却开始极其凶狠地朝我狂吠起来。

我奇怪地想：它怎能这么没羞没耻？可它才不管这一套呢，反而吼叫得更凶了。它嘴里淌着口水，眼睛闪着红光，鼻子湿漉漉的，脑袋使劲地歪向一边，一边冲我吠叫，一边围着我在石铺地面上鬼鬼祟祟而充满恐吓地转悠，最后突然嗖地一下咬住那个日耳曼小鬼，从我手里扯出去，叼着它跑掉了。它再也没有回来帮我谋求发财之道。我现在已经四十岁了，从那一刻至今，再也没有见过我忠诚的“美妙运气”。

我非常孤独。与其说那是由于我失掉了好吃的日耳曼小鬼香肠（当时我还没听说过有加了大量胡椒粉的马肉这种美食），不如说是因为“美妙运气”那么残忍地令我失望。我曾相信，它除了不会说话，会作出一切友好的举动；没准它甚至也能学会说话呢。我又哭了一会儿，心想：如果我的爱恋对象跟我一块儿迷路该多好，她能和我做伴儿呀。不过，我马上就想到，她可不能参军当鼓手，于是就擦干眼泪，吃掉了面包。从市政厅出来后，我遇到了一个卖牛奶的妇女，就从她那儿买了一便士的牛奶喝掉了。吃喝之后，我的精神头又来了，就开始在金融城漫游，寻找威廷顿式的发财之道。

如今我每次进金融城，都悲哀地感到自己真是个有文化的可怜人。可那时，我只是个迷路的孩子，在那里游逛的时候，想到大英商界和金融城市长，心中满是崇敬。如今在那里游逛的时候，我会嘲笑那些庄重的礼服，并愤慨地认为，金融城市政府是当今世上最严重的恶作剧之一。孩提时的我哪里会懂得今日金融城里那总是遭遇失望的无数大众？他们总是希望在那里遇到个伙伴、得到些钱，却总是希望落空。孩提时的我哪里听说过那个大好人、金融城里的朋友？他要为那么多的人做那么多的事；他要让这个人担任国内的某个职务，让那个人担任国外的某个职务；他要搞定这个人的债权人，为那个人的儿子谋个生计，并确保另一个人拿到酬金；他要“投身于”这家伟大的股份制企业中去，要进入那家人寿保险公司的董事会；然而，他从来不做这些预报了的事情。孩提时的我哪里会了解那个号称是绅士、摩西宗阿拉伯人[1]和其他人的朋友的人？他通常出现在各种赛场上，主要居住在红狮广场一带；他无法减少纸币的总量，身边却恰巧放着一桶醒目的上等雪利酒、一只梳妆盒和一幅提香[2]的《维纳斯》，难道拥有这些物品的他乐意补足差额？孩提时的我哪里会听说那个人呢？在那个单纯的时代，他向那些一脸严肃的秃顶人士吐露机密（这机密从未碰巧证明有丝毫的正确性），后者又神秘兮兮地在饭桌边把这秘密透露给了屏息以待的听众。没有。我是否已懂得他是个可怕的贪婪的家伙、不值一提的骗子、一个纯属虚构的名人？没有。我是否听说过他与金融市场上的资金紧绌有关、与统一公债的沉闷状况有

---

1. 摩西宗阿拉伯人（Mosaic Arabs）是英国政治家、小说家本雅明·迪斯累利（Benjamin Disraeli，1804—1881）发明的对犹太人的称呼。迪斯累利出身于犹太家庭，但少时受洗成为英国国教徒，在维多利亚女王统治下曾于 1868 年和 1874—1880 年间两度出任英国首相，大力推行对外侵略和殖民扩张政策，建立了强大的殖民帝国。他也是迄今唯一一个具有犹太血统的英国首相。他借其小说《恩底弥翁》（Endymion）中的人物希德尼娅之口，不无骄傲地称犹太人为摩西宗阿拉伯人，宣扬种族主义思想。——译者注
2. 提香·韦切利奥（Tiziano Vecellio，1490—1576）是文艺复兴时期最重要的威尼斯派画家，其作品充满生机和理想色彩，富于热情，享有“西方油画之父”的美誉，在西方艺术史上有着伟大而深远的影响。——译者注

关、与黄金出口有关、与众人面前的拦路石——小麦的度量单位蒲式耳[1]——有关？没有。我对下面这些名词的意思可有丝毫概念？——假公济私、操纵市场、伪造账目、虚构红利、美化事物等。丝毫都没有。我难道没有发现，哈德逊先生本人不正明摆着是头瞪着眼的死金牛犊吗？无从发现。在我眼里，金融城就是一个巨大的商场，遍地都是宝石、贵金属、大酒桶、大捆包，充满了荣誉、慷慨、进口水果、进口香料。每位商人兼银行家都是菲茨沃伦先生[2]和水手辛巴德[3]的复合体。每当风向适合航往巴巴里，而且船长也在家，史密斯、佩恩和史密斯[4]就会将家仆们（包括那名坏脾气的厨师）召集起来，让他们备好自己的船上用品。格林和哈利法克斯[5]二人曾在

1. 蒲式耳是英国粮食度量单位，其度量工具在不同地区和不同时期都存在大小不一致的复杂情况。——译者注
2. 菲茨沃伦是《迪克·威廷顿和猫》故事中的人物，详见前文“威廷顿”条注释。——译者注
3. 水手辛巴德的故事讲的是，在中世纪的巴士拉地区，生活着一个叫辛巴德的虚构人物。他通过在东非和南亚沿海地区的七次航海发了大财。——译者注
4. 史密斯—佩恩—史密斯于十九世纪合伙成立了一家英国私人合资银号。该银号为早期银行业巨头，资财无数，影响巨大。——译者注
5. 格林和哈利法克斯于十八世纪合伙成立了一家英国私人合资银号。该银号为早期银行业巨头，财富丰厚，一度岁入九万英镑。——译者注

钻石之谷中经历了巨大困难。霸菱兄弟[1]见识过了大鹏鸟蛋[2]，并随沙漠商队旅行过。罗思柴尔德[3]曾坐在巴格达的市场上售卖各式各样的货物；一位戴着面纱、骑着驴子的女士爱上了他，她来自苏丹[4]的后宫。

我就这样在城里漫游，就像一个梦境中的孩童。我盯着那些英国商人，坚定地相信一切都那么神奇，心中溢满激昂之情。我走近府第，又远离府第——走进庭院和小广场，又走出庭院和小广场。我隔着缝隙窥视一下账房外的走廊，然后跑掉。我那羞怯的脚步声单调地回荡在南海公司总部的庭院里。我接着逛到了奥斯丁修会中，好奇地想，过去那些修道士怎么会喜欢这个地方呢？我就这样一直在游逛，

---

1. 霸菱兄弟于1762年创建了伦敦第一家商业银行，为银行业中的名门。但1995年，这家有着二百三十三年悠久历史的银行因其雇员李森的巨额投机投资而破产。——译者注
2. 阿拉伯神话中，传说有一种食肉的白色大鹏鸟，它下的蛋也硕大无朋。在《马可·波罗游记》《天方夜谭》《水手辛巴德》等东方故事中都提到了这种巨鸟。欧洲人过去曾认为这种鸟确实存在，后来则称“大鹏鸟蛋”为虚幻之物。——译者注
3. 日耳曼—犹太血统的罗思柴尔德家族是著名欧洲银行世家，于十七世纪晚期进入银行业和金融业，其财富在十八世纪达到巅峰。据信，当时该家族拥有的私人财富为世界有史以来的第一位、近现代历史上的第一位，至今无人超越。——译者注
4. 苏丹是伊斯兰国家最高统治者的称号。——译者注

不停地凝视着那些英国商人，不厌其烦地浏览着那些商号。为了说清各个地方，我编造了这些故事，并虔诚地相信它们，正如我虔诚地相信金融城本身。我至今尤为清楚地记得，当我发现自己来到了皇家交易所[1]，看到那些坐在船只海报下面衣着破烂的人时，我内心认定：他们是财迷精，将全部家产都投到了船上，去买金砂或类似的东西，此时正等着各自的船长回来告诉他们将要起航了。我观察到，他们都在大声嚼着脆饼干。我觉得他们那么做是为了预防晕船。

到处游逛是件开心事，但却仍旧没有产生威廷顿式的结果。市长官邸里正在准备午餐，我隔着一个装有窗栅的厨房窗子偷偷朝里望去，看到了那些戴着白帽子正在忙碌的男厨师。我的心开始咚咚跳起来，盼望着市长大人，或者市长夫人，或者他们的某个女儿、年轻的市长千金，会从楼上的某个房间朝外看，并命人把我带进去。可是，什么都没发

1. 伦敦金融城的皇家交易所（Royal Exchange）位于康喜尔街（Cornhill Street）和针线街（Threadneedle Street）交会于银行交叉点（Bank junction）的一段，平面图呈梯形。交易所始建于1565年，后经两次大火烧毁和两次重建，现有建筑于1844年第三次建成，使用至今。1939年，这里完成了作为交易所的使命。如今的皇家交易所乃是一个奢侈品购物中心。——译者注

生。我这样窥视了一段时间之后，一名厨师朝我喊道（窗子开着）：“小子，走开！”我吓了一跳，看到他长着黑黑的络腮胡子，我立刻就乖乖地走开了。

随后，我来到了东印度大楼，问一个小孩那是什么地方。他不作回答，只是做鬼脸，并拉扯我的头发，整番举动毫不文雅、毫无礼貌。我对东印度大楼十分崇敬，这可能让詹姆斯·霍格爵士[1]本人非常满意。我毫不怀疑地认为，它是地球表面上最卓越、最高尚、最清廉，事实上最公正无私、在各方面都最惊人的机构。我那时已懂得誓言的内涵，差点发誓说东印度公司就是一整块完美无瑕的贵橄榄石。

那些去印度的男孩子们，一到印度就开始抽起形如翻卷的拉铃绳的烟斗来，而毫不感到难受。他们的结局就是脚上头下地栽进某个雕花玻璃糖罐里。一路想着这些，我来到了那些赴印装备店。在那里，我读到了奔赴印度的年轻人必备物品的各类清单。我看到“一对手枪”这一条时，想到：能够踏上赴印征程是一桩多大的幸事！但这里仍然看不到哪个英国商人有将我带回他家的意思。只有一个烟囱清洁

1. 詹姆斯·霍格爵士（Sir James Hogg, 1790—1876）是英国律师、国会议员，曾两度担任东印度公司董事长。——译者注

工例外——他打量着我，好像认为我很适合他那一行，可我赶紧跑开了。

一整天我都深受男孩子们的折磨。现在想来，尽管我当时并没有冒犯他们，但他们不是追着我转过街角，就是把我逼进门口的死角，非常野蛮地对待我。有个男孩子兜里装着半截黑铅笔，就在我白帽子的帽顶上写上了他母亲的名字和（他声称的）地址："布劳斯夫人·沃平区烟草塞街木腿道"。那字迹我怎么也擦不掉。

我记得，在遭受这般迫害之后，我在一个小小的教堂墓地里休息了一会儿。我考虑了整个事件，觉得如果我和我的爱恋对象能够立刻被埋葬在那儿，就会让我得到解脱。可是，在打了个盹、喝了点水、吃了个小面包，特别是看了一幅画之后，我又精神抖擞了。

如今想来，我那时肯定是游荡到了古德曼菲尔德剧院或者邻近的什么地方。那幅画上画的是某出戏里的一幕场景，附近的某家剧院正在上演这出戏。不过，那家剧院现在已经没了。那幅画使我想去那家剧院看看那出戏。威廷顿计划显然无法实现了，我于是决定：看完戏后，一路打听找到军营，敲开营房的大门，告诉他们我知道他们想招鼓手，而我就是去当鼓手的。我想那时肯定是曾听人说过，而我自己也相信，每个军营大门后面都有个兜里装着一先令[1]的哨兵在日夜值守。我还相信，要是哪个男孩被人以任何方式成功劝诱而同意参军，立即就会当上鼓手，除非他的父亲交纳四百英镑的赔偿金。

我找到了那家剧院。它的外貌我记不清了，只记得剧院的正面用土黄色草草地涂着两个显示忠诚的词首字母“G.R.”。我跟一大群人一起在楼座门外等着开门。那群人中大部分都是水手，他们和身边的其他观众一样，都来自社会底层。他们的言谈不堪入耳，但我对其糟粕不甚了了，所以也没有产生令我堕落的恶劣影响。我至今都在怀疑，与这类群体过从多久就能带坏一个受过我这样教育、像我这

1. 有许多年，英国军队的日饷都是一先令，所以成语“接受国王的一先令”意为同意参军。十八和十九世纪，英国陆军和皇家海军在招募期间，都会付给新兵一先令作为定金。当时的征兵员运用各种诡计，特别是通过请喝烈酒的方式，将一先令定金强塞给毫无戒心的人。由于工作条件艰苦而危险，皇家海军还雇用了抓丁队，通过偷袭、威胁、抓打等各种残暴手段，在大街上强征各种年龄段的水手、平民入伍。抓来的壮丁统统被塞给一先令定金。拿了定金的人要当着太平绅士的面宣誓入伍，然后才能正式成为新兵。如果他在宣誓前不再想当兵，就得交纳一定数额的“解除兵役赔偿金”。到十九世纪四十年代，赔偿金的金额已高达一英镑（合二十先令），绝大多数新兵都交不起。——译者注

般纯洁的孩子?

无论在楼座门外还是在剧院之中，每当我发觉有人注意我的样貌，就假装在寻找某个带着我来却跟我分开了的大人，并对那个想象中的人物点头微笑。这个办法很有效。我手里攥着枚六便士的硬币，准备交费。门开了，门闩吱嘎乱响，人群中的妇女一阵尖叫，我像一根稻草那样，跟着人流前进。我那枚六便士硬币被收费处那鸽巢似的洞口飞快地吞了进去。在我眼里，那洞口就像个嘴巴。我爬上了观众较少的上层楼梯，（像所有别人那样）一路狂奔，要占个好位置。我到达楼座后端时，那里还没几个人。那些座位看上去高得可怕，活像是一组跳台，要将我头朝下抛入楼下的正厅里去。在极度惊恐之中，我紧紧抓住了一个座位。然而，有位带着个年轻女伴的和善面包师向我伸出了手。于是我们三人一起翻过座位，来到了第一排的角落里。面包师很喜欢他的女伴，整晚看戏期间都不停地亲吻她。

我刚刚坐好，突然有件事重重地压在了我的心上，极其可怕地折磨着我的心灵。我得把它讲清楚。那晚是一场义演——那位喜剧演员的义演。他又矮又胖，长着一张非常宽大的脸，戴着一顶（我那时觉得）有史以来最小最可笑的帽子。为了让他的朋友们和观众满意，这位喜剧演员宣布，他先骑着一头驴子唱支幽默的歌曲，然后再把这头非凡的驴子作为奖品，颁发给抽中大奖者。所有获准入场的池座观众和楼座观众都有机会参加这次抽奖。我交那枚六便士硬币的时候，得到了一个号码——47 号。如果这个号码被抽中，我就会赢得那头驴子，那到底该怎么办呢？！我一想到这儿，就冒出了恐惧的冷汗。

想着我可能出现的好运气，我浑身战栗。万一 47 号被抽中，我将根本无法隐瞒该号码属于我这一事实，因为我让面包师看了这个号码，更何况我的困窘也会立即表明被抽中的是我。然后，我想象着自己被叫上舞台，领取那头驴子。我想象着，当全场的人看到大奖落到了我这样一个小家伙的头上，会发出怎样的一阵尖叫！我该怎么把驴子牵出剧院呢？——他肯定不愿意走。要是他大声叫唤起来，我该怎么办？要是他尥蹶子乱踢，我会落个什么下场？要是他驮着我倒退到舞台门里去，赖着不出来呢？我感到，如果我赢得了这头驴，那位喜剧演员一俟我走近就会把我放到驴背上去。然后，要是我把他带出了剧院，该对他做什么呢？我该怎么喂养他？把他拴在哪儿？我一个人迷路已经够糟的了，而带着一头驴迷路就是一场天大的灾难，大到超出了我的想象。

第一段戏演完了，可我的脑海里忧惧盘旋，根本无法安心赏戏。海船上场了——海报上将它称作一艘真正的战舰——庞大的船体在巨浪滔天的大海上剧烈颠簸着。即便这么恐怖的风暴场面也不能令我忘掉那头驴。水手们拿着望远镜和喊话喇叭在船上东倒西歪地到处乱跑（他们在那艘战舰上显得非常高大），看上去真是一幅可怕的画面。同样可怕的是，舵手很可能已经无可避免地背叛了船员们，因为他一边喊着“我们迷路了！快上救生艇！快上救生艇！雷电击中了主桅！”，一边在我眼皮子底下将主桅从插槽里拔出来，扔下船去。然而，在那头驴子引发的恐惧面前，就连这些震撼人心的情节都显得苍白无色。后来，那个（极好的）好水手得到了好运，那个（极坏的）坏水手从一块形状奇特、貌似折梯之类东西的岩石上跳入了海中。甚至在这时，我仍在泪眼婆娑中看到了那头驴子的可怖身影。

终于，那一刻到来了。小提琴手们开始演奏那首幽默曲子，那头令我无限畏惧的动物咔嗒咔嗒地出现在舞台上，背上驮着那位喜剧演员。我根据驴蹄发出的声响推断，他新钉了掌。他身披彩带（我指的是驴子），坚持要将尾巴对着观众。喜剧演员就从他背上跳下，转过身来，倒骑在驴背上，在雷鸣般的掌声中连唱了那首歌曲三遍。在此期间，我一直害怕得焦躁不安。池座中有两个面色苍白、身上溅满街中泥污的观众受邀起身，到舞台上去监督抽签过程，其他观众对他们报以一阵哄笑。这时，我本可乞求他们、恳求他们对我大发慈悲，不要抽到47号。

不过，我的痛苦很快就解脱了。一位坐在我身后的先生的号码被抽中了，就下楼去领奖。他穿着法兰绒短上衣，戴着条黄色围巾，在风暴刮起之前就吃掉了两条炸鳎鱼和所有衣袋里的坚果。这位先生似乎很熟悉那头驴，在他出场之前就认识他，而且对他的一系列活动都兴趣盎然。用一个好理解的词儿来描述他吧——他几乎是凑在我的耳边，自言自语地“赶”着那头驴。每当驴出了什么差错，他就说：“过雷（来），小驴宝贝儿。过雷（来）！”他试图骑上驴背，可被摔在了地上，逗得观众们（包括我本人）开怀大笑。不过，等他再站起来，却娴熟地骑着驴子下台了，而且不久就十分平静地回到了自己的座位上。盘桓已久的沉重忧惧涣然冰释，我平静了下来，踏踏实实地欣赏了其余的表演。我记得，那出戏里面有不少舞蹈场面，有带着镣铐跳的，有在玫瑰丛里跳的。有一场舞蹈中，舞者旁边有一个美若天仙的小姑娘，跟她一比，我的爱恋对象黯然失色、平凡无奇。在最后的一场戏中，她又出现了，这次扮作一个男孩（戴盔穿甲），数次被剧中其他人物所保护。我如今在一定程度上认为，当时的剧情是：一个男爵想把她淹死，但数次被那位喜剧演员、一个鬼魂、一只纽芬兰犬和一口教堂大钟阻止。此外，我如今只记得，我当时很纳闷那个男爵打算去哪里；还有，他在一阵火星儿中到了那儿。火星儿熄灭的同时，灯也全熄了。这让我感到，整出戏——船啦、驴啦、男男女女啦、美若天仙的小姑娘啦，一切一切——都是一个引爆了的奇妙烟花，爆炸过后，只余尘灰与黑暗。

我出了剧院来到大街上时，天色已经很晚。天上没有月亮，也没有星星，大雨倾盆。人群四散之后，我一个人孤单地走着，记忆中那个鬼魂和那个男爵的面目非常丑陋。我感到难以名状的孤寂。此时，我的小床和那些亲爱的、熟悉的面容才第一次浮现在眼前。白天里，我从未想到过家人会多么悲痛，从未想到过我的母亲，从未想到过任何别的事情。我只是在自我调整，以适应所处的境遇，并到处寻找发财机会。

我意识到，如果一个男孩只会哭泣、只会到处乱跑，嘴里嚷着“哎呀，我迷路了！”，那么他根本不可能想去当兵。我放弃了一路打听去兵营的念头——或者说，那个念头离我而去——开始到处乱跑，最后发现了一个在岗哨上值班的巡夜人。如今回想，我很惊诧，他当时竟然还醒着。我倾向于认为，他是身体太虚弱，无力喝醉酒了。

这位可敬的人士将我带到了最近的哨所——说是他带着我，实际是我带着他。因为回想起我们二人那时在雨中穿行的情景，肯定形成了一幅画面，恰如一幅幼儿牵着老人的小插图。他吓人地咳嗽着，每走近一面墙时，都要靠上去歇一会儿。我俩终于到达了哨所——一个寂静慵懒的温暖地方，四壁上挂着几件大衣和拨浪鼓状的物件。他们派一个患有麻痹病的人去寻找我的家人，我随后就靠在炉火边睡着了，好大的一觉！等我醒过来，映入眼帘的是我父亲的脸。这就是我那次迷路的全部经过。我小时候，他们常常说我是个与众不同的孩子。现在想来，他们说得没错。或许我还是个与众不同的大人。

记忆中的某某啊，原谅我带给了你忧虑吧！即便是现在，每当我站在那尊雄狮的下面，都会看到你仓皇地沿着大街奔来跑去，听不进去别人的安慰。

从那时至今，我曾多次迷路，而且游逛得越来越远。

但愿我那些次迷路带给别人的烦恼，少于我这次迷路带给你的烦恼！

（牛云平　译）

➳ 查塔姆造船厂

在泰晤士河和梅德韦河[1]上有一些偏僻的码头，夏季时，我常在那里闲逛。面对流水，人就会浮想联翩。而我，最爱面对着潮汐强劲的河流遐想无限。我喜欢看这样的景象：大船离岸而去或者满载而归；那些矮小的蒸汽机拖船自信满满地喷着烟汽，拖着大船在海平线上来来往往，一派忙碌；一队驳船挂着棕色或红褐色的船帆，那色彩似乎是从沿岸熟透的树上采下来的；笨重、陈旧的运煤船载着少量的压舱物，迎着潮水困难地行进着；浅色的螺旋桨推进三桅帆船和纵帆船傲慢地直线行进，别的船则耐心地抢

1. 梅德韦河是泰晤士河的最后一条大支流，几乎全部位于肯特郡内。——译者注

风绕行；船身小巧、挂着巨大白帆的快艇和小帆船急促地来来往往，为种种消遣或商业任务奔忙着——就像那些小人物，为了自己的琐事而大吵大闹。我眼望着这些物事，却丝毫不必思考它们，甚至不必看到它们，除非当时情景恰合我的心情。我也不必听到潮水的飞溅声、拍击声及其在我脚下起伏的声音，不必听到远处的起锚机发出的叮当声，或是更远处蒸汽轮船的轮桨发出的嗡嗡声。这一切，连同我身下那咯吱作响的码头、淤泥中的高水位线和低水位线、沉陷的堤道、坍塌的河岸、歪斜的断树残桩，都会融入我驰骋的思绪之中。那些断树残桩似乎颇以自己的容貌为傲，倾身顾盼着它们在水面上的倒影。在湿地上吃草的牛羊、在我周围盘旋和点水的海鸥、从丰收的田野上（远离射程）起飞回巢的乌鸦和捕鱼归来的苍鹭，也均可出入我的遐思。那只苍鹭忧郁地高飞着，仿佛天空配不上它似的。在流水的帮助下，感觉范围之内的一切事物都会与之外的一切交汇融合，宛如一支无从确切描述的乐曲，催人入眠。

在其中一个码头附近，有一座古老的堡垒（在那里，我能用放大镜看到诺尔灯船[1]），从里面冒出了一个男孩。在他的帮助下，我原本贫乏的知识大为扩充。他岁数不大，面相聪颖，皮肤被夏日的骄阳烤成了土褐色，长着土褐色的卷发。我发现，在这个男孩身上，除了一只正在消散的青肿眼眶外（我很细心地没问他何故如此），没有一样东西不彰显着勤学好问、乐读善思的习惯。正是从他那儿，我学会了识别位于任意距离之外的海关船只，懂得了那溯流返航的东印度公司大商船在海关官员登船检查时所遵行的全套程式和礼仪。要不是他，我或许永远不会知道"哑疟"一词，如今我已很了解这种病了。要是当初不曾在他的脚前坐过，我或许终生都不会知道，那种帆上印有白马标记的驳船乃是运石灰的船。同样，我也是从他那听到了关于啤酒的种种重大机密。其中有一条是：他警告我不要喝某个厂家生产的啤酒，因为那些啤酒供过于求，已经酸坏了。可这位年轻的智者并不认为那厂家生产的麦芽酒也坏掉了。他还教我触摸湿地上的蘑菇，并温和地责备我，嫌我无知地认为蘑菇里装满了盐。他传授知

1. 诺尔是位于泰晤士河口内的一个沙洲的名称，泰晤士河在此注入北海。诺尔沙洲是通往伦敦港航道上的一处天险，因此，1732 年这里出现了世上第一艘灯船，警示出入伦敦港的船只。——译者注

识的方式细致周到、合乎情境。他在我身旁坐下来，斜靠在岸边，先向河里丢一块小石头或砂砾，随后就开始发神谕般地讲起来，似乎他的话是从河面上扩散着的波纹的圆心冒出来的。他毫无例外，总是以此方式开始给我授讲新知。

这个男孩——我不知他的姓名，就管他叫“堡垒精灵”——是我新近认识的。那天微风吹拂，河水在我俩周围跃动，充满了生机。我在金黄色的田野上看了一番正被运送的禾捆，然后来到了河边。那个红脸膛的农夫望着在自家稻谷堆上的凹陷处忙碌着的雇工，告诉我说，他上周如何收割了二百六十英亩的长秆稻，那是他这一辈子活计干得最棒的一周。整个乡间充满了优美的形态和色彩，一派安宁、丰裕气象。这丰收景象似乎还乘着满载黄色谷物的驳船，沿河而下，飘洒一路馨香，去装扮那从无稼穑的海洋。

就在这一背景下，“堡垒精灵”对着一块漂浮在水面上的铁电池发表了评论。那块铁电池新近才出现在那里。从他的评论中，我了解到他对造船学的看法，还得知他想成为一名工程师。我发现他的才干足以胜任皮托先生[1]和布拉塞先生[2]的所有工程合同中的所有项目：他很会制作混凝土、熟悉铁的性能，而且在枪炮制造和操作方面造诣高超。他谈起打桩术和造闸法时，我一句话也插不上。他容忍了我的无知沉默，令我感激不尽。在讲这些话的过程中，他朝远处岸上的某个地点望了好几次，并且带着含糊、神秘的敬畏提到"那个厂子"。与他分手后，我思考着他的教导，突然想起"那个厂子"是我国一家大型国有造船厂。它就隐藏在风车群后斜坡下的庄稼地中间，似乎是在和平时期谦恭地躲开了人们的视线，不想给任何人带来麻烦。既然"那厂子"如此谦恭，我就决定增进对它的了解。

近观之下，"那厂子"的谦恭美德留给我的美好印象并未遭到破坏。厂子里回荡着铁锤砸铁的声音。

---

1. 皮托（全名 Samuel Morton Peto，1809—1889）是十九世纪英国企业家和土木工程师。他的公司建造了伦敦市内的许多重要建筑和纪念碑，他还签了许多合同，承建当时正迅速扩张的铁路线路。——译者注

2. 布拉塞（全名 Thomas Brassey，1805—1870）是十九世纪英国土木工程承包商、建材生产商。在十九世纪，全世界的，特别是欧洲、澳洲、南北美洲和印度的大部分铁路都是由他承建的。不仅如此，他还建造了与那些铁路相关的码头、桥梁、高架桥、车站、隧道、给排水系统等设施。除铁路工程外，他还积极参与发展轮船、矿业、火车厂、越洋电报等事业。——译者注

隔河注目，巨大的工棚或长廊下，正在建造庞大的军舰，似乎效率颇高。尽管如此，但“那厂子”毫不张扬，而是舒服地隐藏在布满了庄稼地、蛇麻草地和果园的山坡下；它宽大的烟囱静静地——几乎是懒惰地——冒着烟，就像个正在抽烟的巨人。一台剪切机停在厂子旁边，身形庞大却温驯友善，就像只机械长颈鹿。停放在附近武器码头上的大炮显得一派纯真，就像一只只玩具。在大炮上方执勤的哨兵身着红色军服，有规律地移动着，就像个玩具小人。在火热的阳光照耀下，他身上反着光，使他有可能被误认为是另一个一模一样的持枪小人，枪里装的子弹是——铅制的。

我过了河，登上了浮动平台。在我之前，一堆漂浮在水上的垃圾和杂草曾试图登上梯阶，未果，便转而挤进了一个角落。我发现，那里的路灯杆实为大炮，那些建筑装饰实为炮弹。就这样，我来到了“那个厂子”跟前。巨大的折叠门就像一只硕大的专利保险箱[1]，又紧又牢地把它关在了里面。我被

1. 十九世纪初，技术与经济的发展给欧洲人带来了大量财富，保险柜行业应运而生。英国、美国、法国等国的发明家兼商人陆续研发了具有防火、防盗等功能的保险柜，并获得了各种专利。例如，后来成为保险柜行业巨头的英国发明家 Charles Chubb 和 Jeremiah Chubb 兄

这些大门吞下，送入了“厂子”的消化道。乍一看，“厂子”里非常整洁，似乎已经放假，待到战事再起才会重新开工。尽管它貌似十分平静，但就在其整洁的仓库外面，滚落着一些用来制绳的大麻纤维。那可并不像是干草散落在了白净的石头上。

“叮！”“咣！”“咚！”“砰！”“轰！”“嘎吱！”“咣！”“砰！”“叮当！”“砰！”“咚！”“砰！”“咔哒！”“砰砰砰！”这究竟是怎么回事？！原来是（或曰很快就成为）装甲舰阿基琉斯。在船身上有一千二百个人正在忙碌：他们有的站在船舷外的鹰架上，有的在船头上，有的在船尾上，有的在龙骨下，有的在甲板中间，有的在船舱里；里里外外都是人。在船身最狭窄的曲折处，只要足以转动身体，他们就爬进去。一千二百名锻工、测量员、捻缝工、军械士、铁匠、金属工、木匠，一千二百名弄出“叮！”“咣！”“咚！”“嘎吱！”“叮当！”“咔哒！”“砰砰砰！”声响的人！建造中的阿基琉斯战舰周身发出震耳欲聋的声响。然而，在那可怕的一天到来时，竣工后的阿基琉斯战舰将整个投入使用，并发出惊天动地的巨响。与之相比，此时此刻的这一切喧嚣

（接上页）弟，他们发明的防盗保险柜于 1835 年获得了专利权。——译者注

不过是一声序曲，根本不值一提。正在安装中的甲板排水孔此时就像是干燥的导管，而当那可怕的一天到来时，它们将红浆飞泻。这些被烟雾和火焰笼罩的模糊身影正在甲板间躬身忙碌，而比起未来那天被另一种烟雾和火焰笼罩着在甲板间忙碌的身影，却根本不值一提。战舰边的这些蒸汽发动机能让它来回移动，能推动数吨的钢板滑行，宛如推动着许多树叶那样轻快。而到了那一天，如果它们待在舰边，片刻之间就会被撕成碎片。想想铁箱、木柜组成的阿基琉斯战舰这个庞然大物在水上航行的情景吧！想想有什么狂风巨浪能摧毁它？！想想由里而外穿透船侧钢板、随处可见的炽热红点吧！我此时就看到，这儿有一个、那儿一个、还有那儿！侧板外面的高台上站着两个人，他们赤裸臂膀，手拿大锤，一看到红点就照之猛砸，直砸至红点变黑变平。这时，我发现一只铆钉已经牢牢钉实。每一块钢板上都有许多这种铆钉，整条船上的铆钉成千上万。想想我站在船上欣赏其全貌有多困难吧！船上耸立着成群的大铁罐和橡木柜，因此，这条战舰内部，时刻都有什么在结束，也时刻都有什么在开始。即使它的一半被毁坏了，另一半也足够使用、完好无损。然后，我沿船侧折返，下到软泥中，到船坞那潮湿的底部，从那撑托着战舰的止滑木和支柱组成的地下丛林深处，仰视那庞大无边的船体向高处的光亮突展出去，而向我所在的底部则越来越窄。这样地爬下攀上非常费劲，让人觉得这根本不可能是一艘船，而恍然以为是某个古代圆形露天剧场（如维罗纳[1]的那座）中建起的一座巍峨大厦，几乎装满了整个剧场！然而，如果没有旁边那些工坊，没有那些机械动力，这一切事物都会是什么呢？！那些机械动力能刺穿 4.5 英寸厚的钢板为铆钉打洞，按照战舰设计图用液压力将钢板修整成上宽下窄的形状，并用猛禽鸟喙状的刀子将钢板多余的部分削去，完全达到了设计图上那极端精细的要求。这些力大无穷的机器由一张面庞所留意，由一只手所操纵。在我看来，它们有着与“那个厂子”一样的谦恭品德。“听话的巨兽，按照这些等距排列的粉笔记号，把这块铁从头咬到尾。每个记号都要咬透。”巨兽看着眼

1. 维罗纳是意大利古城，处于多条贸易通道的交会处，为欧洲重要城市。以其雄伟的圆形露天竞技场 / 剧场驰名。这里的圆形剧场建成于西元 30 年，规模仅次于罗马斗兽场和加普亚圆形剧场，至今保存完好，为世界现存的第三大圆形剧场。剧场长 139 米，宽 110 米，有 44 级大理石梯阶，能容纳 2.5 万多名观众。这里每年夏季都举行歌剧演出，是莎士比亚剧作中罗密欧和朱丽叶的故乡，为著名旅游景点，2000 年被联合国教科文组织列入世界遗产目录。——译者注

前的材料，扬起笨重的脑袋，答道："我并不想这么做。但是，如果必须做的话——！" 坚硬的金属扭动着出来了，巨兽那嘎吱嘎吱响着的牙齿把它咬得滚烫。工作完成！"尽职的巨兽，看一下这块铁。你要沿着上面标出的这条越来越细的任意曲线，将它的边角削去。来，看看吧。"（沉浸在幻想中的）巨兽低下笨重的脑袋，像约翰逊博士[1]那般，贴近了去看那条标记线——贴得非常近，因为它有点近视眼。"我并不想这么做。但是，如果必须做的话——！" 巨兽再次贴近看了看，瞄准。一条弯曲的铁板翻卷而出，就像一条火烫的紧紧盘扭着的蛇，滚落在灰烬当中。铆钉的制作就像是有趣的纸牌游戏，玩家是一个成人和一个小孩。他们将又红又烫的麦芽糖[2]浇进一个教皇琼牌戏圆形筹码盒[3]里，立刻就有铆钉

1. 即塞缪尔·约翰逊（Samuel Johnson，1709—1784），著名英国作家、诗人、文学批评家、编辑和词典学家，他独力纂成的《英语大辞典》（*A Dictionary of the English Language*）于1755年出版，为他赢得了卓著声誉。他从小就视力不好，左眼尤差。随着年龄的增长，他的视力每况愈下，但他从不使用眼镜。他逝世后葬于威斯敏斯特大教堂。——译者注
2. 即熔化的铁水。——译者注
3. 教皇琼游戏是十八世纪维多利亚时期流行于英国的家庭纸牌游戏。该游戏在传统纸牌上配有一个圆形木盒，从圆心处向外放射状分隔出八个面积相同的扇区，形成八个容量相同的格子，供玩家盛放筹码。也

从机器窗口落了出来。但那些庞大机器奏出跟这个大船厂乃至这个伟大国家同样的调子：“我们并不想这么做。但是，如果必须做的话——！”

战舰旁边放着一些锚，与战舰相比，显得非常小。它们是用来装在舰上的。像阿基琉斯战舰这么一个庞然大物怎能被这么小的锚固定住呢？这种航海技艺太神秘了，我要向那位博学的男孩求教。就我而言，我倒是联想到了将大象拴在帐篷桩上，或将动物园里的大河马拴在我的衬衫别针上的情景。在那边的河里，一条旧船的残骸旁边，躺着阿基琉斯战舰的两根中空的桅杆。我发现，光这两条桅杆的体积就已非常可观了，战舰的其他器具也同样庞大。我不禁疑心，为什么独独它的锚那么小？

对于这一点，我没有时间多做考虑。我要去看那些生产英国海军全部军用船桨的工场。我觉得工场的厂房非常高大，工作也非常漫长！那厂房很快就让我大失所望，因为工作都是在一间阁楼里完成的。而那漫长的工作——这是什么？两台大轧布机？一大群蝴蝶在它们上空盘旋？轧布机里有什么东西能够吸引蝴蝶呢？

（接上页）有的圆盒将圆心处开辟为一个盛放整副扑克的圆格。此外，也有用金属制作的筹码盒。——译者注

走近些后，我看清楚了，那不是轧布机，而是两台复杂的机器。机器上装着各种刀、锯和平刨。它们把这里切得又平又直，把那里割得一溜斜歪；一会儿锯出一个深槽，一会儿又分毫不锯。这一切动作都是根据机器下放置的木材，按照预定的要求进行的。每根木材都要制成船桨，并早在它们离开遥远的森林故乡、起航来英格兰之前，就已经为此目的进行了初步加工。我也看清了那些“蝴蝶”其实并非蝴蝶，而是刨花木屑。它们受了机器强力的刺激，从木材上跳起来，并在机器旋转造成的气流冲击下，迅速而不规则地运动着，盘旋起舞、上下翻飞，情状恰似人想象中飞舞的蝴蝶。忽地，机器的噪声和动作戛然而止，“蝴蝶”纷纷坠地而亡。从我进来至此刻，一只船桨已经做好，只差手柄还未成形。我目光所及，心思乍动，那支桨就已经被送到了一台车床上。只一转、一刻！手柄已成。船桨已成。

整套机械那精湛之美和效率之高本无须解说，但今天恰逢一次突出展示。因特殊用途，需制造一副非常规型号的船桨，而且必须手工制作。就在这台精湛、灵巧的机器旁，在地上那个迅速增大的船桨堆旁，一个人用斧头造出了这对特制船桨。他旁边没有“蝴蝶”飞舞，他只是从容不迫地凿一凿、刻一刻，仿佛是个异教徒，正在为他的人生终点准备船桨，且要将这对桨作为礼物带给卡戎[1]，让他用在渡船上。就这样，那汉子（大约三十岁）勤奋地执行着任务。他擦拭额头的汗水时，就让机器制造标准桨。制桨的木材在机器上旋转着，切削下来的薄薄的宽木带随着分秒流逝，很快就集了一大堆。那使斧头的汉子还没做完一上午的工作，就可能已被那一大堆刨花埋住了。

看过这一奇妙景象之后，我又回到了船舰旁边，因为这个“厂子”最吸引我的就是船舰制造。我注意到，船台上晾着些半成品木墙板。它们将木与铁的价值比较问题悬置起来，带着傲慢自负的神情等待时机。在这些卓越的木墙板的旁边，有标签标出了它们的名字及其在枪炮制造中的功用——要是这种做法能推广应用到人类身上，将非常有助于人们在社交场合放松自在、心满意足。在一块下垂曲线优美却不太坚固的厚木板的帮助下，我大胆地登上了一艘（钉着铁螺钉的）运输船。这条船刚从承造商的厂子开进来，准备接受检查、获得认可。这艘

1. 卡戎（Charon），希腊神话中在冥河上摆渡亡魂去往阴间的神。——译者注

船非常令人满意：布局简洁合理，十分便于军用；照明、通风、清洁设施完备；还周密地考虑到了妇孺之需。我在观览过程中，突然冒出一个念头：我愿意花一大笔钱，在船厂钟声敲响午夜时上船来，独自待到早晨。因为我相信，肯定会有一大群顽固刻板的老军官来到船上，悲伤地挥舞他们那纯洁的肩章，痛惜时代的变迁。然而，看过了这些当代造船厂中那惊人的运作方式与操作方法，我们便能更加透彻地懂得，在没有这些造船厂的时代，那些驾船出海、进行海战、控制海权的先人是多么可敬！意识到这一点后，我见到一条废船残骸时情绪极高。那条旧船的船身暗淡无光，打满了补丁，铜件上布满了绿锈。我对它脱帽致敬。一个脸上毛茸茸的年轻技师军官恰巧从此经过，他看到了我敬的礼，并窃为己有。我肯定，他由衷地欢迎我的敬礼。

被那些蒸汽动力圆锯、垂直锯、水平锯和各种动作古怪的锯（在想象中）切成碎片之后，我进入了这次考察的闲逛阶段，进而到达了我这一非商业性活动的核心环节。

我在“那个厂子”里到处漫步时，到处都能见到它那安静、谦恭品质的迹象。它那些红砖垒成的办公室和房屋显得非常庄重，毫不夸耀，有着一副

“所做工作不值一提”的沉着外表。在英格兰之外，我从未见过这般迹象。除了偶然的几下回声，人行道的白色铺路石上没有丝毫迹象透露阿基琉斯战舰及其一千二百名敲击者（他们可都是在真砸实干）的存在。倘若不是空中传来几声微弱的回响，让人联想到锯末和刨花，你会觉得造桨作业和运转着的锯都在数英里之外。在这儿底下，有一个巨大的水库，木材浸泡在不同温度的液体中。这是干燥处理工艺的步骤之一。水库上面是一条支柱撑起的矿道，矿道上有一辆中国法师魔法车。木材浸泡完成后，这辆车就将它们吊起来，然后平稳地运到预定地点进行堆放。我小时候（那时我已经很熟悉这个造船厂了[1]）常常想，我很愿意扮作中国法师，并因而由一个仁慈的国家授予我那辆魔法车。如今，我仍然觉得，我很乐意试试在那魔法车里写书会有何效果。坐在魔法车里就彻底地与世隔绝了，而且在木材堆中滑来滑去会是一种很方便的国外旅行方式——从

1. 原文创作于十九世纪六十年代初期，英国正试图控制东亚，美国正值内战（1861—1865）期间。因父亲工作所需，作者狄更斯五岁时（1817 年）随父搬家到查塔姆的皇家海军会计处（Royal Navy Pay Office）工作，在此地生活了七年。——译者注

北美洲的丛林、洪都拉斯[1]那积水的沼泽、深郁的松林，到挪威的冰霜、热带的高温、雨季和雷雨狂风，全都经历一遍。在船厂竭力规避夸耀、以免显山露水的整体氛围中，这些珍贵的木材被堆置于幽僻之处，尽可能地毫不起眼，不对任何人召唤："来看看我吧！"然而，这些木材是从全世界的树木里精选出来的，长度要选、宽度要选、直度要选、弯度要选，每一项都是依照造船之需挑出来的。那里还散落着许多歪七扭八、形状古怪的木材，可在造船工匠眼里，它们都非常宝贵。我漫步走过这些木丛，来到中间的一片空地上。工匠们正在那里检查一批刚刚运到的木材。在河流和风车的背景映衬下，这是一幅多么安恬的画面！哪里像是战争期间？就如同当今的美利坚诸国，哪里像是一个联邦？

我漫步走过制绳处，被旋织进入一种祥和的懒散之中。我的生命之索仿佛在此旋转过程中被拆解散开，让我回望到了很早很早的从前，望到了我的场场噩梦都是一种无休无止的编绳过程——那些恐怖的梦境缘何而起？甚至到我成年之后都仍然解释

1. 中美洲北部国家，玛雅文化所在地。该国北临加勒比海，南濒太平洋，热带气候，全境以山地和高原为主，森林、水利资源都很丰富，森林覆盖率达百分之七十，盛产木料、金属矿。——译者注

不清。那些极细极长的丝线搓编成股，这些股又在我的眼前紧紧编织在一起，令我尖声惊叫。随后，我穿过许多储存着帆、帆桅、缆索、船载小艇等物件的宁静仓库。我坚定地认为，有某个腰带上挂着一大串钥匙、被压弯了腰的人物掌管着它们，他像蓝胡子[1]那样，在需要某样物件时，就找出一把钥匙

---

1. 蓝胡子是法国民间传说中的人物。据说，他是个极其富有的贵族，但长着令人恐惧的蓝色胡须。在他的前几任妻子莫名其妙地失踪后，当地再也没人敢把女孩嫁给他。有一天，他到一位邻居家做客，并请求娶她两个女儿中的一个为妻。两个女儿听说后吓坏了，互相推诿，谁都不肯嫁给他。但最终他说服那个小女儿同意了这门亲事，住进了他的城堡。婚后不久，蓝胡子声称要出门一段时间，就把家里所有的钥匙交给了新婚妻子，说她可以任意使用这些钥匙，打开任何房间的门，取用里面的财富。此外，他还交给她一把城堡底下一间小屋的钥匙，并叮嘱说，无论如何都不能开那个小屋的门。妻子答应后，他就走了。可是这位妻子忍不住强烈的好奇心，在举办一次家庭宴会期间，偷偷进了那个小屋，发现了那里隐藏的可怕秘密：地板上满是血迹，蓝胡子前几任妻子的尸体赫然挂在墙上。她吓坏了，手中的钥匙一下掉进了血泊之中。她逃离了这间小屋，但钥匙上的血污却怎么都洗刷不掉。她把这个惊天秘密告诉了姐姐，姐妹俩决定逃跑。但第二天早上蓝胡子突然回来了。他发现了钥匙上的血污，知道妻子背叛了誓言，一怒之下，要当场杀死她。妻子请求先做祈祷再赴死，蓝胡子答应了。于是姐妹俩把自己锁进了城堡顶上的房间，等待她们的两个兄弟前来营救。蓝胡子撞开门，正要对她们痛下杀手，两兄弟赶到，杀掉了蓝胡子，救出了两姐妹。蓝胡子无嗣，妻子就继承了他的全部家产，她将其中一部分分给姐姐作嫁妆，一部分分给了两兄弟，其余部分用作她自己的嫁妆，嫁给了一位可敬的绅士，开始了幸福的新生活。——译者注

来，打开某个仓库的门。那些长长的库房似乎漠然无知，就让电池组来发送命令吧，那一扇扇百叶窗、一扇扇门将在瞬间大开，冲出一支全副武装的舰队，蒸汽腾腾、风帆满满，铺满古老的梅德韦河面，驶向大海，舰上所载值得观瞻。快活的斯图亚特[1]让荷兰人沿梅德韦河攻入，而他那些不那么快活的水手却饿死在大街上。就这样，我又逛回到了梅德韦河，正在涨潮的河水露出一副急切万分的神情，要冲进那个一千二百名敲砸者正在其中服侍阿基琉斯战舰的干船坞，不俟他们完成工作就连船带人一起掠走。

直至最后，“那厂子”仍然一脸宁静。我经过一小片树林回到了大门口。那片树林遮蔽了一处最奇特的荷兰人登陆点。一名造船工匠那落叶点缀的影子消失在小树林的远端，那可能就是俄国人彼得[2]本

1. “快活的斯图亚特”指英格兰、苏格兰及爱尔兰王查理二世（CharlesII，1630—1685），他属于斯图亚特家族，因其放荡的个人生活和享乐主义的朝廷体制，被称为“快活王”（Merry Monarch）。1664—1667 年，英国与荷兰进行了第二次英荷战争，1666 年 9 月 10 日，伦敦发生大火，城市焚毁，英国经济遭受重创，荷兰舰队趁机于 1667 年 6 月在泰晤士河口发动了“突袭梅德韦”行动（Raidon the Medway），歼灭了驻泊泰晤士河的英国舰队，破坏了船厂。1667 年 7 月，英国被迫签订《布雷达合约》。——译者注

2. 指俄国沙皇彼得大帝（1672—1725）。1697 年至 1698 年，彼得大帝化名到西欧旅行，考察和学习西欧发达的科技、文化，其中包括

人的影子呢。于是，这个巨型专利保险柜的大门终于在我身后关上了，我又上了小船。看着船桨在水中出没，不知为何，我想起了牛皮大王毕斯托尔和他的同伙[1]，想起了“那个厂子”里那些安静的巨兽，以及它们说的“我们并不想这么做。但是，如果必须做的话——！”嘎吱。

（牛云平　译）

（接上页）荷兰和英国的先进造船术。他天资颖悟、勤奋好学、手艺纯熟，深受师傅的赞誉，在荷英两国的造船厂亲自动手，建造过运行良好的战舰。——译者注

1. 毕斯托尔（Pistol）是莎士比亚名剧《亨利五世》中的角色，亨利五世的随从，极擅吹牛，但实则胆小如鼠。他的同伙有惯于虚张声势的巴道夫和寡言少语的尼姆，二人同样是懦夫加小偷。——译者注

➛ 沃平[1]救济院

我那天无所事事，就去了伦敦东区[2]。我从考文特花园出发，朝都市的那个区域走去。经过东印度公司大楼时，我无意间想起了蒂普苏丹[3]和查尔斯·兰

1. 沃平（Wapping）位于伦敦金融城东部，南临泰晤士河。1986 年，传媒大王默多克将其新闻总部从英国报业中心河湾街（FleetStreet）搬至此区。——译者注
2. 伦敦东区（East End）位于伦敦金融城城墙以东，泰晤士河以北，为港口区。十九世纪晚期，伦敦地区人口数量激增，这里成为拥挤不堪的贫民和移民区，导致“伦敦东区”逐渐成为一个贬义词。此后的一个多世纪，“伦敦东区”成为贫困、拥挤、疾病和犯罪的代名词。如今，这里的人文环境已经有所改观，但某些区域仍然是全英国最贫困的地区。——译者注
3. 蒂普苏丹（Tippoo Sahib，或 Tipu Sahib，1749—1799），印度南部迈索尔王朝的统治者。英国入侵前，他是全印度最强大的国王，曾对

姆[1]。随后，我经过了那个小小的木刻海军少尉[2]，亲热地拍了拍这位老熟人穿着及膝短裤的一条腿。随后，我经过了阿尔盖德水泵[3]，经过了撒拉逊人头像[4]（而

（接上页）英国在南部印度的利益构成了最大威胁。他在位期间曾同英国殖民者（特别是东印度公司）展开了长期英勇战争，但终被英国殖民者和几个邻邦国王联手打败和杀害，一度繁荣强盛的迈索尔王国随之落入了英国人之手。——译者注

1. 查尔斯·兰姆（Charles Lamb，1775—1834），英国散文家，生于英国伦敦，一生平凡而不幸。兰姆家境贫寒，1796 年，他的姐姐因劳累过度而出现了精神病，杀死了母亲。从此，他为照顾姐姐，使她免于流落到疯人院而终生未娶。1792—1825 年，他在东印度公司任职，工作之余，他创作过诗歌、莎剧论文、故事、随笔等，文风富有个性、亦庄亦谐。他的代表作有《莎士比亚故事集》（1807）、《伊利亚随笔》（1823）、《伊利亚续笔》（1833）等。——译者注
2. 木刻海军少尉是位于利登豪街（Leadenhall Street）的所罗门·吉尔斯仪表店的标记之一。木雕不大，站在店门口的墙壁上，穿着海军制服，双手捧着一只很大的六分仪。——译者注
3. 阿尔盖德水泵（Aldgate Pump）是伦敦金融城内一个历史悠久的水泵，位于阿尔盖德大街（Aldgate High Street）、芬丘奇街（Fenchurch Street）、利登豪街交会处。该水泵原本抽取地下水源，作为公共饮水设施使用。水泵上有个狼头形状的水嘴，据说是为了纪念在伦敦金融城内射杀最后一只狼而造。——译者注
4. “撒拉逊人”一词源自阿拉伯文 sharqiyyin（“东方人”），拉丁文则写作 Saracen。古罗马人本来用该词指称生活在罗马帝国阿拉伯行省（包括今约旦、西奈半岛和沙特阿拉伯西北部）沙漠一带的非阿拉伯游牧民。到中世纪时，该词词义扩大，陆续将阿拉伯人也包括在内，到十一世纪末期，该词已经成了“穆斯林”的同义词。撒拉逊人头像（Saracen’s Head）在英国曾是惯用的旅馆标志。——译者注

且可耻地在他那黑黝黝的脸上贴了好几张广告单来丑化他），逛进了他的老邻居黑（或灰）牛（或狗）[1]那空荡荡的庭院，不知这动物于何时辞世，也不知那些车舆流散到了何处。随后，我从那里出来，重新踏进铁路时代。随后，我经过了白礼堂教堂[2]，走进了商业路[3]——这对一个非商务旅客[4]而言很不适宜。

---

1. 在英国，许多旅店、酒店都有几百年的历史。许多旅店位于罗马道路两边，多为马车旅店。它们的早期顾客大都不识字，所以店家设计出了各种各样的图像符号作标志，让顾客记住自己，创建口碑。这种做法蔚成传统，沿用至今。撒拉逊人头像就是一例。以牛、鸡、狗、猪、马、虎、狐狸、狼、狮子等家畜和野生动物加上某种（些）颜色为标志的办法也很流行。——译者注
2. 白礼堂教堂（Whitechapel Church）位于伦敦东区，初建于 14 世纪早期，原是一个为远离教区的基督教徒们设立的小礼拜堂。后经数次重建和毁坏，终于 1952 年被彻底拆除，其原址现为一个公园。这里的白礼堂大街和白礼堂路原本是在从伦敦金融城出城向东通往科尔切斯特（Colchester）的古罗马人通道，道路两侧马车旅店林立。以此小礼拜堂和罗马人通道为基础发展起来的白礼堂区长期以来都是伦敦最具代表性的贫民区，人口肤色不一、成分复杂，环境脏乱、治安极差。十九世纪八十年代，这里曾发生了恶名昭著的连环谋杀悬案，神秘的凶手被称为“开膛手杰克”，但至今没有破案。——译者注
3. 伦敦东区的一条路，为东印度公司在十九世纪早期所建，西连伦敦金融城，东接金丝雀码头（Canary Wharf），长约 3.2 千米。——译者注
4. 非商务旅客（the Uncommercial Traveller）是狄更斯杜撰的人物。1859 年他自办了一份刊物《一年四季》（All the Year Round），并于 1860 年 1—10 月在该刊上发表了十七篇、一个称作“非商务旅客”

我欢快地踩着那条大街上的遍地烂泥，尽情地观赏着制糖商的大片房屋、穷街陋巷两侧狭小后院里的小小桅杆和风向标、毗邻大街的运河与码头、沿着石路轰隆隆前进着的东印度公司大篷货车、手头拮据的大副们典当了那么多六分仪和象限仪的当铺。我真想便宜地买它几个，可惜这些仪器我丝毫都不会用。最终，我拐出商业路，开始向右前进，朝沃平走去。

我打算到沃平老阶梯[1]去坐船，去那里转转，原因并不是我相信（因为我并不相信）那个年轻女子坚贞如一。她用那些美丽的陈辞滥调，告诉她那航海的情人：自从送给他那个标着他名字的烟盒之后，

（接上页）的文章系列。在其后的十年时间里，狄更斯陆续借用此角色续写了多篇文章，所有这些文章在他死后，于 1875 年以《非商务旅客》为名结集出版。在狄更斯笔下，此“非商务旅客”酷爱旅行，不仅去欧洲大陆和美洲，而且喜欢在伦敦本地游逛。他不仅观光，而且对其发现进行研究和报道。借此患有失眠症的虚构人物之口，狄更斯揭示了维多利亚时代伦敦的种种黑暗面。——译者注

1. 沃平老阶梯位于沃平大街（Wappping High Street）南侧，是沃平地区通往泰晤士河岸线的阶梯之一，仅在退潮时露出，青苔遍布，泰晤士河在此涨潮落潮，能带来一些诸如古老陶片之类的浮货。这里曾经是水产交易市场，肯特郡的渔夫们带着从拉姆斯盖特捕获的水产到这里来卖。这里也曾是绞死海盗船长基德（Captain Kidd）的地方。——译者注

她对他一如既往。我觉得，恐怕他从这种约定中得到的通常是最坏的结果，而且彻底上了当。

我要去沃平，是因为一位东区的违警罪法庭推事在晨报上说，在沃平妇女救济院的妇女都是一类货色，救济院本身的存在就是一桩丑闻和耻辱；他还讲了其他许多难听的话。我去那里，是因为我想看看事实到底如何。要知道，那些东区违警罪法庭推事并不都是伦敦东区最睿智的人，他们或许是在调查该地区圣乔治教堂[1]的奇装异服和怪模怪样时推出

1. 东区圣乔治教堂（St. George-in-the-East）建于1714—1729年，1729年投入使用，其周边地区称为圣乔治教区。1855年教区委员会成为该教区的地方政府，1927年撤销。教区委员会于每年复活节由本地的纳税人选举产生，教区委员会负责每年推选本堂区的俗人委员，掌管本教区的世俗事务。这些俗人委员可能会与教堂及教区牧师（rector）意见相左。1859年5月—1860年7月，圣乔治教堂爆发了这样的冲突，称为“仪式暴乱”（Ritualism Riot）。1842年，布莱恩·金（Bryan King，1811—1895）被任命为圣乔治教区牧师，他到任时，发现该教区委员会推选的俗人委员是不顺从国教者和非国教教徒，从此展开了一场长期的斗争。他决定改变原来简陋、单调的礼拜仪式，以吸引更多信众：给圣坛披上祭服，放上点燃的蜡烛；让唱诗班穿上长袍哼唱圣歌和应答祷文；牧师穿白色法衣而不是黑色长袍讲道，等等。1857年，有人送给金几件白绿相间的丝质无袖长袍，在分送圣餐时穿用。他起初非常犹豫，但后来开始穿用。这些服饰虽是现在通行的做法，但在当时，在十九世纪中期，那些成分复杂、生活贫困的东区会众对此带有中产阶级调子的“时髦”行为深恶痛绝，双方冲突不断升级，最后发展成为会众暴乱：连续数月，一到周日，成

上述论断的。这种调查通常是在毫不混乱的思想状态下进行的。他们向有关各方和无关各方详询所涉事由；其最终的解决对策就是：咨询原告，问他觉得应该怎样处置被告，然后听取被告本人对自己的处理建议。

在离沃平尚远时，我主动迷了路，以一种土耳其人式的心情，弃身于褊街狭巷之中，任宿命以某种方式指引我到达预想的地点，倘若这在冥冥之中已然注定。大约一个小时之后，我终止了这命运的指引，决定费神看一看路，发现自己正置身于一架平旋桥上，桥下的脏水里有几绺深色的头发。在我上方对面，站着一个人，依稀像个小伙子。他毛发蓬松、脸色蜡黄，身上又脏又亮又粘，也许是他那肮脏的老父亲——泰晤士河的小儿子，或者就是那个淹死者本人。我和他中间隔着一根花岗石柱，柱子上贴着那死者的讣告，就像戴着一枚大顶针。

（接上页）千上万的会众就带着狗涌入该教堂，抽烟、放火、乱扔帽子、起哄，在牧师布道时大声诘问、奚落牧师，在唱诗班唱圣歌时高唱《统治吧，大不列颠》和《上帝保佑女王》等别的歌曲。教堂外也同时发生着类似的暴乱，导致牧师不得不靠警察护送才能从边门回到住宅。金牧师请求从政府得到更有效的保护，但教区委员会的活动促使英国议会上下两院都漠视了他的请求。最后受到起诉的不是暴乱者，反倒是牧师一派。——译者注

我就向这个幽灵打听，此地叫什么名字？他阴森森地龇牙作笑，喉间似乎发出了汩汩的水声：

“贝克先生的陷阱。”

在此类情境下，我向来十分警惕，要听得懂话里的机锋。我一边在心里琢磨此话的含义，一边密切注视着他——他抱着那几绺头发上方的一根铁横梁舔吮起来。我脑中灵光一闪，意识到贝克先生就是该地区的现任验尸官。

“人们都来这儿寻短见。”我说，同时将目光投向那几绺头发。

“苏？”那幽灵讶然盯了我一眼，答道，“没错！还有波莉。也有埃米莉。还有南希。还有简。”他每说一个名字就舔一下那根铁梁。“还有无素（数）银（人）。英（扔）掉帽子或头经（巾），跑几步，在这头槽（朝）下，她们就这么了。总系（是）在这头槽（朝）下，她们都系（是）。好像一点不。”

“你是说，在半夜一点左右？”

“哈！”那幽灵说，“她们可不挑系（时）候。两点也行。三点。一晚上。你只好好听！”说到这儿，那幽灵把身形靠在铁横梁上，讥讽地咯咯笑了。“可系（是），得有银（人）来。要系（是）没警擦（察），没啥男银（人），能听到扑通一僧（声），她们就不在这头槽（朝）下。”

根据我对这番话的理解，我本人就算个男人，或曰各色人群中的一员。我用普通人的谦恭语气问道：

“常常有人把她们捞出来，对吧？而且治好了她们？”

“我可没听学（说）气（治）好，”幽灵说。不知为何，他对这个词非常反感。“她们被送进求（救）济院，放进乐（热）浴缸，就醒了。我可没听学（说）气（治）好。”他说，“那系（是）胡学（说）！”话音刚落，他就不见了。

他显然已有不逊之意，而我也巴不得清静独处，尤其是他乱蓬蓬的脑袋那么一扭，表明“求济院”已经近在咫尺。于是，我离开了贝克先生那可怕的陷阱（其中放的诱饵就是一层浮渣，很像是清洗过乌黑烟囱的滑腻废水），鼓足勇气拉响了救济院的门铃。在这里，我是个完全陌生的不速之客。

来开门的是一位欢快机敏、身形小巧、手拿一串钥匙的女总管。她答应了我的来访请求。我注意到她那敏捷活泼的小小身材和聪慧的眼睛之后，开始怀疑那个违警罪法庭推事所言是否属实。

（女总管暗示）访客应该先看最差的地方。欢迎观看这里的一切。凡目所见，即为一切。

这是唯一的准备工作，我们随后就进入了“丑陋的病房”。这些病房位于一座老房子里，这座老房子被挤在一个石铺庭院的一角，与救济院那更现代更敞亮的主体部分保持着相当距离。病房所在的老房子极端落伍——就是几间粗制滥造、条件简陋的讨厌阁楼而已，唯一的通道就是几段又陡又窄、极其难走的楼梯，要将病人抬上楼或将死人运下楼可得费尽老劲。

在这些悲惨的房间里，这边的床架上，那边的地板上（我的理解是，她们是为了换个姿势），躺满了被各种程度的痛苦和疾病折磨着的妇女。她们的服色、姿态和状况都一致无二。只有那些专心观察过这种场面的人才能讲出这千篇一律外表下隐藏着的万般神情。这个人形微微蜷着，侧着身子，似乎已永远舍弃了这个世界；那个漠然不动的脸孔同时呈现出铅色和黄色，从枕头上消极地望着上空；那张枯槁的嘴巴有点下垂，那只露在被单外的手那么迟钝、冷淡，那么轻，又那么重；每张简陋的床上都是如此。可当我在一张床边驻足，对躺在上面的人说了一句那么简单的话之后，她本有的灵魂就浮到了脸上，令这间“丑陋的病房”变得与外面的完好世界一般多姿多彩。这里的人们似乎都不乐意活下去，可谁也不发牢骚。所有能够说话的人都说：这里已经为她们做了所能做的一切；院方的照料慷慨而耐心；她们苦难深重，但并无所求；这些恶劣的病房是同类用房里最干净、最美好的了，如果管得不好，不到一周就会成为传染病院。

我跟随那位脚步轻快的女总管上了另一段惨无人道的楼梯，来到一个略好些的阁楼间，这是给白痴和低能儿住的。这里至少有采光，而前一类病房的窗户就像中小学生的鸟笼的侧面。这儿的炉火上罩着一个结实的格栅，将炉前地面隔开了，两边坐着两位老女士，似乎正在举行某种仪式。她们虚弱地保持着庄严的姿态，那显然是出于仅存的一点自傲。自傲是我们这奇妙人性的一部分。很明显，她们彼此嫉妒，把全部时间（有些人也是如此，但他们的火焰没有被遮拦）都用于在内心诋毁对方和轻蔑地观看周围人等。在这对谑仿乡下贵妇的女士中，有一位极其健谈，而且表达了想参加礼拜日仪式的强烈愿望。她描述说，若能获得这一殊荣，她将会从中得到最大的乐趣和慰藉。她讲得非常精彩，浑身洋溢着愉悦、友好之情，我不由得开始思考，那位东区违警罪法庭推事应该重新调查此案例。不过，我后来得知，她上一次参加礼拜时偷偷带着一根小棍子，在轮流应答过程中突然拿出棍来痛打会众，制造了一起混乱。

就这样，这两位老太太整日隔栅而坐——否则，她们就会扑向对方的帽子——相互猜忌着，凝视着一个不断发病的世界：除了女舍监，屋里的所有人都会犯病。女舍监是一个上了年纪的穷女人，身体健全，上唇巨大，抱着两臂站在那里，似乎在压抑和节省自己的力气。她两眼缓缓转动着，在伺机抓住谁或控制谁。这位民间要人（我很遗憾地认出，她属于我可敬的朋友甘普太太[1]那一类型，只是块头小些）说："她们常常分（犯）病，心（先）生。她们常常无因（缘）无故就摔倒了，好像拉车的马从月亮上掉下来似的，心（先）生。而且有一个倒了，另一个也跟着倒，有时候一下摔倒四五个。哎呦呦！又是打滚又是撕扯，老听（天）！——这个您（年）轻妇女，在这边，病得很厉害。"

---

1. 甘普太太是狄更斯于1843—1844年发表的小说《马丁·瞿述伟》中的一名护工。她从月嫂到装殡工，什么都干，可她放纵、贪杯，从来不放过任何享受主家好处的机会，而且习惯性地带着一把黑色的破伞。她的形象深入人心，维多利亚时代的人们甚至用"甘普"一词来指称伞。——译者注

她一边说，一边把那个妇女的脸转了过来。那妇女坐在地上，在那些饱受折磨的病人面前沉思着。她的脸上、脑中都没有招人厌恶的东西。周围的那许多各种癫痫和癔病患者看上去病情更重，但舍监却说她是最严重的。我对她说了几句话之后，她仍然仰脸坐着，沉思着。一束正午的阳光照进来，落在她身上。

——这个年轻妇女以及其他这些遭受着剧烈痛苦的妇女，当她们或坐或躺，茫然而迟钝地沉思时，是否在那阳光下的尘埃里，有一刹那想到了健康的人们、健康的事物？这个在夏季如此冥想着的年轻妇女，是否想到在某个地方有树木和花草，甚至有高山和大海？不说那么远的了，这个年轻妇女是否曾模糊地想到那个年轻妇女——那个不在此地、也永远不会来此地的年轻妇女，她被人追求、爱抚与热爱，有丈夫、生儿育女、生活在自己的家里，永远不会懂得遭到这种打骂和撕扯是什么滋味？上帝保佑，这个年轻妇女那时会不会自暴自弃、摔倒在地，就像一匹拉车的马儿从月亮上掉落？

在如此无望的地方，传来了婴儿的咿呀声。那些声音合成了一种声响，我分不清它令我愉悦还是疼痛。这声响是在提醒，这个疲倦的世界并非疲倦透顶，而是在不断地自我更新。就在不久之前，这名年轻妇女还是一个儿童；在不久之后，一个儿童有可能成为她这个样子。然而，那位机警的女总管活跃的脚步和眼神引领我经过了那两位乡下贵妇（婴孩们的声音扰乱了她们的高贵姿态），进入了隔壁的儿童室。

这里有许多婴孩和好几位漂亮的年轻母亲，也有丑陋的年轻母亲、愠怒的年轻母亲、冷淡的年轻母亲。不过，那些婴儿并没有任何难看的表情，他们柔软的脸庞非常可爱，有可能像是皇太子和长公主呢。我很欣幸地委托糕饼师的丈夫为我做了一件颇富诗意的事：以最高效率为我和一个红头发的贫儿做块蛋糕并投进烤箱。吃过蛋糕之后，我感觉好多了。要是没有这块点心，我真不知道自己的状态是否适合去看“那些犟人”。接下来，那位敏捷、小巧的女总管要带我去探访的就是她们。她竟在这个岗位上适应自如！此时此刻，我已对她充满由衷的敬佩。她引领我一路走去。

“犟人们”正在一个窗户开向院子的小房间里捡麻絮。她们背对窗户，排成一排坐在长凳上，面前是一张桌子，桌上放着她们的活计。年龄最大的“犟人”约有二十岁，最小的约有十六岁。在这类非商务旅行中，我至今也没弄明白，倔犟的习惯为何会影响人的扁桃体和悬雍垂。不过，我历来都注意到，凡是“犟人”，不管男女，无论阶层——从贫民儿童学校的贫儿到中央刑事法院[1]的法官——嗓音都一样，他们的扁桃体和悬雍垂都有着病态的优势。

“五磅！俺可捡不了五磅！”“犟人首领”说，一边用脑袋和下巴给自己打着拍子。“比俺们现在捡的多多啦！就彻冲（这种）地方、彻冲（这种）条件！”

（这是在承认，她们得到了微妙的暗示：工作量很可能要增加。毫无疑问，她们的工作量并不大，因为当时还不到两点，可一名“犟人”已经完成了当天的任务，正闲坐在那堆麻絮后面。她的头跟那堆麻絮一模一样。）

---

1. 英格兰和威尔士中央刑事法院位于伦敦市中心的老贝利街，其原形为十六世纪的伦敦金融城市长和郡长会议厅，毗邻新门监狱，为理查德·威廷顿爵士所捐赠。到 1834 年为止，该法院已受理过十万多起刑事案件，包括所有死刑案件。后经数次毁坏和重建，1834 年更名为中央刑事法院，建筑实体及其运转由伦敦金融城政府出资维护。中央刑事法院为全国性法院，负责受理较重大的刑事案件，庭审对公众开放。可在此开庭的法官有高等法院法官、巡回法院法官和刑事法院兼职法官。该法院的最高常任法官被称为伦敦市首席法官（Recorder of London），其副手被称为伦敦市司法行政官（Common Serjeant of London），地位很高。高等法院的一些重要法官是显赫的终身贵族。——译者注

“总管，蛰（这）冤（院）子很飘（漂）亮，湿（是）不？”二号“犟人”说，“腰湿（要是）乃（哪）个姑娘说拘（句）啥，警察揪（就）来了。”

“然后你就无缘无故地净（进）了监狱！”首领说，同时猛扯麻絮，好像那是女总管的头发。“可哪嗬（儿）都比彻嗬（这儿）强；那样的话，就谢天谢地啦！”

麻絮头抱着两臂，领着“犟人们”大笑起来。她不主动发起什么，但却是那群未参与这场舌战的散兵游勇的指挥官。

“如果哪儿都比这儿强，”我那位机敏的向导极其镇静地说，“你本来有个好地方可呆，却离开了那儿，这很遗憾。”

“哦，从(总)管，哪里？俺没在好地方待过。”“首领”回答说，又扯了一下麻絮，表情丰富地看了一眼对手的额头。“可别那么说，那都是胡说！”

麻絮头又带着散兵游勇上来了，笑了几声，撤了。

“俺没间（见）过，”“犟人二号”喊道，“俺在一个低（地）方呆了死（四）年——俺不想栽（在）不湿（适）合俺的低（地）方呆——哼！不栽（在）不值得尊京（敬）的人家待——哼！俺发先（现）

乃（那）家人表免（面）衣滔（一套）杯的（背地）衣滔（一套），酸湿（算是）有星（幸）还湿（是）没星（幸）——哼！腰湿（要是）我没边淮（变坏）没毁了，栽（在）很答（大）程都商（度上），乃（那）可不湿（是）他们的挫（错）——哈！”

她说这番话期间，麻絮头再次带领她的散兵放了几下冷枪，撤退了。

非商务旅行者大着胆子说，他估计“犟人首领”和“犟人一号”就是被送到违警罪法庭推事那儿去的两名妇女？

“对！”首领说，“就是俺们！奇怪的是，警察现菜（在）还没来，俺们就说起来了。彻嗬（这儿）没警察就不能昌（张）嘴。”

“犟人二号”（悬雍垂大幅振动着）笑了起来，那些散兵群起效仿。

“要是谁能把俺弄到哪个地方或扯（者）到国外，”首领斜视着旅行者声明道，“俺肯定会感激不尽。彻（这）个好透了的救济院让俺恶心，俺受够了，是的，俺有理由彻（这）么说。”

二号也是如此，也受够了。麻絮头也是如此，也受够了。散兵们也是如此，也受够了。

非商务旅行者冒昧地提示说，他觉得，若两位

“犟人”领袖的自我描述准确真实，听了她们的这番表白，那些想找谦恭可靠的年轻佣人的淑女或绅士，哪个都不大可能乐意聘用她们二位中的任何一位。

“那待在彻唷（这儿）啥都不是，又有啥好处？”首领说。

旅行者认为，也许值得一试。

“没用，啥好处都没有。”首领说。

“一丁点儿好出（处）都没有。”二号说。

“要是谁能把俺弄到哪个地方或扯（者）到国外，俺肯定会感激不尽。”首领道。

“俺也湿（是）。”二号道，“保争（证）感激不金（尽），俺灰（会）的。”

于是麻絮头站了起来，宣布了一个彻头彻尾的新主意，并说，她知道其新奇程度非同凡响，一说出来绝对会令毫无心理准备的在座诸位大惊失色：要是谁能把她弄到哪个地方或者到国外，她肯定感激不尽。然后，就像她随之指挥道“女士们，一起唱！”似的，所有的散兵都开始说起同样的话来。我和女总管随即离开了她们，开始在许多只因年老体弱而入院的妇女当中穿行。可是，在此穿行过程中，不论何时，只要我朝任一扇俯瞰庭院的窗口望下去，都会看到麻絮头以及其他所有“犟人”正在隔着她们那扇低处的窗户搜寻我。每次我刚一露头，她们马上就会看到我，从不失手。

十分钟之后，我再也不相信金色的青春时光、强盛的中年时期、矍铄的老年时段等神话。十分钟之后，所有的女性之光似乎都已被风吹灭；关于女性，天穹之下再无任何物事可资夸耀，唯余几粒微弱闪烁、行将死灭的灯花。

有一点非常特别：救济院里这些暗淡的老妇人们遵循着一种颇为通行的待客仪式。凡是知道有客来访而且并未卧床休息的老妇人，都会蹒跚到一个长凳跟前，坐到她常坐的位子上，加入到一排暗淡老妇人的队伍中，与一张狭长桌子对面的那排暗淡老妇人隔桌相望。并没有人规定她们必须如此排列，这乃是她们的“待客”之道。她们通常并不主动彼此交谈，也不看访客，什么都不看，只是沉默地坐在那里嚅动着嘴巴，就像一群乏味的老母牛。有些房间里，我能高兴地看到几株绿色植物；在别的房间里，有一位作为护士的、单独的“犟人”正忙碌着。跟别的“犟人”分开之后，她在这个岗位上干得很好。这些病房，无论是活动室、卧室，还是活动室兼卧室，都被精细地打扫得又干净又明亮。我同大多数类似的旅行者一样，见过很多这类场所，但还从未见过哪一家救济院这般整洁明亮。

那些卧床不起的病人极富耐心、极端依赖枕头下的书籍，也极其信仰上帝。她们都很在意相互之间的和谐，却没人在乎有无希望康复。总而言之，应当说，患有许多病症、病得比别人都严重在这里被视为一项殊荣。从一些窗子望出去，能看到泰晤士河生机勃勃地奔流不息，阳光明朗。可我没看到一个人向窗外眺望。

在一个大病房里，在火炉旁的两张特别的扶手椅上，坐着两位九旬开外的老妇人，宛似那群老妇的正副统领。其中那位年纪较小的刚过九十，耳朵聋了，但聋得并不厉害，能设法听到别人讲话。她年轻时曾养育过一个小孩，那个孩子如今也已经成了一个老妇人，比她还要虚弱，也住在这间房子里。女总管跟她说到这一点时，她完全理解总管的意思，脑袋和食指以各种姿势动作了一番，指出了她那个曾经的小孩。扶手椅上那位年纪较大的老妇人面前放着一张有插图的报纸（她却并没有读）。她已经九十三岁了，目明耳聪，身体健康，而且惊人地健谈。她的丈夫不久前刚去世，她本人住进来还不到一年。这位可怜人本可在马萨诸塞州的波士顿市得到特别待遇，在自己的房间里得到照料，并渐渐过上舒适的户外生活。在英格兰，一位在救济院外艰难地度过了九十多年的妇女，能在多大程度上过上类似的生活呢？不列颠经过无数乱局之后，顺应天意，崛起于蔚蓝大海之中，其守护天使何曾在那备受称颂的《大宪章》[1]中明确禁止这一点？

那位动作敏捷的女总管再无物事可示，我此行的目标也已达到。与她在大门口握手告别时，我告诉她：我认为正义女神未能很好地令她发挥作用，而那些东区的智者也并非绝对正确。

我踏上了归途，边走边与自己就那些“丑陋的病房”展开了辩论。它们不应该存在。在现场看过之后，没有哪个正派、仁慈的人会质疑这一点。可是这个联合教区该怎么办呢？对那些病房进行必要的改造会花费几千英镑的资金，而该联合教区已经在资助三个救济院了。为了存活下去，这些教区的居民们努力工作；他们需缴纳的扶贫济困税金已经达到了合理承受度的上限。该救济组织中的一个贫困教区每人要缴纳五先令六便士[2]。与此同时，富裕的

1.《大宪章》于 1215 年由英国贵族与英国国王初次订立，以约束王权、保障贵族的政治权利，从此开创了宪法政治，影响远播。其中明确保护了寡妇的财产权。——译者注

2. 在旧时英国货币单位中，1 镑 =20 先令；1 先令 =12 便士。5 先令 6

汉诺威广场圣乔治教区[1]每人却只需缴纳约七便士，帕丁顿教区[2]每人只需缴纳约四便士，威斯敏斯特市圣詹姆斯教区每人只需缴纳约十便士！唯有通过均摊济贫税，才能解决现有方法未能解决的问题。我这些记录一次非商务旅行的文字篇幅有限，无法展现更多有待解决或者解决得不好的问题。然而，那些东区智者们必须先看看北区、南区和西区的情况，而后才能合情合理地对此发表长篇大论；他们应该每天早晨先到圣殿区[3]一带的商店和住宅转转，先自问"这些穷人还能承受多大压力？——他们中的许多人艰苦度日，免于落入救济院"，而后才能坐到所罗门的宝座[4]之上。

（接上页）便士合 66 便士。——译者注

1. 汉诺威广场圣乔治教堂（St George's, Hanover Square）是 1711 年规定建造的五十座安妮女王诸教堂之一，位于伦敦金融城西侧的威斯敏斯特市内梅菲尔区（Mayfair）。教堂所处为上流社会地区，于是成为名门望族常用的婚礼举行地。1886 年 12 月 2 日，后来成为美国总统的西奥多·罗斯福就在此结婚。——译者注
2. 帕丁顿教区也位于威斯敏斯特市内。——译者注
3. 圣殿区（the Temple）是圣殿教堂所在的教区，主体部分在伦敦金融城内，西部的一小部分在威斯敏斯特市内，南临泰晤士河，西临萨里街（Surrey Street），北临河岸大道（Strand）和河湾街（Fleet Street），东临圣衣会街（Carmelite Street）和白衣修士街（Whitefriars Street）。该教区为本市乃至全国著名的法律中心。——译者注
4. 据基督教《圣经》记载，所罗门是联合王国的第三任国王、大卫王之

在归途中，我还沉思着一件事。因为我最终离开“贝克先生的陷阱”那一带之前，曾敲开了东区圣乔治教堂救济院的大门，发现那是一个能给该地区带来高度荣誉的机构，由一位非常睿智的院长管理得井井有条。在那里，我注意到，顽固的自负和愚蠢能带来多大的间接损害。“我刚刚看到的老年男女贫民就是在这间大厅里聚合来参加礼拜仪式的，对吧？”——“是的。”——“他们有没有在乐器的伴奏下唱赞美诗呢？”——“他们很想那样，他们极有兴趣这么做。”——“一件乐器也弄不到吗？”——“是这样，本来可以免费得到一架钢琴。可是这些令人遗憾的纷争[1]——”啊！身穿漂亮长袍的基督教朋友，你当时若不理睬那些唱歌的人，让会众自己唱，这样做会更好，而且好得多！你应当比我更清楚这一点。但我觉得我曾读到过，从前他们就是这样做的；读到过，“他们唱了一支赞歌之后”，（并没有穿

（接上页）子，是智慧、神通、财富、荣耀、权威、美德的象征，流传下来三千句箴言和一千零五首诗歌。他的宝座是用象牙所制，外包精金，有六层台阶，有金脚凳与之相连。每层台阶都有两头石雕狮子站立，宝座两旁有扶手，扶手附近也各有一头石雕狮子。所罗门的宝座高踞一切之上，象征他有着高高在上的威权，他坐在其上进行审判。——译者注

1. 参见前文“东区圣乔治教堂”条注释。——译者注

漂亮长袍的）某人上了橄榄山[1]。

一想到这件恼人的琐事，我就心痛不已。我在这个城市的街道上一路走着，每一块石头似乎都在对我呼喊："老兄，转过来！看看该做些什么？"于是我诱使自己变换了思绪，让心里好过些。可是，我真的做到了吗？我至今都想不起来。我的脑中满是潦倒的穷人，乃至于思绪的变化终究只是从一千个贫民变成了一个贫民。

"先生，打扰一下。"他说。那是在另一个场合，这个贫民把我拉到一边，神秘地说，"我可过过好日子。"

"听你这样说，我觉得真遗憾。"

"先生，我要投诉院长。"

"明确说吧，在这里，我毫无权力。即便我有的话——"

"但是，先生，请允许我说说这事。就是一个曾过过好日子的人对您讲几句话而已。先生，院长和

---

1. 此处的"某人"指耶稣。这是《马太福音》(26：30）和《马可福音》（14：26）中记载的典故：耶稣及其十二门徒吃过最后的晚餐，唱了赞美诗，往橄榄山去。在一个叫客西马尼的地方，耶稣去远处祈祷时，门徒们都疲惫地睡着了，他去了三次、回来三次，可门徒们谁都没有醒来。等他第三次回来后不久，叛徒犹大就带人来把他抓走了。——译者注

我都是共济会会员[1]。我不停地给他打手势，可因为我处境不幸，他却不肯给我口令！”

（牛云平　译）

1. 共济会（Freemasonry），字面意思是自由石匠工会，是一个带宗教色彩的秘密兄弟会组织，在世界各地有不同的存在形式，宣扬博爱、慈善、美德，思索人类生存的意义。共济会起源不明，但据信最初为中世纪时石匠们自发形成的组织，其基本徽章是由石匠常用工具——圆规（在上）和直角尺（在下）组成的图案，有的徽章图案上在圆规和直角尺之间还有一个字母G，代表共济会的法典。有记载表明，现代共济会出现于十八世纪早期的英国伦敦，是一个由白人贵族、高级神职人员、上层资产阶级等社会精英人物组成的封闭社团组织，并于十八世纪三十年代传播到了北美殖民地。英王乔治三世、乔治四世、乔治六世、爱德华七世、爱德华八世都是共济会会员；另外，如孟德斯鸠、牛顿、莫扎特、贝多芬、歌德、乔治·华盛顿、托马斯·杰斐逊、本杰明·富兰克林、富兰克林·罗斯福、亨利·福特、托马斯·爱迪生、马克·吐温、爱因斯坦、温斯顿·丘吉尔等许多欧美政要和科学文化界名人也都是共济会会员。后来，共济会放弃专走上层路线的做法，开始吸收普通公民入会，在世界各地现有六百多万会员；其活动也越来越公开化，除了内部表明各级别的暗语及手势仍旧保密之外，其余活动基本上全部公开。——译者注

↠ 东方的小星

昨夜，一直在翻看著名的木刻集《死亡之舞》[1]；今日，又想起画集中那些冷冰冰的古老的木刻画，心中竟生出一种阴森恐怖且乏味无聊的感觉。与此同时，在我的前方，正走着一个瘦如骷髅的人物，手里拄着的棍子不断敲击地面，发出刺耳的“嘎”“嘎”声。不过，这个“骷髅”不是在画中，他/她没有任何煞费苦心的装扮——他/她没有弹着洋琴，没有戴着花冠，没有拿着羽毛，没有穿着长袍，没有跟着队列，没有举着酒杯，没有吃着美食，

---

1. 木刻集《死亡之舞》的作者是（小）霍尔拜因（Hans Holbein，the Younger，1497—1543），德国肖像画家和装饰艺术家，英王亨利八世御前画师。——译者注

没有玩着骰子，更没有数着金钱。我眼前的这个“骷髅”衣不蔽体，食不果腹，正挣扎着向前挪动脚步，像是在跳一曲坚韧不屈的死亡之舞。

这一幕发生在十一月的一个雨天，地点是伦敦东部莱特克里夫与斯特普尼两个小村庄接界的地方，混浊的泰晤士河从这里缓缓流过。河两边肮脏的街道和陋巷纵横交错，如迷宫一般；破破烂烂的房子大都隔成单间，专门出租。这里荒凉偏僻，到处都是腌臜的污泥、褴褛的衣衫和辘辘的饥肠。住在这儿的人大都没有工作，即使个别人有幸得到一份工作，也不会长久，失业犹如家常便饭。毕竟，无论从哪个方面来说，他们都算不上是熟练技工。他们是最最普通的靠体力吃饭的人——码头搬运工、滨水区小工、煤炭装卸工、道砟抬运工等，都是些做苦工的人。但不管怎样，这一群可怜的人儿还是活着，并且不断地繁衍着。

且看我眼前的这个“骷髅”，他/她好像正在跟谁开一个荒唐至极的玩笑。他/她把好几份早已被风雨撕扯得支离破碎的议会选举提案贴在很多面墙上，还用粉笔把候选人的得票情况写在一座破败不堪的房子的窗户遮板上。“骷髅”恳请拥有自由独立之身的穷人们要珍视当前的党政制度和国家的繁荣富足（看来两者对他们来说都非常重要），选举议员时不要只投一个政党代表的票；一党执政容易滋生腐败，若同时选举两党的代表为议员，则有助于建设一个永远兴旺昌盛的国家。想必天底下再没有比“骷髅”的这种修士想法更具讽刺性的了！

我不由开始琢磨此候选人和彼候选人以及人民群众的“赐福者”——此政党和彼政党所承诺的那些深谋远虑的规划。他们承诺，将会遏止成千上万英国人（谁知道到底有多少人？）在道德上的沦丧和体质上的衰退；将会为想工作想活下去的社区居民提供有效就业；将会均衡税率、开垦荒地、为想移居外地的人们提供帮助；最重要的是，他们承诺将会救助并重用未来的新人，以便使整个国家从日渐衰败走向步步强大。心里思索着这些看似充满希望的规划，我拐进了一条狭窄的街道，想去看看那儿的人家的生活。

这条街道的一侧是一堵残墙，显得光线非常昏暗。几乎每座房子的大门都敞开着。我走进其中的一座，敲了敲起居室的门，问道：“可以进来吗？”“想进就进来吧，先生。”

屋里的女主人（看起来是来自北爱尔兰地区）刚拿起一些长条木柴——大概是从废旧的码头设施

或船只上拆下来的——塞进了原本空洞洞的炉子里，炉子上架着两口正等待烧开的铁锅，分别盛着一些鱼和一些土豆。木柴燃起来了，借着这火光我看到了屋里简陋的陈设：一张桌子，一把坏掉的椅子，还有几件廉价的破旧陶器摆放在壁炉台上。和女主人又说了好几分钟的话之后，我才看到屋角的地板上还有一堆极其难看的棕色物件。若不是以前见过，我可能真的无法相信这会是“床”。床上乱糟糟地蜷缩着个什么东西，我问女主人：“那是什么？”

“那是个小可怜儿，先生。她病得很厉害，已经很长时间了，一点儿也不见好。她总是白天睡不醒，晚上又睡不着。都是因为铅，先生。”

“因为什么？”

“因为铅，先生，肯定是因为在铅厂上工。女的在那儿上工，一天可以赚十八便士；但是得特别早去申请，而且还得够幸运，人家想要你你才有机会去。她是铅中毒了，先生。有的人刚上班不久就铅中毒了，有的过一段时间才会中毒，还有的，不过是少数，一直都不会有事儿。这全在人的体质，先生，有的人体质好，有的人体质弱。她的体质就属于那种容易铅中毒的，而且一中毒还就特别严重，先生；她的脑子都不中用了，总是头痛得厉害。天天就这样，不见好，倒也不见坏，先生。”

正说着，病中的年轻姑娘痛苦地呻吟起来。女主人俯下身，取下裹在姑娘头上的布带；接着，又推开后门，让阳光透进来，好晒晒这条用以减轻头痛的布带。从敞开的后门，我看到了这家人的后院，那是我所见过的最狭小最贫困的后院。

“铅中毒后，她就成了这样，白天黑夜地头痛，先生。这可怜的孩子，头痛把她害惨啦。上帝知道，我丈夫是个干体力活的人；四天了，他天天去街上转，现在肯定也正在街上转呢；他想找点活儿干，可就是找不到；家里没有柴火，没有吃的——除了锅里的那点儿，什么吃的也没有了；救济金又少，两个星期才不到十个先令。上帝保佑啊！我们这儿又黑又冷，穷得没法儿过啦！”

我本应该给他们一些钱，但我早就决定这次探访过程中不给予任何人任何物质上的帮助；因为我想做个试验：看看如果不给钱，这些穷苦的人会有什么样的反应。如果他们真的像我想象的那样淳朴善良，到时候再给也不晚。经过仔仔细细的观察，我敢肯定这家人一丁点儿都没有奢望我给他们钱。能有个人听他们说一说自己的痛苦他们已经很感激了；同情就是给他们的最大的安慰。他们绝不会伸手跟人乞讨，更不会因为我没给钱而感到一丝的惊讶、失望或憎恨。

女主人已成家的女儿从楼上的屋里走下来，加入了我们的谈话。她当天清晨去铅厂找工作了，但没能成功。她有四个孩子；她的丈夫也是码头搬运工，当时正在外面四处找活干，但估计跟她的父亲一样也不会找到。这个已婚女儿大概生长在英格兰，天生丰满漂亮，活泼开朗。她和她的母亲一样，虽然穿的衣服很破旧，但看得出来，她们都很尽力把自己收拾得干净整洁。她了解那些不幸的铅中毒病人的所有痛苦，了解铅中毒的方方面面，包括铅中毒的症状及病情的发展情况——这一切对她来说都太熟悉了。她说，一走进铅厂的门，那股气味就足以把人熏倒，但她还是想再去那儿应聘；除此之外，还能有什么办法呢？如果能长期在那儿上班，每天挣十八便士，就算有一天铅中毒了、不能动了，也比现在看着孩子们挨饿强啊。

再次环顾这个小屋，又看到屋角那个黑乎乎脏兮兮的用作床的橱柜。它几乎顶住了后门，看起来非常不协调。有段时间，一直是那个生病的年轻姑娘一个人夜里睡在那儿，白天躺在那儿。现在，天冷了，可毯子啊，被子啊，又都当到非法经营的当铺里去了，再当回来是不能了。为了取暖，到晚上的时候，女主人、她的丈夫，还有另外两个孩子只能和那个生病的可怜姑娘一起挤着睡在这个棕色的物件上。

尽管一分钱也没给他们，可这个穷苦的人家依然对我心存感激。临走时，他们满含着真诚的谢意跟我道别："上帝保佑您，先生。谢谢您来看我们。"

走过几条街道，我又叩响了另一座房子里一间起居室的门。开门往里看时，只见一个男人、她的妻子，还有四个孩子正围坐在一个脸盆凳旁吃晚饭，那脸盆凳便是这家人的餐桌，晚饭也只有面包和一些喝完茶后剩下的茶叶。他们的身旁是一个壁炉，炉膛里的炭渣发出微弱的火光；房间里有一个带顶棚的床架，上面架着一张床，床上只有一条被子；房间的前后两面墙上分别有一扇可以通风的窗户，但现在为了驱寒却都紧紧地关着；屋里有一股令人作呕的气味。男主人在我进来时没有站起身；我们聊天时，他也一直都坐在那儿。不过，我进屋摘下帽子时，他倒是很有礼貌地冲我点了点头；说到能否问他一两个问题时，他也很爽快地答应了。

男主人的妻子一看就是个聪敏的女人，反应很快，见来了人儿，立刻起身站在丈夫的身旁。丈夫抬头求助般地呆望着妻子。事情很快就搞清楚了，原来丈夫的耳朵有点儿聋，尽管才三十岁左右，头脑反应已经很慢很迟钝了。

“他是干哪行儿的呀？”

“先生问你是干哪行儿的，约翰？”

“我是造锅炉的。”男人一边回答，一边万分茫然地打量着自己的四周，好像在寻找一个莫名其妙就消失不见了的锅炉。

“他不是技工，您知道的，先生，”妻子补充道，“他只是个干体力活儿的。”

“还上着班呢吗？”

丈夫又抬头看妻子，向她求助。“先生问你还上着班呢吗，约翰？”

“上班！”眼前这个苦闷的锅炉制造工突然大喊起来，像受到了惊吓一般瞪大眼睛看着妻子。接着，又慢慢地把目光转向我，说道：“没班上。”

“哎，确实没班上！”可怜的妻子摇头说道，目光依次投向四个孩子，最后又落在丈夫身上。

“上班！”锅炉制造工看看我，看看空中，又看看坐在自己膝前的二儿子，好像还在寻找那个消失不见了的锅炉。“真希望能上班啊！三个星期了，一天班都没上过。”

“那你们靠什么生活啊？”

听这样一问，这位曾经的锅炉制造工脸上隐约露出了一抹对妻子的钦佩之情。他一边伸出胳膊，让我看他那已经穿得露线了的外衣袖子，一边指着他的妻子，回答说：“靠我媳妇干活儿。”

我想不起造锅炉这样的工作都到哪儿去了，也想不起那位丈夫对这个问题所作过的猜想了。我只记着他当时的神态和表情都说明造锅炉的工作再也回不来了。

男主人的妻子很不简单，她开朗乐观，非常乐意帮丈夫来支撑这个家。她做的是廉价成衣的缝制工作，具体点说，是缝制双排扣男夹克。她把手头的一件衣服铺开在床上给我看——那床是这间房子里唯一能铺得下这件衣服的家具。她跟我解释自己已经缝了多少，还有多少需要机器最后来完成。按照她的计算，扣除针线等配料，每加工一件夹克能挣十个半便士；她一般情况下不到两天就能做完一件。

只是她没有办法直接从货主那里取货，货到她手上还得经过二道贩子，自然人家也不是白做的，还要从中扣钱。那为什么还非要经过二道贩子呢？为什么？是这样的：衣服拿走就有可能收不回来，这个风险由二道贩子来承担，他们取货时要交押金，比如说两英镑。她如果有足够的钱交押金，就可以直接从货主那里拿货，二道贩子也就不能再从中扣钱了。但实际情况是，她手里根本就没有钱，只能眼睁睁地看着二道贩子从中获利，自己的工钱因此缩水，只剩下十个半便士。她非常机敏地解释着这一切，没有丝毫哀叹，没有半句抱怨，那语气中甚至还带着些骄傲。解释完毕，她把衣服叠好，重新坐回丈夫身边，继续他们那顿只有干面包的晚餐。这家人的晚餐着实太简陋，没有餐桌，只能用脸盆凳代替；没有杯碗，只能用又脏又旧的瓶罐代替。这位妻子的穿着也很破旧，肤色也不好看，明显是缺乏营养，也需要好好梳洗打扮。尽管如此，她的身上却有着一种高贵的尊严，她是全家人的靠山，就像锚一样牢牢抓住丈夫这艘遇难的小船，使其得以安全靠岸。我起身要离开时，锅炉制造工的双眼再次慢慢转向他的妻子，似乎只有在妻子那儿才存有最后一线希望去找回那早已消失不见的锅炉。

这家人只申请过一次堂区[1]政府的救济金，那时丈夫受了工伤，实在无法工作。自那以后，他们就

1. 堂区，即行政堂区，是英格兰乡村的基层行政单位。——译者注

再也没有申请过。

往前走了没多远，我又来到位于一楼的一间屋里。女主人在我进门时满含歉意地连声说着“屋里太脏了，太乱了。”那天是星期六，女主人正在洗孩子们的衣服。她把一口锅架在炉子上烧着热水，而热水里泡着的正是孩子们的脏衣服。在这个家里，除了这口锅，再没有别的容器可以用来洗衣服了。在这个家里，没有陶盆、铁盆、木盆或木桶，只有一两个残旧的陶罐和破损的瓶子，还有几个当凳子用的破箱子。屋子的一个角落里堆着已用得所剩无几的一点儿煤屑，旁边是一个没有门的柜子，里面扔着几件破衣烂衫。屋子的另一个角落里放着一张老旧的摇摇晃晃的法国式铁架床，床上仰面躺着一个男人，身上穿着一件褴褛的双排扣夹克，头上戴着一顶运煤工人的粗油布帽子。屋子里到处都黑乎乎的，墙壁更是污浊一片，乍看上去，还以为是故意刷成了黑色呢。

女主人一边洗着衣服，一边说着抱歉的话。我站在她对面，注意到她连一块肥皂都没得用。我假装什么也没看见，故作随意地再次环顾这间小屋，又看到了几件刚进门时没能看到的东西：半磅面包孤零零地放在一个空荡荡的纱橱里；一件破旧的红色衬裙很随便地挂在门后的把手上；几块锈铁零零散散地扔在地上，看上去像是一段炉灶烟筒和一些已经用坏了的什么工具。一个大点儿的孩子站在那儿，正盯着这些废铁块儿在看。还有两个小点儿的孩子坐在紧挨着炉子的一个破箱子上，其中一个长得非常漂亮可爱，另一个时不时地探过头来亲他 / 她一下。

和刚刚在另外一家见到的那位妻子一样，这位女主人也是衣衫褴褛，面色萎黄，让人心生怜惜。然而，她姣好的身材，活泼的性格，还有脸颊上隐隐约约的笑靥，无不让我联想起多年以前在伦敦艾德菲剧院出演音乐剧《维多琳娜》的著名女星菲兹威廉夫人[1]。

"可以问一下你丈夫是做什么的吗？"

"他是运煤工人，先生"，女主人一边说着，一边扭头瞥了一眼躺在床上的丈夫，无奈地叹了口气。

"他失业了吗？"

"啊，是的，先生！他一直都很难，很难找到活

---

1. 菲兹威廉夫人，全名范妮·伊丽莎白·菲兹威廉（Fanny Elizabeth Fitzwilliam），是英国十九世纪著名演员爱德华·菲兹威廉（Edward Fitzwilliam）的妻子，曾在伦敦艾德菲剧院出演约翰·巴克斯通（John Buckstone）的音乐剧《维多琳娜》（*Victorine*），扮演剧中人物伊利斯（Elise）；该剧作者约翰·巴克斯通和狄更斯是好朋友。——译者注

儿干；现在，是彻底没活儿干了。”

“都是因为这双腿，”躺在床上的丈夫开口说道，“我要把裤腿卷起来让您看看。”说着便动手去卷裤腿。

“你们还有再大点儿的孩子吗？”

“还有一个女儿和一个儿子。女儿是做针线活儿的，现在正在上班；儿子就干些自己力所能及的活儿，现在正在外面找工作呢。”

“他们也住在这儿吗？”

“他们睡这儿。因为没有钱再去租房，他们晚上只能回这儿来住。房租对我们来说太贵了。现在，法律规定的房产税涨了，房租也跟着涨，一个星期六便士。我们已经拖了一个星期没交了。房东很生气，说要把我们赶出去；有时候就来踹门，把门晃得吱嘎乱响，怪吓人的。也不知道接下来会怎样。”

躺在床上的丈夫这时候插进来，凄苦地说道：“看我这双腿，肿得这么厉害，皮肤都有点儿涨破了。我还经常做举腿的动作呐。哎，不管怎么说，还算管点儿用吧。”

他低着头看了一会儿自己的那双腿（这双腿已经变得畸形了，腿上的皮肤也差不多已完全失去了光泽），忽然好像想起了这双腿在这个家里是不受欢迎的，于是赶紧把裤腿放了下来。那双腿就仿佛是一张早已过时的老地图或毫无价值的设计图一样，没有人愿意去查阅，去参考。这位丈夫无可奈何地躺回床上，拿帽子盖住脸，再也一动不动。

“你的大儿子和大女儿睡在那个衣柜上吗？”

“是的。”女主人回答说。

“和弟弟妹妹一起睡在那儿？”

“是的。我们得挤在一起取暖。我们的被子太少了。”

“除了纱橱里的那半块面包，你们还有别的吃的吗？”

“没有了。另一半我们在早上已经吃完了，就着白水。我不知道接下来会怎样。”

“接下来有可能会好一些吗？”

“要是我大儿子今天能挣到钱的话，他一定会拿回来的。那我们晚上就有吃的了；而且，说不定我们还能交点儿房租。要是没挣到，我不知道接下来会怎样。”

“情况很糟糕哦。”

“是的，先生。生活很难，很难。您要走啦！小心啊，台阶坏了！再见，先生！”

这些穷苦的人们得不到任何救济；但他们也不会

去济贫院，因为他们对那儿充满了恐惧[1]。

在又一间出租屋里，我看到的是一位非常体面的妇女，还有五个孩子，其中最小的那个还不到一岁。这位妇女是本堂区医生的一个病人；为此，她的丈夫便在这家医院里干活儿。堂区间联合济贫院破天荒允许给她和她的家庭提供救济——每星期四个先令，外加五个面包。我想，当各位议员以及公众的“赐福者”——政党领导人最终达成协议，实现了均衡税率的承诺后，说不定她还可以多拿六个便士。到时候，她或许会合着这份“喜悦”，“欢欣”地跳上一曲“死亡之舞”吧。

此时此刻，我无法再继续探访下去了，我实在不忍再看到那些孩子们的眼神。我可以让自己硬着心肠去看大人们所遭受的痛苦，但当我看到那些孩子们时，我的心软了。他们是那么年幼，那么饥饿，

---

1. 十九世纪时，英国国内有近百万人失业，急需政府予以救济。但在自由资本主义发展的鼎盛时期，资产阶级藐视人权，认为贫困是由于“个人懒惰”所致，因而应由“个人负责”。1834 年，英国政府制定的《济贫法》便是以这样的思想观念为指导的。这部法律规定，在各地建立济贫院，凡无生活来源、需要社会救济者必须进入济贫院。但是被救济者在济贫院内被迫从事繁重体力劳动，里面的生活条件又极为恶劣。实际上，济贫院不是在“救济穷人”，而是在“惩治穷人”，其最终目的是为了摆脱济贫税负担和为资本主义生产提供充足的劳动力来源。因此，穷人一般都很害怕进济贫院。——译者注

神情却是那么严肃，那么宁静，我真的无法再看下去了。想到他们住在条件无比恶劣的巢穴里，忍受着病痛，濒临着死亡，我倒真希望他们可以毫无痛苦地离开人世。然而，他们不能，他们正在遭受着病痛和死神的折磨。一想到这些，我真的是心软了，再也不忍看下去了。

我沿着泰晤士河往前走，来到莱特克里夫村；又经由这里的一条岔路，回到了铁路边上。这时，我的眼睛被铁路对面的一块牌子吸引住了，那牌子上赫然刻着“东伦敦儿童医院”的字样。此时此刻，再没有什么能比看到这样几个字更能让我的内心感到安慰了。我横穿铁路，径直走进了这家医院。

这里看起来原本好像是个造船厂或者仓库。里面条件极端简陋，设备异常简朴。每层楼的地板上都有活板门，每个活板门上都吊着很多东西；陈旧的地板由于踩踏和推拉重物已变得坑坑洼洼；房间和梁柱的设计很是蹩脚；楼梯上下也不方便；因此要想顺顺畅畅地去每个病房看看就显得不那么容易。但是，这里通风很好，收拾得又干净，让人备感亲切和愉悦。医院里有三十七张病床，床上躺着的尽是些可爱无比的孩子，有的大一些，有的还不到一岁。由于饥饿，这些孩子们都面色苍白，形容消瘦。但是我看到，在这里，孩子们的痛苦得到了温柔的抚慰。这里的小病号们每个人都有一个顽皮可爱的昵称；照料他们的是一位十分温婉秀气的女士，她轻柔地帮孩子们撸起袖子，给我看他们那骨瘦如柴软弱无力的小胳膊。每次在她这样做的时候，孩子就会用自己那瘦弱无肉的小手亲热地抚弄她手指上戴着的一枚结婚戒指。

病床上一个刚刚几个月大的婴儿格外引人瞩目，他 / 她十分漂亮，犹如拉斐尔[1]画笔下的小天使。只是他 / 她小小的头颅上因为脑积水缠满了绷带，同时还患有严重的支气管炎。孩子时不时会不由自主地发出一声痛苦的呻吟；但这呻吟里没有焦躁不安，也没有抱怨不满。孩子双颊和下巴的线条柔美无瑕，仿佛浓缩了所有婴儿的美丽；那双又大又亮的眼睛更是可爱非凡。我站在他 / 她的床脚前，这双明亮的大眼睛便开始和我对望，眼神里充满了好奇与渴望——正是我们都熟悉的婴儿所特有的那种眼神。这双眼睛就那样执著地凝望着我，即使那小小的身躯因为痛苦的呻吟而颤动时，孩子的视线都没有从我眼睛

1. 拉斐尔（Raphael, 1483—1520），意大利文艺复兴时期画家，建筑师，主要作品有梵蒂冈宫中的壁画《圣礼的辩论》和《雅典学派》，其他代表作有《西斯庭圣母》《基督显圣容》等。——译者注

上移开。孩子仿佛是在恳求我，要我把收容他 / 她、照料他 / 她的这家小医院的故事讲给我能遇到的每个善良的人听。我伸出自己历经沧桑的大手握住那只贴着下巴紧握着的未经世事的小手，心中暗暗承诺，我一定会把这个故事讲给我能遇到的每个善良的人听。

当年，是一对年轻夫妇——都是非常有修养的人——买下这栋楼，并把它改建成了现在这家令人称道的医院。这对夫妇从不张扬，只是静静地守在这里。事实上，他们便是这家医院的负责人兼医生。两个人无论是在内科还是外科方面都有着非常丰富的实践经验；丈夫曾经是伦敦一家大医院的外科住院医师；妻子曾经是医学专业的学生，她勤奋好学，通过了严格的考试，并在霍乱流行期间做过护士，负责照料一些穷困的病人。

凭着他们的资历，这对夫妇完全可以另谋高就。他们风华正茂，成就卓然，品位高雅，气质超群，与周围的邻居没有多少共同语言，与这里肮脏污浊的环境更是格格不入。然而，他们毅然选择了这里。他们的房间位于二楼，即使坐在餐桌前也能听到哪个孩子因为疼痛而哭喊。在这家简陋的小医院里，除了孩子们的病床，你还能看到钢琴、书籍、绘画工具以及其他一些只有文雅之士才可能拥有的宝贝。为了节省空间，这些宝贝都堆放在一处，只有哪一件被用到时，才会单独收拾出来，就像旅客排队上船一样，只能一个一个地来。医院的药剂师原本对这儿并不感兴趣，是这对夫妇的人格魅力以及他们所从事的这项事业本身的磁力把他吸引到了这里。药剂师住在餐厅内的一个小凹室里，他的洗漱用具只能放在餐具柜里。

他们很满足，因为他们把身边所有有用的东西都能充分地利用起来！他们很自豪，因为他们可以用自己的力量把楼内的空间分隔成一个个便利的小间，让白天的诊室摇身变成晚上的吸烟室；不仅如此，他们的候诊室里居然还放着一个朋友送的取暖炉呐！他们对医院周围的环境——如果能够摆脱掉楼后面那个令人不愉快的煤场的话——也很赞赏！他们还有一辆婴儿车，说也是一个朋友送的，非常有用。事实上，是我送的。楼梯下面有一个不大不小的角落正好作这辆婴儿车的车房。他们收集了很多很多的彩色图片——有的已经剪贴好，有的还没有——用以装饰病房。他们还有一只非常迷人的木刻小鸟，头上顶着漂亮得难以置信的羽冠，当你用手往上拨它的头时，小鸟就会忽地把头低下去。我去探访的那天上午，他们举行了一个小小的典礼，把这只小鸟立为医院的公共雕塑。医院里还有一只长相非常滑稽的杂种小狗，名字叫“卷毛儿”。“卷毛儿”经常在病床间穿梭着跑来跑去，小病号们对它都很熟悉。这只让孩子们精神振作的滑稽小狗是在医院门口发现的，当时它显然已经饿得不行了，医院里的人就把它带进来，给它吃的。自此，小狗便在这里安了家。不知哪个孩子，大概因为仰慕“卷毛儿”天资聪颖，给它脖子上戴了一个脖套，上面写着“不要以貌取‘狗’。”我看到这个不卑不亢的呼吁时，“卷毛儿”正站在一个男孩的枕头边上快活地摇着尾巴。

今年一月份刚开业时，人们都以为这家医院是专门有人出钱为他们筹建的；因此把医院提供的医疗服务视为自己应享受的权利，生气时还故意找碴儿抱怨。不过，他们很快就了解了事实真相，对医院的感激之情开始与日俱增。但依然不遵守医院的探视规则，那些母亲们想什么时候来看孩子就什么时候来，父亲们则星期天想什么时候来就什么时候来。这些父母们还有一个不合理的（不过在我看来也是可同情可理解的）做法：孩子病入膏肓时，他们通常要把孩子带离医院，回到自己那个条件恶劣的家里。

有一次，一个男孩儿因为炎症严重而奄奄一息，父母便在一个雨夜把他从医院带回了家。这个男孩儿后来又被送回来了，并且经过一番艰难的治疗后居然痊愈了。不管怎样，现在这个男孩儿很快乐。我看到他时，他正在高高兴兴地享受自己的午餐。

食物不足和居住环境不卫生是这些孩子们生病的主要原因，因此治疗的主要方法就是补充营养，保持卫生和居室通风。对于已经出院的小病人，医院依然不忘照顾他们，经常邀请他们来吃饭；还有一些被饥饿折磨的孩子，尽管从来都不是这家医院的病人，也经常得到他们的邀请。这对医生夫妇不仅熟悉自己的病人及其家庭的状况，对周围很多邻居的性格特点和生活境遇也很了解，因为所有这些信息他们都有记录。这些穷苦的人们一步一步陷入越来越深的贫困境地时，通常会隐藏事实，甚至对这对医生夫妇也不肯透露，直到最后陷入绝境。

这家医院的护士都很年轻，年龄多在十九岁到二十四岁之间。尽管医院的条件有限，但护士们仍然有一间属于她们自己的舒适的小饭厅，这在很多条件良好的医院里都办不到。不过，能让这群年轻的女孩儿们坚定地留在这里的真正原因是：她们喜欢这些孩子，同情这些孩子的不幸遭遇——这是多么美丽的事实啊！技术最好的那位护士就来自附近的社区，家庭境况和邻居们一样贫苦，她尤其知道这项工作是多么重要。她原本是一位技术不错的裁缝，在这家医院一年的收入还比不上做衣服几个月的收入。医院的那位女负责人觉得有义务跟她说明做裁缝比在这里做护士要更有前景。但当有一天跟她说起这事儿时，这位女护士坚定地说“不”，她说在哪儿也比不上在这儿让她觉得自己更有价值，更开心；她一定要和这些孩子们待在一起。于是，她真的留下来了。我继续往前移动脚步，这时看到一位护士正在帮一个男婴洗漱。这位护士长得很喜兴，很招人喜欢，我于是停下来去逗弄她正照料的那个男婴。小家伙长得普普通通，圆头圆脑；此时，正紧皱着眉头，用一双湿滑的小手抓着自己的鼻子，身子裹在一个小毯子里，双眼神情严肃地盯着我。突然，这位小绅士踢了一下小脚，对着我笑了。与此同时，护士那张美丽的脸庞上也漾起了欣慰的微笑。看到这样的笑容，我之前那颗疼痛的心有些释然了。

几年前，在巴黎曾上演过一部非常感人的戏剧，名字叫《孩子们的医生》。就在我要离开这家医院时，突然发现我们的这位男医生可不正是“孩子们的医生”吗？那随意系着的黑色领带，宽松的双排扣黑色大衣，忧郁的表情，飘逸的黑发，那睫毛，那胡须，不折不扣，完完全全正是那位巴黎艺术家在舞台上刻画的理想医生形象的化身。但据我所知，还没有哪位传奇作家有胆量来描绘一下在伦敦东部这家儿童医院安家的这对年轻夫妇的家庭和生活。

我离开莱特克里夫村，在斯特普尼火车站乘车来到了芬丘奇街总站。我相信，不管是谁，只要按照这条路原路返回的话，都必将看到我刚刚所经历过的这一切。

（丁振琴　译）

➛ 业余警察在巡逻

我有一个癖好，即便是毫无目的的漫步，也一定要有一个目的地。每次离开我在考文特花园的临时住所前，我会给自己规定好，一旦出了门，中途就不能再改变路线，也不能半途而废，没到达目的地之前绝不能返回；这就像不能骗人，不能违背和别人的约定一样。这一天，我的目的地是莱姆豪斯[1]。按照事先和自己约定好的规则，我于中午时分，准时从家里出发了。

每次出来漫步，我都习惯把自己想象成是正在值班的高级警员，而漫步便是在“巡逻”了。遇到

1. 位于伦敦东部，有很多的贫民区。——译者注

街上有流氓恶棍时，我会在心里想象如何抓住他们，并把他们赶出伦敦城。如果我真的能够抓住一个流氓恶棍，我一定会把他赶出去，并且告诉他别想再看到伦敦城。

正在“巡逻”时，我看到三个身形庞大、粗壮有力的绞刑师正走在回家的路上。我敢肯定，他们的家在特鲁里街的某个院子里，地方狭小转不开身；但他们住在那儿，就像我住在我的寓所一样，不会受到任何人的侵扰。看到他们，我心里突然生出了一个想法。我想象着自己作为一名警员，应该把这个想法恭恭敬敬地呈给新上任的首席司法行政长官——我完全相信他是一位可信赖的、能胜任的人民公仆。这时候，我不由想起：多少次，警察报告书里总是带有成见地给我胡乱扣帽子，我虽忍无可忍，却也只能把气咽到肚子里；多少次，警察告诉那值得尊敬的地方法官说某个犯人的同伙就住在某条街或某个院儿里，没有人敢从那儿走；那值得尊敬的地方法官一旦听说了那条街或那个院儿的恶名，便经常——比如说每隔两周——拿那条街或那个院儿当“教材”来教导大家。

现在，假设我们的首席司法行政长官给伦敦的各个警察分局发一则通知，要求他们立即将所有地区所有被吹嘘得那样可怕的街道或院落的名字全都报上来；假设我们的首席司法行政长官在通知中还有一条警告：“如果那样的地方真的存在，证明警察无能，要受到惩罚；如果那样的地方不存在，只是以讹传讹，证明警察懒惰，没去澄清事实，而是纵容这样的谣言，属于渎职行为，也要受到惩罚。”这样的通知发下去，结果会怎样呢？是谣言还是事实，只需用一点点常识去检验，答案便会清清楚楚。如果不厌其烦地告诉大家——直到大家都视其为平凡如旧闻如醋栗一样——像这样的历史上最为昂贵的警察制度在当前的伦敦，在拥有蒸汽技术、照相技术和电报技术的今天，依然存在，那我们和古老的斯图亚特王朝[1]还有什么区别？噢，如果各个政府部门都如此滞后的话，那么两年后我们可能退步到“大瘟疫”[2]时代，一百年后我们可能退步到“德鲁伊教徒”[3]的远古时代了！

我的那个想法原来会给社会带来如此大的损害。

1. 指 1371 年至 1714 年间统治苏格兰和 1603 年至 1714 年间统治英格兰和爱尔兰的王朝。——译者注

2. 指 1665 年发生在伦敦的黑死病。——译者注

3. 指凯尔特民族的神职人员，而凯尔特人是一个公元前五世纪至公元一世纪散居在不列颠、爱尔兰、欧洲、小亚细亚等地的民族。——译者注

想到这儿，我不由自主地加快了脚步，结果不小心撞倒了一个骨瘦如柴的孩子。当时，这个可怜的孩子正一手提着破旧的裤子，一手抓着蓬乱的头发，赤着脚吧嗒吧嗒地在泥泞的石头路上跑。我停下脚步，把这个流着眼泪的小可怜儿扶起来，给了他一张钞票。立刻，我们被包围了。我估计差不多得有五十人，有男的也有女的。他们衣衫褴褛，饥肠辘辘，冷饿交加，浑身哆哆嗦嗦。他们先是讨钱，见我不给，就开始扭打着、翻滚着、吵闹着、尖叫着去抢那个孩子手里的钞票。他们像恶狼一样，凶狠地争抢着，那张钞票一会儿被这个抢去，一会儿又被那个夺走；很快，我便看不到那张钞票落到哪里去了。眼前尽是一片令人厌恶的混战场面，一片飘荡着的破衣烂衫，一片挥舞着的胳膊和腿，一片飞扬着的烂泥。至于那个刚刚被我撞倒的孩子，我在扶起他之后，就已经把他拉到了路边儿上。这一场钞票争夺战发生在围着板围和栅栏的一堆建筑物废墟上；确切点说，是在圣殿关石门[1]附近。

突然，从这群争抢者中出人意料地冒出了一名真正的警察，其他人立刻吓得四下逃散。这名警察

1. 旧时伦敦城的入口，位于一所法学院前，是叛国者和其他罪犯首级示众之处。——译者注

东打一拳，西踢一脚，左抓一把，右挠一下，一个人也没抓住。见所有人都吓跑了，他这才摘下帽子，从里面抽出一块儿手帕，擦了擦脑门儿上的汗；之后，又把手帕塞进帽子，把帽子重新戴回头上。他那副样子，就好像是刚刚尽了一份重要的道义上的责任。的确如此，只是这一份责任他是为自己尽的——他抢得了那张别人不敢不放下的钞票。我看看他，再看看泥地上留下的那些杂乱的痕迹，不由想起了地质学家在悬崖壁上辨认出的那些古老久远的雨滴印儿和先人的脚印儿。我情不自禁地陷入了沉思：假设此时此刻这些带有杂乱痕迹的泥巴能够石化，假设这些石化了的泥巴能够在这里完好无损地久存一万年；那么一万年后，不借助历史的帮助，仅凭人类自己的智慧，我们的后人能否从这些痕迹中推断出下面这样惊人的结论：有一个国度，表面看来美丽优雅，可就在她的首都城市，却有一群挨饿受冻的孩子被她残酷地遗忘了；这个国度实力强大，并为其海权和陆权而自豪无比，却从不曾动用自己的实力去抓住并挽救那些孩子。

我来到了老贝利街[1]，沿着这条街往远处看，便

1. 老贝利(Old Bailey)也用来指位于老贝利街的英国中央刑事法庭。——译者注

是新门监狱[1]。我发现这座监狱看起来有点儿不协调。事实上，这一天似乎处处都弥漫着不协调的氛围。圣保罗大教堂[2]可谓是非常漂亮的建筑，可在我看来，还是有一点儿不协调。似乎教堂顶上的那个十字架太高，距离下方的那个金球太远了似的。

我转身向东走去，离开了土美菲路和老贝利街，离开了绞刑、游街鞭刑（把罪犯拖在马车后面，一边游街，一边用鞭子抽打）、火刑、柴把、监狱、颈手架、烙铁，也离开了祖先留下的那些美丽的建筑——可惜已被粗暴地拆毁了，幸好天上的星辰还依然如旧。我继续“巡逻”，发现了一个奇怪的现象：这一带的街区好像被一根无形的线隔成了很多块——这一块是银行和货币兑换行，那一块是航运公司和航海用具商店；这一块是几乎闻不到任何气味的杂货商店，那一块则是腥味浓烈的肉摊儿；不过最吃香的要数那些小针织品店，里面陈列的每一件商品都明码标价，就像已经被谁预定了或指定了要买似的。

---

1. 位于新门大街和老贝利街的交角处，是伦敦的一所著名监狱，1904年被拆毁。——译者注
2. 位于新门大街和纽钱吉街的交角处，以其壮观的圆形屋顶而闻名，是英国古典主义建筑的代表。——译者注

在杭兹迪奇教堂[1]这儿，往东迈一步和往西迈一步，景象便截然不同。就像司各特[2]描述的卡农盖特街[3]一样，在那条街的尽头有一条不算宽的沟，欠债人只要迈过去，就算是进了荷里路德避难所[4]，即使法警就在眼前，也不用担心会被捕；但在沟的另一侧，就是另外一种情景了。在杭兹迪奇教堂这儿，往西迈一步，你可以看到货真价实的上着法国抛光漆的红木桌子或五斗橱，往东迈一步，你看到的则是像抹了一层护唇膏似的廉价的仿制品；往西迈一步，你可以看到规模很小但完全独立自足的面包店，往东迈一步，你看到的则是松松垮垮的只会跟人讨钱的懒汉。接下来，我的"巡逻路线"主要是围绕着白教堂[5]及其附近的炼糖厂一带。这里的建筑层层叠叠，很是宏伟壮观，像极了利物浦码头的大型仓库。离开这条路线后，我又向右边走去，经过左边那个死

---

1. 位于杭兹迪奇街。——译者注
2. 司各特（Scott, 1771—1832），苏格兰小说家、诗人，历史小说首创者，浪漫主义运动的先驱。——译者注
3. 位于苏格兰首府爱丁堡，是那里的一条重要街道。——译者注
4. 指爱丁堡的荷里路德宫周围地区，直到荷里路德公园一带。历史上曾为欠债人的避难所。荷里路德宫曾是苏格兰王室的居所，现在仍是英女王来到苏格兰的皇室住所。——译者注
5. 位于伦敦东部。——译者注

角转弯处时，突然看到一个幽灵般的身影，这个身影在伦敦的其他街道上也不陌生。

但不知为什么，经常在伦敦街头漫步的人们近来都没有看到过这个女人。今天我看到她，发现她的背因为脊椎的疾患更驼了，简直是在弯着腰；她的头也歪到了一侧肩膀的后边，几乎快垂到自己的手腕儿上了。谁都熟悉她的拐杖，她的披巾，她的篮子；谁都知道她除了脚下的路别的什么都看不见，只能摸索着向前走；谁都了解她从不乞讨，从不停下自己的脚步，永远都在漫无目的地朝着某个地方走去。但是没有人知道她靠什么生活，从哪里来，又要到哪里去，为什么要这样走个不停。我还记得，她那裸露的胳膊肤色蜡黄，瘦得只剩一把骨头和包在外面的一层羊皮纸般的肉皮。如今，这双胳膊似乎又有了一些变化——那皮肤看上去显得更斑驳了。她以前似乎总是绕着河岸大道[1]转，绕一圈大概有半英里长的样子。可今天，她怎么离开“轨道”，往东走了这么远？而且又在往回返。她究竟走了多少路啊？在这一带，她应该是罕见的一大奇观。这一点，从一条狗对她的反应上便可以看出来。那是一条长得

1. 位于伦敦中西部的一条大街。——译者注

不太对称的杂种狗，尾巴长得尤其滑稽。当时，这条狗正慢慢地走着，尾巴翘着，耳朵竖着，和它的“同胞们”（如果我可以用这个词的话）一样，令人觉得友好和善。这条狗在一家猪肉店稍作停顿，然后和我一样，慢步往东行进；它的面容和蔼慈善，嘴巴馋涎欲滴，仿佛在默想那肉的可口美味。就在此时，它看到了这个半弓着身子正向自己靠近的“包裹”。它虽没有受到什么惊吓，但还是有些惊奇——这个“包裹”居然会走路。它停下脚步，把耳朵竖得更直一些，又稍稍往前走一点儿，眼睛瞪得又大又圆，鼻头又湿又亮，嘴里发出一声短短的低沉的“汪”。我在一边看着，不由得心惊胆战。“包裹”继续靠近，狗“汪汪”地叫起来，转身想要逃开；可似乎又想到了“身为一条狗，怎能临阵脱逃”的道理，于是又转回身来，再一次面对那个不断向自己靠近的“包裹”。过了好大一会儿，狗似乎想起，这个“包裹”什么地方应该有一张脸吧？这一次，它孤注一掷，决定冒一下险，找找看看。于是，狗慢慢走近“包裹”，慢慢绕着“包裹”转了一圈，终于在一个不应该的地方找到了那张人脸。狗恐惧地嗥叫一声，便飞快地朝着东印度码头[1]方向逃去。

---

1. 位于伦敦东部的一个港区。——译者注

现在，我“巡逻”到了商业路[1]一带。想到斯特普尼火车站就在附近，我不由加快了脚步，因为火车站的另一侧不远处就是我那颗“东方的小星”，我要顺路去看一看那颗“小星”是否依然在明亮地闪烁。

“东方的小星”是我给伦敦东部一家儿童医院起的名字。再次来到这里，我发现这颗“小星”果然依旧明亮，这家医院果然依旧发挥着重要作用。医院里的床位都满了。我上次见到的那个天使般美丽的婴儿已经永远地睡去了，他 / 她躺过的那张床上现在是一张新面孔。看得出来，我上次离开后，又有很多好心人来过这里。医院的墙上装饰了好多好多布娃娃，让人看了很是愉快。那些娃娃们伸着手臂，睁着大眼睛，展示着自己漂亮的裙子。不知道“卷毛儿”看到这些娃娃，会有怎样的反应。不过，“卷毛儿”的兴趣好像主要在小病号们身上。它就像是一名医生，在病床间走来走去，身旁还跟着一条小狗——大概是朋友，仿佛它的实习助手一样。“卷毛儿”急切地领我去看一个漂亮的小姑娘。小姑娘看起来非常健康，实际上却因为膝部患癌刚刚做了

1. 位于伦敦东区的一条路。——译者注

截肢手术。“卷毛儿”摇着尾巴在她的床单上蹭来蹭去，似乎在向我暗示：你看，亲爱的先生，这个截肢手术很不容易，但非常成功！小姑娘拍拍“卷毛儿”，微笑着开口说：“这条腿给我带来很多麻烦，我很高兴把它弄走了。”我们又来到另一个小女孩儿的病床前，小女孩儿张开嘴，让我们看她异常肿胀的舌头。这时候，“卷毛儿”正卧在一张桌子上，和小女孩儿一般高；它满含同情地伸出自己的舌头，神情严肃地看着小女孩儿，眼神里充满了理解和怜爱。我从没有见过哪条狗能像“卷毛儿”这样有风度、有修养，真想把手伸进口袋，拿出一基尼钱，用纸包好，放进它的嘴里。

离开儿童医院，我来到了莱姆豪斯教堂附近，这将是我“巡逻”的最后一站。我发现离这儿不远处有几家“铅厂”。“铅厂”这个名字吸引了我，这个名字在我的脑海里仍记忆犹新。第一次作为“非商务旅客”探访东伦敦儿童医院及其附近地区时曾听人说起“铅厂”。经过了解，这里的铅厂和当时听人说起的那些“铅厂”没有什么不同。于是，我决定去看一看。

接待我的是一对聪颖灵敏的兄弟，他们和自己的父亲一起经营这家铅厂。兄弟俩非常欢迎我来参观，而且表示我可以随意看，我便仔细地“巡逻”了一下这家铅厂。铅厂工作的主要目的是将铅锭转化成白铅粉。这个转化要通过铅本身的一种连续的化学变化而慢慢地逐渐地来实现。但整个加工过程别开生面，非常有趣；最有意思的要数其中的一个准备环节：把铅锭分别埋进很多个罐子里——每个罐子里还要放一定数量的酸类物质，再把所有罐子一层一层地全部埋到鞣皮下，存放约十个星期。

我爬上一架又一架梯子，穿过一块又一块木板，登上一个又一个高台；到最后，我都不知道我是像小鸟呢，还是更像砌砖工人。不管怎样，我终于可以在一个立足处停下来了。脚下是一排又一排的大阁楼；站在这里可以清楚地俯看其中一个阁楼里的景象，阳光也透过阁楼顶上砖瓦的缝隙斑驳地照着里面。有许多女人正在那里上上下下地忙碌着；每个上来的女人都扛着一个已经放好了铅和酸的罐子，准备把它埋在冒着热气的鞣皮下。一层罐子放满后，便在上面小心翼翼地盖上木板，再在木板上面小心翼翼地盖上鞣皮；然后，开始放第二层罐子……每一层都设有木管儿，保证通风良好。阁楼里的罐子快放满时，我从自己站的地方下来，走进这个阁楼里面。我发现那鞣皮的温度高得惊人，铅和酸混合发出的味道非常难闻，尽管在这个阶段可能还不至于有毒。在有的阁楼里，罐子已经挖出来了，那儿的鞣皮的热度还要高得多，味道也更刺鼻，更怪异。每一层楼都有很多这样的大阁楼；有的里面放满了罐子，有的里面只放了一半，还有的里面则完全空着；身体强壮、动作敏捷的女人们上上下下里里外外地忙碌着。这情景就像是在一个土耳其富翁家里，听说苏丹或巴夏[1]要来，富翁那些忠诚的后宫佳丽们便赶紧上楼忙着把家里的金银财宝藏起来。

和绝大多数的矿粉或颜料粉一样，白铅粉的加工程序也很繁杂，搅拌、离析、洗涤、研磨、滚搓、挤压，一道工序都不能少。毫无疑问，这其中有些环节对人体健康是非常有害的，其主要危险在于吸入铅微粒或皮肤与铅直接接触。为了消除这些危险因素，铅厂为工人们配发了很好的口罩（用法兰绒和棉布缝制而成，更新成本较低，而且还可以用香皂清洗）、防护手套以及宽大的长外衣。厂房尽可能多地安装了窗户，安装的位置也很合理，因此通风条件非常好。根据以往的经验，也出于对铅中毒的担心，这家铅厂还首创了一项安全措施，即经常轮

1. 土耳其古代对大官的尊称。——译者注

换在最危险的环节工作的工人。据说，这项安全措施非常有效。在最危险的环节工作的工人们穿戴独特而神秘，个个蒙着口鼻，穿着宽宽大大的长外衣。这样一来，就更符合我前面用的那个比喻了——土耳其富翁的后宫佳丽。

这令人伤脑筋的白铅粉，经过埋存、挖掘、加热、冷却、搅拌、离析、洗涤、研磨、滚搓、挤压等程序，终于到了最后一个环节——高温烘烤。蒙着口鼻，穿着长外衣，犹如土耳其富翁的后宫佳丽的女工们在一个很大的石制烘房里站成一排，像在帮厨师传菜一样，一个传一个地将烤盘放到烘箱里。这个时候的烘箱（或者叫炉窖）还是冷的，看起来有房子那么高，里面有很多临时立脚处，站满了男工和女工；他们敏捷地传递着烤盘，迅速地将烤盘在炉窖里放好。另一个刚用过的烘箱（或者叫炉窖）现在已经快冷却下来了，里面的烤盘也差不多全都取出来了，铅厂负责人把顶上的一扇门打开，以便我这个来访者可以从上面观看烘箱（炉窖）里面的情形。我刚一探头，就忍不住立刻缩了回来；那炙热的气息，那刺鼻的气味，让我有一种要窒息的感觉。这么看来，铅加工过程中，最危险的环节便是进入炉窖里面工作——尽管此时炉窖的门已经打开，新鲜的空气已经进来。

但可以看得出，铅厂负责人的的确确做了很多细心周到的工作，以期将铅中毒的危险降到最低。

厂内有专供女工洗浴的浴室（我原以为只是毛巾比较多而已）；还有专门用于挂衣服、吃饭的房间；房间里有很好的炉灶，那炉火烧得正旺。厂家还配备了一名女服务员来给女工们帮忙，并监督她们在触摸食物前一定不要忘记把手洗干净。此外，还为她们配备了一名经验丰富的医疗护理人员；一旦谁有铅中毒的先兆症状，便可以得到及时的妥善的治疗。我看见女工们的房间时，她们的茶壶以及其他喝下午茶的用具都已经摆好了，很有家的样子。这些女工们比男工更能承受这份工作，她们当中有几个已经在这儿干了好几年了；绝大多数女工都很强壮很泼辣。当然，另一方面，她们大多数人也都很任性很随意，上班时想来就来，不想来就不来。

美国的发明家们好像说过：不久的将来，白铅粉的加工冶炼有可能完全由机器来完成。那么，越早越好。和陪我参观的那对坦诚的兄弟告别时，我跟他们说他们没有什么需要隐瞒的，也没有什么可指责的。至于其他，诸如铅中毒的问题，诸如工人们的种种说法，我想完全可以用我在“东方的小星”

那篇文章里提到的那位爱尔兰妇女的话来总结:“有的人刚上班不久就铅中毒了，有的过一段时间才会中毒，还有的，不过是少数，一直都不会有事儿。这全在人的体质，先生，有的人体质好，有的人体质弱。”

我要顺原路回家，不再“巡逻”，我“下班”了。

(丁振琴　译)

赛马彩票店

6 月 14 日（星期天）的一份体育报上刊登了二十九条有关赛马胜负预测的广告。每一位“预言家”都宣称，对即将到来的“赛马会”上的每一场赛事，他们都有精准信息透露，信息透露费从一英镑一先令到二先令六便士不等。每一位“预言家”都宣称，自己的预测信息毋庸置疑、无可匹敌，因为有赛马训练站的权威人物（不用说都是些言而无信的人，但那又怎么样呢？）为他提供消息。每一位“预言家”都十分清楚，经他启迪过的彩民必须要赢；他们千方百计地维护着自己的信誉，生怕把战场丢给了别人。他们似乎都是大慈善家，其中的一位“圣人”声称，当他老练的目光扫过苦苦奋斗的芸芸众生，当他亲眼看见在生活的道路上有的人辛辛苦苦、孜孜不倦地朝着某个确定目标缓慢前行，有的人莽莽撞撞、昏头昏脑地朝着未知的目标急速前冲，他心中便不由生出一种强烈的愿望——要为这芸芸众生点一盏指路明灯；与此同时，他也非常苦恼，因为他每天都亲眼看见劳苦大众把钱白白浪费在毫无意义的地方。另一位“贤人”，似乎略有不及，在宣告自己重新复出时只说道：“战无不胜的预言家又回来啦！”还有一位“道德家”，干脆借《新约圣经》中的主要信条来宣扬自己的“赌马必胜计”，称自己预测必胜的赛马是“被上帝挑中的少数”，自己提供的预测信息则是“上帝的忠告”。还有一位，一方面承认由于自己在前不久的预测中出了点儿“小错”，以致给大家带来了“灾难”；一方面又认为这没有必要作太多解释（尽管他已经作了太多解释），因为他曾成功地探出赛马场上最为隐秘的信息，这足以证明他的预测能力是绝无仅有的，那么偶尔犯点儿小错应该是可以原谅的。所有这些“预言家”的广告都来得及时迅捷，仿佛他们正骑在马背上时突发灵感，来不及下马便赶紧掏出纸笔，把这新鲜的灵感记录下来，用以启迪芸芸众生，重回黄金时代。

赛马赌博如此兴旺火热，举国上下如饥似渴般一头扎进去的傻瓜不计其数，这让人深感忧虑。尤其需要一提的是，赛马赌博的沉迷者中有很多是头脑灵活、年纪尚轻的小伙子，他们清楚地知道自己无论如何也不可能去向莎士比亚学习，于是便找一些胡编乱造的理由来让自己沉迷于赛马赌博。还有一些人，居然认为这被“预言家”们无情劫掠的赛马赌博有可能成为一个无比灿烂辉煌的行业，在我们看来，这简直是一个无比荒唐可笑的想法。不过，或许此想法亦有其合情入理、讨人喜欢的一面，比如说，它有可能湮没人们对那些“预言家”的所有憎恨，如果赛马赌博的恶作剧就此停止的话。

然而，让人遗憾的是，这恶作剧没有就此停止。有那么多匹“被上帝挑中的赛马”，有那么多条“上帝的忠告”，赌马者们坚信自己必将快快乐乐地投入财神的怀抱。打工仔啊、童仆啊，无不意识到能否发财原来完全取决于自己；于是无不行动起来，赶紧去买一则自己能买得起的“赌马必胜计”，然后投身赌博，等待发财。这些具有运动家品格的赌马者们从“征服一切的预言家”手中买来“致富法宝”后，发现还需要有一个便利的场所。在这个场所里，应该有赛马名单及最新投注赔率表；在这个场所里，他们可以把自己的钱（或者从别人那儿借来的钱）投注在经由“预言家”预测必胜的幸运的赛马上。于是，赛马彩票店应运而生，且眨眼间便如雨后春笋般涌现在每一条街道上。所有的赛马彩票店都需要有几个对折本作“账簿”，还需要有几张赛马的彩色图片作宣传，当然，那图片越是陈旧越是脏兮兮便越好。就这样，把几张彩图往橱窗里一摆，再把一本“账簿”往柜台上一放，一切就绪，一个装备完好的彩票店或庄家就算成了。

有的彩票店可能由烟草店或其他什么店改建而成；有的可能一开始就是一家彩票店。有的装修简陋，为了节省资金从“预言家”手中购买“赌马必胜计”，连柜台都省掉了，在屋角处隔出一个挺有官气的隔间，再放张桌子便苟且了事；有的装潢豪华，店内配有上着法国抛光漆的红木桌椅及其他高档的办公室设备。每家彩票店的店长也不尽相同，从彩票店墙上的小窗户偶尔可以看到，有的店长还没有脱离贫困，依旧穿着破旧的衣衫，或正与心怀敬仰的客户喝着杜松子酒，或正站在店内一个隐秘的地方，透过那扇小窗，悄悄审视着门外那些等待买彩票的狂热的彩民们；有的店长看起来地位尊贵，有一种居高临下的优越感，就像“政府官员”一样，戴着一只单片眼镜，仔细地查看着店里的“账簿”。有的彩票店降下身份，投注标准可低至一先令[1]；有的则拒收低于半个克朗的投注；还有的为了抬高身份，把自己和较便宜的彩票店区分开，故意抬高投注标准，从五先令、七先令六便士、半个金币[2]、甚至到一英镑（这样高的投注标准的确比较少见）不等。有的彩票店的彩票就是一小片软塌塌的纸板，上面草草地印着一个表格，内容的填写更是乱七八糟；有的彩票店的彩票则是高雅别致、制作精良的卡片，上面漂漂亮亮地写着"贵族俱乐部出纳员收"。如果你下注的那匹赛马"傻子"在"幸运杯"赛马会上一举夺冠，赢得"幸运奖杯"，你便可以凭着这张彩票，根据上面具体标明的奖金支付日期（通常是赛马会结束后的第二天），去找那位重要人物——出纳员——领取两英镑十五先令的大奖。然而，不管什么样的彩票店，只要它是彩票店，就一定会有人来来往往，乐此不疲——英格兰身手快捷的年轻人，聪明绝顶的年轻人，时刻都在密切关注着赛马会的年轻人，就一定会走进来；然后，像一个头脑简单、茫然不能自已的傻瓜一样乖乖地把钱交出来；再然后，他们便欢

1. 在英国旧币制中，一先令相当于十二便士，二十先令为一英镑。——译者注
2. 在英国旧币制中，一个金币的面值通常为一英镑。——译者注

天喜地等待着，一直都坚信自己能中大奖，直到最后得知自己赌输了（这是注定的），也只能无奈地舔舔那只把钱交出去的手。

我们这儿附近的彩票店虽地处市中心，但也不能代表彩票店的大本营，因为彩票店实在是太多了，整个伦敦城及其周围的郊区处处都充斥着“彩票店”这个家喻户晓的名字。不过，要是想了解彩票店的话，倒不用走太远的路，因为我们周围街坊上就有很多很多家彩票店。前两天，经过特鲁里街剧院附近一条常走的脏兮兮的大街时，发现那里又新开了一家彩票店，名字起得很是吉利，叫“快乐先生”。

“快乐先生”彩票店规模很小，十分引人注目。这家彩票店就像戏剧《罗密欧与朱丽叶》中提到的那家药店一样，里面几乎没有任何家具设备，只是胡乱地弄了一下，能够将就着卖卖彩票收收钱而已。这家彩票店在阿斯科特赛马会即将举行之时突然出现，且生意红火，我们不由怀疑“快乐先生”可能精心策划了一笔投机买卖：借着赛马会的良机尽情敛财，赛马会一结束，说得难听一点，便溜之大吉。尽管“快乐先生”彩票店从外表看着就让人觉得不可信，但依然会有人来店里买彩票，这一点毋庸置疑。这不，正当我们站在马路对面打量这家彩票店时（估计彩票店就是在这天早上才刚刚开张的），就看到两个报童、一个公司职员、一个年轻的肉商、还有一个刚刚开业的面包店店主走进彩票店，与“快乐先生”做起了交易。这些彩民看起来对“快乐先生”可是没有丝毫戒心。

我们也决定在“快乐先生”这里赌一把，看看结果到底会怎样。于是，我们穿过马路，走进“快乐先生”彩票店，瞟了一眼店里挂着的各种单子——就在此时，又有一位具有运动家风格的彩民（一个挎着蓝包的小伙子）从“快乐先生”这里买了一注彩票——便跟“快乐先生”说我们要买一注“西部让步赛”的彩票，赌“托福纳”这匹赛马，下注半克朗（这个注钱不算低）。把赌金交给“快乐先生”时，我们假装对“托福纳”“西部让步赛”等很了解的样子；但事实上，不得不承认，我们对这两个名称一无所知，完全凭空想象“托福纳”是一匹赛马，“西部让步赛”是一个彩票的名称。“快乐先生”表情认真严肃，什么都没问便接过了赌金，登录了赌注，从围着办公桌的栏杆上方把一张脏兮兮的小纸板递给了我们。如果“托福纳”赢了，我们将凭着这个小纸板，在赛后的第二天来领奖；我们还仔细看了一下，奖金是英币七先令六便士。这时，一个机灵鬼悄悄跟我们说，何不借此机会试探一下“快乐先生”，看看他的钱箱里到底有没有足够的钱。于是，我们又递给“快乐先生”一枚金币，请他帮我们换成零钱。“快乐先生”接过金币后，立刻埋下头，在小隔间里假装翻抽屉；很快，便听到了他的回话：没有零钱了，所有的银币都在上午换成金币了。说这话时，“快乐先生”的喉咙里就像有什么东西噎着似的。说完话，“快乐先生”又很快露出头来，从接待室喊来一个男孩儿，让他出去换零钱——那男孩儿好像刚刚见过，看起来非常狡诈的样子。我们跟“快乐先生”说，如果他能找给我们半个金币（既然有那么多金币）的话，我们可以把赌金增加到半个金币，就不用再麻烦了。然而，“快乐先生”再次把头埋进小隔间，说那男孩儿已经跑出去了，相信他一定能把零钱换回来；又补充说刚跟那男孩儿一说，他即刻就没影儿了，一点儿都不麻烦。于是，我们只好在“快乐先生”的店里等那男孩儿回来。这时，我们注意到店里还有一个神秘莫测的女人，一直一动不动地盯着外面的大街——我们猜测她大概是“快乐先生”的老婆吧。正猜着，那男孩儿回来了。我们从他手里接过零钱，隐约看到他的鼻子似乎抽动了一下，好像因为神不知鬼不觉地骗了我们所以备感得意似的；但是我们并不敢确定，这个男孩儿实在太狡诈。

赛马会的第二天，我们拿着彩票凭证又来到“快乐先生”彩票店，发现这里已是一片混乱。店里挤满了人，大多数都是穿着油乎乎脏兮兮衣服的嗜赌如命的小伙子；他们正吵闹着要找“快乐先生”。而坐在“快乐先生”的位子上的正是那个狡诈的男孩儿；他一个人坐在那里，十分的镇定沉着。他说“快乐先生”上午十点钟有急事出去了，要到晚上很晚的时候才能回来；“快乐先生”的老婆因为身体健康的缘故出城了，要到冬天才回来。“‘快乐先生’明天回来吗？”人群中有人大声地问。“他明天也不回来，因为明天是星期天，他星期天要去教堂的”，那狡诈的男孩儿说。听着那有点儿口齿不清的回答，连赌输了的人们都忍不住笑起来了。“那他星期一回来吗？”一个卖菜的年轻小伙子不顾一切地大声问道。“星期一？”那男孩儿想了想，说：“我想他星期一也不会回来，星期一他要去一个促销会。”听到这儿，几个小伙子开始讥讽那个从容不迫镇定自若的男孩儿，“什么去‘促销会’啊？是去‘骗人会’吧。”另有几个蜂拥而上，挤进小隔间，有的大笑着，有的咒骂着。这时，一个童仆发现了“快乐先生”的赌注登录册——那是“快乐先生”留下来的唯一物件。只听他大声喊道:“这个小册子不错啊!”我们擅自翻看了一下那本小册子，发现的确是“不错”:“快乐先生”总共收了大约十七英镑，即便抛除那些必要的开销，他还能赚十一到十二英镑。不用说，“快乐先生”自然会被什么“促销会”绊住脚，再也不会回来了。我们再一次也是最后一次路过“快乐先生”的彩票店时，发现彩票店已不复存在，取而代之的是一家“鞋靴制造厂”。当时天色已近黄昏，一位年轻的先生从“新新酒店”走出，来到这家曾经的彩票店门前，发狂般地拉着门铃。那门铃的把手儿已差不多快被完全拽出来了，就像正在弹奏乐曲的风琴突然停住了一样。一个灰不溜秋、满身灰尘的男人把门打开一条缝，年轻的先生跟他详细地询问起“快乐先生”的情况。那个男人说他什么都不知道，谁都不认识，对“快乐先生”更是闻所未闻，一无所知。希望这个上当受骗的可怜虫听了那个男人的回答后，心能够踏实下来了。他赌出去的钱，是再也不能够从“快乐先生”那里赢回来了。

但总体来说，也不是所有彩民都会成为“快乐先生”们的猎物。哦，绝对不会！我们还有比较守信的彩票店；我们还有“赌场商人道德联合会”来专门惩治像“快乐先生”那样的坏蛋。“赌场商人道德联合会”其实是一家为商人利益服务的机构，其简介封面上还有一幅关于赛马的木刻画。在此，我们愿意忠实地一字不差地为大家呈现该机构的简介内容。

“‘赌场商人道德联合会’相关负责人郑重声明：城市新增赌场并非为了与已有的诚信经营的赌场相抗衡，而是要本着公平竞争的原则，为公众提供更安全更可信的投资渠道，敬请广大公众多多关照。”

“‘赌场商人道德联合会’，正如其名所示，是‘商人（从事商务活动人员）的协会’。该机构亲眼看见由于一些赌场破产（原因特点及资产规模都差不多）而致使处于弱势地位的赌民经常遭受财产上的损失，而该机构可以监管商人以及投机倒把的小贩公正、诚实地投资经营。因此，‘赌场商人道德联合会’理应受到公众的支持。”

“该联合会的经理认为，公众对于赌场的憎恨（这对于那些努力诚信经营以赢得公众信任的赌场尤为不利）大多源于赌场的客观环境。很多赌场装修布置得过于富丽堂皇、华而不实，其所需费用显然与赌场的合法盈利不相符合；而有的赌场则恰好相反，外观显得过于贫困潦倒，让人觉得其经营者只想一味收赌金，根本没有能力兑奖。”

“还有的赌场设法避免这两种极端，决意不让自己看上去有一点儿像要投机的样子，结果却适得其反，更让人觉得是在惺惺作态，更让人觉得有可能无法‘在赛后的第二天兑奖’”。

“‘赌场商人道德联合会’将在一家信用极好名望极高的赌场开展业务。该赌场位于市中心，其经营者与联合会经理曾签下协议，共同承诺绝不失信于广大民众。”

“所有比赛项目的市场投注赔率都由联合会总经理设定，所有发行的彩票都由总经理亲自签名，所有投注的资金……”

有了这个联合会，商人们自然相信可以放心大胆地把钱投注在自己最喜欢的赛马上；而他们的家人，就像古老的家庭故事中所讲述的一样，自然相信可以过上幸福美满的生活了。

现在，毫无疑问，赛马赌博已蔚然成风，且愈演愈烈；之所以会这样，社会因素起着非常重要的作用。尽管我们对不同的意见尊重之至，但我们坚决认为对赌博进行法律干预的呼吁是错误的。首先，一直以来，我们的法律除了压制公众的文娱活动外，很少对其加以关注，而现在突然要制定一条这样的法规，显然不是明智之选。假使我们的教育立法一直以来都非常关心公众的文娱活动，非常真诚地希望公众的文娱活动越来越丰富越来越好，那么情况可能会有所不同。不过，即使如此，制定赌博法规也有转嫁责任的极大嫌疑。其次，尽管我们的议会中不乏许多诚实正直的议员，许多非常非常诚实正直的议员，许多不但诚实正直且博学多才的议员，他们站在自己的位子上，滔滔不绝地跟广大公众讲什么是对的，什么是错的，什么是真的，什么是假的。他们的说教也许很有教化作用，但我们依然斗胆敢说，我们不赞成议会当前就赌博问题所制定的种种规范及所采取的解决办法；我们深信，如果这些规范及解决办法没有做到真正的公正公平，那么议会在道义上的权威将遗失殆尽。无疑，全国上下所有人都知道有一些“侠肝义胆”的“预言家”在过去很长一段时间里曾到处宣扬他们的“赌马必胜计”，为广大赌民预测哪匹赛马能使他们中大奖！无疑，不论我们在政治主张上有多大分歧，我们都知道，不止一位“预言家”与体育报上刊登的那位“圣人”一样——“当老练的目光扫过苦苦奋斗的芸芸众生，心中便不由生出一种强烈的愿望——要为这芸芸众生点一盏指路明灯”；“预言家”们借着这盏“指路明灯”，庄严地宣称“黑马”将是胜者；然后，直到卖出了他们的“必胜计”，又突然改口，宣称“白马”可能是胜者，“棕马”可能是胜者，或者“灰马”很有可能是胜者。无疑，不论我们多么不情愿承认，我们都知道，国家的政治诚信已经受到了影响，并已被腐蚀；什么“选举”，什么“政府”，不过是鲁莽草率的赌马彩票店罢了——那里的“预言家”们反复无常，与彩民们玩弄伎俩，且尽可能地拖长时间以使更多彩民上当受骗，之后便出尔反尔，将自己的预言置诸一旁，丝毫不计后果；那里的“预言家”们用自己老练的目光扫视整体形势后，宣称每一匹赛马均有成为胜者的可能。

哦，不！针对赛马赌博这件事情制定法规有可能使其变得公正些，但绝对不会产生什么奇迹；对此，我们深信不疑。家长和雇主必须承担更多的义务，必须了解受自己监护或管理的人员的日常习惯及时常出入的地方；当有新的诱惑来临时，更需要深入了解他们的各种情况。有关单位应该明文规定，学生学徒不得参与赌博，否则严惩不贷。若果然有学生学徒参与赌博，地方法官可以抓几个典型，宣判他们有罪，将他们关进劳教所，并施以严厉处罚，这必将起到杀一儆百的作用。公司职员、政府雇员一旦被发现参与赌博，应当立即开除；有那么多勤勤恳恳踏踏实实的年轻人可以替代他们呐。至于那些与赌马彩票店有关系，的确已查实声誉很坏的人等——不论是不是通缉犯——警察一个都不应放过；我们相信，这样必然能够将很多大骗子公之于众，使民众不再上当。如果家长和雇主们态度坚决，尽职尽责，而不是闪烁其词，将责任推给一条不可依赖的法规，以上这些防范措施应该足矣。当然，还是会有一些漏网之鱼小黠大痴，自取毁灭；但毕竟大部分平民百姓受到了一定的约束，而这的确需要家长和雇主们确实履行自己的责任。

（丁振琴　译）

↠ 死亡交易

几年前，很多颇具理性的人们开始清楚地意识到，英国人在丧葬礼俗方面已陷入一种非常可悲的局面。在葬礼上嚣张炫耀、挥霍浪费已渐渐成为一种风气；而这种做法不但不能为死者的名誉增光添彩，还会给生者带来极大的耻辱，因为它将人生中最庄严肃穆的时刻与虚伪的仪式、可耻的负债、铺张的浪费及极度的不负责任紧密联系在一起。对这件事情越是考察得仔细，越是考察到社会底层，便越是觉得这些丧葬礼俗荒谬丑恶；不仅其本身是这样，其后果亦然。任哪一个社会阶层都逃不过去。中产阶级在举办葬礼时互相攀比，排场摆的越大，越显得体面；而那些丧事承办者们便趁机胡作非为，大捞一把。这种风气已蔓延至穷困的社会底层；对于他们来说，举办葬礼所需的费用与收入完全不成比例，足以让他们倾家荡产。为了支付这笔费用，他们只好联合起来，组成所谓的“互助会”。但很多“互助会”的管理者是诡诈狡猾的流氓恶棍，经常欺负这些穷苦的弱者，用非常残酷的手段欺骗他们，压榨他们；还有一些“互助会”，因为对那些最坏最邪恶的“互助会”构成一种新的诱惑，以致引发了一种新的以金钱为目的的谋杀，其罪恶深重至极，即使最为严厉的语言都不足以斥责这种罪孽。一切就绪，丧葬礼俗的邪恶、虚伪及荒谬，俨然已到了无以复加的地步。于是，这滑稽可笑的真相便全部暴露无遗了。无数残忍贪婪之士自称可以提供各种丧葬用品，实则一件也不曾拥有；他们只是真正丧葬用品提供商和殡仪服务员的中间人，他们从丧葬用品商那里租来各种设备，然后就像救火时挨个儿递水桶那样再把这些设备一个传一个地租出去；自然，每个中间人都可以从这份“黑色交易”中大捞一笔。此外，大家都想方设法要把逝者埋葬在本已很拥挤的城镇中，这很明显会给生者带来多么可怕的后果；再加上城镇里的墓地非常有限，墓地所有人又个个贪得无厌，这便又导致了一种有伤风化、恐怖至极的做法，这种做法令我们常人十分憎恶，同时也令我们这个时代以及我们的国家非常丢脸。综上所言，这种贻笑大方的丧葬礼俗可以说已经可悲到了极点。

若不是丧葬礼俗的荒谬可悲已凸显得如此明显，我们恐怕也还正在这个极端堕落的旋涡中苦苦挣扎。现在，我们完全相信，中产阶层中有很多人已通过相关议会文件了解到了丧葬礼俗中的这些恶行，他们不会再将这种坏习俗继续保持下去了；相反，他们将把这种坏习俗作为严正的训谕，告诫最最亲密的下一代人不要将自己的死，自己的葬礼变成腐蚀他人身心的工具。这样的例子，在很多知名人士中并不少见。已故的苏塞克斯公爵为国家利益着想，表明自己过世后，希望以私人形式葬于肯萨尔绿色公墓，不希望举行国葬，亦不希望下葬于温莎堡王室墓地。已故的罗伯特·皮尔[1]爵士要求过世后葬在德雷顿墓园。已故的孀居王后[2]曾就自己的葬礼写下这样的话："在上帝的御座前，我们每个人都是一样的，

1. 罗伯特·皮尔（Robert Peel, 1788—1850），英国首相（1834—1835, 1841—1846），保守党创始人，任内政大臣时建立首都警察队（1829）。——译者注

2. 指阿德莱德王后（1792—1849），其丈夫威廉四世于 1837 年去世，从而成为英国自十八世纪以来第一位孀居王后。文中引用部分乃阿德莱德王后 1841 年在病榻上所写。——译者注

我的死亦不足称道；因此，我死后，请不要为我举行盛大奢华的葬礼；请尽可能不要公开，尽可能以私人形式将我的遗体安葬于温莎堡圣乔治教堂。我尤其不希望举行国葬；我静静地死去，亦希望静静地下葬，希望能够远离世界的虚荣和奢华。请不要对我的遗体进行解剖和防腐处理；我希望越简单省事便是越好。”这番话写得令人钦佩令人感动，实在是社会各阶层举办葬礼的最好典范。

这些先例在人们的丧葬礼俗常识中尚属鲜为人知，再加上我们正处于新旧历史交替的时期，那原本已黯淡下去的国葬仪式又开始死灰复燃，美其名曰是为了对已故的威灵顿公爵[1]表示敬意，为了对所有那些在英国历史上留下辉煌记忆的风云人物表示敬意！

在这里，我们想真诚地奉告各位读者：国葬仪式的恢复，不是也不可能是一种荣耀；越是真正伟大的人物，其葬礼越是简单平凡；国葬仪式助长了各种腐化的“死亡交易”，自始至终都不是丧葬礼俗的好榜样。

---

1. 威灵顿公爵（1769—1852），本名为阿瑟·韦尔兹利，英国陆军元帅、首相（1828—1830），以在滑铁卢战役（1815）中指挥英、普联军击败拿破仑而闻名，有“铁公爵”之称。——译者注

所有民众，不论其政治主张如何，都明白那些“实权人物”是否曾参与“国葬交易”——是否力图保全国葬仪式，是否视国葬仪式为宝贝，是否充分利用国葬仪式为自己谋利，是否舍不得国葬仪式悄然离去。关于这个问题，我们在这里不想过多讨论。

但国葬仪式的死灰复燃却唤醒了民众借死亡做交易的风气，这种交易与现实格格不入，是那么愚蠢无知，那么荒谬可笑。以下是我们从《泰晤士报》的广告栏摘取的若干例子，以供广大读者评鉴。

首先，关于观看葬礼的席位及观看葬礼时可享用的茶点。某广告称，二楼设有观看葬礼的场所，宽敞舒适，可以举办由钢琴现场伴奏的豪华宴会，这个我们暂不去细看；我们先来看看那“高雅得体”的“每日启事”的内容:“威灵顿公爵葬礼专供红酒”，供不应求，如有需要，请马上订购；“威灵顿公爵葬礼专供蛋糕”，美味可口，由 ×× 糕点师专门烘焙；“葬礼寿衣”，由 ×× 裁缝师专门缝制；“远近驰名的柠檬饼干”，最能有效缓和悲痛情绪，每磅一先令四便士……接下来，我们逐个看看报纸上刊登的这十几条广告——这众人可以赚钱的大好良机。

路德门山——这里设施齐全、装备完善，可供观看威灵顿公爵盛大壮观、肃穆庄严、震撼人心的出殡仪式。若想拥有开阔的视野、便利的条件、舒适的空间，敬请抓紧时间，查看预定尚余座位。

观看葬礼，有床位提供——出租。位于三楼，共三个房间，两个窗口，视野开阔，可供观看出殡仪式。收费十基尼，含茶点。单个席位，最低收费十五先令，含床位和早餐。

观看公爵葬礼——一流的视野，可供十五人观看，提供床位和起居室，干净舒适，价格合理。

出租葬礼观看席位和窗口——位于河岸大道，库茨银行附近，位置绝佳。二楼窗口，收费八英镑；三楼窗口，收费五英镑十先令；四楼窗口，收费三英镑十先令；另有两扇玻璃橱窗，各收费七英镑。

威灵顿公爵葬礼观看席位——位置绝佳，可观看整个出殡仪式，视野一览无余。位于老贝利街附近。注：从这里可看到圣保罗大教堂及圣殿关石门。

观看已故威灵顿公爵葬礼——出租，位于三楼，两个窗口，有壁炉，设施齐全，条件便利。团体观看，价格优惠。前排观看座位，每位一基尼。视野所及范围：皮卡迪利大街——帕尔摩街。

观看威灵顿公爵葬礼——二楼三楼出租，可按房间或观看窗口租用，尤其适合家庭观看。设施齐全，舒适便利，视野绝佳。一楼亦设有舒适便利的观看席位，最低价格一基尼。适于室内观看。

观看公爵葬礼——价格优惠。二楼设有两个房间，有观景阳台，可直接通向河岸大道。大房间可容纳十五人。小房间八基尼起租。

观看公爵葬礼——橱窗出租，约三十个座位，共二十五基尼。二楼亦设有两大观看窗口。其中一个视野颇佳，视野所及范围可从圣殿关石门直到圣保罗大教堂，收费三十五基尼。此外，还有几个单人观看座位，每位一基尼。

观看威灵顿公爵出殡仪式——位于查林十字路，科克斯普尔街，位置得天独厚，尚余空位若干，价格合理。因座位紧俏，需尽快预定。另：楼顶亦设有座位若干，视野颇好。

观看已故威灵顿公爵葬礼——出租，位于河岸大道，位置绝佳，三楼，收费十英镑；四楼，收费七英镑十先令，每层各设有两个观看窗口；前排座位抢先预订中，每位一基尼。

观看公爵葬礼——出租，二十五基尼，专为上流社会家庭开设，视野广阔，位置绝佳，二楼房间，设有安全阳台及会客室。可容纳二十人，视野开阔无遮挡。若人员不足二十人，可酌情减价。设施齐全，条件便利。

此外，我们要特别注意下面这则广告：

T. C. 敬请各位牧师注意——河弯街专门为各位牧师预留了席位，敬请各位牧师入场时着白法衣。第一排四个席位，每位一英镑；第二排四个席位，每位十五先令；第三排四个席位，每位十二先令六便士；第四排四个席位，每位十先令；第五排四个席位，每位七先令六便士；第六排四个席位，每位五先令。所有剩余席位的价格分别是：四十先令，三十先令，二十先令，十五先令和十先令。

这位商人真是富有想象力，他安排二十四位牧师分坐六排，希望以此在自己的橱窗里营造一个神圣而动人的画面，这种创意似乎非常不错；且还能让人觉得他眷顾到了丧礼场合的庄严肃穆的特点。

同类的广告有许多许多，上述几则是随意摘来的，其中很多关于视野范围的描述并不真实，无非是想吸引那些愿意掏腰包的先生们来和自己志趣相投的人儿完成一次集会。为了这样的集会，他们已做好了充分的准备：茶点、红酒、白酒、食物、水果、盘子、杯子、各种瓷器，以及其他许多不胜枚举的小玩意儿；而最最重要的是，他们对这样的集会全部都是热情高涨、激情满怀。我们仔细观察这些人群，时不时地会大吃一惊，尤其当我们看到那件所谓的艺术品时。话说这件艺术品上刻有一句话“渴盼夜晚到来，渴盼布鲁奇王子到来”[1]，旁边还注有传奇故事，讲述的是这位正被大家悼念着的英雄——威灵顿公爵如何评价这件艺术品：英雄以他特有的语气语调评论说“很好，的确很好。”哦，艺术！你也来参与“死亡交易”啦！

接下来，我们再来看看有关逝者亲笔信的广告。私人印章的神圣性、私人信件的私密性，对于“死亡交易者”来说，毫无意义；在他们的字典里，根本就没有这样的词汇。现在，就让我们停下来，听一听送殡的喇叭如何向全世界公开这位逝者独有的亲笔信！

威灵顿亲笔——公爵接连写下的两封回信，绝对真迹（1843），颇具特色；另外还有那两封来信等，

1. 这是威灵顿公爵在滑铁卢战役中说的一句话。当时，威灵顿公爵的部队眼看要被打败，公爵正焦急地等待普鲁士王子布鲁奇元帅率军来援助。另，之所以渴盼夜晚到来，是因为夜幕降临后，暂时不用打仗。——译者注称得上文学珍品，售价十五英镑。

威灵顿亲笔——转让威灵顿公爵亲笔信两封。一封写于沃尔默城堡，时间：1834年10月9日；另一封写于伦敦，时间：1843年5月17日。邮戳及公爵印章均完整无缺。

威灵顿——出售威灵顿公爵便笺三封，有公爵印章、信封。系公爵亲笔书写，非平版印刷；每封便笺长度约2 ¼页。在迄今已公开的公爵亲笔信中，当属最具公爵特色的真迹。售价：两封三十英镑，一封二十英镑，不讲价。

转让——某退役军官欲转让已故英雄威灵顿公爵的亲笔信和便笺，共五封，其中有三封系公爵当年被称为阿瑟·韦尔兹利爵士时所写。另有一大信封。所有信函、便笺及信封均盖有公爵印章。可现场购买，亦可来信进行交易。

公爵信函——出售公爵亲笔信两封，货真价实，内容风趣幽默，颇具特色。

威灵顿公爵——公爵写给某位女士的亲笔信，颇具公爵风格，有印章、信封。出价高者优先。现场交易。

陆军元帅威灵顿公爵——已故威灵顿公爵家族成员，现有公爵给其所写的亲笔信一封，内容涉及军务，长达六页，保存完好。售价三十英镑。

陆军元帅威灵顿公爵亲笔——转让颇具特色的公爵亲笔信一封，信中公爵曾提及自己将活到一百岁，写于1847年，有信封，印章及家族饰章均保存完好。售价十英镑。

威灵顿公爵——出售威灵顿公爵亲笔信，写于1831年公爵夫人刚刚去世之际；另有两个公爵亲笔书写的信封，邮票、印章均保存完整。

威灵顿公爵——公爵亲笔公务信函，信封、印章、邮戳等均保存完整。信函风格彬彬有礼、独具特色。请按所示地址来现场交易。售价十五英镑。

陆军元帅威灵顿公爵——出售公爵亲笔信两封，一封系公爵六十一岁时所写，另一封系七十二岁时所写，笔迹独具公爵风格，内容涉及重要话题。确保货真价实，敬请放心。

威灵顿公爵——公爵写给某位女士的一封信函，该信函部分由打印机打印而成，部分由公爵亲笔书写，奇特异常，实属绝品，值得珍藏。出价最高者优先。

出售陆军元帅威灵顿公爵亲笔信六封——系有人慷慨解囊，赠与了某位身陷贫困的女士，信封、印章均完好无缺。

威灵顿公爵——一位女士欲转让公爵亲笔信一

封，写于今年6月18日，恰逢滑铁卢战役[1]周年纪念日，也是公爵度过的最后一个滑铁卢战役周年纪念日，因此倍加珍贵。信函写于阿普斯利公爵宅第[2]，信封、印章均保存完好。

一位牧师，欲转让已故公爵写给自己的亲笔信两封，系公爵私人慈善行为的极好见证，有信封，出价最高者优先（可买一封，亦可买两封），本月18日前有效。若有特殊情况，价格可商量。

威灵顿公爵——一位悲痛的孀妇，现有威灵顿公爵亲笔信一封，写于1830年，有信封，上面写有收信人姓名和地址，还有公爵冠冕形印章，欲低价出售。

一位先生，欲出售已故威灵顿公爵写给自己的十分宝贵的亲笔便笺一封，写于1850年3月27日，售价二十英镑，有信封，上面的公爵印章及骑士桥地区[3]邮戳均完好无损，清晰可见。该信函充分展现了常人难以见到的公爵贵族笔迹及独特文风。

---

1. 滑铁卢战役发生于1815年6月18日，由法军对英普军在比利时小镇滑铁卢决战。威灵顿公爵指挥英、普联军大胜拿破仑，终结了拿破仑帝国。——译者注
2. 是威灵顿公爵和他的继承者们居住过的地方。——译者注
3. 骑士桥地区位于伦敦中部，主要是住宅区，没有什么办公场所，非常安静。——译者注

转让威灵顿公爵晚年所写的亲笔信一封，该信系公爵于临终前一两天时在沃尔默城堡写成，独具特色，印章、邮戳等均清晰可见。该信极有可能是已故公爵留下的最后一封亲笔信，故颇具收藏价值。出价最高者优先。欲见此物，请速申请。

伟大的公爵——出售伟大的英雄公爵的亲笔信一封，写于1851年3月27日。另有珍妮·林德[1]的漂亮亲笔信一封，写于1852年6月20日。出价最高者优先。来信请注明出价。

林德小姐的亲笔信似乎一直躲在暗处徘徊不前，直到出殡的队伍走近，才羞答答走向前来加入了这个行列，还占了个很惹人注目的位置。真不知道我们最应该推崇的是哪一条：有关林德小姐的这则广告设计得如此精妙；有关“极有可能是已故公爵留下的最后一封亲笔信”的广告做得是那样感人，那样巧妙，那样快捷高效，让人觉得卖家是要在出于英雄责任感写下这封信的那双老手尚未在坟墓里枯萎前将信售出；那位急于出售、宣扬“公爵私人慈善行为的极好见证”的牧师——不知他是否曾身着白法衣

1. 珍妮·林德（1820—1887）是瑞典著名女高音歌唱家，在欧洲大陆享有盛誉，被称为“瑞典夜莺”。——译者注

出现在 T. C. 的橱窗里且坐在前排——是那样虔诚；那位将“六封信封、印章均完好无缺的亲笔信”赠与身陷贫困的某位女士的好心人是那样慷慨大方。

最后，我们再来看看已故者留下的那些宝贵的遗物——与已故者生前生活息息相关的物品，就像哈迪爵士[1]一直戴在胸前的纳尔逊勋爵[2]的小画像一样。这些遗物很是珍贵，若没有现金支付，广告商是万万不肯脱手的。

已故威灵顿公爵遗物——转让著名已故公爵的一绺头发。确保无假。出价最高者优先。来函申请，请预付邮资。

威灵顿公爵——一位孀居女士藏有已故威灵顿公爵头发一绺，系女王加冕当日早上剪下。现欲转

---

1. 全称为托马斯·马斯特曼·哈迪爵士（1769—1839），英国皇家海军军官。曾在海军上将纳尔逊勋爵（旗舰司令）手下任旗舰舰长。据英国记者鲁宾·珀西（Reuben Percy）（本名托马斯·伯雷（Thomas Byerley，？—1826）在《文学娱乐教育之镜》（*The Mirror of literature, amusement, and instruction*）第 34 卷记载，纳尔逊勋爵曾将自己的一枚小画像送给托马斯·哈迪，哈迪爵士便一直将此画像佩戴于胸前，并表明自己过世后，希望这枚画像能依旧陪伴自己，与自己的遗体埋葬在一起。——译者注
2. 全称为霍雷肖·纳尔逊勋爵（1758—1805），英国海军上将、世界著名海军统帅，被誉为“英国皇家海军之魂”。——译者注

让。来函申请，请预付邮资。

已故威灵顿公爵珍贵遗物——一位女士藏有著名已故公爵的许多头发，系 1841 年剪下，现欲出售其中一部分，售价二十五英镑。卖家将提供有效证明及遗物来源，确保无假。来函索取，请预付货款。

出售威灵顿公爵遗物——已故威灵顿公爵的已故著名理发师的儿子，现住斯特拉斯菲尔德赛，存有公爵的少量头发，系当年其父从公爵头上剪下。现欲转让，若有心收藏英格兰大英雄的这份遗物，请来信申请、注明出价。

已故威灵顿公爵遗物——出售公爵前些年穿过的马甲一件，保存完好，提供有效证明，确保无假。

下面的这一件更是非同寻常，堪称公爵遗物中的精粹；且据广告所言，人证物证俱全，哪怕是最生性多疑的人也不可能对其真实性有半点儿怀疑，想必这件遗物更是价值非凡。

威灵顿公爵纪念物——现有一本诗集《拿破仑之死》，作者：亚历山达罗·曼佐尼[1]，附法语译文，

1. 亚历山大·曼佐尼（1785—1873），意大利诗人、小说家，十九世纪意大利浪漫主义文学的代表。——译者注

译者：埃德蒙·安吉琳，于威尼斯。当年公爵乘马车途径肯特郡时将此书撕毁并扔在地上，恰巧一位路人亲眼看见了公爵撕书扔书的全过程，这位路人将书的碎片收集起来，并将它们一一拼好。若想收藏此纪念品，请与我们联系。

最后，还有一部辉煌灿烂、生气蓬勃的文学作品；我们敢说，任何一位有身份有地位的先生若是没有收藏这本书，那他的书房绝对算不上藏书齐全。

威灵顿公爵与罗伯特·皮尔爵士——转让公爵著作一部，内容有关政治经济和自由贸易。该书生动有趣、才华满溢、价值不凡，1830 年一经出版，便几乎被罗伯特·皮尔爵士全部买下，现仅剩一本，欲购从速，请来函申请。

考虑到读者的缘故，我们暂且只引用这么多吧。事实上，像这样的广告有太多太多，如果一直引用下去的话，恐怕这整本书都会被广告占满了。

我们认为，国葬仪式扰乱了人心，给广大民众带来了不良影响，误导大家在葬礼上讲排场、多花钱，认为只有这样才能表示对逝者的敬重；而事实上，这恰恰是一种陋习。为了社会各阶层的利益，这种陋习急需革除；而国葬仪式不但对此于事无补，还助长了这种陋习的蔓延。此外，国葬仪式本身以形式替代实质，显然是虚假做作、刻意雕琢、陈腐污浊的，简直就是一场矫揉造作、虚张声势的恶作剧；这场恶作剧不但使得死亡那种令人敬畏的庄严肃穆消失殆尽，还助长了厚颜无耻的投机商在逝者的棺材盖上做生意、发死亡财的风气。我们毫不怀疑，即使威灵顿公爵只是带着军事指挥官的荣誉，在全国民众的无声的敬意中静静地下葬，依然会有人对他的信件及其他遗物广而告之并高价出售；但与此同时，我们也深信，如果威灵顿公爵的遗体能够静静地下葬，至少那些投机商们不会借势撒欢，在葬礼上举行什么"商品交易会""殡仪员欢庆会"等玩意儿。如果侍从办公室[1]及宗谱纹章院[2]不停止这种奢靡的国葬仪式，民众就不可能心境平和，停止在葬礼上花重金求虚荣的风气。这两者之间有着难以逾越的鸿沟，非凡人之手造就，亦非凡人之手可以填

1. 英国皇室下设的一个部门，主要负责礼仪、国事访问、授权仪式、皇家招待会、皇室婚礼及葬礼等。——译者注
2. 英国皇室下设的一个部门，主要负责各种仪式、宗谱调查、家谱记录等。——译者注

平。如若不然，难道还能有人相信下面这样的事情不成：“法国某政府要员”星期二晚上还在哀悼国家英雄——大将军拿破仑；星期三下午，英雄尚未下葬之时，便开始与休谟先生[1]——威灵顿公爵的私人医生谈笑风生？

本文写于举行国葬的当晚，因为日志的特点就是要及时记录所见所闻。前面我们已经表明，我们认为国葬是一个错误；在此，我们仅希望大家能够坐下来平心静气地思考一下这个问题。国葬仪式所带来的害处很容易想象，但国葬仪式能给大家带来什么益处却很难想象得出，至于国葬仪式能否给威灵顿公爵的下一代带来一丝满足，能否为威灵顿公爵这个响当当的名字增加一点光彩，则更加难以想象。如果有人认为国葬仪式是全英国人民的普遍愿望，那一定只是某些名人达士的错觉，普通民众的想法却被忽略了。希望位高权重的政府要员们能尽快将两者的想法都重视起来，只有这样才有可能是为全国人民考虑。当然，可以肯定地说，我们的期待没有错；换句话说，葬礼上一切都进行得很好，英国人民没有愧对多年来赢得的民族声誉，少数表现得

1. 全名为约翰·罗伯特·休谟（1781？—1857），曾是威灵顿元帅麾下的一名军医，也是威灵顿公爵的私人医生。——译者注

有损民族声誉的蠢人理应感到羞耻。不过，在这里，我们依然要说，我们希望国葬仪式能够在今天——1852 年 11 月 18 日，乘着那辆在伦敦大街上招摇过市的俗丽的彩车，走向自己的坟墓。我们完全尊重不同的意见，但与此同时，我们也深信，随着历史车轮的前行，国葬仪式会变得默默无闻、宽大仁慈；那俗丽的丧礼彩车——那有资格穿过盛装的圣殿关石门，圣殿关石门也应该开放接纳的丧礼彩车——亦会被历史湮没。到那时，我们会惊奇地发现：历史没有忘记威灵顿公爵那忠实、谦逊、持重、真诚的高尚品德；历史会铭记，为自己忠诚热爱着的国家作出最后一次贡献，结束虚伪奢靡的丧葬仪式的人物正是阿瑟·韦尔兹利——威灵顿公爵。

（丁振琴　译）

伟 大 的 思 想

GREAT IDEAS

THOUGHTS ON PEACE IN AN AIR RAID

空袭中的沉思

[英] 弗吉尼亚 · 伍尔芙　著

张子慧　译

中 国 出 版 集 团
中 译 出 版 社

图书在版编目（CIP）数据

空袭中的沉思 / (英) 弗吉尼亚 · 伍尔芙
(Virginia Woolf) 著 ; 张子慧译 . 一 北京 : 中译出版
社 , 2019.10（2020.1 重印）
（伟大的思想）
ISBN 978-7-5001-6042-7

Ⅰ . ①空… Ⅱ . ①弗… ②张… Ⅲ . ①散文集一英国
一现代 Ⅳ . ① I561.65

中国版本图书馆 CIP 数据核字（2019）第 190207 号

www. Penguin. com
'Thoughts on Peace in an Air Raid', 'Street Haunting', 'Craftsmanship' 'The Art of Biography' and 'Why?' are all taken from *The Death of the Moth and Other Essays*, first published in 1942 'Oxford Street Tide' first published in *Good Housekeeping Magazine* in 1932 'How It Strikes a Contemporary', 'The Patron and the Crocus' and 'Modern Fiction' are all taken from *The Common Reader*, Vol. 1, first published in 1925 'How Should One Read a Book?' is taken from *The Second Common Reader*, first published 1932
This selection first published in Penguin Books 2009

Set by Rowland Phototypesetting Ltd, Bury St Edmunds, Suffolk

空袭中的沉思

著　　者：(英) 弗吉尼亚 · 伍尔芙
译　　者：张子慧
总 策 划：张高里
特约编辑：白　姗　赵　轩　　　责任编辑：刘香玲　王　梦
版式设计：索　迪　　　排　　版：志雅文化
印　　刷：北京顶佳世纪印刷有限公司
经　　销：新华书店

出版发行：中译出版社
地　　址：北京市西城区车公庄大街甲 4 号物华大厦六层　100044
电　　话：(010)68359376,68359827（发行部）68359719（编辑部）
传　　真：(010)68357870
电子邮箱：book@ctph.com.cn
网　　址：http://www.ctph.com.cn

开　　本：760mm×950mm　1/32　　印　　张：3.875　　字　　数：66 千字
版　　次：2019 年 10 月第 1 版　　印　　次：2020 年 1 月第 2 次
书　　号：ISBN 978-7-5001-6042-7　　定　　价：216.00 元（全 8 册）

➳ “伟大的思想”中文版序

企鹅“伟大的思想”系列丛书自 2004 年开始陆续面世，在英国、美国和德国均有出版。在英国出版品种最多，已付梓八十种，尚有二十种计划出版。该丛书在全球众多读者间，尤其是学生当中，普及了哲学和政治学，销量已远超二百万册。中文版“伟大的思想”的推出，是该系列的又一延续和发展，令人欢欣鼓舞。

推出这套丛书旨在让读者再次与一些伟大的非小说类经典著作面对面地交流。长久以来，此类书籍的出版都建立在这样一个假设之上——此类著作供学生课堂学习之用，因此需辅以导读、详尽的注释及参考书目等。此类版本无疑十分有用，但我想，

如果某一版本能够重建托马斯·潘恩的《常识》或约翰·罗斯金的《艺术与人生》初版时的环境，为读者与作者营造更为亲密无间的氛围，使读者除了原作者及其自身的思考外没有其他参照，也许会更有吸引力。

但是，这一做法亦存在严重缺陷：每位作者的表述难免有难解或不可解之处，一些重要的背景知识或许也有所缺失。例如，读者对亨利·梭罗创作时的情形毫无头绪，也不了解该书的反响及影响。不过，这样做的优点也显而易见，最为显著的便是作者的初衷又一次受到重视——托马斯·潘恩的愤怒、查尔斯·达尔文的灵光、塞内加的隐逸。他们给许多国家的众多读者带来的生活影响难以估量，有的影响甚至长达几个世纪，几乎没有什么比阅读这些作家更令人拍案叫绝的了。倘若没有亚当·斯密或阿图尔·叔本华，将无法想象我们今天的世界。这些小书创作年代久远，但其中的话语彻底改变了我们的政治学、经济学、精神世界、社会规划和宗教信仰。

“伟大的思想”系列一直求新求变，地域不同，收录的作家亦不同。一些作家在中国或美国更受欢迎，而英国版“伟大的思想”收录的一些作家在其

他国家和地区则鲜有人知。称其为“伟大的思想”，我们亦是慎之又慎。这些思想之所以伟大，在于其影响深远，但这并不意味着这些思想都是“好”思想，实际上一些书或可列入“坏”思想之列。丛书中收录的很多作家受到同样收录于该丛书的其他作家的巨大影响，例如，马塞尔·普鲁斯特承认受约翰·罗斯金影响很大，米歇尔·德·蒙田也承认深受塞内加影响。但也有些作家彼此憎恶，若发现彼此都被收录于同一丛书，一定会深感苦恼。至于他们思想的或“好”或“坏”，读者可自行判明。我们衷心希望，您可以享受阅读这些著作的乐趣。

“伟大的思想”出版者

西蒙·温德尔

目录

导读

弗吉尼亚·伍尔芙（Virginia Woolf，1882—1941），出生于英国伦敦肯辛顿，英国作家、文学批评家和文学理论家，意识流文学代表人物，被誉为二十世纪现代主义与女性主义的先锋。

伍尔芙的父亲莱斯利·斯蒂芬爵士（Leslie Stephen）是维多利亚时代出身于剑桥的著名文学评论家、学者和传记家。她成长于文化氛围浓厚的环境，在家中接受教育，阅读父亲的丰富藏书。从1906年起，伍尔芙的兄弟在剑桥结识的朋友们不断来家聚会，逐渐形成了一个文艺和学术的中心，即布卢姆茨伯里派（Bloomsbury Group），伍尔芙成为成员之一，其他成员包括了当时文化界的大批精英，对伍尔芙的文学创作产生了深远影响。

由于童年的不幸遭遇和父母先后离世，伍尔芙的精神遭到打击，几度崩溃，直至1941年投河自尽。有人这样形容伍尔芙：“她的记忆有着隐秘的两面——一面澄明，一面黑暗；一面寒冷，一面温热；一面是创造，一面是毁灭；一面铺洒着天堂之光，一面燃烧着地狱之火。”

拥有这样矛盾的气质的伍尔芙一生著述丰富，除了写下《达洛维夫人》（1925）、《到灯塔去》（1927）等著名小说外，还创作了多篇散文，在英国散文发展中占有重要地位。这本《空袭中的沉思》精心收录其中十篇。

“空袭中的沉思”发出了女权主义作家的呼喊。通过描述一场空袭，揭示出两性的不平等，思考女性的命运及其在人类社会中的巨大作用，主张女性的力量与男性相当甚至超过男性，认为女人可以“将男人从专制中解脱出来”，为帮助他们战胜内心的好战本能而“创造更多光荣的活动”。

“城市漫步”“牛津街浪潮”是对工业时代伦敦这座城市的观察与体验。文中既有明媚街景，又有晦暗角落，男女老少，高低贵贱，人景交织，现实与历史碰撞，在追求真实的自由的体验者眼中构建出光怪陆离的都市景象。

“工艺”对看似普通的文字的内在特质进行了探讨。文字不实用，但具有分辨真伪、表达真理的能力。文字含义变化多端，要恰当地运用文字，就要保留文字“表达多件事”的本性，不要禁锢其自由。这为阅读与写作提供了新的视角。

“传记艺术”是对传记文学的反思与质疑。二十世纪的传记已发生变化，传记不是史料的堆积，不该死气沉沉。作传者服从事实，但“有权利支配所有可供挑选的事实”，应更为主动、更富创造性，写出能引起读者共鸣的传记。

“对当代文学的印象”表现了伍尔芙的文学批评观，认为批评家必须站在读者的立场，从作者的视角理解与把握作品的文学性和精神世界，指出虽然处在一个杰作贫乏的时代，评论家应该“认真感受现在，观察过去和未来之间的联系，为即将到来的杰作作好准备”。

“为什么”对英国文学的教育模式发问，认为大学讲授文学的做法是过时的传统，学生“如果要通过英国文学考试，就要对英国文学进行相关写作，而这一切注定了埋葬英国文学的毁灭性结局”。人们应该聚在一起平等谈论文学，心灵相通。

“读者和报春花”探讨了作家与读者的关系。作家应知道自己是为谁而写，明智地挑选读者，为大众服务；理想的读者应具备一定的素质，帮助作家呵护写作之花。对读者的选择最为重要，文学的命运取决于读者和作家的结合。

“现代小说”被视为意识流小说创作的宣言，“生活是一圈闪耀的光晕，朦朦胧胧，从意识觉醒起就笼罩着我们，直到一切结束”；同时认为现代小说已不能生搬硬套传统小说观，指出了作家的使命，对小说写作技巧和选材等内容加以明确，提出小说创作是开放而非封闭的。

“应该如何阅读”对怎样读书的问题进行了回答，但强调这个回答并非给予他人的建议，而是伍尔芙主观的想法。她认为作为读者首先要消除成见，继而通过写作技巧更好地加强阅读技巧，广泛涉猎，运用想象力欣赏作品，对其进行评判，从中受益。阅读的乐趣就是阅读本身。

这些散文见解独到，娓娓道来，涵盖了女权主义、英国语言文学、作家与读者的关系、城市风景等多个主题，拓展了散文的范畴。开卷发人深省，相信读者细细品味后一定获益匪浅。

秦瑞宇

空袭中的沉思

昨天和前天连续两个晚上，德国人的飞机从这幢房子的上空掠过。此时此刻他们卷土重来。这种经历十分奇特：躺在黑暗之中，听着一只大黄蜂的嗡嗡声，而这只黄蜂随时可能蜇死人。这声音打断了对和平的冷静而连贯的思考，却比祷告和圣歌更能强迫人思考和平问题。如果我们不能把和平变为现实，我们——不单单是这张床上的这一个人，还有即将出生的千千万万的人——都将处于同样的黑暗之中，都将聆听同样的死亡悲鸣。枪声在山上砰砰响起，探照灯不时穿透云层，炸弹落在或近或远的地方。此时此刻我们正在思考，为了创造唯一有效的空袭避难所，我们能做什么事情。

英国和德国的年轻人正在头顶上空作战。保卫者是男人，进攻者也是男人。英国女人既没有武器退敌，也没有武器自卫。今晚她们只能手无寸铁地躺着。如果相信空中的战斗是德国人毁灭自由、英国人保卫自由之战，她们就必须尽自己所能为英国而战。然而手无寸铁的女人如何为自由而战呢？制造武器，纺织服装，或者烹饪食物。但是还有另外一个方法，无需武器却能为自由而战：我们可以用思想进行战斗。我们可以思考如何帮助那些正在空中击敌的英国年轻人。

但是为了达到此目的，我们必须快速决策并付诸实施。空中的黄蜂唤醒了思想上的黄蜂。今早《泰晤士报》上出现了嗡嗡声——刊登了一个女人的声音："女人没有丝毫政治话语权。"内阁里没有女人，甚至任何重要职位都没有女人。制订有效计划的所有决策者都是男人。这种做法不仅限制了思维，还助长了不负责任的风气。为什么不堵上耳朵把头埋在枕头里，放弃思考这个徒劳的行为？因为不光办公室和会议室有思考的空间，别的地方也有。我们能因为看起来无用就放弃个人思考或遐想，从而失去可能对年轻的英国男人有价值的武器吗？仅仅因为我们的能力可能会让我们被辱骂、被蔑视，我们就强调自己无能吗？“我永远不会放弃精神斗争”，布莱克这样写道。精神斗争意味着反潮流思考，不随波逐流。

这股潮流借助广播和滔滔不绝的政治家快速而猛烈的传播。每天他们都说我们是自由的民族，我们为了保卫自由而战。这种思想回荡在年轻飞行员的脑海中，成为他们在云层间穿梭盘旋的动力。在地面上，我们头上是屋顶，手边是防毒面具。我们务必要揭开谎言的伪装，发现真相。真相是我们并不自由。今晚我们不论男女都是囚徒——男人全副武装，手边是枪；我们女人身处黑暗，手边是防毒面具。如果我们真的是自由的，我们应该在户外，跳舞、嬉戏，或是坐在窗边一起聊天。是什么让我们不能这样做？“希特勒！”喇叭里传来一声大叫。希特勒是谁？他是做什么的？他们的回答是侵略、暴政和对权力赤裸裸的疯狂追逐。消灭了希特勒，你们就会得到自由。

飞机嗡嗡飞过，听上去好像有人在头顶上锯木头。飞机盘旋不停而后飞过，房子正上方的木头也锯个不停。脑子里的声音也不停。埃斯特女士在今早的《泰晤士报》上说道：“男人潜意识中的希特勒主义压制了有能力的女人。”毫无疑问我们被压制了。今晚我们都是囚徒——英国男人被囚禁在飞机中，英国女人被囚禁在床上。但是如果他们停下来转而去思考，他们可能被杀死；我们也是一样。所以让我们替他们思考，让我们把压制我们的希特勒主义从潜意识里曳到意识中来。希特勒主义渴望侵略，渴望统治，渴望奴役。即使在黑暗中，这一切依然清晰可见。我们能看到耀眼的橱窗里茫然注视的女人，涂脂抹粉的女人，穿戴整齐的女人，涂着深红色口红和指甲油的女人。试图奴役别人的人，自己就是奴隶。如果我们可以将自己从奴役中解脱出来，我们应该也可以将男人从专制中解脱出来。奴隶成就了希特勒们。

一枚炸弹掉了下来。所有的窗户都吱吱作响。高射炮猛烈开火。山上还隐藏着一些火炮，上面覆盖了一张缠绕着模仿秋天落叶色调的绿色和棕色布条的网。现在这些火炮也都开火了。九点广播的时候我们将听到“晚间击落四十四架敌机，其中高射炮击落十架”。广播说解除武装是和平条件之一。意思是将来再也没有武器、陆军、海军和空军，再不会训练年轻人使用武器战斗。头脑中响起一个声音，好像阁楼上黄蜂的嗡嗡声，这声音来自一句引用：“与真正的敌人战斗，射击素不相识的陌生人，赢得不朽的荣誉和光辉，回家时胸前挂满了奖牌和勋章，这就是我最大的愿望……学习，训练，迄今为止我所做的一切都是为了实现这个愿望。”

这些话来自一位英国年轻人，他参加了上次战斗。面对这些，主流思想家还会认为仅仅在会议桌上签署“解除武装”的文件就完成了所有该做的事情吗？奥赛罗会失业，但他还是奥赛罗。在空中战斗的年轻飞行员的动力不仅是广播里的声音，还有他们内心的声音——人类古老的本能，教育和传统助长并推崇的本能。他们应该因为这些本能而备受责备吗？我们能听任政治家的调遣而收起母性吗？在和平条件中假设有这么一个命令：只有少数被特别挑选过的女人可以生育。我们会甘心服从吗？我们可能会说：“母性是女人的光辉之处。学习，训练，我一生所做的一切都是为了这份荣光。”但是，如果为了全人类的利益，为了世界和平，有必要限制生育和收起母性，女人将会努力接受。男人会帮助她们。他们会因女人拒绝生育而表彰她们，给予女人其他释放创造能力的机会。那也属于我们争取自由斗争的一部分。我们必须帮助年轻的英国男人从内心根除对奖牌和勋章的狂热。为了试图战胜内心好战本能和潜意识里的希特勒主义的年轻人，我们必须创造更为光荣高尚的活动。我们必须补偿失去武器的男人。

空中的嗡嗡声越来越响，所有的探照灯都直直射来，对准这屋顶正上方的一点，炸弹随时都会落在这幢房子上。一,二,三,四,五,六……时间一秒一秒流逝。炸弹尚未降落。但是在悬而未决的时间里所有的思考都停止了，所有的感觉都消失了，只剩下，隐隐的恐惧，像一枚钉子把整个人钉在了硬木板上。害怕和憎恶的情绪变得枯燥无味。一旦恐惧消除，思绪就跳脱出来，本能地尝试创造，慢慢恢复。房间一片漆黑，创造只能靠回忆。想到那些八月里的回忆——在白莱特听瓦格纳；在罗马的平原上行走；还有在伦敦的记忆。朋友的声音纷至沓来。诗歌的只言片语进入脑海。每一个想法，即使在回忆中，都远远比害怕和憎恶带来的恐惧来得积极乐观，充满活力，抚慰人心和富有创意。因此，如果我们将要对失去荣耀和武器的年轻人进行补偿，我们必须赋予他们创造性，我们必须营造幸福感，我们必须将他们从机械中解放出来，我们必须将他们从囚牢引领到一个自由天地。但是如果德国和意大利的年轻人还是奴隶，单单解放英国年轻人有什么用呢？

探照灯在公寓上方照来照去，现在停在了飞机身上。从这扇窗望出去，可以看到一只银色的小虫在光线里转来转去。枪声砰砰响了一阵，然后终于停火。攻击者可能在山后被击落了。之前有一天一个德国飞行员在附近安全着陆。他用流利的英语对逮捕他的人说："不打仗了，我真高兴！"一个英国男人递给他一支烟，一个英国女人给他沏了一杯茶。从此可以看出，如果将男人从机械中解脱出来，和平的种子不会都落在石地上，它可以生根发芽。

终于完全停火了。所有的探照灯关闭，夏日夜晚回归了自然的漆黑一片，耳边再次响起村庄往常和平安详的声音。一个苹果扑通落地。猫头鹰一边咕咕叫着，一边扇着翅膀在林间飞来飞去。某位英国老作家的一句模糊不清的话突然映入了我的脑海："美国的猎人们已站起身来……"让我们把这些信息片断传达给那些在美国的猎人，传达给那些还没有被枪炮声惊醒的男人和女人，相信他们一定会宽厚、仁慈地重新思考这些信息，也许将这些信息转化为有用的东西。不过现在，在处于黑夜的那一半世界，我们要睡了。

➛ 城市漫步

游历伦敦

可能没有人会对一支铅笔热情澎湃。但是总有些时候就是特别想拥有一支铅笔；有些时候我们一心想要获得某样东西，好找个借口在下午茶和晚饭的空当里漫步穿过半个伦敦。正如猎狐者打猎是为了保护狐狸族群，人们打高尔夫球是为了保护大片空地不叫开发商侵占，因此到街上走走的想法涌上心头时，铅笔就成了极好的托辞，我们站起身说："真的，我得买支铅笔。"仿佛凭此借口我们可以尽情享受冬日城市的生活乐趣——在伦敦的街道上漫步。

时间应是晚上，季节应是冬天，因为冬天明亮的香槟色天空和热闹的街道令人心旷神怡。在夏天，喜欢树荫、独处和牧草场的清甜香气会被嘲笑，在冬天则不会这样。晚间的黑暗和灯光也让我们卸下责任。我们不再是自己。四点至六点之间的傍晚，天气美好，我们步出家门，不再是朋友们熟知的自己，变成了无名步行者共和大军中的一员，在一个人的房间独处之后，这真令人愉快。在自己的房间里我们被物品包围着，这些物品不仅折射出我们的奇怪秉性，还加深了对个人经历的记忆。比如说，在壁炉上挂着的那个碗，是一个大风天从曼图亚买来的。我们当时正要离开商店，一位带着邪气的老妇人猛地一下拉住我们的裙子，说她可能某天突然就饿死，但是大叫:“拿着它!”把一个蓝白相间的瓷碗塞到我们手中，仿佛连她自己都无法面对如此莫名其妙的慷慨大方。正因为如此，尽管怀疑被狠狠地骗了，我们还是内疚地把碗带回了小旅馆。回去的时候是午夜时分，旅馆老板正和他妻子激烈地争吵，我们都向院子探出身去看，却看到藤蔓缠满了柱子，星星在天上熠熠生辉。千万个瞬间悄悄溜走了，只有那一个被定格，像一枚硬币打上了不可磨灭的印记。在那里，那个忧郁的英国人在小铁桌边喝上几杯咖啡，站起身，暴露了内心的秘密——

像一般旅客一样。所有这一切——意大利，刮风的清晨，缠绕在柱子上的藤蔓，英国人和他内心的秘密——都因壁炉上挂着的瓷碗而从记忆浮现出来。目光落到地面，看到的是地毯上一块棕色的污渍。这得怪劳埃德·乔治。“那人坏透了！”康明斯一边说一边把水壶放下，他本来要往茶壶里添水，结果在地毯上烫了一个褐色的圈儿。

但是一旦把门关上，所有这些都消失了。我们的灵魂形成一个硬壳裹住自己，让自己看起来与他人不同。现在这个硬壳碎了，形状粗糙的重重皱褶都碎了，剩下的如同牡蛎中间的肉，那么敏锐，好似一只巨大的眼睛。冬天的街道多美啊！有的地方明亮，有的地方昏暗。人们可以隐约看出笔直的大道两侧对称门窗的轮廓；路灯下晃动着浮岛一样的光圈，表情愉快的男男女女快步走过。和他们身上散发出的贫困窘迫的气息相比，脸上的表情看起来那样不真实，呈现出一种胜利的气息，好像他们给生活设了个圈套，然后得逞了，生活居然跌跌撞撞错过了他们。然而无论如何，我们都只是在做表面文章。眼睛不是矿工，不是潜水者，更不是地下珍宝的搜寻者。它只是带领我们顺流而下；眼睛看着的时候，大脑可能中断思考，停下来休息。

冬天的伦敦街道真美，灯光聚作一个个岛屿，黑暗连成长长的丛林。街的一边散落着几棵树和几片草丛，黑夜就地蜷起身子安然睡去。如果走过铁栅栏，可以听到树叶和树枝轻声颤动的噼啪声，猫头鹰咕咕叫着，远处山谷中火车辘辘驶过，更能感觉到四周的安静。但别忘了这是伦敦。光秃秃的树冠上高高挂着映出浓黄光线的椭圆框——那是窗户；如低悬的星星一样不间断亮着的光点——那是路灯；承载国家和国家和平的空地不过是伦敦的一个广场，周围环绕着办公室和住宅。那里现在正灯火通明，灯光照在地图、文件和办公桌上，书记员坐在桌前用沾湿的手指翻阅没完没了的书信；或是火光摇摆，灯光线直射进私人会客厅，照在舒适的椅子、纸张、瓷器、嵌入式的桌子和女子身上。她正精确计算要放几勺茶。她向门口望去，好像听到楼下门铃响起，有人问她在不在家。

但是我们必须在这里停下来。我们差点越过眼睛许可的范围，探究过深了；我们纠结于一些细枝末节而影响了一路顺流而下。随时，休眠的部队将会开始骚动，在我们心中唤醒千把小提琴和小号；人类会惊醒，显现所有的怪异、痛苦和卑劣。让我们多待一会儿，只满足于表面——公共汽车闪闪发亮，肉店里黄色的猪肋排和紫色的牛排肉色鲜亮，花店的玻璃橱窗里一束束蓝色和红色的鲜花争相怒放。

眼睛有奇特的属性：只为美而停留，就好像蝴蝶追求色彩，沉浸于温暖之中一样。在这样一个冬夜，大自然用尽全力装扮自己，在这样一个如同宝石构成的世界里，眼睛带回了如折断的小块祖母绿和红珊瑚一般最好的战利品。（非专业的普通）眼睛无法将这些战利品组合起来呈现出更晦涩的角度和关系。因此在细细地品味了这些纯粹简单、独立美好的视觉大餐之后，我们有点腻了。我们在鞋店门外徘徊，想了一些与真正原因毫无关联的小借口，不去看明媚的街景，而是退回到微暗的房间。在那里的高台上，我们顺从地抬起左脚，可能会问："侏儒是什么样的？"

两位常人身高的女士护送她走进来。她们在她身旁看起来像是和蔼可亲的巨人。她们对着售货员微笑，看起来并不想突出她的缺陷，但让别人明白她处于她们的保护之中。残疾人脸上常出现的别扭但又歉疚的表情也出现在她脸上。她需要她们的体贴，但是她讨厌那样。护送她的女士把售货员叫过去，溺爱地笑着让售货员为"这位小姐"拿双鞋试试。售货员把小台子放到她面前，侏儒小姐猛地伸出脚，好像要吸引所有人的注意。她伸出脚好像在命令我们所有人——看啊！快看啊！这只脚形状、大小都与正常发育的女人无异。她的脚拱起，像个贵族。她看着自己放在地面上的脚，这一刻整个人的气质都变了。她看上去温和而满足，充满自信。她要了一只又一只，试了一双又一双。她站起身，在镜子前面踮起脚尖，看她自己穿着黄色鞋子，鹿皮鞋和蜥蜴皮鞋。她提起裙子，炫耀她纤细的双腿。她在想，无论如何，脚是一个人全身最重要的部位；她自言自语，女人会单单因为漂亮的脚得到爱情。只盯着脚看，她可能想的是身体其他的部分和这双美丽的脚比起来不值一提。她衣衫破旧，但准备在鞋上奢侈一下。这是唯一她不怕被人看反而积极地想要吸引注意的场合，她用尽所有手段拖延时间，慢慢地选择搭配。她这样走一步那样走一步，看起来就像在说，都来看我的脚。好脾气的售货员一定说了恭维话，因为她的脸突然洋溢起喜悦。可是，尽管护送她的女士和蔼可亲，但也有自己的事情要处理；她必须要作出决定，决定要哪双鞋。终于，她选定了一双鞋，晃着手指上的包装袋，她走到监护者中间。喜悦退去，理性回归，原有的别扭歉疚的表情又回到脸上。她重新回到街上，又变成了一个不过尔尔的侏儒。

但是她的心情变了；我们跟着她来到街上，她营造出了一种好像真的能让人变得驼背、畸形和残疾的气氛。两个留胡子的男人，兄弟俩，显然是全盲的，全身依靠用手撑住他们中间的小男孩的头，走过大道。他们走得坚强不屈却有点畏首畏尾，这给他们的行动增添了几分恐怖和宿命突然降临到他们身上的必然色彩。他们前进，笔直走着，这个小护卫队好像以独有的静穆，直行和灾难的气势在行人中间开了一条路。实际上，侏儒已经开始跳起踉踉跄跄的奇怪舞蹈，街上每个人都随她跳了起来；胖女士穿着紧身海豹皮外套；弱智的男孩吮吸着拐杖上的银色小球；老人蹲坐在门阶上，好像突然看到了什么人间奇观，他坐下来看——大家都和着侏儒蹒跚的节奏开始跳舞。

有人可能会问，这些跛足眼盲的残疾人生活在怎样的缝隙中？可能在霍尔本和苏活一带窄小老房子的高层。那里的人们来自五湖四海，名字千奇百怪，营生多种多样：打金子、给手风琴打褶、包纽扣，甚至还有更怪异的，买卖没有托的杯子、瓷伞柄、色彩鲜艳的殉道圣人像。人们居住在那里。看起来好像身穿海豹皮外套的女士可能觉得生活尚可忍受，与手风琴打褶人或是包纽扣的人打发时间；如此精彩的生活并不总是悲剧性的。我们沉思，他们并不嫉恨我们的幸福。突然，拐过转角，我们遇到一个有胡子的犹太人，他邋遢，极度饥饿，悲苦凄惨；或是路过素不相识的老妇人，她跛足，躺在公共场所台阶上，身上裹着一件斗篷，就像是谁匆匆忙忙盖在死去的马或驴身上一样。一看到这样的情景，后背上就一阵战栗，汗毛直立；突然之间眼中燃起熊熊怒火，问出一个从未被回答的问题。这些无家可归者通常不会选择待在剧院的周围，去听街头艺人的手摇风琴，也不会等到夜幕降临，去感受用餐者和舞者的光鲜亮丽和美丽身姿。他们靠近商店的橱窗。橱窗里现代商业向躺在门阶上的老妇人、盲人、跛足的侏儒展示颈部镀金的天鹅支撑的沙发，摆着一盘盘五颜六色水果的餐桌，铺满绿色大理石以便更好地承受野猪头重量的橱柜；因年代久远变得异常柔软，从淡红褪色成浅绿的地毯。

边走边看，一切都随意自然却奇迹般地散发出美丽的光芒，仿佛今晚牛津街上买卖的毫无例外全是宝贝。尽管没有购买的想法，眼睛却还是快活大方；它不停地创造；不停地装扮；不停地强化。站在街上，可以建起梦想中房子的所有房间并随心所欲地用沙发、桌子和地毯去装饰。这块地毯适合门厅，那只光洁雪白的碗应该放在窗台边雕花的桌子上，可以从那面圆圆的大镜子里看到我们的狂欢。但是，即使建造装饰了房子，也乐于没有必要去占有它；一眨眼就可以拆掉房子，再用别的椅子和玻璃建造装饰新房子。或纵情欣赏古董珠宝，徜徉在无数的指环和悬挂的项链中。比如，我们选那些珍珠，然后想象如果我们戴上，生活会有怎样的变化。转眼间就到凌晨两三点了；伦敦上流住宅区无人的街道上依旧灯火通明。这种时候只有汽车在外面，人感到空虚、激动和隐隐的快乐。戴着珍珠，穿着丝绸，步出房间，走上阳台，俯视沉睡中上流住宅区的花园。有些人的卧室还亮着灯，可能是刚从法院回家的大人物，可能是穿着入时的男仆，可能是与政治家牵手的贵妇。一只猫悄无声息地爬上花园的围墙。有人在绿窗帘后面的房间暗处私会，发出细微的诱人的声音。年老的首相似乎身处一块平台上，一边优雅地散步，一边为某位头发卷曲佩戴祖母绿的贵夫人解释历史上此处发生过的重大事件，仿佛英国的城郡都在平台之下沐浴阳光。我们像是攀上了最大轮船的最高桅杆的顶端；然而同时我们对此一无所知。爱不能得到证明，伟大的成就没有完成；所以我们与时间嬉戏，在其中轻轻地梳理羽毛。此刻我们站在阳台上，看着月光下的猫慢慢爬上玛丽公主家花园的围墙。

还能有什么更荒谬吗？实际上，现在是六点整；冬天的晚上；我们走路去斯特兰德街买铅笔。那么我们怎么会同时在六月份戴着珍珠待在阳台上呢？还能有什么更荒谬吗？但是这是自然的恶作剧，不是我们的。当她开始最伟大的杰作，创造人类时，她本该专心致志。她反而转过头去，与人格格不入的本能和欲望就偷偷潜入每个人心里，因此我们满是痕迹、斑驳不堪、混杂凌乱；所有的颜色都褪去了。到底是一月份站在人行道上的自己是真的，还是六月份在阳台上探身的自己是真的呢？我是在这里还是在那里？抑或这两个都不是真正的我，我既不在这里也不在那里，但是有些事富于变化并且漫无目的，只有当我们顺应心愿让它自由无阻地发展时，我们才是真正的自己？环境追求统一；方便起见，一个人就是一个整体。一位好公民，当他晚上打开家门，他一定是银行家，高尔夫爱好者，妻子的丈夫和孩子的父亲；而不是在沙漠中漂泊的流浪者，不是仰望星空的神秘主义者，不是流连在旧金山贫民窟的酒色之徒，不是领导革命的战士，更不是离群索居心存怀疑哀号悲鸣的贱民。当他打开家门，他会分开手指轻抚头发，然后和其他人一样把雨伞放在台上。

现在时间刚刚好，我们来到二手书店。这里是保守陈腐之物的避风港；我们看过了街道上的绚烂与悲惨，来到这里让内心得到平衡。书店老板娘坐在烧得很旺的炭火炉边，把脚放在炉围上，被门挡住，这情景让人平静又愉快。她从不读书，要看也是报纸；除了卖书，她最高兴谈论的就是帽子；她说她喜欢实用兼备美观的帽子。哦不，他们不在店里住，住在布里克斯顿；她得能看到一点绿色才行。夏天，她把自己花园长出的花放在大口瓶里，放在积满灰尘的东西上面，以便活跃书店气氛。到处都是书，使我们充满了历险的感觉。二手书是流浪者，无家可归；它们来路不同，却聚集在一起，带着一种图书馆里温顺的书无法比拟的魅力。除此之外，在这个杂乱无章的环境里，我们也许可以有幸接触到一些素不相识的陌生人，有可能成为生命中最好的朋友。当我们从上层书架上取出某本破旧不堪、无人问津的灰白的书，总有希望能够在此遇到一位一百年前横跨马背在中部地区和威尔士地区开拓羊毛市场的男人；或是一位不知名的旅行家，待在客栈里，大口喝酒，观察美丽的女孩和庄严的风俗习惯，费力顽强地将其全部记录下来，所有一切完全出自单纯的热爱（这本书由他自费出版）；书极其无聊，繁杂，平淡，不经意间流入了蜀葵和干草的气味，他却没注意到；他也画了一幅自画像，给他在思想炉边的温暖角落永远保留了一个位置。现在可能有人会花上十八便士买这本书。尽管书的标价是三先令六便士，但是书店老板娘考虑到封面破旧，以及从沙福克郡一位绅士的图书馆的拍卖会上买来这本书就一直待在那的情况，便会以十八便士的价格卖掉它。

然后，环顾书店，我们会和一些默默无闻的人和消失的人建立突如其来的友谊。他们仅存一点记录，比如，这本诗集，印刷精美，包装完好，附有作者画像。他是位诗人，因溺水而英年早逝，他的诗，如此温和谨慎，简洁精炼，发出脆弱的笛声，好像后街上穿着灯芯绒夹克的意大利手摇风琴手演奏出的声音。还有一些旅行者，就像不服输的老姑娘，还在求证他们经受过的苦难和维多利亚女王还是个小女孩时他们热爱的希腊的日落。去康瓦尔郡小煤矿参观被认为非常值得记录。人们顺着莱茵河一路向上，用印度墨水为彼此画像，坐在甲板上绳圈的旁边阅读；他们测量金字塔；多年来远离人类文明；在瘟疫横行的沼泽里教化黑人。他们整理行装，出发上路，大漠探寻，身染热病，在印度终其一生，甚至涉足中国然后返回埃德蒙顿过着单调的教区生活，在布满灰尘的地面上翻滚，英国是这样令人不安的海面，在家门口就能波浪惊天。旅行和探险的海水好像拍打着努力奋斗的小岛，终生事业也在地板上的印刷品中找到立足之地。这些深褐色的书籍背面刻着姓名首字母组合成的图案，可能是传播福音的神职人员；可能是用锤子和凿子在尤里披蒂斯和哀斯奇勒斯的古代文献上雕刻出声的学者。思考、注释、阐释以惊人的速度在我们周围及所有一切之间进行，像准时持久的海浪，拍打着古代文艺作品的海岸。无数著作告诉我们亚瑟有多么爱劳拉，他们分开的时候满怀忧郁，他们重逢之后幸福地生活在一起，就像维多利亚女王管理这些岛屿时那样。

世界上的书无穷无尽，只能大略浏览，颔首致意，浅谈几句，或是略微思考之后就换个话题，就好像在街上，总会偶然听到一些只言片语。他们在讨论一个叫凯特的女人："昨晚我和她开门见山地说了……如果你觉得我连一张一便士的邮票也不如，我说……"但是谁是凯特，一便士的邮票对他们的友谊意味着什么严重问题，我们永远也不知道；就这样凯特在他们滔滔不绝中隐没了。在街角，生活翻开了新一页，可以看到两个男人站在路灯下商量事情。他们把最近新闻里来自纽马克特的电报一五一十地读出来。这时他们是不是在想有了钱就可以脱去褴褛衣衫，换上轻衣锦裘，挂上怀表，给原本无扣的衬衫别上钻石别针，不复以往的破旧？但是此刻行走的人群快速移动，以致我们无法提出这样的问题。在从工作到家的一小段路上，他们沉浸在令人陶醉的梦里，现在他们离开了办公室，迎面而来的是新鲜的空气。他们穿上了平时必须收起来的鲜亮外衣，充分利用余下的时间，然后他们变成了伟大的板球选手、著名演员和在危机时刻拯救国家的战士。在梦中，他们有时打着夸张的手势，有时大声地骂骂咧咧，穿过斯特兰德街，跨过滑铁卢大桥。在桥下乘火车前往巴恩斯和索比顿，火车辘辘作响。那里大厅中钟表的模样和地下室里晚餐的香气在梦里不断出现。

我们现在到达了斯特兰德街，我们在路边停下，手指长的小棒条拦住了快节奏的丰富多彩的生活。“真的，我必须——真的，我必须”——就是这棒条。思维丝毫不考虑需要，就向暴君般的习惯表示屈服。一个人必须，总是必须做点儿这做点儿那；一个人就是不被允许享受生活。前一段时间我们不就是为这个原因捏造理由，编出了要买东西的借口吗？我们要买什么来着？啊，想起来了，要买一支铅笔。那就让我们走去买铅笔吧。然而我们正要遵从指示，另一个自己跳出来反抗暴君的权威。于是又一场习以为常的争论开始了。躲在义务指挥棒的后面，我们慢慢走开，看到了开阔的泰晤士河——如此的宽广、忧郁和沉静。有人在夏天的夜晚斜倚着堤岸，对世界没有一丝留恋。我们借他的眼睛去看泰晤士河。我们先把买铅笔的事情放到一边；先去找这个人——马上发现一个再明显不过的事实，这个人就是我们自己。如果我们能站在六个月前曾驻足的地方，我们难道不能像当时那样冷静、淡定和满意吗？我们不妨再作尝试。不过河水比印象中更为汹涌阴沉。激流奔向大海。河水掀翻了一只拖船和两只驳船，船里的稻草紧紧地贴在防雨布的顶盖上。离我们很近的地方，有一对倚着栏杆的情侣，像所有情侣一样缺少自觉，仿佛他们正要开始的恋爱重要得很，可以理所当然地不顾对人类放纵堕落行为的任何质问。现在我们看到的景象和听到的声音和过去没有任何关联；我们也感受不到六个月前站在我们现在位置的那个人的沉着心境。他想到的是死亡的幸福；我们想到的是生活的不安定。他没有未来；然而未来正在侵袭我们内心的安宁。只有我们回顾过去，摘除其中的不确定因素，我们才能享受美好的平和。如果是这样，我们就必须返回去，我们必须再次去斯特兰德街，即使在这个时候，我们也必须找到能卖给我们铅笔的商店。

进入一个陌生的房间总是冒险的；因为房屋主人的生活和性格已经把他们的气息注入房间里，我们一走进去，就能呼吸到全新的感情律动。毫无疑问，在文具店里，人们刚刚在吵嘴。怒火点着了空气。双方都停了下来。老妇人——他们可能是丈夫和妻子——退到里屋去；老头儿额头圆圆的，瞪大了眼睛端详一些伊丽莎白时期手稿上的插画，留下来招呼我们。“铅笔，铅笔，”他重复着，“有，有。”他说话心不在焉，但是藏不住情绪的两颊又流露出热情。他打开一个又一个盒子，然后又合上。他说因为有这么多不同的种类，找起东西特别困难。他开始讲一个故事，故事是关于一位因妻子身陷泥潭的法律圈的绅士。他们相识多年；他说，他半个世纪都与教堂打交道，好像希望他妻子在后堂能够听到似的。他打翻了一盒橡皮圈。终于，他因为自己这样笨手笨脚有点生气了，把双开式弹簧门推开，粗鲁地喊起来：“你到底把铅笔放哪儿了？”好像他妻子有意把铅笔藏起来似的。老妇人走进来，谁也不看，她的手直直放在右边的盒子上。那里有铅笔。他怎么能离得了她呢？难道她对他来说不是必不可少的吗？为了让他们肩并肩站在那里，被迫平静下来，必须得挑剔地选铅笔；这个太软，那个太硬。两个人安静地对视。他们站的时间越长，就越冷静。气氛缓和了，愤怒消解了。现在，双方都没说话，但已言归于好。老头儿合上本·琼森的内封面，把盒子放回了适当的位置，向我们大大鞠躬道晚安，然后他们就回去了。她可能拿出了针线活儿；他也许在看报纸；金丝雀把种子平均分给两个人。争吵结束了。

鬼魂出来游荡了，争吵结束了，铅笔买了，街道重新变得空荡荡的。生活退回到顶楼，路灯亮起来。人行道干燥坚硬；马路闪着银光。穿过一片荒芜走回家，把侏儒、盲人、上流社交区别墅的晚会和文具店争吵的故事讲给自己听。虽然只是了解了这些人生活的点滴，却足以让人感觉想法不再单一，有那么几分钟可以进入别人的身体，想别人的事情。可以变成洗衣妇、酒店老板，或是街角的歌手。朋友们，有什么比脱离人格的直线轨道，沿着通向野蔷薇和茂密树丛的足迹，进入野兽栖居的森林深处更为快乐神奇呢？

毋庸置疑：逃离是最大的欢乐；冬天在街道上漫

步是最伟大的探险。我们依然再次踏上门阶，感受着长久以来所拥有的东西及偏见包围着我们，抚慰着我们；还有停留在众多城市角落的自我，如飞蛾扑火一般的自我，躲避隐藏起来了。又看到了常见的门；椅子、瓷碗和地毯上的棕色污渍还保持着我们走时的模样。这——让我们温柔地查看，让我们满怀敬畏地抚摸——正是我们从城市的宝藏里获得的唯一战利品，一支铅笔。

➳ 牛津街浪潮

码头上的货物包装粗糙，体积庞大，种类多样，等运到牛津街就变得精美细致了许多。大桶潮湿的烟叶被银色的纸片卷成无数排列整齐的香烟。大捆的羊毛被纺成薄背心或柔软的长袜。厚厚的羊毛上的油脂被制成了芳香的护肤膏。买卖双方都同样经历了城市的变迁。穿着黑色外套步伐轻快，或穿着缎面长裙小步走，人类形态与动物制品一样适应新环境。人们不拉也不拽，熟练地打开抽屉，将绸缎在柜台上展平，用码尺量好之后用剪刀裁开。

不用多说，牛津街并不是伦敦最有名的大道。众所周知，卫道士对在牛津街购物的人表示蔑视，而他们居然还获得纨绔子弟的支持。时尚远离汉诺威广场，谨慎地退到邦德街的秘密领地，在那里举行更为庄重的仪式。牛津街有太多的讨价还价，太多的促销，太多上周还是两磅六便士现在就减价到一磅十一先令三便士的便宜货。这里的买卖十分喧嚣吵闹。日落时漫步——看到夕阳映射下的大理石拱门、人造灯光、成堆的绸缎和闪烁的公交车——牛津街好像一条长丝带，虽然起伏不定、俗艳耀眼，但是充满了魅力；又好像一张河床，铺满了被清泉冲刷过的卵石。一切都闪闪发亮。春天街上会出现许多手推车，上面盛满了精美包装的郁金香、紫罗兰和水仙，像是脆弱的小船在交通洪流中茫然打转。角落里，衣衫褴褛的魔术师正把彩色纸片放进大玻璃杯，然后把它们变成绚丽多彩的花丛，形成水下花园。另一角，乌龟在草丛里睡觉。它们行动最为缓慢，想法却最为深沉。乌龟总是一步两步地慢慢移动，小心翼翼地避开路过的行人。据此可以推断，人想拥有乌龟，就像飞蛾想拥有星星，这是人性中永恒不变的一部分。不过，能看到一位女士停下来把一只乌龟放到包裹上，也是难得一见的景象。

考虑到这一切——拍卖、手推车、便宜货、亮晶晶的小装饰——不足以概括牛津街的特色。这里是感官的温床和暖房。这里的人行道好像总是发生重大的惨剧，女演员离婚，百万富翁自杀之类的事件在此经常出现。居民区里的人行道则更为朴实无华。这里的新闻比伦敦其他地方更快更新。这里的人潮拥挤得好像要会吃掉海报上的墨水。这里比别处需要更多海报，需要比别处都快的最新信息。大脑变成一团吸附各种印象的黏稠物，牛津街就是一条卷上去的缎带，充斥着不断变化的景象、声音、动作。包裹撞来撞去，小公交车擦过路边，管乐队大吹大唱，音乐随着队伍远去慢慢变小。公交车、火车、汽车和手推车川流不息，就像拼图中的碎片；一只白色的手臂举起，拼图变厚、凝固、停止；白色的手臂放下，一切又开始、奔驰、扭曲、乱七八糟、毫无秩序。不管我们观望多久，拼图总也拼不起来。

富商在转弯过去的河岸修建了富丽堂皇的宅第，如同古代萨莫塞和诺森伯兰公爵，道赛特和索尔斯伯里伯爵在斯特兰德街上的豪宅一样。大企业的不同建筑见证了建造者的勇敢大胆和进取心，正如卡文迪什和珀西在边远郡里的大宅同样用来证明这些品质一样。我们的商人中一定会涌现出未来的卡文迪什和珀西。诚然，牛津街的伟人非常慷慨大方，和任何在家门口向穷人分发财物或面包的公爵或伯爵没有区别。只不过他们换了一种方式。他们的施舍援助体现在令人心跳的刺激、光彩夺目的展示、扣人心弦的娱乐、晚上灯火通明的窗户或是白天迎风飘扬的旗帜。他们不计回报，和我们分享最新的消息。在那里，会客厅里演奏的音乐是免费的。花不到一磅十一先令三便士就可以享受高大宽敞通风良好的房间；里面地板舒适，电梯豪华，墙壁干净，地毯整洁，银器闪亮。就连珀西和卡文迪什也没有这些。当然所有的装修都是为了能从我们口袋里拿到一先令十一便士；但是如果不为索取回报，珀西和卡文迪什决不会如此大方，要么要诗人的献诗，要么要农民的选票。当然，牛津街的新老贵族都为人们生活和娱乐增色不少。

但是不能否认的是牛津街的宅邸并不牢固—大概只能算得上是场地而非居住地。如果路过这里，看到木条安在铁制横梁上，就会意识到如此装饰华丽的外墙其实不堪一击。哪怕用雨伞尖用力一戳，都可能会对墙壁造成不可修复的破坏。伊丽莎白女王在位时为安置农场主和磨坊主修建了很多农舍。这些农舍虽然陈旧，但是墙壁以橡木为梁，紧密黏合在一起的砖块货真价实，经受得住外力冲击。除此之外农舍还安装了电力配套设施。这些农舍将会目睹所谓的豪宅化为乌有。也许有一天，当工人冒险爬上灰尘弥漫的屋顶，轻轻地敲打那些脆弱得好像是黄色硬纸板和糖霜的墙壁和外表，牛津街就会消失不见。

卫道士又开始对此表示不屑一顾。他们认为，如此脆弱不堪和易损的石头和砖块正是我们这个时代浮躁、虚荣、草率和不负责任的真实写照。不过大概他们也会被嘲笑，就好比是要求用铜去铸造百合，或是让雏菊长出不会腐坏的珐琅花瓣。现代伦敦的魅力就在于伦敦的建筑不是为了持久；而是为了消逝。透明玻璃，彩绘玻璃，彩色灰泥的波纹，汹涌而来的快乐与众不同。过去的建造者和赞助商以营造出永垂不朽的形象为骄傲，并认为那才是高贵典雅。我们则给出不同的定义。我们的骄傲在于可以随心所欲使用砖块石头，搭建临时建筑。我们的后代可能在云端或地下生活，我们不是为了他们而建造房屋，我们是为自己，更确切地说是自己的需要。我们按照自己的意愿拆除重建，在破坏中产生创造和生产的冲动。我们鼓励新发现，提倡新创造。

牛津街的宅子无视了希腊、伊丽莎白时期和十八世纪贵族建筑的长处；直到他们设计出能完美展示梳妆盒、巴黎洋装、廉价袜子和罐装浴盐的建筑，直到他们设计出宫殿、宅第、汽车，直到他们设计出装有留声机、无线电和电影的别墅，供克罗顿和索比顿的店员居住，他们才彻底意识到这一切都将会消逝。因此他们出乎意料地把石块展开，再以希腊、埃及、意大利和美式的狂野将它们压到一起，大胆尝试富丽奢华的风格，努力说服大众这种建筑其实美得无与伦比。这里总有新奇好玩的东西，价格低廉，轻松易得，好像一口看不到尽头的深井每天都冒出气泡。在牛津街，没有比考虑年龄、稳定和持久再奇怪的事情了。

因此，如果卫道士决定下午沿着这条奇特的大道走走，他应该做好准备听到一些古怪不协调的声音。在这里能听到有人在火车和公交车上狂欢高叫。卖乌龟的人说，天知道，我手臂疼；我几乎卖不出乌龟；但要振作！可能马上就有顾客来了；我今晚有没有地方睡觉可全指望它了；如果警察允许，我就推着乌龟沿牛津街走上一整天。做大买卖的商人说，说实话，我没想过要向大众普及高级美感；我绞尽脑汁才明白怎么能浪费最少，效果最好地展示我的商品；把绿龙雕在科林斯柱的顶端可能会有所帮助，让我们试试。中产阶级女士说，我认为，我总是闲逛，这看看那看看，拿东西换东西，讨价还价然后换来一篮又一篮的零料；我知道我两眼放光的样子并不得体，贪婪抢购的行为让人讨厌，但我丈夫不过是银行的小职员；我一年只有十五英镑的置装费；所以我到这里来，到处闲逛，看看我能不能打扮得像邻居那样。我是一个小偷，即使客人不注意的时候，从柜台上抢走手袋也需要很大的勇气；毕竟那里面可能只有眼镜和用过的公交车票。现在就去！

牛津街总是回荡着成千上万诸如此类的声音。一切都紧绷着，一切都是真实的，一切都来自被谋生压力所迫的人无法自抑的倾诉。他们要活着，要找个睡觉的地方，但却不得不无休止地在街上流浪。有人会设想，即使卫道士也要承认，这条俗气、吵闹、粗野的街道提醒我们生活就是战斗；所有的建筑都终会消失，所有的东西都是虚无。从此我们也许可以得出结论—除非聪明的店主心领神会，为孤独的思想者开设悬挂绿丝绒并且有萤火虫和骷髅飞蛾飞来飞去的房间，便于他们进行思考和反省，否则在牛津街任何追求结论的努力都将只是徒劳。

↠ 工艺

这个系列的主题是“无法用语言准确表达”，而这篇演讲题为“工艺”，因此，我们认为演讲者想要讨论文字运用技巧——作者的工艺。但是“工艺”这个词应用在文字上，多少有些矛盾和不和谐。平时，每当我们困惑不解时就求助英文词典，但是这次它却加深了我们的困惑。词典上说“craft”这个单词有两个含义：第一个含义是利用材料制作实物——比如，锅、椅子、桌子。第二个含义是诱骗、狡猾和欺诈。现在我们对文字知之甚少，知道的只是——虽然文字不能制造任何实物，但是它却可以分辨真伪。所以，讨论文字关联的技巧就要把两个相互矛盾的概念结合起来，这样大概就可以形成能被博物馆收藏在玻璃罩后面的珍奇宝贝一样的东西。因此，我们有必要更改演讲题目，也许可以换成另一个——文字漫谈。去掉题目的演讲，就好像被砍掉脑袋的母鸡，一直绕圈跑，直到最终死掉——人们把这种人称为母鸡杀手，把这种行为称为无起始演讲的过程或循环。然后让我们回到原点，文字无用。幸好这点众所周知，无须证明。举个例子，当我们去乘地铁，在月台等车，前方悬挂着一块亮灯的招牌，上面写着“经过罗素广场”。我们看到这些文字，自己不断重复，试着表达出脑海中真实的印象：下一列车将经过罗素广场。我们以“经过罗素广场，经过罗素广场”这样的速度一遍又一边地重复。然后一说出来，这些文字就混在一起开始变化。我们发现自己重复说着“一切都消失，消失……树叶枯萎凋落，雾气弥漫。有人出现……”突然清醒过来的时候，发现已经到了国王十字车站。

再举个例子。我们对面的车厢上写着“不要探身窗外”。开始，通过阅读可以了解实际的意思，也就是表面的意思；然而不久，我们坐下来，再读这些文字，发现它们开始混合变化。我们开始说“窗，是的，就是窗——在失掉了的仙域里引动窗扉[1]”。

1. 引自济慈《夜莺颂》，查良铮译。——译者注不知不觉，我们就已经探身窗外；去寻找在异邦的谷田里因想家而落泪的露丝[1]。这样做不是被罚二十磅就是脖子被折断。

如果非要证明，以上的两个例子已经证明了文字天生无用。如果我们坚持并强迫它们违背本性变得实用，将会付出代价。代价就是我们会被文字误导和愚弄，就好像脑袋被重重地打了一下。文字总是用这种方式愚弄我们，因为它们试图证明本性如此，不愿变得实用，只愿意表达一个简单的意思而非许许多多的不同含义——它们总是这样做。好在我们终于开始直面这个问题。我们开始创造另一种语言——一种可以完整优美地表达实用信息的语言，即符号语言。某位无名氏在米其林饮食指南中留下了对酒店的评价——不管这位无名氏是男是女，还是无人知晓的神秘力量——我们所有人都要感激他对符号语言的强大灵活的运用。如果他想告诉我们这家酒店一般，另一家不错，还有一家最好，他要怎么做呢？不需要文字；文字会立刻让人联想到灌木丛、撞球台、男男女女、缓缓升起的月亮和夏天海面上成片的水花——都是些美好的事物，但与主题

1. 引自济慈《夜莺颂》，查良铮译。——译者注

无关。他选择用符号表达：一个三角，两个三角，三个三角。这就是他表达的，也是他需要表达的。贝德克尔借用了符号语言，并进一步使之成为一种高雅艺术。当他想表达一幅画很好，他给一颗星；如果非常好，两颗；如果对他来说是无与伦比的杰作，就会有三颗星在页面上闪闪发亮。符号语言就是这样。星星和匕首之类的符号简化了整个艺术批评和文学批评——当有人想进行简化的时候。但是这意味着作家需要在写作中同时使用两种语言；一种在现实中使用，一种在作品中使用。当自传家需要表述一个实用必要的事实，比如说，奥利弗·史密斯念大学，并在 1892 年获得第三名，他会在图五上画一个空心的圆圈。当小说家需要告诉我们约翰按响了门铃，不一会儿女仆打开了门，说“琼斯夫人不在家”，考虑到我们自身，他会更愿意运用符号而不是词语传达这个令人讨厌的信息——也就是说，在图三上写一个大写字母 H。因此我们可以期待有那么一天我们的自传和小说都变得简洁有力。同时，用文字标注“不要探身窗外”的铁路公司会被处于不高于五磅的罚款，理由是没有选择正确的表达方式。

到那时，文字就会变得毫无用处。我们可以研究文字另一积极的特质，也就是表达真理的能力。

通过查阅多部字典，我们发现至少有三种对真理的解释：上帝的绝对真理、学术真理和普遍真理（通常真实可信）。但是分别考虑三种真理要花费很长时间。那么就让我们把想法简单化，因为时间是检验真理的唯一标准，而语言最能经受时间变幻，所以语言是最真实的。建筑物会倒塌，甚至地球也终会毁灭。一切不过是沧海桑田，过眼云烟。但是如果运用恰当，文字好像可以永存。那么接下来，我们要问的是，应该如何恰当运用文字？我们说过，文字不表达实用信息，因为实用信息是只能表达一件事的信息。然而文字的本性就是表达多件事。以“经过罗素广场”这个被认为无用的简单句子为例，它除了表面含义，还包括了很多隐藏义。“经过”这个词暗示了事物的转瞬即逝，也就是时间的流逝和人事的变迁。“罗素”这个词暗示了树叶的沙沙声和光滑地面上的短裙，还有贝德福公爵宅第和英格兰一半的历史。最后，“广场”这个词让涂满石灰、轮廓分明的广场形象映入眼帘。因此，最简单的一句话也能唤醒想象、记忆、视觉和听觉——阅读的时候这一切都结合在一起。

然而，尽管它们结合在一起一哪怕这结合也是无意识的，一旦我们察觉到这些暗示，并加以强调，它们就变得不真实，我们也变得不真实了—我们变成了专家、文字游戏者、短句发现者，而不是读者。阅读的时候，我们要让隐藏义继续隐藏着、暗示着，不去挑明，任由它们游离，彼此沟通，好像河床上的芦苇。但是那句话里的词一经过罗素广场一毫无疑问都是非常基本的词。这些词不通过打字机而直接来自脑海。它们奇怪诡谲，充满力量，可以暗示出作者自身的一切，他的性格，他的外貌，他的妻子，他的家庭，他的房子—甚至壁炉前地毯上的猫。文字为什么要这样做，怎么做的，如何防止它们这样做？没有人知道。它们不以作者的意志为转移，总是和作者的意志相反。当然没有作家希望读者看穿自己的古怪秉性、个人隐私和怪癖。但是真的有作者，这里不是指打字员，可以做到完全客观吗？通常不可避免地，我们都会通过作品了解作者本人。文字具有如此强大的暗示作用，它们常常会把一本糟糕的书变成一个可爱的人，或是把一本好书变成一个我们很难原谅的人。即使是历史悠久的文字也具有这种能力；全新文字的暗示非常强烈，让我们感受不到作家的本意一而只是看到这些文字，听到这些文字。这是我们对在世作家的评价显得异常善变的原因之一。从某种程度上说，只有作家离世，他的文字才可以不受作家本身的影响，变得纯粹。

可以说，这种暗示的力量是文字最为神秘的属性之一。无论谁，哪怕只写过一句话，都会清楚或模糊意识到这一点。文字，或者说英语，自然而然地充满了回响、记忆和联想。多少世纪以来，它们出入于人们的唇齿之间，在住宅、街道和天地中穿梭。这也是今天书写文字的主要困难之一—它们包含了太多含义和记忆，缔结了许多著名婚姻。比如说，“殷红”这个词—谁会在用这个词的时候忘记随之而来的“一碧无垠的大海[1]”？当然，很久之前，当英文还是一门新的语言时，作家可以创造新词。现在创造新词也十分容易—每当我们看到新事物或者产生新的感受，新词就涌到唇边—可是我们不能这样做，因为文字有它的历史。不能在一门历史悠久的语言里使用完全新鲜的词，这一点显而易见却又有些神秘，因为词不是独立存在的个体，而是文字的一部分。如果不是句子的一部分，就不是一个真正的词。文字彼此相关，当然了，只有伟大的作家才会把“殷红”和“一碧无垠的大海”联系在一起。新词和老词的结合会对句子造成致命的打击。

1. 引自莎士比亚《麦克白》，第二幕，第二场。——译者注为了恰当运用新词，必须要创造一门新的文字；毫无疑问，我们将成功，但那不是当务之急。当务之急是我们能运用现在的英语做些什么。我们怎么把老词用新的顺序组合起来让它们重获新生，光彩再现，吐露真言，这才是问题所在。

如果谁能回答这个问题，他就有资格获得世上任何一顶荣誉的桂冠。试想，如果写作可教可学意味着什么？每本书每份报纸都说实话，创造美。然而，教授文字的过程中会出现一些障碍和困难。因为即使此刻有百余位教授在讲授过去的文学，千余位批评家在评论现在的文学，成千上万的年轻男女要参加学分最高的英语文学考试，事情并没有发生改变—四百年前没有授课、批评、教学，我们比那时写得更优美，读得更明白吗？我们现在所处的乔治时期的文学比维多利亚时期的文学好得多吗？事实如此，我们应该责备谁呢？不是教授，也不是评论家，更不是作家，而是文字。该责备的是文字。在所有事物中，文字最为不羁、自由、不受束缚、无法教授。当然，你可以捕捉文字，进行分类，并按照字典里的字母表排列顺序。然而文字不在字典里，在脑海中。如果你想证明这个，只要想想我们需要用文字表达情绪的时候总是找不到合适的表达就清楚了。虽然有字典，字母表中有大概五十万个词任凭我们使用，但是我们能灵活运用吗？答案是不能，因为文字不在字典里，而在脑海中。再看一遍字典。毋庸置疑，没有比《安东尼和克里奥佩特拉》更辉煌的戏剧；没有比《夜莺颂》更优美的诗歌；除了《傲慢与偏见》或是《大卫·科波菲尔》之外小说都是外行的粗糙拙劣的作品。秘诀就在于找到正确的词语，并将其恰当排列。但我们就是做不到，因为文字不在字典里，而在脑海中。怎么让它们进入脑海呢？就像千人千面，文字也多种多样，不一而终，有的大相径庭差别迥异，有的一见如故和谐融洽。文字的确不像我们总是被仪式和会议束缚。贵族文字可以和平民结合。只要英语愿意，它可以嫁给法语、德语、梵文和黑人语。实际上，为了保护“她”的名誉，不要去探究亲爱的英语“母亲”的过去。因为“她”实在经历了太多次结合。

这种文字的漂移无法改变，根本无法制定相关规则。我们所能规定的就是一些微不足道的语法和拼写原则。当我们在幽深漆黑偶有光亮的洞穴边缘向内窥探文字的住处—脑海—我们能说的就是它们喜欢人们在运用前先去思考和感受，但不是思考和感受它们，而是别的。文字高度敏感，极易感到不自在。它们不喜欢被别人讨论纯洁与否。如果有人想创造一个纯洁的英语社会，文字就会创造出一个不纯洁的英语社会来表示抗议—也就是现代英语中反常的语言暴力，这是对文字清教徒的反抗。它们还高度民主，相信每个词都有自己的优势，没学问的词和有学问的词一样好，粗俗的词和高雅的词一样好，在它们的社会里没有阶级或地位之分。文字不喜欢被用钢笔划出来，个别考察。它们结合起来形成句子、段落，或是整篇文章。它们讨厌变得实用功利，讨厌在公共场合发表演讲。简而言之，文字讨厌任何把它们和单一含义结合起来或运用它们表达单一含义的行为，因为其天性善变。

也许这才是文字最令人惊奇的地方—它们渴望变化。为了表达捕捉到的不同真实而变得多种多样，一会儿这样，一会儿那样。因此同一句话在这个人看来是这个意思，在那个人看来是那个意思；这代人觉得难以理解，另一代人觉得一清二楚。正因为这种复杂特殊性，文字才得以生存。我们这一代人中没有伟大的诗人、小说家，或是批评家，原因之一可能就是我们限制了文字的自由。我们只固定使用一个实用含义，这个含义可能会帮我们赶上火车，也可能会让我们通过考试。然而当文字被禁锢，它们就收起了翅膀，默默死去。最后，也是最重要的，像我们一样，文字需要隐私，从而自由自在地活着。当然文字喜欢我们在运用前思考和感受；但是它们更喜欢我们稍事休息，哪怕只是片刻的无意识。我们的无意识成就了文字的隐私；我们的黑暗就是文字的光明……我们的思考停下来，世界垂下黑暗的面纱，此时把文字温柔地召集起来，促成它和完美意象之间的闪婚，成为永不褪去的美好。但是，不一今晚不会发生。小家伙们闹脾气了，它们开始惹麻烦，不听话，装聋作哑。它们到底在低声说些什么呢？

“时间到了！安静！”

➛ 传记艺术

1

传记艺术，虽然这样说——但是我们会立刻提出一个问题，传记是一门艺术吗？考虑到传记家曾带给我们的那些愉悦，这个问题显得有点愚蠢和狭隘。但是被如此频繁提及的问题背后肯定有些什么。不管何时打开一本崭新的传记，这个问题总会出现在书的每一页；难怪看上去有点死气沉沉，毕竟，传记里提到的人，有几个还尚在人世？

但是传记家认为，人们认为传记总是死气沉沉的原因在于传记与诗歌和小说这样的艺术相比还很稚嫩。对自己和别人感兴趣是人类头脑的最新发展。

在英国，直到十八世纪，有关私人生活的描写才开始满足人们的好奇。直到十九世纪，传记才发展成熟，所获颇丰。如果真的只有三位伟大的传记家——约翰逊、伯斯威尔和洛克哈特——是因为时间太短；传记艺术形成发展的时间相对较短的说法已被教科书认可。不过究其原因——为什么散文作家的出现晚于诗人若干世纪，为什么乔叟在亨利·詹姆斯之前出现——最好先把这些无人问津的难题放到一边，让我们去研究传记为什么缺乏杰作。原因是在所有艺术中，传记艺术所受的限制最多。对此有现成的证据。史密斯曾经给琼斯写过传记，他在书的扉页上向曾借给他信件的老朋友和“最后也是最重要的”遗孀琼斯夫人表示感谢。因为如果“少了她的”帮助，他这样写道：“这本传记将无法完成。”他在前言中简单指出，现在的小说家，“书中的每个角色都是虚构的”。也就是说小说家可以自由发挥；传记家却被限制禁锢。

如果是这样，我们就进一步接近了那个不仅难以回答而且可能无法解决的问题：将传记归类为艺术作品意味着什么？无论如何，传记和小说相互区别——组成内容的不同可以证明这点。一个是借助朋友的帮忙完成的作品，内容来源于事实；另一个是不受限制的自由创作，艺术家酌情选择有利于自己的内容去发挥。因此区别是存在的；我们有充分理由相信过去的传记家也发现了这一点，因为这不仅是区别而且是非常重大的区别。

对于传记写作来说，遗孀和朋友其实是非常严厉的监工。试想，比如，那个聪明男人的道德败坏，脾气暴躁到把靴子扔到女仆的脸上。他的遗孀会说：“尽管这样我还是爱他——他是我孩子的父亲；决不能让热爱他作品的广大读者理想破灭。要不换个说法，要不就干脆不说。”传记家只能屈从。因此维多利亚时期传记中的大部分形象都非常僵硬刻板，像被殡葬队伍搬运然后保存在西敏寺的蜡像一样——只有外形和棺材里的死者极为相似。

之后，十九世纪末期传记艺术发生了转变。原因迄今不明，但是遗孀的思想变得更加开放，而大众的目光变得更加敏锐；蜡像一样的人物形象不再能够让人信服或满足人的好奇。自然而然地，传记家获得了相当的创作自由，表现在他至少可以暗示死者还有缺点和不足。弗洛德笔下的卡莱尔绝不是戴着玫瑰红色面具的刻板形象。弗洛德之后是埃德蒙高赛，他敢于承认他父亲也会犯错。紧接着埃德蒙高赛之后，就是在二十世纪初叶出现的利顿·斯特雷奇。

2

利顿·斯特雷奇作为传记史上非常重要的人物，值得我们稍作停顿仔细研究。他的三本名著——《伟大的维多利亚时代》《维多利亚女王》和《伊丽莎白女王》，高水平地展示了传记的取舍。同时也回答了一些问题，如传记是否是艺术，如果不是，为什么。

利顿·斯特雷奇作为一位作家实在是生逢其时。1918 年，他出版了第一本传记，灵活自由的风格备受关注。对于像他这样对自己创作诗歌或剧本的能力存疑的作家来说，传记写作似乎是一个大有前途的选择。因为归根结底，如实记录逝者的生平总是能做到的。维多利亚时期盛产如同石膏雕塑一般的光辉形象，实际情况被严重扭曲。为了重现事实，呈现传记人物真实的模样，正需要和诗人或小说家同样的艺术天赋，而不用他自认缺少的原创能力。

事实证明传记写作非常值得一试。在《伟大的维多利亚时代》的创作过程中，他既饱受煎熬又兴致勃勃；这本书的成功可以证明他的笔触足以让曼宁、弗洛伦斯·南丁格尔、戈登和其他人重生，因为他们本就有血有肉。这些人多次成为舆论焦点。戈登酗酒是真事，或不过是杜撰而已？弗洛伦斯·

南丁格尔是在卧室里还是客厅里接受勋章？尽管当时欧洲正处于硝烟战火之中，纷乱复杂，他依然激起大众的热情，去探寻名人生活的细枝末节。书中的描写痛苦和欢乐交织，十分精彩，因此他的书一版再版。

但是这些都是他创作的着重人物形象刻画的短小文章。他在描写伊丽莎白和维多利亚两位伟大女王的生活时进行了更为大胆的尝试。这是传记从未有过的展现其作为的好机会。现在机会就在眼前，他用所有自由灵活的创作赢得了这个机会。他的表现十分无畏，因为他已经证明了自己的才能非常卓越，完全能够胜任这项工作。结果是，传记的特性变得更加明显。有人在几次阅读之后还会质疑，难道两者相比,《维多利亚女王》获得巨大成功，而《伊丽莎白女王》则是惨败吗？其实如果我们这样比较，并不是利顿·斯特雷奇的失败，而是传记艺术的失败。在《维多利亚女王》中，他把传记当作一种技巧，甘受限制。在《伊丽莎白女王》中，他把传记当作一门艺术，打破束缚。

然而我们还要质疑这个结论的来源及其依据。首先，对于传记家来说，为两位女王写传的难点明显不同。维多利亚女王的一切都为人所知。她的所作所为，甚至她的所思所想都人尽皆知。没有谁的生平像维多利亚女王那样得到了清楚地验证。传记家无法进行原创，因为每时每刻手边的资料都会提醒他的写作和历史不同。因此，创作《维多利亚女王》的时候，利顿·斯特雷奇妥协了。他将传记家甄选和关联资料的能力发挥到极限，但是严格控制在事实范围内。保证每句话都有依据；每个事实都有来源。事实证明他对老女王的生活描述，就像伯斯威尔对字典创始人的描述一样。利顿·斯特雷奇笔下的维多利亚女王是为众人认可的维多利亚女王，正如伯斯威尔笔下的约翰逊是现在普遍接受的约翰逊博士一样。其他版本终会消失不见。无疑，在此之前他已经取得了巨大的成就，不过他渴望更进一步。所以才创作出这样真实可信有血有肉的维多利亚女王。然而不容置疑的是她的形象仍然存在局限。传记难道无法拥有诗歌一般的热烈，戏剧一般的激情？传记的特点难道只能是尊重事实和实际取材吗？

伊丽莎白女王似乎是一个非常适合进行大胆尝试的传记对象。人们对她的事迹不甚了解。她所生活的年代久远，那个时代人们的风俗、想法甚至行为十分奇特。“我们运用哪种艺术才能进入这些奇怪的思想，或是潜入更奇怪的部分中？我们越清楚怎么运用，就越偏离那个奇特的世界。”利顿·斯特雷奇在首页上写下这样的话。但是很明显，《伊丽莎白女王》是一段具有可塑性的悲剧历史，鲜为人知，所以惹人遐思。一切都非常适合写进书中，两个世界的优势集合在一起，赋予了艺术家极大的创作自由，并为创作提供事实依据——这本书不仅仅是一本传记，还是一部艺术作品。

尽管作家费尽心思，一切只是徒劳，因为事实和杜撰无法完美结合。伊丽莎白女王既不像维多利亚女王的形象那样真实，也不像克里奥佩特拉或孚斯塔夫那样富有戏剧性。原因似乎是，无人知晓——虽然他勇于创新，但是变得小有名气之后——他的创新却遇到了阻碍。因此女王身处一个位于事实和杜撰之间的模棱两可的世界。在那个既不抽象也不具体的世界，读者能感受到作家的茫然和努力，然而女王的形象十分中庸，毫不出彩，虽然没有任何批评，仍然算是失败。

如果判断正确，我们必须要承认传记自身存在问题：总是强加条件，条件就是必须要建立在事实基础上。我们说的传记里的事实是非艺术家也会认可的事实。如果像艺术家一样创作——不存在佐证无法对比的原创——并且试图将原创和事实结合起来，结果就是两败俱伤。

在《维多利亚女王》一书中，利顿·斯特雷奇似乎非常清楚地意识到这种条件的必要性，并且本能地屈从了。“女王的前四十二年，”他这样写道，“因为大量分门别类的官方信息而变得光辉夺目，直到阿尔伯特逝世，她才蒙上面纱。”随着阿尔伯特逝世，面纱落下，官方信息派不上用场，他意识到传记家必须依照前例。“我们乐于进行简短概括。”他这样写道，最后的几年被概括介绍。但是伊丽莎白女王的一生远比维多利亚女王的最后几年更为神秘。因此，他不再进行简短概括，而是开始写一本书，这本书包含了奇怪想法和由于可靠信息的缺失而变得更为奇怪的部分。以他当时的能力来说，这种大胆的尝试注定失败。

3

因此，每当传记家抱怨，说自己被朋友、信件和文件束缚时，其实不过是指出了传记创作不可避免的因素，当然也是不可避免的限制。因为原创人物生活在一个只有作家自己了解的世界里。在那个世界里，事实的真伪完全取决于作家的想法。和由其他人提供的真实信息创造出的世界相比，在作家自己想法支配下创造出的世界更为珍贵、热情和和谐。因为这样的差距，两个世界无法融合，如果妄图结合就会造成两败俱伤。我们似乎可以得出这样的结论：没有谁能同时在两个世界称雄；你必须作出选择，然后接受自己的选择。

尽管如此，《伊丽莎白女王》这本书并非毫无价值，它的失败开启了新的成功，因为这是传记家倾尽全力完成的大胆试验。利顿·斯特雷奇如果还在人世，也会十分确信是自己拓展了传记原创这条道路。事实也是这样，他为我们指出了后人前进的方向。传记家服从事实——应该这样。但是，即便如此，他也有权利支配所有可供挑选的事实。如果琼斯的确把靴子扔在女仆脸上，有一个情妇住在伊斯林顿，或是一夜风流之后醉倒在水沟里，那么传记家就有权利将这些事实写进书里——只要反诽谤法和人类情感允许的话。

但是这类事实和科学事实不同——科学事实一经发现，就保持不变。这类事实随想法变化而变化，想法则随时间变化而变化。现如今，通过心理学家举例说明，我们都知道关于罪恶的思考可能是种不幸；或是种好奇；或两者皆非，不过是不值一提毫不重要的琐碎之事。人们对性的想法也不断变化。这些变化使得大量消亡事物的毁灭模糊了人们的真实特征。过去经常出现的一些标题——大学生活、婚姻、事业——其实起得武断又造作。如今人们对书中主人公的生活的看法改变了。

因此传记家要走在我们这些人的前面，像矿工肩上的金丝雀一样，检测气氛，探寻虚伪、不真实和过时习惯的存在。传记家必须能活跃而谨慎地感受周围的事实。必须重申的是，因为我们生活的时代有众多来自报纸、信件和日记的摄像头，从不同角度关注每一个方面，传记家必须准备好认识同一张脸孔的矛盾两面。传记家的视线会对准奇怪的角落，从而扩大观察范围。如果事实的来源广泛，传记的内容就会十分丰富，不会杂乱无章令人困惑。因为很多不为人知的事情现在为人们所了解，我们不禁扪心自问，是否只有伟大人物的人生才应该被记录？难道不是每一个曾经活过，并留下生活记录的人都值得写传记吗——不管他是失败还是成功，卑微还是显赫？此外，究竟什么是伟大，什么是渺小？传记家必须修正我们关于美德的标准，树立新的值得崇拜的形象。

4

因此，传记的发展刚刚起步。我们可以肯定的是它还要面临漫长的积极的发展道路——途中会遇到困难，危险和艰苦。不管怎样，我们还可以肯定的是和诗歌小说的发展道路不同——传记的不那么紧张刺激。因此传记作品注定不会不朽，尽管每位作家都希望自己的作品永垂不朽。

已有事实证明传记的发展不会如作家所愿。伯斯威尔笔下的约翰逊博士不会像莎士比亚笔下的孚斯塔夫一样长久。我们也几乎可以确定米考伯[1]和贝茨小姐[2]会远远胜过沃尔特·斯科特爵士笔下的洛克哈特先生和利顿·斯特雷奇笔下的维多利亚女王。因为原创人物是用更为持久的要素构建起来的。丰富的想象力剥夺了易逝的事实的光彩；作家的创作素材本就优越，传记家却只能在字里行间写出这些终将消失的事实。几乎一切都要消失，只有个别得到留存。因此我们可以得出结论，传记家是工匠，不是艺术家；他的作品不是艺术品，而是模棱两可的中间产物。

如果浅谈传记，传记家的作品其实是无价之宝，

1. 狄更斯《大卫·科波菲尔》中的人物。——译者注

2. 简·奥斯汀《爱玛》中的人物。——译者注

我们表示再多的感谢也无法匹及。我们无法生活在尽是丰富想象的世界里。想象很快就会疲倦，需要休息和提神。但是，对疲倦的想象力来说，最好的补给不是劣俗的诗歌或不入流的小说——这些会让想象力变得迟钝和堕落——而是“严肃的事实”，正如利顿·斯特雷奇在优秀的传记作品中向我们展示的那样。一个真实的人生活过的时代和地方，他如何观察，他如何打扮，他的日常生活如何，他的亲戚朋友怎样，他的爱人怎样，他何时去世，去世时是不是像一个基督教徒一样躺在床上，等等。

传记家告诉我们这些真正的事实，从大事中发现细微，进行概括总结，这样我们就了解了全部。其实传记家比任何诗人或小说家更能启发想象力。因为很少有诗人和小说家可以承受向我们提供事实的巨大压力。但是几乎每一个传记家，如果他尊重事实，都能提供给我们很多事实，丰富我们的知识储备。传记家告诉我们一些事实，这些事实可以创新，可以发挥作用，可以提示和发展。对此有确切证据。就像读诗或读小说会产生共鸣一样，我们读完传记后将它搁置一旁，会发现一些场景还是非常鲜明，人物形象还在脑海深处栩栩如生，就好像我们回忆起往事。

➛ 对当代文学的印象

当代读者一定会对此印象深刻：同一时刻两位评论家坐在同一张桌子旁边，却对同一本书产生了截然相反的态度。一方面，这本书被认为是一本英文散文杰作；同时另一方面，如果火不会被它扑灭的话，它就是一厚叠理应被扔入火中的废纸。然而这两位评论家对弥尔顿和济慈持相同观点。他们如此表现是出于自身的敏锐感受和毋庸置疑的由衷热忱。只有当他们讨论当代作家的作品时，才会不可避免地起争执。引起他们争论的这本书不过出版了两个月左右，一位评论家认为它对英国文学的影响不仅立竿见影，而且很可能长期持续；另一位评论家则认为这本书不过是胡乱拼凑的无稽之谈。下面会解释为什么两者得出的结论不同。

此解释让人费解。读者和作家都一样为难；读者想在混乱的当代文学中找到方向；作家则自然而然地想了解自己在几乎一片漆黑中费尽心思创作出的作品是否有可能在英国文学名作中崭露头角，还是正相反，被人置之不理付之一炬。但是如果先将自己定义为读者，去探讨读者的困境，我们就不会感到这样迷惑。类似的事之前也经常发生。甚至从罗伯特·埃尔斯米尔[1]开始，平均一年两次，在春秋时分，我们都能听到学者们对新书的反对和对旧书的赞同。斯蒂芬·菲利普斯的书随处可见，然而即便这样，仍然有很多人并不喜欢。不过如果两位绅士观点一致，都认为布朗克的书是一本无可争议的杰作，我们就不得不面对一个抉择，是否要花上十先令六便士的书费去支持他们的观点，这的确更让人惊讶和心烦。这两位都是著名的评论家，哪怕是脱口而出甚至是不假思索的意见，都会作为对英美地区文学的评论，被收录进严肃的散文专栏。

固有的愤世嫉俗会让我们对当代的天才人物产生狭隘的不信任感，我们会不知不觉说出这样的话：

1.《罗伯特·埃尔斯密尔》是英国小说家汉弗莱·沃德夫人创作的著名小说。——译者注

如果评论家观点一致，那只是说明他们无事可做。当代文学根本不值得花钱，一张图书馆借书卡足矣。因为问题依然没有解决，让我们直接向评论家提问。如今的读者对已去世的作家毫无敬意，却被一个问题困扰，尊敬已去世的作家是否与理解在世的作家息息相关，于此难道没有任何相关指导吗？两位评论家快速调查后都遗憾地表示并没有这样的人。他们的评价为什么和新书相关呢？当然不是因为那十先令六便士的书费。他们丰富的经验告诉我们一些过去因鲁莽行为而造成严重后果的例子；如果他们评论去世的作家，却对在世的作家大加赞赏，就犯了评论界的众怒，会丢掉工作，毁掉声誉。他们提出的唯一建议就是尊重并无畏地追随自己的直觉，不要受任何在世的评论家或书评作者的影响，更不要反复阅读过去的著作质疑自己的直觉。

正是因为这些人，我们不得不表明事情不总是如此。尽管具体内容不为人知，我们相信曾有一条定律或规律约束着广大的读者群众。并不是说杰出的评论家——德莱顿、约翰逊、柯尔雷基和阿诺德——一定会对当代作品作出完美的判断，尽管他们的评语不会永久地印在书上，也不会省去读者自省的问题。但至少他们的存在会产生集中影响。他们随意给出一些书评，不难想象仅仅这样就能压制餐桌上人们的意见分歧，却让现在的学术权威费尽心机也不得其解。不同的学派会一如既往地热烈讨论，但是每个读者心里都会有这样的想法，至少有一个人会接近文学的主旨：如果你允许他有瞬间反常，他会凭一己之力与永恒接轨，无视赞美和责备，逆风向前。但是说到成为一个评论家，性格要大方，时机要成熟。当代社会分散的餐桌，构成社会的种种思潮的追逐和漩涡，只有涉猎极广的大人物才镇得住。值得我们期待的那个伟人到底在哪里？我们有书评作者但是没有评论家；我们有百万个能干正直的警察但是没有法官。有品位、有学识、有本领的人都在给年轻人讲学，都在为过去歌功颂德。但是他们灵活多产的笔触却总是让鲜活的文学组织干燥脱水变成小巧的骨骼。我们感受不到德莱顿那样的激情，也感受不到济慈那样温和天然的性情，或是他那样深远的洞察力和清晰的理智，或是柯尔雷基对诗歌的全身心投入，尤其是他作品中最常被人引用的伟大言论会在阅读时散发光热，正如书的灵魂一般。

对这一切，评论界也都慷慨大方地表示赞同。他们认为伟大的评论家极罕见。但是一旦他奇迹般地出现，我们如何支持，或者我们提供些什么？如果伟大的评论家本身不是伟大的诗人，那么他们一定得到了时代的哺育。有一些大评论家需要支持，有一些学派有待创立或毁灭，但是我们的时代已经到了贫乏的边缘，还没有谁一枝独秀技压群雄。没有什么大师，能够让年轻人骄傲自豪地成为他的学徒。很久之前哈代就淡出文坛；康拉德的才能带着一丝异国情调，这让他无法具有偶像般的影响力，虽然也被尊敬爱戴，但却有几分淡泊疏离。就其他人来说，尽管为数众多，极富热情，作品层出不穷，至今无人能对同时期的人产生影响，或是透过今天我们这个时代到达并不十分遥远的将来，成为我们津津乐道的不朽伟人。如果我们进行一个世纪测试，看看现在英国出版的书一百年后有多少还会存在，必须要说我们不光在哪本书这个问题上存在分歧，更令人质疑的是是否会有这么一本书。这是一个支离破碎的时代。几节诗，几页书，到处都是的章节，这部小说的开头，那部小说的结尾，对最好的时代或者作家来说都是一样的。但是我们能留给后代几打零散的书页，或让那时的读者从所有摆在他们面前的文学里大海捞针一般挑出少得可怜的华彩篇章吗？这些就是评论家可以堂堂正正放在桌面上，和作为同伴的小说家和诗人一起讨论的问题。

开始时，悲观主义似乎足以克服所有阻力占到上风。是的，我们再重复一遍，这是一个贫乏的时代，诸多方面都可以证实；但是，坦白地说，如果将两个世纪作比较，结果十分明显，我们被狠狠压倒。《韦弗利》、《远游》、《忽必烈汗》、《唐璜》、赫兹里特的散文、《傲慢与偏见》、《海伯利安》和《自由的普罗米修斯》都出版于1800到1821年。我们这个世纪不缺乏工业；但是如果说到杰作，不得不承认悲观主义者是正确的。似乎天才的时代之后是努力尝试的时代，再之后是喧嚣奢靡的时代。当然，这些放弃了不朽的机会而建筑井然有序的房屋的人们理应得到荣誉。但是如果我们说到杰作，何处可寻？我们知道有一些诗可以长存；济慈、戴维斯、德拉梅尔、劳伦斯，他们的诗当然拥有辉煌的瞬间，但是和长存不同。毕尔勃姆在他的领域是完美的，但那不是一个很大的领域。《遥远的过往》中的篇章无疑将会流芳百世。《尤利西斯》带来了值得纪念的伟大变动——十分大胆，变动剧烈。于是，我们挑挑选选，这样那样地摘出一些，拿出来展示，却感到被排斥或嘲笑，最后不得不同意评论家的反对意见，这的确是一个缺乏持之以恒的努力的时代，到处都是凌乱的碎片，根本无法与之前的那个时代相提并论。

这些说法盛行一时，我们也屈从于说话者的权威，然而却非常清楚有些时候我们连自己的话也无法相信。再重复一遍，这是一个贫乏枯竭的时代。我们不得不满怀嫉妒地回顾从前。但是同时，这也是初春晴朗的一天。生活总是不乏色彩。就连电话，总是打断严肃对话、缩短重要评论的电话，也别有一番情趣。虽然人们不经意的对话很难永垂不朽，但是在一个有灯，有街，有房子，有人们，或美丽或奇异的背景下倾吐心声，这一切交织在一起本就成为永恒。但这是生活；而我们谈论的是文学。我们必须试图将两者分开，反对悲观主义的优越合理，为乐观主义的鲁莽叛乱正名。

我们的乐观大体上说来自本能，来自晴朗的天气、美酒和畅谈，来自生活每日赐予的财富和最健谈的人也表达不出的启示。尽管我们尊敬爱戴死者，我们还是更喜欢生活本来的样子。就算我们可以选择生活在过去的任何时代，眼下也总有一些东西是我们不愿意交换的。当代文学尽管有不足和缺点，却还是那么富有魅力，那么吸引我们，就像一个我们每天都批评斥责却无法失去的亲人。它具有一种和蔼可亲的品质，这一点和我们自己，我们的作品以及我们生活的地方很相似。它并不居高临下，与我们保持距离，从外部审视，也没有像我们这代人如此强烈地怀念同时代。我们和先人被生生割裂开来。规模上的变化——几世纪以来一直保持原位的群体突然下跌——从上到下动摇了组织结构，把我们和过去割裂开来，可能使我们太过清楚地认识，到自身所处的现代。每天我们发现自己忙着，说着，或者想着对父辈来说不可能的事情。我们感觉到比起已经被完美诠释的相同点，不同点还没有引起足够多的关注。新书吸引我们去阅读，有几分希望能够反映我们重新变化的态度——这些场景、想法以及明显不和谐的偶然组合带来强烈的新奇感——并且，就像文学一样，回到我们的管辖范围，完整且便于理解。这的确是乐观主义的所有理由。我们这个时代拥有许多愿意表达将他们和过去割裂的不同点的作家，他们不愿表达将他们和过去连接的相同点，这些作家比任何其他时代的都更多。提起任何一位的名字都可能会惹人不快，但是即便是最肤浅的读者，只要对诗歌、小说或是传记稍有留意，就一定会对我们这个时代的勇气、真诚，简单地说，其广泛的原创性印象深刻。但是我们的快乐被莫名其妙地剥夺了。很多书都给我们一种承诺无法实现、知识贫乏、生活里被攫取的光彩没有转化为文学的感觉。当代作品中的佼佼者往往来自压力下的记录或潦草的速记，当人物在场景里出现，他们的行为和表情就会被以惊人的才华保留下来。但这些场景总是一闪而过，对此我们非常不满。快乐有多深，烦恼就有多重。

无论如何，我们回到了起点，在两端之间摇摆不定，这一刻还是狂热，下一刻就变成悲观，无法得出任何有关我们当代文学的结论。我们曾向评论家寻求帮助，但是他们觉得这件事不值一提。现在，正是通过咨询过去的杰作，接受他们的建议，修正这些极端的时候。我们感觉自己不得不这样做，不是被冷静的判断驱使，而是急切需要把我们的不稳定寄托在他们的稳定上。但是，说实话，今昔对比带来的震撼一开始令人不知所措。毋庸置疑，名著多少有些沉闷。华兹华斯、斯科特和奥斯汀的书中满是无所谓的平静，平静到让人想睡觉。他们忽略出现的机会，无视积聚的色彩和细节。他们看上去十分从容，不去满足被当代人快速刺激的感官：视觉、听觉、触觉——尤其是，人类自身的感觉，他的深度，想法的多样性，他的复杂性，他的困扰，等等，简言之，人本身。华兹华斯、斯科特和奥斯汀的书中对这些表现得很少。那些逐步产生、令人愉快，最后彻底地征服我们的安全感从何而来呢？这力量来自他们的信仰——加在我们身上的他们的信念。这一点在哲学诗人华兹华斯的身上体现得非常明显。闲适的斯科特也是一样，他总是在早餐之前草草几笔写出惊世之作。至于那位内向的未婚女士，则是在安静中单纯为了愉悦自己悄悄进行写作。这两位身上有一点相似，那就是都相信生活是平稳的。他们具有自己的行为判断。他们了解人和人之间以及人和世界之间的关系。他们可能都不会说出非常绝对的话，但是一切都依附其上。我们发现自己只是在表达信念，其他的一切都自行而来。举个简单的例子，我想起最近出版的《沃森一家》，一个美丽的女孩出于本能想去安慰一个在舞会上被冷落的男孩，只要你觉得这样绝对合理，你不仅会让一百年后的人们有同样的感觉，还会让他们感觉到文学。因为那种确定性是创作作品的条件。相信你的感觉能抓住一些对别人有益的东西，就可以从个人的限制束缚中解脱出来，像斯科特一样自由，充满热情地去发掘迷住我们的这个新奇浪漫的世界。这也是简·奥斯汀作为一个伟大作家所擅长的神秘加工过程的第一步。选择曾经的经历，深信不疑，把自己置之事外，然后准确地安排好位置；她非常自如地把这一切完成，使之成为文学的完整状态，整个过程不会向分析家泄露任何秘密。

当代作家让我们苦恼，因为他们没有信念。即使他们中最真诚的作家也只会告诉我们他自己身上发生了什么。他们无法创造一个世界，因为他们不能自如面对其他人。他们不会讲故事因为他们不相信故事是真实的。他们不会归纳。他们只依靠自己的感官和情感，尽管的确非常真实，而不愿依靠提供模糊信息的知识。他们被迫不去使用最具威力和技艺最精巧的武器。尽管坐拥英国文学的全部财富，他们却只是快速翻过一本又一本书。他们匆匆写下从外部观点选定的一个新鲜角度，热情地记下一闪而过的光芒，这点亮了什么？瞬息的光彩可能什么也不是。但是评论家在其中干涉，带着几分正义感。

如果这个描述站得住脚，如他们所言，并且不像可能的那样，完全依赖我们在桌边的位置和相当单纯像芥末瓶和花瓶一样的个人关系，那么评判当代文学的风险要比从前更大。如果他们的评论不着调也是情有可原的。就如马修·阿诺德建议的那样，从当今燃烧的区域退回到过去安全的平静更好。“我们进入一片燃烧的区域。”马修·阿诺德写道，“就在我们走近距离不远的那个时代的诗歌，拜伦、雪莱和华兹华斯的诗歌里面的价值评判不只是个人的，还是满怀热情的个人。”他们让我们想起，这些话写于1880年。他们提醒我们，注意观察放在显微镜下的每寸丝带，尽管它绵延不绝；如果我们毫无作为，事物就自己分类；节制和研究经典得到推崇。不仅如此，人生短暂；不久即将庆祝拜伦百年诞辰。此刻迫在眉睫的问题是，他到底有没有和他的妹妹结婚？总结一下，就是——如果的确任何一个结论都有可能的话，当每个人现在都说话，时间在不断流逝——对如今的作家而言，放弃创作杰作的希望似乎较为明智。他们的诗歌、喜剧、传记和小说不是书而是笔记。时间，好比一位优秀的老师，会手把手地教导，指出他们的缺点、草率和不足，把作品全都撕碎；但是他不会扔进废纸篓中。他会一直保留，因为别的学生会发现非常有用。未来的杰作出自今天的笔记。正如评论家刚才所说的，文学历史悠久，历经变革。尽管一些小争端可能搅得海面波涛汹涌，让小船不得安宁，但过分夸张它们的重要性则显得目光短浅心胸狭隘。狂风暴雨不过是表面现象，平和隽永才是本质。

对于评论家来说，他们的任务是评价当代的新书，我们承认这些评价会有几分艰涩难懂，常常令人心生不快。我们希望评论家们给当代文学予以鼓励，对那些花环花冠式的作品予以宽恕，它们偏离正道，易于消逝，还让戴花冠的对象在半年时间里着上去有点可笑。让评论家们更加自由，更加客观地对待当代文学和作者，置身其中，共同努力完成当代文学这座伟大的建筑，尽管可能个别工人的名字不详。希望他们重重关上门，尽管门的那一边温馨和谐，可以享受无数物美价廉的食物，哪怕只有一次，不再讨论那个令人兴奋的话题——拜伦是否和他的妹妹结婚——然后，离开我们坐着闲谈的桌子，哪怕离开一点，聊一些和文学本身有关的话题。如果他们要离去，我们要尽一切努力挽留，让他们想起那位瘦削的贵族女士，赫斯特·斯坦霍普夫人。她在马棚养了一匹乳白色的马，为的是有一天救世主能够骑上她的马在山顶鸟瞰世界，一览美景。虽然她等得心急如焚，但一直相信救世主总会出现，因此她从未放弃等待。评论家应该向她学习；认真感受现在，观察过去和未来之间的联系，为即将到来的杰作做好准备。

➛ 为什么

《吕西斯特拉忒》的第一期出版了，我承认十分失望。书的纸张质量上乘，印刷精美，看上去十分成功，尽善尽美。我一页页地翻着，感觉好像财富突然降临到萨默维尔。我本打算以消极的态度回应编辑的约稿请求，但值得欣慰的是，当我读到其中一位作者衣着简陋，另一位女作者毕业于实力和威望均很弱的大学时，我开始打起精神，许许多多迫切求解的问题涌上心头："终于轮到我们了。"

和今天很多人一样，我也总是被许多问题困扰。我发现在街上很难不走走停停，有时可能就站在路中间，问为什么。教堂、酒吧、议会、商店、喇叭、汽车、空中飞机的嗡嗡声，和男男女女全都让我发问。然而，只向自己发问有什么意义呢？这些问题应该在公共场合公开提出。但是财富让公开提问变得非常困难。每个问题结尾处那个小小的弯曲的符号能让有钱人变得苦恼；权力和声望强烈反对它。因此，如果问题敏感、冲动或是有点可笑，则一定要仔细选择提问的场合。这样那样的问题被权力、荣华富贵和陈词滥调包围着慢慢枯萎。它们还没进入有影响力的新闻办公室，就在门口一批批死去。它们溜到了令人讨厌的不发达地区，那里的人们贫困潦倒，什么也给不了，无权无势，因此没什么可失去。一直困扰我让我想发问的问题，无论是对是错，如今都应该在《吕西斯特拉忒》中提出。问题们说："我们从没指望你会在……提及我们。"这里它们说出了一些最体面的日报和周报的名字；"也不是……"这里它们说出了一些最受人崇拜的机构的名字。"但是，感谢上帝！"它们大声说，"女子大学的学生不是又穷又年轻吗？她们不是热爱创新勇于冒险吗？她们不是正要创造一个新的……"

"编辑不准写女性主义。"我严肃地打断它们。

"女性主义是什么？"它们异口同声地喊出来，因为我没有立刻回答，它们又抛给我一个新问题："你不觉得是时候创造新的……"

但是我打断了它们的话，提醒它们我只能写两千字。如果字数超过了，文章就会被退回来，重新修改。最后我提出了一个请求，我可以采用其中最简单、温和、容易理解的一两个问题。比如，每当社团开始活动，或大学开学时频繁出现的问题——为什么讲课，为什么听讲？

为了好好提出这个问题，我会这样陈述，记忆会留住画面的鲜活，但正如伊丽莎白女王说过的那样，总有那么一个机会，虽然不常见但是永远不用过分悲伤，鉴于友情，或为获取法国大革命的相关信息，去听课是必要的。开始的时候，教室看上去让人摸不清头绪——既不让人休息，也不让吃东西。墙上可能挂着一张地图。当然讲台上会有一张桌子，还有几排又矮又硬很不舒服的小椅子。椅子上面陆陆续续坐满了人，有男有女。不光椅子看上去有点勉强，听课的人也是这样。有些人拿着笔记本，轻轻敲着钢笔；有些人空手而来瞪着牛蛙般的大眼沉默地望着天花板。大钟无精打采；时间一到，一个满脸无奈的男人大步走进教室。他脸上没有常人的表情，取而代之的是紧张、自负，或许还有压抑，仿佛这个艰难的任务令他变得没有一点正常人的样子。这时教室内一阵骚动。因为他写过书，而观察写过书的人是非常有趣的，所以每个人都盯着看他。他头顶光秃秃的，没有一根头发，嘴唇和下巴也与常人无异；总之，就算他写过书，也看不出和别人有什么不同。他清了清嗓子开始讲课。人的声音具有多种功能：它可以使人着迷让人得到安抚，也可以勾起怒火让人感到沮丧；但是在讲课过程中，只是让人心烦。他教授的内容其实非常合理，有学识，有论据，有推论，但是听着听着，注意力就涣散了。大钟看起来满脸惨白，指针也虚弱无力。莫非它们得了痛风，或是水肿？缓慢移动的动作让人想起一只三条腿的苍蝇痛苦地在冬天挣扎存活。平均有多少只苍蝇能活过英国的冬天？如果发现自己出现在讲授法国大革命的课堂上，这样一只昆虫会怎么想？这么想完全是白费功夫。已经溜号了——那一段已经讲过去了，没必要让老师重复。他讲得非常吃力但却很坚持自我。要找到法国大革命的源头——苍蝇的想法也要找到。千里以外也能运筹帷幄是这门课程的目的之一。“略过这段吧！”我们向他提出请求——没用；他没有略过。这简直就是一个笑话。然后老师的声音再次响起，窗户好像需要清洗，有女人打了一个喷嚏；老师的声音开始变快，马上到结论了，然后——感谢上帝！——终于下课了。

生命如此短暂，为什么要浪费时间来上课？好几世纪前就发明了印刷，为什么他不打印讲义非要自己讲课呢？这样，在冬天的炉火边，或是夏天的苹果树下，我们都可以阅读，反复思考，并且讨论讲义；我们还可以斟酌疑难问题，彼此争论。我们会学得更好更深刻。如果讲课的话，老师不得不降低难度，时不时活跃气氛，以便吸引各种各样听众的注意，否则他们很容易去研究鼻子啊下巴啊，要不就是打喷嚏的女人还有苍蝇的寿命，讲义则无须这样的内容重复和难度降低。

我要说的是，外行可能不清楚，大学里设置讲课是大学规章制度的重要组成部分。但是为什么——另一个问题冲上前线——如果讲课是教育的必要形式之一，不应该取消它的娱乐作用吗？总是等到每年春天，迎春花盛开，山榉树变红，英格兰、苏格兰和爱尔兰的所有大学里焦急的秘书才贴出如泉涌般的告示邀请这样那样的人莅临，讲授有关艺术、文学、政治或者伦理方面的课程——这是为什么呢？

过去，报纸稀缺，一份报纸要在办公大楼和教区住宅间小心地传阅。这种情况下努力复习和传播思想无疑是非常必要的。但是现在，桌子上每天都散落着文章和小册子，里面的思想各种各样，比口口相传更为简洁，为什么还要坚持过时的传统？不但浪费时间和力气，还助长了人性的阴暗面——自负、虚荣、逞强和改变宗教信仰的意愿。如果你的长辈们是再普通不过的男男女女，为什么非要让他们变成道学先生和先知？如果你只关注他们头发的颜色和苍蝇的寿命，为什么要让他们在讲台站上四十分钟？为什么不让他们和你平起平坐，亲切愉快地对话，或者倾听？为什么不创造一个建立在贫穷和平等基础上的新型社会？为什么不把人们都聚集在一起，不论年龄和性别，也不论名人还是平民，这样大家可以不用走上讲台，不用朗读论文，不用非得穿昂贵的衣服或是吃昂贵的食物，只是单纯的交谈？难道这样一个社会，这样一种教育模式，不比过去读过的所有艺术和文学的相关论文更为优越？为什么不消灭道学先生和先知？为什么不让人们心灵相通？为什么不试试？

我已经说够了“为什么”这个词，我要纵容自己想想过去、现在和将来的社会大体特征。突然看到特里尔夫人取悦约翰逊博士、荷兰夫人和马考雷勋爵开玩笑的有趣画面，一阵喧哗甚嚣尘上，我几乎听不到自己思考的声音。然后喧哗的原因渐渐清晰。因为愚蠢的我不小心用了“文学”这个词。如果说只有一个词能让人发问并造成混乱，这个词一定是“文学”。他们叫喊着，提出有关诗歌小说和批评的问题，每个都希望自己被听到，每个都觉得自己的问题才是那个唯一值得回答的问题。最后，他们破坏了我脑海中所有关于荷兰夫人和约翰逊博士的美好画面。其中一个坚持认为就算他有点愚蠢鲁莽也要胜于他人，所以他应该优先。他的问题是，如果能自己读书，为什么要在大学里学习英国文学？我要说的是，提出一个已经得到回答的问题是非常愚蠢的——我相信，大学已经在教授英国文学了。不仅如此，如果我们要开始就此进行讨论，我们至少要写二十本书，但是我们只剩下大概七百字了。鉴于他十分急切，我想我还是会问这个问题，尽我所能，在下面这个对话片段里插入这个问题，并且不夹杂任何我自己的观点。

有一天我去拜访我的一位朋友，她的工作是审稿。当我走进房间的时候，觉得有点暗。但是，窗户开着，正是春天里的好天气，那么应该是精神上有点暗淡——我内心的恐惧和忧伤影响了我。不过在那之后，她说的第一句话让我更加害怕：

“哎，可怜的孩子！”她大声说，绝望地把正读着的手稿扔在地上。我问，她的亲友是不是在驾驶或登山途中发生了什么意外?

“如果你觉得以伊丽莎白时期十四行诗发展为主题的三百页手稿是个意外,那么就是了。”她这样说道。

“就因为这个?”我如释重负地回答。

“就因为这个?”她反问,“这还不够吗?”然后,她一边在房间里走来走去一边大声说,“他从前是个聪明的男孩,值得一谈;从前他热爱英国文学。但是现在——”她耸耸肩好像无法用语言表达,悲愤和谩骂接踵而来。想到她每天读手稿的生活有多艰难,我就原谅了她,但是我没法和她一起讨论,我只知道这是一篇关于英国文学的文章。“如果你想教他们读英文,”她突然说,“教他们读希腊语。”——如果要通过英国文学考试,就要对英国文学进行相关写作,而这一切注定了埋葬英国文学的毁灭性结局。“这个墓碑,”她继续说,“一定是一本……”这时我打断了她的话,让她不要再说类似的废话。“那你告诉我,”她一边说着一边紧握拳头站在那儿看我,“他们写得更好了吗?是诗歌变好了,小说变好了,还是批评理论比他们曾经讲授如何阅读英国文学时更好了?”好像为了回答自己的问题,她拿起被扔在地上的手稿读出其中的一段。“和其他段落一模一样!”她低声抱怨,厌恶地把手中的和其他手稿一起放在架子上。

“但是想想他们必须知道的一切。”我尝试着反驳。

“知道?”她重复我的话。“知道？你说知道是什么意思?”要立刻回答这个问题有点难度，所以我把它放在一边，然后说:“好吧，无论如何他们能以此谋生，并且教育他人。”听我这样说，她生气了，抓起分析伊丽莎白时期十四行诗的作品，把它扔到了房间另一边。然后，这次拜访的其他时间都用于捡拾茶壶碎片了;那茶壶本是她外婆的东西。

当然现在还有很多其他问题叫嚷着要被提出;关于教堂、议会、酒吧、商店、喇叭和街上的男男女女;但是万幸的是结束了，一切归于宁静。

➳ 读者和报春花

年轻人开始写作的时候，一般会得到看似有理有据其实完全不切实际的建议，比如必须尽可能写得简短清楚，摒除杂念，只表达脑中的想法。但却没有人在此之上补充一条必要信息：“一定要选择正确的读者。”这是一切问题的本质，因为书总是写给读者阅读的。读者不仅是衣食父母，还在不知不觉间，十分微妙地引导作家，激发写作灵感，因此读者是否理想非常重要。

那么谁是理想的读者人选呢？是劝诱作家榨干大脑的精华，让作家写出最为强大多变的作品的人吗？时代不同，回答不同。大体上讲，伊丽莎白时期的作品是写给贵族和剧场大众的。十八世纪的读者包括咖啡店里的智者和格鲁布街书商。十九世纪，著名作家为卖半克朗的杂志和有闲阶级写作。回顾并赞叹这些不同组合的伟大结果，和我们所处的困境对比，看上去一清二楚，简单得令人羡慕——我们应该为谁写作？因为现如今市场空前繁荣，读者类型繁多，令人迷惘，包括日报、周报、月报的读者，英国大众和美国大众，喜欢热销书的大众和偏爱冷门书的大众，品位高雅的大众和思维活跃的大众。现在的读者自我意识强烈，才能显著，愿意通过不同的渠道表达他们的需求和喜好。因此当作家看到肯辛顿公园里开放的第一朵报春花，他就要在落笔之前从众多读者中选择最适合他的读者。“不管谁来读，只考虑描写报春花”这样的话毫无意义，因为写作本身就是一种沟通方式；如果没人分享报春花的美，它就不过是一株不完美的报春花。第一个或者最后一个人类可能会为自己而写作，不过那只是值得羡慕的特例，如果海鸥懂文学，他也会欢迎海鸥去读。

因此每个作家都应该为大众服务，高傲的人可能会说所谓的服务不过是向大众妥协，乖乖地接受别人的安排。道理似乎如此，却还是有很大风险。因为如果作家考虑到自己的读者，但却凌驾其上——

这样的关系十分不幸且不和谐，塞缪尔·巴特勒、乔治·梅瑞迪斯和亨利·詹姆斯的作品就是证明。作家既不屑大众，又想讨好他们；如果自己的作品没有赢得一致的好评，他就把自己的失败归咎于大众；他越想越气，觉得他的读者既没有品位也不友好，一定要让他们为自己的卑微和矫饰付出代价。而真正的代价就是报春花备受折磨，虽然还是明艳照人，但却变得有点畸形，一面萎缩另一面狂长。接触一点阳光可能会让它们好起来。我们应该跑到相反的极端（如果只是假设）接受《泰晤士报》和《每日新闻报》编辑故意提出的谄媚提案吗？——“只需花二十磅即可订购专属你的报纸，它将于早上九点之前送达大不列颠的每个角落，并随刊附赠作者签名，像报春花一样在您的餐桌上准时绽放。”

但是单单一朵报春花就可以吗？它真的有可能美得如此炫目，以至于价格昂贵甚至还附带签名吗？显然媒体就是报春花的放大版。每年三月初黄色或紫色的报春花会在肯辛顿公园草坪中开放；如果我们仔细观察，不会觉得报纸上的文章和这些小巧的花朵有什么联系。但是正因为截然不同，在报纸上绽放的报春花更让人惊奇。它们充分利用空间，散发出金色的夺目光彩，不仅精致优美，还十分平易近人，令人如沐春风。没人会认为《泰晤士报》里“我们神奇的批评家”或《每日新闻报》的林德先生可以轻而易举写出众人喜爱的文字。也没有人会觉得让一百万人早上九点开动脑筋写出让两百万人感到身心愉快的文章是件卑鄙的事情。但是当夜幕降临，花朵全部枯萎；就像离开了大海的水波不再光辉闪烁，离开了舞台被困在电话亭中的女歌唱家的歌声也不再优美；只要失去了要素，再华丽的文章也不过如此。总而言之，如果内容陈旧迂腐，文章就会变得味如嚼蜡。

理想的读者群体能够帮助作家不让写作之花枯萎。然而，随着年龄变化，读者自身也产生变化；他既不能被浮夸的表面迷惑，也不能被花言巧语哄骗，而这需要绝对的正直和强烈的信念。真正的作家才能找到真正的读者；确定读者其实是在考验作家的判断力。因为知道为谁而写，才能明白怎么写。但是很多现代读者资质平庸。而现在，作家需要的明显是阅读习惯良好、不会三心二意的读者。同时，作家还要了解其他时代、其他民族的文学。不仅如此，我们所特有的劣势和当今的发展趋势还要求作家具备其他品质。比如，和伊丽莎白时期相比，当今文学的粗俗化更为严重，让我们十分苦恼。不过二十世纪的读者应该已经对此见怪不怪。读者应该能够正确判断，哪些是真正有好处的养料，哪些不过是虚张声势。他还要成为法官，不仅能够判断出对当代文学产生巨大影响的社会因素，还能区分有益的成熟观点和毫无用处的限制束缚。就算读者思绪万千情绪高涨，他往往只能一边强烈支持作家的多愁善感，一边害怕表白自己的想法。读者可能觉得不敢去想比想得太多还要糟糕。他也许还会进一步讨论语言，指出莎士比亚使用了多少词，或违反了多少语法。尽管我们故作优雅地翻阅钢琴上的黑色琴谱，依然无法改进《安东尼和克里奥佩特拉》。读者会说，如果你能连性别一起忘掉就更好了；作家没有性别之分。但是一切不过如此——简单却值得讨论。读者最大的优点就是和作家不同，他们运用简单的语言表达复杂的事物——气氛。读者要营造一种气氛，让报春花身处其中，备感重要；在这种情况下，对作品的误解是不可原谅的行为。读者要让作家产生这样的感觉：单单一朵真实的报春花就能让他感到满足；除了看书，他根本不想去听课，提升水平或了解自我；虽然有些歉意，他的要求还是让卡莱尔激动愤怒，让丁尼生悠闲自得，让罗斯金几近疯狂；他已经准备好接受作家的安排，隐姓埋名或是大出风头；读者不只是作家的衣食父母；二者其实是双胞胎，一损俱损，一荣俱荣；文学的命运取决于他们之间恰当的联盟，因为读者和作家的结合如此的完美——一切都会证明，正如我们在文章开始所提到的，选择读者最为重要。但是如何正确选择？怎么提高写作？这些都还是问题。

➻ 现代小说

在对现代小说的任何研究中，包括最自由灵活的研究，都会轻易得出现代艺术优于过去这样理所当然的结论。人们可能会说，虽然过去的工具简单，材料原始，菲尔丁也获得了成功，简·奥斯汀则更为成功，但是把他们的机会和我们的比比！他们著作简洁得确实不可思议。然而将文学与汽车制造之类的工序相比没有意义。人们怀疑，在过去的几个世纪中，尽管我们对机器制造了解很多，但是对于文学创作却知之甚少。我们的写作能力没有进步；我们所做的只能说是不断摸索，一会儿往这边，一会儿往那边；我们应该从制高点充分观察整个变化过程，找出其中的规律和趋势。不过没有必要立刻觉得我们失去了优势。平地之上，人群之中，被尘土半遮了眼，我们心中满是羡慕，回望那些战士；他们更为兴高采烈，战争的胜利，他们的成功带着平和的色彩；我们情不自禁地低语，相比起来，我们的战争更为激烈。就让文史学家为所有一切下结论，他们来判断现在是一个伟大的散文小说时代的开端，中期还是末尾，一般人则无法说清。我们只知道有些感谢和敌对情绪会激发我们；有些道路通向肥沃的土壤，有些则通向灰烬和沙漠；无论如何，这一切都值得一试。

我们不会和大作家起争执。如果我们说到威尔斯、贝内特和高尔斯华绥，在一定程度上他们本人存在的事实赋予他们的作品一些生活化的瑕疵，我们可以随意挑错。尽管他们的存在十分必要，我们还是更为看重哈代和康拉德，以及稍为逊色的著有《紫土》《绿色寓所》和《遥远的过往》的赫德逊。威尔斯、贝内特和高尔斯华绥曾经让许多满怀希望的人兴奋不已，却又让他们不断失望。因此我们的感谢主要是因为他们曾经让我们看到一种可能，虽然是他们并没完成的事情；然而这些事我们既做不来，也不想做。单独一个词不能表达我们对大量工作的控诉和不满，这些工作不仅数量浩大而且种类繁多，既让人赞叹又让人厌恶。如果我们试图用一个词来表达我们的想法，我们应该说这三位作家都是唯物论者。因为他们都不关注精神，而是关注物质，正是这一点让我们失望。我们觉得如果英国小说摒弃他们，哪怕走入沙漠也好，走得越快，对它的灵魂越有好处。自然，没有哪个词能直中三个独立目标的靶心。威尔斯明显没有射中靶心。他的例子暴露了他自身才能的缺点，那就是致命的想法和纯粹的创作激情混杂在一起。但是贝内特先生大概是三个里最过分的一个，因为迄今为止，他的写作手法最为娴熟。他的小说结构良好，有理有据，好像没有缝隙的窗框和没有裂痕的木板，就连最苛刻的批评家也挑不出什么缺点和纰漏。然而——如果生活不愿如此完美呢？这就是《老妇人的故事》的作者、乔治·卡农、埃德温·克雷汉格，以及其他一些人克服的难题。贝内特笔下的人物形象栩栩如生，类型丰富难以想象。但我们还是禁不住要问他们如何生活，他们为什么而活？这些人离开富人区豪华的别墅，在头等火车车厢里打发时间，那里有柔软的坐席，数不清的铃铛和按钮，触手可及十分方便。毫无疑问，这是一场奢侈的出行，就像在布莱顿那样的高级酒店寻欢作乐。我们说威尔斯是唯物论者不是因为他的作品结构精巧。他总想引起读者的心灵共鸣，以至于无法专注素材整合和结构架构。他之所以被称为唯物论者，纯粹是因为美好的心灵；他担负起本应由政府官员承担的责任，进行大量思考和构造，却没有时间去实现，或忽略了其重要性，使得人物形象十分粗糙。他笔下的琼和彼得会一直住在他造出的人间和天堂，有什么批评比这更糟糕呢？难道他们的人性缺点会让威尔斯特意描绘出的理想制度黯然失色吗？尽管我们对高尔斯华绥的正直和慈悲表示尊敬，我们能从他的书中找到我们的追求吗？

即使作家花费大量技巧和工程让转瞬即逝的细枝末节看起来真实持久，我们还是要为这些书别上唯物论者的标签，也就是说，这些书的内容并不重要。

我们不得不承认，我们非常苛刻挑剔，或者说，我们很难勉强解释或表达不满。每次我们都提出不同的问题。但每次读完一本书好像总是不断出现同样的深深叹气的画面——这本书值得读吗？有意思吗？人性不过偶尔出现小小偏差，贝尔特就全副武装，誓要捕捉生活里细微的错误，这样值得吗？这样的生活是不值得的，可能所有一切都不值得这样做。我承认用这样一个意象来说明自己的想法很模糊不清，但是像批评家那样只评判现实是无法改善情况的。既然承认思想的模糊性会干扰小说批评，我们就可以大胆猜测：此刻对于我们来说，小说形式更容易在流行潮流中迷失而非坚持自我追求。不管我们将之称为生活或精神，真理或事实，它已经开始消失或变化，不愿在我们的定义下继续发展。然而，我们却冥顽不灵，死不悔改，在完成越来越背离我们真正想法的计划之后，又继续构想了三十二章。花费如此大的精力来提高故事的合理性使之接近生活，不仅仅是白费工夫，更是南辕北辙。在错误的方向上即使再努力，写出的故事也不合理，毫无想法，看上去黯淡无光。作家不能随心所欲自我发挥，反而被一些权贵肆无忌惮地抑制，迫不得已构思一些情节，包括喜剧、悲剧、爱情故事，还有一种感觉——要让所有人将如此的完美铭记在心。如果他笔下的所有人物都活过来，他们会发现自己穿着当时的流行服饰，外套只系一个扣子。作家开始妥协，导致小说写作出现了变化。但是，随着时间流逝，每当我们进行习惯性的写作，偶尔会对此怀疑或是突然产生叛逆心理。生活是这样的吗？小说必须这样吗？

经过深入洞察，生活似乎并不是“这样的”。仔细观察一下普通日子里普通人的大脑。大脑接收的无数印象——不管平凡普通，与众不同，还是如钢铁般深深铭刻在心。它们像来自四面八方由无数原子构成的连绵不断的原子雨，无穷无尽连续不断地放射光芒；当它们接触地面，变成具体的星期一或星期二，重点也变得和从前不同；重要时刻既不是此刻也不是彼刻；因此，如果一位作家是自由人而非奴隶，如果他对创作具有选择权而非履行义务，如果他能将作品建立在自己的情感而非惯例之上，不再会有什么情节、喜剧、悲剧、爱情故事或是一般意义上的灾难性结局，大概也不会像庞德街的裁缝那样循规蹈矩地缝上每一个纽扣。生活不是一排被安排好的左右对称的马车车灯；生活是一圈闪耀的光晕，朦朦胧胧，从意识觉醒起就笼罩着我们，直到一切结束。不管生活表现出怎样的错综复杂，小说家的责任难道不就是用尽量熟悉的语言表达出时刻变化的既无法了解也无法限制的精神吗？我们不只是在为勇敢和真诚辩护；我们想表达的是，和惯例相比，小说的恰当取材更能让人信服。

无论如何，我们寻求类似方式来定义区分几位年轻作家的作品性质，比起前辈作家，詹姆斯·乔伊斯最为出众。这些年轻作家试图接近生活，更为诚实准确地保留生活中吸引和驱使他们的东西。为了达到目的，他们不惜摒弃小说家习以为常的惯例。无数的原子光束在他们的脑海里迸发，看上去可能有些支离破碎毫无逻辑。让我们按照先后顺序记录下来，描绘出它们的形态，这样每个场景或时间的记录都是意识的记录。我们不要理所当然地认为生活在大事上比在小事上体现得更充分。《青年艺术家的画像》和《尤利西斯》是乔伊斯的两部作品，后者更为小型文艺批评杂志称道。如果有人读过这两本书，可能会随意揣测乔伊斯的内心世界和想法。就我们来说，摆在面前的一份残稿，比起已经完结的小说更为充满刺激。不论作家的想法怎样，作为读者我们可能会认为艰涩难懂或不甚乐观，然而毫无疑问的是他满怀真诚，这才是最重要的。和我们称为唯物论者的人们相比，乔伊斯是精神化的；他关注大脑深处传递信息的噼啪作响的火焰，为了让它持续不断地燃烧，他鼓起全部勇气无视对他产生威胁的一切：这一切可能是统一集合，或是在摸不到也看不到的情况下，很多作家借助过的用来帮助读者进行想象的标志物，比如，坟墓的景象，灿烂、肃穆、混乱和突然意味深长地闪烁的光亮。毋庸置疑，无论如何我们都在初次阅读时被触动了，必须承认他的作品是杰作。如果我们探寻生活的本质，我们就一定会产生共鸣。的确，如果我们试图表达其他的想法，我们会发现自己的摸索十分笨拙。如果我们非要举有名的例子，因为某种原因，这样富有原创性的作品却无法与《青春》和《卡斯特桥市长》相提并论。失败的原因是作家相对贫瘠的思想，我们本可以这样简单概括，然后结束这个话题。但是我们还可以更深入一点，试想我们是否不应该把存在的感觉比作明亮却狭窄的房间，因为如果这样就意味着思想被关着，被限制着，并不是开阔自由的。这样想会抑制创新能力吗？这样想难道不会让我们感受不到快乐或宽容，从而只专注自身，不接受或创造自身以外或超过自身的事物吗？也许这样说有点说教意味，但是说教能影响乖僻孤立的事物吗？抑或是对现代人来说，无论怎样努力创新，比起指出已拥有的，感受所缺乏的更为简单？无论如何，不仔细观察“想法”是错误行为。如果我们是作家，所有的想法都是合理的，因为每一种想法都会正确表达出我们想要表达的思想；如果我们是读者，每一种想法都引领我们更靠近小说家。这样做的好处就是离我们口中的生活越来越近。阅读《尤利西斯》

不意味着排斥或忽视了生活的主流，翻开《斯坦恩项狄传》或《潘丹尼斯》也不会感到冲击，这些书让人感到生活多种多样，丰富多彩。

然而，现在摆在小说家面前的问题，我们假设这个问题过去也存在，是怎么创造可以自由取舍的氛围。他必须有勇气说出吸引他的不是“这个”而是“那个”，他必须只用“那个”完成自己的作品。现代人看来“那个”，也就是兴趣点，非常可能隐藏在心底深处。因此，一旦重音变得略微不同，附加在某些事物上的强调就被忽视了。不同的形式纲要变得必要，而我们很难去把握，我们的前辈无法理解。现代人中，大概只有俄罗斯人，会觉得契诃夫写出的《古谢夫》的故事很有趣。故事描写一些俄国士兵乘轮船回国，在船上生病。我们通过他们的对话和内心活动的只字片语了解剧情：他们中间的某人死去并被运走；其他人的继续对话让我们知道古谢夫死了，他看起来“像胡萝卜或红萝卜”，然后被扔到船外。这部小说的重点在于出乎意料的场景。首先整个故事看起来好像没有重点，然后，就像当眼睛适应房间里微弱的光亮并认出物体的形状一样，我们逐渐意识到这个故事是多么的完整，伟大和真实，那正是契诃夫想要表达并描述的。把这样，那样，和其他的想法一起排列组成新的东西。但是我们不能说“这是喜剧”，或“那是悲剧”，我们也无法确定，因为我们知道的是短篇故事应该简洁，结局应该明确，如果不是这样，如果情节含糊不清，结局不明确，根本不能称之为短篇故事。

即使对现代英语小说做简单的评论，也无法跳过俄罗斯小说的影响。如果提到俄罗斯人，有人会觉得想要胜过他们完全是浪费时间。如果我们想理解灵魂和心灵，还有什么地方具有同样的深度呢？如果我们厌倦了自身的现实主义，俄罗斯最普通的小说家也对人文精神有着与生俱来的自然而然的敬意。“学着深入群众……但是别让这种同情留在脑中——尽管这样做很容易——留在心中，满怀爱意。”我们在每一位伟大的俄罗斯作家身上都可以找到圣人的特征，比如对他人苦难的同情，给予别人的爱，尽全力达到一些对道德要求极为苛刻的目标。他们中的圣人让我们对自身不虔诚的平庸感到惊慌，我们的著名小说也显得华而不实，故作玄虚。因此，俄罗斯作家的想法不可避免地成为对悲伤的极大理解和同情。的确，更确切地说，我们可以说是俄罗斯小说的未决性。这种感觉没有答案，如果被检视的生活变成一个又一个必须搁置从而不断发出回响的问题，故事以绝望的疑问结束，我们深深感受到令人厌恶的沮丧。也许他们才是正确的；毫无疑问，他们比我们看得更远，也没有我们严重的视力障碍。但是也有一种可能，我们会看到他们看不到的东西，不然为什么抗议的声音中夹杂着我们的忧郁？抗议的声音是另外一种来自远古文明的声音。远古文明赋予我们本能，去享受并且抗争，不去苦恼或理解。从史特恩到麦勒迪斯的英国小说都见证了我们与生俱来的才能，不管是幽默和喜剧，还是地球的美好，不管是智慧的活跃，还是身体的光彩。但是我们从两本小说的比较中得出的所有推论都远远比不上或胜过他们对我们造成的艺术影响。我们知道世界上没有限制，没有什么——没有“方法”，没有试验，甚至最为狂野的试验——会被禁止，除了虚伪和做作。“小说的合适选材”并不存在；一切都适合写成小说，每个感觉，每个想法，大脑的每项特质和振作的精神，任何知觉都不会出错。如果我们发挥自己的想象力，想到小说艺术有了生命，站在我们中间，毫无疑问的是她允许我们贬低恐吓，也会被我们推崇热爱，因为只有这样才能让她焕发生命力，确保独立。

➛ 应该如何阅读

首先，我想强调一下题目中的问题。即使我能回答这个问题，答案也是针对我而不是你。能给予他人的读书建议就是不要采纳任何建议，听从自己的直觉，运用自己的判断力，得出自己的结论。如果我们就此达成一致，我才能随心所欲提出一些观点和想法，因为你不会盲从或是束缚自己的独立思想。而独立思想对读者来说是最重要的品质。毕竟有什么条例可以规范书籍呢？滑铁卢战役的发生日期是可以确定的一天；但是作为一出戏剧，《哈姆莱特》好过《李尔王》吗？没有人可以下这样的结论。人人都必须自己回答这个问题。把穿着华贵毛皮外套和长袍的权威请到图书馆，让他们告诉我们如何阅读，阅读什么，如何评价我们所阅读的内容，就是在破坏自由精神，即这些圣洁场所的活力所在。在其他任何地方我们可能会被法律法规所限制——但在图书馆我们没有任何规定。

如果容许我老生常谈，我会说为了享受自由，我们当然不得不约束自己。我们不能无可奈何又不知不觉地滥用权力，就像不能喷湿了半个房子只为了浇灌一丛玫瑰花。我们必须在这个地方准确有力地训练权力。这应该是我们在图书馆首先遇到的难题之一。“这个地方”是哪里？令人充满了困惑。诗歌和小说，历史和回忆，字典和蓝皮书，这些书的作者是使用不同语言的男男女女，他们性格不同，种族不同，年龄不同。但是所有书都在书架上挤成一团。外面有阵阵驴叫，女人们在抽水机旁叽叽喳喳，小马驹在田野上飞驰而过。我们该从何开始？我们如何在众多繁杂混乱中建立秩序？如何从我们的阅读中获得最有深度、最广泛的快乐呢？

简单地说因为书可以按种类划分——小说、传记、诗歌——我们应该就此进行区分，以便可以分门别类获取它能给予我们的正确的东西。然而没有人会问书能给予我们什么。我们对于书总是迷迷糊糊懵懵懂懂，觉得小说真实，诗歌虚伪，传记阿谀谄媚，而历史书总是加深我们的偏见。如果我们能在阅读时消除这样的成见，那将会是一个美妙的开始。不要指挥作者，试着变成他们，或成为他的同事和伙伴。如果你开始犹豫畏缩，发表批评，你就失去了从阅读中获取可能最完整价值的机会。但是如果你尽可能地敞开心胸，首句的起承转合里那些几乎无法察觉的敏锐的标志和线索，会让你变得与众不同。沉浸其中，熟悉这些，很快你会发现作者在告诉你，或者正试图告诉你一些更确定的事情。一部小说里的三十章节——如果我们先考虑如何阅读一本小说——试图形成一些东西，这些东西像建筑一样被组合和限定，但是词语比砖块更为玄妙，阅读比观看的过程更为漫长，更为复杂。理解小说家工作要素的最快方法也许不是阅读，而是写作；自己做实验，了解运用词语的危险和困难。然后回想出一些给你留下深远印象的事情——可能在某个街角，你如何经过正在聊天的两个人。树枝轻摇，灯影晃动，步伐轻快，却也悲伤；整个场景，全部的概念，似乎都包含在那么一个瞬间。

但是当你试图用词语重建，会发现这个场景破碎成无数片相互矛盾的印象。一些含蓄温和，一些突出强调，在这个过程中你必须舍弃一些，可能是全部，去攫取感情本身。然后从自己含糊分散的书转向一些优秀小说家的率直的作品中——笛福、简·奥斯汀、哈代。现在你就会更好地欣赏他们的写作技巧。我们不只在别人面前——笛福、简·奥斯汀或托马斯·哈代——我们还生活在另一个世界。在《鲁宾逊漂流记》中，我们在平坦大路上跋涉，事情接踵而来，事实和其顺序令人应接不暇。但是如果户外和冒险对笛福很重要的话，它们对简·奥斯汀毫无价值。对她来说重要的是在会客厅里，人们谈天说地，他们的对话如镜子一般反映出各自的性格。当我们适应了会客厅和人们的反映，转头回去看哈代，就会立刻变得头晕目眩。周围是荒凉的原野，星星在头顶上闪闪发光。思想的另一面暴露出来——在孤独中浮现出的黑暗面，而不是在人群中表现出的阳光面。我们和其他人没有关系，而是和自然命运相关。然而尽管这些世界个个不同，每一个都坚持自我。每一个世界的创造者都从自己的角度仔细观察规律，不管他们对我们施加多大的压力，也不会像二流作家经常做的那样，在同一本书中引出两个不同类型的现实，让我们感到混乱。因此从一位杰出的小说家到另一位——从简·奥斯汀到哈代，从皮科尔到特洛勒普，从斯科特到米勒迪斯——不仅是断绝和背离，还陷入各式各样的困惑。阅读小说是困难复杂的艺术，你必须既有强烈的感受力，还有大胆的想象力，如果你要充分利用小说家——伟大的艺术家——所给予你的东西。

书架上的书种类繁多，稍微瞥一眼就知道没有几位“伟大的艺术家”；甚至书也根本不是艺术作品。比如，这些传记和自传，描述与世长辞并被人遗忘的伟大人物的生平，放在小说和诗歌的旁边，我们能因为他们不是“艺术”就不去读吗？或者我们可以用别的方式，抱着别的目的去读吗？有时在晚上，我们徘徊在房门前，那里灯火通明，窗帘紧闭，每一扇房门都向我们展示了人生的不同阶段，我们应该先为了满足心中的好奇去阅读吗？然后我们内心充满了对这些人生活的好奇——窃窃私语的仆侍、用餐的绅士、盛装打扮赶赴聚会的女孩，在窗边织个不停的老妇人。他们是谁，他们做什么，他们的名字、工作、想法和经历是什么？

传记和自传会回答这样的问题，点亮无数这样的房屋；他们向我们展示人们的日常生活，有辛苦，有失败，有成功，有吃喝，有爱有恨，直到死亡。有时我们看着，房屋渐渐消失，铁栅栏突然不见，我们变得一片茫然；我们打猎，航海，战斗；我们周围都是野蛮人和战士；我们参加伟大的游行。或者如果我们喜欢待在英国，就在伦敦这儿，场景还是会不断变化：街道变得狭窄；房屋变小，变窄，镶满了钻石却散发着臭气。我们看到一位诗人，多恩，从这样一栋房屋里被赶出来，墙壁太薄，孩子们的哭声穿过墙壁传了出来。我们跟着他穿过书页中的小径，到了特威克纳姆；到了贝德福夫人公园，那里是著名的贵族和诗人的汇集之处；然后我们移步到威尔顿，丘陵地下方的大房子，听西德尼为他的姐姐阅读《阿卡狄亚》；在沼泽附近徘徊，在那著名的浪漫之地欣赏苍鹭的英姿；然后偕同彭布鲁克夫人和安妮·克利福德，再次向北行，到达荒凉的野地，或繁华的城市，当看到加布里奥·哈维穿着黑色的天鹅绒套装和斯宾塞讨论诗歌时，克制我们的欢笑。没什么比在伊丽莎白时期伦敦的黑暗和光彩的交替中摸索探寻更为刺激。但是我们没有停留在那里。坦普尔一家和斯威夫特一家，哈利一家和圣约翰一家都在召唤。我们花了好长时间才从他们的争吵中解脱出来，从而解读他们的性格。当我们厌倦了这些，可以继续漫步，路过一位佩戴钻石的黑衣女士，去找塞缪尔·约翰逊和高登·斯密以及加里克；如果我们愿意，可以穿过海峡，去见伏尔泰、狄德罗和杜·德芳侯爵夫人；然后回到英国特威克纳姆——此地的一处公园曾归贝德福夫人所有，之后成为教皇的住所。然后去草莓山，到沃尔波府上拜访。但是沃尔波把好多新朋友介绍给我们，那里有太多的房屋可供参观，太多门铃要敲响，我们可能要好好地在贝利小姐的门阶等上一会儿，比如，当萨克雷到来的时候；他是沃尔波喜欢的女人的朋友。所以只是朋友到朋友，花园到花园，房屋到房屋的走访，我们就从英国文学的一端到另一端，突然发现自己现在在此，如果我们能够区分此刻和之前过去的那些片段。那么，这就是我们可以阅读这些生活和信件的一个方法；我们可以让他们点亮过去的窗户；我们可以从熟悉的住所和爱好观察故去的名人，有时我们离得非常近，会因为他们的秘密感到惊讶，有时我们拿出他们写过的一部戏剧或一首诗，看看它们是否和现在不同。但是这又引起了新的问题。我们必须自问，作者的生活到底能对他的书产生多大的影响呢？透过书中人物如何解读作家比较安全呢？我们应该如何坚持或放弃书中人物引起的同情和厌恶（词语如此敏感，作者的性格感受力如此强烈）？这些是阅读生活和信件时困扰我们的问题，我们必须问自己，因为没什么比被他人的偏好引导更糟糕了。

但是我们也可以带着其他目的阅读这样的书，不为了阐明文学，也不为了结识名人，只是为了恢复和运用我们的创造力。书架右手边没有打开的窗户吗？暂停阅读看看窗外的风景让人多么愉快！风景的无意识、疏离、永恒的运动——小马驹在原野上飞驰而过，妇人从井里提上满满一桶水，驴子摇头晃脑，发出悠长尖锐的声音——这一切多么鼓舞人心！图书馆更大的作用不是别的，正是这些对于男人、女人和驴子生命里转瞬即逝时刻的记录。每一段文学，随着慢慢变老，积攒了无数的废纸；这些废纸上记录着不复存在的瞬间和被人遗忘的生活，用一种已经消失的结巴微弱的口音讲述着。但是如果去阅读这些所谓的废纸，你会十分惊喜，可以说会被那些曾被遗弃而变得腐朽的人类生活遗迹所征服。可能是一封信——但是它展现了多么完整的画面！可能是几句话——但是它们暗示了多么美妙的景致！有时一个完整的故事和蕴含其中的美妙的幽默、哀伤完整结合在一起，就像一位伟大的小说家在工作，但它不过是一位老演员，泰特·威尔金森，想起了琼斯船长的诡异故事；不过是阿瑟·威尔斯利手下工作的年轻中尉，他爱上了里斯本的一个可爱女孩；不过是玛利亚·艾伦，她把针线活儿丢在了无人的客厅，自怨自艾，真希望她自己当时听从伯尼大夫的好建议，没有和她的利时私奔。这一切毫无价值，极其微不足道；然而当小马驹在原野上飞驰而过，妇人从井里提上满满一桶水，驴子高声大叫的时候，经常穿过废纸堆，在浩繁的过去中重新找到曾经被掩埋的指环、剪刀和撞坏的锥子，将它们缝到一起是多么有趣的事情啊！

但是我们终究还是厌倦了毫无意义的阅读。我们厌倦了不断寻找，以便能够使威尔金森、邦波利和玛利亚·艾伦写出的半成品变得完整真实。他们没有艺术家的控制力和取舍力。他们甚至无法讲述关于他们自己生活的真实；他们将原本可能非常美好的故事扭曲变形。他们能提供给我们的只有事实，但是事实只是小说非常低级的形式。因此我们心中产生了一个想法，希望能够去处理应对那些半真半假和似是而非；不用再去找出人类性格的细微形状，反而去享受更复杂的抽象，对于小说来说更纯粹的真实。因此我们创造出一种形式，集中概括，不拘泥于细节，但是在一些有规律反复出现的节拍上加重，这种形式一般被称为诗歌；当我们差不多可以写诗时，就是我们该读诗的时候了。

西风啊，你什么时候开始吹，
绵绵的细雨什么时候降下来？
啊，但愿我的爱人在我怀里，
让我们同床共枕重相爱！

诗歌的影响如此强烈直接，以至于现在除了诗本身之外，其他感觉都不存在。那么我们要探访多深——我们的沉溺是那么的突然和完全！没有什么可以被掌握，飞行中没有什么可以支撑我们。小说的幻想是逐步的，它的影响蓄势待发；但是当他们读这四行诗时，谁会问这诗是谁写的，或是脑海中浮现出道恩的房子或西德尼的秘书；或把他们和过去的复杂以及世代更替纠缠在一起？诗人总是我们同时代的人。我们此刻的存在既得到重视也得到压抑，正如个人情感的任何一次剧烈波动。然后，感观也的确开始大面积占领我们的思想，我们感受了更遥远的感觉，它们开始发声说话，我们听到了回音和反响。诗歌的集中性覆盖的情感范围很大。我们不得不去进行比较，欣赏这几句诗的力量和坦率：

我应该像树一样倒下，找到我的坟墓，

心中满是悲伤。

这几句诗的婉转：

时光如沙，分分秒秒在沙漏中溜走，

我们虚掷光阴，不知不觉迈向死亡，却无能为力；

恣意纵情的时刻总是在遗憾中结束，回归平静；

但是生活，已经厌倦了动荡，数着滑落的每一粒沙，

自怨自艾，直到最后的时刻来临，

草草了事，郁郁而终。

或是感受一下这几句诗的冷静理智：

不论年轻或年老，
我们的命运，我们的心和归属，
不受限制，就在那里，
只要有希望，只要希望不灭，
所有的努力，期待和心愿，
努力永远都会无限存在。

还有这几句诗的无与伦比的美感：

月亮慢慢升上天空，
一刻不停，
她轻轻地，轻轻地，变得越来越高，
周围闪烁着一两颗星——

或是这几句诗的自由奔放的想象力：

经常出没于森林，
他将会一直徘徊，
在那遥远的林中空地，

即使整个世界在燃烧，
火焰越来越高，
在他看来，
却像极了绽放中的报春花。

这让我们想起诗人的丰富多彩的艺术；他能让我们立刻成为演员和观众；他能亲手为人物注入活力，就好像一只手套，戴上就成了孚斯塔夫或李尔王；他能一直简化，夸大，或陈述事实。

“我们只能进行比较”——和那些已经公开的诗进行比较，阅读真正的复杂性得到了承认。第一阶段尽全力理解并获得印象，这只是整个阅读过程的一半而已；如果我们想从一本书中获得全部的快乐，我们需要完成另一半。我们要对众多印象进行评判；我们要为这些转瞬即逝的印象营造一个坚硬持久的形状。但是并不直接。等到阅读的尘埃落定，等到争执疑问渐渐消失，一边走一边聊，从玫瑰花上摘下枯萎的花瓣，或者沉入梦乡。然后突然地，不经我们命令，因为自然操作了这些转换，书回来了，变得有点不同。它会整个飘到思想的顶端。这本书被当作一个整体，不同于目前由一句句单独习语构成的书。现在细节都找到了合适的位置。我们看着那形状从开始到结束；可能是马厩，可能是猪圈，也可能是大教堂。现在我们能够像比较建筑那样比较书。但是这种比较的行为意味着我们的态度发生了变化；我们不再是作家的朋友，而是评审；正如作为朋友我们不能太过同情，作为评审我们也不能太过严厉。如果他们写出的书浪费我们的时间和同情，他们难道不是罪犯？如果他们写虚伪的充满腐朽堕落气息的书，他们难道不是全社会最狡猾的敌人，贪污腐败的人，亵渎神灵的人？那么让我们严格评判，让我们用每本书和同类最优秀的书作比较。他们萦绕在脑海中，读过的书因为我们下的评判而变得有形——《鲁宾逊漂流记》《爱玛》《野性的呼唤》。把小说和这些书作比较——当节奏不再令人陶醉，词语也不再绚丽多彩，幻想的形状就会出现，它应该和《李尔王》《菲德拉》《序曲》作比较；如果不和这些比较，也要和同类里最好的或者对我们来说最好的相比较。我们大概可以确定新诗和小说的新颖是它们最大的优势，我们只需要稍微修改一下，不必改写我们用以评判旧书的标准。

认为阅读的第二阶段，即评判和比较，和第一阶段一样简单——打开心胸，接受无数一转而过的印象——简直就是太愚蠢了。在你手头没有书的情况下也继续阅读，以一个幻影反对其他的幻影，广泛阅读，充分理解，进行生动富有启发性的比较——是非常困难的；“这本书既是这一类的，也是那一类的；这里失败了；那里成功了；这里不好；那里好。”说出这样的话更难。担负起读者这部分义务需要这样的想象力，洞察力，还要意识到有效接受任何想法都是非常难的；对最有自信的人来说，也不可能在自己身上发现更多这样的力量的根源。那么，放缓脚步阅读，让批评家，让图书馆里穿着华丽衣裳的权威人士为我们确定书籍的绝对价值吗？多么不可思议！我们可以强调同情的重要；阅读时我们可以试着忘记自我。但是我们知道我们不能完全地同情或者完全地投入；我们心中总有一个声音，低声说：“我憎恶那个，我喜爱这个，”我们无法让声音安静下来。事实上，我们的确是既憎恶又喜爱，我们与诗人、小说家的关系如此密切以至于我们无法容忍其他人的存在。即使结果相悖判断失误，我们的品位，在体内传达阵阵战栗的感官神经也仍然是我们的主要光源。我们通过感觉学习，不彻彻底底地感觉我们就无法表达自己的特质。但随着时间流逝，也许我们可以培养我们的品位；也许我们可以让它符合一些限制。当它贪婪奢侈地从各种书中吸取养分——诗歌、小说、历史、传记——然后不再继续阅读，寻找不同种类中间的巨大差异，人世间的不和谐，我们会发现它正一点点开始变化；它不再那么贪婪，它的想法更加成熟。它将带给我们的不只是对于书的评判，它还要告诉我们特定的一类书所共有的性质。听，它会这样说，我们管这个叫什么？它可能会给我们读《李尔王》或是《阿伽门农》，用来引出提到的共性。因此，品位带领着我们，越过单独的一本书，去寻找一类书的共性；我们会给它们命名，然后制定规则，让我们的想法变得条条有理。我们将从这种差异中获得更深层次更珍贵的快乐。规则总是在和书籍的关联中被不断打破推翻——没有比在真空中制定脱离事实的规则更简单愚蠢的事情了——终于现在，为了让自己在这项艰难的尝试中心神安宁，我们可能要向那些极少的将文学作为一种艺术启发人们的作家求助。柯尔雷基、德莱顿和约翰逊，这些诗人和小说家深思熟虑的批评和不假思索的发言总是有着惊人的联系；有些模糊的想法在我们的脑海迷雾中蹒跚而行，他们让这些想法变得清晰坚定。但是如果我们带着许多问题和意见去找他们，他们只能帮助我们在阅读过程中真实地面对自己。如果我们像躲在篱笆下的绵羊一样，屈服于他们的权威，那么他们对我们其实无能为力。只有当我们自己和他们有了不同，并且战胜了他们，我们才能理解他们的做法。

如果是这样，如果阅读需要想象力、洞察力和判断力这些珍贵的品质，你可能会得出这样的结论：文学是一种非常复杂的艺术，究其一生，我们可能也无法对文学批评作出任何贡献。我们只能做读者；我们无法得到那些少数能作出贡献的批评家能得到的荣誉。但是作为读者我们也有自己的责任和重要性。我们提出的标准和我们通过的评判不知不觉成为空气，成为作家工作时呼吸的一部分。即使这影响无法出版印刷，也仍然存在。如果这种影响被塑造成热情的、个人的、真诚的，可能在批评中止时产生巨大作用；接受审查的书籍就好像打靶场列队的动物，批评家只有一秒钟时间去装弹、瞄准、射击，如果他误把兔子当成老虎，把鹰当成家禽，或错过所有目标，把子弹浪费在远处田野上吃草的温顺奶牛身上，他们都会得到原谅。在出版社的枪林弹雨背后，作者感到有另外一种批评，人们因为喜欢阅读而去读书，阅读速度缓慢而且不太专业，心怀极大的同情和严厉的想法去评判，这样难道不能改进他的作品吗？如果通过我们的努力，书可能变得更强大、更丰富、更多元，那也是值得努力的。

然而谁会带着这个想法去阅读？是不是太理想了？难道没有我们实践的追求是因为它们本身就很好，从头到尾都很有乐趣吗？阅读不是其中之一吗？至少，有时我会幻想当世界末日来临，杰出的领袖、律师和政治家去领取他们的桂冠，并把他们的名字永久地刻在不朽的大理石上；上帝看到我们胳膊下夹着书向他走来，脸色平静，不无羡慕嫉妒之情，他会对天使彼得说："看，这些人不需要回报。我们什么也给不了他们，因为他们喜欢阅读。"

伟大的思想

GREAT IDEAS

DIALOGUE BETWEEN FASHION AND DEATH

时尚和死亡的对话

[意] 贾科莫·莱奥帕尔迪 著
史红丽 译

中国出版集团
中译出版社

图书在版编目（CIP）数据

时尚和死亡的对话 /（意）贾科莫 · 莱奥帕尔迪 (Giacomo Leopardi) 著；史红丽译. — 北京：中译出版社，2019.10（2020.1 重印）
（伟大的思想）
ISBN 978-7-5001-6042-7

Ⅰ. ①时… Ⅱ. ①贾… ②史… Ⅲ. ①哲学—文集
Ⅳ. ① B-53

中国版本图书馆 CIP 数据核字（2019）第 190201 号

（著作权合同登记：图字 01-2019-5436 号）

时尚和死亡的对话

著　　者：（意）贾科莫 · 莱奥帕尔迪
译　　者：史红丽
总 策 划：张高里
特约编辑：白　姗　赵　轩　　　　责任编辑：刘香玲　王　梦
版式设计：索　迪　　　　　　　　排　　版：北京竹页文化传媒有限公司
印　　刷：北京顶佳世纪印刷有限公司
经　　销：新华书店

出版发行：中译出版社
地　　址：北京市西城区车公庄大街甲 4 号物华大厦六层　100044
电　　话：(010)68359376,68359827（发行部）68359719（编辑部）
传　　真：(010)68357870
电子邮箱：book@ctph.com.cn
网　　址：http://www.ctph.com.cn

开　　本：760mm×950mm　1/32　　印　　张：3.875　字　　数：60 千字
版　　次：2019 年 10 月第 1 版　　印　　次：2020 年 1 月第 2 次
书　　号：ISBN 978-7-5001-6042-7　　定　　价：216.00 元（全 8 册）

中 译 出 版 社

➛ “伟大的思想”中文版序

企鹅“伟大的思想”系列丛书自 2004 年开始陆续面世，在英国、美国和德国均有出版。在英国出版品种最多，已付梓八十种，尚有二十种计划出版。该丛书在全球众多读者间，尤其是学生当中，普及了哲学和政治学，销量已远超二百万册。中文版“伟大的思想”的推出，是该系列的又一延续和发展，令人欢欣鼓舞。

推出这套丛书旨在让读者再次与一些伟大的非小说类经典著作面对面地交流。长久以来，此类书籍的出版都建立在这样一个假设之上——此类著作供学生课堂学习之用，因此需辅以导读、详尽的注释及参考书目等。此类版本无疑十分有用，但我想，

如果某一版本能够重建托马斯 · 潘恩的《常识》或约翰 · 罗斯金的《艺术与人生》初版时的环境，为读者与作者营造更为亲密无间的氛围，使读者除了原作者及其自身的思考外没有其他参照，也许会更有吸引力。

但是，这一做法亦存在严重缺陷：每位作者的表述难免有难解或不可解之处，一些重要的背景知识或许也有所缺失。例如，读者对亨利 · 梭罗创作时的情形毫无头绪，也不了解该书的反响及影响。不过，这样做的优点也显而易见，最为显著的便是作者的初衷又一次受到重视——托马斯 · 潘恩的愤怒、查尔斯 · 达尔文的灵光、塞内加的隐逸。他们给许多国家的众多读者带来的生活影响难以估量，有的影响甚至长达几个世纪，几乎没有什么比阅读这些作家更令人拍案叫绝的了。倘若没有亚当 · 斯密或阿图尔 · 叔本华，将无法想象我们今天的世界。这些小书创作年代久远，但其中的话语彻底改变了我们的政治学、经济学、精神世界、社会规划和宗教信仰。

“伟大的思想”系列一直求新求变，地域不同，收录的作家亦不同。一些作家在中国或美国更受欢迎，而英国版“伟大的思想”收录的一些作家在其

他国家和地区则鲜有人知。称其为“伟大的思想”，我们亦是慎之又慎。这些思想之所以伟大，在于其影响深远，但这并不意味着这些思想都是“好”思想，实际上一些书或可列入“坏”思想之列。丛书中收录的很多作家受到同样收录于该丛书的其他作家的巨大影响，例如，马塞尔·普鲁斯特承认受约翰·罗斯金影响很大，米歇尔·德·蒙田也承认深受塞内加影响。但也有些作家彼此憎恶，若发现彼此都被收录于同一丛书，一定会深感苦恼。至于他们思想的或“好”或“坏”，读者可自行判明。我们衷心希望，您可以享受阅读这些著作的乐趣。

“伟大的思想”出版者

西蒙·温德尔

目录

译者导读

贾科莫·莱奥帕尔迪（Giacomo Leopardi, 1798—1837）是意大利著名的悲观主义诗人和哲学家，被誉为“继彼得拉克之后最伟大的抒情诗人”。他在短暂的一生创作了很多诗歌和散文。其中，诗歌《致意大利》《但丁纪念碑》《致席尔维娅》《无限》等均为传世之作。散文有《道德小品集》《杂记》等。这些散文往往借用具有象征意义的历史人物或虚构人物，来阐发哲学观点。《时尚与死亡的对话》是其中杰出的代表作之一。

《时尚与死亡的对话》实为一部有关哲学思考的对话录。莱奥帕尔迪采用了十一则对话的方式，就人类的永恒话题如死亡、人性、幸福、自然等方面，进行了哲学剖析和冥想。根据记载，莱奥帕尔迪自小体弱多病，因此，他对痛苦的感知似乎要比普通人更为强烈，也更为持久。来自疾病的折磨如影随形，使他无处遁形，也无从解脱。死神似乎随时都会前来叩击门环。他总是一次又一次如此近距离地接触死亡这个终极的归宿，但又极为侥幸地多次逃脱。在反反复复的较量中，宿敌竟然演变为最熟悉的人之一。

书中直接涉及死亡对话一共有两则。第一则对话发生于时尚与死亡之间。莱奥帕尔迪用谈笑的口吻，辛辣而又深刻地揭示了时尚之于人类健康的损害，而人类仍不顾生命安危、乐此不疲地追求时尚的矛盾行为，反映了人类思维中的非理性和盲目性的这一可悲可叹的致命弱点。在另一则死亡对话中，他想象木乃伊们暂时复活，以便向他们请教濒死时的体验。他从人在生理上对疼痛的正常感知入手，通过抽丝剥茧般的层层推理，分析并还原了濒死体验的真正可能性。同时，也嘲讽了人们一贯以来对死亡的极度恐惧和不实夸大。在莱奥帕尔迪看来，死亡的消耗远远低于生命的消耗。

另一则颇有一番见地的话题是有关幸福的探讨，莱奥帕尔迪将悲观主义精神发挥到极致。他认为纵使走遍天涯海角，人类也不可能找到真正的幸福。一个人无论做到怎样的无害、远离尘嚣、与世无争，幸福仍然遥不可及。自然赐予我们一切，却单单忘记了给予我们幸福感。人类具有欢笑的能力，却并不真正拥有快乐。反而，那些小鸟总是欢快地鸣叫，人类中只有儿童才能展现出如小鸟般的那种快乐情绪。回想生命中所经历的时段，似乎只有在清晨和青春时期才能够感受到片刻幸福，痛苦总是纷至沓来，让人无力挣扎，生命瞬间枯竭和凋零。

莱奥帕尔迪还用极为冷静、近乎残忍的方式揭示了人性中的恶。人类不仅相互倾轧，更有甚者，互相戕害，例如，父亲会杀死妻儿并烹饪其肉而食之，在原始社会中如此，在文明社会中亦是如此。父亲开枪自杀前先将自己的幼子杀死。这些都是在别的动物或物种中不曾发生过的恶劣行径。以上种种迹象表明，人类远非传统上认为那样，是最优秀的物种。莱奥帕尔迪对此传统观念深感怀疑并流露出极度不屑。人类可以是智力最高的物种，但绝对不是最高贵的物种。

本书余篇还探讨了有关自然的思考。即便是人类赖以生存的地球本身，也不过是茫茫宇宙中最微不足道的一员，是供神祇消遣的玩具，也是时时刻刻都会被外力摧毁的存在。因此，无论是地球还是其他生命体，都是永恒的时间长河中的区区一粒尘埃。

贯彻全书始末的是写实性的理性分析和严密的逻辑论证，笔锋犀利且不乏幽默，既有伤口撕裂时带来的痛楚，也有心智得以启迪时的一片明朗。总之，这是一本不得不读的好书。

海格立斯和阿特拉斯的对话

海格立斯　阿特拉斯（Atlas）前辈，朱庇特（Jove）派我前来向您问候。他说万一您厌倦了肩上的重担，就让我接替您几个小时，如同我上回所做的那样。不过因这期间时隔数个世纪，现今竟忘得干净。这样您就可以喘口气，休息一会儿了。

阿特拉斯　谢谢你，我的小海格立斯（Hercules），尤其感谢朱庇特陛下。好在地球已经变得很轻了，我甚至感到身上用来遮挡雨雪的斗篷越发沉重。倘若不是朱庇特命令我站在这里一动不动，以便使我背上的那个小球保持平衡，我早就把它挟在腋下，或装在口袋里，或让它悬挂在我的一根胡须上了。如此，我就可以去料理自己的事情了。

海格立斯　地球怎么会变轻呢？我倒是注意到它确实有所变化，其状如同面包卷，已不再似从前那般圆浑饱满。回想昔日，为了和阿耳戈（Argonauts）一道出海寻觅金羊毛，我还曾研修过宇宙学呢。纵使如此，我还是纳罕地球怎么会较之前轻了呢？

阿特拉斯　我也不甚明白个中原因，但是，倘若你把它放在手中掂量一二，就会知晓它有多轻！

海格立斯　上苍！若非亲自感受，确实令人难以置信。我到底是发现了什么新状况？记得上一次扛负它时，它在我的背上有力地跳动，宛如动物们跳动的心脏，并且发出阵阵如马蜂巢般的经久不息的嗡嗡声。可眼下，地球就像断了弹簧的手表般嘀嗒着，没有一丝声响。

阿特拉斯　对此我也无法作出解释。据我所知，在很早之前，地球就失去任何活动和声音的迹象了。故而，依我拙见，我严重怀疑它已经死了。每日，我都在担心会闻到它尸体上散发出的恶臭。于是，我思量着如何将它安葬，葬在何处，以及在它的坟头刻什么样的碑文，然而，后来，我看到地球并没有朽败掉，我又由此判断它已经从最初的动物状态变成某种植物了，正如达芙妮（Daphne）化作桂树，以及其他许多同类情况一样。这就是它不呼吸也不活动的原因吧。时至此刻，我都在担心它会随时在我的肩膀上生根发芽。

海格立斯　我倒还是宁愿相信它是睡着了。这种睡眠就如同埃庇米尼得斯（Epimenides）的睡眠一样，一觉就长达半个多世纪之久；也可能是像赫尔摩底谟（Hermotimus）式的睡眠。有传言说，他的灵魂常常随意游离于身体之外且多年不回归本体。他的灵魂在幸福地游历完各国之后，才会回家——直至他的朋友们焚毁了他的身体，这种荒唐才算结束。后来，当他的灵魂远游归来准备回家时，却发现他的家已经被烧掉了。试想他的灵魂若想安顿下来，就必须租用一具身体或借居在旅店之内。当然，为了保证地球不会永久长眠，或者保证它不会被某个误认为地球已死的朋友或好心人烧毁，我建议我们应当尽力唤醒地球。

阿特拉斯　很好。可怎么做呢？

海格立斯　我本来打算让它好好吃我一顿棍子，可又担心会把它彻底拍成煎饼。也许我应该像敲鸡蛋一样把它敲碎，毕竟它的壳掂上去分量很轻，因此也应该很薄才对。不过，我不敢确定的是，如果让一个习惯赤手空拳与狮子搏斗的人现在去跟跳蚤打架，他会不会因为这一击的失重而晕厥。看来最好的办法是，我扔掉球棒，你脱掉斗篷，接下来，我们就用这个小小的地球一起玩球。有些抱歉，我没有带来和墨丘利（Mercury）玩球时用的长手套和球拍，我和他总在朱庇特的房子里或后院里玩耍。不过，我们有拳头就足够了。

阿特拉斯　好主意！可万一被你父亲撞见，他也想加入我们的游戏并且把他的一个火球扔给我们，把我们绊倒——天知道何时何地会发生——让我们就像法厄同（Phaethon）一般一头栽进波河（the Po），那可怎么办？

海格立斯　不错。假如像法厄同一样，我只是一个诗人的儿子而不是他的儿子；假如没有这样的出身，我就不能如此妄为——诗人可以用里拉琴的琴声吸引城里挤满人群——而我则可以用球棒的砰砰声将天上和地上所有的人驱走。只轻轻一脚，我就可以把他的火球踢到天庭（the Empyrean）的最后一块天花板上。你不必担心。即便我突发奇想，想摘下五六颗星星来玩棒子游戏，或者用一颗彗星来练习打靶并抓住它的尾巴当秋千荡，甚至是拿太阳本身来玩掷铁饼游戏，我父亲也会假装视而不见的。再者，我们玩这个游戏的初衷是造福世界，自然有别于法厄同之流。他不过是为了在时间侍女们面前显示他的敏捷。侍女们在他登上车子后曾一度约束了他的步伐。他还安图在安德洛墨达公主（Andromeda）和卡利斯托（Callisto）以及其他众多美丽群星面前赢得优秀御者的声誉。我们听说他在路过时，曾向她们撒下了不少光芒花束和光亮蜜饯球。事实上，他是为了在众神的舞会上显摆自己。如你所知，那天恰巧是个节日。因此，你大可安心，我父亲是不会发怒的。无论如何，我答应你我会赔偿你的损失。现在，我们开始吧。请你脱掉斗篷发球吧。

阿特拉斯　不管是否喜欢，我最好还是依你之言。你又强壮又有武器，而我呢，又老又没武器。不过，我们要小心别把它摔坏了。别再让它生出肿块、瘀青、裂缝，就像西西里岛从意大利、非洲从西班牙断裂出去那样，或者掀掉一小块——可能是个省也可能是个王国——由此极易触发战争。

海格立斯　别担心。

阿特拉斯　轮到你发球了。你难道不觉得它有些瘪，因为它已经变形了？

海格立斯　来吧，使点劲儿。你的球都没发到我这儿来。

阿特拉斯　不是发球的事儿。是风，这里的风总是从西南方向刮来，球被风带偏了——球太轻了。

海格立斯　又是老一套，总是随风追逐。

阿特拉斯　说实话，给它充点气也不是个坏主意。因为在击球时，它就像个没弹性的瓜。

海格立斯　又一个新缺点。在古时，它像一只山羊般能弹能跳。

阿特拉斯　快跑！快！快！我说，别让它掉了。该死的，怎么让它掉了？

海格立斯　你发给我的球太糟了，太低了。纵使我以折断脖子的速度奔跑也是接不住的。噢，可怜的家伙，你怎么样啦，是受伤了吗？我听不到一丝人类的呼吸声，看不到任何人在活动，他们仍然在沉睡吧。

阿特拉斯　还是把它还给我吧，看在冥河的份上，这样我就能重新把它放回到肩上了。你捡起你的球棒，赶紧回天庭吧。请为此代我向朱庇特道歉，尽管这都是你的错。

海格立斯　我马上照办。记得数百年前，有位名为贺拉斯（Horace）的诗人曾应邀到我父亲府上做客。他是由奥古斯都（Augustus）推荐来做宫廷诗人的。之前，考虑到罗马人的实力，朱庇特就让奥古斯都入了仙籍。这位诗人不停地吟诵他的诗词。其中在一首诗里，他写到即使世界坍塌，一个正义的人也不会动摇。我想现在世上所有的人都是正义的，你看，尽管世界坍塌了，却没有一个人动一动。

阿特拉斯　有谁会怀疑人的公正性？请不要浪费时间了。赶紧回你父亲那里为我洗刷罪名。我在担心随时随地都可能有霹雳打过来，把我从阿特拉斯变为埃特纳火山。

时尚和死亡的对话

时尚　死亡夫人，死亡夫人。

死亡　请你依序等待，届时无须召唤我也会来的。

时尚　死亡夫人。

死亡　见鬼。我会在你意料之外时找上门的。

时尚　仿佛我不是永生似的。

死亡　永生？

“自永生时代起，已经过去一千多年了。”

时尚　哦，连我们的死亡夫人也口吐彼特拉克（Petrarch）的诗句，似是一位十六世纪或说是十九世纪的意大利诗人。

死亡　我钟爱彼特拉克的诗文，因为诗里能找到我的胜利且几乎处处提及我的存在。不过，现在别来妨碍我。

时尚　好啦。以你对七宗罪的爱的名义，请先停一下，看看我。

死亡　我正在看着。

时尚　你难道看不出我是谁吗？

死亡　你应该晓得我的视力有些差。况且，我没法带眼镜儿，因为英国人没能造出一副合适我的眼镜儿。当然，即使他们造得出来，我也不知道怎么个戴法儿。

时尚　我是时尚呀，你的姊妹。

死亡　我的姊妹？

时尚　是啊。你不记得我们都是衰老（Caducity）的女儿了吗？

死亡　我怎么可能记得？我是记忆最大的敌人。

时尚　可我记得格外清楚。我记得我们两人一道不断地摧毁并改变下面尘世间的所有，尽管你我使用的方式不尽相同。

死亡　如果你不是在喃喃自语，或者是和你嗓子眼里的人说话，就请大声一点并注意你的措辞。如果你继续用你细若游丝的嗓音嘀嘀咕咕的话，我可听不见。因为你早该知道，我的听力不比视力好。

时尚　但是，这么做有失礼仪——在法国，人们可不是为了听见而说话的——既然我们是姐妹，也就不顾及这些繁文缛节了，我就如你所愿。我想说的是我们两个的本质和习惯就是去不断地革新世界。只不过从伊始，你就关注人与鲜血；而我则一般专注于胡子、头发、服饰、家具、建筑之类。诚然，我从未曾——今后也不会克制自己——不去玩那些和你一样的把戏，如穿耳洞、唇孔、鼻孔，我会在上面挂满能将其撕裂的小饰物；用火辣辣的烙印烧焦男人们的皮肤，我让他们做这些是出于美的缘故；用绷带或什么束带把婴儿的头部弄变形，让全国上下把拥有相同的头型变为一种习俗，我在美国和亚洲就是这么干的；穿紧憋的鞋子把人们弄瘸；或穿紧身胸衣导致其呼吸困难、眼睛外凸，以及其他上百种类似的法子。事实上，一般来说，我会劝导并迫使所有的文人雅士每天忍耐数千种艰难和数千种不适和伴随而来的常规性的疼痛和折磨，我甚至让一些人为了爱我的缘故而光荣死去。我不会告诉你为了追从我，有多少人患了头疼、感冒、各种炎症，以及一天一次、三天一次或四天一次的发烧；他们顺从我的意志，用羊毛护肩、布片遮胸，由此在寒风里冻得哆嗦或者在炎热里窒息。他们愿意按照我的意志去做任何事情，不管会对他们造成多大伤害。

死亡　这么说来，我相信你确实是我的姊妹。如你所愿，我会比相信死亡更加相信这个事实——你甚至不用拿出教区出生证来证明。如果这么一直不动的话，我可能会晕倒。以此，你若愿意和我并肩而奔，请不要抱怨我跑得太快。我们在奔跑的同时，还可以聊聊你的业务。抑或，考虑到我们的血缘关系，我承诺在我死后会把一切留给你。你可以带着我最美好的祝福待在你想待的地方。

时尚　假如我们一起参加帕里奥赛马，还不知道谁会跑赢呢。虽然你跑得快，可我却可以飞驰；你一旦在某个地方驻足就会晕倒，而我只不过是变得衰弱。因此，让我们再次开始奔跑吧。就像你说的，我们可以边跑边谈公务。

死亡　那我们继续。既然你也是我母亲生的孩子，你要帮我做一些杂事才好。

时尚　在过去，我做的这类杂事要比你想象的多得多。首先，尽管我屡屡消除和歪曲其他的习俗，但在任何一个地方，我从未曾允许过死亡习俗的停止。正因如此，你才可以看到在各地，从世界之初到如今，死亡一直在进行。

死亡　真是奇迹啊——你没有去尝试你力所不能及的事情。

时尚　什么叫力所不能及？你是什么意思？很明显，你似乎并不了解时尚的力量。

死亡　够了，够了！一旦有不死的习俗来临，我们总会有大把的时间讨论这一点。不过现在，我希望你能像个好姊妹一样帮帮我，协助我比之前更迅速更轻松地完成与不死习俗截然相反的目标。

时尚　我已经告诉过你我的部分作为，它们对你都是有极大助益的。不过，这些相较我现在要告诉你的事情就只是些琐屑了。以往，为了帮助你，我一步步地让人们忽视和放弃那些有益于身体的活动和运动，同时，我又引进了无数让人们趋之若鹜的各种损害身体和缩短寿命的法子。其次，我在这个世界里建立了这般的秩序和习俗：即生命本身，无论是肉体还是灵魂，都生不如死，以至于这个世纪可以被名副其实地冠以死亡世纪之称谓。在古代，你所拥有的财产不过是些水渠和山洞，别无他物——你在黑暗中播种骨头与尘埃，那是不会结果的种子——而如今，你拥有阳光下的土地，以及那些用双脚移动和行走的人们。可以这么说，甚至不需要收割就完全属于你——实际上，他们从出生的那一刻起就属于你。况且，如果说在过去，你总是被人们憎恨和责骂的话，那么现在，归功于我的所作所为，情况已经大为改观。任何有点智商的人都视你为珍宝并对你称颂有佳，爱你胜过生命，爱你到常常呼唤你，并把你看作生命中最大的希望。最后，我看到很多人吹嘘他们将会永生，就是说，他们不会完全死去，因为他们生命的很大一部分不会落入你手。我知道这种说法荒谬之极。倘若那些人或任何人能活在人们的记忆中的话，他们的生命就会成为一个笑话。他们享受盛名的程度不会比在坟墓里遭受阴冷潮湿的程度更甚——总之，鉴于这种永生刺痛了你，因为它似乎损害了你的荣誉和名声——我已经废除了这种追求永生以及将其赐予值得拥有它的人的习俗了。因此，现在如果一个人死了，你可以确信他身上的每一个部分都死掉了。他最好赶紧完整地去地下，就像一条一口被吞下头和身子的鱼。以上这些事情既非少见也非微不足道。是我为了你的缘故而做——因为我一心想帮你在地球上开疆辟土，一如之前所发生的那般。为此，我准备日后的每一天都继续这么做甚至更多。这个，就是我到处寻找你的缘由。我认为我们最好从现在开始就待在一起。这样的话，我们就可以好好商量事情，作出最好的决定，并将其实施。

死亡　你太正确了。就依你之言。

地球和月亮的对话

地球　亲爱的月亮，我知道您能言辞能作对答，因为您是人类，我常常听到诗人们如是说。另外，我的孩子们也提及，您实际上就像他们一样有嘴巴、鼻子、眼睛，这些都是他们亲眼所见。要知道在他们的这个年龄，视力自然是极好的。至于我，毫无疑问您该知道我同样也是人类。尤其是年轻时，我生有诸多子嗣。因此，假如您听到我讲话，请不要惊讶。好吧，我甜美的月亮，尽管连我也记不清多少个世纪与您为邻，可时至今日，我从未曾与您有所交流。大抵因为我总在忙于活计，一直无暇闲聊。而今，我的事情已无关紧要。

实际上，我可以说任它们顺其自然发展。我不知道生活何以为续，无聊之极。我打算今后时常找您聊聊，顺带关注下你的事情——若是我没有给您添太多麻烦的话。

月亮　这点请勿担心。我倒是希望命运带给我的麻烦如同您带给我的那样少。你若是想和我说说话，就敬请畅所欲言。恐怕您也知道我不善言辞，但是，我乐意倾听，也很乐意答您所问，如果能对您有所帮助的话。

地球　您听到那美妙的音乐了吗？就是天体移动时发出的乐声？

月亮　说实话，我什么也没有听见。

地球　我也没听到任何声音。除却呼啸的风声从极地刮向赤道又从赤道刮回极地——它听着似乎一点也不像音乐，然而，毕达哥拉斯（Pythagoras）说天球之间会产生一种音乐，非常美妙也非常神奇，而且您本身就是其中的一分子，因为您算是这个宇宙里拉琴的第八根琴弦。我听不到大约是因为我的耳朵已经被那个音乐声震聋了。

月亮　那我的耳朵也一定被震聋了。因为如我所言，我没听到，更不知道自己是根琴弦。

地球　那么，我们还是换个话题吧。请您告诉我，月球上真的有人居住吗？如此众多的现代及古代哲学家，从俄耳甫斯（Orpheus）到拉朗德（De La Lande）都对此深信不疑。尽管我像个大蜗牛般地尽量伸长自己的触角，人们将这些触角称之为山脉和峰顶，并且按照人们的提示去努力望向你。可是，我却始终没在您那里看到一个居民——然而，我听说过有一个叫大卫·法布里奇乌斯（David Fabrius）的人，他的视力甚至赛过林克斯（Linceus）本人，他曾一度发现有人在太阳上晾晒衣物。

月亮　至于您的触角，我倒是不清楚。事实是我这里的确有居民。

地球　您那里的人是什么肤色？

月亮　什么人？

地球　就是那些居住在您上面的人呀。您刚才不是说过您那里住有居民吗？

月亮　是啊，那又如何？

地球　那么，您的居民们不可能全是动物。

月亮　他们既不是动物也不是人类，我不确定他们究竟是何种生物——或是其中哪一个。实际上，对于被您唤作人类的生物，我竟是一无所知呢。

地球　但是，您那里住的是哪种人呢？

月亮　有很多，类型各异。您对他们不了解就如同我不了解你们地球上的人类一样。

地球　在我看来很是奇怪。若不是听到您本人这么说，我无论如何也不敢相信啊。您难道没有曾经被您的居民征服过吗？

月亮　据我所知从来没有过。怎么征服？为什么征服？

地球　因为野心，或因为嫉妒别人的财产而通过政治手段或者诉诸武力占为己有。

月亮　我不知道您所谓的武力、野心、政治是什么。简言之，我不知道您在说些什么。

地球　那么，即使您不懂什么是武器，那一定知道什么是战争吧。因为前不久，我们一位科学家借助天文望远镜——就是一种能够帮助您看得很远的工具——发现在月球上有个巨大工事，其周边筑有各种堡垒。这些迹象说明您那里的人至少知道围攻和互战。

月亮　请您原谅，地球夫人，我本是您的奴仆和臣下，但是请您允许我逾越我的身份来答复您的问题。实话实说，假如您理所当然地认为世界每一个地区的每一样东西都和您那里的一模一样，您带给我的印象是您过于自负，似乎大自然在做任何事时都在复制您一样。我曾说过我有居民，您竟然由此断言我的居民一定是人类。我告诉您不是这样。尽管您承认他们是不同的生物这一事实，可是您却假设他们具有和您那里的人一样的品质且生活在同一环境下。您还提到某位科学家的望远镜及其他，但是，假如这架望远镜在其他情况下看得并不比这次更清楚，我只能认为它的视力应该和您孩子们的视力相差无几。您的孩子们看到我有眼睛、嘴和鼻子——可这些连我自己都不知道呢。

地球　如此说来，所谓您的行省里有宽敞的马路以及耕种的田地都不是真的了？——这些从地球上的德国地区通过望远镜就可以看到。

月亮　如果我被耕种过，我怎么对此一无所知；至于马路，我更是从未见过。

地球　我亲爱的月亮，您知道我有些愚钝和迟缓，所以才易于被人蒙骗，但是我要告诉您的是，即便您那里的人从未想过征服您，您也并不安全。一直以来，地球上的很多人苦心琢磨怎么征服您。他们还为此做了大量的计划和准备工作。尽管他们爬到最高点，踮起脚尖，伸长胳膊还是够不到您。况且，多年来我发现人类仔细地研究您的每一部分，测绘您的地理图形，测量您山脉的高度，甚至还为之起了名字。我觉得出于对您的感情和考虑，我该告诉您这些，以便您能应付紧急情况。现在，请允许我问您几个问题。当狗冲着您吠叫时您会感觉多烦躁？您对于那些指着水井里您的倒影的人有什么看法？您是男性还是女性？在古代人们不太确信。阿卡狄亚人（Arcadians）是否早于您来到这个世界？您那里的女人们——我不知应该如何称呼她们——都是卵生的？她们是否曾在这遗落过一枚卵子？还有，您是否如现代科学家认为的那样像念经珠般在中心穿孔？您是否像英国人说的那样是由绿奶酪做成的？在某天，或某个晚上，穆罕默德（Mohammed）把您像西瓜似的切成两半，您的大半个身体滑进他了的袖筒里？坐在光塔的顶端您感觉多幸福？您对拜兰节（Bairam）的宴席怎么看？

月亮　请继续。您这么滔滔不绝地侃侃而谈，我都不需要回答您也无需打破我一贯的沉默。您若是找不到别的话题只喜欢在这些废话上浪费时间的话，与其找我这样不能理解您的人，不如找别人为您另造一个星球，依照您的喜好和居住方式而建，并围着您旋转。除了人、狗以及其他类似的事情，您不会谈论别的。而对此我又知之甚少。我仅仅知道我们的太阳是围绕人们所说的大太阳旋转的。

地球　的确如此。与您交谈时，我越是想尽量避免提及自己的事情，就越是失败。不过从现在起，我会倍加小心。请告诉我，您是不是那个享受吸引地球上的潮汐涨落的人？

月亮　也许吧。即便我有这么做，或者对您做了其他什么事，我压根没有注意过。就像您不大会注意到您对我的影响，您对我的影响要远远大于我对您的影响，毕竟您的体积更大也更强壮些。

地球　实际上，就我所知我唯一能影响到您的事情就是，每隔一阵子我会遮蔽太阳照向您的光芒。我自身也会吸收您的光芒。我还知道在您的夜间时段，我的光线会将您照得很明亮，这个我会不时地看到。不过，我好像忘掉了一些至关重要的事情。我想知道，是否真的如同阿里奥斯托（Ariosto）写的那样，人丢失的每样东西——如青春、美貌、健康，以及用在求学、追名逐利，用在依照良好的行为规范教养孩子长大成人，用在建立和推广有用机构等事物中所消耗的的体力和金钱——这一切都流向并聚集在您那上面，以至人类的一切都可以在您那里找到，只有愚蠢不在此列，因为愚蠢从未离开过人类。如果上述所言为真，我设想您一定被占满了，没有剩余空间。尤其是考虑到人类在近代丢失了许多东西（如爱国主义、美德、宽容、诚实），不是像以往似的只丢了部分或几个，而是整个的全部丢失了。当然，如果这些东西不在您处，我也不知其所踪。故而，我想同您签份协议。您现在开始把这些东西退还给我，日后一有机会，您仍旧坚持这么做下去。毕竟，我想丢掉这些您也会很开心，尤其是常识，据我所知总是占据极大的空间。我会设法每年都让人类支付给您一大笔钱的。

月亮　啊，您又谈及人类了。尽管正如您所说，愚蠢从未离开过您的领地，您寻找人类的智慧，却妄图把我的智慧夺走。我不知道它们在哪儿，也许它们正在消失，也许它们藏在世界的某个角落；我只知道在我这儿找不到它们，您刚才提到的其他东西也都不在这里。

地球　至少您可以告诉我您上边的人们是否知晓恶习、犯罪、灾难、痛苦、衰老，简言之，就是各种邪恶？您明白这些词的意思吗？

月亮　哦，当然。我当然明白。我不仅知道它们的意思更知道它们所谓何指。我完全明白这些，因为我这里充满了这些东西——而不是您刚刚提到的那些东西。

地球　在您那里的人们中什么更普遍，美德还是邪恶？

月亮　截止目前，是邪恶。

地球　什么更多些，善还恶？

月亮　无须比较，是恶。

地球　那么，一般来说，您的居民们是幸福的还是不幸福的？

月亮　非常不幸福。我甚至都不愿和他们中最幸福的人交换位置。

地球　和我这边情况相同。以至于我很惊讶您我在这一点上如此相似，当然您在其他地方又如此不同。

月亮　再有，我与您形状相似，运动模式相似，同样接受太阳的照射。没有什么值得大惊小怪的，因为邪恶是这个宇宙里所有星球所共有的，至少在这个太阳系中如此——正如我刚才提及的圆球形状以及其他条件一样。假如您提高嗓门大声说话，就会被天王星（Uranus）和土星（Saturn）听到，或者被我们世界中的其他星球听到。您问他们那里有无幸福的存在，或者善和恶哪个更多些，他们每个都会像我一样回答您。之所以这么说，是因为我已经问过金星（Venus）和水星（Mercury）同样的问题，因为通常我总觉得比起您来，我离他们更近些。就同样的问题我还问过路过的流星，他们的答案和我一模一样。我认为太阳自己也好，每颗星星也好，都会给出同一个答案。

地球　尽管如此，我仍怀抱希望。尤其是现今，人类许诺于我在未来会有莫大的幸福。

月亮　您可以肆意希望下去。我确信您可以永久地希望下去。

地球　您知道发生什么啦？那些人和动物们开始活

动且发出声响了。我跟您谈话那一面是夜晚，正如您所见，不，您根本看不到；所以他们还在睡觉，不过，我们谈话时发出的巨大响动已经把他们惊醒。

月亮　可是，您看我这上边，依然是白天呢。

地球　我不想吓坏我的人们或者惊扰他们的美梦，睡眠是他们最大的福分了。好吧，我们下次再谈吧。那么，再见。日安。

月亮　再见，晚安。

↠ 普罗米修斯的赌注

在朱庇特治下833275年，缪斯学院下令印刷一些海报并在哈勃纳菲勒斯城（Hypernephenlus）城内及城郊的各个公共场所内张贴。海报上面力邀众神，不论大神还是小神，以及该城的其他居民，任何一位近期或之前有过有价值的发明的人士参加展示比赛。赛事要求参赛者以本人、模型或描述方式在由该学院指定的评委面前展示其发明。与此同时，该学院遗憾地表示鉴于学院的一贯清贫，他们无法随心所欲地慷慨，但是他们承诺，作为奖品，那个被评为最漂亮也是最有用的发明其发明者将会获得一顶桂冠，并被授予特权日夜佩戴它，无论是在公共场合还是私人场合，无论是在城内还是城外。

同时，还允许他头戴桂冠的样子被绘制成画、被塑像、被雕刻、被塑形，以及以任何材料和任何方式进行展示。

很多神祇都参与其中，但也仅仅是把它看作一种消遣。对于哈勃纳菲勒斯城的居民来说，如同和其他城镇的居民一样，这个比赛属于可有可无——至少他们没有兴趣赢得那顶桂冠，它的价值甚至比不过一顶纯棉的睡帽。至于说到荣誉，假如人类自己——他们现在都是哲学家了——都鄙夷它，可想而知在诸神心中它会是什么地位，更别提神要远远比人聪明［事实上，据毕达哥拉斯和柏拉图（Plato）所言，神才是真正的聪明］。因此，这一赛事成为独一无二的特例，在此之前的同类赛事中闻所未闻，即在奖项评审时，没有任何徇私徇情之扰，没有私下的承诺和阴谋。最后，总共有三位获奖者：酒的发明者巴克斯（Bacchus）；护肤油类的发明者米涅瓦（Minerva），其发明对于众神每日的沐浴无比重要；节能铜锅的发明者伏尔甘（Vulcan），该锅能够省火省时地烹饪任何食物。如此一来，奖品不得不分成三份，结果是每人能获得一小截桂树枝，但是这三位都拒绝领取该奖品，不论是部分奖品还是全部奖品。伏尔甘说他的大部分时间都花在锻冶炉前工作和流汗，头上戴着这个东西将会成为一个大麻烦——更别说将会置他于险地，一旦碰巧有火星喷溅到干树枝上，就有可能着火，从而将他烧伤或灼伤。米纳瓦说既然她的头上需要戴一顶一次能遮盖住一百个城池军队的帽子，如荷马（Homer）描述的那样，那么在她的头上增加任何重量都是不明智之举。巴克斯说他不想换帽子，他不愿意把头上的葡萄藤叶桂冠换成桂树桂冠，当然如果允许的话，他还是乐意把桂树枝挂在他的酒馆前面做招牌，然而，缪斯们最终拒绝了他的要求，因此奖品仍然留在他们的宝库里。

其他竞争者们一点也不嫉妒这三位胜出却又拒绝领奖的仙家，也没有人抱怨评委或质疑他们的裁定。只有一个人例外：普罗米修斯。他参加了比赛，他的作品是他在造人时用泥捏的第一个人，并附上了对其功能及品德的介绍，人类种族始于普罗米修斯之手。对于最终结果普罗米修斯大为光火。虽然其他所有人，不管是赢家还是输家都觉得这个比赛不过是个游戏而已。针对普罗米修斯的这种愤愤不平的背后原因大家做了一番调查，原来他最想要的不是这份荣誉而是获胜者能够享有的特权。有些人猜测他可能想用这顶帽子来保护头部不受暴风雨的肆虐，就像台比留（Tiberius）一样，传言他一听到雷声就立刻带上桂冠，因为他相信桂冠不易受雷电侵袭。可是，哈勃纳菲勒斯城里既没有雷也没有闪电；还有些人，更是言之凿凿，他们说普罗米修斯的年龄慢慢大了，已经开始脱发了——对这种不幸，他和很多人一样对其深恶痛疾——再加上他又未曾读过辛奈西斯（Synesius）所著的秃顶颂，或者更可能的是，他并没有被其言论说服。于是，他宁愿把他的秃顶像尤里乌斯·凯撒那样藏在王冠底下。

还是回到我们的故事中来。有一天，普罗米修斯正和莫摩斯（Momus）交谈，他悲切地抱怨道：酒、油和锅被赋予比人类更多的优先权。他宣称人类才是神族给予世界的最好作品。他感觉到莫摩斯没有被他说服，尽管他提出了很多悖论进行论证。于是，普罗米修斯建议他们一同飞往地球，并随意降落在五大洲中的第一个有人烟的地方；不过，首先他们先相互下了赌注——普罗米修斯打赌在所有这五个洲里，或在其中的大部分地区，他们都能找到正面证据，以证明人类确实是宇宙中最完美的生物。莫摩斯表示同意。就赌金数额达成一致后，他们立即起身下界。他们首先奔向新世界。既是出于其名字的原因，也是出于还没有任何仙家到过该地区的考虑，因此他们对此地区特别好奇。他们的第一站停在波波牙国(Popaián)北部地区，距考卡河(Cauca)不远。此处有种种人类居住的迹象——乡间有耕种的痕迹，无数小路纵横交错，其中多数路段已被堵死；树木被砍倒横在地面上；尤其是那些看上去像坟墓的地方，周遭到处扔着人骨头。尽管如此，两位神仙还是没能看到一个活人的影子或听到人的声音，且不论他们如何努力地竖起耳朵睁大眼睛。他们继续前行，飞一阵儿，走一阵儿。又往前走了数英里，翻过山岭跨过河流，每到一处都能找到相同的迹象和孤寂。“这些地方为何如此荒凉？”莫摩斯向普罗米修斯发问，“明明是有人居住过的样子。”普罗米修斯辩称也许是受到潮汐、地震、飓风或大雨影响。据他所知这些在热带地区是常见的。确实，就在此时，他们听到附近森林里随着风刮过，树枝上的雨不停地被拂落到地上的声音，但是，莫摩斯还是无法理解此地怎么会受到潮汐的影响——大海明明离得很远，远到根本看不见嘛。更让他费解的是，如果地震、飓风、大雨毁灭了该国度里所有的人，那么，那些随处可见的美洲虎、猴子、狐狸、食蚁兽、老鹰、鹦鹉及其他数百种飞行爬行的动物又是怎样得以逃生的呢？最终，他们降临在一个巨大的山谷里。在那儿，他们发现了似乎是一小堆房子，准确地说是类似小木屋的东西，上面覆盖着棕榈树叶子——每幢房子四周都围着木头栅栏。在其中的一处房子前面聚集着很多人，有些人站着，有些人坐着，他们正围在一个悬挂在篝火上面的瓦罐四周。两位仙家幻化作人形，走近人群。普罗米修斯极有礼貌地向在场的每个人问好，然后，他转向一位貌似酋长的人并询问他们在做什么。

野　　人　我们在吃东西，你不是看见了嘛。

普罗米修斯　在吃什么好东西呢？

野　　人　吃这块肉。

普罗米修斯　是家畜肉还是野味？

野　　人　家养的，实际上，是我儿子的肉。

普罗米修斯　你是把公牛当儿子吗，就和帕西法厄（Pasiphae）似的？

野　　人　不是公牛，是人。是和其他人一模一样的人。

普罗米修斯　此话当真？你在吃自己的骨肉？

野　　人　不是我自己的骨肉，但确实是我儿子的骨和肉。我照顾他、养育他、把他带到这个世界来的唯一目的就是为此。

普罗米修斯　仅仅是为了吃掉他吗？

野　　人　这有什么奇怪吗？再有，他妈妈也是一样的。既然她已经不可能再生孩子了，我打算最近吃掉她。

莫 摩 斯　这就好比你吃完鸡蛋再吃掉母鸡一个道理。

野　　人　我的其他女人们也一样……她们一旦没有生孩子的用处了……我就打算吃了她们。还有你看到的在这里的奴隶们……要不是隔一阵我就能吃几个他们生的孩子们，我干嘛要养活他们？不过，要是他们老了，也会被我吃掉，一次一个——倘若我能活那么久的话。

普罗米修斯　告诉我，这些奴隶——他们是属于你的部落还是别的部落的？

野　　人　别的部落。

普罗米修斯　是离这儿很远的一个部落吗？

野　　人　非常远。远到在他们与我们的房子之间甚至隔着一条小溪。

接着，他指向一处矮山头又补充道："就在那边，那是他们以前一直居住的地方，但已经被我们的人毁掉了。”此时此刻，普罗米修斯觉察到许多野人们正向他频抛媚眼，那种爱慕的眼神就如同一只猫看见老鼠似的。故而，以防被同类吃掉，他快速飞起，莫摩斯也一样。他们俩起飞时都有些慌张，以至于他们离开时带起的尘土弄脏了野人们的食物。那些尘土一如当年哈耳皮埃（Harpies）出于妒忌撒在特洛伊人（Trojans）餐桌上的尘土一样。不过，野人们已经很饿了，况且也不像埃涅阿斯（Aeneas）的伙伴们那般挑剔，因此，他们仍继续大快朵颐。

普罗米修斯对新世界颇感失望。于是，他立即赶往最古老的世界，也就是亚洲。几乎是在瞬间，他们两人就从新印度飞到了旧印度并降落在阿格拉城（Agra）附近的一处田间地头。那边聚集了浩浩荡荡的人群。他们都围拢在一条堆满柴火的沟渠边上——在沟渠的一头他们看到一些男人手持点燃的火把，准备随时点燃火堆；在沟渠的另一头，有一个平台，上面有一个年轻女子衣着极为华美，浑身佩戴着各色原始饰物，正在载歌载舞，脸上似乎露出极为开心的模样。看到这一幕，普罗米修斯想象着一个新卢克丽斯（Lucretus）或者一个新弗吉尼亚（Virginia）诞生了。她是一位类似埃瑞克修斯（Erechthetia）的女儿们式的人物，又和伊芙琴尼亚（Iphigenia）、科德拉斯（Codrus）、孟子（Mencius）、柯歇斯（Curtius），德西厄斯（Decius）类似，她遵循神谕，为了祖国而甘愿牺牲自己。不久之后，他却听说她只是在给亡夫殉葬。于是，他揣度她跟阿尔刻提斯（Alcestis）没什么两样，都愿意用自己的生命换取丈夫的性命，然而，他进而了解到她愿意被活活烧死的原因不过是为了遵循当地的寡妇的风俗，而她一直恨自己的丈夫，并且当时她喝醉了。那个死去的丈夫，不是要复活，而是将在同一把火里被烧掉。普罗米修斯马上不再理会这场景而是转身向欧洲出发。在路上，他和莫摩斯有如下对话：

莫　摩　斯　你可曾想过，当年你历经重重险阻盗取天庭的火种送给人类，而有些人却用它把同类放进锅里蒸煮食用，还有些人情愿把自己烧死？

普罗米修斯　当然没有，但是，亲爱的莫摩斯，请别忘记，我们目前见到的都是些野人。人类的本性不是由野人而是由文明人来衡量的。现在我们就在去找他们的路上。我坚信在他们中间我们不仅将会看到听到值得称颂的事情，也会让你充满惊讶。

莫　摩　斯　假设人类是世上最完美的生物，我不明白为什么他们需要被文明教化才能不去自焚或食用自己的子嗣。其他动物都是野生的，然而它们从未刻意烧死自己。当然凤凰除外，不过这种生物从未有人目睹过。吞食自己同类的动物也极为罕见，更别说食用自己子嗣的动物了——只有在极特殊情况下才会有个别例外，但也断断不会是为了食用而繁衍子嗣的。请你注意，在地球的五个洲中，到目前为止只有最小的那个，况且也不是整个这个洲，再加上其他地区的极少区域里，才被赋予你所宣称的那种高度文明。我不认为你自己会坚持这种文明已经几近完美，巴黎人也好，费城人也好，已经取得人类种族可能取得的那种完美程度。现在，人类需要工作和努力多久才能达到一个并不算完美的文明程度？大概从人类诞生的第一天算起直至今日这么多年的时间了吧。况且，几乎所有有利于或者是获取文明所必备的方法，并非源于刻意的构想而是源于机缘凑巧。也就是说，人类文明更像意外的结果而绝非自然发展的产物；假如这些偶然不存在，人类依旧还是野人，尽管他们刚好和文明人同龄。因此，我断定，如果野人们在诸多方面都逊色于其他动物的话；如果文明，作为野蛮的对立面，时至今日仍只是极少数人的特权的话；再者，如果这极少数人在耗费了数个世纪之后，依赖偶然事件而非其他渠道才达到目前的文明状态的话；最后，如果目前的文明状态仍然远远不够完美的话——那么，我认为假如你用下面的简短方式表达，你对人类的判断也许会更准确些，即，承认人类确实如你所想的那样优于其他物种，不是在完美方面而是在不完美方面——尽管人类在说话或评判时，总是不停混淆这两个概念。他们最擅长从自己设定的前提，或从自以为正确的真理中推导结论。可以确定的是，其他物种从初始起就很完美，每一类都能遵循自己的本性。虽然与其他物种相较，尚不清楚野人为什么会是最糟糕的物种。令我费解的是，既然人类的本质是如此的残缺，正如人类看上去那样，却又为何被认为是比其他物种更为文明的物种？再补充一点，人类文明不仅难以获得，也许也没有完成的可能性，况且也没有稳定到不会被分化，实际上，在已然获得高度文明的各色人类中，文明曾经无数次坍塌。简言之，我持下列观点，假如是你的兄弟厄庇墨透斯（Epimetheus）展示给评委们他创造第一只毛驴或第一只青蛙所用的模型，他很可能赢得你无法赢得的奖项，但是，如果你断定人类的完美是如同普罗提诺（Plotinus）贡献于世界的那种完美，普罗提诺声称其贡献绝对优质而完美，那么，我同意你的说法。所谓完美，是要求这个世界，在所有事物中，也包含所有可能的邪恶。因为，实际上在现今世界里我们发现邪恶几乎无处不在。在这层意义上，我可能赞同莱布尼兹（Leibniz）的观点，当今世界已经是可能的最好的世界了。

毫无疑问，普罗米修斯已经有了现成的答案——简洁、明了并且合乎逻辑——以迎合前述论点，但同样可以确定的是，他并没有说出来。因为就在那时，他们发现已经飞到伦敦上空了。他们降落下来，看到某处私人住宅门前聚集了一大批人群。他们加入到人群中进入屋内。屋里，他们看到一个人面朝天躺在床上，手握着枪，已经死去了，胸部留有伤口。在他身边躺着两个小孩，也已经死去。几个仆人站在屋子里，正在接受治安官们的盘问，书记员一边做着笔录。

普罗米修斯　这些可怜的人是谁？

仆　　人　是我的主人和他的孩子们。

普罗米修斯　谁杀了他们？

仆　　人　我的主人，三个都杀了。

普罗米修斯　你的意思是，他杀了自己和自己的孩子们？

仆　　　人　对的。

普罗米修斯　难以置信。他一定遇到了极可怕的事情。

仆　　　人　据我所知应该没有。

普罗米修斯　但是，也许因为他太穷，受人鄙视，或者失恋了，或者仕途不如意。

仆　　　人　恰恰相反。他非常富有，我想所有人都尊重他。对于爱情他是毫不在意的。况且，他很受朝廷欢迎。

普罗米修斯　那他怎么如此绝望？

仆　　　人　因为对生活的厌倦，正如他自己写的那样。

普罗米修斯　那些治安官们——他们在干吗？

仆　　　人　他们在盘问我的主人是否精神失常。要是他没疯，他的资产将归皇室所有。的确这种可能无法避免。

普罗米修斯　但是请告诉我，他没有亲人和朋友可以托付这两个孩子了吗，为什么一定要杀死他们俩个？

仆　　　人　是的，当然有的。有一个和他关系特别好的朋友，他把他的狗托付给他了。

莫摩斯正准备向普罗米修斯祝贺文明的良好作用，以及它带给人类生命的福音。他还打算提醒他除了人类以外，没有任何其他动物会因为绝望而杀死自己以及自己的孩子们，但是普罗米修斯已经先他一步，付给他赌金了。他已经没有兴趣再去世界的其他两个区域看看了。

➳ 自然和冰岛人的对话

一位冰岛人，曾经游历了大半个世界并访问了很多国家。有一次，他在非洲内陆地区游荡时，穿过赤道进入到一片未曾被人探索过的地域。在那里，他经历了一番与瓦斯科·达·伽马（Vasco da Gama）类似的奇遇。当他绕过好望角区域以及好望角的这个角时，把守奥斯（Austral）海域的好望角，化作一个巨人走至他面前，劝阻他不要进入海图上未载明的水域。冰岛人看到远处有一个巨大的半身像。起初，他以为是石头雕像，类似于他多年前在复活节岛上见过的那些巨型石像，但是，走近之后，他发现原来是一个巨大的女人的身体。她端坐在地上，上身挺直，她的背部和手臂靠着身后的大山。她不是什么石像，而是一个大活人——她的脸既美丽又令人生畏，她的眼睛和头发像渡鸦一样漆黑。她默默地凝视了他一会儿，最终开口。

自　然　你是谁？到这片地域来干什么？你的同类们目前还尚未涉足这里。

冰岛人　我是个可怜的冰岛人。我一直在逃离自然。基本上我的一生都在逃开她，我已经逃离过地球上的一百多个地区，现在我在设法逃离这个地方的自然。

自　然　小松鼠也是这么逃离响尾蛇的，直到它最终落入蛇口。我就是你要逃离的自然。

冰岛人　自然？

自　然　正是我。

冰岛人　真是万分遗憾啊。我深感再没有什么比这更大的灾难降临到我身上了。

自　然　你应该很清楚在这些地区特别容易找到我的。在这儿，你也知道我的能量要远远大于在别处。究竟是什么促使你躲避我呢？

冰岛人　我来告诉你。自儿时起，在经历一些事情之后，我意识到并确信人生的虚浮以及人类的冥顽不化。为了不会快乐的快乐，为了没有用处的物资，他们彼此间争斗不休；他们忍耐并施予彼此无尽的焦虑和无尽的烦恼，这些都会带来真正的骚扰和伤害。由此，他们越是追求幸福，幸福就会离他们越远。因为受到这些观点的影响，我抛开所有的抱负，下定决心过一种默默无闻的宁静生活，不去打扰别人，不去费心钻研，也不与世人你争我夺。同时，我也不曾期待幸福——这是个与我们种族绝缘的东西——我只为自己设定了一个目标，就是脱离痛苦。这样的决定，并不意味着我打算放弃工作和体力劳动，况且你也知道，在劳作与痛苦之间，平静生活与懒散生活之间还是有区别的。我刚刚把我的决心付诸实践，便从中体会到以下的想法真是大错特错。比如，与人生活在一起，假如你认为你不伤害别人，别人就不会伤害你；再比如，如果你能自觉地隐退并满足于最少的物质，这样你就被允许留有一小点地方并且你的这一小点不会被夺走。但是，我还是很轻松地把自己从同类的敌意中解放出来了，比如我远离人类社会，闭门不出——这一切在我的家乡很容易办到。就这样毫无乐趣地生活了一段时间之后，我依然不能毫无痛苦地活着，因为漫长的冬天异常寒冷，而夏天又是出奇得炎热，两者属于典型的当地气候，这样的天气一直在折磨着我。还有炉火，因为我不得不大部分时间待在火边，我的皮肤被烤干，眼睛被烟火熏坏。因此，不论在室内还是室外我都无法感到丝毫舒适。更遑论那种获得我全身心渴望的宁静生活的可能。因为陆地上以及海上经常爆发可怕的风暴，海克拉火山的威胁和隆隆声，对火灾的恐惧，火灾在我们居住的木制房子里十分常见。所有这些始终在困扰着我。在这个一成不变的生活里，摆脱了所有的欲望、希望和几乎所有的烦恼，只留有平静安宁，上述那些不舒适就显得比平时更为尖锐，更让人难以忍受，因为在平时，我们的脑子总是被社会交际生活以及来自他人的敌意占得满满的。因此，我发现我越是像过去那样退隐，越是尽力把自己缩起来，以避免妨碍或伤害到世上的其他生物，我就越容易被那些事情所烦恼和折磨。于是，我开始尝试不同的地理位置和气候，企图寻找地球上是否有那么一块地方，在那里，我不冒犯别人，别人也不会冒犯我。在那里，没有快乐，但也不会有痛苦。尤其是想到下面这一点，我就更加坚定了自己的决心：也许你注定人类只能适应一种气候（正如你对其他动植物的规定那样），或只能适应某个特定区域，在该范围之外人类就无法兴盛，也无法舒适而毫无痛苦地活着；一旦他们不屑一顾或突破你所规定的适合人类居住的规则，那么由此招致的艰难和痛苦只能归罪于他们自己，而并非你的责任。我几乎找遍了整个世界，足迹踏遍了每个国家，但是我的初衷未改，即不带给任何人麻烦，并过宁静生活。可是，我曾在热带被热浪灼伤；在极地被寒冷冻僵；在温带饱受不稳定的气候的折磨；每到一处我都会被自然灾难所扰。我看到在很多地方，几乎没有一天没有暴雨，也就是说你每天都要袭击或悉心准备一场战争给那些从未伤害过你的居民们。在其他地区，宁静的天空下却总是伴随频繁的地震、频频发作的剧烈火山喷发，以及整个区域地表下的沸腾和颤抖。在狂风与飓风肆虐的地区和季节里不再有其他的天气灾难。有时，我会感觉到房顶向我的头顶压下来，因为上面有太多积雪；有时，因为倾盆暴雨，地面会裂开并在脚下下沉；有时，我不得不拼命地从河边逃离，那些河水在我身后紧紧追赶如同要找我算账一般。很多我从来没有一丝一毫地冒犯过的野兽却想一口吃掉我；很多毒蛇想毒死我；很多地方有不少飞虫把我吸得只剩骨头。我更不愿意提及的是那些天天发生的、无数一直在威胁着人类的危险。这些危险多到一位古代哲学家认为不仅没有克服恐惧的办法，相反的，实际上每件事都是令人恐惧的。不仅如此，我也没有被免于病痛的侵扰，尽管从过去到现在，我在肉体享乐上不仅一贯节制，甚至是克己的。我不得不惊叹，一想到你注入我们体内如此强烈却又无法满足的对快乐的渴望，没有这种快乐，或剥夺这种自然的渴求，我们的生命便不再完美。然而，你又规定沉溺于这种快乐，是在所有有关人类的事情里最为有害身心健康的，对每个人都具有毁灭性质，是寿命延续的大敌。纵然，一直以来我基本完全杜绝了所有的享乐，可是我仍然被诸多的各式病症所折磨。一些疾病差点让我丧命；一些几乎让我失去肢体；一些永久性地让我的生活比过去悲惨。所有这些都长达数天乃至数月，以一千种匮乏和一千种痛苦煎熬着我的身心。尽管在生病时，我们每一个人都体验到未曾经历的痛苦和比平日里更多的不幸福（似乎生活本身还不够痛苦），而你却没有因此而补偿人类。比如让他有一段时间精力充沛、有更胜于平时的健康，带给他质量和数量上的双重快乐。在某些国家里，常年冰雪覆盖，我的眼睛几乎变瞎了，就像拉普兰德（Lapland）国的居民常常有的状况。太阳与空气，二者于我们的生存息息相关，所以无从回避，但它们也在时时折磨着我们——我们四周空气里含有的湿度、气候的严峻、天气的各种突变，太阳的热度、光线自身，以至于人类只要暴露于其下就必定会感觉不舒服或受伤。确实，我记不得自己生命中哪一天是不用遭受痛苦的，而同时那些快乐的日子屈指可数。我意识到我们命中注定痛苦之多与快乐之少是等同的。获得任何一种平静生活的可能性与争斗的生活中没有磨难的可能性一样微乎其微。这样，我被迫得出结论，你才是人类、其他动物以及你所创造的生物的最鲜明的敌人。时而，你让我们落入陷阱；时而，你威胁我们；时而，你袭击我们；时而，你又螫伤我们；时而，你击打我们；时而，你撕碎我们。永远地，你总在冒犯我们、迫害我们。不论是出于习惯或受规则约束，可以说，你是你自己家庭、子女、亲骨肉的刽子手。故而，我不抱任何希望。我知道人类最终会停止迫害那些一心要躲开和逃避他们的人，而你则永远不会对我们停手，直到把我们击垮为止。如今，我已经几近步入痛苦而毫无希望的老年时期了。年迈是真正而明确的邪恶，实际上也是最具压迫性的邪恶和痛苦的集合。它不是偶然而来，而是你的法则赋予所有有生命的生物的邪恶。从孩童时代我们就知晓它的存在。从二十五岁生日之后，迹象越来越明显，那种令人无比悲伤的不幸的腐化的过程。如是，人类生命的三分之一是用来成长的，仅仅有短短的瞬间是成熟和完美期，其余的就是衰老以及随之而来的各种不适。

自　然　你是否碰巧想过这世界难道只是为你而造的吗？好吧，让我来告诉你，除了极个别情况之外，在我的工作、法则和操作中，我的目的在过去乃至现在都不是为了人类的幸福或不幸福。不论我在何时以何种方式伤害了你，我都未曾注意到，当然除却极少数例外情形。正如在一般情况下，我并不知晓我是取悦了你们还是帮助了你们。我并没有如你所想的那样，曾经做过这些，或者现在做这些去取悦你、帮助你。最后，即便我不经意间毁灭了你们整个种族，我也从未留意过。

冰岛人　让我们来假设一下，如果有人主动且强烈地邀请我拜访他的别墅。为了使他高兴，我接受了邀请。然而，在应邀前往贵宅之后，我被安置在一间年久失修的破败小室里，潮湿、恶臭、走风漏雨，还时刻会有把我砸扁的可能。主人不仅没有花费心思招待我，让我过得舒适；相反，他甚至没有提供维持我生存的足够供给。他还允许他的孩子以及其他家庭成员对我进行辱骂、嘲笑、威胁乃至殴打。假如我向他抱怨这样的待遇，他会回答："难道你觉得我的别墅是为你造的吗？我养活我的孩子和佣人就是为了帮助你吗？除了招待你，为你花钱，我还有很多事情需要考虑呢。"对此我的回答是："你看，我的朋友，你的别墅的确不是为我而建，你有权决定是否邀请我来此做客，但是，既然你主动邀请我住在这里，难道你不觉得你应该做些安排，至少从你那方面来说，让我不受折磨和危险，安心住在这里？"这些就是我现在要说的话。我知道你创造这个世界并非为了让它服务于人类。我更愿意相信你的初衷是为了折磨人类。现在，我来问你，我是否恳求你让我来到这个世界，还是我使用暴力手段或未经你允许闯入这个世界的？事实上，是你自己一厢情愿、亲手安排我来到这里，既没有征得我的同意，也不让我有反抗或反对它的选择。在此情形下，难道，即便你没有义务让我在你的国度里感到快乐与满足，你不应该至少保证我不会备受折磨并且生活在这里不会有害于我吗？我所说的不仅仅是我自己，更是关乎整个人类种族，其他动物乃至其他所有生物。

自　然　很显然，你没有考虑到在这个宇宙里生命是生产与毁灭的永恒循环——两者紧紧相连，相互作用，才有世界现实状况。一旦任何一方停止作用，世界将不复存在。因此，若是任何事物没有痛苦便是有害于这个世界的。

冰岛人　这恰恰是那些哲学家们说的。既然被毁灭的要受难，毁灭者也没有体验到快乐，况且他本身也即将被毁灭，请告诉我哲学家不能回答的：有谁能在这个世界最悲惨的生活里找到一丝快乐和任何优点？它的存在依仗受难与死亡，而这两者恰恰又是生命的组成部分？

我们得到消息说在他们进行这样或类似讨论的时候，碰巧有两头狮子出现了，它们是如此疲惫和饥饿，以至于它们只有刚刚好的力气吃掉这个冰岛人。于是它们就吃了，并有了足够的能量再多活一天。有人不相信这个版本的故事，他们坚持说在冰岛人说话时，突然狂风骤起，风把他掀翻在地，接着又把他卷起扔进一个巨大的沙子坟墓里，在那下面，他的身体被完美地脱水并变成了一具漂亮的干尸。后来，他被旅行者发现了，并被带回来陈列在欧洲某城的一个博物馆里。

弗瑞德里克·鲁谢和木乃伊们的对话

木乃伊们在弗瑞德里克·鲁谢的书房合唱

每一个创造物
孤零零地在这世上，走向永恒，
我们最原始的本性
在你，死亡中，得到安息；
不是快乐，而是不再遭受
世世代代的痛苦。
沉沉夜幕
在我们混乱的头脑中
遮蔽了我们坟墓中的思索；

感觉到希望、渴望、枯萎的灵魂
它的力量渐渐远去；
由此，不再遭受痛苦，不再感觉恐惧
那些漫长的空虚岁月
逝去时不再无聊。
我们活着；如同
一个受到惊吓的鬼魂的混乱记忆
如同大汗淋漓的梦魇
在婴儿的灵魂里游荡，
因此，记忆仍在我们中间徘徊
生前的记忆：摆脱恐惧的
是我们的记忆。我们曾经是谁？
生命曾经的意义何在？
如今，生命之于我们的头脑
仍然是巨大的谜团
对于生者的头脑，也是如此
无名的死亡迫近。活着时
要逃离死亡，而现在
要逃离生命之火
我们的原始本元
不快乐但是很安全
因为幸福

既没有被命运赋予凡人也没有赋予死者。

鲁　谢　（站在书房外面，从门缝里窥探书房）怎么回事，谁教这些死人唱歌？他们的歌声就像公鸡在半夜打鸣似的。我被惊出了一身冷汗，几乎吓死。我没有期待它们活过来，我只是为它们做了防腐处理。好吧，不管我有多少理论，我还是从头到脚哆嗦个不停。那个让我把这些人带回家的混蛋真该死。我都不知道该怎么办。如果我继续把他们锁在里面，他们也许会破门而出，他们也许会从锁眼里冒出来，在我熟睡时抓住我。可若是大声呼救说我害怕这些死人，似乎也不太体面。好吧，鼓起勇气，让我先吓唬一下他们。

（进入书房）嗯，孩子们，在玩什么游戏呢？难道不记得你们已经死了吗？你们在这里吵闹什么？是不是因为沙皇的拜访你们就有些得意忘形？还是你们以为不需要像过去一样接受法律约束？我想你们仅仅是在开玩笑，对不对？假如你们活过来了，我得向你们祝贺；不过，我没那么富有，可以像保存死人一样养活你们。因此，你们必须离开。假如有关吸血鬼的传言是真的，你们就是吸血鬼，那么你们必须得找点别人的血喝喝。我可不打算让你们喝我的血，不管之前我可以多么慷慨地往你们的血管里注入人工血。简言之，如果你们还能像先前一样保持安静和沉默，我们就能和平共处。在我的家里你们可以自便。否则，我就插上门把你们都杀掉。

木乃伊　请别生气。我向您保证我们还会像从前一样了无声息，您完全没有必要杀死我们。

鲁　谢　那么，这个唱歌是怎么回事？

木乃伊　不久前，就在午夜时分，古人们曾多次提及的大数学年第一次结束了。这也是第一次死者能开口讲话的时候。不单单是我们，所有公墓里的、坟墓里的，甚至是埋在海底、埋在积雪和沙子下面、或者暴露在空气中的死者，不论其身处何地，在这个午夜时分，所有的死者就像我们一样，唱那首你刚刚听到的歌。

鲁　谢　那么他们将会唱多久或说多久啊？

木乃伊　至于唱歌，他们已经唱完了。至于说话，他们每个人被允许说一刻钟。之后，他们就回归沉默直到下一个同样年份的来临。

鲁　谢　如果这是真的，我觉得你们不会再吵醒我睡觉了。你们随心所欲地说吧，我会好奇地站在一边，很高兴听你们交谈而不去打扰。

木乃伊　我们只能靠回答活人的问题说话。唱歌结束后，那些不需要回答活人问题的就保持安静。

鲁　谢　真是太遗憾了。本来我觉得如果你们能讲话，听你们之间谈什么会非常有趣。

木乃伊　即便我们能行，你也什么都听不到。因为我们彼此间没有可交流的。

鲁　谢　我可以想出一千个问题问你。不过，既然时间紧迫，没有选择余地，就请你言简意赅地告诉我在死亡的瞬间，你的身体和思想都经历了什么样的感觉？

木乃伊　我没注意到死亡的瞬间。

其他木乃伊　我们也没有。

鲁　谢　你们怎么可能没有注意到呢？

木乃伊　就像你不会注意到你入睡的瞬间一样，不管你为之多么注意。

鲁　谢　可是，入睡是一个自然的过程。

木乃伊　难道你不觉得死亡也是一个自然的过程吗？你任意找一个不会死的人、动物或植物给我看看？

鲁　谢　要是你没有意识到你已经死了，我一点也不惊讶你会继续唱歌和说话。

丝毫未察觉到这个打击，他继续前行
依然在挣扎，尽管已经死去。

一位意大利诗人如是写道。我想关于死亡的问题，你们这些已经死去的人会比活人更有发言权。还是回到我们的主题上来，在死亡的瞬间，你们没有感到疼痛吗？

木乃伊　如果感觉死亡的那个人根本没有意识到，又怎么有疼痛呢？

鲁　谢　不管怎样，所有人都认为死亡的感觉是极度痛苦的。

木乃伊　仿佛死亡是一种强烈的感觉而不是恰恰相反。

鲁　谢　可是，就灵魂的本质来讲，无论是倾向于伊壁鸠鲁（Epicurean）观点的人，还是持有传统观点的人，他们所有人，或者其中绝大部分人都同意我的说法，认为死亡就其本质上来说，是一种无可比拟的极度的痛。

木乃伊　好吧，请您谨代表我们向他们俩提一个问题：假如人类没有能力意识到他们的主要器官，或多或少地因为睡眠、昏睡、晕厥或其他原因而暂停运作，他又如何能意识到那些功能完全停止工作的那一瞬间，不是暂时地而是永久性地停止？再者，一种活着的感觉怎么能存在于死亡之中呢？实际上，就死亡本身的特质来说怎么可能是一种活着的感觉呢？当知觉不仅变得虚弱而稀少，而且被削弱到最低程度以至于知觉停止或被取消，你认为此时人还会有那么强烈的感觉吗？事实上，难道你认为这种感知的消亡本身会是一种强烈的感觉吗？你可以观察到，当死亡来临时，即便是那些迟早会死于剧烈且痛苦疾病的病人，在他们断气前，也会趋于平静安宁。于是乎，我们看到在减少到很少量时，他们所剩无几的生命不足以感觉疼痛。因而，疼痛比生命更早结束。请你代表我们把这一点告诉那些认为生命快终结时会因疼痛而死的人。

鲁　谢　对于伊壁鸠鲁的支持者来说这些原因已经足够，但是，对于其他人来说却不尽然，他们根据灵魂的实质来判断。在过去我作过很多这方面的研究，将来也会继续作更多，尤其是听到死者说话和唱歌之后。他们相信死亡是一种灵魂从身体的剥离，所以，他们不明白的是，既然二者结合在一起，可以说二者如此粘合为一体最终共同组成一个完整的人，那么，在二者分开时，怎么会不遭受暴力以及难言的苦楚呢？

木乃伊　请你告诉我，灵魂是恰巧附着在身体的神经上，还是黏在肌肉上或是黏膜上了？所以灵魂离开时，必须把它撕开？抑或，它原本是身体的一部分，必须通过暴力才能将其扯开或断开？你难道不知道灵魂离开身体，仅仅因为它不被允许待在那里了？那里已经没有它的位置了，而不是因为有一种力量把它拽开或连根拔起？再请你告诉我，当灵魂进入身体时，它是否感到被粘在，或被紧紧系在，或如你所说粘合在身体上？那么，当它离开那具身体时，灵魂又怎能感到被分开，换言之，经历一种被暴力撕开的感觉？请相信灵魂进入和离开身体都是同样安静、容易和温柔的。

鲁　谢　那么，如果死亡不是痛苦又会是什么？

木乃伊　是快乐而非其他。你要知道垂死好比入睡，不是瞬间发生而是循序渐进的。诚然，死亡的原因及类别不同，其过程自然或多或少，或大或小，不一而论。在最后时刻，死亡带来的既不是快乐也不是痛苦，至少不会比睡眠有更多的感觉。在死亡的前一刻，它不再产生疼痛，因为疼痛是生的感觉。那一刻，也就是死亡开始之初，人的感官是濒死的，就像最大程度上被弱化一样。它有可能是快乐的缘由，因为快乐并不是生的感受。事实上，人类很多快乐源于某种倦怠，因此即便是接近死亡，人的感觉依然感受到快乐，因为倦怠本身常常就是快乐，尤其是它解除你的痛苦。你很清楚，所有痛苦和不舒适的停止本身就是快乐。故而，由死亡产生的倦怠应该受到欢迎，因为它让人摆脱更大的折磨。就个人而言，在行将就木的时间里，我并没有关注自己是怎么感觉的，因为医生命令我不要消耗脑力。不过我依然记得我所经历的那种感觉，与人入睡时由倦怠产生的快乐类似。

其他木乃伊　我们也似乎记得这些。

鲁　谢　就依你们所言。不过，以前几乎所有曾和我讨论这个话题的人都持有完全不同的观点。不过呢，据我所知，他们毕竟没有亲身经历。现在请告诉我，在死亡时，在感受到快乐的同时，你想到你快要死了吗？这种快乐只是死亡的礼遇，或者你在想着别的什么事？

木乃伊　只要我还没死掉，我从未想过我不能避开这个危险。至少在我依然有思考能力的最后时间里，我一直期望我依然能再多活一到两个小时。我想很多人死的时候也这样想的。

其他木乃伊　我们也经历了同样的事情。

鲁　谢　的确。西塞罗曾说过没有人虚弱到他认为不能至少再多活一年。你怎么注意到灵魂最终离开身体了？请告诉我，你怎么知道你已经死了？他们不回答了。孩子们，能听到我说话吗？一刻钟应该已经到了。让我来摸一下他们的脉搏。他们又死掉了。他们没有机会再吓到我了。我还是回去睡觉吧。

克里斯托弗·哥伦布和佩德罗·古铁雷斯的对话

哥 伦 布　多美的夜晚，我的朋友。

古铁雷斯　确实美丽。不过，若是从陆地上看会更加美丽。

哥 伦 布　是的。这么说你也厌倦航行了啊。

古铁雷斯　不单单是航行。这次出海要远远比我预期的漫长，感觉有些吃不消了。虽说如此，请别以为我会像别人一样埋怨你。相反，无论此次航行你作什么决定，我都会一如既往地支持你。既然谈到了这个话题，我希望你能开诚布公、清晰无误地告诉我，你是否一如最初时那般坚定？你仍旧认为我们真的可以在世界的这边找到陆地和人类？抑或，这许多年里经历过无数次徒劳往返之后，你也开始产生怀疑？

哥伦布　坦白地讲，就像朋友之间吐露心迹那样，我承认我现在感觉有点不太确定。尤其本次航海中，多种迹象曾给我带来巨大的希望，但又最终化为失望——比如：在离开哥麦那岛（Gomera）起航后的几天里，有飞鸟从西方掠过我们的头顶。我一度认为这是附近有陆地的征兆。还有，日复一日，我逐渐发现，实际情况和我在出海前的设想与预测完全不同。原先设想的航海中可能遇到的各种事情均未发生。于是，我开始思考，是否那些预测误导了我——尽管它们看上去几乎无懈可击——也有可能，这其中最大的假设，即我们能在海洋的另一端找到陆地，也可能最终落空。诚然，该假设确实持之有故，言之有理。倘若一旦被推翻，那么，似乎除了依靠我们亲眼所见与亲耳所听到的东西，我们再不能相信人类的任何判断了。但另一方面，我还意识到，常常或大多数时候，理论往往与现实相悖。我质问自己，你如何能断定地球的每一部分都如出一辙呢？仅仅因为东半球是一半陆地一半水域，所以西半球也必须如此吗？你怎么肯定它就不可能是一片汪洋呢？或者排除全是陆地，以及陆地和海洋结合的可能性，也有可能是其他元素构成的？假使它和另一半一模一样，都有陆地和海洋，也有可能它那里根本就没有人烟？甚至根本无法居住？假定它像我们的半球一样住满了居民，你又如何能确定那里的居民是和我们一样是有理智的生物呢？即便这些存在，你也不能确定他们是人还是其他有智力的动物？即便是人类，也有可能和我们熟悉的人类并不一样。比如说，他们体型硕大，更加强壮、灵活，并拥有更高的与生俱来的智商和智慧，抑或拥有更为发达的文明以及人文与科学？我在反复问自己这些。毕竟，自然完全具备此项能力，她的成果如此不同，如此众多，以至于我们无法确定，在我们世界毫不知晓的远方，自然做过什么，又正在做什么，我们也应该质疑用后者为前者辩论是否是个严重的错误？设想未知世界中可能存在的事物——也许是部分也许是全部——是不为我们熟知且令人惊叹的，这并不会有悖于真理的概率。此刻，我们亲眼看到在这片水域，指南针偏离北极星且似乎指向西方——这是海员们以前从未见过的情形。不管我思索了多久，都无法得出满意的答案。尽管如此，我的言下之意不是说我们要相信古代人关于未知世界和未知水域的种种奇迹的传说。例如，汉诺（Hanno）寓言描述某些国家的夜晚充满了火焰，还有流入大海的烈焰之河。其实在本次航海中，我们的船员体会到，对遭遇的可怕奇观和令人忐忑的新事物的恐惧是多么苍白无力——当看到大片大片遮挡航线的、看上去像草地的海草时，他们曾自以为已经到达了可行驶海域的尽头。不过，为了回答你的问题，我的意思是我的假设只是基于最具可能性的推断。不仅我的判断如此，且如你所知，我还就此问题请教了诸多来自西班牙、意大利，还有葡萄牙的著名地理学家、天文学家、航海家，他们一致认为如此。当然，也有碰巧是错误的可能。因为，我反复说过，许多基于最好推理所推导出的结论并不能经得起实践的检验。尤其是涉及我们并不清楚的事情时，这种状况尤为常见。

古铁雷斯　那么，实际上，你是为了一个完全是猜测性的假设，拿自己以及同伴的生命做赌注？

哥 伦 布　确实如此。我不否认这点，但是，暂且不考虑这样的事实。如果每天都有人为了很小的缘由或毫无价值可言的事情去冒险——甚至都未经过思量——设想以下情况：假如你我以及我们的同伴不是身在大海中央的船只上，周遭一片未知的荒凉，置身于能想象的到的危险与不安定之地的话，那么我们会过什么样的生活？我们怎样打发时日？也许会更快乐？或者是相反，也许我们正陷于某种焦虑或困苦——或者感觉了无生趣？假如即便没有不安和危险又如何？如果只是安逸和快乐也就罢了，但如果是被烦恼痛苦缠绕，我倒觉得还不如作其他选择呢。不用我提醒，一旦我们的航行圆满结束，我们将获得多少荣耀和利益，而我们的希望也将得以实现。即便我们没有从中获益，在我看来仍然是极为有益的。它至少保证我们不再感觉无聊之极，让我们珍惜生命，让很多我们平时习以为常的事情变得珍贵。古人写道——你也许曾经读过或听过——那些失恋的人儿，从圣毛拉（Santa Maura）崖［过去曾被称作卢克迪亚（Leucadian）岩］纵身跳入大海，若侥幸不死，就会得到阿波罗（Apollo）的恩惠而不再受情爱所困。我不知道我们是否应该相信他们是因此而被治愈了，但是我很清楚地知道从这样的危险中逃脱之后，他们会暂时珍视以前觉得可憎的生命，即便未受到阿波罗的恩惠。或者，无论如何他们一定会比以前更加珍爱生命。根据我的判断，每次出海航行就好似卢克迪亚岩的一跳，它会产生大致相同的影响，且更持久。从这个层面上来讲，海上航行更优越些。一般人认为海员和士兵由于时常处于危险之中，所以他们往往不如普通人那般珍惜生命，但是我却认为，正是因为这个原因很少有人会比海员和士兵更爱惜自己的性命。正因为拥有才使得我们身在福中不知福。很多稀松平常的事情对于海员来说却异常珍贵，因为他们失去了这一切。有谁会把能够站在一小块陆地上当作一种福音？除了海员，尤其是我们的海员们，因为无法预料这次航行的结果，没有人会把发现一小块陆地当作最大的心愿。这个心愿在我们早晨醒来时就占据我们的头脑，到晚上入睡时仍萦绕在心头。如果我们碰巧看到远处山脉的一角、一片森林或类似的事物，我们都无法掩饰自己的喜悦。能够双脚踏上陆地，仅仅一想到我们又可以站在坚实的土地上，能够随意行走，都会让我们幸福上好几天。

古铁雷斯 你所言极是。假如你的猜想性假设如同你的实践所依靠的判断一样正确的话，毫无疑问，总有一天，我们会品尝到这种幸福的滋味。

哥 伦 布 尽管我也不敢保证它的确如此，但就我看来，我希望我们很快能享受到它。这几天，如你所知，测深线已经碰触到海底，它带上海面的信息于我是个好兆头。临近傍晚时，围绕在太阳周围的云层颜色和形状都与过去有些不同。还有空气，你也能感觉到似乎比过去和煦温暖。风也不再猛烈地、横冲直撞地刮个不停。相反，风向飘忽不定，似乎被什么东西阻隔了。还有，海面上飘来的芦苇很明显是不久前被割断的，上面还带着新鲜的红色果实。接下来，一群群的飞鸟……它们曾经误导过我，但是现在出现如此众多的迹象，并且日益愈增，我感觉我们可以相信这一次，尤其是很多鸟类看上去并不像海鸟。总之，我已经尽力克制自己，但是这些迹象确实让我有巨大的美好期许。

古铁雷斯　这次上帝让它变成现实吧。

雀之礼赞

在春天里的一个早晨，阿弥里斯（Amelius），一位独处的哲人，坐在他乡下房子的阴凉处，正捧着书阅读。他被四处里鸟儿的鸣叫声吸引，于是，开始慢慢倾听和思考，放下了手中的书。最后，他提笔坐下写下了下面的文字。

鸟儿生来就是这世上最快乐的生灵。之所以这么说，不是因为每当你听到看到鸟儿时，鸟儿所带来的快乐，而是因为鸟儿们本身就比其他动物更容易感受到快乐和欢悦。其他动物一般神色肃穆沉重，甚至很多看上去郁郁寡欢。它们极少会流露出快乐的表情。即便偶尔为之，也难以察觉、转瞬即逝。在多数高兴和享乐的时候，它们都不会显露出兴奋以及丝毫快乐的迹象。即使它们在享受着绿色田野，享受着广阔而美丽的景色，享受着明媚的阳光以及清澈甜美的空气，它们也毫不形之于色——只有野兔例外。据说在月光明亮的夜晚，尤其是月圆之夜，野兔们一起蹦跳玩耍，因这明亮而欢喜，色诺芬（Xenophone）如是写道。通常情况下，鸟儿们的动作和神情里总是表达出极大的欢悦。它们的存在之所以带给我们欢悦，是源于它们自身的体态和行为，是源于它们与生俱来的那种展示快乐和欢悦的特殊能力和性情——是一副看上去既不空洞也不具欺骗性的模样。它们会为经历过的每一次快乐和满足而歌唱。越是快乐和满足，越是唱得努力而投入。鉴于多数时间里它们都在歌唱，我们断定在正常情况下它们是快乐的、是享受生活的。也有人观察到鸟儿们在恋爱时期要比平时唱的更动听、更持久、也更频繁，但不能因此说除了恋爱，就没有其他驱使它们唱歌的快乐和满足的动因。我们能够清楚地观察到，鸟儿们在明媚且风平浪静的天气里远远比在阴暗且多变的天气里唱得更多。当暴风雨袭来时，它们保持沉默，如同任何受到惊吓时的反应那般。暴风雨结束后，它们会飞入空中唱歌，与同伴嬉戏。同样地，我们还观察到，每个清晨，它们总是醒来就歌唱。部分原因是新的一天所带来的欢快，部分原因是与别的动物一样，一晚的休息之后精力充沛所致。同理，鸟儿们嗜好青翠的草木、葱茏的峡谷、清澈透明的溪水和美丽的风景。有个现象非常有趣，凡是我们人类觉得美丽和谐的事物，鸟儿们也有相同的感受——从捕猎丛及类似地点里安置的捕鸟网、粘鸟胶到吸引鸟类的诱饵就可以确定这一点。乡间那些鸟儿们经常光顾、歌唱的地方，也可以体现这一点。与之相比，也许除去那些被人类驯服且与人类生活很久的动物，再没有其他动物，即便有也是极少数，能和人类共享这种地理上适宜和美丽的概念。无需惊奇，因为鸟类只有在自然中才能找到快乐。而现在的这些，许多被我们称之为自然的地方，实际上是人工的。诸如：耕种的田地，经过修剪整理的树木和其他植物，被河岸死死禁锢、只能流向固定方向的河流，以及其他许多事物都不具备在自然状态下的样子与特征。从而，每一处世代相传的、居住着文明人类的乡间——且不说人类密集而居的城镇，大体都是人工的，因而在很大程度上有别于自然应有的状态。关于这个问题，有人认为我们区域的鸟鸣声要远比原始野人时期的好听，声音更柔和，调奏更协调。于是乎他们得出结论，即便像鸟儿们那般自由自在无拘无束的动物，也会因为常常光顾人类的居住场所而习得了些许文明。

暂且不论他们是否说了真话，就自然能同时赋予鸟类歌唱与飞翔的先决条件就很神奇了。有些人的工作就是依靠声音取悦其同类。一般来说他们要站在高处，如是，声音才会传得更远，才会有更多的人听到。因而，空气作为传递声音的元素，应该驻有有乐感会唱歌的生物。我们的确从鸟儿的鸣叫中——依我之见，我们人类并不强于其他动物——获得了极大的安慰与快乐。我想这种快乐的感受，不是源于鸟儿们甜美的声音，不管其鸣叫多么婉转动听、千变万化、此唱彼和、相互呼应，而是源于歌曲中通常会自然而然地含有的欢快，尤其是存在于鸟类的鸣叫中的那种欢快。正可谓，好似鸟类感到愉悦和舒适时发出的一种笑声。

如是，在某些方面，鸟儿和人类共享欢笑的能力——这是其他动物所不具备的特权。实则，有人认为既然人被定义为聪慧善思的动物，也可将人充分地描绘为会笑的动物，因为他们认为笑是一个并不比理智更逊色的人类标记。这一点确实令人咋舌。虽然人类本是所有生灵中最受折磨、最痛苦的生物，却独独拥有笑的能力，而别的生物却不具备此项能力。另外值得称奇的是我们使用这项特权的方式。比如：有些人遭遇严重的事故，有些人悲恸欲绝，有些人觉得生活了无生趣，他们坚信自己没有任何优点，也无力享受一点快乐，感到万念俱灰——然而，我们发现他们会笑。其实，人们越是知道世事的浮华，越是理解生命终归是不幸福的，其期望值就会越低，也就越发不能适应对快乐的享受。越是如此，人类反而越是易于发笑。然而，笑的普遍本质以及它的内在原则和模式，以及其在头脑中所占据的部分，是很难被定义和限定的——除非承认笑是某种暂时疯狂的表现，是某种胡言乱语、神志不清的行为。因为人类从来不会感到满足，也不曾在任何事物中找到真正的快乐，所以人类并不具备一个合理的、正当的发笑的原因。研究人类如何或在何种条件下首次使用这个特权一定会很有趣。毫无疑问，在原始时代，人类和其他动物一样，通常十分严肃，甚至看上去郁郁寡欢。对此，我的观点是，这个世界里的笑出现于哭之后——这个问题是毫无争议的——不过，在第一次发现和体验笑之前一定有一段漫长的时光。在此期间，母亲不会冲着婴儿微笑，婴儿也不会回应母亲一个微笑——如维吉尔（Virgil）所言。因为时至今日，至少在有人类文明的地区，人出生后不久就会笑，多半是因为他周围的人在笑的缘故。我倾向于认为人类首次发笑的原因和时机可能是源于醉酒——这一点是人类种族的遗传特征。醉酒早在人类取得任何文明进步之前就已经产生了。实际上，我们知道很难找到一种原始人类没有酒，没有其他把自己灌醉的方式方法，没有无节制喝酒的习惯。切勿惊讶，因为人类远远比其他动物不快乐，因此人类比其他任何动物都热衷于在思想麻木中找到快乐，转而在忘掉自我中，或者说在生活的某个中断里找到快乐。是故，通过停止或者削减自身对痛苦的认识和感知，他们从中获得极大裨益。谈到笑这个问题，我们观察到，人类虽然在其他时段里多数神情严肃而悲伤，但在醉酒之后，却会频频发笑——不停地说话、唱歌、有悖于他们平日的习性。这些问题我会放在我即将撰写的笑的历史中去详加讨论。在完成笑的起源之后，我打算再写笑的经历、变迁和直至如今的命运——在现代，笑拥有过去所无法比拟的尊重和影响力，并在文明国度之中占据一席之地。笑所扮演的功能，在某种意义上取代了美德、正义、荣誉以及其他以往所扮演的角色，从多个方面限制，甚至是吓退人类的不良企图。现在，就鸟儿们的歌唱作一番归纳。

我认为我们通常会因为看到或得知别人的快乐而感同身受——妒忌的情况除外——自然很明智地设定鸟儿的歌唱是一种欢悦与笑声的表达，因此人人喜爱；但是人类的歌唱和笑声，则要考虑到其他人的感受，应该不干扰他人。自然很聪明地确保地面上和空中挤满了能够发出响亮和严肃声响的动物，似乎是在咏唱宇宙之生命的赞歌，激励其他动物随之欢欣鼓舞，由此而营造出不间断，却是虚假的一派众生和乐的景致。

鸟儿们之所以比别的动物更快乐或更能够展示快乐不是没有深层原因的。正如我最初所示，自然确实使鸟类更加适合享受快乐和幸福。鸟儿们不会遭受无聊之扰。每一刻它们都在变换位置，从一个区域换到另一个区域，不管其间的距离多远。从最低点飞到空中的最高点，也不过是在瞬间内就能轻松自如地完成的事情。在其生命历程中，它们看到并体验到的事情数量众多且类型各异。它们时时刻刻在锻炼身体，并有充足的户外运动。所有其他动物在吃饱喝足之后，总是安静而懒散地躺着。没有任何一种动物，除去鱼类和一些飞虫，会单单因为愉悦而撒欢奔跑。同理，原始人——只要每日能喂饱自己就不会多走一步，他所需做的工作通常简短且简单。除了暴风雨来临，或者被野兽追逐或其他类似状况之外——原始人大多喜欢安逸和无动于衷。他整日无声无息地、无所事事地呆坐在破旧的小茅草屋里打发时间，要么待在户外、石缝里、悬崖上或岩石的洞穴里。与之相反，鸟儿们很少长时间地停留在一个地方。它们不停地飞来飞去不是因为需要什么，而是为了快乐而飞翔。有时，它们从自己居住的海边飞上几百英里，在傍晚时分又飞回原地。即便是在一个地方作短暂停留，你也不会看见它们安静地坐着。它们总是左转右转，一会儿踱步，一会儿弯腰，一会儿伸伸脖子，一会儿摇一摇，活泼敏捷地振翅，动作迅疾无以言状。总之，鸟儿从破壳而出的那一刻直至死亡，除去中间的睡眠时间，它不会停息一分钟。以上观察的结果是，很明显，从本质上来讲，其他动物包括人类的正常状态是休息，而鸟类则是运动。

与上述品质及外在条件相呼应的是内在条件，即：头脑条件——这点促使它们比别的动物更加适合感受幸福。它们的听力极为敏锐，它们的视力是我们难以想象的发达和完美。具备了这些能力，它们便可以整天享受层出不穷、千变万化的景象：从高高的云霄里，它们能一眼看到大片开阔的区域，并同时能用眼睛清晰地区分出不同地方。这一点也是人类难以理解的。从此现象中，我们推测它们一定拥有强大的力量、活力和无限的想象力。鸟儿们的这种想象力不属于那种深沉、热烈、疾风暴雨，如但丁（Dante）和塔索（Tasso）那般的想象力——后者如同一个致命的礼物，是最糟糕的永恒痛苦与焦虑的根源——鸟儿们拥有的是一种丰富的、变化的、轻盈的、不稳定的、如孩童般的想象力，是愉快和快乐思想的取之不竭的源泉，是自然赋予生物的最慷慨的、最伟大的、最有用处的礼物。正因如此，鸟儿们拥有无限的之于精神愉悦息息相关的能力，并同时缺少有毒害的、痛苦的东西。由于它们的外在生活异常丰富，带动其内在生活也非常丰富，由此产生的优势和快乐非常类似于孩童的那般——绝非是成人一般会有的拙劣和痛苦。因为鸟儿们的活泼和外在的好动性明显展露出与儿童类似的一面，所以我们可以合理地假设它们与儿童的内心也很相似。假如孩童般的幸福可以出现在其他年龄段里，而其他年龄段里的疾病不会比儿童时期的疾病更严重，也许人类就有理由慢慢忍受生命的种种了。

依我之见，从某些方面看，鸟类本质的完美性超越其他动物。譬如，当我们考虑到鸟类在视力以及听力方面都远远超越其他动物，根据生物的自然法则，这两项属于主要感官。于是，可以得出这样的结论：鸟类的本性比其他生物的本性更完美。此外，正如我们所见，其他动物自然而然地倾向于休息，而鸟类则倾向于运动——运动要比休息更富有活力。生命实际上是由运动构成的，而鸟类比别的动物具有更多的户外活动——另外，如果视力和听力优于其他动物，这两项也是鸟类们最突出的能力，是否当作生物最典型的特征？因为这两项能力本身就很鲜明且动性强，并且其带给动物的习惯以及内外在效果都很显著。考虑到上述一些情况，结论是鸟类比其他动物拥有更多的外在和内在生命。现在，假如生命的完美多于不完美——至少在生物里如此——假如生命越有活力就是完美的话，那么，结论就是鸟儿的本性更完美。在这一点上，我们不要忘了鸟儿同样能忍耐极度的寒冷和炎热，穿梭在两者之间甚至不用太多时间过渡一下。事实上，我们常常看到，几乎是在瞬间，他们已然从地面冲向凌霄，几乎相当于是在极寒的地区，并且它们能在很短的时间里穿越多种气候。

阿克那里翁（Anacreon）曾许愿他愿意变成一面镜子，这样他的爱人就可以天天看他；他愿意变成一件裙子，这样就可以穿在她身上；他愿意变成油膏擦拭她的身体；他愿意变成水供她沐浴；他愿意变成胸带，这样她就可以把他紧紧抱在胸前；他愿意变成一串项链挂在她脖子上；他愿意变成鞋子，至少她会用脚挤压他——同样地，我也希望可以有一会儿变成一只飞鸟，这样我就可以体验到它们生命中的满足与快乐。

↠ 伟大的野公鸡之歌

某些希伯来学者和作家们声称在天与地之间，或者确切地说是一半在空中，一半在地面，生活着一只野公鸡。它脚踏地面，喙与鸡冠顶着天空。你可以在那些作家的作品里读到对它这些特征的描述，此外，这个体形庞大的公鸡还具备思考的能力。否则，诚然，便无异于鹦鹉，说着不知被谁教会的人类的语言。实则，有一首歌名为 *Scir detarnegòl bara letzafra*，即：伟大的野公鸡之晨歌，其原版为希伯来文。这首歌的用语混合了秘术家用语、塔古姆用语、犹太教法学博士语言、犹太教神秘哲学语言以及犹太法典语言，它被写在了一块旧羊皮纸上。我尽力理解并翻译成下列我们所使用的文字。在此期间，我为之付出了艰辛的劳动并同时请教了若干犹太教祭司、犹太教神秘哲学者、神学家、法理学家及犹太哲学家。目前我尚不确定的是，这只公鸡是时不时地吟唱这首歌还是在每日清晨吟唱，抑或仅唱过一次？有谁经常听到这首歌或曾经听到过这歌声？歌词语言是否属于公鸡语言？这首歌是否是从另一种语言翻译过来的？就目前的版本，我已经穷尽一切可能使之忠实于原文，我认为最好使用散文体而不是诗体，尽管事实上它是一首诗。其行文中有不连贯之处，偶尔也会有浮夸语体，但这些不该由我负责，因为译本首先是忠于原文的。在此处，需要符合东方语言的习惯，尤其是要符合他们的诗人标准。

起来吧，凡人，苏醒！新的一天又开始了。真理回归世界，虚假的影像离去。起来，重拾生活之重担，从虚假之国回归真理世界。

在这一刻，每个人都在头脑里回顾并审视他生命中的全部想法，回想他的计划、努力、需要处理的事情，并自行想象一下在新的一天里可能会遇到的快乐与痛苦。每个人都会在此时更加强烈地渴望找到快乐的期望和愉悦的思想。当然没什么人真的实现了上述愿望。因为苏醒对于每个人来说是不幸的。可怜的人儿刚刚醒来，马上就落入各自不幸福的手中。最甜蜜的事情是睡眠，由快乐与希望相结合带来的睡眠——这种状态会安然无恙地一直持续到天明，之后，它们就会消失不见。

如果凡人的睡眠是永恒的，是与生命等同的话；如果在启明星照耀下，所有活物在地球各处以最无声的方式憔悴着，没有任何活动痕迹：草地上没有牛儿在哞哞地叫，森林里没有野兽在咆哮，天空中没有鸟儿在歌唱，乡间没有蝴蝶在低语、蜜蜂在嗡嗡叫；没有任何声音，没有任何活动的迹象，除了水涨起、风刮起和暴风雨袭来；那么，这个宇宙也就真的毫无用处了。那时是否比会比现在痛苦更多，幸福更少？我问你，哦，太阳，白日的主宰和我们清醒时的保护者，到目前为止你所历经的多少个世纪里，在升起又落下之间，你是否曾见到过一个生物曾经幸福地生活过？截至目前你所见到的凡人无数的成就里，你是否认为至少有一个人实现了他的目标：满足感，即他从他的成功中获得了持久或暂时的满足？你现在是否看见，或者说你曾看见这四海之内可有幸福的存在？幸福到底居住在哪块田野，哪片森林，哪座山峰，哪条峡谷，是在有人居住的地方还是在不毛之地，还是它藏在你的光芒所能照射到并赋予温暖的众多星球中的某个上面？也许，幸福躲在你的视线之外，藏在幽深的洞穴里，也许在地心或海底深处？什么样的活物有幸知道幸福是什么？哪种植物，或其他任何被你赋予生命的生物体，有哪些被赐予幸福，有哪些被剥夺了幸福，又有哪些植物或动物知晓幸福？还有你自己，就像一个不知疲倦的巨人，从不睡觉和休息，日夜急速行进在你的既定行程上，你是幸福的还是不幸福的？

凡人快醒来！你还在受生的束缚。迟早会有一天，无论是外界力量，还是内在力量，都无法把你从沉睡中唤醒。彼时，你将永远地、尽情地安息。你尚未被允许死去。仅仅是间或，你被允许暂时诈死一小会儿。因为若非时不时暂停一会儿，生命就难以为续。倘若过度渴求这种本来就短暂易逝的浅眠，其本身就是致命的，将会招致永久长眠。生活就是如此，为了能够忍受生活的种种，我们必须时不时地放下它，获得一点喘息的机会，用死亡的滋味或几乎是少许死亡让我们重新振作起来。

事物最本质的一面似乎是以死亡为真正且唯一的目的。一切存在源于虚无，因为不存在就不会有死亡。可以确定的是存在的最终目的不是幸福，因为没有什么是幸福的。诚然，活着的生物每做一项工作都是以此为目的的，但是没有一项能带给他们幸福。在他们整个的生命历程里，他们奋斗、克己、遭受痛苦，无一不是在苦苦追索自然制定的这个唯一的目标：死亡。

正常情况下，一天里的清晨是生物们最容易忍受的时段。在苏醒的一刻里，很少有人头脑里充斥着快乐愉悦的思想。但是很快，几乎人人会产生和形成某些快乐的思想。因为在那个时段里，人的头脑总是极易高兴的，即便没有任何特定或特殊的原因，它会比一天内其他时段都更适于忍受生活的不幸。因此，当一个人入睡时充满了绝望，在第二天醒来时他又重新找到了希望，即便这种希望来得毫无缘由。很多不幸和个人困扰、很多恐惧和悲痛的根源会在此时显得要比头天晚上渺小许多。甚至，前一天的煎熬会在今天被嘲笑，会被斥之为幻想和空想的结果。夜晚被比作老年，而早晨被比作青年，总是从容而自信；夜晚则是悲伤的、沮丧的、充满了各种不幸的先兆。但是正如人的青春那般短暂，凡人每天所体验的早晨时光也是极为短促且转瞬即逝，很快白天也会变得年迈不堪。

尽管是生命中的最好部分，我们的盛年依旧是痛苦的。实际上，哪怕仅仅是这丁点幸运也会在短时间内消失殆尽，以致人们很快发现诸多逐渐衰老的迹象。他还未曾体验到生命的完美，还未曾感受到和知晓生命的力量，就已经开始减弱。但凡世间的生灵，他们的绝大部分生命是在慢慢枯萎中度过。自然在其所有的创造里都毫不掩饰地指向了死亡：这正是为什么衰老如此显著、如此清晰、如此长久、如此普遍的原因。宇宙的每一部分都在不知疲倦地奔向死亡，速度迅猛且毫不迟疑。似乎只有宇宙本身不受衰败和凋萎的侵蚀。因为假如在秋天和冬天里，它的生命变得虚弱和衰老；那么，到春天时就一定又青春焕发。当然，就如凡人每天清晨都会感觉年轻一些，尽管实际上每天都在变老，直至吐出最后一口气。宇宙也一样，每年年初重新变得年轻，尽管它其实在不断衰老。总有一天宇宙和自然本身也将不复存在。就好似曾经无比伟大的人类王国和帝国，以及该时代的不朽成就，虽然辉煌一时，但终究会被遗忘。这整个世界也如是这般，所有生命体经历无数变迁和灾难之后，最终不会留下一丝痕迹。取而代之的将是无边的沉寂和深邃的静谧。如此一来，宇宙生命所带来的惊人的、令人不安的秘密，会在它被宣布和了解之前就已经消失得无影无踪了。

➛ 哥白尼的任务

第一幕

第一时辰和太阳

第一时辰　早上好，阁下。

太　　阳　早上好，或者该说，晚上好。

第一时辰　马车为您备好了。

太　　阳　好的。

第一时辰　启明星已经升起一段时间了。

太　　阳　她想来就来，想走就走。

第一时辰　您这是什么意思呢，阁下？

太　　阳　我的意思是你别来烦我。

第一时辰　可是，阁下，夜晚已经持续了很久，不能再拖延下去了。倘若再行耽搁，阁下，就会有奇怪的事情发生。

太　　阳　无论发生什么，我都不打算动一下。

第一时辰　哦，阁下，这是怎么啦？您感觉不舒服吗？

太　　阳　不，没有，我没有感觉不舒服。我就是不想动。你呢，去忙自己的事吧。

第一时辰　要是您不配合的话，我怎么忙呢？我是白日的第一个时辰，要是阁下您不能发发慈悲像往常一样出来的话，这一天会变成什么样子？

太　　阳　如果不能属于白天，那你还是归属夜晚吧——要不就让夜晚时辰加一次班，你和你的白日伙伴们就可以休息了。因为，你知道吗？我已经厌倦了每天不停地旋转只为照亮那些生活在一小撮泥土上的小生物们——他们才那么一丁点儿，我这么好的视力几乎都看不到呢。今晚，我决定不再因为这点小事麻烦了。假如人类需要光线的话，他们可以生火照明或找些其他途径解决。

第一时辰　但是，阁下，您让那些可怜的人儿们怎么找呢？若是他们的灯笼和那么多蜡烛整日点燃着，可是非常昂贵的花销啊。假如他们已经找到某种非常便宜的气体，可以用来烧火、照明街道、点亮房间、商店、阁楼和其他地方的话，那么我会觉得事情还不算太糟糕，但是，实际情况是，距人们发现这种气体之前还有差不多三百年的时间呢。在此期间，他们会耗尽燃油、蜡烛、树脂和动物脂。最后，他们就没有什么可供燃烧的东西了。

太　　阳　他们可以去抓些萤火虫和发光虫用来照明。

第一时辰　那他们怎样御寒呢？若是没有阁下您的襄助，森林中的所有树木都不足以保证他们取暖。他们还会被饿死，因为地球不再结果子了。在短短几年内，那些可怜的动物种族将会消失。接下来的一段时间里，他们在地球上的一片黑暗中四处摸索着，找寻可以吃的食物和取暖之用。最终，没有任何可以吞咽的食物，最后一星火焰熄灭，那时他们所有人就会在黑暗中死去，就像冻僵的岩水晶一样。

太　　阳　我为什么要管这些？我，难道说，是人类种族的奶妈吗，还是负责给他们准备及烹饪食物的厨子？我为什么要关心那些几百万英里之外的我根本看不到的小东西们，就因为没有我的光芒他们看不见，也不能取暖吗？那么，如果说，我必须成为供他们取暖的加热器或火炉的话，合理的状况是他们一家人想取暖就应该自己到火炉边来，而不是火炉围着他们的房子旋转。因此，如果地球需要我的光芒，就请她自己围着我转或者想些办法得到它。就我个人而言，我不需要地球的任何东西，也不需要去照看她。

第一时辰　阁下您的意思是说，假如我理解无误的话，现在地球应该做您以前一直在做的事情？

太　　阳　是的，现在，从现在开始到永远。

第一时辰　阁下您说的无疑很有道理。况且，您可以随意而为，不过，还是请您考虑一下，如果您建立新的世界秩序的话，会有多少美丽的事物因此而毁于一旦？白天再也没有美丽的金色战车，也没有那些美丽的战马，它们通常会在大海里沐浴。

更别提及其他的细枝末节了。就连我们这些时辰们也不会在天上拥有一席之地了，我们会从天庭侍女变成陆地女子。根据我的预测，除非我们变成青烟才得以重返天庭。即便如此，问题是如何说服地球开始转动呢？想必会很难，因为她尚不习惯这么做。她会觉得这么不停地跑下去、这么浪费力气很奇怪，以前她可从未曾离开她的位置半步。假如阁下您好像都冒出了偷懒的念头，我听说地球并没有比过去勤快一丁点儿啊。

太　　阳　在这种情况下，需求会激励她，会逼迫她不得不去跑去跳。最快速也是最确定的方法就是找到一位诗人或自然哲学家，去劝说地球移动。万一劝说失败，也可以强行迫使她移动。从长远来看，这种事情主要由诗人们和自然哲学家们负责。实际上，他们几乎能胜任任何事情。过去，那些诗人们（那时，我年轻尚且听话），他们用美丽的颂歌诱导我——我这么又肥又大的一个人——心甘情愿地去做那项围着一小堆儿沙子拼命疯跑的极度愚蠢的工作，并把它当作一种运动或一种高尚的锻炼。现在我的年纪大些了，我开始转向信仰哲学。做每件事时，我要看它是否有用而不是漂不漂亮。诗人们的伤感情怀，不是让我作呕，就是让我忍俊不禁地大笑。在做每件事前，我总要三思而后行。我发现劳神劳力的生活并不比舒适悠闲的生活更可取——因为这样的生活并不会产生值得你费神费力的成果（在这个世界上，成果一文不值）——我下定决心把劳累和不舒适留给别人。至于我，就安静地留在家里无所事事。我的观念之所以发生了转变，除了部分出于年龄的原因，还如我之前所说的是由于哲学家们而改变的——这些人目前已经开始得势，并且有如日中天的趋势。假如我希望地球能够移动并取代我奔跑的话，诗人在某一方面会比自然哲学家、甚至科学家更能胜任。诗人们，通过讲一两个故事，就能让人们相信世界上的事情真的有价值、很重要，是美丽和愉快的。他们创造出一千种愉快的希望，借此劝诱人们努力和拼命工作。反之，哲学家则会起到劝阻作用。既然哲学家已经占据上风，我担心现在地球也会像我一样不会任诗人摆布。假如没有人听诗人的话，他自然就束手无策了。因此，我认为最好还是请自然哲学家或科学家来帮忙。尽管哲学家们通常不适合也不愿意劝说他人工作，不过在这个极端情况下，他们也许会尽力作些意料之外的努力——除非地球决定与其如此大费周章还不如直接毁灭合适——在那种情况下，我也不能说她做错了。够了，让我们静观其变吧。现在，去做这个：到地球上去，或者派你的一个姊妹，或任何一个你觉得合适的人跑一趟。如果她发现任何一位自然哲学家，站在屋外新鲜的空气里，正在研究天空和星体——因为我们可以很合理地推断她一定会找到这么一位，因为夜已经太长了——不要耽搁，把他带上来，扛在肩上，火速带来见我。我会说服他去做该做的事情。你明白了吗？

第一时辰　是。阁下。我马上照办。

第二幕

（站在阳台上，用一个小纸筒观察东方的天空——因为彼时还没有发明天文望远镜）

哥白尼　真是难以置信。莫不是所有的钟表都坏了？否则太阳早在一小时之前就应该升起来了。可是东方仍看不到一丝光亮，尽管天空如镜面般清澈透明。所有的星星在闪烁着，似乎仍在夜里。现在，赶紧去查阅《天文学大成》和萨克罗博斯科 (Sacrobosco) 的相关书籍，问问他们是否能就此现象解释一番。我常听人说朱庇特会在夜间和底比斯王的妻子幽会。我还记得我最近读过的一本由一位西班牙人撰写的现代书。书里提及秘鲁人说在古时候，他们的国家曾经有一个特别漫长的夜晚，实际上，是一个永远不会结束的夜。最后，太阳从一个叫作的的喀喀（Titicaca）湖里出来了。此前，我一直以为这是一派胡言。像所有有理性的人一样，我确信它的确如此。现在，我意识到科学和理智根本一文不值嘛。我决定相信那些传言以及类似的东西很有可能完全是真实的。实际上，我正准备去我能找到的所有湖泊，还有沼泽看一看，看我是否能碰巧把太阳捞上来，但是，我听到这震耳欲聋的声响是什么——似乎是一只巨鸟拍打翅膀的声音？

第三幕

最后时辰和哥白尼

最后时辰　哥白尼，我是最后时辰。

哥 白 尼　最后时辰？好吧，我也无能为力。假如，如果可能的话，请留给我足够的时间写遗嘱以及安排身后的事宜——在我死之前。

最后时辰　你是什么意思，“死”吗？我不是生命的最后时辰。

哥 白 尼　那你是谁，是每日祈祷时间的最后时辰吗？

最后时辰　我敢确定较其他时段你更喜欢最后时辰——当你在唱诗班里时。

哥　白　尼　不过，你怎么知道我是一位咏礼司铎？你怎么认识我的？你刚才在呼唤我的名字。

最后时辰　我刚刚从前面的街上打听到你的信息。总之，我是白天的最后时辰。

哥　白　尼　啊，我明白了。第一个时辰病了，所以我们看不到白天。

最后时辰　请允许我说下去。白天再也不会来了——不仅是今天，还有明天，永远不会再来了，倘若您不打算做些什么的话。

哥　白　尼　真有意思！似乎我的工作就是造白天似的！

最后时辰　我会告诉您怎么做。但是首先您必须立即跟我去我的主人太阳的府邸。路上我会详细解释。我们到达后，太阳阁下将会亲自跟您解释一下。

哥　白　尼　好吧。但如果我没理解错的话，这趟旅行会很漫长。我怎么才能带够充足的食物，以保证我在到达前的几年内不会被饿死？况且，我不认为太阳阁下的土地会生产什么能供吃一餐的东西。

最后时辰　别担心这些。您不会在太阳府邸待太久。这趟旅行也仅仅是瞬间的事——因为，恐怕您还不知道，我是个精灵。

哥 白 尼　可我只是个凡胎肉体。

最后时辰　好吧。您完全不需要担心这些事情，您又不是一位玄学哲学家。来吧，坐在我肩上，看我的。

哥 白 尼　好的。出发……不知道事情最后会是什么样。

第四幕
哥白尼和太阳

哥白尼　您好，最明亮先生。

太　阳　请你见谅，哥白尼，我没法请你坐下，因为我们没有椅子。我们的谈话很快就会结束。从我的仆人那里，你一定听说你此行所为何事了。我个人认为——以及我从侍女们那里了解到的你的能力——我想你完全能胜任这项工作。

哥白尼　先生，我觉得这份工作困难重重。

太　阳　困难不会吓跑你这类人的。事实上，人们常说困难只会增加勇敢者的勇气。那么，有什么困难呢？

哥白尼　首先，不论自然哲学和科学的力量有多么强大，我不能确定它们可以强大到足够说服地球去运转而不是舒舒服服地坐着，或是说服地球去工作和劳累而不是悠闲地待着。尤其考虑到我们这个时代并不是一个英雄主义时代。

太　阳　那么，如果不能说服她的话，就强迫她。

哥白尼　我很乐意一试，我的光明先生。假如我是海格立斯或者是罗兰（Roland），而不是一个从沃尔姆斯（Worms）来的小小咏礼司铎的话。

太　阳　这两者又有什么关系？听说你们中有一位古算术家过去曾说，只要他能站在世界之外，毫无疑问他就能移动天空和地球？现在，你不需要移动天空，你现在站在地球之外，因此，如果你不比那位先贤更笨的话，你就能移动地球，不用管她乐不乐意。

哥白尼　我亲爱的先生，我可以这么做。但是我需要一个撬棍。这支撬棍会很长，长到不仅是我，就连您自己，不论您有多么富有，都没有能力支付所消耗的材料及人工的费用。另一个更严重的困难是下列问题：事实上，这个问题更像是一团乱麻。截至目前为止，地球一直占据宇宙第一的位置，也就是，中心位置。您也知道，她一直是一动不动地坐着，除了环视一下宇宙的其他星球，基本无事可做。其他或大或小，或明亮或暗淡的星球，从她头顶、身边或脚下转过，每个都行色匆匆，如此紧张，如此激烈，以至于我们即便想上一想都会觉得头晕目眩。如此，一切似乎都是为她服务的。宇宙看上去好像一个皇庭，地球似乎端坐在宝座上，其他星球围在她周围，像朝臣、护卫、仆人，各自忙着自己的活计。正因如此，地球一直认为自己是宇宙的女王。实际上，假如情况仍同过去一样的话，我们不能说她的想法是毫无道理的。事实上，我不能否认她的这一想法是建立在良好的基础之上的。那么，我再告诉您人类又会有什么反应。我们认为，并将永远认为，我们自己才是地球所有生灵中第一个同时也是最重要的生物。我们每一个人，即便衣衫褴褛，即便只啃着一小块干面包，无一不觉得自己如国王般重要。这个国王不是君士坦丁堡的君主，德国的君主，或半个地球的君主——例如过去的罗马皇帝——而是整个宇宙的君主，太阳的君主，所有行星的君主，也是所有看得见的、看不见的恒星们的君主。他还是万物之源，是所有恒星、行星，还有阁下您及一切的最终渊源。但是现在，假如我们要求地球放弃现在的中心位置，让她奔跑、转动，不停地忙碌，去做那些到目前为止只有其他星球才做的事情；最后，她会变为其他星球中的一员——这就意味着逼迫地球陛下以及人类的皇帝陛下们禅位，并放弃王国——他们只剩下司空常见的破衣烂衫和凄楚悲凉。

太　阳　你到底在说什么呀？我亲爱的尼古拉（Nicholas）神父，也许你是害怕这个行为会招致叛国罪？

哥白尼　不是这样的，最明亮先生。要是我没有记错的话，没有任何一部法典、法律精要、公法丛书、帝国法、民法、自然法中曾提及过此类叛国罪。我的意思是说我们的这项任务不像乍看上去那样，是简单的物质层面的事情。它的后果不单单显示在物理层面上，因为它将会颠覆尊卑秩序阶梯上的所有阶层以及事物的现存秩序。它将会扭转生物们的目标，由此将会引起玄学中前所未有的巨大变革，并波及其他任何涉及思辨方面知识的领域。因此，如果人类有能力并且愿意进行理性思考的话，他们会发现自己和之前的自己完全不同，并且和他们之前自己对自我的认识也完全不一样。

太　阳　孩子，这些事都不会吓倒我。因为我既尊重玄学也尊重物理学，同样也尊重化学——或者如果你愿意还有通灵术。人类应该对他们现有的样子感到满足。假使他们不喜欢现在的样子，那就让他们继续进行他们颠三倒四的推理，继续反驳事实性证据，毕竟在这些方面他们都得心应手。如是，他们还会继续把自己假想成想象中的样子——男爵、公爵、皇帝或其他什么他们喜欢的样子。虽然这些会带给他们安慰，但是他们的评判不会对我有丝毫影响。

哥白尼　好的。我们先不谈人类和地球。但是，请考虑一下，我的最明亮先生，我们试想一下其他星球会怎样。当他们看到地球变成他们中的一员，做着和他们同样的事，他们不会愿意再这么光秃秃和灰扑扑的，像以前一样荒凉和凄惨——凭什么地球可以有这么多装饰？他们也同样想拥有河流、海洋、山脉、植被以及动物和居民，因为他们看不到自己为什么要低于地球的级别？宇宙也将会发生一个巨大变革：每一处都会有无数新家庭像雨后春笋般冒出来。

太　阳　那你就让他们冒出来呗。让他们自由发展。我的光和热已经足够他们所有人使用——不会增加多余的费用。宇宙有足够的储备供他们吃饭、穿衣、居住，并慷慨地善待他们而不会因此而负债。

哥白尼　但是，最明亮先生，请再仔细考虑一下。您将会看到另外一个混乱局面。那些星星们，当他们看到你坐着，不是坐在板凳上而是坐在御座上，四周围绕着这么美丽的朝廷和众多的行星——他们，也同样地，不会满足于要求坐下休息，还会要求上位。为了统治需要，必须有臣民。因此，他们会要求像您一样——每人都有自己的行星。这些新的行星也同样需要像地球一样被装饰和被居住。此处，我不再向您提及可怜的人类了——与当前世界相比他们已经无足轻重。无以计数的世界蜂拥而出，连银河里最小的星星都拥有了行星，未来将会变成什么？即便我们只考虑您的得失，让我来说到目前为止，您的位置至少是第二位的，仅次于地球——没有人能和您匹敌，因为其他星星绝没有胆量和您相提并论，但是，在这个新宇宙世界里，您有很多同级，因为它们也有自己的世界。请慎之又慎，以确保您所做的这种改变不会损伤你的尊严。

太　阳　你难道不记得你们的凯撒大帝曾说过，在他穿越阿尔卑斯（Alps）山脉时，他碰巧路过一些可怜的野人的茅草屋——他说他宁愿做那个茅草屋的第一人也不愿做罗马的第二人？同理，我宁愿做我的世界里的第一人，也不愿意做宇宙的第二名。我改变现状的初衷不是野心，而仅仅是对安宁的热爱。更确切地说，是对懒散的热爱。因此，我不在乎有没有同级，也不在乎是在第一位还是最后一位。我和西塞罗（Cicero）不同，我感兴趣的是悠闲而不是尊严。

哥白尼　最明亮先生，只要我力所能及，我会尽全力助您实现您的悠闲，不过，恐怕即便我帮您实现这个愿望，它也不会持久。首先，我几乎可以肯定用不了多少年，您就得被迫和水井里的滑轮一样，或像石磨一样转个不休——尽管您没有移动位置。进而，我怀疑最终，也就是迟早，您会发现您不得不再次奔跑。我不是说绕着地球跑。不过，您又不会在乎这些？也许您的自转就是您再次奔跑的原因。好了，即使如此，不管困难如何、如何筹措，如果您还是坚持先前的决定，我将会鼎力相助。如若本次方案最终无果，您要相信我确实能力欠佳——而别说我并不是个果敢的人。

太　阳　好的，我的哥白尼，请试一下。

哥白尼　只剩下一个困难了。

太　阳　告诉我，是什么？

哥白尼　我不想因为这件事，而把自己像凤凰那样活活烧死。如果真的发生了，我感觉我肯定不可能像那只鸟似的从灰烬中重生。因此，从现在起我不会再出现在阁下您面前了。

太　阳　听着，哥白尼，你知道在你们的哲学家和科学家还未出生的时候——我的意思是说——当诗人占据主导位置的时候——我曾经是个预言家。现在请你让我最后一次预测未来，根据我古代的记忆，我希望你能相信我。从而，我会告诉你之后发生了什么。即使那些支持你的人被烧焦了或遭遇类似情况，但是你自己，如我能看到的，不会因此而受苦。假如你想更安全一些的话，遵循这个建议：请你把这本你撰写的书献给教皇。这样，我保证你甚至不会失去你的祭司位置。

➛ 年历小贩和一名路人的对话

小贩　年历，新年历。新日历，您需要年历吗，先生？

路人　新年年历？

小贩　是的，先生。

路人　你觉得这个新年会很快乐吗？

小贩　当然，先生，肯定的。

路人　跟去年一样？

小贩　比去年好，好很多呢。

路人　会和前年一样吗？

小贩　比前年好，先生，好很多呢。

路人　但是，新年会像哪一年呢？你不希望新年像以往的某一年一样吗？

小贩　不，先生，我不想。

路人　你是多少年前开始卖年历的？

小贩　肯定是二十年前了，先生。

路人　你希望今年的新年像过去二十年中的哪一个？

小贩　我？我不知道。

路人　你难道不记得某个感觉特别幸福的新年吗？

小贩　说真的，我不知道，先生。

路人　但是生活是美丽的，不是吗？

小贩　这个大家都知道的。

路人　你难道不想把这二十年重新再过一遍吗，从你出生那天开始，过去所有的年月？

小贩　嗯，我亲爱的先生，我祈求上帝可以让我这样。

路人　但是，假如是让你过和以前一模一样的生活怎么样——经历它所有的痛苦和欢乐？

小贩　我可不希望这样。

路人　那么，你希望重新过什么样的生活呢，是我这样的生活，或者是一个王子的生活，还是别的什么人的生活？你是否想过，无论是我、王子，还是其他人，都会给出和你一样的回答？假如能够重新把以前的生活再过一遍，没有人会乐意这么做？

小贩　我也这么想的。

路人　你不愿意再回去，除非换另一种生活？

小贩　对，先生，我真的不愿意。

路人　不过，你希望过哪种生活呢？

小贩　任何一种，上帝给我哪种都可以，只要没有附加条件就行。

路人　随便哪一种。事先也不知道，就像我们不知道新年会是什么样似的？

小贩　完全正确。

路人　如果我能够重新生活，我也会这么选择。每个人大抵都会如此吧？但是这意味着截至今年年底，命运对每个人都未加以善待啊。很明显，每个人都认为分给自己的不幸多于，或大于幸运——如果要把以前的生活再过一遍，重新经历它所有的好与恶，没有人愿意重生。美丽的人生不是我们已知的人生，而是未知的人生，它不是过去的人生，而是将来的人生。这个新年，命运将会善待你、我和所有人，幸福的人生即将开始。不是吗？

小贩　希望如此吧。

路人　那好，让我看一下你最漂亮的年历。

小贩　给您，先生，一共三十分。

路人　这是三十分。

小贩　谢谢您，先生，再见。年历，新年历，新日历。

伟大的思想

GREAT IDEAS

NATIONALISM

泰戈尔：民族主义

[印度] 泰戈尔 著

刘 涵 译

中国出版集团
中译出版社

图书在版编目（CIP）数据

泰戈尔：民族主义 / (印) 泰戈尔著 ; 刘涵译 . —
北京 : 中译出版社 , 2019.10（2020.1 重印）
（伟大的思想）
ISBN 978-7-5001-6042-7

Ⅰ . ①泰… Ⅱ . ①泰… ②刘… Ⅲ . ①民族主义—研
究 Ⅳ . ① D091.5

中国版本图书馆 CIP 数据核字（2019）第 190211 号

Penguin Books Ltd, Registered Offices: 80 Strand, London WC2R ORL, England
www.penguin.com
First published 1917
This selection published in Penguin Books 2010

泰戈尔：民族主义

著　　者：(印) 泰戈尔
译　　者：刘　涵
总 策 划：张高里
特约编辑：白　姗　赵　轩　　责任编辑：刘香玲　王　梦
版式设计：索　迪　　排　　版：志雅文化
印　　刷：北京顶佳世纪印刷有限公司
经　　销：新华书店

出版发行：中译出版社
地　　址：北京市西城区车公庄大街甲 4 号物华大厦六层　100044
电　　话：(010)68359376,68359827（发行部）68359719（编辑部）
传　　真：(010)68357870
电子邮箱：book@ctph.com.cn
网　　址：http://www.ctph.com.cn

开　　本：760mm×950mm　1/32　　印　　张：3.875　　字　　数：64 千字
版　　次：2019 年 10 月第 1 版　　印　　次：2020 年 1 月第 2 次
书　　号：ISBN 978-7-5001-6042-7　　定　　价：216.00 元（全 8 册）

中 译 出 版 社

“伟大的思想”中文版序

企鹅“伟大的思想”系列丛书自2004年开始陆续面世，在英国、美国和德国均有出版。在英国出版品种最多，已付梓八十种，尚有二十种计划出版。该丛书在全球众多读者间，尤其是学生当中，普及了哲学和政治学，销量已远超二百万册。中文版“伟大的思想”的推出，是该系列的又一延续和发展，令人欢欣鼓舞。

推出这套丛书旨在让读者再次与一些伟大的非小说类经典著作面对面地交流。长久以来，此类书籍的出版都建立在这样一个假设之上——此类著作供学生课堂学习之用，因此需辅以导读、详尽的注释及参考书目等。此类版本无疑十分有用，但我想，

如果某一版本能够重建托马斯·潘恩的《常识》或约翰·罗斯金的《艺术与人生》初版时的环境，为读者与作者营造更为亲密无间的氛围，使读者除了原作者及其自身的思考外没有其他参照，也许会更有吸引力。

但是，这一做法亦存在严重缺陷：每位作者的表述难免有难解或不可解之处，一些重要的背景知识或许也有所缺失。例如，读者对亨利·梭罗创作时的情形毫无头绪，也不了解该书的反响及影响。不过，这样做的优点也显而易见，最为显著的便是作者的初衷又一次受到重视——托马斯·潘恩的愤怒、查尔斯·达尔文的灵光、塞内加的隐逸。他们给许多国家的众多读者带来的生活影响难以估量，有的影响甚至长达几个世纪，几乎没有什么比阅读这些作家更令人拍案叫绝的了。倘若没有亚当·斯密或阿图尔·叔本华，将无法想象我们今天的世界。这些小书创作年代久远，但其中的话语彻底改变了我们的政治学、经济学、精神世界、社会规划和宗教信仰。

“伟大的思想”系列一直求新求变，地域不同，收录的作家亦不同。一些作家在中国或美国更受欢迎，而英国版“伟大的思想”收录的一些作家在其

他国家和地区则鲜有人知。称其为“伟大的思想”，我们亦是慎之又慎。这些思想之所以伟大，在于其影响深远，但这并不意味着这些思想都是“好”思想，实际上一些书或可列入“坏”思想之列。丛书中收录的很多作家受到同样收录于该丛书的其他作家的巨大影响，例如，马塞尔·普鲁斯特承认受约翰·罗斯金影响很大，米歇尔·德·蒙田也承认深受塞内加影响。但也有些作家彼此憎恶，若发现彼此都被收录于同一丛书，一定会深感苦恼。至于他们思想的或“好”或“坏”，读者可自行判明。我们衷心希望，您可以享受阅读这些著作的乐趣。

“伟大的思想”出版者

西蒙·温德尔

目录

译者导读

拉宾德拉纳特·泰戈尔（Rabindranath Tagore，1861–1941），印度著名诗人、作家、哲学家、艺术家以及社会活动家。他于1913年获得诺贝尔文学奖，是第一位获此殊荣的非欧洲人。中国读者对于泰戈尔的了解更多的是来自于他的诗歌作品，如《园丁集》《飞鸟集》《吉檀迦利》等。然而，泰戈尔的成就是多方面的。除了诗歌以外，他还创作并出版了大量的小说、戏剧、哲学以及政治学论著。

本次翻译出版的《民族主义》是泰戈尔于1916年在日本和美国所做的三篇演讲稿的合集，是其关于政治思想的重要论述。本书共分三个部分，分别是：日本的民族主义、西方的民族主义和印度的民族主义。而将这三个部分串联在一起的唯一主题则是泰戈尔对于源自西方的“民族主义”的深刻批判。

在“日本的民族主义”当中，泰戈尔对东西方文明进行了比较，对日本的崛起寄予了希望，同时还对她所面临的危险倾向提出了警告。泰戈尔为古老的东方文明进行辩护，认为它并非玄学，而是某种确实存在的、为人类心灵提供了庇护和滋养的智慧；它并非政治的文明，而是一种社会的和精神的文明，并且终将会有发扬光大的一天。泰戈尔还认为日本为亚洲各国树立了崛起的榜样，因为她不但获得了所有现代社会的禀赋，而且还深深地扎根于脚下这片古老的东方沃土。但是同时，泰戈尔还告诫日本不要盲目地模仿西方，不要以为实现了西方式的现代化就万事大吉了，特别是不要学习西方的民族主义而放弃自己固有的精神理想。

尽管三篇演讲稿的主题都是对于“民族主义”的批判，“西方的民族主义”仍然是对此讨论最为集中的一篇。泰戈尔认为，民族是指全体人民为了某个机械的目的，即获取政治的和经济的利益，而组织在一起所形成的团体。它是一个社会组织，是一台依靠贪婪的欲望来驱动的机器，它是人类道德理想的死敌。泰戈尔认为民族主义是理智的、科学的、机械的，而非人性的。尽管打着爱国主义的旗号，其实质则是民族的自私自利；对其他国家的人民，特别是对非民族主义的、贫弱国家的人民来说，则是残酷的剥削、束缚和压迫；而且，民族主义国家的人民往往会在浑然不知当中听由其政府的摆布，甚至于自豪而愉快地拜倒在本国的民族主义旗下。泰戈尔认为道德的律法才是人类永恒的真理，它不仅适用于个人，同样也适用于各个国家和组织。因此，与人类道德理想背道而驰的民族主义注定要喝下自己所酿成的毒酒，并且最终走上一条灭亡的不归之路。

在“印度的民族主义”中，泰戈尔认为印度同样不能盲目地学习西方，而要坚持走自己的道路。他认为印度所面临的最为严重的问题不是政治问题，而是社会问题，是种族问题，是过于森严的、种族隔离的壁垒。他抨击了印度的种姓制度，认为它尽管承认了社会差别的存在，但是却否认了生命易变性的法则。关于美国，泰戈尔认为她没有受到历史和传统的束缚，她乐观向上且感知力丰富，所以理应扛起未来文明的大旗，并且承担起向东方证明西方文明正当性的历史重任。

在演讲中，泰戈尔呼吁世界的和平和全人类的团结。他认为这个世界只有一部历史，那就是人类的历史。他的观点在过去、现在及将来都如夜空中的北斗一样指引着正义的人们前进的方向。总之，这是一本跨越时代的著作，无愧于“伟大的思想”这一名号。

翻译质量的高低从根本上取决于译者对于目标语的理解和对于母语的驾驭。以己昏昏，使人昭昭是万万行不通的。所以我们千万要警惕有人以某种不伦不类的、磕磕绊绊的、与原文貌合神离的译文来冒充所谓的“忠实于原文”。真正的“忠实于原文”是对于原文精神实质的深刻理解和以母语进行的流畅表达。它不能对原文进行阉割、遗漏、肢解和篡改，也不能打着“忠实”的幌子使得原本优美的原文变得味同嚼蜡，甚至于一团乱麻。这是本次翻译《民族主义》的一点个人体会，谨供读者参考。

日本的民族主义

I

对人们最残酷的奴役形式莫过于使其垂头丧气，因为这样就可以让他们在失去自信之中戴上绝望的枷锁。有人一遍又一遍地，有理有据地告诉我们，亚洲仍然活在过去——它就如同一座奢华的陵墓，以其庄严而华美的外表诉说着逝者的永垂不朽。他们说亚洲永远都不会走上进步的道路，因为它总是将视线投向过去。我们接受了这一指责，并且信以为真。据我所知，在印度有相当一部分受过教育的人们对这种指责所带来的羞辱感到厌倦，他们正试图调动一切可能调动的、自欺欺人的资源，努力将这一指责转变成某种可以自我吹嘘的事情。然而吹嘘只会掩盖羞耻，却并不能真正地说服自己。

就在这一切如此静止不动的时候，就在我们亚洲各国进入到一种恍恍惚惚的状态，认为任何的改变都不可能再发生的时候，日本从她的梦境中苏醒过来。她昂首阔步，将几百年来的无所作为甩在身后，并且以其卓越的成就站在了时代的潮头。这就打破了长久以来将我们陷于困境的魔咒——正是这一魔咒让我们相信，生活在某些地域内的某些种族的麻木不仁是理所当然的。然而我们却忘记了，伟大的王朝曾经在亚洲肇始，哲学、科学、艺术以及文学曾经在这里盛极一时，而世界上所有伟大的宗教都曾经在这里孕育。所以，我们不能说在亚洲的土壤和空气中有什么固有的东西会使我们的头脑变得迟钝，会使我们奋进的能力变得萎靡。几百年来，当西方在黑暗中昏昏欲睡的时候，我们东方人的确擎起了文明的火炬，而这一切都是我们并非思想懒惰或视野狭窄的明证。

然而漆黑的夜幕却降临在了东方的土地。时间的洪流戛然而止。亚洲似乎停止了进食新鲜的食物，转而靠咀嚼自己的过去维持生计——这是名副其实的自给自足。沉寂如死亡一般，那曾经传递过永恒真理的伟大声音也寂静了下来。正是这永恒的真理将人类从累世的污秽中拯救出来，就如同新鲜的、流动的空气不断涤荡着人世的罪恶，给人类送来甜美的祝福。

然而此时，生命似乎开始了休眠，进入到一种无所作为的状态——它静止不动，不思茶饭，完全靠过去的储备苟延残喘。它变得无能为力，肌肉松弛，并且因为不省人事而饱受讥讽。但是，在生命的律动中，此时的暂停一定预示着将来的重生。活动中的生命在不断地消耗着自身的能量。而这种挥霍无度并非长久之计，总有一天，生命将会奄奄一息，所有的付出都会停止，所有的冒险都将放弃，取而代之的将是休息和缓慢的恢复。

头脑的脾性总是倾向于走捷径：它热衷于形成习惯并且沿着已有的车辙前行，从而避免了每走一步都要重新思考的麻烦。思维定式一旦形成就会使头脑变得懒惰。它会惧怕在新的努力和尝试中失去已经占有的东西。它会在习惯的堡垒后面储藏自己的财产，以确保万无一失。然而，这其实是将它自身禁锢起来，从而不可能享有自己的全部财产。这是吝啬。有生命力的头脑一定不能将其自身与发展变化中的生活相隔绝。它们真正的自由并不会被圈在安全的藩篱后面，而是走在探索的大路上，尝试着各种新鲜的刺激和冒险。

早上醒来，整个世界都惊异地发现，日本已经在一夜之间冲破了重重旧习的包围，带着胜利的喜悦站立了起来。这一切都在令人难以置信的瞬间完成，就好像换了件衣服那样轻而易举，而不像是建造了一幢新的建筑。日本展现出了成熟的自信和一个新生命所特有的鲜活以及无限的潜能。人们担心，日本的崛起只不过是历史的偶然错误，是孩子式的游戏——就如同吹起的肥皂泡，带着完美的弧形曲线和绚丽的色彩，内心却是空空如也。但是日本已经毫无疑问地证明了，她力量的突然迸发并不是昙花一现，并不是岁月潮汐的偶然产物——从某个昏暗幽冥的深处翻卷而起，瞬间又被冲进了遗忘之海。

事实是，日本既古老又年轻。她拥有东方的、古老的文化传承——这一文化要求人们在自己的灵魂深处寻求真正的财富和力量；要求人们在面对挫折和危险时泰然自若，勇于牺牲自我而不计成本和回报；要求人们蔑视死亡，接受不可胜数的、我们作为人所应当履行的社会责任。一句话，现代的日本从历史悠久的东方脱颖而出，就如同一束莲花般优雅地绽放，而同时又牢牢地植根于脚下这片沃土。

日本，这个古老东方的孩子，已经无所畏惧地获取了所有现代社会所具有的禀赋。她毅然决然地冲破了积习的束缚，抛弃了懒惰头脑中的废物——这懒惰的头脑在其自身所设定的捷径和作茧自缚中才能找到安全感。由此，她已经顺应了时代的潮流，并且热切地、聪慧地承担起了现代文明的责任。

这就是日本给亚洲各国树立起的精神样板。我们已经看到了自身所具有的生命和力量；我们要做的就是要去除掉身上的死痂。我们已经看到了在逝者的庇护之下只会是死路一条，只有毫无保留地冒生命之险才会获得新生。

就我个人而言，我不相信日本通过模仿西方就可以变成今天的样子。我们不可能模仿生命，也不可能长时间地冒充强大。不仅如此，单纯的模仿只会产生虚弱，因为它束缚了我们的天性，阻断了我们的进步。它就像是在我们的骨架上套上了别人的皮肤，自此以后，只要我们稍有动作，皮肤和骨骼之间便会产生无休止的争斗。

事实上，科学并非人的本性，科学是通过学习知识和接受训练获得的。仅仅知道物质世界的法则并不能改变你的更深层次的人性。你可以从旁人那里学会知识，却不可能从他们那里学会性情。

但是，当我们还处在接受教育的模仿阶段的时候，我们并不能区分哪些是基本的要素，哪些是非基本的；哪些是能学会的，哪些是学不会的。这就有点像原始人所相信的，某些外部表象的偶发事件所具有的魔力——尽管这些偶发事件往往与某些真理相伴而生。于是我们便担心如果不将果壳连同果仁一同吞掉的话，那么就有可能遗漏掉一些有价值和可受用的东西。然而，即便是我们的贪欲对于大量的占有感到洋洋自得，我们的生命本性也会去消化吸收——对于一个生命体来说，只有这种占有才是真正的占有。只要有生命，它就会根据其自身所固有的需要来决定取舍。生命体不会随着其食物的样子而改变模样；相反，它会将食物消化吸收为其身体的一部分。唯有如此，它才能茁壮成长，而不是简单的占有，抑或是放弃自己的个性。

日本已经从西方引进了食物，而非生死攸关的本性。她一定不能在从西方那里获得的科学装备中迷失自我，从而变成一部单纯的、借来的机器。日本有自己的灵魂，而这一灵魂一定要支配她的所有诉求。日本所表现出来的健康活力充分地证明了，她有能力这样做，她的消化吸收过程正在进行中。我真诚地希望日本永远都不要在炫耀学习西方的成果时失去对自己灵魂的信仰。因为这种炫耀本身就如同羞辱，最终会导致贫穷和虚弱。只有招摇过市的纨绔子弟才会把钱都花在自己的新头饰上面，而不是去丰富自己的头脑。

整个世界都在等着瞧，这个伟大的东方民族会怎样地利用她从现代社会的手中所接受的机遇和责任。如果只是单纯地效仿西方，那么她将会令大家的殷切期望化为泡影。因为迄今为止，西方文明在世人面前所暴露出的严重问题仍未得到圆满的解答。比如，个人和国家间的矛盾，劳资矛盾，男人和女人间的矛盾；人们对于物质的贪欲和对于精神生活的追求之间的矛盾，各个民族不约而同的自私自利与对于人性崇高理想的追求之间的矛盾；庞大的商业和国家组织所带来的、林林总总的丑恶现象与人类所具有的朴素、美和休闲的天然本性之间的矛盾，等等——所有这一切的矛盾都有待于以某种迄今仍未想见的方式加以调和。

我们看到，人类文明的洪流正因为它不可胜数的支流所携带冲刷下来的垃圾废物而变得病入膏肓。我们看到，尽管它吹嘘自己是如何地热爱人类，然而事实上它已然变成了人类的最大威胁，相比人类早期历史上所遭受的、游牧野蛮民族的突然入侵所带来的伤害还要大得多。我们看到，尽管它吹嘘自己热爱自由，然而事实上它比过去任何社会的、任何奴隶制的形式都要糟糕——它的奴役的锁链牢不可破，因为它要么无影无形，要么假借自由的名义显身。我们看到，在它恶毒的、肮脏污秽的魔咒之下，人类失去了对于所有那些曾经使他们变得伟大的、英雄史诗般的人生理想的信仰。

因此，你们不能草率地接受现代文明的所有脾性、方法和结构，并且认为它们都理所当然。你们一定要将自己的思想、自己的精神力量、自己对于朴素的热爱、自己所认可的社会责任等等，融入其中，从而为这台巨大的、笨拙的进步之车开辟出一条崭新的道路，去除掉它在前进的过程中发出的刺耳尖叫。这台车每前进一步都会对人类的生命和自由造成巨大的牺牲，而你们一定要把这牺牲降到最低。多少世代以来，你们都以自己独特的方式进行着感知、思考和工作；你们享受着生活、崇拜着神明；而这些都不要弃之如敝屣。它存在于你们的血液中、你们的骨髓里、你们的肌理中、你们的脑袋里；它一定会在你们浑然不知当中改变你们所接触到的一切，甚至非你所愿。一旦你们真正圆满地解决了人类的问题，你们就会获得自己的生命哲学，并且逐步形成你们自己的生活艺术。你们必须将这一切运用到现实的条件当中，由此，新的创造就会产生出来，而不仅仅是重蹈覆辙——这一创造将属于你们人民的灵魂所有，并且你们可以自豪地将其作为对于人类福祉的贡品敬献给全世界。在所有的亚洲国家当中，只有你们日本有条件可以自由地依据你们的天赋和需求来使用从西方那里获得的物质财富。因此，你们的责任就更为重大，因为正是通过你们的声音，亚洲才得以对欧洲摆到人类会议桌上的诸多问题作出解答。在你们的土地上，实验将会进行下去。东方将会通过这一实验改变现代文明的面貌，以人类的心灵替代冷漠的功利——它对于权力和成功斤斤计较，却对和谐的成长、真理以及美丽视而不见、听而不闻。

我非常乐意同你们一起回味过去的时光。那时，整个东亚，从缅甸到日本，都以最亲密的友谊作为纽带与印度紧密地联系在一起。那友谊是存在于民族间的、唯一的自然纽带。它是心有灵犀的，是一套使得人性中反映最深层次需要的信息在我们之间可以自由传递的神经系统。那时，我们彼此并不惧怕对方；我们不需要武装自己以求相互制约；我们之间的关系不是建立在自私自利、剥削和掠夺彼此财富的基础之上；我们交流思想和理念，互换最崇高的爱的礼物；语言和风俗的迥异并没有阻碍我们彼此心心相印；没有什么身体或是精神层面的、种族的优越感或是傲慢无礼伤害我们之间的关系；我们的文学和艺术在这紧密团结在一起的、心灵的阳光普照下生叶开花，同时，生活在不同地域、操着不同语言、有着不同历史的各个种族都认同人类、最崇高的团结和最亲密的爱的纽带。我们难道不记得了吗？在那些充满和平和善意的、人们团结一致为生命的最高目标而奋斗的过去的时光里，你们的天性，依靠自身所具有的不朽的膏油，帮助你们的人民在新的时代获得了重生，帮助你们的人民摆脱了旧体制的束缚并且换上一副新的、年轻的皮囊，帮助你们的人民从这个世界前所未见的、最伟大的、革命的震荡中走出来而毫发无伤。

从欧洲的土地上萌芽，并且像多产的杂草一样在全世界蔓延开来的政治文明是建立在排他性的基础之上的。它总是虎视眈眈地拒“外人”于千里之外，或是干脆消灭他们。它嗜血成性，同类相残；它吞噬掉其他民族的资源并且试图毁灭他们的未来；它唯恐其他的种族获得成功——用它的话来说叫作危险；它试图在自己的边界之外扼杀一切伟大的事物；它压制其他赢弱的种族，希望它们永远赢弱。在这种政治文明大行其道之前，在它张开血盆大口吞噬掉地球上的各个大洲之前，我们有过战争、掠夺、王权的更迭以及由此引起的悲惨境遇。但是，我们从未见过如此可怕和绝望的贪婪，如此大规模的国家间的奴役，如此将大部分的世界绞成肉馅的庞大机器，如此恐怖的嫉妒——它张开丑恶的爪牙，随时准备将对方开膛破肚、剖腹挖心。这一政治文明是科学的而非人性的。它强大有力，因为它为达目的而孤注一掷，就像一位百万富翁为了攫取钱财宁可出卖灵魂。它背信弃义，并且厚颜无耻地编织谎言的罗网；它在自己的庙宇中供奉着巨大的贪婪偶像，并且以其奢华的膜拜仪式为傲——它称之为爱国主义。我敢保证，这一所谓的政治文明不可能长久地维系下去，因为在这个世界上还有道德的律法。它适用于个人，也同样适用于人类有组织的群体。没有人可以一方面以个人的名义享受这些道德律法所带来的好处，而另一方面却以国家的名义违背这些律法。这种公然的对于道德理想的腐蚀会慢慢地影响到每个社会成员，逐渐地在人们看不到的地方滋生虚弱，从而引起人们对于人性当中所有神圣东西的怀疑，这种怀疑正是人类衰老的病症。你们一定要记住，这一政治文明，这一爱国主义的信条还没有接受长期的考验。古希腊的明灯在其最初点燃之地已经熄灭；古罗马的权杖已经死去，并被掩埋在了它那广阔帝国的废墟之下。但是文明，其植根于社会和人类的精神理想，在中国和印度仍然拥有着生命。尽管以现代的、机械功率的标准来衡量，它可能略显虚弱和渺小，然而，它就如同细小的种子一样，仍然蕴藏着生命。一旦时机成熟，上天播撒下仁慈的雨露，它就会发芽、成长；它就会抽出仁爱的枝条，并且开花结果。但是，权力的摩天大厦一旦坍塌，贪婪的机器一旦破碎，即便是上帝的甘露也不会使其获得新生；因为它们本身不是生命，而是作为一个整体与生命对抗——它们是在对抗永恒真理之后所留下的支离破碎的残骸。

然而，我们却受到这样的指责：你们东方所珍爱的理想是静止的；它们没有前进的动力，也没有开拓新知识和才能的前景；作为东方诸多老朽文明支柱的哲学体系轻视所有外在的证据，对其主观的臆断麻木不仁且自鸣得意。这一指责证明了，当我们对知识的掌握含混不清的时候，我们就会倾向于指责作为客体的知识本身是含混不清的。对于西方的观察家来说，我们的文明看上去都是玄学，这就如同对一个聋子来说，弹钢琴不过是手指的运动而不是什么音乐。他不会相信我们的制度建立在某种已经发现的、深刻的现实基础之上。

不幸的是，所有现实的证据都还在实现的过程当中。而你只会根据亲眼所见的事实来判断场面的真实性，所以对我们来说，想要向某个怀疑我们文明的人作出解释绝非易事。但我还是要说，我们的文明并非一个由抽象的推论构成的混沌体系，它已经得出了某种不容置疑的真理——这种真理能够为人类的心灵提供庇护和滋养。我们的文明已经催生了一种内在的直觉——一种直觉的洞察力，一种在一切有限的事物中看到无限实情的洞察力。

但是那个人会说："你们没有取得什么进步；你们根本就没动弹。"这时候我会问他："你怎么知道我们没有进步呢？判断事物进步与否要看它的目标是什么。一列火车开到了终点算是进步了——它确实移动了位置。但是对于一棵已经长成的大树来说，它是不会像那列火车一样有确切的移动的；它的成长进步是生命内在的成长。它活着，带着对阳光的渴望——这渴望刺痛着它的叶片，在它寂静的树液中缓缓地流淌。"

我们也已经存活了几个世纪了；我们仍然活着，

并且渴望着获得一个不断得以实现的现实——这一现实超越了死亡，并且赋予它意义；这一现实脱离了所有生活中的罪恶，并且给它带来和平与纯洁，以及欢愉的、对于自我的摒弃。这种现实是内心生活的产物，它是有生命的。当一个年轻人拖着满是灰尘的、疲倦的身躯回到家中的时候，当一个士兵战斗负伤的时候，当你的财富付之流水而自尊心遭受打击的时候，当一个人的心灵在浩繁的事实面前渴求真理，在彼此矛盾的诉求中期盼和谐的时候，你就需要它了。它的价值并不体现于物质财富的增长，而是体现在精神上的满足。

有些事物是不能等待的。如果你要战斗，或是想要在市场中占据有利的位置，你就必须冲过去，跑过去，或是急行军走过去。你绷紧了神经，时刻准备着捕捉到那些稍纵即逝的机遇。但是有些理想并不会跟我们的生活玩捉迷藏的游戏；他们从种子到花朵，从花朵到果实，缓慢地生长；他们要求得到无限的空间和天堂的光辉从而变得成熟，而且他们所结出的果实能够禁得住经年的摧残和漠视。东方，带着她的理想，怀抱着数个世纪的阳光和寂寞的星辰，能够耐心地等待——直到有一天，为了权宜之计而手忙脚乱的西方气喘吁吁，停下脚步。欧洲，在匆匆忙忙赶赴约会的疾驰中，会轻蔑地向车窗外田野中的收割者瞟上几眼。此时她陶醉于自己的一路狂飙，难免会认为那个收割者的动作是多么的迟缓，并且总是在不断地倒退。然而狂飙走到了尽头，约会也失去了意义，而且饥饿的心灵吵闹着索要食物。直到最后，她终于来到行动迟缓的、在骄阳下忙碌着的收割者的身旁。因为，如果说公务不能等待，或是说做买卖不能等待，抑或是说对于新鲜刺激急不可待，那么爱是可以等待的，美是可以等待的，遭受苦难所获得的智慧、耐心奉献所收获的果实、纯粹的信仰所带来的谦卑和温和是可以等待的。因此，东方一定会等到属于她的时代的来临。

我会毫不犹豫地承认欧洲的伟大之处，因为她的伟大是毋庸置疑的。我们会情不自禁地、全心全意地热爱她，并且满怀羡慕之情地向她致以最崇高的敬意——因为亘古以来，在文学和艺术方面，欧洲就以其美和真理的永不枯竭的瀑布流水灌溉滋养着所有的国家；因为欧洲正在以其强大无比且不知疲倦的心智席卷着全宇宙的峰峦和深渊，人们对她无所不包且渊博无比的知识推崇备至，而且正在将其伟大的学识和心智应用于救死扶伤，减轻人们的痛苦——而到目前为止，我们都还在心甘情愿地、无计可施地承受着这些苦难；因为欧洲正使得我们脚下的这片土地孕育出多得超乎人们想象的果实，她正将自然的伟大力量玩弄于股掌之间使其为人类服务。如此伟大的成就必然有其精神的推动力。因为只有人类的精神才能对抗所有的桎梏，才能对自身的最终成功抱有信仰；它将搜索的目光抛向远方、洞穿迷雾，它满心欢喜地以身赴死，为的是达到它在今生所不能达到的目标，它接受失败却从不放弃。在欧洲的心灵深处流淌着最为纯净的爱的血液，那是对于正义的爱，充满为了更高理想而自我牺牲的精神。数百年来的基督教文化已经在她的生命深处沉积下来。在欧洲，我们见到过那些置肤色和信仰于不顾，为了维护人权挺身而出的义士；他们勇敢地面对来自自己一方的各种流言蜚语甚至谩骂攻击，为了仁爱的理想而战斗，为了反对疯狂的穷兵黩武，为了反对有时控制了整个民族的、要求进行野蛮的报复和掠夺的狂暴情绪而振臂一呼；他们随时准备为自己的民族在过去所犯下的错误进行补救，并且徒劳地想要截住怯懦的、非正义的洪水，而这洪水正因为来自受害者一方软弱无力、不痛不痒的抵抗而四处奔流。在现代的欧洲，确有这样一些游侠，他们还没有丢掉自己的信仰；他们信仰无私的、对于自由的热爱，信仰超越地理边界或是国家私利的理想。这些人证明了，在欧洲，永世长流的水的源头还没有枯干，而正是在那里她将一遍又一遍地获得新生。而在另外一些地方，欧洲正在有意识地忙于积累自己的力量，违背并且嘲笑着自己内心的天性；她正在将自己的邪恶堆积得高耸入云，吵闹着要得到上天的惩罚，并且将自己灵魂和肉体的丑恶嘴脸传染给整个地球——用她无情的商业肆意地凌辱着人们对于美和善的良知。当欧洲的脸庞转向其人性的一面时她是多么的仁慈啊，而当她的脸庞转向自己利益一方的时候她又是多么的恶毒啊——她会竭尽所能达到目的，而这些目的却与人类的无限和永恒的目标背道而驰。

东亚一直在沿着自己的道路前行。她形成了自己的文明——这是一种社会的而非政治的文明；它不是一种掠夺性的、拥有机械效能的文明，而是一种精神的文明；它建立在人性所具有的、全部的、各种各样的、深层次关系的基础之上。各族人民生活当中的问题的解决方案都来自于远离尘嚣的苦思冥想，并且在丝毫没有受到王朝更迭和外敌入侵干扰的情况下，超然地付诸实施。但是现在，外面的世界突然降临，要想远离尘嚣再也不可能了。然而，我们一定不要为此而感到遗憾，这就像一株植物，永远都不要因为其播种期的隐伏状态被打破而感到遗憾一样。现在是我们应当把世界的问题当作自己的问题的时候了；我们必须把文明的精神与世界上所有民族的历史相调和；我们一定不要以一种愚蠢的、高傲的姿态，将自己封闭在曾经保护并且孕育我们理想的谷壳和地壳里；因为这些谷壳和地壳一定会被打破，唯其如此，生机勃勃的美丽生命才会喷涌而出，将礼物奉献给这个阳光灿烂的世界。

在此项冲破藩篱面对世界的任务中，日本已经代表东方第一个站了起来。她已经将希望注满了全亚洲的心灵。这种希望提供了隐藏的火种，而这火种正是一切创造性工作所必需的。现在亚洲感到，她必须以有生命力的成就证明自己的生命；她不应当再被动地休眠，或是以恐惧和献媚的蠢态虚弱地模仿西方。由此，我们要感谢这个太阳升起的国度，并且郑重地要求她记住自己所要完成的东方使命。她应当将更为完整的人性的活力注入到现代文明的心脏中去。她一定不要允许有害的灌木将它窒息；而要引领它向上，直达阳光和自由，直达纯净的空气和广阔的天际。在那里，每当黎明和黑暗来临的时候，它都能接收到上天的启迪。让日本的伟大理想昭示于世人吧，就如同她高高耸立的富士山山顶上的白雪一样，让所有地方的人们都看到——它卓尔不群，有美艳处女一般曼妙的身姿，而同时又坚定强壮，恬静庄严。

II

我曾经游历过很多国家，见到过各色人等；然而在我的游历当中，却从来没有见到过像在这片土地上存在着的、如此特殊的人性。在其他伟大的国家，人们的权力会凸显出来，而我也见到过庞大的组织机构，他们在各个方面都富有效率。在那些国家，服装、家具、奢华的招待等等方面的铺张炫耀程度让人咂舌。他们似乎要让你自惭形秽，就像是一个闯入盛宴的、不名一文的不速之客一样；他们善于让你感到羡慕或是大吃一惊。在那里，你不会感到作为一个人的至高无上；相反你会感到被抛到了一堆光怪陆离的物品堆中。但是在日本，给人最深印象的东西不是权力或是财富的炫耀。你所到之处能看到的，大都是爱和赞赏，而不是野心和贪婪。你所看到的是这样一个民族：她的心灵已经释放了出来，并且大量地体现在了其最常见的日常用品中、社会制度里、温文尔雅的举止上，以及它优雅而练达的处事方式等方面。

日本留给我最深的印象是你们已经认识到了自然的秘密，不是通过科学分析的方法，而是通过你们的同情心。你们已经获知了她的种种姿态所代表的语言，她的缤纷色彩所奏响的音乐，她的不规则中的对称，她的自由运动中的韵律；你们已经看到了她是如何统领庞大的物质群体而避免摩擦的，她的造物间的矛盾是如何转化为舞蹈和音乐的形式爆发的，她的生机勃勃是如何地充满了自我抛弃，而不仅仅是肆意的展示。你们已经发现，自然以美的形式储存了自己的力量；这种美，就如同母亲一样，用胸怀哺育着所有巨大的力量，并让它们充满生机，而自己却恬静安详。你们已经知道，自然的能量通过其完美的节奏使其自身免于枯竭，而同时，以其温柔的曲线带走了世间的疲劳。我感到你们已经能够将这些秘密融入到你们的生命当中去，而且那世间万物当中所蕴含的真理已经走入了你们的灵魂。对于事物表面知识的获取用不着花很长的时间，然而对于它们精神实质的掌握则需要数个世纪的训练和自我约束。同自然和谐地融为一体要比从表面上控制她困难得多，然而唯其如此才能叫作真正的智慧。你们的种族已经表现出了如此的智慧，不是通过获取，而是通过创造；不是通过物品的展示，而是通过它的内在本质向外透露。所有的民族都有这种创造性的力量；而这种力量，在抓住人类的本性并且根据它的理想赋予它某种形式方面也总是跃跃欲试。但在这里，在日本，这一力量似乎已经取得了成功，并且深深地进入到了所有人的头脑中，渗透到了他们的肌肉和神经里。你们的本能已经变得真实，感官变得敏锐，而且你们的手已经获得了自然的技巧。欧洲的智慧给予了她的人民以组织的力量，这一点主要表现在政治、商业以及科学知识的统筹等方面。日本的智慧不仅让你们看到了自然的美，而且给了你们可以使得它在生活中得以实现的力量。

所有特定的文明都是对某些特定人类经验的解读。欧洲似乎已经强烈地感受到宇宙中各种事物间的矛盾冲突，而这些矛盾冲突只有通过征服的手段才能将其置于控制之下。因此，欧洲总是准备战斗，而且她大部分的精力都集中到了对于力量的组织上面。但是日本感到，在她的世界里，有某种神灵的存在，而它则唤起了她灵魂深处某种虔诚的崇拜。日本并不吹嘘对于自然的掌控，而是带着无与伦比的关心和快乐，带给自然以爱的奉献。日本与外部世界的关系是深层次的心灵的交汇。她已经与本国的群山、海洋、溪流，以及繁花似锦、枝繁叶茂的森林结成了爱的精神纽带；她已经对林地的沙沙低语和叹息、波浪的呜咽和抽泣敞开了心扉；她已经研究了太阳和月亮全部阴晴圆缺的变化，并且会高兴地关门歇业，以便迎接其果园、花园和麦田里的收获季节。这种对于外部世界的灵魂敞开心扉的状态并不仅仅局限在你们上层社会的小圈子里；它并不是外来文化强加给你们的东西，相反，它属于你们的全体人民——男人和女人。你们灵魂的这种与外部世界的某个神灵相交汇的经历体现在了你们的文明之中。这是一种人际关系的文明。你们对于国家所担负的责任自然而然地呈现出了如同子女孝敬父母那样的特点；由此，你们的国家就像一个家庭，而天皇则是你们的家长。你们国家的团结并非来自出于防御或是进攻目的而诉诸武力时所结成的同盟，也不是来自为了使得每个人都分得赃物而不得不将他们置身险境进行冒险的劫掠时所形成的团伙。它不是为了某个秘而不宣的目的而被迫组织起来的结果，而是一种家庭关系的延续和一种在广阔的时空范围内所形成的心灵的契约。你们文化的核心是“慈爱”

(maitri : loving kindness)——以一颗慈爱的心对待他人，以一颗慈爱的心对待自然。这种爱是通过一种美的语言的形式加以传达的，而这种美的语言在这个国家随处可见。这就是为什么，像我这样的陌生人不会在这些美的化身和爱的造化面前感到嫉妒和屈辱，相反会愿意分享这种展示人类心灵时所带来的快乐和光荣。

这使得我更为担心给日本文明带来威胁的变化，因为这一变化就如同套在某个人身上的枷锁一样。由于现代社会所具有的巨大的同一性——它唯一的、共同的纽带就是利益，世界上没有哪个国家像日本这样，可怜巴巴地将尊严和有节制的美所隐藏的力量暴露在了这种同一性之下。

但是危险就在这里——有组织的丑恶侵袭着人们的头脑，靠着它庞大的体量和咄咄逼人的气势占据了上风。然而，它嘲讽的对象却是人们心灵深处的情感。它强硬且独断专行；不管你愿不愿意，它都出现在你的面前。它让我们的理智俯首称臣——我们就像野蛮人供奉那些因为看上去丑恶才显得强大的偶像一样，为它的祭坛献上祭品。因此，它与那些谦虚的、深刻的、生命当中微妙而精致的东西之间的竞争是多么令人恐惧啊。

我敢肯定，在日本一定有人对你们所传承下来的理想并不赞同，他们的目标是获取利益而不是自身的成长。他们大肆地吹嘘自己已经使得日本现代化了。如果说一个民族的精神要与时代的精神相和谐的话，那么在这一点上我是同意他们的意见的；不过我还是要告诫他们，现代化不过是现代主义的表象而已，这就像作诗不过是诗歌艺术的表象而已一样。这不过是模仿，不同的是，表象看上去比原本的东西更夸张，同时也更死板。我们必须记住，那些有真正现代精神的人并不需要现代化，这就如同真正勇敢的人靠的并不是嘴上吹牛。现代主义并不是欧洲人的服装；也不是欧洲的孩子们上课并接受训练时所在的某些丑陋的建筑物；也不是一些方形的房子——墙面平直，平行的窗户排列整齐，而欧洲人则住在里面终其一生；当然现代主义也不是欧洲女士们的帽子，上面缀满了毫不搭调的饰物。这些并不“现代”，仅仅是“欧洲”而已。真正的现代主义是自由的思想，而不是被奴役的品位。它是思想和行动的独立，而不是欧洲学校校长们的监护；它是科学，而不是科学在生活当中的错误应用。例如，我们对某位教授科学的老师简单地加以模仿，而他却将科学降格为迷信，荒谬地祈求它帮助实现所有不可能完成的目标。

单纯依靠科学来生活对于一些人是有吸引力的，因为这种生活具备所有游乐活动的特点；它假装严肃，然而并不深刻。如果你出去狩猎，那么你的同情心则越少越好；因为你唯一目的就是追逐并杀死猎物，并因此感到自己是更为伟大的动物，感到自己的猎杀方法是严密和科学的。科学的生活是一种肤浅的生活。它以技巧和完善的方法追求成功，然而对于更高层次的、人的天性则不予理会。有些头脑简单的人把生活规划得就好像是狩猎一样，他们的理想就是成为成功的猎手；然而这些睡在骷髅所制成的奖杯堆中的人是迟早会被噩梦惊醒的。

我从来都主张日本应当获得进行自我保护的现代武器。但是这种行动不要超过她进行自我防御的需求。她一定要明白，真正的力量并不在于武器本身，而是在于使用武器的人；如果有谁急切地渴望权力，并且以他的灵魂为代价扩充军力，那么他的处境就会比他的敌人更加危险。

所有有生命的东西都容易受到伤害；因此，他们要求得到保护。在自然界，生命体通过它自身的材料所制成的外壳保护自己。所以这些外壳与生命的成长是相互协调的，否则的话，时间一到，他们就会轻易地垮掉并被遗忘。人类的真正保护来自于他的精神理想——它与人类的生命休戚相关并且一同成长。然而不幸的是，所有人类的铠甲都是没有生命的——有的是钢铁制成的，行动不便且机械呆板。因此，在利用这些铠甲的同时，人类还需小心保护他自身不被铠甲所控制。如果他灵魂虚弱，不得不削足适履而穿上这件铠甲的话，那么他灵魂的萎缩则无异于慢性自杀。日本自己，一定要坚定地信仰道德的生存法则，相信西方各国正走在通往自杀的道路上；因为在那里，他们正在以各种组织的巨大重量压抑并且窒息着自己的人性，为的是让自己大权在握，同时让他人俯首称臣。

日本的危险并不在于模仿西方的外部特征，而是在于她接受西方民族主义的动机并且为己所用。日本的社会理想在其政治的操控下已经显现出了失败的迹象。我可以看到她从科学那里借鉴来的座右铭："适者生存"，就赫然地挂在她当代历史的大门上。这个座右铭的意思就是，"照顾好你自己，永远不要管会给别人带来什么损失"——这是瞎子的座右铭，因为他们看不到东西，所以只相信自己的触觉。但是明眼人一看便知，人与人之间紧密相连，你攻击了别人也必会遭到别人的反戈一击。道德的律法是人类最伟大的发现，它发现了这样一条奇妙的真理——以人为鉴可以明得失。这一真理不但具有主观的价值，而且在我们生活的方方面面都有体现。那些不懈地将对道德的无视奉为爱国主义的圭臬的国家一定会暴毙而终。在历史上，我们曾见过多次的外敌入侵，但是他们从来都没有深深地触动过人民的灵魂。这些侵略不过是个人野心膨胀的结果而已。人民并不会为那些冒险行动卑鄙可耻的一面负责任；相反，他们自身会从这些冒险行动所具有的英雄和人性的方面受益匪浅。由此，他们培养了坚定不移的忠诚，对于所肩负的责任的全身心投入，完全的自我牺牲的勇气，以及面对死亡和危险时所表现出的大无畏精神。因此，位于人民心中的理想并不会由于某个国王或是将军所采取的政策而发生剧烈的变化。但是现在，西方民族主义的精神却大行其道：全体人民从小就接受想尽一切办法鼓动仇恨和野心的教育。人们编造历史上的、片面的真理和谎言；人们不断地丑化其他的种族和文化；人们经常错误地建造大事件的纪念碑，从而不断地鼓吹邻国和其他国家对于自己所造成的罪恶的威胁，然而事实上，出于人性的原因，这些所谓的大事本应当被快速地遗忘。这样做无异于毒害我们人性的本源，是在败坏我们与生俱来的、最伟大和最美好的理想。它是在将无与伦比的自私自利作为一种普世的宗教，提供给世界各国来朝拜。我们可以从科学的手中获取各种各样的东西，而唯独不能索取这颗将置道义于死地的仙丹妙药。永远都不要认为，我们给其他种族造成的痛苦不会落到自己的头上，或是我们在自家房前屋后种下的仇恨会像一堵围墙一样保护我们的永世平安。以某种变态的、唯我独尊的虚荣心为整个民众洗脑；教育他们以自己道德上的冷漠和攫取的不义之财为荣；通过展出在战争中所缴获的战利品以达到对战败国家永远的羞辱，并且在学校里面展出这些东西以培养孩子们对于其他国家的蔑视等等，上面所说的这些所作所为，都是在模仿带着溃烂脓疮的西方——是疾病对于生命力的吞噬造成了它的肿胀。

我们赖以生存的粮食作物是历经数百年的选择和培育才形成的。然而我们并不食用的植物则并不需要数代人的耐心照料。除去杂草并不是件容易的事情；但是，如果疏忽大意，那么毁掉我们的粮食作物，让它们回复到最初的野生状态，则是件轻而易举的事。文化也与此类似，它竭力地适应了你们这里的土壤——它与生活息息相关且通达人情。所以它在过去的时代需要我们进行耕耘和除草，现在同样需要我们的悉心照料。单纯的现代事物，例如科学和组织的方法，是可以移植的；但是攸关生死的人性的东西一旦被从其生长的土壤中移除则会死掉，因为它的纤维极为脆弱，根须不可胜数且交错纵横。因此，我为西方的政治理想所强加到你们原有的政治理想上所造成的压力而感到担忧。在政治文明中，国家是一个抽象的概念，而人与人之间的关系则是功利的。因为这样的政治文明并不是植根于情感，所以它易于操控却险象环生。半个世纪的时间对于你们来说已经足够来驾驭这台机器了；你们当中有些人对于它的喜爱超过了对于与你们的国家同时降生并且历经数百年培育而成的生命理想的热爱。这就像一个孩子，在他玩得兴起的时候，竟然会觉得自己对于玩物的喜爱超过了对于母亲的爱。

人们通常并不能意识到自己的伟大之处。你们的文明，它的主要推动力来自于人际关系的纽带，是在没有受到鬼鬼祟祟的自我分析的影响下，在健康生活的沃土中孕育成长起来的。但是单纯的政治关系是完全自觉的；它是一种富于侵略性的突然喷发的火焰。它靠突然的喷发引起你们的注意。现在是时候了，你们大家应当认识到自己赖以生存的真理是什么，而不再任人摆布却浑然不知。过去，是上帝赐予你们的礼物；而现在，你们必须作出自己的选择。

所以你们要向自己提出以下这些疑问：“我们是否错误地认识了世界，并且把与世界的关系建立在了对于人类本性一无所知的基础之上了呢？西方将她的国家福祉置于对于人性普遍不信任的藩篱的保护之下，这种做法可取吗？”

你们一定已经察觉了，无论何时，西方在讨论某个东方民族可能的崛起时，她的口吻中便充满了强烈的恐惧。之所以会这样，是因为西方所赖以发迹的力量是一种邪恶的力量；只有将这种力量据为己有她才会感到安全，而令其他的国家颤抖。现在欧洲文明的主要野心就是排他性地占有这一魔鬼。她所有的军事力量和外交手段都服务于这一目的。但是这种花费不菲的、为罪恶的神灵招魂而举行的奢华仪式正将她由繁荣引向了灾难的边缘。西方所释放到这个世界上的恐怖的仇恨，反过头来威胁到了她自身，并且驱使她实行越来越多的残暴政策；这使得她惶惶不可终日，并且除了自己给别国带来的，而最终又回报到自身的灾难以外，忘记了一切。欧洲牺牲其他的国家作为祭品，以敬献给这尊政治的魔鬼。只要其他国家的尸身还算新鲜，她便以其为食并且吃得腰滚肚圆——但是尸体最终一定会烂掉的，而死者的复仇方式就是将污染传到四面八方，从而毒害进食者的生命。日本拥有所有人性的财富，她的英雄主义和美的和谐统一，她的深深的自我克制和丰富的自我表现；然而，若不是她证明了，撒旦的猎犬不仅可以在欧洲的狗窝里繁育，同样也可以在日本得以生养并且以人类的苦难为食的话，那么西方各国是不会对她表示尊重的。只有当日本也获取了，只要她愿意就可以随时打开的，将地狱的烈火烧遍美好人间的灾难之门的钥匙的时候，只有当世界走向毁灭，而日本也能够随着他们的节拍与之一起大跳抢劫、谋杀、奸淫无辜妇女的魔鬼的舞蹈的时候，他们才会承认日本与自己拥有同等的地位。我们知道，在人类早期道德观念还不成熟的时候，他只会因为害怕上帝的恶毒手段而对其感到敬畏。但是，我们可以自豪地仰望这一人类的理想吗？在我们的文明发展了数百年之后，各个国家就像夜间潜行的野兽一样彼此惧怕对方；他们关闭了彼此间好客的大门；只有出于侵略或是防御的目的他们才会联合起来；他们将自己的商业秘密、国家秘密、军事秘密藏在洞穴里；为了获得和平，他们将本不属于自己的肉块投食给了彼此的鹰犬；他们压制想要挣扎着站起来的衰弱的民族；他们用右手给衰弱的民族派发宗教，而同时用左手对他们巧取豪夺——所有这些，有一丝值得我们羡慕的地方吗？我们要向这种民族主义的神灵顶礼膜拜吗？它正在向全世界播撒着恐惧、贪婪和猜疑的种子。它正在散布着无耻的外交谎言。它正在进行着造作的表演，鼓吹自己以促进和平、善意以及全体人类的手足之情为己任。当我们涌进西方的市场，以我们自己的传统来换取这种外国产品的时候，我们的心中就没有产生过怀疑吗？我知道，要了解自己并非易事；一个醉汉会狂怒地否认自己喝醉了；然而，西方正在焦虑地思考着她自身的问题，并且试图加以改变。但是她就如同一只贪婪的饕餮，并不真心想放弃暴饮暴食的习惯，而是天真地希望能够通过吃药来治愈自己消化不良的噩梦。欧洲还不打算放弃她在政治上的不人道，尽管这种不人道体现出了所有人类的低级情欲；她只相信对于制度的修改，而不相信对于心灵的改变。

我们乐意以头脑而不是心灵购买他们用机器制造出来的制度。我们会试用这些制度并且加以完善，但是我们不能将它们供奉在我们的家中或是庙宇里。有的种族会崇拜他们所猎杀的动物；在饥饿的时候，我们可以从他们那里买下肉食，但我们却不能学习他们猎杀动物后的崇拜行为。我们不能以诸如“生意归生意”“战争归战争”“政治归政治”等迷信的说法毒害我们孩子们的思想。我们一定要明白，人类的生意不仅仅是生意，战争不仅仅是战争，而政治也不仅仅是政治。你们日本拥有自己的工业；要想知道你们的工业是多么的诚实和真切，看一看你们的产品就明白了——它们造型优雅而又结实耐用，它们在几乎观察不到的细节的方面也处理得一丝不苟。然而，来自于世界那端的谎言的潮汐已经席卷了你们的大地，在他们那里，生意归生意，而诚实也不过是最好的对策而已。当你们看到商业广告的时候就从来没有感到过羞耻吗？那些商业广告不仅给整个城镇都涂抹上了谎言和夸张，而且还侵入到农民们诚实劳动着的绿色的田野中，侵入到了早晨第一缕清澈的阳光所照射到的山岗上。当谎言和欺骗骄傲地打着贸易、政治和爱国主义的旗号在海外大行其道时，那种不间断的腐蚀会轻易地让我们的荣誉感和敏锐的思想变得迟钝起来，进而使得任何对于他们永久性地侵入我们生活的指责，都会被认为是多愁善感和缺乏男子汉气概的表现。

现在的情况是，子孙后代们积极地编织着谎言，也不会因为从谎言中获得利益而感到羞耻；相反，他们的父辈却是宁死也要信守诺言，他们鄙视靠欺骗以赢取庸俗的利益，在战斗中他们宁可失败也不愿意丧失荣誉。这一切的改变都是因为受到了“现代”这个词的魔力的影响。但是，如果“现代”就是指纯粹的功利的话，那么美可是属于所有时代的；如果“现代”就是指卑鄙的自私自利的话，那么人类的理想可不是什么新鲜的发明。所以我们必须明白，无论“现代”因着方法和机器的缘故，如何擅长削弱人类的劳动能力，它都将不得善终。

然而，当我们试图将自己的思想从欧洲傲慢的声言中解放出来的时候，当我们试图帮助自己从沉迷的泥潭中脱身的时候，我们可能会走向另外一个极端——对于所有西方的东西不作区别地加以怀疑。幻想破灭时的反应与最初幻想产生时的冲动一样的虚幻。我们需要努力达到一种正常的思想状态。在这种状态下，我们可以清楚地看到自身所存在的危险，并且在公正地对待产生危险的源头的前提下，对其加以规避。我们总会自然而然地希望能够以欧洲之道还治欧洲之身，并且以眼还眼、以牙还牙。但是，这种做法本身就是在模仿欧洲的最恶劣的行径之一：她在对待自己所描述的黄、红、棕、黑等等各个种族的人民时的所作所为就是如此。我们曾经以完全轻蔑的态度和残忍来威胁那些属于某一特定宗教、肤色或是社会阶级的人们。在对人性进行攻击这一点上，我们东方人不得不承认自己所犯下的罪行并且承认我们的罪过，即便不是更大，起码也与欧洲人不相上下。我们的弱点是遇到强权就俯首称臣。正是由于我们害怕自己的这个弱点，所以我们才会试图以另外一个弱点来代替它——对西方所取得的成就视而不见。只有当我们真正地了解了欧洲的伟大和善良，才能让我们有效地远离欧洲的卑鄙和贪婪。当面对人类苦难的时候，我们很容易作出不公正的判断——悲观失望是由于一方面崇信理想，而另一方面心智却饱受摧残而造成的。只有当对给信念带来力量的真理失去信心时，当信念遭受了巨大的挫败并且祈盼着自己能够涅槃重生的时候，我们才会对人性感到绝望。我们必须承认西方有这样一个活的灵魂——它悄无声息地与强大的组织机构进行着斗争——正是这些组织机构将男人、女人和儿童压得粉碎；正是这些组织机构的机械的零部件置精神的和人道的律法于不顾。这一灵魂，在与它缺乏自然同情心的种族进行交往的时候，拒绝让自己的触角因为疏忽大意的危险习惯而完全地失去敏锐。如果西方的力量仅仅是如动物或机器一般的力量的话，那么她永远都不可能达到如今的成就。她心中的神性正在由于她双手所带给这个世界的伤害而受到煎熬——也正是从她的这种高尚天性的疼痛中流淌出了神秘的、能够将这些伤害治愈的膏油。她曾经一次又一次地否定自己，并且亲手解开她套在无助的人们身上的锁链；尽管她为了攫取钱财，以武力相逼迫，将毒药强行灌入某个伟大民族的喉咙，可她还是在清醒之后，退出行动，并且再次把双手洗得干干净净。这不时地证明了她还保有隐藏的人性源泉，尽管它看上去似乎已经死掉或是枯竭。这还说明，能够帮助她摆脱如此胆怯而又凶残的行径的本来天性并不是贪婪，而是对于无私理想的尊崇。无论对于我们还是对于欧洲来说，认为欧洲仅仅是通过炫耀自己的力量才使得现代东方诸民族神魂颠倒的说法，都是完全不公正的。欧洲道德本性的光辉穿透加农炮的硝烟和市场上扬起的尘土而大放异彩。她给我们带来了道德自由的理想，这一理想的根基要比社会习俗扎得更深，而且它的活动范围则是世界性的。

东方已经本能地感到，即便是带着厌恶的情绪，自己仍有很多东西要向西方学习。这些要学习的东西不仅仅包括能够产生力量的材料，而且还包括欧洲的内涵，比如人类的心智以及他的道德天性。欧洲一直在教育我们，公序良俗的约束力要高于家庭和宗族的约束力；使得社会免受个人不确定性影响的神圣的法治精神，确保了社会的进步以及对于社会全体成员的公平正义。最重要的是，历经数百年的牺牲和不懈的努力，欧洲在我们面前高举起了自由的旗帜——良知的自由、思想和行动的自由、艺术和文学理念的自由，等等。由于欧洲已经获得了我们深深的敬意，所以，她的极为虚弱和错误的方面对于我们来说就会变得极为危险——这种危险就像是与我们最喜爱的食物混在一起同时端上来的毒药一样。有一种可以信赖的、保障我们安全的方法，这就是，在对抗她的诱惑和剧烈的侵蚀时，我们可以与欧洲结为盟友；因为一直以来，欧洲都有着她自己的善恶标准。通过这一标准，我们可以探知她的堕落，衡量她的失败；通过这一标准，我们可以在她自己的法庭上传唤她，并且揭露她的丑行——唯其如此，才能彰显真正的高贵。

然而，我们所担心的是她的毒药要比食物更厉害，她今天所拥有的力量并非是健康的标志，而是恰恰相反；因为，她的力量可能是由于其生命体暂时地失去平衡所致。我们担心的是，当罪恶获取了巨大的身形，它就会拥有致命的魔力——尽管最终它一定会因为自己反常的比例失衡而失去重心，但在它轰然倒下之前所造成的伤害可能是难以弥补的。

因此，我请求你们要坚定信心，同时保持清醒的头脑。一定要知道，靠钢铁的、高效的螺栓结合在一起的，在野心勃勃的车轮上奔跑着的，现代进步的庞然大物一定不会长久地维系。撞车是迟早的事，因为它不得不在指定好的线路上行走；它太过笨重，所以不能自由地选择自己的路径，而当它一旦脱离了轨道，长长的车厢就会翻倒。总有一天它会变成一堆废铁，严重地阻塞世界的交通。难道现在我们还没有看到这一迹象吗？我们还没有听到战争的喧嚣、仇恨的尖叫、和绝望的哀嚎吗？我们还没有看到长久以来在民族主义的深处所沉积并被翻搅起来的、难以名状的污秽吗？所有这些都在向我们的灵魂哭诉，告诉我们，民族的自私的高塔，尽管它以爱国主义的名义打起了反叛天庭的旗号，也一定会摇摇欲坠并且最终倒塌，一定会被它自己的大块头所压倒，它的旗帜一定会淹没于尘土，它的光亮终将会熄灭。兄弟们，当火灾的烈焰对着星辰发出噼啪作响的欢笑时，你们一定要对星辰，而不是对破坏性的烈火充满信心。因为，当大火燃尽熄灭的时候，留下的只是一堆灰烬，而永恒的光芒则会再一次在东方闪耀——在那孕育了人类历史的，太阳初升的东方闪耀。谁又敢说这一天还没有来临，而太阳还没有升起在亚洲最东方的天际呢？就像我的先哲所做过的那样，我要向东方的日出敬礼，它定会再一次地照亮整个世界。

我知道，我的声音太过微弱，不可能盖过这个熙熙攘攘的时代的喧嚣。任何一个街边的顽童都会轻而易举地给我取个“空想家”的绰号。这个“空想家”的标签会一直粘在我的上衣后摆上面，永远都洗刷不掉，从而让所有可敬的人们都对我嗤之以鼻。我知道，现如今，如果有谁在一群体格强健而又躁动不安的人当中并被冠以“理想主义者”的名号，那么他要冒多么大的风险！因为现在，王权已经失去了往日的威严，而预言家们则变成了一个时代错误；现如今，来自市场的喧闹淹没了所有声响。然而有一天，当我站在横滨市的郊区，对它所呈现出的现代景象震惊不已的时候，我看到了你们城市南方大海上的日落，我发现了长满松树的山岗中所蕴含的静谧和庄严——雄伟的富士山在金色的地平线的映衬下正变得模糊不清，就像一位天神被他自己的光辉所笼罩——永恒的音乐之声在寂静的黑夜中奏响，而我感到，天空与大地，以及黄昏与黎明所作的抒情歌谣只能是属于诗人和理想主义者，而并非属于那些对于所有情感都粗鲁地加以鄙视的商人们——我感到，在对于自己的神性不理不睬之后，人类将会再次记起上苍其实是一直与这个世界相联系的，它永远都不会将这个世界抛弃给现代追逐名利、嗜血成性并且对天哀嚎的群狼。

↠ 西方的民族主义

人类的历史是由我们所遭遇到的困难塑造而成的。这些困难给我们提出了疑问，同时也期望得到我们的解答，而对没能完成这一任务的惩罚则是死亡或是衰退。

世界上不同的民族所遭遇到的困难是不尽相同的，而我们克服这些困难的方式也各有不同。

生活在亚洲历史早期的塞西亚人不得不设法解决他们自然资源匮乏的问题。他们最初想到的解决方法就是将整个部族，不分男女老幼，都组织起来，以团伙的方式去抢劫。而那些主要从事社会协作性质的、建设性工作的人们简直拿他们没有办法。

但所幸的是，人类最初选择的道路并非他的真正道路。如果他的天性不是那么复杂的话，如果他像一群恶狼一样头脑简单的话，那么到此时此刻，那些从事抢劫的游牧部落就会控制整个世界。但是人类，当他遇到困难的时候，一定会承认他是人，他必须对自己天性中更高级别的才能加以利用。如果他忽视了这些，那么即便可能会取得眼下的成功，这成功也必将会成为他的死亡陷阱。因为对于一些低等的生物来说是困难的东西，对于像人类这种更高级的生命来说则是机遇。

印度从其历史的最开端就面临着这样的问题——种族问题。在印度，人种学意义上的不同种族已经有了亲密的接触。这一事实曾经是、将来也一定是这个国家历史上最重要的问题。我们的使命就是正视它，以实事求是的态度对待它，从而证明我们的仁爱。除非我们完成了自己的使命，其他的任何利益都不会与我们有缘。

世界上其他民族要么需要克服其自然环境所带来的困难，要么需要战胜他们的强邻所带来的威胁。他们组织起了自己的力量，以便充分地保障自身不受自然界和邻国的奴役，甚至利用其手中过剩的力量威胁他人。但是在印度，我们的困难来自于内部。我们的历史就是一部不间断的、社会调整的历史，而不是一部讲述将力量组织起来进行防御或是侵略的历史。

无论是苍白含混的世界主义还是对本民族狂热的自我崇拜都不是人类历史的目标。一直以来，印度都在试图完成自己的任务。她一方面对差异进行社会规范，另一方面，则倡导对于团结精神的认同。印度犯下了严重的错误，因为她在种族之间建立了过于森严的壁垒，以使得对于种族三六九等的划分可以无限期地延续；她常常毒害孩子们的思想并且限制他们的生活，以达到将他们划归到特定社会等级的目的。但是几个世纪以来，人们已经进行了新的实验，作出了新的调整。

印度的使命就像是一位家庭主妇的使命：她要为无数的客人提供合适的食宿，而这些客人的习惯和要求却各不相同。这样就产生了极为复杂的情况——要应对这些情况，不仅仅要依靠老练和机智，还要依靠同情心以及人与人之间的真正团结。为了实现这种团结，从早期《奥义书》[1]的时代一直到现在，许多精神导师一直在努力地工作着，他们的任务之一就是通过全心全意的、对于上帝的觉悟来蔑视所有

1.《奥义书》：一组有关形而上学的论述。它包括大约二百篇散文和诗歌，写作年代可追溯到公元前400年左右。

人与人之间的差异。事实上，我们的历史从来就不是王朝兴衰的历史，不是争夺政治权位的历史。在印度，有关这些方面情况的记载已经为人们所唾弃、忘记，因为它们并不能代表我们人民的真正历史。我们的历史是有关社会生活的历史，是有关实现精神理想的历史。

但是我们感到自己的任务还未完成。世界的洪流已经席卷了我们的国家，新的元素被介绍进来，而更为广泛的调整正在蓄势待发。

因为西方所提供的教导和榜样与我们认为印度所应当完成的任务背道而驰，所以我们更为迫切地认识到了上述这一点。在西方，商业和政治的国家机器制造出了包装整齐的人性的压缩包，它们自有用处并且市场价值高昂；但是，它们是用铁条捆绑好的，以精密和仔细的科学手段进行了分门别类。显然，上帝造的人应当具有人性，但是西方这件现代产品却拥有令人赞叹的、棱角分明的大工业制成品的味道。所以，造物主一定很难相信这件产品拥有什么灵魂，并且是按照他自己的神圣模样生产出来的。

但是我满怀期望。我要说的是，无论你怎样看待她，印度就是印度。一个拥有至少五千年历史的印度。一个试图和平地生活、深刻地思考的印度。她完全不关心政治，不关心政府，她唯一的雄心壮志就是将这个世界当作精神的存在加以认知，在这世界里以温顺而倾慕的精神度过她生命的每一刻，并且高兴地意识到自己与这个世界之间存在着的永恒的、密切的联系。这正是人性中边远的一部分，它的行为如孩子，而智慧却如长者。然而就在此刻，西方民族却突然闯了进来，打破了这里的宁静。

尽管历经了早期历史上的战争、阴谋和欺诈，印度却依然保持着超然的态度。因为她拥有属于自己的家庭、土地、学校和庙宇。在学校里，老师们和学生们在朴素、关爱和求知的气氛中生活在一起，而她的自治村庄则拥有简明的法律以及和平的管理。然而，印度所关心的并非她的王权。王权的更迭于印度就像是过眼云烟——一会儿染上了绚烂的紫色，一会儿又乌云压城，电闪雷鸣。王朝更迭过后留下的是一片狼藉，但是就像是自然灾害一样，人们对它所留下的痕迹不久便忘却了。

但这次却不同了。这次不仅仅是掠过印度生活表层的过眼云烟，例如骑兵和步兵，盛装的大象，白色的帐篷和华盖，驮着王室物品的、四平八稳地走过来的骆驼队，由铜鼓和长笛所组成的乐队，大理石砌成的圆顶的清真寺，宫殿和陵墓等等，就像奢华的起泡酒所漾起的泡沫一样到处都是；也不仅仅是关于叛逆和效忠的故事，财富流转的故事，命运起伏的故事等等；这次来的是西方民族，它将自己机械的触手深深地扎入了这片土地。

因此我对你们说，正是“我们”作为证人被召集起来，来证明所谓的民族对于人类来说意味着什么。大家都知道曾经入侵印度的莫卧尔人和帕坦人的游牧部落，但是对我们来说他们都是人类种族，他们有自己的宗教和习俗，自己的好恶和爱憎——我们从未把他们当作一个民族来看待。我们根据不同的情况，时而爱他们时而恨他们；我们为他们打过仗，也曾经与之为敌；我们与他们用同一种语言交谈；而我们在决定王国命运的时候也发挥了积极的作用。但是，这次我们要面对的不是国王，不是人类种族，而是一个民族——而我们自己却还不是一个民族。

现在让我们从自己的经验出发来回答这样一个问题：到底什么是民族呢？

民族是指，全体人民为了某个机械的目的，即获取政治和经济的利益，而组织在一起所形成的团体。这样的社会团体，其目的非常明确。它自身就是目的。它是人作为一种社会存在的，自然的自我表露。它是对人际关系的自然规范，以便人们能够在与他人的合作过程中产生自己的人生理想。民族还有其有关政治的一面，但是它仅仅服务于特定的目的，即进行自我保护。它仅仅是权力的一面，而非人类的理想。早期的时候，它在社会中有自己单独的活动区域，局限在专业人士的范围之内。但是在科学和日益完善的组织的帮助之下，它的权力开始增长并且开始获得大量的财富。接着，它便以极快的速度跨越出了自己的活动范围。然后，它以对于物质繁荣的贪欲，彼此的相互嫉妒，以及对于对方变得强大而产生的恐惧等等，来刺激它所有毗邻的社会团体。现在它已经是欲罢不能了，因为竞争越来越激烈，组织越来越庞大，而自私自利则变得至高无上。它利用人类的恐惧和贪婪，在社会中占据了越来越大的空间，而且最终成为了统治力量。

你完全有可能，由于习惯所致，没有意识到生机勃勃的社会纽带正在分崩离析，正在让位于单纯的机械的组织。但是它所表露出的迹象其实是随处可见的。正因为如此，我们看到，男人和女人之间已经爆发了战争，因为将他们和谐地连接在一起的自然纽带正在崩断；因为男人们被驱赶上了专业主义的道路，忙于为自己也为他人生产财富，他们不断地为了自己或是为了迎合普遍的官僚作风而转动权力的车轮，然而女人们却被冷落一旁，孤独终老或是孤军奋战。因此，自然的合作状态被竞争所打破。男人和女人对待彼此关系的心理也在发生着变化，变为了一种包含原始的斗争元素的心理，而不再是那种以相互的自我牺牲为基础的，追求完善的人性。那些已经失去了与现实之间联系的元素，同时也就失去了存在的意义。这就像是气体的微粒被打进了过于狭小的容器，它们彼此之间会不断地发生冲突，直到有一天它们会冲破将其困锁在一起的这个容器。

下面，我们看一下那些自称为无政府主义者的人们。他们憎恨以任何一种形式将权力强加给个人。他们之所以如此，唯一的原因就是权力已经变得过于抽象——它是一种在民族的政治的实验室里，通过对人性进行分解而造就的科学产品。

那么，经济领域内的罢工又说明了什么呢？它们就像是从荒芜的土地上突然冒出来的带着刺儿的灌木丛一样，每次被砍倒而每次又都恢复了生机。生产财富的机制正在日益地膨胀变大，并且与其他所有的社会需求之间失去了比例平衡，而真正意义的人则在它的重压下扭曲变形，这又说明了什么呢？

这种现状不可避免地导致了从人类理想的整体性和健全性中所释放出来的各种元素间无休止的争斗，而长期的经济冲突则在劳资之间持续地爆发。因为财富和权力的贪婪从来都没有满足的时候，而个人利益所作出的妥协也从来都不可能达到最终的和解。它们一定会继续产生嫉妒和猜疑，直到最后，突然的灾难或是一次精神的重生才会结束这一切。

当这个叫作民族的、政治和经济的组织，在以牺牲高尚的社会生活的和谐为代价的情况之下变得强大有力的时候，人类的灾难也就来临了。当一位父亲变成赌徒的时候，他头脑中对于家庭的责任就会退居次席，于是他便不再是一个人了，而是变成了一个依靠贪婪驱动的机器人。此时，他能够做出来原本在他头脑正常状态下所不耻的事情。社会的情形也与此相同。当社会变成了一个完美的权力组织的时候，就不会有什么罪恶勾当是它所不能为之的，因为此时，获得成功是一台机器的目标和评判其价值的依据，而所谓善良不过是人类所追求的目标而已。当这个组织的引擎开始变得体积庞大，而它机器的零部件则由人来充当的时候，于是乎作为个人的人便被消灭了，取而代之的是机器人。而结果是，所有一切都演变成为一场政策革命——一场由没有同情心和道德责任感的、机器当中由人所组成的零部件来付诸实施的政策革命。也许人类的道德本性会利用这台机器来为自己正名，但是此时，整套的绳索和滑轮会咯吱作响，人类心灵的力量会在人类机器力量的包围下变得纠结混乱，从而，人类道德的目的只会以某种扭曲的形象艰难地展现出来。

这个叫作民族的、抽象的东西，正在统治着印度。我们在印度见过某个品牌的罐装食品在广告中宣称，整个食品的制造和包装过程中都没有接触过人手。这一描述同样适合于对于印度的统治，因为它也极少被人手碰到过。总督们并不需要学会我们的语言，除了作为官员，他们也不需要同我们有什么私人的瓜葛；他们只需要站得远远的就可以帮助或是阻碍我们实现自己的愿望，他们能够带领我们实行某种政策，而后又通过其官僚机构的操控收回成命。在英国的报纸上，我们可以看到相关的栏目以某种庄重哀婉的语气报道伦敦街道上所发生的某些事故，然而对于发生在印度的，某些面积比不列颠群岛还大的地方的灾难却只是蜻蜓点水，一带而过。

但是我们这些被统治的人并不是一个抽象的概念。我们是具有各种感官的个体。强加给我们的、单纯冷酷的政策可能会直接刺入我们生命的要害，阉割掉我们的雄风，带给我们永远的无助，从而威胁到我们人民的全部未来。而与此同时，它却可能永远都不会触及人性的另一面，或是仅仅以最软弱无力的方式对它有所触碰。作为个体的人，永远都不会在浑然不知中作出如此大规模和全面的、履行可怕责任的行动。只有当人类变换成一只代表抽象概念的八爪鱼时，这些行动才有可能被付诸实施——它向四面八方伸出其蠕动的腕足，并且将其不可胜数的吸盘附着在遥远的未来身上。在民族的这种统治之下，被统治的一方成为了怀疑的对象；而且这种怀疑来自于一个体型庞大的、组织有序的血肉之躯。它对我们施以惩罚，在一大片滴血的心灵之上留下痛苦的印记，但是这些惩罚仅仅是来自于一种抽象的力量，而远方某个国家的全体人民则在这一力量之中丧失了自己的人性。

然而我来到这里并不是要讨论影响到我自己国家的问题，而是要探讨影响到全体人类未来的问题。这个问题不是关于英国政府的问题，而是关于民族治下的政府的问题——这个民族代表了其全体人民的私利，它最没有人性，也最没有精神。我们唯一的，有关民族的切身经历是来自于不列颠民族的。只要民族的统治一天不停止，我们就有理由相信不列颠民族的统治是最好的统治之一。于是，我们需要再一次地考虑东西方的关系——对于东方来说，西方确实必不可少。我们东西方是互为补充的，因为我们对待生活有着不同的看法，而这些不同的看法又给我们展现出了真理的不同侧面。因此，如果说西方的精神的确是披着暴风雨的伪装来到了我们的田野的话，那么毋庸讳言，它也在我们这里撒下了不朽的、生命的种子。而在印度，当我们能够将西方文明当中永恒的东西吸收到我们自己的生命之中时，我们就一定可以达成这两个伟大世界的和谐共生。而随后，一方对另外一方的、让人恼怒的统治就会终结。除此之外，我们还要明白，印度的历史并非专属于某个特定的种族，它是一个创造的过程——在这期间，来自世界上的很多不同的种族都作出了自己的贡献。它们包括：德拉威人和雅利安人，古希腊人和波斯人，西方和中亚的伊斯兰教徒，等等。现在终于轮到英国人忠实于印度的历史并且为它作出贡献来了。我们既没有权力也没有力量将英国人从构建印度命运的进程当中排除在外。因此，这里我所谈到的民族，更多的是同人类的历史相关，而非特指印度的历史。

如今的历史已经来到了这样一个阶段：有道德的、完善的人正在浑然不知当中让位于政治的和商业的人——那些仅仅服务于特定目的的人。在科学的巨大进步的帮助下，这种人所占的比例和所拥有的权力正在迅速膨胀，从而引起了人类道德天平的失衡，在没有灵魂的组织的阴影笼罩之下蒙蔽了他人性的一面。我们感觉到，这一现状已经如铁腕一般控制了我们的生命根基。因此，为了人类，我们必须站起来并且对所有人发出警告，告诉人们，民族主义是一种罪恶的、残忍的瘟疫，它正在席卷当今人类世界，并且吞噬掉它的道德活力。

我深爱着作为人类的不列颠种族，并且对它满怀敬意。它曾孕育了豪爽的人们、伟大的思想家和伟大事业的践行者，它曾创造了伟大的文学。我知道，不列颠人民热爱正义和自由，而且痛恨谎言。他们思想纯洁、行为坦率、友谊真挚，在为人处世方面诚实可靠。我与他们文学界的人们相接触的个人经历，使得我不仅仅对他们的思想和表达的能力钦佩有加，而且对他们的侠义人格更是羡慕不已。就像感觉到了太阳的伟大一样，我们也感觉到了不列颠人民的伟大。但是，至于不列颠民族，它就如同将太阳遮盖起来的，在寂静的大自然当中升腾而起的一团厚厚的迷雾。

这个民族统治下的政府既不是英国式的也不是其他什么东西；它是一种应用科学，因此，无论在哪里使用它，它的原理都大同小异。它就像是一台液压机，它的压力是不带有感情的，所以是非常有效的。它力量的大小会随着引擎的不同而不同。有些液压机甚至于是由手工推动的，所以它们在挤压的时候会松松垮垮，较为舒适，然而这些液压机在其精神实质和操作方法上却都大体相同。我们的政府即便是荷兰式的，法国式的，抑或是葡萄牙式的政府，它的基本特点也会跟现在的政府保持一致。只有在某些情况下，当它的组织还不十分完善的时候，一些人性的碎片将会附着在它的残骸之上，允许我们做一些与我们自己的心灵相关联的事情。

在民族统治我们之前我们也有过其他的外国政府，这些外国政府就像其他所有政府一样，自身也有某些机械的元素。但是这些政府与民族统治下的政府之间的区别就像是手工织机与机械织机之间的区别。在手工织机的产品当中我们能够看到人类手指所留下的、活生生的魔法般的印记，而且它的嗡嗡声与生命的韵律和谐共鸣。但是机械织机的产品却是冷酷无情的、没有生命的、精确的和单调乏味的。

我们必须承认，在历史上个人统治的时期曾经有过暴政、不公和敲诈勒索的情形。它们所产生的痛苦和不安是我们唯恐避之不及的。对我们来说，法律的保护不仅仅是恩惠，它还对我们教益颇丰。法律教给我们要遵守规则，而这些规则对于保持文明的稳定和进步的持续是必不可少的。通过法律，我们认识到在这世界上有着普世的正义标准——所有的人，无论他们的社会等级与肤色，都拥有在这一普世的正义标准之下接受平等保护的权利。

印度的现政府所推行的法治已经在这个幅员辽阔的、由不同种族和风俗习惯的人民所聚居的国家建立起了秩序。它已经使得这里的人民能够彼此更加密切地接触，并且培养他们所共同拥有的理想。

但是这种在印度的各个不同种族之间建立起共同的、同志般友谊的纽带的愿望并非来自于西方的民族，而是来自于西方的精神。无论何时，亚洲人民所接受到的，来自于西方的教益，都与西方的民族没有什么关系。只有当日本能够成功地抵御此种西方民族的统治时，她才会在最大程度上得到西方文明的好处。尽管中国已经在其道德和物质生活的最源头被这种民族下了毒，然而如果她能克服它的阻碍，那么她为了学习西方最好的东西所付出的努力就仍然有可能取得成功。就在几天以前，波斯刚刚从其长时间的沉睡中被西方唤醒，然而紧接着就在民族的铁蹄蹂躏之下再次销声匿迹。同样的现象也发生在这个国家——在这里，人民热情好客，但是民族却完全不同——它让一位作为他自己国家中一员的东方的客人在自己的国家感受到了屈辱。

在印度，我们忍受着西方精神同西方民族之间的矛盾所带来的痛苦。民族以一种吝啬的方式向我们少量地施舍西方文明的好处。它试图控制我们所得到的营养物质，使其所包含的活力成分尽可能地接近于零。它分配给我们的教育残缺不全且严重不足，这足以使得西方人的道德准则蒙羞受辱。我们在西方国家看到，他们鼓励、训练，并且提供所有的便利条件给他们自己的人民，为的是使他们能够适应扩散至全球的、伟大的商业和工业运动。然而在印度，我们得到的唯一帮助却是因为贫穷落后而受到的民族的嘲弄。民族剥夺了我们的机会，将我们的教育减少到在一个外国人当权的政府当中供职所需要的最低程度。而与此同时，它通过与我们称兄道弟并且大肆地鼓吹傲慢的市侩思想——东方是东方，西方是西方，东西方永远不会有交集等等方法，来使得它的良心得到安慰。我们的老师说，在他对印度将近两个世纪的调教之后，她不仅仍然不适合建立自治政府，而且在其文化素养方面也仍然没有创新的能力。假如我们必须接受这一嘲弄的话，那么，我们是应当把这一结果归咎于我们所固有的、缺乏学习西方文化本性中的某些东西的能力呢，还是应当将其归咎于已经承担起了教化东方的责任的民族所表现出来的谨小慎微的吝啬呢？我们可能会承认，自己缺乏某些日本人民所具有的品质，但是我们不能接受自己的智力与他们比较起来就是天然地缺乏创造性的说法，即便这些话是出自于那些我们很难加以驳斥的人之口。

事实是，西方民族主义的核心和根源就是对抗和征服的精神；它的根基并不是社会合作。它已经逐渐形成了一套完善的权力组织，而非精神上的理想主义。它就像是一群掠食者，必须占有自己的猎物。它真心真意地不能容忍看到自己的猎场转化成为种植的园地。事实上，这些民族之间也在彼此争斗，为的是扩大它们猎物的品种和保留林地的范围。因此，西方的民族就像是堤坝一样阻碍着西方文明自由地流入到非民族主义的国家。因为这一文明是权力的文明，所以它具有排他性；它自然而然地不愿意向那些已经被它选作是自己剥削对象的国家敞开它力量的源泉。

但是即便如此，人类毕竟要遵守道德的律法；那些排他性的文明——它们依靠剥削其他文明而发家致了富，却不允许它们共享其利益，必然会在其道德局限性当中携带着它们自己的死亡判决书。它们所带来的奴隶制度会在不知不觉中将它们对于自由的热爱消耗殆尽。对于成为自己猎物的国家的压迫而给它们造成的无助感，会每时每刻地反作用于它的制造者。被民族剥夺了自我持续更生能力的，世界上的大多数国家总有一天会成为它最为可怕的负担，并且将其拉下马，投入到毁灭的深渊。什么时候权力为了能够为所欲为而将其道路上的关卡全部移走，什么时候它就成功地驶向了其最终的灭亡。权力的道德闸线每天都会在其不知不觉中变得懒惰松弛，而它所走的光滑的捷径此时就会成为一条通向死亡的不归之路。

在我们得到的西方文明的所有事物当中，西方民族以最为慷慨的态度给予我们的就是法律和秩序。当我们教育的奶瓶将近枯竭，公共卫生事业在绝望中吮吸着自己大拇指的时候，军事组织、地方官员的衙署、警察部门、犯罪调查科、秘密特工系统，等等，却成长得异常膀大腰圆，占满了我们国家的每一寸土地。这是为了维持秩序。但是，这种秩序难道不正是一种消极的好处吗？它难道是为了给人民的生活带来更多的、自由发展的机会吗？这种秩序的完善就如同一枚鸡蛋壳的完善一样，它的真正价值在于为小鸡提供了安全庇护和营养，而不在于它给吃早餐的人提供了方便。单纯的管理是非生产性的；它不具有创造性，没有活力。它就是一台蒸汽压路机，其重量和力量让人畏惧，其用处显而易见；但是，它并不能使土地变得富饶。当它一番苦干之后就会施与我们和平的恩惠，而我们则只得低声地埋怨道："和平固然是好，不过怎么也好不过上帝所赐予我们的生命。"

另一方面来说，我们先前的政府严重地缺乏一个现代政府所具备的很多优点。但是，由于这些政府并不是民族统治下的政府，所以它们的质地松散，留有很大的间隙，而正是通过这些间隙，我们的生命在其中得以穿针引线并且留下自己的印记。我敢肯定，在旧政府统治时期，一定有些东西是我们极为厌恶的。但是我们知道，当我们赤脚走在满是砾石的地面上时，我们的双脚会逐渐地适应这反复无常的、不友好的土地；然而，哪怕是最微小的砾石碎块儿在我们的鞋子里找到了立足之地的话，我们都不会忘记，也不会原谅它的入侵。这些鞋子就是民族统治下的政府——它紧箍着我们的双脚，它以一种包裹紧密的系统控制着我们的步伐——在这个系统里面，我们双脚只能获得最低限度的自由以作出调整。因此，当你作出统计数据，拿我们的双脚在先前的政府统治时期所遭遇的砾石数量和在现政府统治下所遇到的少许的砾石碎块儿的数量进行比较的时候，这些数据其实并不能说明问题。因为问题的关键并不在于外在障碍物数量的多少，而在于面对这些障碍物时人们所感到的、无能为力的程度的深浅。这种对于自由的限制是一种更为根本性的罪恶。这并非由于它的数量而是由于它的本质。于是我们不得不承认这样一个看上去似是而非的说法：当西方的精神在自由的旗帜下阔步前进的时候，西方的民族却锻造出了人类历史上史无前例的、组织的钢铁链条——它最冷酷无情，也最牢不可破。

当印度人民还未陷于这种组织的统治之下时，变化的弹性是足够大的，它足以让有力量、有精神的人们感觉到他们能够将自己的命运掌握在自己手中。那时，人们从不缺少对于突发事件的期待，统治者和被统治者双方都拥有更为自由的想象力，而这想象力则对历史进程产生了影响。那时，我们所面对的未来并不是一道死气沉沉的、白色的花岗岩所砌成的围墙——它永远地阻断了我们显示并且增长自己的力量，它之所以给我们带来绝望，是因为，我们的力量正在由于科学的麻醉作用而从其根基上变得萎缩退化。每一个非民族的个人都在一个整体民族的控制之下，而这个民族如同机器一般，时时刻刻都保持着警觉，它不会像人一样疏忽大意或是区别对待。只要轻轻地按下它的按钮，这个怪物组织就会立刻启动，而它那双丑陋的、充满好奇心的大眼睛可以让广大的、被统治的人民群众中的任何一个个人都无处藏身。只要稍微转动一下它的螺丝钉，哪怕只有一丝一毫，它对所有人，包括男人、女人和儿童的控制就会收紧，达到令其窒息的程度；而这些人们想要从自己的国家，甚至于从任何其他的国家中逃离出来都是不可想象的。

在持续、巨大、非人性的力量对人性的至死重压下，现代世界正在痛苦地呻吟着。不仅仅是被压迫的种族，你们这些生活在幻觉中的、自以为是自由的人们，每天都在牺牲掉你们的自由和人性以向民族主义的偶像献祭。你们生活在弥漫着浓浓的、乌烟瘴气的世界里，这里面充斥了怀疑、贪婪和恐惧。

我曾经在日本看到，全体人民都自愿地将思想和自由交给他们的政府，听由其摆布。他们的政府通过各种各样的教育机构规范他们的思想，制造他们的感官，当有迹象表明他们正在倾向于某种精神生活的时候，它就会充满怀疑地警觉起来，将他们领上一条狭窄的道路——不是一条通向真理的道路，而是一条使得他们能够按照它所制定的方案紧密地团结在一起的道路。日本人民愉快地、自豪地接受了这种四处弥漫的精神枷锁，因为，他们焦躁地渴望着自己变身为一台叫作民族的权力的机器，并且在追名逐利的集体活动中与其他机器同流合污。

当我们询问他们这样做的原因是什么的时候，刚刚拜倒在民族主义旗下的狂热的追随者这样回答道："只要民族在这个世界上蔓延滋生，我们就不可能自由地将我们自己的人性提得更高。我们必须利用自己所拥有的所有本领，通过在最大程度上变得邪恶的方式来对抗邪恶。因为在当今世界上，唯一可能的手足情谊就是与流氓无赖一起沆瀣一气，狼狈为奸。"日本和俄国所结成的兄弟般的友爱关系最近刚刚在日本得到了大张旗鼓地欢呼庆祝。这种友谊并非来自于基督教或是佛教精神的复兴；相反，它是建立在一种现代的、信仰的基础之上的关系——它相信只有彼此之间进行流血的恐吓才能使双方各自变得更安全。没错，我们必须承认这些事实是当今世界上民族的事实；而民族所笃信的唯一道德就是世界上所有的民族都应当竭尽他们的物质、道德和精神资源，以便在权力斗争的竞赛中击败对方。古代的时候，斯巴达千方百计地使自己变得强大；她通过丧失自己的人性达到了这一目的，然而最终，却还是在人性的丧失中死去。

但是，现在的时代正在由于道义的衰微而变得痛苦不堪，而这种道义的衰微不仅仅局限于那些被奴役的种族；对于另外一些种族而言，由于他们被蒙在鼓里，相信自己是自由的，所以这种在隐秘和自愿中所遭受到的伤害则更加严重。因此，了解到这一情况，我们并未感到丝毫的安慰。你们可以自由地选择以更高的人生理想作为筹码来换取利益和权力，而我要将你们留在自己的精神废墟旁边，好好思考一下你们所得到的繁荣昌盛到底为何物。但是，当你们将全体人民自我扩张的本能都组织起来，并使其登峰造极，而自鸣得意的时候，难道你们就永远都不会为此行径受到惩罚吗？我要问问你们：在人类的历史上，在它最黑暗的时期，有过什么样的灾难可以像这种可怕的民族一样，将其毒牙深深地嵌入到世界裸露的肌体之中，并且每时每刻都紧咬牙关，毫不松懈呢？

你们，西方的人们，你们制造出了这种怪胎，你们能想象得出来，在这个人类受苦受难的，鬼魅横行的，由可怕的抽象的人类组织所主宰的世界上凄凉的绝望吗？你们能设身处地地为那些非民族主义国家的人民想一想吗？他们似乎是命中注定要接受对于他们自己人性的永恒诅咒。他们不仅仅要受到持续的、人性的摧残，而且还要高声地为一台机器设备大唱赞歌，歌颂它在无休止的、假冒天意的拙劣表演中所显示出的仁慈。

你们不曾见过吗？自从民族之肇始，它所带来的如同妖魔鬼怪一般的恐怖便让整个世界为之颤抖。哪里有黑暗的角落，哪里可能就会有其隐秘的恶毒；而人们则生活在永远的不信任之中，只恨自己后背没有再多长出一双眼睛。每一个脚步声，每一个邻里做出动作时所发出的沙沙声，都会将恐惧的战栗传遍四方。这种恐惧孕育了所有人性之中最卑鄙可耻的东西。它使得人们几乎是公开地对残忍的暴行不以为耻。聪明的谎言变成了自我麻醉的工具。神圣的誓言则变成了一出闹剧——因为其神圣而引人发笑。民族，尽管它强大有力、繁荣昌盛，尽管它旌旗招展、赞歌飘扬，尽管它在教堂里念诵着亵渎神明的祷告，尽管它装腔作势的文学为其爱国主义大肆吹捧，也不可能掩盖这样一个事实——民族本身就是其最大的罪恶，它所采取的所有预防措施都是与其自身相对立的；而且，这个世界上每诞生一个新的民族都会在其他民族的心目中产生新的恐惧。它的唯一愿望就是利用世界上其他国家的衰微，就像某些依靠被麻痹的猎物的肉为食的昆虫一样，让那些弱国苟延残喘，继续存活下去，以便为自己提供营养丰富的美味佳肴。因此，它乐意将自己有毒的汁液注射到其他活着的、无害的、非民族的要害器官当中去。为了这一目的，民族已经并且还在占据着亚洲最最富饶的牧场。伟大的中国，她富有古代的智慧和社会伦理，她勤劳而且自制，现在就像是一头鲸鱼一样，在民族的心中唤起了强取豪夺的渴望。她颤抖的身体已经被自诩为一贯正确的，科学而自私的民族所投下的几柄鱼叉扎中。而就当她可怜巴巴地试图甩掉自己的人性传统和社会理想，并且竭尽最后一点点资源想要把自己训练成现代的、高效的国家的时候，民族却处处作梗，横加阻挠。它用经济的绳索将中国绑紧，然后试图将她拖上岸并且切成碎片，接下来便公然地举办向上帝感恩的祈祷仪式，感谢他对于现存罪恶的帮扶以及对于可能产生的罪恶的消灭。为了这一切，民族一直在讨要着历史的垂青，祈盼着它的剥削活动能够天长地久；它命令自己的唱诗班到世界各地去演奏，宣扬自己是社会精华，是人类之花，是上帝竭尽全力撒向非民族国家裸露着的脑壳的祝福。

我知道你们的建议是什么。你们会说：你们也发展成为一个民族吧，这样就可以抵抗它的侵犯了。不过，这算得上是真正的、一个人对另外一个人提出的建议吗？这样做难道是必须的吗？我宁可相信你们提出这样的建议：在处理同他人的关系时要更友好、更公正、更真诚；要控制你的贪欲，要生活得淳朴而健康，还要让你对人性中神圣之物的认识更加完美，等等。但是你们会说，对我们自己来说，最有价值的东西不是灵魂而是那台机器；人类的得救所依赖的是他能否将自己训练得完全适合机器轮子和计数轮旋转时的固定节奏；在政治的、永不停息的斗牛场上，机器必须与机器竞争，民族必须与民族对立——难道你们一定要这样认为吗？

你们会说：基于对恐惧的共识，这些机器会达成彼此互不侵犯的协议。但是，这样一个蒸汽锅炉之间所结成的同盟会向你展示一个灵魂，一个拥有自己良知和上帝的灵魂吗？而在世界上其他更多的，没有恐惧可以约束到你们的地方，又会发生什么事呢？无论那些非民族主义的国家现在多么安全，没有受到熔炉、铁锤和螺丝刀的整治，这也不过是列强间彼此猜忌的结果而已。但是，当列强不再是无数单独的机器，而是结合在一起，成为一个贪婪的、商业的或是政治的集体组织的时候，其他的那些国家，他们享受过生活也遭受过痛苦，曾经爱过也曾经祈祷过，曾经深刻地思考过也曾经任劳任怨地工作过，而他们唯一的过错就是没有像那些机器一样组织起来，他们还会拥有哪怕是最为渺茫的希望吗？

但是你们会说："这没关系，不适者必失败——他们会死掉，这就是科学。"

不，错了。为了你们自己的得救，我要说，他们要活下去，这才是真理。我这样说是需要极大的勇气的，但是我敢断言，人类的世界是道德的世界，这并不是因为我们盲目地这样相信，而是因为真理就是如此，忽视这一点就会给我们带来危险。而且，人类的这种道德本性不应以方便为由被分割保存。你们不应以保护性的关税壁垒将道德仅仅局限在国内消费，而对外则在自由贸易的许可证下让它随意变通。

这一真理你们还没有认识到吗？残酷的战争已经将其魔爪伸入到欧洲的内脏；而在欧洲的战场上，她囤积的财富正在化为灰烬，她的人性正在片片散落。你们会惊奇地问道：她到底做了什么会落得如此下场？问题的答案是，西方一直以来都在系统地石化其道德本性，目的是为她庞大而高效的组织奠定坚实的基础。她一直以来都在为了这个组织的强大而让每个个人都忍饥挨饿。

在你们欧洲中世纪的时候，人们朴素而自然，他们带着强烈的激情和愿望，试图找到将灵魂与肉体的冲突相调和的办法。在贯穿欧洲的充满青春活力的动荡岁月中，无论是世俗的还是精神的力量都对她的本性施加了巨大的影响，并且为其塑造了具有完整性的道德人格。欧洲伟大的人性正是要归功于那一时期的磨练——对于其人性完整性的磨练。

接下来便是理智的时代、科学的时代。我们都知道理智是非人性的。我们的生命和心灵是合二为一的，但是我们的头脑却可以从人格中分离出去，只有它可以在思想的世界里自由地游移。我们的理智是一位苦行的修道者，它不穿衣服，不吃食物，不睡觉，没有愿望，感觉不到爱或是恨或是对于人性弱点的怜悯，它只是无动于衷地通过生活的变迁兴衰进行推理。它对所有事物都刨根问底，因为它与这些事物本身毫无个人感情的瓜葛。语法专家会径直走过整篇诗歌，毫无障碍地直奔单词的词根，因为他想要探寻的不是诗歌的真相，而是词汇法则。一旦他发现了这一法则，他就可以教会人们如何掌握单词。这是一种力量——它可以满足某种特殊的用途，满足人类的某些特定的需要。

现实的存在就是某个事物的各个组成部分在整体的平衡中所表现出来的和谐。你打破了这种和谐，手里攥着彼此斗争的游离的原子，这一事物也就失去了意义。那些垂涎权力的人们试图掌握这些原始的、斗争的元素，并且通过某些狭窄的渠道将它们强行塞进某个装置，以便让它们为人类的某些特定需要提供暴力的服务。

人类需要的满足事关重大。这可以让他获得在物质世界行动的自由。它可以让他在更为广阔的时间和空间范围内获得利益，让他在更短的时间内完成任务，并且以压倒性的优势占据更大的空间。因此，他便可以轻而易举地超越那些生活在节奏缓慢，且空间没有得到充分利用的世界里的人们。

这种权力前进的步伐越走越快。而且，因为它是从人类整体中分离出来的一部分，所以它不久就超越了人类的整体。有道德的人类落在了后面，因为它不得不应付整个现实的存在，而不仅仅是没有人性的、抽象的事物法则。

于是人类理智和物质的力量远远超过了道德的力量，就像是一头形态夸张的长颈鹿一样，脑袋陡然间竖起，距离身体的其他部分有数英里远，结果使得正常的联系也无法进行。这个贪婪的脑袋拥有巨大的牙齿，一直在用力地咀嚼世界上长得最高的树叶，然而它所获得的营养物质要花太久的时间才能到达它的消化器官，而它的心脏正在由于缺血而痛苦不堪。对于当今人类本性中的不和谐，西方似乎一直在美滋滋地毫无察觉。它所有注意力都被其巨大无比的物质成功引向了对自己肥硕身材的洋洋得意之中。伴随着铁路线无休止的延伸给自己带来的好运气，西方逻辑中的乐观主义精神也继续向前直达永远。如果有谁认为所有的明天不过是今天的翻版，不过是二十四个小时不断的累加，那么就未免太过浅薄了。因为他没有注意到，在人类不断膨胀的仓库和他空虚饥饿的人性之间的裂痕正在日益扩大。逻辑并不清楚，在无尽的财富和优越的物质条件的最底层，用来恢复道德世界之平衡的地震正在酝酿当中；总有一天，精神空虚的海湾会将永远眷恋着尘世浮华的仓库拽进自己无底的深渊。

一个完整的人并不体现在他的力量上，而是体现在他的完善上。因此，要想让一个人仅仅获得力量，你就必须尽量地缩小他的灵魂。当我们具有完整的人性的时候，我们是不会彼此掐对方的喉咙的；我们社会生活的本能，我们道德理想的传统不允许我们这样做。如果你想让我去杀人，那么首先你必须通过能使我的意志丧失、思想麻木、行动机械的训练来破坏我的完整人性，然后那种与人类真理没有丝毫关系，因此很容易变得野蛮和机械的，抽象的毁灭力量就会从我已经解体的、复杂的人性当中释放出来了。将人类从他的自然环境中带走，将他带离充实的集体生活，以及在这生活中他与美、爱和社会责任等等建立起的活生生的联系，这样，你就会将他转变成为许多机器的碎片，从而生产出大量的财富。将树木变为柴火，它就会为你而燃烧，但是自此就永远都不会再开出生命的花朵，结出生命的果实了。

这种非人化的过程在商业和政治领域内一直进行着。这种完全发展成熟的，拥有巨大力量和惊人胃口的机械，在机械能量的长期阵痛中分娩降生了，而西方已经将其命名为民族。就像我之前曾经暗示过的，因为它具有的抽象的品质，它轻而易举地就跑在了完善的、有道德的人类前头。而且，由于它拥有一颗恶灵的心脏以及一个机器人才有的冷酷的完美，所以，它正在制造的灾难让年轻的月球上的火山喷发也自愧弗如。结果是，人与人之间的怀疑就像是荨麻身上的刺毛一样刺痛着这个文明的四肢。每个国家都在向其他国家满是污泥的水底投下间谍的罗网，希望获取他们的秘密——那些在外交的烂泥的深处酝酿着的背信弃义的秘密。而民族的所谓秘密，不外乎是在其腐烂的深处所从事的拐骗、谋杀、背叛以及所有丑陋罪行的地下交易。因为每一个民族都有它自己的盗窃、撒谎和背信弃义的历史，所以国际间的怀疑和嫉妒就会大行其道，而且国际间的鲜廉寡耻就会达到滑稽可笑的程度。民族伸张正义的风笛会根据时间的不同和外交联盟的重新组合而改变调门，所以我们只能将其作为政治音乐厅的另外一种表演形式来欣赏。

我刚刚到访过日本。在那里，我劝告这个新生的民族要站在更高的人类理想的立场上，永远不要效仿西方将民族主义有组织的自私自利奉为圭臬，永远不要因为自己邻国的衰弱而幸灾乐祸，永远不要不择手段地对付弱国，即便是如此举动极为卑鄙却可以免受惩罚，而同时却将自己带着人性光辉的右脸转向那些有能力给它一拳的国家，为的是得到它们赞赏的亲吻。有些报纸以它们富有诗意为由表扬了我的言论，而同时不忘揶揄我，说我的言论是失败民族的诗歌。我觉得它们说得对。日本已经在一所现代的学校里学会了如何变得强大。学习结束了，而她必须要享受课程所带来的收获。西方用她隆隆的炮声在日本的大门口这样说道：民族，出现吧——于是一个民族就出现了。而既然它已经存在了，那么为什么你们不能发自内心地感到纯净的喜悦并且为它祝福呢？为什么我在英国的报纸上看到，当日本吹嘘她自己的文明有多么优越的时候你们却恶语相加呢？要知道，几个世纪以来，英国以及其他的民族一直在像日本这样恬不知耻地吹嘘自己的文明啊。这就是因为自私自利的理想主义必须依靠持续剂量的自我褒扬来维持自己的陶醉状态。但是当它们看到其他民族与自己一样的，似乎是再自然和无害不过的不道德行为时，就会感到震惊和愤怒。所以，当你们看到按照你们自身形象塑造出来，并且开始为自己的民族大声聒噪的、民族主义的日本的时候，你们就摇摇头说，这样做可不好。这难道不就是你们在这里提高了嗓门，呼吁作好准备，来应付又一个能够带来更大伤害的罪恶力量的原因之一吗？日本提出抗议说，她拥有武士道精神，她永远都不会背叛自己心怀感激的美国。但是你们很难相信她的说辞，因为民族的智慧并不在于对人性的信仰，而是在于对人性的完全不信任。你们自言自语道，我们所要对付的不是拥有武士道的日本，不是拥有道德理想的日本，而是作为民族的日本；而只有当两个民族拥有共同的利益，或是至少他们利益不相冲突的时候，他们才能彼此信任对方。事实上，你们的本能告诉自己，当另外一个民族出现在民族的竞技场上时，就说明与人类崇高理想格格不入的罪恶又一次得到了壮大，并且它的成功证明了厚颜无耻是通向繁荣昌盛的道路，而善良只适合于弱者，是上帝留给失败者的唯一慰藉。

没错，这就是民族的逻辑。它永远都不会倾听真理和善良的声音。它会继续跳这种道德败坏的圆圈舞，将钢铁与钢铁连接，机器与机器连接，将所有朴素的信仰和人类生活理想的甜蜜花朵都踩在自己脚下加以蹂躏。

但是我们自欺欺人地认为，现代的人类比以往任何时候都要站得靠前。这种自我欺骗的原因在于，人类现在可以得到比以往更为丰富的生活必需品，而他所患的疾病也能得到更为有效的治疗。但是造成所有这些的主要原因并不是道德的贡献，而要归功于智慧的力量。它数量巨大，但是它源自表面且只在表面铺开。知识和效率在其外在的影响方面显得强大而有力，但是它们只是人类的奴仆，而非人类自身。它们的服务就像是宾馆里所提供的服务，尽管周到详尽，却缺乏地主之谊；它更多的是提供方便而不是热情好客。

因此我们不要忘了，散布在各个领域内的科学组织正在增强的是我们的力量，而不是我们的人性。随着我们力量的增长，民族的自我崇拜占据了支配的地位，每个个人都自愿地允许民族像骑驴那样骑在我们自己的身上；于是便出现了这种具有灾难性后果的怪现象：个人奉献出所有的祭品来崇拜一个神，而这个神却通常在道德方面比他还要低级。如果这个神像每个个人那样真实存在的话，这种情况是不大可能出现的。

下面我再解释一下这一点。在印度的有些地方，寡妇们每隔两周都会有一天不吃不喝，这被看作是一种极为虔诚的举动。尽管人们的本性并非这样残忍，此种行为还是会经常导致残忍、无意义和不人道的结果。然而，这种非真实的、抽象的虔诚极大地削弱了人们的道德感，这就像是一个不会无端地伤害一只动物的人，当他给自己的感觉器官灌下抽象的、“运动”的汤药的时候，就会使得大量无辜的动物遭受可怕的痛苦。因为这些抽象的观念来自于我们的理智，它们属于逻辑的范畴，所以，它们能够轻易地让个人在其薄雾中踪迹难寻。

民族的观念是人类发明的最为强有力的麻醉剂之一。在它乌烟瘴气的影响下，整个民族，在对民族的道德扭曲全然无知的情况下，会将其最恶毒的、利己主义的、系统的行动纲领付诸实施——而事实上，如果有谁指出了这一点，他反而会招致来自持有这种民族主义观念之人们的危险的愤恨。

但是，这种情况会无限期地持续，不断地在我们人类的天性上制造出大面积的道德感知力的荒原吗？它会永远都逃脱报应吗？难道这种机械组织的巨大力量会没有任何限制，而它在同这个世界的斗争中，不会因为自己的可怕力量和速度而将自身更为彻底地摧毁吗？你相信罪恶可以通过与同其他罪恶的竞争来实现永远的相互制约吗？你相信费尽心机的讨论就可以将魔鬼锁在彼此妥协的临时牢笼里吗？

这场爆发在民族间的欧洲战争就是一种报应。人类一定不要在自己的生活中堆满了物质的东西而不是心灵，堆满了制度和政策而不是活的人际关系。现在是时候了，为了整个愤怒的世界，欧洲应当充分地认识到，在她自己的身上有一种叫作民族的、可怕而荒谬的东西。

民族依靠残缺的人性而发迹。人类，作为上帝最美好的造物，以好战而贪财的木偶形象被大量地从民族主义的工厂中生产了出来，而他们却对自己如机械一般可怜的完美愚蠢地感到洋洋得意。人类社会变得越来越像一出牵线木偶秀，在高效的牵线装置的操控下，政客们、士兵们、厂商们和官僚们都一一献演。

但是，将自私自利当作神一样来崇拜永远都不可能使其无尽的仇恨和嫉妒、恐惧和虚伪、怀疑和专制自己画上句号。这些妖魔鬼怪会长得身形巨大，却永远都不可能协调发展。这种民族可能会长到你想象不到的肥胖的程度，然而它仍然不是一个活着的躯体，而是一堆钢铁，一团蒸汽，或是一座座办公大楼。它会一直长到自己畸形的外壳再也装不下它那丑陋而肥硕的躯体，于是它便会开始噼啪开裂，急促地喷火冒烟，并且在加农炮的吼叫声中发出濒死的哀鸣。在这场战争中，民族开始了其死亡前的阵痛。突然间，它所有的机械装置都发了疯。它开始跳起了复仇女神的舞蹈，将它自己的四肢打碎并且将它们散落在尘埃中。这是这场虚幻悲剧的最后一幕。

那些对人类怀有信心的人们一定会热切地希望，民族的暴政一定不要恢复其先前的爪牙，恢复其无所不及的铁臂和巨大无比的内腔——里面只有胃而没有心；他们希望人类会摆脱包裹着自己的抽象的含混，并且获得个性的新生。

面纱已经撩起。在这场可怕的战争中，西方已经直面了自己的造物——她曾经将自己的灵魂出卖给它的那个造物。她应该清楚它的真面目了。

在过去，西方从来没有察觉出自己的道德本性正在秘密地、缓慢地腐烂分解。这一过程常常以怀疑主义的教条的形式显现；而更多的时候，它是以更为危险且微妙的形式表现出来——她对这个世界的大部分进行了破坏和侮辱，然而自己却浑然不知。现在她必须清楚，真相已经站在自家门口了。

然后，就会有一些西方的孩子们从这种幻觉，这种建立在自私自利的基础之上的，扭曲的手足之情的奴役之中解放出来；他们将会成为上帝的孩子而不是作为机器的奴仆，因这些机器将灵魂变成了商品，将生命变成了零件，并且以其铁爪刨出了世界的心脏，而与此同时，却对自己的所作所为全然无知。

我们这些一直以来低着头的非民族的国家将会明白，我们所低头相向的这片土地要比用来建造傲慢权力的砖头更为神圣。因为这片肥沃的土地充满了生机、美丽和对神的崇拜。我们要感谢上帝，是他创造了我们，是他让我们挨过寂静的、绝望的黑夜，忍受着傲慢者所施以的凌辱，背负着强大者才有的负担；然而，尽管经历了所有这一切，尽管我们的心灵曾经因为怀疑和恐惧而战栗，我们却从来没有盲目地相信过机器能够给人类带来拯救，相反，我们紧握着对上帝的信仰，紧握着人类灵魂的真谛。我们仍然怀抱着希望，希望当权力羞于占据它的宝座并且乐意为爱让路的时候，希望当黎明为了清洗民族所遗留下的斑斑血迹而沿着人性的大道走来的时候，我们能够受到上帝召唤，召唤我们带上自己的一坛圣水——一坛信仰的圣水——来滋润、净化人类的历史，并且以其喷洒的水滴向几个世纪以来饱受践踏的土地献上祝福，保佑它硕果累累。

印度的民族主义

我们印度的真正问题不在于政治，而是在于社会。其实这种情况普遍地存在于所有的国家，而非印度所独有。我不相信有什么孤立存在的政治利益。西方的政治支配了西方的理想，而我们印度则正在试图模仿你们。我们必须记住，欧洲文明自然而然地具有政治和经济的侵略性的特点，因为，欧洲的各个民族自其肇始就具有种族的统一性，而欧洲的自然资源对其居民来说又是匮乏的。所以，一方面他们没有内部的混乱，而另一方面则要对付他们强大而贪婪的邻国。于是在他们彼此之间便进行了完美的联合，同时对其他国家采取了警惕、敌意的态度，这便成了他们解决自己问题的办法。过去，他们组织起来去抢劫；现在，他们秉承同样的精神，组织起来共同剥削整个世界。

但是，印度自有史以来就一直面对着这样的问题——种族问题。每一个民族都一定要弄清楚自己的使命是什么，而我们印度人一定要认识到，当我们要在政治上有所作为的时候，我们就会露出丑态，原因就在于我们还没有能够最终完成上帝下达给我们的旨意。

你们美国也同我们一样，多年以来面对着一直想要设法解决的种族团结问题。在这里很多人问我有关印度的种姓歧视的情况。但是他们向我问起这个事情的时候，总是带有一种优越感。所以，我也想把这个问题稍加修正之后问一问你们美国的批评家们：“你们是怎样对待红种印第安人和黑人的呢？”你们并没有改变对于他们的种族歧视的态度。你们使用了暴力的方法来使自己远离其他种族。所以，在这一问题没有得到解决之前，在这里，在美国，你们就没有权利指责印度。

尽管困难重重，印度还是有所作为的。她试着对种族关系进行了调整，承认了种族间确实存在的、真正的不同之处，并且试图找出各个种族间团结的基础。这个基础来自于我们的圣人，例如那纳克，卡比尔，柴塔尼亚[1]，等等，他们倡导印度的各个种族信仰同一个上帝。

在解决我们自己问题的时候，我们同样应当致力于解决世界的问题。印度所经历的一切就是世界现在的样子。整个世界正在科学的帮助下变为一个国家。现在已经是时候了，你们必须要为这个世界找到一个团结的、非政治的基础。如果印度能够给这个世界提交她的解决方案的话，那么这将是对于全体人类的贡献。这世界上只有一部历史，那就是人类的历史。所有国家的历史不过是这部历史当中的各个章节而已。我们在印度愿意为这一伟大的事业受苦受难。

每个人都会爱他自己。因此，他残忍的本能会使得他为了追逐单纯的个人私利而与其他人争斗。但是同时人类还拥有更高级的同情和互助的本能。那些缺乏这一更高级别的道德力量的人们将不能同其他人结为伙伴的关系，所以他们注定会灭亡或生活在低级的状态。只有那些拥有这种强烈合作精神的民族才会生存下来并且创造出文明。所以我们发现，自有史以来，人类就不得不在彼此斗争和联合

---

1. 那纳克：Nanak (1469–1533)，卡比尔：Kabir (1440–1518)，柴塔尼亚：Chaitanya (1485–1533)。

之间作出选择，在满足他们自己私欲和满足所有人共同利益之间作出选择。

在人类历史的早期，每个国家都受到地理疆域和交流手段的局限，所以这个问题相对来说并不突出，因为人类在他们各自独立的区域里发展他们对于团结的理解就已经足够了。那时候，他们自己之间联合起来与其他人斗争。但是，他们真正的伟大之处正是在于这种联合起来的道德精神，而正是这种精神塑造了他们的艺术、科学和宗教。那时候，人类所关注的最重要的一个事情就是某个特定种族的成员彼此之间的密切接触。那些通过他们更崇高的本性而真正做到了这种密切接触的种族会在人类的历史上留下他们的印记。

当今时代最重要的事情就是人类的不同种族已经聚集在了一起。我们又一次地面临着两个选择：不同的族群是继续彼此间的争斗，还是找出某些和解和互助的真正基础；不同的族群之间是继续无休止的竞争，还是展开彼此间的合作。

我会毫不犹豫地说，那些拥有爱的道德力量和团结精神的人们，那些对外来人抱有最少的敌意并且具有设身处地为他人着想的同情心的人们，会在我们当今这个时代占据永久的位置，成为最适应这个时代的人；而那些不断地发展自己与外来人为敌的，具有偏狭的本能的人将会被淘汰出局。因为这就是我们所面临的问题，而我们不得不借助更为崇高的本性来解决它，从而证明我们的人性。那些伤害他人并且避免被他人所伤害的庞大组织，那些靠损人利己而发财的庞大组织，它们是不会帮助我们的。恰恰相反，由于它们的千钧重力、巨额成本，以及对人类活力的抑制，它们会严重地阻碍我们在一个更为崇高的文明所提供的更为广大的生活空间中获得自由。

在民族的演变过程中，兄弟友谊的道德文化受到了地理边界的限制，因为那时候这些边界是真实存在的。现在这些边界已经成为想象中的传统界限，而不具备真正的阻隔性质。所以现在人类的道德本性一定要严肃地对待这种情况，否则它将会有灭顶之灾。这种环境改变所造成的第一个冲动是人类卑鄙的贪婪和残忍的仇恨的膨胀。如果这种情况无限期地持续下去，军事力量继续壮大到难以想象的荒谬程度，机器和仓库以它们的尘灰、烟雾和丑陋覆盖了这个美丽的地球的话，那么这世界终将会在自杀式的熊熊烈焰中走向灭亡。因此，人类将不得不竭尽其爱的全力，擦亮他的眼睛，再一次作出巨大的道德修正；这种道德修正将在整个人类世界中进行，而不仅仅局限于少数的几个民族。生活在当今时代的每个人都接到了这样的召唤：要为迎接新时代的曙光作好自身和周边环境的准备，因为在新的时代里人们将会在全体人类的精神团结中发现自己的灵魂。

如果西方想要从这些低矮斜坡的混乱中挣扎出来，爬上人类精神的制高点的话，那么我想，美国就要肩负起其特殊的使命，完成这一上帝和人类的愿望。你们的国家充满了期待，希望能够推陈出新。欧洲有其敏锐的思维习惯和约定俗成的社会习俗，但是美国还没有定型。我知道美国很少受到过去传统的束缚，而且我意识到实验主义是美国年轻的标志。美国的荣耀在于未来而不是过去；而且，如果谁具有洞悉未来的本领的话，那么他一定会爱上未来的美国。

美国注定要向东方证明西方文明的正当性。欧洲已经对人性失去了信心，已经变得狐疑而病弱。而另一方面，美国则并不悲观失望或是麻木不仁。作为一个民族你们知道，没有最好只有更好，而你们进步的动力就来自于对这一点的认知。有一些习惯不光是被动的，同时还是高傲的和富于侵略性的。

它们不仅仅像是一堵围墙，而更像是带刺儿的荨麻围成的树篱。欧洲多年以来一直都在培育着这种习惯的树篱，直到它们浓密地、茁壮地、高高地将欧洲围拢起来。欧洲对于自己传统的自豪感已经扎根在了她的心灵深处。我并不认为这种自豪感是毫无道理的。但是，任何一种形式的傲慢都会最终导致愚昧无知。像所有人造的兴奋剂一样，傲慢的最初影响只是一种反应水平的提升；而接下来，随着掺加剂量的增大，就会产生一种误导性的狂喜。欧洲的傲慢，在其外表和内在的习惯上面，都在逐渐地变得顽固。她不仅不能忘了自己是西方，而且还会利用每一次机会抛出这一事实，从而羞辱他人。这就是为什么，欧洲变得没有能力将自己最好的东西与东方分享；而与此同时，不能够以正确的态度接受东方已经储藏了多达数百年的智慧。

美国的民族习惯和传统还没有来得及将它们的根须紧紧地束缚住你们自己的心灵。当你们将自己不停漂泊的生活同欧洲固定的传统相比较的时候，你们经常会感到并且抱怨自己所处的劣势，因为欧洲可以将自己的伟大之处放到其历史背景之中最大限度地展现出来。但是在当今这个过渡的时代，当文明的新纪元跨越无限的未来时空向世界上的各个种族吹响其召唤的号角的时候，正是这种毫无挂碍的自由将会让你们响应它的号召，并且实现它的目标——为了这一目标，欧洲曾经开始其旅程，但是却在半路迷失了自我。之所以会如此，是因为欧洲被她自己的傲慢的权力和贪婪的占有所蛊惑，从而误入了歧途。

不仅仅是你们美国人的思维不受习惯的束缚，你们的历史也没有受到任何肮脏的、陈年旧账的羁绊，所以你们美国适合于扛起未来文明大旗的重任。所有欧洲伟大的民族都在世界的其他地方造下罪孽。这使得它们的同情心在道德和理智方面都受到了破坏，而这种同情心是理解其他与己不同的种族所必需的。英国人永远都不会真正地理解印度，因为他们在考虑有关印度的问题时并非没有私利。如果将英国同德国或法国进行比较的话，你就会发现，在英国，带着一定程度的同情心的洞察力或是一丝不苟的精神对印度的文学和哲学进行研究的学者是最少的。在两国的关系并不正常，而且是建立在民族的自私和傲慢的基础之上的时候，这种冷漠和蔑视的态度就再自然不过了。但是你们美国的历史是没有私利的历史，这就是为什么你们能够帮助日本学习西方文明，这就是为什么中国在其最黑暗、最危险的时期对你们却抱有最大的信赖。事实上，你们肩负着一个伟大未来的全部责任，因为你们没有受到贪婪吝啬的过去历史的羁绊。因此，在世界上所有的国家当中，美国必须清醒地认识到这一未来；她一定要擦亮眼睛，在青春活力的鼓舞下对人类充满信心。

美国和印度之间存在着共同之处——两个国家都要将各个不同的种族团结在一起。

在印度，我们一直以来都在试图找到所有种族的某些共同之处，而这些共同之处将是各个种族真正团结的明证。仅仅将政治或是经济作为种族团结的基础是不够的。有思想、有能力的人们会找到种族团结的精神基础，并且实现这一精神上的团结，宣扬这一精神上的团结。

印度从来都没有过真正意义上的民族主义观念。尽管从孩提时代开始，我就被灌输以“对于民族的崇拜要好于对于上帝和人性的敬畏”的思想，可是我还是相信自己已经摆脱了这种说教的桎梏；而且我深信不疑的是，通过与“国家要比人类的理想更为伟大的说教”的斗争，我的同胞们会真正地收获他们的印度。

目前，受过教育的印度人正试图从历史当中吸取某些与我们祖先的经验教训截然相反的经验教训。事实上，东方正在努力学习它的历史——一个并非是它自己生活写照的历史。例如，日本认为她正在靠采用西方的方法而变得强大；但是，当她用光了自己祖上的遗产之后，所剩下的便仅仅是从西方文明那里借来的武器。她并没有从自身内部得到发展。

欧洲有自己的过去。因此欧洲的力量来自于她的历史。我们印度一定要下定决心，不能从其他民族那里借来他们的历史，而且，如果我们割断了自己的历史那就等同于自杀。当你们借来本不属于自己生活的东西的时候，这些东西就会毁了你们的生活。

因此，我相信，与西方文明在它自己的运动场上展开竞争对于印度来说毫无益处。但是，如果我们不顾外界的污言秽语，坚持走自己的路的话，我们就会收获颇丰。

有一些课程会给我们传递信息或是为了提高理智而训练我们的头脑。这些课程简单易学，便于利用。但是还有其他的课程会影响到我们的深层本性并且改变我们的人生轨迹。在我们学习这些课程并且以我们自己的遗产作为代价为此买单之前，我们一定要暂停并且好好考虑一下。在人类历史上的某些年代，人们发明了烟花爆竹，并且以其力量和动感让我们头晕目眩。这些烟花爆竹不仅仅嘲笑我们家里朴素的灯盏，而且嘲笑永恒的星辰。但是我们不要由于这种刺激就草率地决定舍弃我们的灯盏。我们要耐心地忍受暂时的侮辱，并且意识到它们尽管灿烂却不持久，因为这种极端的爆炸在产生力量的同时又让它筋疲力尽。与它们的收获和产出相较而言，这些烟花爆竹所耗费的能量和物质是致命的。

总之，我们的理想是在我们自己的历史当中演化而来的。即便是我们只希望将自己的理想制成拙劣的烟花爆竹也改变不了这一点，因为构成我们理想的材料与你们的材料是不同的，而它们的道德目的也是不同的。如果我们下定决心要不惜一切代价买进政治上的民族主义的话，那么其荒唐可笑的程度就如同瑞士为了自己的生存而野心勃勃地建造一支强大的、足以比肩英国的海军一样。我们所犯的错误就在于，我们认为人类想要变得伟大，其途径只有一条——就是这条以其极端傲慢的姿态摆在我们面前的痛苦之路。

我们必须确定自己拥有未来，而且这一未来属于那些拥有丰富的道德理想而不仅仅是拥有物质财富的人。人类拥有这样的特权：他为了收获果实而工作，而这些果实并非触手可及；他调整自己的生活不是为了与某些眼下成功的范例，甚至于不是与他自己谨小慎微的、胸无大志的过去保持被动的一致，而是要与无限的、心中怀抱着的、最最期待的理想未来相向而行。

我们必须承认西方来到印度是命中注定的。然而一定要有人向西方展示东方，并且说服西方相信东方为人类的文明史作出了贡献。印度不是西方的乞丐。即便是西方这样认为，我也不赞成印度应当摆脱所有西方的文明并且在我们的独立中与世隔绝。我们应当紧密相连。如果上帝让英国成为我们沟通的、紧密相连的渠道的话，那么我愿意以自己最大的谦恭接受这一事实。我对于人类的本性怀有极大的信心，而且我认为西方将会发现什么才是她真正的使命。当我意识到西方文明正在背叛人们对它的信任，阻挠实现自己的初衷的时候，我对它进行了严厉的批评。西方一定不要为了她的私利而在这个世界上引起祸端；而是要通过对无知者施以教化，对弱者给予帮助，让他们获得足够的力量，从而抵抗她的侵略方式，将自身从最大的、强大者容易遭遇的险境中拯救出来。而且，西方一定不要将物质主义作为最终追求的目标，而是要意识到，她所提供的服务是要将精神从物质的暴政下解放出来。

我并非反对某个特定的民族，而是反对所有民族的共同理念。那么什么是民族呢？

民族是指一国的全体人民以一个有组织的力量呈现出来的样子。这个组织不停地致力于使其全体成员变得更强大、更高效。但是，在作出这种为了变得强大和高效的努力之后，人类自我牺牲和富于创造性的更高本性的力量就会消耗殆尽。之所以如此，是因为人类牺牲的力量被从它终极的、道德的目标上转移到了对于这个机械的、组织的维护上来。然而在这个过程中，因为他拥有了所有道德提升的满足感，所以对于人性来说变得极度危险。当人类能够将自己的责任转化到这台由他的理智，而非由他完全的道德人格所创造出来的机器之上的时候，他便会感到自己从良知的规范之下解脱了出来。通过这台机器，热爱自由的民族让奴隶制在这个世界上的广大地区永久地持续，而他们却因为履行了自己的职责而骄傲地感到心安理得；那些生来正直的人们在其行动和思想上变得残忍而不公，而同时他们却感到自己是在帮助这个世界得到其应有的惩罚；那些诚实的人们会为了自我的膨胀而继续盲目地剥夺其他人的人权，而与此同时却辱骂那些受害者，说他们罪有应得。我们在自己的生活中见到过，即便是小的商业和行业组织也会在本性并不坏的人们身上产生感情的冷漠；而且我们完全可以想象得出来，它在这个所有民族都在疯狂地组织起来捞取财富和权力的世界上引起了多么大的道德浩劫。

民族主义是一个巨大的威胁。它是一种独特的东西，并且已经在印度的麻烦堆中潜藏了多年。因为我们已经被一个在其态度上具有严格政治性的民族统治、控制了多年，所以，尽管我们继承了过去的遗产，我们还是试图在自己的身上发展出一种对于自己最终政治命运的信仰。

印度有不同的政党，它们有不同的理想。其中一些政党正在为政治独立而斗争。而另外一些政党则认为争取政治独立还为时尚早。它们认为印度应当取得与英国其他殖民地一样的权利，并且希望印度尽量争取自治。

在印度的政治纷争的早期历史当中，并不存在像今天这样的政党间的冲突。那时候有一个政党叫作印度国大党[1]；它并没有真正的纲领。他们会对当局发一些牢骚或是提出抗议，期望他们予以改正。他

1. 印度国民大会党（The Indian National Congress）创建于 1885 年。

们希望在地方议会中获得更大的代表权，在市政府中得到更多的自由。他们要的东西都很琐碎，然而却缺乏建设性的理想。因此我对他们的方法不感兴趣。我深信，印度最需要的是来自自身的建设性的工作。尽管在这种工作中，我们每前进一步所取得的道义上的胜利，都是在严酷的迫害下，以失败和痛苦为代价换来的，然而，我们仍然要甘冒所有的风险，继续履行我们本应履行的职责。我们必须向高高在上的统治者表明，我们拥有道德的力量，拥有为真理而受难的力量。如果我们无所证明我们就只有乞讨。如果我们希望得到的东西即刻就能得到满足的话，那么反而是有害的。我曾经反复地告诉过我的同胞们，要团结起来，一起为了弘扬我们自我牺牲的精神去创造机会，而不要一同去乞讨。

然而，国大党失去了权力，因为人们不久就意识到他们所采取的残缺的政策是徒劳无益的。于是国大党分裂了[1]，出现了极端主义分子。他们主张行动上的独立，并且抛弃乞讨的方法——他们认为这种乞讨的方法是让一个人摆脱对自己国家的责任的最简便易行的方法。他们的理想是以西方的历史为

1. 分裂出现在 1907 年，在苏拉特（Surat）举行的印度国大党的年会上。

基础的。他们并不关心印度存在的特殊问题。他们不承认这样一个显而易见的事实：我们的社会组织当中的某些因素使得印度人民难以与外国人相抗衡。如果出于某种原因，英国被赶走了，那么我们将会怎么办呢？我们不过是会沦为其他民族的牺牲品而已。同样的社会问题仍将持续。我们印度人民不得不考虑的是这样一个问题：将那些产生缺少自尊并且完全依赖统治者的社会习俗和理念摈弃掉——这种问题完全是由于印度的种姓制度的控制，以及盲目、懒惰地依赖传统的权威性的习惯所造成的，而这些传统是与当今时代难以协调的时代错误。

我再一次地提醒你们注意印度无法回避的困难和她为了克服这些困难而进行的斗争。印度的问题就是世界问题的缩影。印度的疆域太过广大，种族太过多样。她相当于很多的国家聚集在了一个地理区域内。她与欧洲的情况恰恰相反；在那里，就相当于一个国家分裂成了多个国家。因此，欧洲在其文化和成长壮大方面不仅得益于其一国的优势，而且得益于其多国的力量。反观印度，由于她生来具有多样性，而后天又成为一个国家，所以她自始至终都蒙受其松散的多样性和衰弱的一致性所带来的痛苦。真正的一致性就如同一只圆球；它滚动起来，很容易地携带其自身的负荷。但是多样性就像是一个有很多棱角的物体，要想推拉它就要费尽全力。应当说明的是，印度的这种多样性并非她自身的创造，而是从她历史的开端就不得不接受的一个事实。在美国和澳大利亚，欧洲人几乎是通过消灭原住民的方式让问题得到了简化。即便是在当今时代，我们同样能看到种族灭绝的幽灵在徘徊——它冷淡地将外国人拒之门外，而这样做的人们自己在其所霸占的这片土地上，其实就是外国人。而印度自其肇始就容忍了种族的多样性，而且这种包容的精神贯穿了她的整个历史。

印度的种姓制度就是这种包容精神的产物。因为，她一直以来就做着各种实验，希望创造出一种能将不同的民族结合在一起的社会团结，而与此同时，各个民族又能充分地享受、保有自己独特性的自由。所以这种纽带一直保持尽可能的松散，而同时又在环境的允许下保持尽可能的紧密。这就产生了一种类似于社会同盟的合众国的东西，她的常见名称就是印度教。

印度曾经感到，无论种族的多样性有多少缺点，它都是必不可少的；而且你永远都不可能逼迫天性进入到你出于方便而设置的狭窄范围之内，而无需终究有一天为此付出高昂的代价。在这一点上印度是正确的；但是她却没有认识到人类彼此间的差异并非像阻隔的群山那样，永远地固定在那里——它们是随着生命的流动而流动的，它们正改变着自己的轨迹、形状和大小。

因此，在种姓制度的规章里面，印度承认了差别，然而她却没有承认易变性的生命法则。为了避免冲突，印度建立起了不可移动的边界壁垒，从而给她众多的种族带来了和平和秩序的、消极的好处，然而并没有给他们带来发展和变化的、积极的机会。她接受了产生多样性的自然，但是却忽略了自然正是利用这种多样性从事其有着无穷的变化和组合方式的世界游戏。她真实地面对生命的丰富多彩，但是却无视其永远变动的事实。因此，生命就从她的社会体系当中脱离了出来，取而代之的是她竭尽一切仪式所膜拜的，由无数她亲手打造的隔间所构成的，宏大无比的牢笼。

在印度试图避免行业利益的冲突的时候，发生了同样的事情。她将不同的行业和职业与不同的种姓相联系。这种做法可以一劳永逸地减轻竞争所带来的无休止的嫉妒和仇恨——这种竞争滋生了残忍，制造了浓重的、充满了谎言和欺骗的氛围。然而印度的这种做法同样强调了遗传的法则，忽略了变化的规律，因此逐渐地将艺术退化成为工艺，将天才堕落成为技工。

然而，西方的观察家们却没能洞悉这样一个事实：印度在其种姓制度当中很严肃地承担起了，以避免所有的矛盾和摩擦为目的的，解决种族问题的责任。她给每个种族在其活动范围内以自由。毋庸讳言，印度在这方面还没有获得完全的成功。但是，你们必须承认，尽管西方在种族同一性方面拥有更大的优势，然而她却从来没有关注过这个问题；而且，每当遇到这样的问题时，她都会试图通过采取置之不理的方式将它轻描淡写。这也是西方反亚风潮的原因所在——她剥夺了外国人在西方国家诚实谋生的权利。在大多数的殖民地国家，你们只在他们从事伐木和取水的工作时才会接纳他们。你们要么对外国人大门紧闭，要么就奴役他们，而这就是你们对于种族矛盾问题的解决之道。无论这样做可能存在什么样的好处，你们都必须承认，这种做法并非源自文明的、更为高尚的动机，而是来自于更为低级的、贪婪和仇恨的骚动。你们说这就是人类的本性——不过别忘了，印度在通过固定的、社会等级的藩篱来强行地划分种族差别的时候，也认为自己了解人类的本性。但是只有当吃过了苦头之后，我们才发现人类的本性并非它看上去的那个样子；而是存在于现实当中，存在于它无限的可能性当中。当我们盲目地攻击人性，说它衣衫褴褛的时候，它便会脱下伪装，露出庐山真面目——我们所攻击的竟然是我们的上帝。我们出于傲慢或是自私的目的对别人进行丑化的同时，同样也会丑化我们自己的人性——这是一种最为严厉的惩罚，因为当我们发现它的时候为时已晚了。

不单单是你们与外国人的关系，你们自己社会中不同阶层间的关系也都没有达到和谐一致。矛盾和竞争的精神在你们这里可以自由地横冲直撞。由于它的起源是对于财富和权力的贪婪，所以它的最终结局除了暴毙之外别无选择。在印度，商品的生产是根据社会调解的规律进行的。它的基础是合作，其目的是充分地满足社会的需求。但是在西方，商品生产是在竞争的催动下进行的，它的目标是为个人捞取财富。但是个人就像是几何线条一样；它有长度却没有宽度，并且还没有达到足以长久地容纳什么东西的深度。因此，它的贪婪或攫取是永无止境的。在这种几何线条不断的成长过程中，它会与其他的线条交织、纠缠在一起，但是在其与世隔绝的、纤细的状态下，永远都不会获得完善的理想。

我们知道自己的胃口是有一定限度的，而且我们知道超越了这一限度就会有损我们的健康。但是，对于占有财富和权力的贪欲来说，难道就没有超越它就会陷入死亡的界限吗？在这些民族的、物质主义的狂欢节上，西方的各个民族不正是在单纯地生产财富而忽略创造理想的过程中挥霍着他们的生命活力吗？难道说一个文明可以忽略道德健康的法则，并且通过大肆地吞咽物质财富而无休止地膨胀下去吗？人类按照其社会理想，会自然而然地限制自己的贪欲，使其从属于人类本性当中的、更为高尚的目的。但是在经济领域里，我们的贪欲除了受到供给和需求的限制以外不受其他任何的限制；而供给和需求则是可以人为地创造的，这就给个人提供了机会，让他沉溺于一场无尽的、让人肚满肠肥的盛宴之中。在印度，我们的社会本能对我们的贪欲加以限制——可能这种限制造成了极端的压抑——但是在西方，没有道德目的的经济组织的幽灵，却驱赶着人们永久地追逐着财富；难道对于这种行为就没有有益于身心的界限吗？

在各种社会制度中努力成形的理想有两个目标。一个是为了人类和谐的发展而管控我们的激情和贪欲，另外一个就是帮助人类养成对其同类的无私的爱。因此，社会就是人类道德和精神渴望的表现形式，而这些渴望则属于人类更为崇高的本性。

我们的食物是具有创造性的，它能强健我们的身体；但是酒则不然，它只能给我们以刺激。我们的社会理想创造了人类世界，但是当我们的思想偏离了这些社会理想，转而贪婪地追求权力的时候，在这种醉酒的状态之下，我们就会生活在一个不正常的世界里面。在这里，我们的力量并非健康的标志，我们的解放也并非是获得了自由。因此，当我们的思想不自由的时候，政治的自由并不能给予我们自由。一辆汽车并不能自由地行动，因为它不过是台机器而已。只有当我自己是自由的时候，我才能利用这台车达到我自由的目的。

我们永远都不要忘记，在当今，那些已经获得了政治自由的人们不见得就是自由的；他们不过是强大而已。他们放纵的激情正在创造出披着自由伪装的，巨大的奴役性质的组织。那些把赚钱当作他们最高目标的人们正在无意识中出卖他们的生命和灵魂给富人或是给某些代表金钱的联合体。那些迷恋政治权力，并且为自己扩大了对于其他种族的控制而感到洋洋自得的人们，逐渐地放弃了他们的自由和人性，将其交给了那些为了奴役其他民族而必须建立起来的组织。在那些所谓的自由国家中，大多数的人们并不自由；他们正在少数人的驱使之下去完成他们自己也不清楚的任务。这种情况之所以产生是因为，人们并没有将道德的和精神的自由看作是自己的目标。他们以自己的激情制造出巨大的旋涡；他们因为自己快速的旋转而感到头晕眼花、如醉如痴，并且就此以为那就是自由。但是，伺机袭击他们的厄运就像是死亡一样不可避免——因为人类的真理是道德的真理，人类的解放是精神生活的解放。

印度当今大多数民族主义者的通行观点就是，我们在社会和精神理想方面已经达到了尽善尽美的程度，社会建设性工作在我们出生前的几千年前就已经开始了，而且现在，我们可以自由地在政治方面大展拳脚。我们从来没有想过将我们如今的软弱无能归咎于我们的社会缺陷，因为我们已经将下面这一点当作了我们民族主义的信条：我们祖先所创立的这一制度将会永远适用，因为他们拥有洞悉古今的超人的眼光，并且拥有为未来提供无限滋养的神奇力量。因此，我们认为自己的痛苦和缺陷都是由历史上来自于外部的突然袭击所造成。这就是为什么我们认为自己的唯一任务就是要在社会奴役的流沙之上建造一个自由的政治奇迹。事实上，我们是要阻断自己的历史河流的本来路径，并且单纯地从其他民族的历史源泉那里借来力量。

我们印度有些人妄想着单纯的政治自由就可以让我们获得自由。他们把西方的说教当作了绝对的真理，却丢掉了自己对于人性的信仰。我们一定不要忘记，我们在自己的社会中所抱有的任何缺陷都会在政治方面成为危险的策源地。那种导致我们盲目地崇拜社会制度中的陈规陋习的惯性，同样会在我们的政治中建造出由不可移动的壁垒围成的监狱牢房。狭隘的同情心使得我们有可能将令人恼怒的奴役强加给相当大的一部分人类，而与此同时，它会在政治中坚持不懈地制造出不公正的专制。

当我们的民族主义者们谈论理想的时候，他们忘了我们民族主义的基础是不牢固的。那些赞成这些理想的人们，自己在其社会实践方面却往往最为保守。例如，民族主义者说：看一看瑞士吧，尽管那里有种族差异，但其人民还是团结成了一个民族。可是，诸位不要忘了，瑞士的各个种族是可以彼此交往的，是可以通婚的，因为他们有着相同的血统。然而在印度却没有与生俱来的共同权利。当我们谈论西方民族的时候，我们忘了，那里的各个民族之间并不存在彼此间的——像我们各个种姓之间所存在着的——生理上的排斥。一个血脉不相连通的民族中的各个种族，会在没有强迫或是没有金钱利诱的情况下为了彼此而流血牺牲吗？全世界范围之内有这样的例子吗？我们可以希冀这些阻碍我们种族融合的、道德的藩篱不会阻碍我们在政治上的团结吗？

于是，我们必须再次完全地承认这个事实：我们的社会限制仍然是如此残暴，以至于它可以将人们变成懦夫。如果有人告诉我他持有异端的观点，但是他不能坚持自己的看法，因为那样的话他就会为社会所不容，那么我会原谅他为了生存而在谎言中生活。强迫我们过同伴的生活——他们即便是在食物的选择方面也与我们不同，成为他们负担的社会思维习惯一定会在我们的政治组织当中持续下去，并且最终导致高压政治的机器被创造出来，用以摧毁每一个显示着生命迹象的合理的差异。暴政只会在我们的政治生活中增加不可避免的谎言和伪善。自由的名号就那么值钱吗？我们宁愿牺牲掉自己的道德自由来同它作交换吗？

当我们拥有年轻活力的时候，我们对于自己习惯的放纵并不会马上产生影响。但是这种放纵会逐渐地吞噬我们的活力，而且当我们的生命开始走下坡路的时候，我们就不得不为此买单，并且还清债务，从而导致我们的破产。在西方，尽管你们的人性正在由于它在每一次运用权力的过程中所发作的间发性酒狂而受到折磨，可是你们仍然能够趾高气扬。印度也处在她年富力强的时期，所以能够在自己的内脏器官中携带僵化而完善的、社会组织的致死的重量；但是这一重量对她来说事关重大，并且已经逐渐地让她的生命天性麻痹瘫痪。这就是印度的知识阶层对社会需求变得麻木不仁的原因。他们以为静止的社会结构正是说明了它们的完美无瑕——而且，因为我们的社会有机体已经失去了健康的、疼痛的感觉，所以他们就误以为它并不需要帮助。因此他们认为，他们所有的能量只需在政治领域内发挥就可以了。这就像一个人，他的双腿已经萎缩并且失去了功能，可是他却试图欺骗自己，说自己的双腿不能动了是因为它们已经获得了最终的解脱，而自己唯一的过错就是缺少拐杖而已。

关于印度的社会和政治重建就说这么多吧。现在我们谈一下印度的工业。经常有人问我，自从英国政府到来以后，印度是否有过工业的重建。我们必须记住，在英国统治印度之初，我们的工业就受到了抑制；而且从那时候起，我们没有得到过任何真正的帮助或是鼓励，以使我们能够同世界上的商业组织的怪兽进行对抗。各个民族都号令我们要保持一个纯粹农业国的地位，甚至于永远都忘了如何使用武力。于是印度就被变成了很多份的、易消化的食物，随时准备提供给任何一个，哪怕是牙齿还没有发育完全的民族进行吞咽。

因此，印度在其工业创新方面鲜有作为。我个人并不相信当今臃肿的商业组织。它们的丑陋的事实表明，它们与所谓创新是格格不入的。自然的巨大力量不是在丑陋，而是在美丽当中展露其真理。美丽是当造物主对自己的造物感到满意的时候，在其上面签下的自己的姓名。所有傲慢地忽略了完美法则，厚颜无耻地展示其丑陋的产品，都是对上帝永远的冒犯。只要你们的商业缺乏优雅的高贵，它就不是真正的商业。“美丽”和她的双胞胎哥哥“真理”在成长的过程中要求得到的是闲情雅致和自我控制。但是庞大的、占有的贪欲却总要超越时空的限制。它的唯一目标就是生产和消费。它对于美丽的自然和活着的人类均没有怜悯。它会冷酷地、毫不犹豫地将他们的美丽和生命榨取出来，然后将其铸成钱币。在人类早期的时候，我们鄙视这种商业的丑陋和粗俗，因为那时候我们拥有闲暇的时光，能够拨开云雾，透视人性当中的完美。那时候，人类正直地以自己单纯谋财的本能为耻。但是，在这个科学的年代，金钱由于其变态膨胀的体积而为自身赢得了王位。而且，当金钱聚集了大量的财富而羞辱人类更为崇高的本性，并且在其周边驱除掉美丽和高尚的情感的时候，我们便屈服了。因为我们已经卑鄙地接受了它双手奉上的贿赂，而且，我们的想象力已经在它硕大无比的肉身面前卑躬屈膝。

但是，正是它的笨拙和无尽的复杂表明了它的失败。一位专业的游泳者不会通过激烈的动作展示其肌肉的力量，而是以看不到的、完美的优雅和安静显露其力量。人类与动物的真正区别就在于，人类的力量和价值是内在的和隐形的。但是，如今人类的商业文明却不仅仅是占据了大量的时间和空间，而且正在浪费时间和空间。它的动作激烈、噪音大而不和谐。它携带着对于自己的诅咒，因为它正在将自己所依赖的人性践踏得扭曲变形。它正在竭尽全力，以幸福为代价捞取金钱。人类正在将自身最小化，为的是能够给这些商业组织提供宽敞的空间。人类正在嘲弄他的情感使其蒙羞，因为这些情感会挡住他的机器们前进的道路。

在我们的神话中有这样一个故事，如果有谁想要通过苦修以求达到永生的话，那么他就一定会受到来自不朽之神因陀罗的诱惑。如果他禁不住这些诱惑，他就会迷失。几百年来，西方一直在致力于追求不朽。因陀罗已经给她送去了诱惑来考验她。这个华丽的诱惑就是财富。西方接受了它，因此她的人性的文明便在机器的荒原上迷失了方向。

这种以丑恶装点门面的、残忍的商业主义对于全体人类来说都是威胁，因为它正在把权力的理想凌驾于完善的理想之上。它正在使得利己主义的歪理邪说在无耻的赤裸中欢呼雀跃。我们的神经要比我们的肌肉更加脆弱。宝贵的东西因其宝贵而需要我们悉心的呵护；如果失去了我们的呵护，它们就会像失去了呵护的婴儿一样变得无助。因此，当无情的、野蛮的权力在人性的大道上横冲直撞的时候，它便以其粗野吓跑了我们几个世纪以来以牺牲为代价所珍爱的理想。

诱惑对于强者来说是致命的，对于弱者来说更是如此。即便是不朽之神所送上的诱惑，我也不欢迎它来到印度。让我们的生命外表简朴而内在丰富吧。让我们的文明牢牢地建立在社会合作，而非经济盘剥和对抗的基础之上吧。如何在经济恶魔嗜血的利齿间做到这一切，则是摆在所有对于人类灵魂拥有信仰的，东方各民族的思想家面前的任务。接受那些与我们有不同理想的人们所开出的条件只会证明我们的懒惰和无能。我们应当积极地促使世界诸强国引领历史的发展，使其达到完善的彼岸。

从上面我说的话你们就知道我并不是一个经济学家。我愿意承认供需规律的存在，承认人类的痴迷——他们想要占有更多的东西，而不是于已有益的东西。然而我坚信，在人性之中存在着一种完美的和谐。在那里，贫穷不能带走他的财富；在那里，失败可能导致成功，死亡可能让他不朽；在那里，作为永恒正义之神所作出的补偿，那些落后的民族会将他们所受到的凌辱转化为金灿灿的胜利。